夜と霧の誘拐

Nuit et brouillard Enlèvement

Kiyoshi Kasai

CONTENTS

聖《サント》ジュヌヴィエーヴ学院　中等部《コレージュ》校舎一階略図

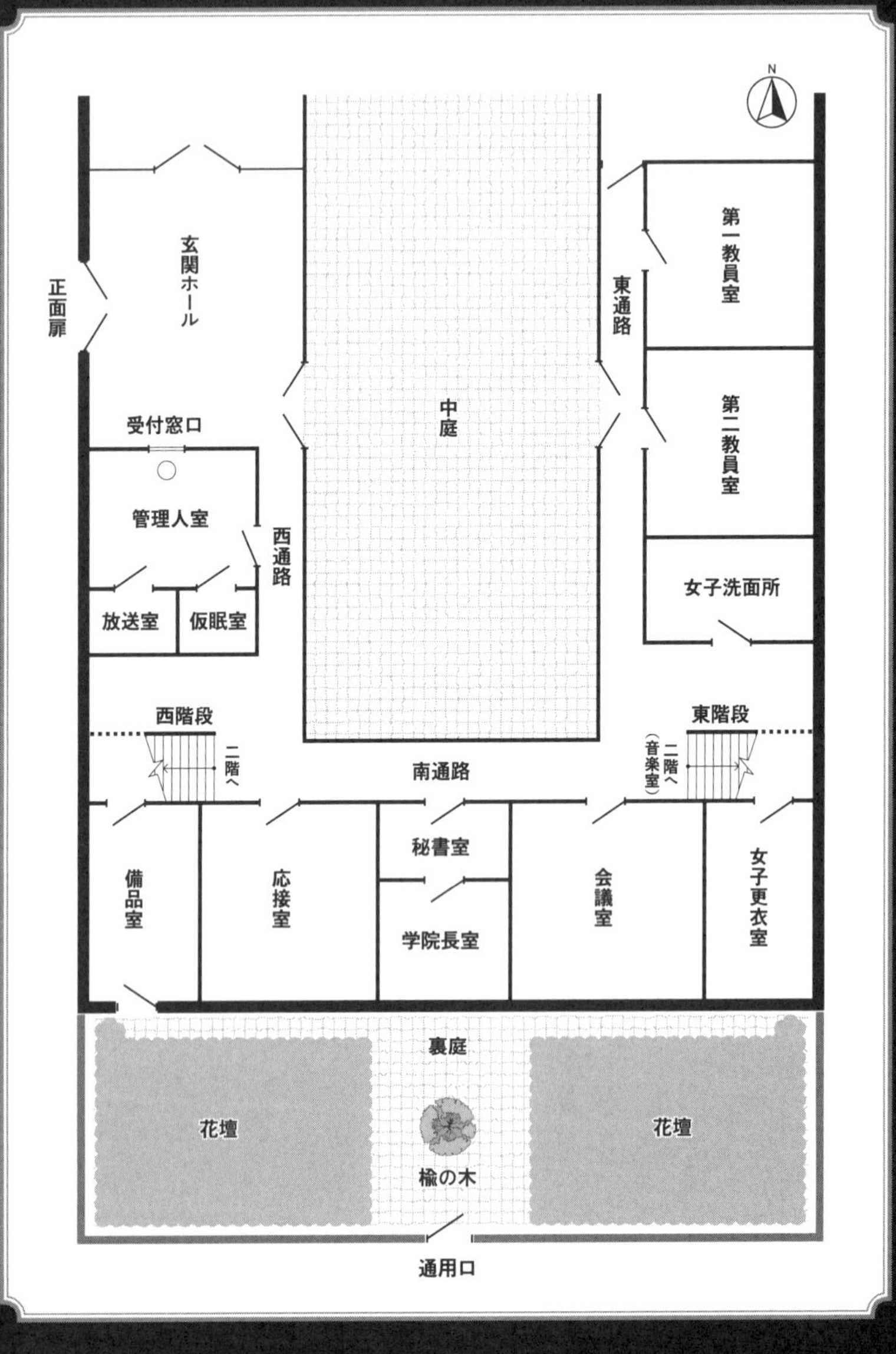

十月書房《エディション・オクトーブル》倉庫二階略図

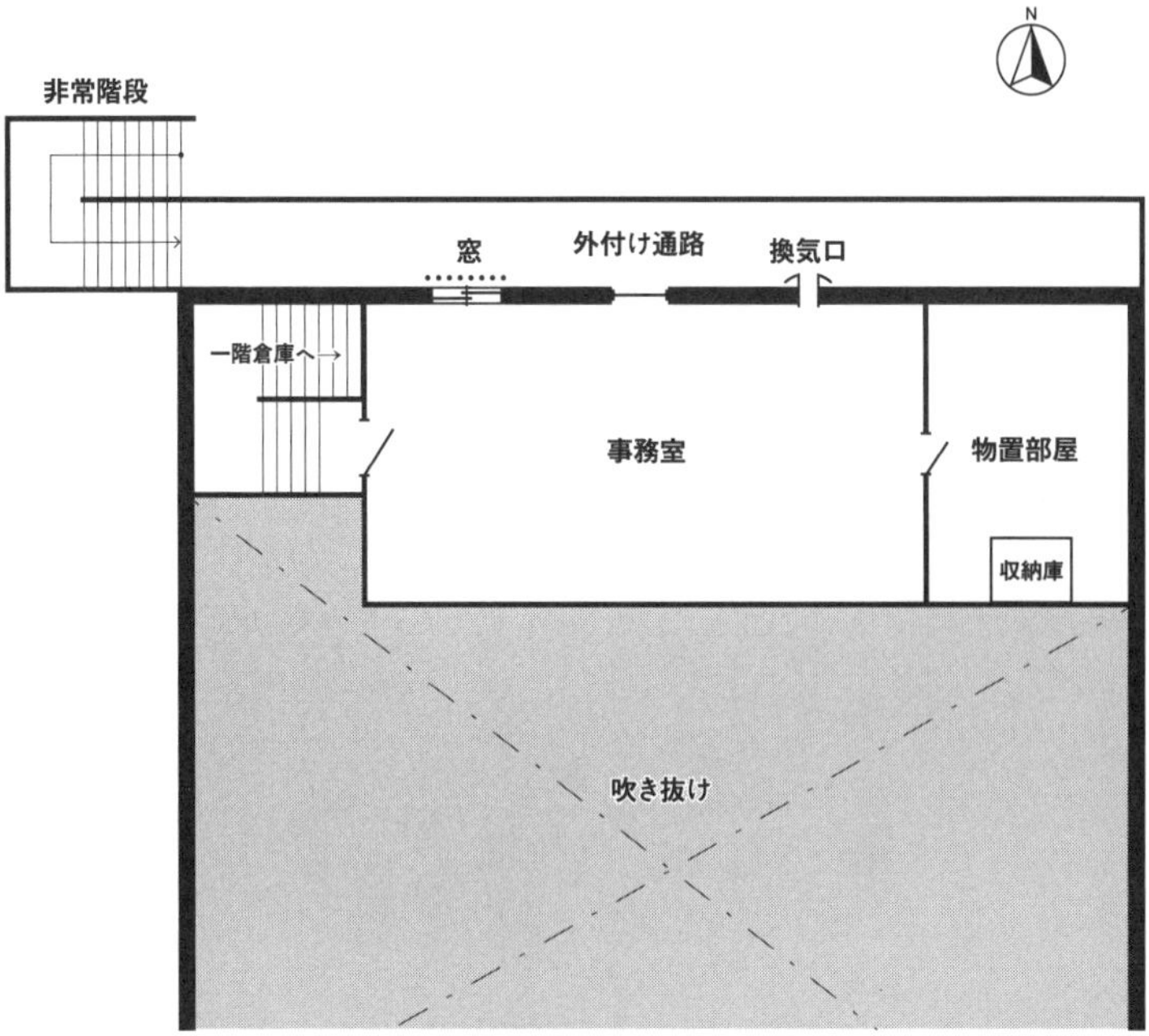

登場人物

ハンナ・カウフマン……………アメリカ在住の哲学者
フランソワ・ダッソー…………ユダヤ系フランス人の富豪
ヴェロニク・ローラン…………フランソワの妻
ソフィー・ダッソー……………ダッソーの一人娘
クリスチァン・オヴォラ………ダッソーの個人秘書
モーリス・ダランベール………ダッソー家の執事
エティエンヌ・ルルーシュ……同家の運転手
サラ・ルルーシュ………………レネックの娘
ジル・ルルーシュ………………エティエンヌの兄
ミレーユ・ジャメ………………ヴェロニクの親友
マクシム・メルレ………………銀行員
ジュール・メルレ………………マクシムの息子
ヴィクトル・マンシェ…………窃盗犯

＊

エステル・モンゴルフィエ……聖《サント》ジュヌヴィエーヴ学院の学院長
サンドラ・リーニュ……………同学院の音楽教師
アドリアン・ラトゥール………エステルの秘書

ディディエ・マタン……同学院の管理人《コンシエルジュ》
セルジュ・ルグラン……同学院の元管理人《コンシエルジュ》
マルグリット・ルルー……同学院の卒業生、ナディアの友人
パトリシア・ルルー……同学院の生徒、マルグリットの妹
アデル・リジュー……同学院の元生徒
セバスチァン・ルドリュ……十月書房《エディション・オクトーブル》の経営者、エステルの夫
オレリアン・メルシュ……同社の編集長
コリンヌ・ミショー……ルドリュの愛人
カミーユ・ドルビニー……『ホロコーストの神話《ミス》』の著者

*

アレクサンドル・ジュベール……パリ警視庁警視、誘拐事件担当
ピエール・ドワイヤン……ナンテール署刑事
ルネ・モガール……パリ警視庁警視
ジャン＝ポール・バルベス……パリ警視庁警部、モガールの部下
ナディア・モガール……ルネの一人娘
矢吹駆《やぶきかける》……謎の日本人青年
ニコライ・イリイチ・モルチャノフ……矢吹の宿敵

装幀
坂野公一
(welle design)

写真
Adobe Stock

夜と霧の誘拐

Nuit et brouillard Enlèvement

Kiyoshi Kasai

ユダヤ民族および他のいくつかの国の国民たちとともにこの地球上に生きることを拒む――あたかも君と君の上官がこの世界に誰が住み誰が住んではならないかを決定する権利を持っているかのように――政治を君が支持し実行したからこそ、何人からも、すなわち人類に属する何ものからも、君とともにこの地球上に生きたいと願うことは期待し得ないとわれわれは思う。これが君が絞首されねばならぬ理由、しかもその唯一の理由である。

ハンナ・アーレント『イェルサレムのアイヒマン』

序章　森屋敷の老女

地下鉄駅《メトロ》を地上に出ると、ミシェル・アンジュ街は煙るような霧雨に包まれていた。空は薄い青灰色で、わずかに冷気を帯びた大気が清々しい。こんな晩秋の雨の午後が子供のころから好きだった。ジャケットの肩を濡らしながら、少し先の珈琲店《カフェ》を足早にめざす。布庇のあるテラス席を避けて店内に入り、市が立つ通りに面した席で珈琲を注文した。カウンター席で常連客が店主らしい男と談笑している。店に客の姿は少なく、小さな珈琲店《カフェ》はひっそりとしていた。

給仕の青年が運んできた珈琲に、角砂糖をひとつ入れる。砂糖をスプーンで砕いて小さなカップを口許に運んだ。腕時計を見ると待ちあわせの時間まで二十分ほど。ケーニヒスベルクの哲学者さながら時間には正確な青年だから、到着するのは午後二時ぴったりだろう。

この哲学者には、散歩する姿を見て町の人が時計を合わせたという有名な逸話がある。ケーニヒスベルクの哲学者が時間に正確だったのは、思考の厳密性の反映かもしれない。けれども、あの日本人の場合は少し違うのではないか。矢吹駆《ヤブキカケル》の思考が哲学的に厳密でない、というわけではないけれども。

少年時代に対独抵抗運動《レジスタンス》を体験したジャン＝ポールによれば、地下活動では時間厳守が鉄則だとか。非合法の街頭連絡では、一分一秒の遅れもなく指定された場所に立たなければならない。むろん早く着きすぎても失格だ。

　ちょっとした失敗が逮捕や銃殺に直結しかねない少年時代の体験のためか、いまでもジャン＝ポールは意外と几帳面で時間的にもきちんとしている。仕事で急用が入った場合は別として、待ちあわせで人を待たせるようなことはまずない。少年レジスタンス隊員の経歴がある警官と、あるいは矢吹駆も同じなのではないか。

　セーヌの川船〈小鴉《コルネイユ》〉の首なし屍体事件から一ヵ月ほどして、カケルは長期の海外旅行に出た。パリに戻ったのは十月になってからで、どことなく憔悴しているように見えた。イリイチを追ってマグレブ諸国に向かうことを知っていたら、むろん反対したろう。制止できなければわたしも一緒に行った。けれども八月の初旬、あの日本人は黙ってパリから姿を消していた。モンマルトル街の安ホテルに三ヵ月分の部屋代を前払いして。

　カケルがいない夏、スペインに小旅行をした以外は東洋語学校《ラング・ゾリエンタル》の図書館や、日本大使館の付属施設にある資料室に通いつめた。日本の極左派《ゴーシスト》について少し調べたいと思ったのだ。四年前に日本赤軍のコマンドがオランダのフランス大使館を占拠した。コマンドたちは大使や館員を人質にフランス警察が逮捕していた仲間を釈放させ、巨額の身代金を入手して、政府が用意した特別機でシリアに逃亡した。都市ゲリラ化した日本の極左派《ゴーシスト》の存在は、この事件でフランスでもよく知られるようになる。

　政治家や経済人の暗殺など、非合法の都市ゲリラ作戦を続けてきたイタリアやドイツの極左派《ゴーシスト》と同じタイプの青年たちが日本にも誕生している。矢吹駆にはミノタウロス島の事件の犯人と似たような前歴があるのではないか。本人に問い質しても正直に答えるわけがないから、わたしは自分で調べることにした。

　断片的な言葉から察するところ、あの青年が日本を離れたのは四、五年ほど前らしい。パリでも関覧可能な日本の新聞や雑誌の保存分から、時期的に該当すると思われる学生運動関係の記事を拾い読みしてみても、矢吹駆の名前を見つけることはできない。一安心しながらも胸のつかえのようなものは残った。

　カケルが出国した前後の時期に、東京では凄惨な無差別テロ事件が発生している。北澤《きたざわ》重工本社ビルに大型爆弾が仕掛けられ、十数人の通行人が爆死したのだ。わたしの年長の友人も加わっていたフランスの〈プロレタリアの大義〉は、誘拐した企業幹部や、労働者の子女を襲ったレイプ殺人犯らしいブルジョワ男の処刑を寸前で中止した。ドイツやイタリアの都市ゲリラは保守政治家や大企業経営者などを標的としていても、いまのところ一般市民を大量爆殺するような無差別テロには踏みこんでいない。

　北澤重工爆破事件の記事を読んでわたしは慄然とした。映画『アルジェの戦い』には、アルジェリア民族解放戦線《FLN》の若い女が西洋風の髪型や衣服で変装して、ほとんどがフランス人客の珈琲店《カフェ》に時限爆弾を仕掛ける場面がある。民族解放戦争も戦争だから、一般人の殺傷を目的にした作戦も実施されうる。第二次大戦でドイツ軍はロンドンを爆撃したし、連合軍はドレスデンを廃墟に変えた。戦略爆撃の極限が広島と長崎への原爆投下だった。

　とはいえ日本の極左派《ゴーシスト》は日本国家と戦争をしていたわけではない。日本が内戦状態であれば、政府側の支配地域に無差別攻撃をかけることもあるだろう。最初の戦略爆撃といわれるゲルニカ空爆はスペイン内戦中の出来事だった。しかし極左派《ゴーシスト》の都市ゲリラと日本政府が内戦状態で、ゲリラ側に根拠地や解放区が存在したわけではないし、北澤重工周辺が政府側の支配地域だったともいえない。地下に潜伏したゲリラは、一般人が歩いている街路の爆破をどんな論理で正当化しえたのか。この異様な事件を何年も前の新聞記事で読んで、わたしは暗澹とした気分になった。

矢吹駆のパスポートでフランスを出入国しているのだから、あの青年は国際指名手配中の逃亡者ではない。あるいは矢吹名義のパスポートは偽造なのか。ハーグで大使館を占拠した青年たちがフランス政府に解放を要求したのは、パスポートの偽造を疑われオルリー空港で逮捕された仲間だった。偽造パスポートでフランスに幾度も出入国できるとも思えないのだが。

一夏を費やしての調査にもかかわらず、依然として矢吹駆の過去は謎に包まれていた。いまのカケルにとって最大の思想的敵対者は、テロリズムを正当化する倒錯した政治観念だろう。この点では左のボリシェヴィズムも右のナチズムも区別はなさそうだ。一方ではラルース家事件の犯人を破滅の淵に突き墜とし、事件の黒幕として国際テロリストのニコライ・イリイチを執拗に追い続けている。他方、ナチ戦犯夫婦の殺害犯が接触してきても警察には口を鎖していた。結果として犯人の逃亡を黙認したことになる。マルティン・ハルバッハが墜死したときも冷酷なほど無感動に見えた。ナチへの加担で知られる哲学者が無残な最期を遂げても、同情する気などかけらほどもないようだ。

左右の政治的暴力を批判してもカケルは人権派ではないし、法の支配や社会正義のためにテロリズムと闘っているわけでもないようだ。神はむろんのこと既成の法秩序も正義も信じない点で、あの青年はニヒリストに違いない。しかもダッソー家事件のハインリヒ・ヴェルナーや、〈小鴉《コルネイユ》〉事件の背後に存在していたイヴォン・デュ・ラブナンのような行動的ニヒリストとも一線を画している。

わたしたちの世代の行動的ニヒリストは、極左派《ゴーシスト》だったアントワーヌ・レタールやコンスタン・ジェールだろう。この二人はニヒリストとして無根拠に革命と闘争を決断し、そしてわたしの前から姿を消した。アントワーヌやコンスタンのことを想うと、いまでも哀切な思いが胸に満ちる。しかし、わたしにはどうすることもできなかった。

冷めた珈琲を口に含んでから、表紙に『堕天使の冬』とあるノートを開く。かなり前に書きはじめたラルース家事件の記録だが、完成が大幅に遅れたのには理由がある。昨年の秋から今年の春まで深刻な外傷神経症に悩まされていたせいで、殺人事件の記録を書き続ける気力を失っていたのだ。この夏に執筆を再開して、ようやく書き終えることができた。

スペインに去った友人のことを忘れないように、事件の記憶を文章にまとめておこうとはじめは思ったのだけれど、途中で構想を変えて小説のように書いてみることにした。いまの自分から見た十九歳の出来事ではなく、当時のわたしが感じたこと、考えたことをできる限り正確に再現したいと考えはじめたからだ。

たった三年でも人間は変わる、しばしば別人のように。ある意味で別人ともいえる現在のわたしが、三年前のことを当時のままに書こうとするのは難しい。だったらドキュメントではなくフィクションとして書いたほうが、当時の感情や思考の再現には適しているのでは。事実のリアリティよりも虚構のリアリティのほうが、過ぎた時のリアルを正確に表現できるのではないか。

中学《コレージュ》の生徒だったころから、わたしは探偵小説《ロマン・ポリシエ》を書いてみたいと思っていた。コレージュの二年生《サンキエーム》のとき、勉強のために英語の本を読もうと思いたった。近いうちに何ヵ月かイギリスに滞在する予定があったからだ。

モンパルナスの古書店で表紙が褪色したペーパーバックを棚から出すと、表題からしてどうやら探偵小説《ロマン・ポリシエ》らしい。探偵小説《ロマン・ポリシエ》なら中学生でも読めるのではないか。頁を捲っていると隣にいた老人が語りかけてきた、「お嬢ちゃん、その作者ならこちらのほうがいいと思うがね」と。小鳥が出てくるらしい探偵小説《ロマン・ポリシエ》を棚に戻し、わたしは老人に勧められた『僧正殺人事件《ザ・ビショップ・マーダー・ケース》』を購入することにした。

英語の本だったが二週間ほどで読み終えることができた。探偵小説《ロマン・ポリシエ》といえばリュパンやホームズしか知らなかったコレージュの生徒は、この小説を読んで心底から圧倒された。

『カナリヤ殺人事件』は二級品だが『僧正殺人事件』は違う。もしも『カナリヤ殺人事件』を先に読んでいたら大戦間のアメリカ探偵小説《ロマン・ポリシエ》に没入することはなく、わたしの人生も現在とはまったく違っていたろう。探偵小説《ロマン・ポリシエ》ファンだからラルース家の事件にカケルを巻きこんだりもしたのだ。

フランス人でヴァン・ダインやエラリイ・クイーンを読んでいるような変人は、ほんの一握りにすぎない。モンパルナスの古書店で偶然に隣りあわせ魅力的な新世界に案内してくれた老人は、この国では珍しい大戦間のアメリカ探偵小説《ロマン・ポリシエ》の愛読者だったようだ。脳裏に浮かぶ老人はアインシュタインのような口髭を生やしているが、これは無意識のうちに作り替えられた偽の記憶かもしれない。探偵小説の天使が降臨して、中学生の女の子を異世界に誘ったとまでは思わないけれど。

記録するために事件のことを考え続けて、「この犯罪は現実の犯罪ではない。いわば観念の犯罪なんだ」というカケルの言葉の意味がようやく理解できたように思う。『僧正殺人事件』で描かれた犯罪もまた観念の犯罪だった。観念の犯罪を主題的に描いた探偵小説《ロマン・ポリシエ》は、アメリカでも『僧正殺人事件』が最初だろう。

『僧正殺人事件』の作者に敬意を表し、『堕天使の冬』では日付と時刻で文章を区切ることにした。そうした構成を選んだ理由には、あとから入手した警察の捜査情報を、わたし自身が体験した出来事のあいだに時系列順に挟んでみたいと思ったこともある。

『堕天使の冬』のあと、『黙示録の夏』を書くことになるのかどうか、まだ自分でもわからない。カケルにさえ見せるつもりのないノートだが、例外が一人いないでもない。一年前のいまごろミノタウロス島から帰国するときのことだ。たまたまスキンヘッドの哲学者に『堕天使の冬』のことを話したのだが、完成したら読みたいと真面目な顔でいってくれた。はじめての「作品」をミシェル・ダジールに読んでもらえる、こんな誘惑に物書き志願者《エクリヴァン》はとても抵抗できない。もしもダジールに励まされたら『黙示録の夏』を書く意欲が湧いてくるかもしれない。駄目だといわれたら精神的に落ちこんで、第二作を書く気は失われるだろう。

カケルに謎解き競争を挑んだラルース家の事件は、わたしが十九歳だった年の冬に起きた。二十歳の夏にはモンセギュールが舞台のロシュフォール家の事件、その初冬には〈アンドロギュヌス〉事件。二十一歳の初夏に森屋敷で起きたダッソー家の事件、晩秋にミノタウロス島の事件、冬には〈ヴァンピール〉事件。そして今年、二十二歳の春は〈小鴉《コルネイユ》〉の首なし屍体事件……。

わずか三年のうちに七件もの殺人事件に巻きこまれた。警察官なら驚くほどの件数ではないし、同じ期間にパパやジャン＝ポールはこの十倍もの殺人事件を担当している。しかしわたしは平凡な大学生なのだ。三年で卒業した友人たちも少なくないのに四年目も大学に在籍しているのは、納得できるまでリヴィエール教授の下で学びたかったからだ。しかし殺人事件に時間を取られて、レポートの提出が幾度か遅れたことも理由のひとつではある。

父親が司法警察の捜査官だから、三年で七件もの事件に関与することになったのだろうか。七件のうちパリで起きた五件はたしかにモガール警視の担当だった。しかし、捜査官との個人的関係ですべての事件に関わったともいえない。最初の事件は男友達の親類が被害者で、第二の事件が起きたのは女友達の別荘だった。第三の事件ではジャン＝ポールがカケルに助言を求めたせいで、わたしたちも捜査に関与することになる。パパたちとの関係から事件に巻きこまれたのは、この〈アンドロギュヌス〉事件ひとつにすぎない。

三つの事件で懲りたわたしは、二度と殺人捜査になどかかわるまいと心に決めていた。そのあとの事件はカケルのほうが先に興味を示したのだ、追跡している謎の男ニコライ・イリイチがそれぞれの事件の背後にいるようだったから。イリイチが絡んでいた点は最初の三件も変わらない。七つの事件には例外なく、なんらかの形でイリイチが関わっていた。

それぞれの事件にはそれぞれに犯人が存在したのだが、背後から犯人たちを操って演出家のように事件を仕組んでいたのはイリイチだった。カケルにとめられていたから、この人物についてはパパにもジャン＝ポールにも口を噤んできた。しかし第四の事件の際に、警察は警察で独自にイリイチの存在を洗い出している。それぞれの事件にどのように関与したのか、その詳細は別としても。

七件いずれの場合にも、禍々しい事件を仕組んだ本当の犯人はニコライ・イリイチだった。しかも矢吹駆はイリイチを執拗に追跡している。わたしがカケルとこの街で最も親しい人間であることは疑いない、モンマルトル街の屋根裏部屋に立ち入ることが許されているのはナディア・モガール一人だけだし。平凡な女子学生の周辺で何件もの殺人事件が発生したのは、矢吹駆とニコライ・イリイチの運命的な死闘に巻きこまれた結果ではないかとも思う。

事件は七件でも、被害者側と犯人側を含めて直接間接の死者は二桁に達している。犯人たちが連続殺人で屍体の山を築くだけでない。たとえ駒であろうと、あの日本人はイリイチの陣営に属する者たちには容赦がない。両者の応酬の結果として数十人の死者が生じているとすれば、これは小規模ながら戦争というべきではないか。ニコライ・イリイチと矢吹駆は、一般人には不可視の地下世界で小さな戦争を続けている。

二人の地下戦争の一部が、ときに犯罪事件として表の世界にあらわれることもある。実行犯の黒幕であるイリイチと、ときには警察を利用するカケルが、事件の謎を挟んで対峙することも。だが、この二人にとっては犯人や探偵という役柄などなんの意味も持たない。カケルとイリイチの主戦場は法秩序が機能を停止した例外状態なのだ。

ダッソー家の事件では陰の主役だったマルティン・ハルバッハと同様に、一九三〇年代のナチス加担を非難されたドイツ人法学者によれば、内乱や戦争などの例外状態では合法と非合法の区別は消滅する。例外状態が到来した瞬間に、一方が合法的で他方が非合法というような、法秩序が可能にしてきた平時の対立関係は消失してしまう。リヴァイアサンとビヒモスが死闘を演じる戦場には、法も犯罪もないし探偵も犯人もいないのだ。

　知らないうちにわたしも、残酷な死と暴力に溢れた怖ろしい空間に迷いこんでしまったようだ。ミノタウロス島の事件で体験した数々の恐怖のため、外傷性の記憶に長く苦しめられた。しかしそれも、半ば以上は自分から望んだ結果ではないかとも思う。

　まだ歴然とした違法行為には手を染めていないけれど、わたしも捜査に重要かもしれない情報を警察に隠してきた。たとえパパやジャン＝ポールに真実を伏せることになろうと、カケルを裏切ることはできないから。沈黙してきた秘密のひとつが、たとえばイリイチの存在だ。

　わたし自身、法秩序が崩壊した荒野に半ば以上も身を置いている。まだ犯罪は犯していない、いまのところは人を殺しても傷つけてもいない、盗んでもいないけれど。しかしそう思うことは気休めにすぎないとも感じる。合法と非合法の自明な基準からではなく、自分の判断で善か悪か、正義か不正義かを決めなければならない極限的な場所に、いつかは立たされることになるだろう。カケルのそばにいたいと願うなら、おそらくは。

　パパもジャン＝ポールも第二次大戦という戦争状態、例外状態に身を置いた経験がある。ペタンが合法的に降伏した以上、ドイツのフランス占領もまた合法的だった。占領軍のドイツ兵を襲撃することは非合法の行為、犯罪行為になる。しかし対独抵抗運動《レジスタンス》に参加した人々は占領下の法秩序など無視して、おのれの信じる正義のために命がけの行動をした。

　第二次大戦でドイツが敗北したから、レジスタンスの「犯罪」は事後的に合法化され隊員たちの正義は賞讃されもした。もしもドイツが戦争に勝利していたら、歴史はレジスタンスを犯罪として断罪したろう。

ある時、ある場所を支配するにすぎない相対的な法とは異なる、普遍的で絶対的な法がある。レジスタンス隊員は人類普遍の法に従ったのであり、たとえドイツ占領軍やヴィシー政府の法に反していたとしても、その行為は合法的だった。法には階層秩序が存在し、下位の法と上位の法が矛盾する場合は後者が優先されると、このようにいえるのだろうか。

法学専攻の学生ではないから一般的なことしかいえないが、たしかに一国内ではそのようなこともあるだろう。個々の法律は憲法に、条例のような一地域の法は国家の法に規制される。では国家の法よりも上位の法は存在するのか。主権国家間の約束事にすぎない国際法が、諸国家を上から拘束しているとはいえない。違反した国家を実力で排除するような超国家的な実力を、国際法は備えていない。

普遍的な法は、たとえば国連の世界人権宣言として明文化されたという論者もいる。世界人権宣言を憲法とする世界国家が成立すれば、困難な倫理問題も最終的に解決されるだろうか。このように語る理想主義者は、倫理的難問を空想的に解消しているにすぎない。世界政府のもとであろうと、法に反しても正義を行わなければならないと信じる人々は必然的に生じるだろう。理想的な世界政府のもとで反逆者や抵抗者はあらゆる合法性を剝奪され、究極の「悪」という烙印を押されるとしても。

件《くだん》のドイツ人法学者が主張するところでは、第一次大戦後に国際連盟として模索された世界政府の理想こそが、第二次大戦という未曾有の残虐と惨禍を解き放った。例外状態で争うリヴァイアサンとビヒモスは、ともに法の後ろ盾をもたない限りでは対等だった。しかし一方が人類共通の普遍的な「法」を掲げた瞬間、グロテスクな巨獣同士の激突にさえ見られた相互性と平等性は崩壊する。一方にとって他方は邪悪な犯罪者、存在さえ許されない怪物となる。

一方は普遍的な正義の名において他方を攻撃し、徹底的に蹂躙して抹殺することさえ許される。一方と他方の立場は逆転しうるから、双方ともに普遍的な正義を掲げる絶対的な闘争がはじまる。アウシュヴィッツとヒロシマに帰結した第二次大戦とは、まさにそのような絶対戦争だった。

自然法の場合はどうだろう。未開社会を含めてどのような人類社会にも共通する法が存在するなら、それを具体的な規準として自分の行動を律することができるかもしれない。たとえば「殺してはならない」という掟だ。

しかし自然法の水準まで退却しても、あの倫理的な困難が解決されるわけではない。「殺してはならない」という共同体の法は、内側にしか向けられていないからだ。共同体に属さない他者を、この法はかならずしも保護しない。他者にたいして共同体の法は沈黙する。他者の殺害を共同体の法は容認し、ときとして積極的に推奨さえするだろう。たとえば共同体間で武力抗争が生じるような場合だ。

このように法は相対的だが、それでも絶対的な行為はある。ある人物の生命を奪うという行為を、ある法は否定し別の法は容認する。自分を拘束する法に否定されても、いまだ実現されていない上位の法を引きあいに出して、人は違法行為を合法化しうる。こうした法的メタレヴェルの争奪戦は、無法の極限であるような絶対的殺戮、敵対者の殲滅に帰着せざるをえない。

上に向かう普遍的な法理念は放棄しても、下に向かえば蒼古の自然法的な規範を見出しうるだろう。しかし「殺してはならない」を典型とするような、共同体の法では対応しえない倫理的難問に直面したとき、人はどうすることができるのか。それでも倫理的であろうとするなら、人々は無根拠に正義を行うしかないだろう。

あの青年の傍らにいたいと願うなら、この国の法に背くことにもなりかねない。三年で七件の殺人事件と何十人もの死者を目にした結果だろうか、思考が極端化していくのは。ミノタウロス島で負った精神的外傷が、いまでも完全には癒えていないのかもしれない。

それにしても何者なのだろう、ニコライ・イリイチ・モルチャノフとは。父親のイリヤ・モルチャノフはナチ親衛隊の髑髏《どくろ》団に志願したウクライナ人で、南ポーランドのガリツィアに建設された絶滅収容所コフカの看守、母親はマリアという女囚だったらしい。ドイツの敗戦直後にマリアを惨殺したモルチャノフは、息子を連れて南米に逃れた。

南米で育ったイリイチは、長じてソ連など東側諸国の秘密機関と連携した非合法活動を開始する。パレスチナの難民キャンプを基地に西側諸国の極左ゲリラ組織と連携するばかりか、東側から亡命した高官の暗殺など本人が破壊活動に携わることもある。イリイチ直轄の秘密組織が〈赤い死《ラ・モール・ルージュ》〉だ。ラルース家事件や〈アンドロギュヌス〉事件の背後で暗躍したイリイチは、KGBと通じた左翼テロリストの黒幕のように見える。しかし、それはイリイチという奇怪な人物の一面にすぎない。たとえば〈アンドロギュヌス〉事件で判明したのは、この男がポーランドの反体制派に喰いこんでいるらしい事実だった。敵側の情報を集めて、反体制派を裏から操るために接近したのだろうか。

イリイチは二十世紀最大の哲学者マルティン・ハルバッハや、戦後最大の知識人ジャン＝ポール・クレールと同伴者エルミーヌ・シスモンディの失墜を謀ったようにも見える。現象学と実存哲学から出発した点では共通するが、思想的立場は大きく異なる二人だ。

第二次大戦後にクレールは実存主義哲学者として時代の寵児になるが、その先行者と見なされることをハルバッハは拒否した。東側にとってハルバッハは悪質なブルジョワ哲学者かもしれないが、クレールは共産党を支持したこともある左派知識人だ。ソ連共産党とは対立関係にあるマオイストの支援に廻ったとはいえ、ソ連にとって是が非でも抹殺しなければならない政治的な敵とまではいえない。

たしかにニコライ・イリイチは南米出身のテロリストで、ソ連の秘密工作員あるいはＫＧＢと連携した破壊活動家なのだろう。とはいえ、こうした役割からは理解できない不可解な行動を繰り返してもいる。二人の哲学者の失墜を謀ったことに加え、たとえばロシュフォール産業の新社長を操って原子力帝国を築こうとしているし、新型ウイルス病の病原体を全世界に撒布することも計画したようだ。

いずれもソ連の国益に沿った、おぞましい極秘計画といえないこともない。もしも原子力発電所が致命的な事故を起こせば、この国に核爆弾を投下したのと同じような破壊効果が得られる。東側のエージェントがロシュフォール産業の中枢を支配していれば、ソ連はフランスに合法的な核攻撃を加えることさえ可能になる。

オイディプス症候群《シンドローム》を惹き起こす新型ウイルスは、ソ連が開発した最新の生物兵器という可能性も否定できない。イリイチの任務はウイルス兵器の生体実験だったのかもしれない。このようにソ連国家との関係であの男の行動を説明することはできる。しかし、こうした合理的説明の枠を超えて溢れ出す不気味なものが、イリイチの行動に潜んでいるようにも感じる。

ラルース家事件の犯人が「あの怖ろしい思想を抱くようになったのは難民たちの悲惨な生活をその眼で目撃してしまったからなのです」と、セットの女性教師シモーヌは語っていた。モンセギュールの事件や〈アンドロギュヌス〉事件の犯人にも同じことがいえる。イリイチの悪魔的な囁きは、誰でも心の底に淀ませている不遇感や劣弱感を自他破壊的な暴力的観念にまで育てあげる。そうすること自体に、あの男は奇怪な愉悦を感じているかのようだ。

ロシュフォール家事件の犯人は、狂気じみて熱っぽく輝く瞳で語っていた。「イリイチは、僕が持て余していた獣の力を、果てなく膨張する宇宙的生命力そのものだと教えてくれた。下位の生命から上位の生命が生まれ、上位の生命は下位の生命を支配する。人間が動植物を意のままに支配し、殺戮し、利用し尽くして来たように、来るべき新人類には、愚鈍極まりない旧人類を同様に扱う権利が与えられている。そして僕は、すでに旧人類の地平から脱し、超人への道に参入しつつあるという事実を、イリイチは疑う余地なく明らかにしてくれた」

残忍な殺人行為に踏み切らせるためイリイチは、こうした倒錯的観念を一人の青年に吹きこんだ。イリイチ自身がナチのような人種主義や、社会ダーウィニズムを信じているのだろうか。ニコライ・イリイチのことを考えると「虚無と自滅の精霊」という言葉が頭に浮かんでくる。世界に黙示録的破滅をもたらすこと、混乱と暴力と業火の底に世界を突き落とすことこそ、イリイチの陰謀の秘められた最終目標なのではないか。

そのためにイリイチはオイディプス症候群《シンドローム》のウイルスを全世界に撒布し、いつでも核爆弾として利用できる原子力発電所を手に入れた。崩れかけた世界を知の力で支えようと渾身の努力を続けてきた、二十世紀を代表する大哲学者の失墜をもくろんだ。人類と世界を、文明と歴史を虚無の淵に沈めてしまうのがイリイチの本当の目的で、ソ連国家もＫＧＢも「虚無と自滅の精霊」に利用されているにすぎないのではないか。

ニコライ・イリイチは全体主義の二十世紀、難民と絶滅収容所の時代の申し子かもしれない。ナチズムという右の全体主義から生まれたイリイチは、ボリシェヴィズムという左の全体主義と手を組むことにしたが、本人は右にも左にも忠誠心など皆無だろう。右の陣営あるいは左の陣営に身を置いて、体制間競争に勝利することを望んでいるわけではない。いずれをも巻きこんだ世界と人類の絶滅を、その手で準備しようとしているのではないか。

この悪魔的な人物を矢吹駆は敵と名指しているが、二人の地下戦争はイリイチのほうが優勢といわざるをえない。あの男からカケルは三回も狙撃されている。一昨年の初夏にセーヌ河岸のニューヨーク通りで、昨年の初夏にダッソー邸正門前の路上で、今年の冬にはイヴリー・シュール・セーヌの河岸通りで。もしもイリイチが本気だったら、カケルは命を失っていたろう。続けて三回も拳銃や短機関銃の狙いが外れたとは考えられない。

捕らえた鼠を猫は簡単には殺さない。猫が鼠を遊びでいたぶるように、イリイチはカケルに死の遊戯を仕掛けているのではないか。徹底的に叩きのめし敗北を最終的に認めさせてからだろう、イリイチが本気でカケルを抹殺しにかかるのは。とすれば猶予の時間はまだ少しある。この夏にカケルが不意に姿を消したとき、そう思わなければ心臓が心配で張り裂けてしまったろう。

はじめはカケルにイリイチの追跡を断念するように訴えた、危険だからと。しかしいまではもう諦めている、あの青年が宿敵らしいウクライナ系ブラジル人のことを忘れるわけがないから。このままなら、最後の対決のときはかならず到来する。その場に立ちあわせたとき、どちらかの命を選ばなければならないとしたら。そのためにわたしにもできる準備をはじめること。

ジャン＝ポールに室内射撃場に連れていかれたことがある。生まれてはじめて拳銃を撃ったのだけれど、あの大男には褒められたし、もしかしたら射撃の才能があるのではないか。市中の射撃訓練場で今度は九ミリ口径の拳銃で練習してみよう。

拳銃の所有許可を得るのには時間がかかるし、日常的に携行するための許可は簡単には下りない。職業的な警備員のように仕事上の必要性が認められるなら話は別だが、ふつうの大学生では日常的に銃器を携行することは許されないだろう。ジャン＝ポールに相談してみれば、なにか抜け道を教えてくれるかもしれないが。

二杯目の珈琲を注文してテーブルのノートを鞄に仕舞った。こんなふうにニコライ・イリイチのことを考えてしまうのは、ダッソー家の事件のためだろうか。この珈琲店《カフェ》から歩いて十五分ほどのところにダッソー家の森屋敷がある。高い塀に囲まれたダッソー邸の敷地には、まるでブローニュの森の飛び地のように無数の巨木が鬱蒼と繁っている。

ダッソー邸で起きた事件には第二次大戦とヒトラーの第三帝国、あるいはナチの絶滅収容所をめぐる歴史が不吉な影を落としていた。ドイツ軍によるフランスの占領、占領地域と非占領地域を問わない熾烈なユダヤ人狩り。

二十世紀に入ってロシアや東欧からフランスに流れこんできたユダヤ人移民も、早い時期に国籍を取得しフランス社会で相応の地位を築いた同化ユダヤ人も、区別なく身柄を拘束され家畜列車に押しこまれてドイツやポーランドの強制収容所に移送された。この春の〈小鴉《コルネイユ》〉事件にもダッソー家の事件と共通する背景が存在し、捜査の過程では絶滅収容所からの生還者エミール・ダッソーの名前も浮かんできたほどだ。

たとえ生まれる前の出来事であろうと、暗澹とした歴史からは逃れられない。こうした真実を、ダッソー家と〈小鴉《コルネイユ》〉の事件から知らされたように思う。わたしが子供だったころにはレジスタンス神話が盛大に喧伝されていた。きわめて少数の裏切り者を例外として多くのフランス人は、ドイツ占領軍に一丸となって勇敢に抵抗し、最後の勝利を得たといった英雄物語だ。しかし対独抵抗運動《レジスタンス》をめぐる教科書的な物語は、神話にすぎないことが次第に語られはじめる。

命を懸けて占領軍に抵抗を挑んだレジスタンス隊員はもちろん存在した。としてもフランス国民の全体からすれば、真に戦ったといえるのはわずかな数の人たちにすぎない。ヴィシー政府の高官から、パリに拷問部屋を開設しゲシュタポから汚い仕事を請け負って大金を稼いだゴロツキにいたるまで、協力派のほうが圧倒的多数を占めていた。

協力派でも抵抗派でもないフランス人のほとんどは、身の安全を第一に嵐が過ぎるのを待っていた。常識的に判断して、これが異常な事態だとはいえない。ユダヤ人やレジスタンス隊員などは別として、暴虐の限りを尽くした東方占領地の場合とは違って、フランスに駐留していたドイツ軍将兵が従順な市民に暴力的に振る舞うことは比較的少なかったという。食料品をはじめ消費物資の不足に苦しめられたとしても、どちらかといえば占領下のパリは平穏だった。

しかし第二次大戦後に成立した第四共和政は、ドイツへの降伏、ドイツによる占領、ドイツの傀儡政権の樹立といった屈辱的な歴史を、消しゴムで消すように綺麗に消去した。戦犯裁判で処罰された少数を除外して、フランス国民はドイツ占領軍と徹底的に戦い抜いたというレジスタンス神話が流布されていく。

この神話をフランス人が盛大に支持したのは、自分たちの負い目を忘れるためだろう。人間とは自堕落な存在だ。対独抵抗運動《レジスタンス》の指導者だったアンドレ・ルヴェールやイヴォン・デュ・ラブナンから、下っ端の使い走りだったルネ・モガールやジャン＝ポール・バルベスにいたるまで、事実として危険な場所に身を置いたことのある者たちは、酒席でレジスタンス時代の自慢話など決して口にはしない。

無数の仲間が殺されたのに自分は生きている。当時のことを思い出せば死んだ同志にたいする自責の念が込みあげてきて、気楽な武勇伝を口にする気になれるわけがない。

戦争でドイツに敗北し占領されて第三共和国は崩壊した。しかしそんなことは瑣末《さまつ》な問題ともいえる。最大の問題は国民の精神性にあった。侵攻してきた優勢なドイツ軍に徹底抗戦を挑むことなく降伏すると決めたとき、この国は大革命と第一共和国以来の理想を放棄したのかもしれない。戦後のフランスは長いこと大戦中の悲惨な経験を忘れようとしてきた。国民精神の底に巣喰った病根を批判的に抉り出すという、避けることのできない義務から自己保身的に逃れて。

占領中にフランス国民が行った犯罪行為の数々を、若い世代の研究家やジャーナリストは時代を遡って検証しはじめた。たとえば平凡なパリ市民がユダヤ人狩りに積極的に協力していた事実なども。パリで拘束されたユダヤ人のほとんどが、東欧の絶滅収容所のガス室で屍体の山に変えられた。この二十世紀最大の虐殺事件にフランス人も潔白ではない。

できれば見たくない、できれば忘れてしまいたい呪われた事実を、国民の自己保身的な総意が隠蔽し続けてきた。レジスタンス神話で政治的な利益を得てきた点では、共産党もド・ゴール派と変わらない。第二次大戦後の第四共和政もアルジェリア戦争後の第五共和政も蜃気楼と変わらない幻影だった。

不快な真実に目を塞いで、われわれフランス人は精神的なその日暮らしを続けてきたことになる。そういえばカケルは〈小鴉《コルネイユ》〉の事件の際に、奇妙な戦勝国フランスと奇妙な敗戦国日本の倒錯した精神的同型性を指摘していた。それでも第二次大戦後の虚飾にまみれた自己忘却は終わろうとしている。ナチス・ドイツの罪が百だとしたら、占領され自由を奪われたフランスも十か二十は有罪だろう。

こんなことを考えはじめたのは、隣席に置き忘れられた朝刊紙のせいだ。一面の見出しには『クラウス・ヴォルフのフランス送還、すでに秒読み段階』とある。クラウス・ヴォルフとは大戦下のパリに君臨したゲシュタポ幹部で、「パリの虐殺者」と怖れられた人物だ。ドイツの敗戦後は南米のボリビアに逃亡した。

ダッソー家事件に関係したヘルマン・フーデンベルグが、臆病なほどに身元を隠し続けたのとは異なって、ボリビア政府に庇護されたヴォルフはナチ時代の経歴を伏せていない。アメリカの秘密情報機関は、南米を支配し続けるために必要な汚れ仕事をクラウス・ヴォルフにやらせていた。この人物はゲバラの殺害にも関与していたようだ。

ボリビアにいる限り安全だったナチ戦犯も、しかし時代の変化と無縁ではいられなかった。フランス政府による「パリの虐殺者」の度重なる身柄要求を、アメリカも無視できないようになる。国際的な圧力に屈したボリビア政府は、クラウス・ヴォルフの身柄を半年前に拘束した。拘束といっても豪勢な別荘に軟禁している程度のことで、犯罪者として逮捕投獄したわけではない。

状況が一変したのは先月のことだ。どのような裏取引が両政府のあいだでなされたのか、ボリビア政府は年内にもクラウス・ヴォルフの身柄をフランスに引き渡すことを公表した。ヴォルフが移送され裁判が開始されるときには、国際的な関心がエルサレムのアイヒマン裁判に匹敵するほど高まるに違いない。アイヒマン裁判では曖昧なまま残された問題にも、ヴォルフの裁判が新たな光を当てる結果となるかもしれない。

ヘルマン・フーデンベルグが南米に亡命するとき、息子のニコライを連れたイリヤ・モルチャノフも同行していた。同じボリビアに身を隠した元親衛隊《エスエス》員だから、フーデンベルグ夫婦とモルチャノフ父子、そしてクラウス・ヴォルフの三者には連絡があったかもしれない。イリイチはフーデンベルグを知っていたから、イリイチとヴォルフが接触していても不思議ではない。

クラウス・ヴォルフの運命は急変した。長いこと保護者だったＣＩＡも利用価値が失われたという判断からか、これ以上はヴォルフを庇う気がないようだ。ナチ戦犯のパリ移送を焦点に、またしてもニコライ・イリイチが暗躍しはじめるのではないか。こんな不吉な予感のために心臓が締めつけられるように痛む。

先週のことだ、オデオン裏の珈琲店《カフェ》で日本語の授業を終えて別れるとき、カケルからダッソー邸の訪問に誘われたのは。謎めいた三重密室事件がブローニュの森屋敷で起きたのは、陰気な雨が冷たく降り続く昨年の初夏だった。二十世紀最大の哲学者と評されたマルティン・ハルバッハがダッソー邸の東塔から墜死して、もう一年半が過ぎたことになる。

あの日本人が自分から同行を求めるなんて珍しいことだから、わたしは尋ねてみた。「またダッソー邸で事件でも起きたの」

「バルベス警部を通じてフランソワ・ダッソーから連絡があった。十一月十三日の午後一時に、できればマドモワゼル・モガールと一緒に邸まで来てもらえないかと」

「どんな用かしら」

「僕たちに紹介したい人がいるとか」

「わたしもなのね」カケルは無表情に頷いた。

いったい何者だろう、森屋敷の主人がわたしたちに引きあわせたい人物とは。フランソワ・ダッソーには妻と娘がいるが、一年半前の事件のときは別宅に滞在中で、わたしたちとは顔を合わせていない。その二人をあらためて紹介したいとでもいうのか。

矢吹駆がいなければ森屋敷の事件は未解決のままだったろう。わたしたちをダッソーに紹介したとき、マドモワゼル・モガールは警視庁に就職が決まっている大学生、ムッシュ・ヤブキはフランス出張中の日本人警察官だという嘘をジャン゠ポールは平然と捲し立てた。この出鱈目をいまでもダッソーが信じているとは思えないが。

ダッソー邸の密室事件の件で警察に事情聴取されたフランソワ・ダッソーだが、監禁罪での起訴はまぬがれた。フーデンベルグの拉致監禁はエドガール・カッサンの主導によるもので、他の〈正義の会〉メンバーはカッサンの犯行に巻きこまれたものと検察官は判定したようだ。そのダッソーが誰をわたしたちに紹介しようというのだろう。

約束の時刻ちょうどに、長髪の日本人が店内に入ってきた。席に着こうともしないカケルを追って、わたしも大急ぎで店を出る。

霧雨にブルゾンを濡らしながら、青年はオートゥイユ街を歩きはじめた。この珈琲店《カフェ》からダッソー邸に行くには歩いて十五分ほどかかる。ミシェル・アンジュ・モリトール駅でなく次のポルト・ドートゥイユ駅のほうが森屋敷には近いのだが、珈琲店《カフェ》で待ちあわせるため手前の駅で降りることにしたのだ。地下鉄《メトロ》十号線が延長されて新駅のジャン・ジョレス駅が開業すれば、ダッソー邸まで地下鉄《メトロ》の駅から五分で行けるようになるだろう。

ブローニュ・ビヤンクールはパリに隣接する郊外町だが、北側のブローニュ地区と南側のビヤンクール地区では印象がまるで違う。ブローニュは住宅街だが、新開地のビヤンクールは工場街でルノーの工場もある。ブローニュの森のすぐ南には全仏オープンテニスのロラン・ギャロスがあって、試合の日は賑わうがふだんは静かなものだ。

「顔色がよくないけど、大丈夫なの」隣を歩くカケルに声をかける。

ほっそりしているが、全身がしなやかな筋肉で覆われた青年の躰つきをわたしはよく知っている。野菜と少しの小麦粉を中心にした粗末な食事も、健康には悪くないだろう。

病気とは無縁だったカケルなのに、体調を崩してパリに戻ってきたようだ。モロッコかチュニジアで病気でもしたのだろうか。わたしの言葉を無視して、カケルは口を閉ざしたまま足早に歩き続ける。心配でたまらないのだが、その気のない人間を病院に行かせることはできない。どうしたらいいのだろう、本当に。

ポルト・ドートゥイユ広場から、公園を斜めに通り抜けてシャトー街に出る。じきに落ちついた雰囲気の屋敷町になった。大きな邸宅が目立つ並木通りを進むと、前方にダッソー邸の正門が見えてくる。

穂が金色に塗られた黒い鉄柵門の内側で、黒服の老人が蝙蝠傘《こうもり》をさしている。ダッソー家の執事で、たしか名前はモーリス・ダランベール。料理女のモニカ・ダルティや庭師のフランツ・グレと一緒に、この人物とも一年半前の事件のときに顔をあわせている。

わたしたちの姿を目にして、背は高いが体格は貧弱な老人が横の通用口を開いた。「お待ちしておりました」

「すみません、雨のなか待たせてしまってて」愛想のない日本人に代わってわたしが応じる。

「いえいえ、これが仕事でございますから」

閉じた傘を二本、執事の老人は小脇に挟んでいる。ダランベールに手渡された傘を開いて、左右に鬱蒼とした森が広がる石畳道を進みはじめた。老人の後ろ姿を見て、思わずくすりと笑ってしまう。ひょろ長い躰に黒服姿の執事が手に持った傘を開いていると、まるで蝙蝠傘が蝙蝠傘をさしているようなのだ。

この老人以外にダッソー家には使用人として運転手、小間使い、家政婦などもいたはずだが、わたしは顔を知らない。ダッソーに指示されて、事件のあいだ別邸滞在中の妻子に同行していたようだ。

傘で雨を避けながら石畳道を進んでいく。マロニエの並木道の正面には豪壮な建物が聳えている。中央の本体部分は石造二階で、左右の端だけ三階分の高さがある。建物は薄茶色だが、窓や玄関は白い石材で縁取られている。建物中央の大きな張出屋根はギリシアふうの円柱で支えられている。

左右の三階部分は東塔および西塔と呼ばれる。昨年の五月に三重密室事件が起きたのは東塔で、西塔には絶滅収容所からかろうじて生還した先代ダッソーの設計になる、コフカ収容所の精巧なパノラマがあるという。

西塔のパノラマを見学したいとフランソワ・ダッソーに頼んでみようか。たんなる好奇心からではない。絶滅収容所の極限的な体験とは比較にならないとしても、わたしもミノタウロス島での死と暴力の記憶に苦しめられてきた。

抜群の経営手腕でダッソー社をフランス有数の巨大企業に育てた辣腕事業家は、なにを思いながら収容所のパノラマで晩年を過ごしていたのか。どんな理由でエミール老人は、癒えることのない記憶の傷口に塩を擦りこみ続けたのか。それを知りたいとわたしは切実に思う。

正門から邸の建物までの長い距離を三分の二ほど進むと、東側の森が切れて広大な庭園に変わる。森の縁まで緑の芝生と花壇が並んで、庭園の中央では噴水が水飛沫を散らし、遊歩道には大理石の彫像が点々と置かれている。季節を過ぎて枯れはじめた草花が、花壇で冷たい霧雨に濡れている。

建物正面の張出屋根の下には石畳の車寄せと階段が、その奥には正面玄関の大扉がある。建物の前は砂利敷の来客用の駐車場、その西側は大型車が五台は入りそうな煉瓦造りの車庫で、車庫の二階は住宅として使われているようだ。執事の先導で並木道を外れ遊歩道に入ると、前方にオレンジ色の瓦屋根と白壁の南欧風の四阿《あずまや》が見えてきた。

「あちらです」執事が四阿のほうを示した。

「庭園なんですか」

「当家のお客さまが四阿でお待ちです。ここで私は失礼いたします」

執事に見送られて、カケルとわたしは花壇のあいだの小道を辿った。四隅の柱で支えられた四阿の建物は白壁が腰までしかない。白髪の老女が作りつけのベンチに坐っているようだが、四阿にダッソーの姿は見えない。

「変ね、あの老婦人が一人きり」わたしは呟いた。

テーブルに肘を突いて煙草をふかしている老婦人に会釈し、傘を畳んで四阿に入る。わたしたちを招待したダッソーの姿は、やはりどこにも見えない。

「ヤブキさんとモガールさんね、お坐りなさい」

煙草の煙を吐きだしながら、意志的な顎をした威厳のある老女がしゃがれ声でいう。髪は少し乱雑で、聡明さを窺わせる広い額と大きな鼻。唇に少し皮肉そうな微笑を浮かべている。

大柄で堂々とした印象の老婦人は厚手のカーディガンを羽織って、左手首に男物の腕時計を着けている。年齢は七十歳くらいだろうか。ダッソーは母親を早くに失っているし、この年齢の女性が邸に同居しているとは聞いていない、少なくとも一年半前までは。当家の客が四阿で待っていると、そういえば執事は口にしていた。この邸に滞在中なのだろうか。

四阿の中央には石造の円形テーブルが置かれ、木製のベンチに囲まれている。わたしたちに声をかけてきた当人は、邸の建物を見渡せる側に腰かけていた。テーブルの灰皿には四、五本の吸い殻がある。どれも同じ銘柄のアメリカ煙草らしい。

「失礼ですが、ダッソー氏がわたしたちに紹介したいというのは」

「フランソワに頼んだの、あなたたちに会ってみたいってね」老婦人のフランス語にはドイツ訛りがある、ドイツ人なのだろうか。

「では、ダッソー氏は」

「緊急の用件で外出したわ、ここに同席する必要はないし」

カケルが自然な口調で応じる。「カウフマンさんですか」

「フランソワから聞いたの」驚いたように老婦人がいう。

「いいえ」

「当然ね、口を閉じておくように厳重にいっておいたから。雑誌かなにかで顔写真でも見たことがあるのかしら」

青年が首を横に振る。「ドイツ訛りのフランス語と併せて、あなたの年恰好も推論の材料にはなりましたが」

「では、どうして」老婦人の目が好奇心で輝いている。

「パリ滞在の目的はクラウス・ヴォルフではありませんか」青年が無表情に反問する。

「そう考える理由は」

「ボリビア政府はヴォルフの身柄を拘束しました。フランスに移送されたらパリで裁判がはじまる。『パリの虐殺者』クラウス・ヴォルフの戦争犯罪をめぐる裁判は、エルサレムでのアイヒマン裁判以上に注目されるでしょうね。アイヒマン裁判を傍聴して『凡庸な悪』を書いた著作家が、ヴォルフ裁判に無関心とは思えません」

わたしは小さく叫んだ。「ハンナ・カウフマン教授なんですね」

「もう大学では教えてませんけど」老婦人が苦笑する。

ハンナ・カウフマンは一九〇六年にケーニヒスベルクで、ユダヤ系ドイツ人の旧家に生まれた。ナチス政権が誕生した直後にフランスに亡命、フランスがドイツに降伏するとアメリカに再亡命し、第二次大戦後はシカゴやニューヨークの大学で哲学を講義していた。

第二次大戦後のアメリカでは旧師ハルバッハの復権に尽力したようだし、現象学や実存哲学から出発した政治学者でもあるから、全体主義論や革命論をめぐる主著には目を通してみた。反ユダヤ主義と帝国主義の批判的検討からナチズムなどについて論じた全体主義論は説得的だとしても、アメリカ革命を賞讃してフランス革命を否定する特異な市民革命論には納得できないところが残った。アメリカ人はともかく、あの議論に同意するフランス人は多くないだろう。

老婦人が言葉を継いだ。「カウフマンがヴォルフに興味があるとしても、ここに当人がいるという結論にはならないと思うけど」

「一九三〇年代の後半、あなたはパリでユダヤ人難民の支援活動をしていましたね。有力な資金提供者だったエミール・ダッソーのことも、むろんご存じだったでしょう」

「カウフマンはエミール・ダッソーの友人だった、カウフマンにはパリ訪問の理由がある、従ってダッソー家に滞在しているのはカウフマンだ……。あなたの論理は隙間だらけで、とても合格点は上げられないわよ」

「他にもあります、あなたがカウフマンさんだと考えた理由は」

「たとえば」

「四阿でダッソー邸の東塔を眺めながら、もの思いに耽っていた」

「それがどうかしたの」カウフマンの口調が真剣さを増した。

「あの塔から老人が転落する光景を僕たちは目撃しました、しかもこの四阿から。転落死したのはマルティン・ハルバッハ、両大戦間の時代にハンナ・カウフマンがマールブルク大学で師事していた哲学者です」

「半世紀も昔の学生が、師の最期の地を見学しにきたとでも」

「ハンナ・カウフマンは教室で講義を聴いたことがあるだけの、たんなる一学生とはいえないのでは」十八歳でハルバッハ哲学と遭遇したときの衝撃を、カウフマンは『初めての情事』とまで述懐している。「ある時期まではハルバッハの愛弟子だったと思われる女性が、その最期の目撃者である二人をダッソー邸で待っている。しかも、そのときわれわれがいた四阿で」

「ハンナ・カウフマンはハルバッハの最期に関心がある、ハルバッハ最期の場所に目撃者を呼びだした人物がいる、従ってその人物はカウフマンだ。やはり杜撰な論理ね」

「たしかに杜撰です。しかし経験的世界の論理に、もっぱら理念的《イデアル》な対象を扱う数学のような確実性は期待できません。四阿の女性がハンナ・カウフマンであろうというのは当て推量ですが、ある程度のリアリティはあると判断し、カウフマンさんでしょうと声をかけたんですが違いましたか」

「違わないわよ、あなたも現象学を学んだのかしら」

「ええ、多少は」青年は無表情に頷いた。

「いまの場合は当て推量がたまたま的を射ていたにすぎないわね。三重密室の謎を解いたという素人探偵には、もう少し正確な推論を期待していたんだけど」

からかう口調の老婦人にわたしが問いかける。「わたしたちのこと、誰から聞いたんですか」

「もちろんフランソワから」やはりダッソーはわたしたちの正体を摑んでいたようだ。

「フランソワの父のエミール・ダッソーとは、戦前から知りあいだったんですね」

「年長の親しい友人でしたよ。たまたま紹介された大事業家のダッソーに、活動のための寄付を求めたのが一九三六年のこと。経済的に豊かなユダヤ系フランス人には珍しく、エミールはドイツから逃れてきたユダヤ人難民の支援活動に貢献してくれた」

当時のパリは東欧やドイツから逃れてきた難民で溢れていた。そのほとんどは職も家もなく困窮していた。カウフマンがパリ支部長を務めていたシオニスト組織〈パレスチナ移民青年団《ユース・アリヤー》〉は、パレスチナ移住を希望する若いユダヤ人難民のための支援機関で、移住に必要な知識や訓練を提供するために結成されたという。

　両大戦間の時代、パリのユダヤ人にもいろいろいたようだ。一方はロスチャイルド家やセリグマン家のような大富豪が典型の、何世代も前にフランス国籍を取得し地位や財産を築いた上流や中流のユダヤ人で、ダッソー家のように無宗教化した一家も少なくない。あるいはカトリックに改宗した者も。これらの人々はフランス市民としての自覚を持ち、第一次大戦の従軍体験を誇りとする者も多かった。

　他方は二十世紀に入って、戦争や革命や迫害を逃れてロシアや東欧から流れこんできた新来のユダヤ人だ。大半がフランス国籍の取得を許されていない難民で、パリでは下層階級として貧しい暮らしをしていた。一九三三年にナチス政権が成立して以降は、これにハンナ・カウフマンのようなユダヤ系ドイツ人亡命者の大群が加わる。少数の豊かなユダヤ系フランス人は新たに流入してきたユダヤ人難民を軽蔑し、両者のあいだには大きな溝があった。

　フランスを占領したドイツ軍の命令で、一九四一年に在仏ユダヤ人総連合《UGIF》が設立された。会長のエドアール・ド・ロスチャイルドをはじめ、幹部の大半はブルジョワのユダヤ人だった。占領初期のＵＧＩＦは外国籍ユダヤ人の逮捕に結果として協力した。特権的なフランス国籍ユダヤ人は、貧しい外国籍ユダヤ人を衝立として身を守ろうとしたのだ。しかし、この自己保身は無駄だった。無国籍や外国籍ユダヤ人を一掃した占領当局は、次の標的をユダヤ系フランス人に定めたのだから。

　一九四二年七月十六日、ナチは数千のフランス人警官を動員して「春の風」作戦を実施する。パリでは一万三千人が拘束され、子供のいない六千人はドランシー収容所に送られた。子供のいる家族七千人はパリ十五区の冬季自転車競技場《ヴェル・ディヴ》に詰めこまれた。大量の囚人が屋根もない狭い場所に押しこめられ、飢餓や病気が蔓延してヴェル・ディヴは生き地獄と化した。

パリ東部の労働者地区に重点を置いた「春の風」作戦で、パリ在住ユダヤ人の半数が逮捕されたという。すでにフランス国籍と外国籍や無国籍、豊かなユダヤ人と貧しいユダヤ人の区別は消え失せていた。占領下での大規模なユダヤ人迫害が、三十六年後に川船〈小鴉《コルネイユ》〉に出現した首なし屍体の事件の遠因ともなる。

ドランシーやヴェル・ディヴに収容された人々の全員が家畜列車に詰めこまれ、アウシュヴィッツなどの絶滅収容所に送られた。四二年七月からフランス解放までの二年間、大量虐殺を目的としたユダヤ人狩りは熾烈をきわめた。パリでは四万三千人ものユダヤ人が逮捕され、うち四万人は収容所で死亡あるいは殺害された。コフカ収容所から生還できたエミール・ダッソーは幸運な三千人の一人だった。

老婦人が新しい煙草に火を点ける。「フランスが降伏した直後に亡命を勧めたんだけど、ダッソー社を守るためパリに残るというのがエミールの返答だった。ただしわたしのような自由人は、いますぐフランスを出国したほうがいいとも。在仏ユダヤ人総連合《UGIF》と距離を置いていたエミールは、占領政策に非協力的だとしてゲシュタポに逮捕された、家族も一緒にね。逮捕をまぬがれ潜伏できたのは長男のフランソワ一人だった。

戦争が終わってエミールが絶滅収容所を生き延びたと知ったときは、奇跡ではないかと本気で思ったわ。こんな事情からパリ旅行の際はダッソー邸を訪れることがよくある、エミールが亡くなってからは今回がはじめてだけど」

ゲシュタポのユダヤ人移送局長官だったアドルフ・アイヒマンは、ヨーロッパ全域で組織的に遂行された大量虐殺に不可欠の実務的役割を果たした。この人物の指揮下で逮捕され、各地の絶滅収容所で殺害されたユダヤ人は数百万人ともいわれる。第二次大戦後はアルゼンチンに潜伏していたが、一九六〇年にモサドに拘束され、極秘のうちにエルサレムへと移送された。

戦争犯罪や「人道に対する罪」で起訴されたアイヒマンの裁判を傍聴して、ハンナ・カウフマンは『凡庸な悪』を執筆する。ゲシュタポの傀儡だった在仏ユダヤ人総連合《UGIF》の幹部たちを含め、何十万という同胞を絶滅収容所に送って自己保身を図ろうとしたユダヤ人が存在した。こうした特権者にも批判的に言及した『凡庸な悪』は、ユダヤ人社会から激しい非難を浴びせられたという。

もうひとつ物議を醸した論点がある。六百万人を超えるというユダヤ人の大量殺害《ジェノサイド》にアイヒマンは不可欠の役割を果たした。この人物をカウフマンは、巨大化した官僚組織の優秀だが凡庸な一員として描いている。アイヒマンはユダヤ人の絶滅を決定したヴァンゼー会議の出席者だし、民族絶滅を意味する「ユダヤ人問題の最終的解決」という言葉の発明者でもある。とはいえ、会議を主宰した国家保安本部《RSHA》の部長ラインハルト・ハイドリヒのようなナチの最高幹部ではない。裁判で犯罪として非難されるもろもろは、職務に忠実であろうとする倫理に促された行為だったとアイヒマンは弁明した。

この書名そのものが、アイヒマンの行為は悪だとしても平凡で陳腐な悪にすぎないという結論に由来している。そこからナチ戦犯の責任逃れを認めることになるという批判も、『凡庸な悪』には向けられた。批判者は確信犯的な反ユダヤ主義者、暴虐な極悪人としてアイヒマンが描かれることを期待していたのだ。

老婦人がカケルに頷きかける。「あなたの推量は間違っていないわ。フランスに護送され拘置されたら、できればヴォルフと面会したい。今回のパリ訪問は、ヴォルフとの面会や裁判の傍聴許可をフランス政府に求めるのが目的なの。わたしのためにフランソワが司法省と交渉しているから、許可さ

「ナチの戦犯裁判を主題として『凡庸な悪』の続篇を書くんですか」わたしが尋ねた。

「そのための条件が得られるなら」

青年がカウフマンの顔を見る。「『凡庸な悪』一作では充分でないと」

「三ヵ月ほど前のことだけど、パリの出版業者から長文の手紙が送られてきた。ナチズムの本質が凡庸な悪だというのは、論者の凡庸性を鏡に映したものにすぎない。官僚機構の小さな歯車ではなく、超人としての自覚から劣等人種絶滅のために闘った者がいる。それが悪であるなら天才の悪、英雄の悪といわなければならないだろうと自信たっぷりに書いてあった。ヴォルフは生まれ変わっても、また同じことをするだろうとも」

この挑発に応じるためではないだろうが、ハンナ・カウフマンは『凡庸な悪』の続篇を構想し、その条件を整えようと渡仏して、フランス政府と交渉をはじめることになる。

「カウフマンさんがフランスを訪問した目的は納得できました。でも、どうしてダッソー氏にわたしたちの紹介を頼んだのですか」

「ヤブキさんが想像した通りよ。昨年六月にダッソー邸で起きた出来事を、体験者のあなたたちから聞いてみたいと思って。他殺としか思われないボリビア人ロンカルの屍体が、あの塔の密室で発見されたとか」老婦人が指でダッソー邸の東塔を示した。「ロンカルという偽名で逃亡生活を送っていた元コフカ収容所長ヘルマン・フーデンベルグの死の真相や、それを仕組んだ人物の正体はフランソワが説明してくれました。謎を解いて事件を解決したのはパリ警視庁ではなく、パリに住んでいる日本人の青年だということまでね」

事件の関係者でカケルが果たした役割を知る者は、元警官のドイツ人パウル・シュミットと老哲学者のエマニュエル・ガドナスの二人しかいない。ルイス・ロンカルことヘルマン・フーデンベルグの監禁事件をめぐる、裁判でも明らかにされていない極秘情報をカウフマンはフランソワから、フランソワはガドナスから入手したのだろう。バルベス警部と一緒に邸にあらわれた若い偽警官二人組の正体も。

「ダッソーさんから真犯人のことも聞いたんですね」

老婦人が深々と頷いた。「半世紀後にまたハインリヒ・ヴェルナーの名前を耳にして、本当に驚いたわ」

「ご存じだったんですか、戦前からヴェルナーのことを」カケルが無感動な口調で問いかける。

「わたしの大学はマールブルク、ヴェルナーはフライブルクでした。大学は違ってもハルバッハの学生としては後輩に当たるから、いちおうの面識はあったわ。フライブルク大学ではナチス学生同盟の指導者だったとか。その後の詳しいことは知らないわね、わたしは一九三三年にドイツを出たから」

もしもヴェルナーが望んだなら、第二次大戦後にカウフマンとは再会できたろう。パリに潜伏していた武装親衛隊《ヴァッフェン・エスエス》の元将校は、旧知の女性に正体は明かさないことを選んだ。ヘルマン・フーデンベルグを発見して、死の制裁を加えることが人生の目的だったからだ。

「どんな学生でしたか、ヴェルナーは」

「そのころのドイツ娘なら誰でも憧れたような、精悍な金髪のライオンだった。哲学徒としても優秀でハルバッハに将来を期待されていたわ。自分の講義を正確に理解できる学生は、ムラキという日本人留学生とヴェルナーの二人しかいない、そうハルバッハが洩らしていたほど。パルメニデスの哲学を熱心に語る青年が、どうしてナチになんかなるのか不思議だった」ハルバッハに学んだ日本人留学生のことはヴェルナーも口にしていたが、斑木《むらき》震太朗はカケルの祖父らしい。

「ご存じなんですか、その日本人学生のこと」

カウフマンはかぶりを振る。「わたしが大学に入学したとき、その日本人はもう帰国していたから」

家族関係など個人的な事情に好奇心を燃やしていると、カケルには思われたくない。それ以上のことは知らない様子だし、斑木震太朗から話題をハインリヒ・ヴェルナーに戻すことにした。

「親しかったんですか、ヴェルナーとは」

「立場があるから公言はしないまでも、ナチの人種理論は愚劣だと思っていたようね。あの時代でなければ友人になれたかもしれない若者だったけど……」

「なんですか」老婦人に話の先を促した。

「ナチス革命を信奉したのが、ヴェルナーの根本的な間違い」

「ナチでなく共産党に入るべきだった」

「それほど単純な話ではないわね、二十世紀の全体主義という点でナチズムとボリシェヴィズムは双子の兄弟だから。スターリンにもヒトラーにも行きつかない完全に新しい革命や政治の可能性を、わたしはたった一人で探究しなければならなかった。いいえ、新しいというのは正確ではない。それはペリクレスの昔からあったわけだから」

老婦人はダッソー家の事件の概略を、すでにフランソワ・ダッソーから聞いているようだ。「でしたら、わたしたちを呼びだした本当の理由は……」

「わたしが聞きたいと思ったのは、この四阿であなたやヤブキさんが目にした光景」

「ハルバッハが墜死したときのことですか」

「そう」カウフマンは静かに頷いた。

敬愛する哲学者の最期を目撃した者に会おうとして、ハンナ・カウフマンはわたしたち二人を呼んだ。あのときはジャン＝ポールもいたのだが、警官ではなく哲学を学ぶ若者から話を聴きたいと思ったのか。

マールブルク時代のハルバッハとハンナ・カウフマンは親しい師弟関係にあった。十八歳の女子学生は三十五歳の哲学教授に恋をして、密会を重ねていたという噂もある。この話の真偽には興味があるけれども、ここで当人に質問するわけにもいかない。一九三三年以降は音信が途絶えていたが、戦後になると二人の交流は復活したようだ。

カケルは自分から話をする気などなさそうで、わたしは仕方なく口を開いた。「この四阿から斜め前方に邸の東塔が眺められますね。たまたま目をやると塔の屋上に人影が見えたんです、茶色の背広を着た男の人でした。なんだか安定しない動作で屋上の手摺を乗り越え、窓の石庇の上に立とうと塔の外側にぶら下がった。見ているわたしも心臓が締めつけられる思いでした」

屋上の手摺にぶら下がっても石庇に足は着かない。手を放して何十センチか手がかりのない石壁伝いに落ちて、靴の幅しかないような庇の上で躰を安定させるしかない。この曲芸をカケルは易々と演じてみせたけれど、八十歳をすぎた老人には無謀な行動にすぎた。

「石庇の上に立つことに、失敗したのかしら」

「いいえ、いったん庇に乗ることには成功したんです。こちらに背中を見せて両腕を広げ、石壁に躰を貼りつけるようにしていました」

「では、どうして墜ちたの」

「庇の上で片脚を動かしたんです、なにかを蹴り落とそうとして。そしてバランスを崩し、のけぞるようにして落下していった」薄暮の空を背景に、曲芸に失敗した老人が真っ逆さまに墜落していく光景が鮮明に甦ってくる。

老婦人が静かに問いかける。「あなたは見たのかしら、あの人の死顔を」

「ええ」

「どんなでした」

大地に激突した老人の首は大きくねじ曲って、口許と顎は血で汚れていた。ここで口を濁すのは死者の愛弟子だった女性に失礼だろう、わたしは正直に語ることにした。

「表情は異様なまでに歪んでいました、驚きと怖れで」

「偉大な哲学者を捉えた最後の意識は、深甚な驚愕と恐怖だった」老婦人が沈痛に呟いた。「それほどの危険を冒してまで、いったいなにを落とそうとしたのか。ご存知かしら、ヤブキさんは」

日本人が簡単に応じる。「ハルバッハを試そうと、ヴェルナーが石庇の上に置いた写真です」

「あなたの言い方では、ハインリヒが結果的にハルバッハを塔から突き落としたようだけど」老婦人が顔を上げる。

「ヴェルナーの父親はフランス軍の塹壕に突撃して戦死したようです。無意味な戦争で父親を奪われたハインリヒは、人生に豊かな意味や鮮やかな色彩を提供する価値の源泉もまた同時に失った。価値喪失しニヒリズムを宿命化された少年は、二十世紀的に空虚な英雄をめざすしかなかった。あの時代にはよくいた若者の一人だったとしても、燃えつきる極限まで虚空を突進する意志の徹底性では卓越していた。

主唱者のハルバッハ自身を超え、あの人物を生みだしえた点で『実存と時間』には決定的な意義がある。ヴェルナーの死をも超える勇敢さ、三十年を超えても失われることのない不屈の意志がハルバッハ哲学に支えられたのだとしたら、それをこそハルバッハは誇るべきでしょう。

ヴェルナーという人物はハルバッハの理想的な分身だった。理想の分身が現実のハルバッハ、黴臭い書斎で書物に埋もれているしかない大学人を最後には追いつめた。あれは分身による分身の殺害、一種の自殺だったのかもしれない」

「ハインリヒもあなたもハルバッハ哲学を誤解しているわね。命と引き換えでなければ崇高な世界には達しえないとか、自殺や自殺的行為を推奨した書物ではありませんよ、『実存と時間』は。それはそれとして、ハルバッハの命を奪ったのはどんな写真だったの」

ヴェルナーの手で塔の外壁の石庇に置かれ、ハルバッハが命がけで手に入れようとした写真は、公開されることなく闇に葬られた。パパとは仲のよくない上司が証拠品の写真をエリゼ宮の高官に持ちこみ、政府中枢で極秘の決定がなされたようだ。これについてカケルは語っていた。

「ハルバッハの記念写真はフランス政府からドイツ政府に宛てられた、ささやかなプレゼントになるんだろうな。ドイツを代表する偉大な哲学者が絶滅収容所を見物していたとすれば、世界を揺るがすような騒動にならざるをえない。ドイツ政府としても、ナチス時代の古傷から血が滲むようなスキャンダルはできれば避けたいところだろう。そんな力関係を読んだフランスの高官が、ここでドイツに恩を売っておこうと思いついたんだ。最終的に決定したのは、教養家で知られているエリゼ宮の主かもしれない」

ハインリヒ・ヴェルナーは別として、問題の写真のことを知っている民間人はわたしとカケルしかいない。ジャン＝ポールやパパには箝口令が敷かれているようだし、フランソワ・ダッソーもガドナスもハルバッハ墜死の真相までは知らない。

「教授が昔の学生と一緒に写っている平凡な記念写真です、背景に注目しなければ変哲もない」日本人が平板な口調で告げる。

「コフカ収容所の正門前で撮影された写真を取り戻そうと、あの塔からハルバッハは墜落した。でもね、わたしは疑っているのよ」

カウフマンは問題の写真のことを知っていたようだ。「あの写真は贋物《にせもの》だというんですか」

「なんともいえない、写真の真偽については。としてもハルバッハが自分から望んでコフカ収容所を訪れたとは考えられない」

ナチス革命を支持していたハルバッハは、一九三三年にフライブルク大学総長の座に着く。総長就任の記念演説「ドイツ大学の自己主張」はナチズムを礼讃し全面的に支持する内容だったが、翌年には大学総長を辞任して政治からも身を退いてしまう。しかし戦後になっても、ナチズムの「内的真理と偉大さ」を称揚することはやめていない。

老婦人がパッケージから新しい煙草を振り出した。「あの人が軽率だったのは、『わが闘争』も読まないまま総長職に誘惑されてナチスに入党したこと。あの本に溢れる低俗な人種主義と反知性主義、憎悪に満ちた絶叫調にハルバッハの知性が耐えられたわけがない。政権を獲得したナチが凶暴な本性を発揮しはじめて、国民社会主義革命に期待した過誤にハルバッハは気づいたのね。離党は危険すぎたから党籍を残したとしても、それからの十年ほどは大学に引きこもって息を潜めていた」

老婦人の言葉には少し驚かされた。全体主義批判の大著で名声を博したユダヤ人女性の政治哲学者は、ハルバッハの姑息な弁明を無批判に、ほとんど全面的に受け容れているようだ。第二次大戦後のアメリカでハルバッハ哲学の普及に尽力したのも、旧師の無実を信じたからなのか。

ナチズム批判を全体主義論として高度に理論化した政治哲学者でも、身近な人物への評価は大甘といわざるをえない。これでは道を外れた息子を弁護し続ける愚かな母親ではないか。母でなく娘、あるいは恋人かもしれないが。

若い日にハルバッハの人格的な魔力に圧倒され、半世紀が過ぎたいまも旧師の呪縛から逃れることができない女性。学生たちはハルバッハを、出生地から「メスキルヒの小さな魔術師」と呼んでいたという。七十歳を過ぎてもカウフマンは、女子学生のころにかけられた魔法からまだ自由ではないようだ。

老婦人が新しい煙草に火を点ける。「絶滅収容所の存在は第三帝国の最高機密だった。大学に籠もって哲学的な思索に耽っていた一学者が、好奇心で立ち入ることなどできたわけがないわ。ハルバッハは絶滅収容所が存在することさえ知りえない立場だったし、民間人が占領地を旅行することも簡単ではなかった」

「でも、あの写真は」

「東方占領地長官のアルフレート・ローゼンベルクが、姑息な陰謀を仕組んだんでしょう。著書の『二十世紀の神話』を小馬鹿にした哲学者に敵意を抱いていたローゼンベルクが、絶滅収容所の現実をハルバッハに見せつけることにした。以前からローゼンベルクは国家保安本部《RSHA》にハルバッハを監視させていたの、目障りな学者を葬る口実を見つけようとして。その陰謀が不発に終わった結果、今度はコフカ収容所まで呼びつけることにしたんだわ。絶滅収容所の実情を知って動揺するようなら、忠誠心に疑いがあると告発して蹴落とすことができるだろうから。これがハルバッハのコフカ訪問の真相だと思う」

絶滅収容所の内情をハルバッハが一言でも洩らしたら、ただちに国家機密漏洩の罪で逮捕され処刑されたろう。身の危険を感じていた哲学者は最後まで慎重に口を噤んでいた。かろうじてナチス時代を生き延びることはできたが、コフカ収容所を訪問した証拠写真はドイツの敗戦後もハルバッハを脅かし続けた。

納得できないわたしは反論する。「もしもローゼンベルクが仕掛けた罠に落ちたのだったら、そのように弁明すればいい。命がけで証拠写真を回収しようと試みたのには、相応の理由があったのでは」

「偏った政治哲学から独裁者に期待したのはプラトンと同じだし、ヒトラーの正体を見誤ったのは頑固な妻のせいよ。ナチが権力を掌握するよりも前から『わが闘争』を愛読していたエルフリーデは、正真正銘のナチだった。本人ばかりの責任とはいえないのに、わずか十ヵ月で終わった大学総長時代の過誤のため、戦後のハルバッハは悪意ある中傷の犠牲になってきた。

絶滅収容所で撮影された写真は、もしも公になれば反ハルバッハ陣営の決定的な武器として活用されたに違いない。ユダヤ人問題の最終的解決に加担していたという非難を浴びせられたら、誰であろうと社会的生命は絶たれてしまう」老婦人がカケルを見た。「ヤブキさん、あなたもハルバッハには関心があるのね。どう思ったの、彼の最期を」

日本人が無表情に応じる。「ハルバッハのコフカ訪問が、ローゼンベルクによって仕組まれたという推測には賛成できません。写真が撮影されたとおぼしい時期に、ナチ党内の権力闘争に敗れたローゼンベルクは政治的に無力だっだ。ハルバッハ失墜の陰謀を企んだ犯人がいたなら親衛隊《エスエス》の首脳でしょう。二十世紀最大の哲学者がどんなナチだったのかを、問題の写真は示している」

「どんなナチだったと」老婦人が鋭い口調で問う。

「ハインリヒ・ヴェルナーの師としてのナチ。あるいは一九三四年に粛清された突撃隊《エスアー》に体現されるナチ。ヒトラーの命令で突撃隊《エスアー》を殲滅した親衛隊《エスエス》の幹部でなければ、ハルバッハを絶滅収容所の視察に招待することなどできなかった。一九四二年にプラハで暗殺されたハイドリヒは突撃隊《エスアー》潰しの立役者だったから、その意を汲んだ直属の部下が、レーム派の残党と目されていたハルバッハの抹殺を企んだのかもしれない。あるいは親衛隊《エスエス》長官ヒムラー本人の意向だったのか」

「突撃隊《エスアー》の粛清から十年もたって、親衛隊《エスエス》がレーム派の学者の抹殺を企んだという想定こそ非現実的だと思いますよ」

「国家保安本部《RSHA》がハルバッハを監視していたのは事実ですが、それは一九三六年のことだった。第二次大戦の開戦後の講義か講演が親衛隊《エスエス》を刺激したのか、あるいは面白がってちょっとした悪戯を仕掛けたにすぎないのかもしれない。どれほど非常識で途方もないことであろうと、第三帝国では起こりえたから」いったん言葉を切ってカケルは続ける。「カウフマンさんは二つのナチを連続した、一体のものとして理解していますね」

「二つのナチとは大衆運動としてのナチと、国家権力としてのナチのことね。それなら区別して論じましたよ。レームの突撃隊《エスアー》もヒムラーの親衛隊《エスエス》も根は同じ、ナチズムという全体主義運動の二つの側面にすぎません。褐色のモブの叛乱に魅了されて一時は道を誤ったハルバッハのことを、その点でヤブキさんは評価する。アドルノの弟子はドイツ学生運動の指導者ドゥチュケのことを、左翼ファシストだと非難したことがあったわね。あなたとは十年前の出来事についても議論してみたいけど、それは次の機会にしましょう」

　老婦人の言葉にカケルは小さく頷いた。そのとき聞こえてきたのは自転車のブレーキ音で、わたしは驚いて顔を上げる。

　少女が二人、それぞれ傘を差して自転車に乗っていた。十二歳か十三歳か、まだ二人とも女らしい躰つきとはいえない。背は高いがひょろひょろした感じの、青い傘のほうの娘が四阿を覗きこんでいる。薄いピンクの傘をさした子供っぽい少女は、その後ろに遠慮がちに控えていた。

「こんにちは、ムッシュ・ヤブキですね」後ろの少女が小さな声でいう。

　わたしが応じた。「そうよ、こちらがヤブキさん」

「ソフィー、ちゃんと挨拶しなさい」少し大人びた口調で、前にいる少女が後ろの少女に注意した。

「はじめまして、ソフィー・ダッソーです」

「で、あなたは」わたしは青い傘の少女に問いかけた。

「サラよ、サラ・ルルーシュ」

内気そうな少女がダッソー家の令嬢で、最初に覗きこんできたボーイッシュな髪型でやせっぽちの少女は友達らしい。そういえばソフィーの傘は布製の高級品だが、サラが手にしているのはビニール製の安物だ。サラは中学生にしては大柄で百六十センチはある。ジーンズにブルゾンという恰好のサラとは違って、小柄なソフィーはチェックのスカートにカーディガン。

ルルーシュはマグレブ出身のユダヤ系の姓だが、膚が浅黒く目鼻立ちのくっきりしたサラは成長すれば美人になるだろう。背中まで髪を伸ばしたソフィーも整った顔立ちの少女だが、どこかしら影の薄い地味な印象がある。

「……これを」ソフィーが封筒を差し出した。

宛名はカケルとわたしの連名で、封を切るとダッソーの署名がある短い手紙が出てきた。今日の非礼を詫びた上で、日をあらためて夕食に招待したいと書かれている。ざっと目を通してから隣の青年に渡した。

「十一月二十二日って来週の水曜日ね。わたしは大丈夫だけど、あなたは」

カケルが手紙を畳んで応じる。「いいよ」

どんな思惑があるのか、偏屈な日本人なのに今回は素直に招待に応じる気のようだ。ダッソー家の豪勢な晩餐に誘惑されたとも思えない、どうせ少しの野菜や果物しか口にしないのだから。

わたしが返答する。「招待はお受けしますって、お父さんに伝えてちょうだい」

「はい、父も喜ぶとおもいます」

「じゃ、来週またね」ダッソーの一人娘に声をかけた。

勝気な印象の少女が唇を曲げる。「わたしは会えないわ」

サラに急きたてられてソフィーも四阿をあとにする。邸に入る前に裏木戸の横の物置小屋にでも自転車を片付けるつもりなのか、花壇に挟まれた小道を青と桃色の傘が遠ざかっていく。

「来週の会食、カウフマンさんも出席できるんですか」

老婦人が頷いた。「たぶんね。一週間以内に司法省から返答があるとは期待できないし、パリ滞在は少し長引くでしょう」

「呼ばれていないようですね、サラは」

「ダッソー家の会食に使用人の娘は呼ばれないわね」

青い傘の少女は邸に雇われている人の娘らしい。「そうなんですか。でも、なんだかサラのほうが威張ってるみたい」

「父親はダッソー家の運転手で、早くに妻を失ったルルーシュは車庫の上にある住居で娘のサラと暮らしている。この邸に同じ年頃の子供は二人しかいないから、幼いころからソフィーとサラは一緒に遊んでいたわ。内気で引っこみ思案なソフィーと人見知りしない活発なサラだから、二人でいるといつもあんなふう」

「あの二人のこと、幼いころからご存じだったんですね」

「二人とも生まれたときから知っている。ソフィーの祖父と同じことで、サラの伯父とも戦前には一緒に仕事をしていたから」老婦人は少し複雑な表情を見せた。

〈パレスチナ移民青年団《ユース・アリヤー》〉の活動に熱心なシオニスト青年の一人がジル・ルルーシュで、ジルの弟をダッソーに紹介したのはカウフマンだったという。

老婦人が続ける。「ルルーシュの父親は、東欧からフランスに移住してきたユダヤ人の娘と結婚したの。ミズラヒムの父親に顔が似た弟とは違って、母親似のジルは外見的にはアシュケナジムだった」

ミズラヒムは北アフリカや中東のユダヤ人のことで、アシュケナジムはドイツ語圏や東欧諸国で暮らしていたユダヤ人を意味する。アシュケナジム以外はミズラヒムも含めてセファルディムと総称する。セファルディムにはインドや中国などアジアのユダヤ人も含まれる。ミズラヒムの外見はアラブ人的、アシュケナジムは白人的である場合が多い。そこからアシュケナジムを白人ユダヤ人とする理解も今日では一般的だが、本来は居住地の相違、それによる言語的、宗教儀礼的な相違による区別だった。

ジルには仔山羊の意味もあるから、神への供物という宗教的な意味を込めて名付けられたのかもしれない。しかしジルは、戦後になって自殺した協力派《コラボ》作家ドリュ＝ラ＝ロシェルの自伝的長篇の主人公の名前でもある。作者も作中のジルもファシストになったわけで、シオニストのジルにとっては最悪の敵だったろう。ただしルルーシュ家の長男が生まれたときには、まだ小説『ジル』は刊行されていない。

「ジルが影響されていたジャボチンスキー一派とわたしは対立することが多かったけど、ジル本人は献身的で情熱のある活動家でした」カウフマンが青年を見る。「議論は来週の水曜に続けることにしましょう。あなたもね、ナディア」

四阿の席を立つ老婦人にわたしたちも続いた。森に囲まれた広大な庭園を、晩秋の霧雨が静かに濡らし続けている。

第一章　間違われた誘拐

〈11月22日午後4時42分〉


車で訪問すると電話で伝えておいたからか、一週間前とは違って森屋敷の鉄柵門は大きく開かれている。落葉が進んだ並木の街路から門内にシトロエン・メアリを乗り入れた。邸の正面玄関まで続く古びた石畳道も、雨に濡れた落葉で覆われている。

「フランツ・グレがダッソー家から姿を消したあと、いったい誰が落葉の掃除をしているのかしら」

わたしの無駄口は助手席の青年に黙殺された。招待状では会食の服装は指定されていない。とはいえ大学に通うときの普段着というわけにもいかないだろう。衣装棚の奥から夜会用にも使える薄紫のドレスを引っ張り出したのだが、この恰好で地下鉄《メトロ》に乗るのは気が引けるし、モンマルトルからブローニュまでのタクシー代も馬鹿にならない。

朝からの小雨も午後にはやんだし、これなら屋根のないシトロエン・メアリでも問題なさそうだ。メアリにはキャンバス地の幌を装着できるが、雨だと幌の隙間から水滴が吹きこんできて快適とはいえない。ドレスだってずぶ濡れになってしまう。

ハイヒールをスニーカーに履き替え、厚手の半コートを着てシトロエン・メアリに乗りこんだ。裾を踏むと面倒だから、ロングドレスをたくしあげて運転することになる。モンマルトル街の安ホテル前で拾ったあとはカケルに運転を頼みたいところだけれど、この日本人はフランスで通用する免許証を所持していない。モンセギュールの山道でメアリを疾走させたときは無免許運転だった。

わが家からダッソー邸に直行する場合は、ポルト・ド・クリニャンクールからポルト・ド・サン・クルーまで環状高速《ペリフェリック》で行くのが早いけれど、途中でカケルを乗せなければならない。市中を横切ることになるが、そろそろ夕方で道路は混雑しはじめていた。オープンのメアリを運転していると晩秋の風は冷たい。

建物の正面西側にある来客用の駐車場はがらんとして、一台の車も停められていない。砂利敷きの駐車場にメアリを入れようとしたら、執事のダランベールが小走りに正面玄関から出てきた。庭園も森も夕闇に沈んでいるけれど、玄関前の広場は水銀灯で煌々と照らされている。

執事が腰をかがめて運転席に声をかけてきた。「モガールさま、どうぞ玄関前まで。お車は当家の者が駐車場に廻しますので」

邸の正面には立派な車寄せがある、昔の客はここまで馬車で乗りつけたのだろう。大きくステアリングを切って、半円を描いた緩い坂を右側から上り、玄関前に迫りだしている石造の庇の下でメアリを停めた。ここに車を着ければ雨に濡れることなく、ハイヒールも汚さないで邸内に入ることができる。

メルセデスやデイムラーに乗ってきた客にふさわしい待遇で、シトロエン・メアリの学生には少し大袈裟な気もするけれど、遠慮するのも不自然だろう。靴を履き替えてドレスの皺を伸ばしてから車を降りると、晩秋の冷気に全身が包まれる。正面扉の前でキイを受けとって、ダランベールが背後に控える男に手渡した。

「運転手のルルーシュです、お帰りの際は玄関扉の前に車を戻しますから」大柄な男が丁寧に一礼してメアリに乗りこんだ。

がっしりした躰つきで篤実な印象の運転手が、勝気そうな少女サラの父親ということになる。駐車場の左側には煉瓦造りの大きな車庫があって、二階の窓にはレースのカーテンが引かれている。二階はルルーシュ一家の住居として使われているようだ。

カケルはいつもと変わらない恰好をしている。ディナージャケットはむろんのこと背広にネクタイを締めたところさえ見たことがない。ダッソー家で催される晩餐会であろうとジーンズに革ブルゾンで出席するのが、この変人の流儀なのだ。それはダッソーも承知しているだろうから、わたしは放っておくことにした。

青銅の鋲が打たれた正面扉を開き、執事がわたしたちを豪華な玄関ホールに招き入れる。屋内は適度に暖房されていた。広間は二階まで吹き抜けで、漆喰で塗られた天井は円蓋をなしている。正面階段と広間の白漆喰で塗られた壁には金線の装飾がある。三方の壁には巨大な肖像画が飾られ、天井から下がった豪華なシャンデリアが眩く輝いていた。

広間の中央には大人の背丈ほどもある硝子箱が置かれている。硝子箱のなかでは、艶のある黒地に大小の宝石が象眼《ぞうがん》された大時計が時を刻んでいた。高価な骨董品の時計には凝った作りの五つの文字盤が嵌めこまれていて、中央の文字盤の針はパリ、周囲の四つはロンドン、ベルリン、ウィーン、モスクワの時刻をそれぞれ示している。

フランスの代表としてウィーン会議で権謀術数を繰り広げた外務大臣タレーランが、特注で作らせた大時計だという。小さい文字盤の四都市はナポレオン戦争の戦勝国の首都を示している。中央にある文字盤の針は四時四十五分を指していた。

玄関ホールの西側に位置する大きな扉の前で、邸の主人が客の到着を待っていた。柔らかな生地の薄い青灰色をした背広のデザインはシャープで、ネクタイともよく合っている。歓迎の気持ちを表情に浮かべながら、フランスで有数の大企業家が愛想よく右腕を差しだしてきた。

「二人とも、よくいらっしゃった」

「お招きいただいて感謝します」

挨拶を返して半外套をダランベールに渡した。正面扉の開閉音がして、痩せっぽちの少女が戸外から玄関ホールに駆けこんでくる。

「おや、ソフィー」ダッソーが娘に声をかける。「庭に出ていたのかい」

少しおどおどした様子で頷いて、少女が丁寧に挨拶する。「ムッシュ・ヤブキ、マドモワゼル・モガール、お二人ともようこそいらっしゃいました」

「今夜は新しいドレスを着るんだろう」

「はい、ヴェロニクが用意してくれたから」会食の時刻まで自室にいると言い残して、ソフィーは正面階段を上っていく。

四十三歳になるフランソワ・ダッソーだが、若々しい細身の体型を保っている。アメリカのエスタブリッシュメントの健康志向に影響されたのか、この国でもブルジョワの男女は贅沢な食事と運動不足による体型の崩れを気にしはじめた。体重のことなど気にしないで美食に耽る、バルザックのような流儀はいまでは流行らない。そのうち飲酒、大食、運動不足で不健康に肥満しているのは、もっぱら労働者階級の男女ばかりになりそうだ。喫煙にしても同じことで、社会階層的に上のほうから喫煙者は減ってきた。

フランソワは薄い唇の端整な顔立ちで、女優だったヴェロニク・ローランが夫に選んだ理由はダッソー家の財産以外にもあったことを窺わせる。ヴェロニクが富豪と結婚したのは三年ほど前で、そのときの芸能界引退をめぐる騒ぎはわたしもよく覚えている。ダッソーの一人娘ソフィーは見たところ十二歳か十三歳。ヴェロニクがソフィーの実母だとすれば、女優としてデビューしたころに産んだ子供ということになる。もしもソフィーが隠し子なら、スキャンダル専門のタブロイド紙が嗅ぎつけて盛大に書き立てたろうが、そうした事実はない。

ダッソーは再婚でソフィーは前妻の子なのか。あるいは養女とか、もっと違う事情があるのかもしれない。ロンカル事件のときヴェロニクとソフィーは邸を留守にしていた。ダッソーの意向で妻子は使用人と一緒に十六区の別宅に避難していたようだ。森屋敷に不在だった二人は三重密室殺人と関係なさそうだし、そのときはソフィーの母親のことまでは調べていない。

「早いもので、もう一年半にもなるんだね」

邸の主にわたしは応じた。「ええ、お会いしたのが昨年六月でしたから。あのときは警察関係者だなんて思わせて申し訳ありませんでした。ヤブキさんに現場を見せようとして、バルベス警部が適当なことを口にしたんです」

「その辺の事情は警部から聞いてますよ。よく来てくれました、ヤブキ君も」声をかけられた青年が黙って頷く。

邸の主人に導かれて玄関ホールから広大なサロンに入る。あちこちに置かれている椅子やテーブルを片づければ舞踏会が開けそうなほどに広い。実際、昔はそんなふうに使われることもあったのだろう。

北側の大きな暖炉では薪が盛大に燃えている。蒸気暖房の設備はあるが、暖炉の火は住人が趣味で焚いているようだ。暖炉に近い三人掛けのソファを勧められ、わたしたちは腰を下ろした。暖炉の上には競馬場の風景を描いた印象派の絵が飾られている。

「ギリシアで大変な事件に巻きこまれたとか、もう大丈夫なのかね」安楽椅子に凭れてダッソーがいう。

「去年の秋から冬にかけて精神状態がよくなくて大学にも通えない状態でした。でも、なんとか乗りきれたようです。ダッソーさんはいかがでしたか」

「あの事件で起訴されて裁判中の友人に面会するため、サンテ刑務所まで出向いたこともある。ヤブキ君には感謝しているよ、きみがいなければルイス・ロンカルの死の真相も永遠に闇の底だったろう」

別の事件の関係でそのことは知っていたが、この席で話題にするわけにはいかない。六月にサンテ刑務所を訪問したのは非公式のことだから。

「とんでもありません、放っておいても事件は警察が解決したでしょう」日本人が関心もなさそうに応じる。

「カケルが三重密室の謎を解いたこと、どうしてご存じなんですか」

サンテ刑務所の未決囚もカケルが事件を解決したことを知っていた。面会者が洩らしたに違いないが、ダッソー自身は誰から聞いたのか。ガドナスだろうと見当はついているが、ここで確認してみる。

「ダッソー社の調査能力を低く見積もってはいけないね。きみの初恋の相手も、いつどこで最初のキスをしたのかも、必要があれば突きとめるだろう」思わず表情を強ばらせたわたしに、ダッソー社の最高経営者が笑いかける。「というのはむろん冗談だよ。ガドナス教授が話してくれた、私には事件の真相を知る権利があるだろうと」

顔色を変えたのは中学《コレージュ》のころのボーイフレンド、ミシェルのことを知られては困ると思ったからではない。たしかにダッソー社の調査能力は抜群だろう、その気になれば矢吹駆の正体さえたちどころに洗い出せるほどに。

カケルの秘密を知るのがわたし一人であれば問題はない、この青年が望まないことをする気などないから。もしもダッソーに正体を突きとめられたら、カケルは不本意な立場に立たされるかもしれない。この奇妙な日本人に、ダッソーが過大な興味を持たないように仕向けなければ。

執事のダランベールが銀の盆を運んできて、暖炉前のテーブルに珈琲を配りはじめる。「食事は七時半からでございます。食前酒《アペリチフ》には少し早いと思いまして」

「まだ戻らないのかな、ヴェロニクは」

主人の問いに執事が答えた。「奥さまのご帰宅は六時半ごろとか、オヴォラさんも七時前には。カウフマンさまは晩餐の時刻までには戻ると仰せでした」哲学者も外出中のようだ。

一礼して立ち去る執事を見送って質問する。「オヴォラさんって、どんな方なんですか」

「私の個人秘書だが家族も同然でね、邸には寝泊まりするための部屋もある。今夜の会食は妻のヴェロニクと娘のソフィー、クリスチァン・オヴォラとハンナ・カウフマン、それにきみたち二人。内輪の集まりだから気楽に食事を愉しんでもらいたい」

一昨年の三重密室事件にクリスチァン・オヴォラなる人物は登場していない。ダッソーの妻子に同行していたのか。あるいは専用の寝室を与えられるほどの信頼を得たのは、ロンカル事件が終わってからなのか。

わたしの疑問に邸の主人が答える。「オヴォラは大学時代からの友人で弁護士の資格も持っている。再会したのは去年の夏で、転職を望んでいるようだから個人秘書の仕事を持ちかけることにしたんだ。私も裁判を抱えていたし、法廷弁護士とは別に信頼できる法律家が必要だった。クリスチァンならぴったりだ」

オヴォラが森屋敷に専用の部屋を与えられたのは、三重密室事件のあとのようだから、わたしが知らないのは当然のことだ。ダッソー邸には新しく来た者もいれば、庭師のグレのように去っていった者もいる。

「グレさんが辞めたあと、庭園の管理はどうしているんですか」

「住みこみの庭師はもう置かないことにした。屋内の清掃と同じで、庭園のほうも信頼できる専門業者と契約することに」

「そうなんですか」わたしは小さく頷いた。

老いた庭師の思い出があるから、新しい庭師を雇う気になれないのではないか。なにしろフランソワが子供だったころから、フランツ・グレはダッソー家に住みこんでいたのだ。庭で遊んでもらったこともあったろう、花の育て方や虫の捕り方を教えられたことも。

事件以降は使用人も減って、いまでは五人しかいないようだ。執事のダランベール、厨房を任せているモニカ、家政婦のジャンヌ、夫人の小間使いのエレーヌ、それに運転手のルルーシュ。

「先週のことですが四阿でサラと会いました、ソフィーと一緒に。ダッソーさんの招待状を届けてくれたんです」

「ルルーシュの娘だね。活発な子で、幼いころから一人っ子のソフィーにはよい遊び相手だった。サラが一緒でなければ、ソフィーは地元の公立校に通うのを厭がったかもしれない。わが家は祖父の代から子供を私立校には入れないことにしている、ユダヤ教系であれカトリック系であれ。あるいは富裕な家の子供がほとんどの、イギリスやスイスの寄宿学校にも。

そのことに妻のヴェロニクはかならずしも賛成でないようだが、ソフィーは使用人の娘と姉妹も同然に育った。私自身や姉たちがそうだったように、ダッソーのような家の子供は公立校の教室では孤立しがちだ。ソフィーがサラと教室でも二人一緒なら安心できる。サラには父親とは別に、子守役としての給料を払うべきではないかとさえ思うよ」

イギリスやドイツと違って、フランスには貴族や資産家の子供専用の私立校がないから、ブルジョワの子供は大変なのだろう。寄宿生活ができる年齢になれば、フランス語圏スイスにあるような富裕層専門の私立校に入れることもできるが、小学生ではそうもいかない。

だからパリの公立校には地区や地域によって水準に差がある。十六区のような高級住宅地の公立校では、教育熱心な親が多いから生徒の学力も高い。子供に優れた教育を受けさせようとする親たちが高級住宅地に集まることで、こうした傾向はいっそう進んでいく。

パリ市内では七区や十六区に、西郊のオー・ド・セーヌ県ではヌイイ、サン・クルー、ダッソー邸があるブローニュなどに私立校が多い。ブローニュの私立校なら歩いても通えるはずだが、子供は公立校に入れるというのが三代続いた家の教育方針だという。これではソフィーも地元の公立校に通わざるをえない。

フランスの私立校は宗教的な背景から設立された場合がほとんどだ。ダッソー家のような同化ユダヤ人の家の子供は、ユダヤ教系の私立校にもカトリック校やプロテスタント校にも馴染めない。フランス社会に溶けこまなければならないという同化ユダヤ人としての意識が、公立校での教育を選ばせたのではないか。

ハンナ・カウフマンの全体主義論では、第三共和政の時代に起きたドレフュス事件と反ユダヤ主義についても詳細に検討されている。中世的なユダヤ人嫌悪は異物排除という共同体の論理によるが、ドレフュス事件を画期とする近代的な反ユダヤ主義は、国民国家の論理が必然的に生み出したものだ。

同質的で一体的な国民という虚構を作為的に確立するため、内なる異物が差別的に析出されていく。ゲットーから解放され市民権を与えられたユダヤ人が、排除の恰好の標的とされた。ユダヤ人差別が市民社会に構造化されるに応じて、同化への内面的な圧力も高まる。そうした歴史がダッソー家の教育方針にも反映しているのだろう。

屋敷町のヌイイやブローニュなら公立校の水準も高いから、教育面での問題はなさそうだ。ただし、少し北のナンテールになると事情が違ってくる。もともと庶民的な地域で共産党の地盤だし、ド・ゴール政権を危機に陥れた一九六八年「五月」の発火点も、パリ大学のナンテール校だった。再開発が進められているとはいえ、スラム化した郊外団地が密集していて公立校の教育水準も高いとはいえないようだ。

公立校に通うソフィーには、同じユダヤ系の使用人の娘で勝気な性格のサラという子守役がいたほうがいい、いなければ困る……。映画界から転じて富豪の妻となったヴェロニクだから、娘と同じ立場で地元の公立校に通った経験のあるフランソワとは違って、この辺の微妙なところが体感できない。だから令嬢と使用人の娘が姉妹も同然であることに眉を顰《ひそ》める。

「いつごろのことですか、この邸ができたのは」パリの教育問題には無関心な青年が話題を変えた。

「第二帝政の末期だね。当時はこのあたりも畑や牧場や森が点在する田園地帯で、邸は自然林を切り拓いて建てられた。次第に家が増えてきたので、あとから敷地を石塀で囲ったようだ」

ブローニュの森は人工林だがダッソー邸の敷地にある森は自然林だという。パリがルテティアと呼ばれていたころにまで遡る、蒼古の大森林の一部かもしれない。森屋敷という少し大袈裟な通称にも、相応の理由があるようだ。

「この邸を建てたのはナポレオン三世の有力な廷臣で、当時としてはなかなかの財産家だった。まだ馬車の時代だから交通の便がよかったとはいえない。本邸はヴァンドームで、ここは別邸として使っていたようだね」

森屋敷をダッソー家が買いとったのは、フランソワの祖父の時代のことだという。幸運にもコフカ収容所から生還できた父のエミールが、ナチの略奪で荒廃した邸を修理し、また家族で住めるようにした。

「この邸で、ダッソーさんも生まれ育ったんですね」

「二人の姉もね。姉たちと母は、この邸に踏みこんできたゲシュタポに拘束されアウシュヴィッツに送られた。いつどんなふうに死んだのか、いまだによくわかっていない。母や姉たちの前日に父はすでに逮捕されていた」

喪われた家族のことが脳裏を過ぎったのか、口調は平静でも表情には翳りのようなものが窺われる。忠実な召使いの機転で幼かったフランソワ一人が、かろうじて難を逃れることができたという。

「別れるときに母から家宝のダイヤモンドが手渡された。けっきょく、それが母の形見になったんだが」

十九世紀が終わるころだったという。事業で成功したフランソワの祖父は、競売で三十七カラットという大粒のブルーダイヤを落札した。このダイヤモンドは代々のダッソー夫人の身を飾ってきた。ナチ占領下の苛酷な環境を生きのびられるように、フランソワの母は幼い息子に高価なダイヤを託したのだろう。召使いの老人はダイヤを換金することなく、ドイツが敗北するまでフランソワを守り通した。

「それって〈ニコレの涙〉ですよね」ニコレは旧約聖書に出てくるサバの女王の名前だ。

「あの雑誌を見たのかね」

「ええ」

この春だろうか、ファッション誌のグラビアに登場したヴェロニクは、豪奢なダイヤの首飾りで身を飾っていた。掲載されたインタビューによれば、首飾りのダイヤはダッソー家の家宝〈ニコレの涙〉だとか。

「どうして〈ニコレの涙〉なんですか、サバの女王がソロモン王に贈った宝石のひとつだったとか」

わたしの思いつきにダッソーが苦笑する。「まさかね。十九世紀までダイヤの唯一の産出地はインドだった。サバの女王の時代から、イエメンやエチオピアの王国がインドと交易していた可能性は否定できないが、だからといって〈ニコレの涙〉に三千年もの歴史があるわけはない。何代か前の所有者が、洒落ていると思って名づけたんだろうね」

世界で最も古い由来を持つダイヤは〈コ・イ・ヌール〉で、いまはロンドン塔に展示されている。インドの女帝を兼ねたヴィクトリア女王にインドの王侯が献上したのだ。〈ニコレの涙〉が〈コ・イ・ヌール〉よりも古いとは考えられない。

「〈ニコレの涙〉という名称に惹かれて、このダイヤを祖父が競り落としたのは疑いない。妻がサバの女王の名を冠した宝石で身を飾れば、自身はソロモンということにもなる。一代で財を築いた祖父だから、自負心は相当なものだったようだ」

大粒のブルーダイヤが〈ニコレの涙〉と名付けられたのは、青が悲しみの色だからではないか。〈ニコレの涙〉の由来を尋ねるうちに、あらためてダッソー邸のパノラマのことが思い出された。そのダイヤを息子に手渡した母は、二人の娘と一緒にアウシュヴィッツで殺されたという。

思いきって頼んでみることにした。「パノラマのある西塔に父は立ち入ったことがあるとか。もしもよろしければ、わたしにも見せていただけませんか。たんなる好奇心からではないんです」

「というと」ダッソーが眉を顰める。

「エミールさんの気持ちが簡単に理解できるとは思いません。でも、もしかしたら」

「なんだろう」

「ミノタウロス島から生きて戻ってから、何ヵ月も悪夢やフラッシュバックに悩まされたんです。もしかしてエミールさんも同じだったのでは。収容所のパノラマを造ったのは、収容所体験の悪夢を克服するためではないでしょうか」心の底から吹きあげるグロテスクな記憶に耐えようとしてダッソーは、かつての恐怖の環境を克明に再現しそこに身を置こうとしたのではないか。「痛む虫歯を、わざと突《つつ》いてみたくなるのに似た心理かもしれません」

「襲いかかってくる苦痛よりも自分が招いた苦痛のほうが耐えやすい、そういうことだろうか」

「悪夢やフラッシュバックは外傷神経症者による自己治療の試みだともいわれますから」ただしこの説をわたしは信じない、フロイトによる辻褄合わせの説明だろうと思っている。

「よろしい、次の機会に案内しましょう。わが家の料理人は一流料理店のシェフが務められるほどの腕なんです。あんなグロテスクな見世物を目にしたあとでは、モニカが腕を揮った料理の味もわからなくなってしまう」邸の主人が時計を見た。「もう五時十五分か。仕事で少し外出しなければならないが、会食の時刻までには戻りますから」

ダッソーがサロンを出ていって、それを機にカケルは席を離れる。窓辺から戸外を眺めはじめた青年の横にわたしも立ってみた。灰色の紗幕に覆われて水銀灯の光が滲んでいる。

「霧が流れてる、夜と霧ね」

夜と霧という言葉が出てきたのは、ダッソー家の教育方針からハンナ・カウフマンの全体主義論を連想したからかもしれない。一九四一年十二月のヒトラー総統命令「夜と霧」は政治犯、とりわけ占領地の抵抗運動家《レジスタンス》を刑法によることなく逮捕、拘禁、収容、処刑するために布告された。

この言葉は、ユダヤ人大量殺害《ジェノシード》をめぐる記録映画のタイトルとして知られるようになる。しかし法令そのものは、一九四二年一月のヴァンゼー会議で決定された「ユダヤ人問題の最終的解決」に先行する。法令「夜と霧」で逮捕されたのは西欧の政治犯や抵抗運動家《レジスタンス》が大半で、ユダヤ人を主としてはいない。

庭園を満たした夜霧の夢幻的な光景を眺めて問いかけた。「どうしてナチス収容所にかんするドキュメンタリーを、映画作家は『夜と霧』と題したのかしら」

「フランクルの収容所体験記も日本語版のタイトルは『夜と霧』だ。これは総統命令というよりも記録映画のタイトルを流用したんだろうけど。法令『夜と霧』の名称の由来を知ってるかい」

「ワグナーの『ラインの黄金』からの引用ね」

オペラでは、魔法の頭巾を被ったアルベリヒが、「夜と霧になれ、誰にも見えないように」と呪文を唱える。アルベリヒはニーベルング族の王だが、ラインの乙女たちから奪った黄金を呪われた魔法の指環に細工して、地底の国ニーベルハイムに莫大な財宝を蓄えている。アルベリヒの弟ミーメが造った隠れ頭巾を使うと、姿を消すだけでなく大蛇など望むものに変身することもできる。たまたま蛙に変身したところをヴォータンに捕らえられ、アルベリヒは指輪も財宝も奪われてしまう。

「法令『夜と霧』によって捕らえられた者が、その後どうなるのかは家族も隣人も知ることができない。どこに拘禁されているのか、あるいは処刑されたのかさえも。ようするに魔法の頭巾でも被せられたかのように、一瞬にして中空に消えてしまう。典型的な秘密警察支配の手口で、残忍な公開処刑より逮捕者の消失のほうが反対派や抵抗派への威嚇効果は高い」

逮捕者は夜と霧の奥に姿を消して行方は誰にもわからない。残された者が感じる根深い不安、暗澹とした喪失感は拭われることも癒やされることもない。あらゆる痕跡を抹消してしまう点では、たしかに法令「夜と霧」は悪魔的な発想の点で「最終的解決」に先行している。いや、悪魔的というのは語感として違う気もする。その感触は記号のように抽象的で乾いているから。


〈11月22日午後6時35分〉


一時間ほど図書室で時間を潰してサロンに戻った。執事の足音はもの静かに床を撫でるようだが、それとは違うしっかりした靴音が聞こえてくる。玄関ホールのほうを見ると、白髪の老婦人がサロンに入ってくるところだ。ツイードのスーツを着たハンナ・カウフマンだった。本が押しこまれているらしい手提げ鞄を小テーブルに置いて、老婦人はカケルが坐っている肘掛け椅子の背に腕をかけた。

「おやおや。今夜の主賓二人をこんなふうに放り出して、ダッソー家の人たちはどこにいるの」

皮肉な微笑を浮かべたカウフマンに答える。「皆さん外出中なんですが、それでも会食の時刻までには戻るとか。いったん出かけたダッソーさんは一時間少しで帰宅して、いまは二階にいるよう。

……先週からカウフマンさんは、ずっとダッソー邸に滞在してたんですか」

「ヴォルフの件で司法省からの回答がまだないの。しばらくはアメリカに帰れそうにないわね」斜向《はす む》かいの肘掛け椅子に腰を落ち着けて老婦人が続ける。「ブローニュの森を散歩してからモンパルナスに出て、戦前からの珈琲店《カフェ》で時間を潰していたわ。パリの街は変わっても森は昔と同じね」

「戦前にお住まいだったころは、モンパルナス界隈で人と待ちあわせることが多かったんですか」

「はじめはサン・ジャック街の安ホテル住まいだったし、本拠地は学生区《カルティエ・ラタン》でしたよ」

学者と学生の街が学生区《カルティエ・ラタン》とすると、戦前の傾向としては画家や詩人、映画人や音楽家の街がモンパルナスだった。生真面目そうな若いカウフマンは、どちらかといえばオデオンやサン・ミシェル界隈を好んでいたのだろう。

同年代の哲学者でも、ハリウッド映画やジャズなどアメリカの大衆文化好きで作家でもあるジャン＝ポール・クレールが、サン・ジェルマン・デ・プレからモンパルナスにかけての一帯を根城にしていたのとは対照的だ。歩いて十五分ほどしか離れていない二つの街の、微妙な雰囲気の違いにすぎないとしても。

「フランソワも外出しているの」

「ダッソー氏とは少し前に話しました」

「どんなことを」

「いろいろと、ソフィーの教育問題とか森屋敷の歴史とか」

「教育問題って」

「ソフィーが地元の公立校に通ったり、使用人の娘と姉妹も同然のように育つのはどうなのかとか」

カウフマンに確認したいことを思い出した。「ソフィーはヴェロニクが産んだ子ではないんですね」

「ヴェロニクは三十三歳でソフィーは十三歳。ソフィーがヴェロニクの子供だとしたら、デビューの年に産んだ計算になる。わたしは観ていないんだけど、ヴェロニクが最初に主演した映画、フランスではかなりの評判だったそうね」

ヌーヴェル・ヴァーグの代表監督が撮ったフィルムノワール『狼のように』に、ヴェロニク・ローランは初主演した。二作目、三作目の演技も高く評価され、個性的な美貌の新人は人気女優の地位を確立していく。

「拉致され幽閉された娘が誘拐犯の青年に複雑な愛情を抱きはじめ、犯罪に協力するようになる、しかし青年は警官隊に射殺されてしまうという映画でした。狼に育てられた子供は狼のようになるというのが題名の意味」

老婦人が苦笑する。「フランソワから婚約者の話を聞いたとき、はじめはアヴェロンの野生児の映画にでも出た女優なのかと思ったわ。それはそれとして、何年か前にストックホルムで人質立てこもり事件があったでしょう。人質の多くは犯人の言動に共感し、愛を告白する女性さえいたとか。似たような事例はアメリカにもある、たとえばパトリシア・ハーストの場合ね」

ストックホルムの銀行立て籠もり事件と同じころのことだ。サンフランシスコで新左翼の過激グループに誘拐されたパトリシアは、犯人たちの同志として銀行強盗などに加わるようになる。成功した企業家の父親に「資本家の豚」と罵倒する手紙を送りつけたりもした。

「閉鎖された空間で非日常的な時間を共有すると、誘拐や監禁の被害者が犯人に共感したり愛情を抱いたりするようになる。これ、もっと大規模にも起こりうるわね」

「たとえば」興味をもった様子でカケルが問う。

「ロシア民衆はボリシェヴィキによって集団的に誘拐され、鉄のカーテンの内側に閉じこめられたともいえる。被害者たちは犯人に共感し愛情さえ抱くようになって、民衆のスターリン崇拝が生じた。これだけでは異様なまでのスターリン崇拝熱は説明しきれないとしても。ただしかならずそうなるともいえない。ナチに誘拐され殺害された六百万人のユダヤ人に、ストックホルム症候群は無縁だった」

脱線した話を元に戻すことにした。「では、ソフィーの生母は」

「フランソワは再婚なのよ、ソフィーはアルレットが産んだ子供」

フランソワ・ダッソーの最初の妻アルレットは若いころから心臓に持病を抱えていて、娘が小学校に入るころに死亡したという。ダッソーがヴェロニク・ローランと出逢って再婚したのはソフィーが十歳のときだった。

病身のため子供の面倒をあまり見ることができなかった母親は、ソフィーがサラと一緒に遊んでいるのを見て安心していた。死期を悟ったアルレットは、病室を訪れたサラに一人娘のことを頼んだらしい。自分が死んだあともソフィーのよい友達でいてくれと。

「まだ元気なころにアルレットはサラを可愛がっていた、早くに母親を亡くした娘だから可哀想に思えたんでしょうね。サラもアルレットによくなついていた。アルレットに約束したから、どんなことがあろうとソフィーを助けなければならない、守らなければならないと思いこんでいる。

ヴェロニクはサラの背後にどうしてもアルレットの存在を感じてしまう。だからなのね、ソフィーがサラと仲のいいことに眉を顰め、できれば二人を引き離したいと思うのは」

老婦人が煙草を銜えたところで話題を変える。「カウフマンさんは戦前から、シオニズムの修正派とは対立していたんですね」

四阿で老婦人が言及していたジャボチンスキーは修正派シオニズムの指導者だった。イギリス政府の勧告を受け容れたシオニズム運動主流派の、ヨルダン川西側でのユダヤ人国家建設を求める主張を「修正」し、ヨルダン川両岸にまたがる大ユダヤ国家を構想したことから、ジャボチンスキーとその同調者は修正派と称された。修正派は最終的にアラブ人への暴力的迫害や、その排除と大量追放によるパレスチナの地の独占という侵略的、排外的主張にいたる。第一次中東戦争から今日にいたるまで、シオニズム運動が結果としてジャボチンスキーの指し示した方向に進んできた事実は否定できない。

　修正派は第一次大戦中からパレスチナでユダヤ人の武装化を進め、第二次大戦後にいたるまで反英、反アラブの暴動をしばしば惹き起こした。イルグンなど修正派の軍事組織は、のちにイスラエルの正規軍に再編成されていく。また政治組織としてはリクードが結成された。パレスチナ人にとってイルグンは剝き出しの暴力集団、残虐きわまりないテロ組織だった。

　ジャボチンスキーと修正派の対抗勢力は、ベン＝グリオンに代表される労働シオニズムで、この政治勢力が独立後のイスラエル政界では主流となる。異変が起きたのは昨年、一九七七年のことだ。はじめてリクードが選挙で労働党に勝利し、ベギンを首班とする新政権が誕生した。修正派の流れを汲むリクードのベギン政権は、イスラエルの軍備強化と第三次中東戦争占領地の事実上の併合、パレスチナ人の弾圧と迫害と追放を労働党政権よりもいっそう強化するに違いない。それなのに極左派《ゴーシスト》の友人たちが支援していたパレスチナ解放運動は、一時ほどの勢いがないように見える。

　質問にカウフマンが応じた。「あなたと同じような歳だったころ、わたしは政治や社会問題には関心のない哲学専攻の学生だった。生まれ育った時期とは次元の違うナチのユダヤ人迫害が全面化してから、ようやく政治に目覚めたの。生活の場にまで侵入してきたナチの暴力が、ユダヤ人としての自覚と政治的な覚醒を同時に迫ってきた。

　ドイツ社会に同化しドイツ人のようなユダヤ人として生きていくことは、もはや不可能だった。同化主義は惨憺たる事実によって打ち砕かれた。そんなときだったの、シオニズムと出遇ったのは」

　ユダヤ人コミュニストのように労働者階級のために闘うことはできない。ユダヤ人として迫害されているのだから、ユダヤ人として闘わなければならない。大学での哲学研究の道を断念したカウフマンはベルリンで、さらに亡命地のパリやニューヨークでもシオニストとして行動し発言し続けた。しかしそれもイスラエル建国までのことで、第二次大戦後はシオニズム運動に距離を置くようになる。

権利を保障する主体が最終的には国家でしかない時代を生きるユダヤ人には、全体主義の国家暴力に抵抗する術がない。ユダヤ人は自身の権利を保障する政治主体として自己組織化することでのみ、ナチズムによる国家的迫害に対抗することができる。

老婦人が続ける。「わたしもユダヤ人は国を持たなければならないと考えていた、第二次大戦がはじまってからはユダヤ人の軍隊が必要だとも。しかしシオニズムのイスラエル中心主義には反対でした。またイギリスなど帝国主義大国の後押しで建国を達成しようとする政治力学主義にも。ユダヤ人は被抑圧民族なのだから、他の被抑圧民族と力を合わせなければならない。帝国主義支配者に取り入ろうとするなど論外よ」

「その被抑圧民族にはアラブ人も含まれるんですね」わたしは確認する。

「もちろんよ。ユダヤ人の攻撃的なナショナリズムはアラブ側の攻撃性を誘発するだろうし、アラブの敵意に囲まれたユダヤ人の小さな国が生き延びることはできない。確信犯的な修正派やそれに追随したベン=グリオンなどによるイスラエル建国を、アラブとの和解と協調だけが唯一の道だと批判して孤立したわたしは、最終的にはシオニズムの運動から離れることになる。でもね……」

そのとき玄関ホールのほうから足音が聞こえてきた。ドア口に目をやると、邸の主人がサロンに入ってくるところだった。

「お待たせした、書斎で急ぎの仕事があって。……ダランベール、そろそろ食前酒《アペリチフ》を出してくれ」食堂に通じる戸口から顔を見せた執事にダッソーが命じる。

「会食は七時半からでよろしいでしょうか」

「そろそろヴェロニクも戻るだろう、それでいい」

カウフマンがマティーニを頼んだので、わたしも同じカクテルにした。シェーカーを振る腕も、ダランベールは本職のバーテンダーと変わらないとか。ダッソーはシェリー、カケルは例によって鉱泉水。ダランベールが退出し、じきに若い娘が食前酒《アペリチフ》を運んでくる。エレーヌの仕事はダッソー夫人の身の廻りの世話だが、今夜は家政婦のジャンヌと調理室で料理人のダルティ夫人を手伝っているようだ。

緑のオリーブが沈んだ冷たいカクテルを口にしていると、ダッソーが「ヴェロニクかな」と呟いて席を離れた。カクテルグラスを手にして、わたしも窓際までサロンを横切った。

戸外は闇に沈んでいる。玄関前の車寄せに青いスポーツカーが入ろうとしている。野太いエンジン音を轟かせているのは新型のルノー・アルピーヌだ。旧型はカーブとアップダウンの多い山道を小鳥が舞うように軽快に走りぬける車で、わたしはイギリス製のMGやトライアンフの軽スポーツカーよりも好きだった。

新型はボディのデザインこそ流麗だけれど、不必要に大きくて重たくなっている。ポルシェに対抗するため高速巡航性能を重視した結果らしい。あと二、三年すれば旧型の中古車が手頃な価格で出廻るようになるだろう。シトロエン・メアリの次はアルピーヌA110にしようと、わたしは決めている。

青のアルピーヌが停止してドアが開いた。白い光沢のある金髪をシニョンに結った女性が、膝小僧から先に姿をあらわす。レーシングカーと変わらない最低地上高のため、降りるというより這い出す感じだ。スカート姿で長身の女性には一苦労だろう。ちらりと見えた横顔は主演映画の記憶があるヴェロニク・ローランに違いない。

運転手のルルーシュがアルピーヌに乗りこんだとき、邸の正門に続く石畳道がヘッドライトの光束に照らされはじめた。闇を掻き分けるようにしてあらわれたのは、青と灰色のシトロエンＤＳだった。減速したシトロエンは玄関前で右折し、アルピーヌのあとを追うようにして駐車場のほうに消えていく。

「オヴォラも着いたから、これで会食の出席者は揃った」

ホールの入口に向かいながら邸の主人が低い声でいう。シトロエンで到着したのは、ダッソーの秘書で法律顧問を兼ねたクリスチァン・オヴォラらしい。執事のダランベールに出迎えられて玄関ホールからサロンに入ってきたヴェロニクが、夫の頬に軽く唇をつける。魅力的な微笑を浮かべながら、わたしにも言葉をかけてきた。

「ナディアなのね、わが家にようこそ。あなたとヤブキさんのことは夫から聞いていますよ」

ヴェロニクが暖炉の前まで足を運んで、カケルとカウフマンに挨拶する。着替えもあるし、晩餐の用意ができるまで二階の自室で休みたいと夫のフランソワに告げて、ダッソー夫人はまた玄関ホールに姿を消した。正面階段から二階に上がるようだ。ヴェロニクと入れ違いにサロンに入ってきた男がいる。クリスチァン・オヴォラはダッソーに会釈し、わたしに握手を求めた。

「はじめまして、モガール警視のお嬢さんですね」

「ええ」

暖炉の前で邸の主人と秘書、老婦人とわたしで雑談がはじまった。いつものようにカケルは社交的な会話の輪に入ろうとしないで、少し離れた椅子に浅く腰かけている。訪米する機会の多いらしいオヴォラが、カウフマンと葡萄酒《ヴァン》の米仏比較を論じはじめた。ダッソーが二人の話にときどき口を挟む。カリフォルニア産などアメリカの葡萄酒《ヴァン》に詳しくないわたしは三人の話を聞き流していた。

オイルショック以降の長期不況からクラウス・ヴォルフのフランス移送、若者の読書傾向、カウフマンが構想している新著など話題は転々と変わる。わたしが日本語を勉強していると知って、オヴォラは日本のことも話題にした。仕事の関係で日本に長期滞在していたこともあるとか。

ダッソーとカウフマンがナチ占領時代の思い出に触れ、少し話が重くなりはじめたところでダッソー夫人がサロンに戻ってきた。そろそろ晩餐の支度ができるようだ。薄緑のドレスに着替えた女主人が会話に加わる。

食堂から出てきた小間使いのエレーヌにダッソーが声をかける。「ソフィーに伝えてくれないか、食事だから下りてくるように」

電話のベルが鳴りはじめる。広間の西北の角にある電話機まで歩みよった秘書が、受話器を耳に当てたあと少し迷ったような表情で邸の主人を見る。

「誰だね」

受話器を掌で押さえて不審そうに秘書が応える。「名乗らないんです、ダッソー氏を出せというばかりで。断りましょうか」

「いや、出よう」ダッソーに受話器が渡された。「もしもし《アロー》。……なんだと、どういうことだ」

謎の人物からどんなことを告げられたのか、一瞬のうちに邸の主人の表情が変わった。ダッソーが緊張した様子でサロンを見渡しながら叫ぶ。

「どこにいる、ソフィーは」

「それが、お部屋にいらっしゃらなくて」エレーヌが主人の剣幕に身を竦めながら小さな声で応じた。

「待て、きみ」電話が切られたのか、フックに叩きつけるようにダッソーが受話器を戻した。

「どちらからの電話かしら」ダッソー夫人は眉を顰めている。

憮然として夫が応じた。「馬鹿馬鹿しい話だよ。誘拐したというんだ、ソフィーを」

「たちのよくない悪戯ね。ごらんなさい、娘は無事ですから」ヴェロニクが玄関ホールのほうを示した。「ソフィー、早く来なさい」

ホールに通じる戸口には運転手と少女の姿が見えた。薄手のセーターを着たソフィーは、ルルーシュの後ろに半ば隠れるようにしている。

「あなた、まだ支度していないの」

継母のきつい口調に、普段着の少女が気後れしたように呟いた。「ごめんなさい」

たしかに悪戯電話だったようだ、電話の主が誘拐したというソフィー・ダッソーは間違いなくここにいるのだから。いったい誰がどんな理由で悪戯電話をかけてきたのか。

わたしは運転手に尋ねた。「どこにいたんですか、ソフィーは」

「ちょっと前に、私の居室にサラを訪ねて」

「ソフィー、こちらにおいで」ほっとした様子で父親が娘に声をかける。

「ダッソーさん、どんな電話だったんですか」

わたしの言葉に邸の主人が困惑した表情で応じる。「……あなたの娘を誘拐した、一時間以内に身代金を用意して次の電話を待て、警察に通報したら人質の命はない、要求された通りにしなければ人質を殺すと。詳しいことを確認する前に電話は一方的に切られた」

「どんな感じでしたか、電話の声や話し方は」

「中年の男の声で、メモを棒読みしているような馬鹿丁寧な話し方だったな」

誘拐犯は職業的な犯罪者とは限らない。生まれてはじめて手を染めた犯罪が誘拐だったという場合も少なくない。一攫千金を狙う中流層や知識階級の男が誘拐事件を惹き起こしたなら、脅迫でも馬鹿丁寧な喋り方をするかもしれない。

「しかし、もういいでしょう。……オヴォラ、同じ男が電話してきたら怒鳴りつけてくれ」

悪質な悪戯にあらためて怒りが湧いてきたのか、強い口調でダッソーが秘書に命じる。しかしこれで安心できるのだろうか。間違い誘拐を描いたアメリカの警察小説《ロマン・ポリシエ》のことが不意に思い出された。原作でも、それを映画化したクロサワ作品でも間違えられて誘拐されるのは……。

「家にいますか、サラは」

運転手のルルーシュが不審そうに応じる。「いいえ、夕方から姿を見かけません。学校が休みなので外を出歩いているんでしょう、夕食までには戻ると思いますが」今日は水曜で中学《コレージュ》は休みだから、中学生の少女が邸の外に遊びに出ていても不自然ではない。

「もしかして」細い腕で両肩を抱いて、怯えたようにソフィーが呟く。

「どうかしたの」

「わたしの身代わりに、サラが連れていかれたのかもしれない」

「まさか」ルルーシュの表情が歪んでいる。

「どういうことなのか詳しく話しなさい」

父親に促され、かぼそい声でソフィーが語りはじめる。「新しいドレスにサラが興味をもって」

ソフィーが二階の自室にいると、いつものようにサラが遊びにきた。ベッドには夜の晩餐会のために用意されたドレスが広げてある。新品の服を見たサラが試しに着てみたいという。鏡に映すだけでは不満なのか、ドレス姿で庭を歩きたいとも。

「わたしはとめたの。もしもヴェロニクに見られたら二人とも怒られるから。でもサラは、外出中のマダム・ダッソーが帰宅するのは六時すぎだから大丈夫だって」

サラは女主人の予定を父親から耳にしていたようだ。ダッソー氏にも見つからないようにするといい残し、真新しいドレスを身に着けて運転手の娘は親友の寝室を出ていった。こんな場合はいつものことで、なにか思いついたサラを気の弱いソフィーはとめることができない。諦めて友達が部屋に戻るのを待つことにした。

「それ、何時のことだったの」わたしは確認する。

「サラが来たのは三時四十五分ごろ。ドレスに着替えて部屋を出たのが、四時少し前だったと思います」

「サラは庭に出たのかしら」

「ダルティ夫人やエレーヌに気づかれないように、非常階段を使うって」

正面階段で一階に下りると、ダグランベールをはじめ使用人たちに見られる可能性がある。二階西端の陳列室から戸外に出られるように、火災などに備えた外付けの非常階段がある。この外階段を使えば誰の注意も惹かないで裏庭に出られるらしい。見通しのよい庭園を散歩するわけにはいかないが、裏庭から煉瓦が敷かれた小道で森に入れば、邸内の者に気づかれないで歩き廻ることもできる。

「一時間たってもサラは戻ってこないから、わたし少し心配になって」

「庭に出てみることにしたのね」

少女が気弱そうに頷いた。「部屋の窓から見ても南側の庭園にいないことはわかりました。たぶん森のなかだろうと思って、サラが行きそうなところを小道づたいに一廻りしてみたら、裏木戸の錠が……」

わたしは頷いた。「裏木戸の内錠が外れていたのね」

ダッソー邸の敷地は石塀で囲まれている。いくらサラが活発な性格でも、ソフィーの新調ドレスを着たまま、高い塀によじ登って乗り越えたとは思えない。街路に通じているのは南側の正門と東側の裏木戸の二箇所だ。来客の予定もあるようだし、邸の正面玄関から正門にいたる石畳道は歩けない。邸外に出るなら裏木戸を使うしかない。

ダッソー邸の裏木戸のことなら一昨年の事件の際に調べた記憶がある。扉の施錠と解錠は内側からは手動で、外側からは鍵で行う。使用人が買い物などに出る場合、まず内側から手で解錠し、外に出てから鍵で施錠する仕組みだ。裏木戸の鍵はダランベールか、古株の使用人が保管している。

使用人が裏木戸を使う場合はかならず外から施錠する。内錠が外れているのは、鍵を所持していない者が邸外に出たからではないか。ソフィーのドレスを着たサラは、使用人から裏木戸の鍵を借りるわけにはいかない。鍵をもたないサラが裏木戸から道に出れば、木戸は解錠状態のまま残される。

ソフィーが薄い唇を噛んだ。「きっとサラ、裏木戸から道に出たんだわ。庭だけでは満足できなくて、邸の外を歩いてみようとしたんでしょう。どうすることもできないので、いったん家に戻ることにしたんです」

わたしとカケルがダッソー邸に到着したとき、少し遅れてソフィーが正面玄関から邸内に入ってきた。父親を前にしてどこかしら落ちつかない様子に見えたのも、知られてはならない秘密を抱えていたからだ。

二階の自室に戻って、ソフィーは親友が帰るのをひたすら待ち続けた。戸外が深い闇に閉ざされてもサラは戻らない。そのうちに怖れていた事態がやって来た。特徴的な野太いエンジン音が寝室まで聞こえてきたのだ。カーテンの隙間から覗いてみると、ヴェロニクのアルピーヌが車寄せに入ろうとしている。

新しいドレスに着替えていない姿を、継母に見られるわけにはいかない。追いつめられた心境で、ソフィーは非常階段から戸外に出て車庫をめざした。もしかしたらサラは自宅にいるのかもしれない。

アルピーヌを車庫に入れたルルーシュはいったん二階の居室に戻った。ノックの音がしてドアを開くと、硬い表情のソフィーが黙って佇んでいる。サラを訪ねてきたようだが、見渡しても室内に娘の姿はない。邸の外に遊びに出かけてまだ戻ってきていないようだ。

少女の態度が妙なので理由を尋ねてみた。ソフィーの新しいドレスを着たサラがどこにもいない、裏木戸から邸外に出たのかもしれないという。事情を知って仰天したルルーシュは、とにかく主人の娘をサロンまで連れていくことにした。

「申し訳ありません、奥さま。また娘が勝手なことをしでかしまして」

ルルーシュが最敬礼でダッソー夫人に謝罪の言葉を並べる。それを制して邸の主人が心配そうに呟いた。

「もういい、あの年頃の娘なら新しいドレスに惹かれるのも当然だろう。それにしてもサラはどこにいったのか」

「お嬢さまの綺麗な服を着て街をふらついてるんでしょう、じきに戻ると思いますが」ルルーシュが自分を励ますようにいう。

ソフィーの服を着たサラ・ルルーシュは、四時ごろに裏木戸から外出して戻っていないようだ。ソフィー・ダッソーを誘拐したという男からの電話は七時半だった。ソフィーが想像したように、身代わりにサラが拉致された可能性も絶無とはいえない。

「この電話は外線直通なんですね」

わたしが確認するとダッソーが頷いた。以前は交換機が使われていた記憶がある。ロンカル事件のあと庭の管理を専門の会社に委託したように、電話も外線直通に換えたようだ。

「複数の回線が引かれているんですか」

「全部で十二本ある」

一階はサロン、食堂、応接間、ダランベールの部屋、二階はダッソー夫妻の寝室、書斎、ソフィーの部屋、オヴォラの部屋、二つの客室に直通電話。最後の二回線は使用人用で、調理室と使用人区画に引かれている。

「サロンの電話番号は一般に公開していないんですよね」

「電話帳にも載せていない、仕事の必要で番号を伝える場合は書斎の電話にしている」

邸に出入りの業者などは使用人用の番号しか知らない。サロンの電話番号を知っているのは家族や親類や親しい友人に限られるようだ。謎の人物はどのようにしてサロンの番号を知りえたのか。サラから訊き出したとすれば、誘拐したという脅迫電話が悪質な悪戯でないことの傍証になる。

また広間に電話のベルが響きはじめた。前の電話から十五分ほどが経過していて時刻は七時四十五分になったところだ。緊張した面もちで邸の主人が受話器を取る。

「ダッソーだ……誘拐されたのは使用人の娘だ……きみは間違えたんだ。いますぐサラを解放したまえ」受話器を握った男の表情が次第に強ばりはじめる。「なに……待て……」

カケル以外の全員が広間の隅に集まり、少し距離を置いて邸の主人を囲んだ。受話器を置いたダッソーが真剣な表情でルルーシュを見る。

「誘拐犯も間違いに気づいた、しかし犯人は」

「犯人は、どういってるんでしょうか」運転手が必死の面持ちで問いかける。

「別人でもかまわない、要求を変える気はないと」

ソフィーのドレスを着て裏木戸から外に出た運転手の娘が、ソフィーと間違えられて誘拐された。この事実に間違いはないようだ。誘拐犯も人違いに気づいたが要求は変えないと通告してきた。まるで、前に読んだことのある警察小説《ロマン・ポリシエ》さながらの展開ではないか。

「犯人の要求は」わたしは夢中で問いかけた。

「現金で二百万、それに〈ニコレの涙〉だ」

「〈ニコレの涙〉ですって」ヴェロニクが目を見開く。

「犯人の言葉では、ファッション誌のグラビアでマダム・ダッソーの胸元を飾っていた首飾り、ようするに〈ニコレの涙〉のことだ。こんなことになったのも……」途中で言葉を切りダッソーは唇を曲げた。

ダッソー家の膨大な資産からすれば二百万という大金もわたしの二百フランと変わらないだろう、二十フランかもしれない。しかし〈ニコレの涙〉は高価であるばかりか、ダッソーにとっては母親の形見で、他には代えられない特別の品なのだ。誘拐犯には渡せないと思うのは当然だろう。

邸の主人が続ける。「私が要求に応じなければサラの命はないと。警察に通報した場合は殺害する、邸を監視しているから警察が来ればわかる、サラの無事を願うなら一時間以内に身代金を用意しろと」

誘拐犯なら誰でもいいそうな台詞だ。それなら被害者側も犯人に当然の要求をしなければ。とりあえず人質の無事を確認すること。

「ダッソーさま」ルルーシュが悲痛な声をあげる。

「お客さまの前ですよ、あなたは車庫に戻っていなさい」

叱りつけるような女主人の言葉に逆らって運転手が叫ぶようにいう。「お願いです、ダッソーさま。サラを救ってください」

主人が運転手の顔を見つめる。「安心していい、あの娘に悪いようにはしない」

「ありがとうございます、ありがとうございます。わたしもサラも旦那さまに死ぬまで感謝します」

ヴェロニクが美しい顔を不機嫌そうに歪めた。「元はといえばサラの不始末から起きたことなのよ。なんということかしら、使用人の娘がソフィーの服を着て邸の外に出るなんて」

「ルルーシュやサラを責めている場合ではないだろう」

ダッソーの言葉を遮るように運転手が女主人に懇願する。「お詫びします、奥さま。サラが無事に戻ってきたら二度と失礼なことはさせません。お嬢さまの身近にも決して行かせないようにします。でもいまは娘の身の安全を考えてください。お願いです、お願いですから」運転手の悲痛な言葉にもヴェロニクは顔を背けたままだ。

軽く唇を噛んでいるダッソーにわたしはいった。「警察に通報しなければ」

邸の主人が静かに首を横に振る。「いや、その必要はない」

「しかし」

「ダッソー家にとって二百万フランはさほどの金額ではないし、〈ニコレの涙〉が思い出のある宝石でも人命には代えられない。祖母も母も少女の命を救うためなら、躊躇なくダイヤを手放すことだろう」

「わたしは反対です、お金はともかく〈ニコレの涙〉まで犯人に渡すことなど」

ヴェロニクの言葉は逆効果だった。誘拐された使用人の娘の安全など考慮に値しない、そういわんばかりの妻の態度がダッソーに決断を促したように見える。

「ダイヤの代わりに身代金を上積みすると、犯人に交渉はしてみる。いずれにしてもサラを取り戻すことが最優先だから、取引に応じないようなら〈ニコレの涙〉を渡すしかない」

「ダイヤや身代金さえ渡せば、サラが無事に戻ってくるとは限らないんです」

わたしの言葉に邸の主人が眉を顰める。「どういうことかね」

「裏木戸から外に出たところを拉致されたとしますね」

「ソフィーの話では、その可能性が高いようだが」

「そのころにサラが、いやソフィーが裏木戸から外に出るなんて犯人に予測できたわけがありません。なにしろサラの気まぐれだったんですから。……違うかしら」

わたしの問いかけに少女が弱々しく頷く。「部屋から出るときは、十分か十五分か庭を歩いてみるだけだって」

たまたま裏木戸から出てきた少女はダッソー家の令嬢らしい。なにしろ豪華なドレスを身に着けているのだ。

「裏木戸のある路地でサラの姿を見かけた犯人が、突発的に犯行に走ったとも考えられます。人通りが少ない裏道であろうと、誘拐した少女を担いだり引きずったりするのは難しい。サラが大声で助けを呼ぶかもしれないし、人が通りかかるかもしれない。たまたま車で通りかかった人物が犯人だった可能性も否定はできません。

突発的な犯行だとすれば、顔を隠したり人質を監禁する場所を用意するなど事前の準備はしていないでしょう。たまたま誘拐に走った犯人には、最初から人質を解放する気などないのかもしれない」

ルルーシュには気の毒だが、最悪の場合がありうることを前提に対策を検討しなければ。適切な判断をするためにも、誘拐された娘の父親に気を遣って事実に目を塞ぎ続けるわけにはいかない。

「もう、サラは殺されているかもしれないと」ダッソーが呻くようにいう。

「最悪の場合も考慮しなければならないということです。常識的に判断すれば、人質に危害を加えるのは身代金を手にしたあとのことでしょう」

沈黙を守っていたカウフマンが納得したように頷く。「いわれるまま身代金を渡してしまえば、サラにとって致命的な結果になりかねない」

「いますぐ誘拐事件の専門班が捜査に着手すれば、犯人の正体や所在を突きとめられるかもしれない。身代金を受け渡す機会を捉えて犯人を逮捕できる可能性は高いんです。身代金を奪った犯人が監禁場所に戻ったら、顔を見られているサラを……」殺してしまうだろうと露骨に口にすることには躊躇がある。

　ダッソーが硬い表情でこちらを見た。警察を介入させないという意志は堅そうな邸の主人を、わたしは必死で説得した。

「こちらが電話を使えば、警察に通報した事実を犯人が知ることはできません。誘拐事件の専門班ならサイレンを鳴らした巡回車《ヴォワチュール・ド・パトルイユ》で乗りつけたりはしない。誰にも気づかれないように、細心の注意を払って秘密裡に訪問してくるでしょう。犯人を逮捕して身代金を取り戻すためというよりも、サラの安全のために警察に通報しなければならないんです。最悪の可能性は、犯人が身代金を奪ったあとに生じるとすれば。

　誘拐犯から電話があったら、人質を電話口に出すように要求してください。サラの安全が確認できなければどのような交渉にも応じないと」

「こちらが威圧的に出れば、刺激された犯人がサラに危害を加えるのでは」ダッソーが眉を顰める。

「いいえ、反対です。身代金を手にするまでは人質に手を触れられない、そう犯人は考えるでしょうから」

　サラを救出するためにも、警察に通報しなければならないという判断は妥当だろうか。素人とはいえ犯罪捜査の経験者は、ここにカケルとわたしの二人しかいない。なにを考えているのか、電話機を囲んだ人垣には距離を置いている日本人に、適切な忠告を期待しても無駄のようだ。

「駄目です、警察に通報するのは。犯人の要求に従ってください、お願いです」

　哀願する運転手に軽く頷きかけて、ダッソーが決意したように口を開く。「モガールさんの忠告に従って、次の電話でサラの身の安全を確認しよう」

「それには私も賛成です」

　賛意を表した秘書オヴォラにダッソーが命じる。「いずれにしても身代金は必要だから、ただちに現金を用意してくれ。二百万程度なら社の金庫にあるだろう、経理部長に電話して邸まで届けさせること。大至急だ」

「食堂の電話を使います、この回線は空けておいたほうがいいでしょう」電話機の横にいたオヴォラが素早い身ごなしで食堂に消えた。

「用意する紙幣のことで、なにか犯人から指定はありませんでしたか」

　ダッソーがわたしに答える。「いや、とくには」

　実際にもそうなのだろうが、小説や映画の誘拐犯は身代金として番号の揃っていない、使用ずみの紙幣を要求することが多い。ダッソー社の金庫で保管されている札束は、取引先の支払いに充てるためであれ社員の給与のためであれ、銀行から引き出されたままの番号が揃った新札ではないだろうか。

　その点が気になったけれど、犯人が指定していないのなら問題ない。とはいえ犯人は、どうして身代金が続き番号の新札でもかまわないのか。身代金を用意しろとか警察に通報するなとか、誘拐犯には常套的である台詞を口にしているのだから、言い忘れたとも思えないが。

「きみはダイヤの用意を」ダッソーが妻に指示する。

「家宝の〈ニコレの涙〉まで犯人に渡してしまうんですか。わたしは賛成できません」

相変わらず納得できない態度のヴェロニクに、夫が語気を強める。「あのダイヤを手放しがたい気持ちは、きみの何倍も何十倍もある。なにしろ母の形見の品なんだから。それでもサラの命には代えられない。誘拐犯が〈ニコレの涙〉の存在を知ったのは、私にも無断で首飾りの写真をファッション誌に載せたからだ。きみに反対とはいわせないよ」

「でしたら、これ以上はいいません。……ダランベール、エレーヌを呼んでちょうだい」

若い妻が内心の憤懣を抑えきれない表情で叩きつけるようにいう。ドア口に控えていた執事が、じきに小間使いの娘を連れてきた。エレーヌを従えてダッソー夫人はサロンから姿を消していく。

「ありがとうございます、ありがとうございます、もしも身代金が戻らなければ、私にできる限りのことはいたしますから」

運転手の掌を握ってダッソーが静かに語りかける。「返済のことなど気に病むことはない。アルレットが心臓発作で倒れたとき、いち早く発見して病院に運んでくれたのはきみだった。冷静な判断と迅速な行動がなければ、あのときに倒れたまま妻の心臓は止まっていたろう。きみがいたからアルレットは一年以上も生き続けて、ソフィーが学校に通いはじめる姿さえ見ることができた。……とにかくサラを取り戻すのが先決だ」

耳元に老婦人が囁きかけてくる。「凄腕で知られたエミール・ダッソーの長男ね、お坊ちゃん育ちに見えるけど決断は迅速で躊躇することがない。反対意見があれば的確な反論で瞬時に黙らせるし、失敗のため挫けそうな部下には配慮の言葉を忘れない。今日の二百万や三百万の損害なら明日の電話一本で取り返すでしょう。フランソワが最高経営者の座にある限りダッソー社は安泰のようだわ」

最初の電話の直後こそ事態を把握しかねて困惑した様子に見えたが、第二の電話で誘拐事件に対処する基本方針は固めたようだ。それからダッソーの態度には少しの動揺も見られない。カウフマンが感心したように、フランス有数の巨大企業を経営している人物だけのことはある。

足早に秘書が戻ってきた。「経理部長は在社でした、三十分ほどで現金は届きます」

ダッソー社はラ・デファンスの高層ビルにあって、ブローニュのダッソー邸と同じパリ西郊に位置している。南北に多少の距離はあるけれど、帰宅ラッシュも終わるころだから自動車での所要時間は二十分ほどだろう。札束を鞄に詰めて地下駐車場まで移動する時間を考慮しても、せいぜい三十分程度か。

小間使いを従えてダッソー夫人が二階から戻ってきた。エレーヌは分厚い本ほどもある黒い天鵞絨《ビロード》の箱を両手で捧げるようにしている。

わたしたちは暖炉前のテーブルに移動した。まだ納得していない表情のヴェロニクが両開きになった蓋を開く。暖炉の炎を浴びて大粒のブルーダイヤが煌めき、それを囲むように鏤《ちりば》められたルビーやサファイヤやエメラルドも眩く輝いている。宝石を嵌《は》めこまれた黄金の円盤の上部には、首飾りとして使うため小さな黄金の筒を連ねた鎖が付いている。

大粒のダイヤモンドを目にできたのも一瞬のことだった。横目で見た夫が頷くのを見てヴェロニクは蓋を閉じてしまう。女主人に命じられたエレーヌが、宝石箱を灰色の布袋に入れて暖炉前のテーブルに戻した。

「じきに現金が届くだろう。警察に通報するかどうか、次の電話で犯人と交渉してから決めたいと思う」

サロンの中央に置かれた円テーブルの横から、カケルは暖炉のほうを他人事のように眺めていた。わたしは人垣から離れて日本人のほうに歩みよる。

「どう思うの、カケルは」

声を潜めて尋ねると青年が意味のない反問をする。「なにを」

「わかってるでしょ、サラの誘拐事件よ」

「わからない、いまのところはなにも。しかし役に立ちそうなのは」

「なにかしら」

「あの電話機にスピーカー機能があること」

家電の新製品に関心がないため指摘されるまで気づいていなかったが、サロンの電話機にスピーカー機能があれば有効に使える。録音機能まで付属していれば申し分ないが、そこまでは望めない。録音機能付きの電話機も近いうちに発売されるだろうが、この電話機でもスピーカー機能を活用して犯人の音声をカセットレコーダーで録音すれば、貴重な証拠を残せる。電話の声の間接的な録音からでも、犯人の声紋が採れるかもしれない。

「できれば今度の電話のときに、犯人の声を流していただけますか。カセットレコーダーがあれば用意して下さい」

事情を説明すると、秘書のオヴォラが自室からレコーダーを運んできた。新しいカセットテープを装着して録音が可能な状態にする。

待ちかまえていると電話が鳴りはじめた。第二の電話からちょうど三十分後、八時十五分だった。ダッソーが受話器を取って、指示されているようにスピーカーのボタンを押した。ベルが鳴りはじめた瞬間から、電話機の横に置かれたテープレコーダーは作動している。

「ダッソーだ」

「金は用意できましたか」電話機から拡大された音声が聞こえる。

「まもなくだ」ダッソーが時計を見る。「あと五分か十分で」

「宝石は」

「用意した。だが……」

「なんですか」誘拐犯が馬鹿丁寧に応じる。

「あのダイヤは母の形見だから人手に渡したくない。きみも換金が難しい宝石より現金のほうがいいだろう。あのダイヤの市場価値は三千万フランほどだ、それと同額を現金で支払うことにしたい」ダイヤは要求された現金の十五倍もの価値があるようだ。

「それほどの現金が、いま手元にあるんですか」

「いや、しかし二時間か三時間で揃えることはできると思う」ダッソーが取引銀行の責任者に連絡し、事情を説明して現金を運ばせるとすればそれくらいの時間は必要だろう。

「いいや、条件の変更には応じられません」

「どうしてもか」

「どうしてもです」

「やむをえない、現金二百万とダイヤを渡すことにしよう。その前にサラの安全を確認したい、電話口に出してくれないか」

「人質の安全が確認できなければ、取引には応じないというわけですか」

「そうだ」

「警察には通報していませんね」

「もちろん。早くサラを電話に」

「こちらにも事情があります。本人を電話に出すのは無理ですが、裏木戸の郵便箱を開けば人質の安全は確認できるでしょう」

「どういうことだ」

「また電話します」

そこで電話は切られた。声は中年男のようだが、たしかに職業的な犯罪者とは違う印象だった。経済的に追いつめられた平凡な男が巨額の現金を奪いとる目的で、生まれてはじめて起死回生の行為におよんだ。強盗や窃盗は実行する自信がないけれども、誘拐なら自分にもできそうだと考えたのか。とすれば危険はさらに増す。長いこと実施されていないが、死刑という処罰も法律的には存続している。営利誘拐で人質を殺害すれば最大級の重罪で、判決は死刑になる可能性が高い。逮捕される可能性を想定して、職業的な犯罪者なら人質を殺すようなリスクは回避するだろう。しかし素人がそこまで考慮して慎重に行動するかどうか。後先の考えもなく邪魔な人質を始末してしまう虞《おそ》れもあるから、パリ警視庁には一刻も早く動いてもらわないと。

「オヴォラ、裏木戸を見てきてくれないか」

ダッソーに命じられて秘書がサロンを足早に出ていく。頼まれたわけではないがわたしも同行することにした。秘書は玄関ホールから正面階段の横を通って、建物の北側通路から階段下の小部屋に入る。昨年まで庭師のグレが住んでいた部屋だ。

外で待っていると、じきにオヴォラが懐中電灯を手に階段下から出てくる。料理人のダルティ夫人なのか、調理室からエプロン姿の中年女性が心配そうにこちらを見ていた。北側通路にある裏口の扉を開くと、戸外には灰色の霧が朦々と渦巻いている。
「この霧、一時間や二時間では晴れそうにないな」オヴァラが呟いた。

パリで霧が出るのは九月の終わりから十月の早朝が多い。十一月も末の霧は時期的に少し遅いし夕方からというのも珍しいが、異常気象というほどではない。さっきカケルと話していた総統命令「夜と霧」のことが思い出される。第二次大戦中にドイツ占領地では、何千人という抵抗派の人々が理由もわからないまま不意に姿を消して二度と戻ってこなかった。被害者の家族には誘拐されたも同然に思われたろう。

白く流れる霧を掻き分けるようにして裏庭の芝生を横切る。道具小屋の横を通って、両側を森に挟まれた煉瓦道を小走りに進んでいく。晩秋の冷気と濃霧のため剝き出しの腕に鳥肌が立つ。煉瓦道を直角に右に折れると、灰色に濁った闇の奥に裏木戸が見えてきた。木戸の内側には郵便箱が取りつけられている。懐中電灯で手元を照らしながら秘書が小さな木箱の蓋を開いた。なかには大判の封筒が入っていた。
「封筒の隅をハンカチで摘むようにしてください、紙でも指紋が採れるかもしれないから」

小説では警官が指紋の保存を心配する役目で、指紋を残すほど犯人は愚かでないと探偵役はうそぶいていればいいのだが、いまはわたしが口を出さなければならない。ここには実直な警官など立ちあわせていないから。

木戸の内錠は外れている。姿を消した親友が戻るときのため、ソフィーは錠を下ろさないことにしたようだ。思わず軽く舌打ちしてしまう。外套とバッグを邸に残してきたので、ハンカチもポケットティッシュも手元にない。用意周到そうな秘書だって、ハンカチを二枚もポケットに入れてはいない。

濃霧の夜だしオヴォラには見えないだろう。長いドレスを捲りあげ裾の上からノブを摑んだ。木戸を開いて幅の狭い裏道を見渡してみても、遠い街灯の光が夜霧にぼんやりと滲んでいるばかりだ。もともと狭い路地なのに、片側には付近の住民の車が列をなして駐車している。夜が更けるにつれて、縦列駐車のためにバンパーで隙間をこじあけるような状態になりそうだ。

「この裏道は昼間でも通行人が少ないんです。こちら側は当家の石塀で、反対側は取り壊しの決まった建物なので」昼間でも人気のない裏道だから、一時停止した自動車に少女を引きずりこむのは容易そうだ。

街路を挟んで向かい側の建物の窓はどれも闇に沈んでいる。ロンカル事件の際に立ち入ったことのある建物は、老朽化のため取り壊される予定だと聞いた覚えがある。あれから一年半が過ぎても工事はまだはじまっていないようだ。サロンでも話題になっていた、五年続きの深刻な不況のせいかもしれない。

「戻りましょう」

秘書に促されて邸に戻ることにした。煉瓦の小道を足早に引き返し、裏口から建物に入って玄関ホールに出る。正面扉を開こうとしている執事と、見知らぬ男の後ろ姿が目に入った。

「急な話で申し訳ありません、ご苦労さまでした」

茶色のスーツを着た小太りの中年男を見て、オヴォラがねぎらいの言葉をかける。ダッソー社から身代金を運んできた経理部長が、ダランベールに見送られて邸を去るところのようだ。

サロンの中央に置かれた円テーブルにはパンにパテ、ローストビーフやハムや卵料理などの皿が並んでいる。重ねられた皿の横にはカップと珈琲や紅茶のポットもある。カウフマンとダッソーはテーブルの横で珈琲を啜っていた。ダッソー夫人は客たちと距離を置くように、窓際のソファに大きく脚を組んで凭れている。

　ドア口に控えているダランベールが鄭重な言葉をかけてきた。「夕食は遅れそうです。とりあえず軽食を用意しましたが、飲み物はいかがいたしましょう」

「珈琲をいただければ」

　暖炉の前にはダッソーとカケル、それに運転手のルルーシュがいる。主人は冷静に、運転手は深刻そうに暖炉の火を眺めていた。暖炉前のテーブルには袋に入った宝石箱と並んで膨れた紙袋が置かれている。重たそうな袋の中身はダッソー社の経理部長が運んできた身代金だろう。

　オヴォラが大判封筒をテーブルに置いた。目の前の大きく膨れた封筒をダッソーが急いで手に取ろうとする。鋏とピンセットを用意してから封を切るように、わたしは声をかけた。封筒や中身にも犯人の指紋が残っているかもしれない。

　カウフマンやヴェロニクも暖炉の前に集まってくる。執事が用意した鋏でダッソーが封筒の下側を細く切ると、隙間から薄い黄色の布きれがはみだしてきた。わたしがピンセットで布の塊を引っ張りだしてテーブルの上に広げる。切りとられた服の片袖だった。

「間違いない、ソフィーのために用意したドレスよ」ヴェロニクが低い声でいう。

「誘拐されたのは確実だとしても、これではサラの無事が確認できない。なにか他には」

　わたしはダッソーに応じる。「底のほうに写真が二枚」

　封筒の底からピンセットで矩形の厚紙を摘まみ出した。二枚とも写真で下側に幅広の白い部分がある。

「ポラロイド写真ですね」テーブルの上に二枚を並べて置く。

　一枚目の写真の少女は椅子に縛りつけられ、裂けるほどに両眼を見開いている。表情を恐怖に引きつらせた少女の薄黄色のドレスには右袖がない。椅子の横のテレヴィに映っているのは交通事故の光景のようだが、画面が小さすぎて細部が判別できない。二枚目には同じテレヴィの画面が大きく撮影されている。

テレヴィ画面に映っているのは高速自動車道で横転したトラックだ。下に「環状高速《ペリフエリック》　ポルト・ドレ付近」というテロップがある。ヴァンセンヌで交通事故が発生したのだろう。テロップまでは読み取れないが、構図から判断して一枚目の写真の画面も同じ光景を写しているようだ。

ダッソーは犯人《ドゥー》の意図を察したらしい。「夕方のニュースを観た者は」

「アンテーヌ2でしょう、何時に放映されたのか確認します」

オヴォラが小走りにサロンを出ていく。食堂から電話でのやりとりが聞こえ、じきに秘書が戻ってきた。

「この事故のニュースは、午後七時二十分ごろに放映されたとか」

「怯えていてもサラは元気そうです、ということは……」腕時計で時刻を確認して続けた。「少なくとも一時間ほど前までは」

わたしの言葉に邸の主人が頷いた。「そう、一時間前までは生きていた。しかしたったいまはどうなのか」

無事を祈るしかない。「サラの監禁場所は電話がないところかもしれませんね」

「だから、こんな迂遠な方法で人質の安全を確認させたのか」

誘拐犯が最初に電話してきたのは七時半ごろで、それ以降は時刻を確認している。二回目は七時四十五分、そして八時十五分と続いた。当初の計画では脅迫電話は三十分間隔だったのかもしれない。第一と第二が十五分しか離れていないのは、間違い誘拐に気づいたからではないだろうか。

もしも人質の監禁先に電話がないとすれば、監禁地点と電話をかけられる地点の往復に最大で三十分が必要だとも想定できる。しかし実際にはもっと短いのではないか。第一と第二の電話には十五分ほどしか時間の間隔がない。最初の電話をかけてから監禁地点まで戻り、ソフィーと間違えてサラを誘拐したことに気づいた。直後に電話のあるところまで急行して第二の電話をかけた。とすれば両地点の移動に必要なのは最大で七分ほど、実際には五分以下かもしれない。

犯人が街の公衆電話、あるいは珈琲店《カフェ》などに置かれた電話を利用しているとしよう。監禁地点から電話までは五分以下でも、人質を連れて街路など公共空間を移動するのは危険すぎる。だから人質を電話口には出せない。

犯人は第一の電話をかけた直後まで、どうして間違い誘拐の事実に気づかないでいたのか。四時ごろにソフィーの部屋を出たサラは、寄り道しなければ裏木戸まで数分だから、四時すぎには拉致された可能性が高い。散歩がてら森を一廻りした場合でも四時半ごろまでには。とすると最初の電話まで三時間半から三時間はある。

監禁場所に連れこんでからも、犯人はサラと会話をしていない。あるいはソフィーを誘拐したという犯人の思いこみを、サラは訂正することなく放置していた。犯人が間違い誘拐に気づけば、利用価値のない被害者はその場で処分されてしまいかねない。気丈で賢そうな少女だから、そこまで考えて口を閉じていた可能性はある。

あるいは森屋敷の脇の路地から監禁場所まで、三時間ほどが必要だったとも考えられる。人質を自動車のトランクに押しこんで移動したとすれば、運転している犯人は目的地に到着するまで被害者と会話ができない。

サラがパリ市内かパリ近郊に監禁されているとは限らない。三時間あればブールジュでもディジョンでも高速自動車道でどこにでも行ける。国境検問はあるとしても、ベルギーやドイツに出国してしまうことさえ時間的には可能だ。

「そろそろ次の電話がある」広間の大時計を見てダッソーが呟いた。

「犯人から最終的な指示があれば、従わざるをえませんね」

「身代金の受け渡しだね」

わたしは頷いた。「犯人が連絡してくる前に警察に通報しましょう。一時間以上も貴重な時間を無駄にしてしまいました」

「忠告には感謝するが、通報するかどうかは次の電話のあとに判断したい」

あたりを見渡してもわたしの意見に賛同する声はないようだ。ダッソーとルルーシュだけでなく、オヴォラもカウフマンも積極的に意見を表明しようとはしない。わたしが通報を望んでも、邸の主人は電話の使用を許しそうにない。それでも警視庁に電話しようとしたら、執事や秘書に命じて阻止するだろうか。

被害者が実の娘ではないからか、ヴェロニクは事件と関係ないような顔でソファに凭れている。誘拐事件に冷淡なのはカケルもダッソー夫人と似たようなものだ。たとえサラが殺されても、この青年は眉ひとつ動かさないだろう。たったいまも世界では何万人もの子供が死んでいるとか、無表情に呟くだけで。

こんな冷血漢をどうして好きになってしまったのかと思う。いや、傍から見えるほどカケルは冷酷ではない。目の前で十三歳の少女が殺されそうだったら、自分の身を危険に晒しても救おうとするだろう。

どちらにしても誘拐された少女の運命に違いはないと判断しているから、ダッソーやルルーシュの意思に反してまで警察に通報する必要を認めないのかもしれない。だったら理由をきちんと説明してくれればいいのに。

あれこれと考えているうちに電話のベルが鳴りはじめる。時刻は八時四十五分だった。待ちかまえていたダッソーが電話機に近づいていく。わたしたちも広間の隅に移動した。受話器を取るとスピーカーから犯人の声が流れはじめる。


「ダッソー氏ですね」

「ダッソーだ」

「金はできましたか」

「用意した」

「人質の安全は確認しましたね」

「七時二十分の時点では。しかし、たったいまはどうなんだ」

「無事ですよ」

「安全を確認できなければ身代金は払えない」

「札束と宝石を鞄に入れてください、あなたがよく秘書に持たせている黒革の鞄がいい」

「どうしてそんなことまで知っているんだ」

「誘拐は事業だから事前調査は不可欠ですよ。そこに薄紫のドレスを着た若い女性がいますね、鞄は彼女に運ばせること」


ダッソーを含めて全員がわたしを注視する。茫然としながらも邸の主人に大きく頷きかけた。どうして自分が指定されたのかわからないが、ここで逃げるわけにはいかない。しかし、こちらを見たダッソーが小さくかぶりを振る。

「マドモワゼル・モガールのことかね」

「名前は知らない」

「モガールさんはたまたま邸を訪問中の部外者で、来客の若い女性に身代金の受け渡しを頼むことなどできない。私か秘書が指定された場所に身代金を運ぼう、サラの父親でもいい」

「いいや、身代金の運び役はマドモワゼル・モガールにお願いしたい。駄目だというなら交渉は打ち切りです。あなたも父親も二度とサラの顔を見ることはないでしょう。

わかりましたね、次の電話の直後に出発できるよう大急ぎで準備すること。いいですか、こちらの指示に従わなければ人質は処分せざるをえません。人質の無事は身代金の受け渡し時点で確認できるでしょう」

電話が切られてスピーカーから信号音が流れはじめても、ダッソーは握りしめた受話器を手放そうとしない。わたしがこの邸のサロンに入ったのは四時四十五分だった。車で正門を通過したのは四十二分か四十三分だろう。そのとき犯人はダッソー邸を監視していたのかもしれない。邸の正門付近に不審な車は停車していなかったろうか。

……駄目だ、思いあたらない。

犯人が一人であれば、誘拐は想定したよりも遅い時刻に実行された可能性がある。犯人にとっては危険だから、裏道でサラを車にでも押しこんだあと、何十分も拉致現場にいたとは考えられない。少女を誘拐し裏道から表通りに出てきたところで、わたしが正門に入るのを目にしたのではないか。幌なしのシトロエン・メアリだから、薄紫の服を着た女が運転していることは遠目にも見てとれたろう。

あるいは邸を見張っているという脅迫は事実で、誘拐犯は複数いるのかもしれない。一人は人質を連れ去り、もう一人が邸を監視していた。

受話器をフックに戻したダッソーに告げる。「わたしが行きます」

「いいや」邸の主人が首を横に振った。「危険かもしれない」

「大丈夫です」もっと危険な状態に身を置いたことがある。「わたしが行かなければサラは殺されてしまうんですよ」

「しかし」邸の主人は苦渋の表情だ。

「犯人の指定です、わたしが行くしかありません。ただし条件が」

邸の主人が顔をあげる。「なんだね、条件とは」

「誘拐事件の発生を警察に知らせること、でなければ身代金の運び役は引き受けられません」

客に身代金を運んでもらわないと人質の安全は保証されない、しかし客を危険な目に遭わせるわけにもいかない。できれば警察の手を借りたい、しかし通報すれば人質は殺されかねない。脅しかもしれないが誘拐犯は邸を監視しているという。二組の選択を突きつけられてダッソーはどう判断するのか。明敏な経営者ならわたしの提案に乗るしかないと結論するだろう。

「お願いです、こちらのお嬢さんにお願いしてください」人質の父親が必死の口調で懇願する。

眼を細めるようにしてダッソーが頷いた。「それ以外にないようだね。モガールさんの交渉力には感心する、わが社の無能な幹部社員に見習わせたいほどだ」

第一の選択は、犯人の指示に従って危険かもしれない役を客に依頼する。第二の選択では、犯人の指示を無視し事件を警察に通報する。通報した事実を犯人が知りうるかどうかは不確定だが、運び役が指定の人物でないことは犯人に確実に知られてしまう。

しかも警察に通報しなければ、客は運び役を引きうけようとしない。いずれにしても通報が不可避であるなら、客に運び役を頼むことが唯一の結論になる。困難な選択を前に立ち竦んでいればサラの命が危ういのだから、どちらかに決めなければならない。そんな状況に直面したとき、必要な決断を躊躇するようなダッソーではない。

わたしは邸の主人を見つめた。「これから警察に電話します、そのあいだに指定の鞄に札束と宝石を詰めてください。次の電話は九時十五分前後だと思いますが、早まる可能性もあるので」

「そうしよう」わたしに応じてからダッソーが秘書に指示する。「書斎から鞄を運んできてくれ」

足早に部屋を出ていくオヴォラを見送って、邸の主人の先導でサロンから主餐室に入った。広間の中央には巨大な食卓が据えられ、純白のテーブルクロスには銀の燭台や果物を盛った鉢が置かれている。人数分の食器やナプキンも揃えられているが、むろん料理は出ていない。緊急事態が生じたことを察した執事のダランベールが、配膳を延期するように指示したに違いない。

サロンにあるのと同型の電話機が、広間の隅の円い小テーブルに置かれている。モガール警視の直通番号を押すと、最初のコール音が終わらないうちに受話器が取られた。

「パパ、わたしよ」

受話器から聞き慣れた胴間声が聞こえる。「あんたのパパは仕事で外出中だよ。リュエイユの私立校で事件が起きたんで、おじさんも出かけるところなんだ」

パリ郊外のオー・ド・セーヌ県にあるリュエイユ・マルメゾンは、ナンテールの少し西に位置する郊外の町だ。ダッソー邸からは車で二十分か三十分だろう。

「ジャン＝ポール、パパが留守ならあなたでいいわ。時間がないから落ちついて聞いて」

「なんの騒ぎだね」

「わたし、いまブローニュの森屋敷にいるの」

「警視から聞いてるよ、ダッソー家の晩飯に呼ばれたとか」

「今日の午後四時ごろ、フランソワ・ダッソーの運転手の娘サラ・ルルーシュが誘拐された、ダッソーの娘ソフィーと間違われてね。二人とも十三歳で、拉致されたのは森屋敷の裏道らしい」

「誘拐だって」ジャン＝ポールの声が真剣なものに一変する。「まさか冗談をいってるんじゃないね」

「こんなことで冗談なんかいうわけないでしょう。犯人に指定されて、わたしが二百万フランと三十七カラットのダイヤモンドを運ばなければならない。受け渡し場所はこれから電話で伝えてくる。わかり次第電話するから、その地点に目立たないように張り込んでいて。わたしが犯人の指示で移動しはじめたら、気づかれないように尾行してほしい。

犯人に警察の介入を気づかれると人質の身が危険になる。わざわざいう必要はないと思うけど、あなたが動くのは秘密裏に犯人を逮捕できる場合だけ。身代金の受け取り役とは別に、人質を閉じこめて見張っている共犯者がいるかもしれないし」

「ちょっと待ってくれ、もう少し詳しい事情を」

最低限の情報は伝えたが、いまのところ犯人からの電話はない。まだ時間の余裕はありそうだから、順を追って今夜の出来事を説明することにした。

話を聞き終えたバルベス警部が唸る。「なんということだ、嬢ちゃんが誘拐事件に出くわすとはね。こんな場合はジュベール警視に任せるのが筋だが、ちょっとばかし難しい」

「どうしてなの」

「ジュベール班は出動中なんだ。立て続けに二件の誘拐事件とは、警視庁でも前例のない異常事態だな」

パリ警視庁には誘拐や立てこもりのような、進行中の事件を主として担当する部局がある。なかでもジュベール警視は誘拐対策の専門家だが、午前中に発生した誘拐事件のため警視庁を留守にしているという。

「ダッソー邸には別の班を急行させる、三十分ほどで着けるだろう。ジュベールほどは信頼できんが、やむをえん」

「わたしが訪問するところを見張っていたようだし、いまも犯人は邸を監視しているかもしれない」

「心配ないよ。この時刻では郵便配達員に変装するのも不自然だから、人目につかない場所から塀でも乗り越えて敷地に入るだろう。あんたの警護と監視はおじさんに任せること。そこにいるなら、フランソワ・ダッソーを電話に出してくれないか」

「待って、犯人からの電話だと思う」

わたしは叫んだ、サロンから電話のベルが聞こえてきたのだ。午後九時になったところで、前の電話から十五分しか経過していない。小走りのダッソーに続いてサロンの暖炉前に駆け戻る。電話機から犯人の声が流れ、オヴォラがカセットレコーダーを廻しはじめる。

「ダッソーさん、マドモワゼル・モガールを電話に出してもらえますか」

「わかった」

犯人の注文で、邸の主人が受話器を差しだしてくる。「もしもし《アロー》」

「いますぐ邸を出発して下さい、むろん鞄を持って」

「どこに行けばいいの」

「九時四十五分にオデオン広場のダントン像前で焼栗を買うこと。少しでも遅れたら人質の命はありませんせん、本気で急いで下さい」

「ブローニュは濃霧で低速運転しかできそうにない。道路も渋滞しているでしょうし、これから四十五分ではオデオンに着けないかもしれない」

「サラの命が大事ならなんとかしなければね。かならず一人で来るんですよ」そこで電話は切られた。

主餐室まで駆け戻って、電話機の横に置いたままの受話器を取る。「ジャン＝ポール、オデオン広場の焼栗屋台で九時四十五分よ。わたし、いますぐ出なければ」

「オデオンなら警視庁から歩いても十分だ、先廻りして張り込んでるよ。くれぐれも軽はずみな真似はしないように」

「わかってる」

受話器をダッソーに手渡して大急ぎでサロンに戻る。手廻しよくダランベールが半外套と身代金の入った鞄を用意していた。

「ルルーシュさん、車のキイを」

「後部席に隠れていましょうか」一抱えもある黒革の鞄を手にしてオヴォラがいう。

「一人で来るようにって念を押されているし、後部席に誰か乗っていれば簡単にばれてしまう。わたしの車はオープンですから」

「お願いします、あなたが頼りなんです」運転手がわたしの掌を握りしめた。

「安心してください、最善を尽くします」

ダッソー邸の庭園は濃霧に沈んでいる。正面玄関を飛び出して駐車場の砂利を蹴散らし、シトロエン・メアリめざして疾走する。運転席に飛びこんでキイを廻した。エンジンが始動しないと困る、わたしの駱駝《メアリ》はときどき機嫌が悪くなるのだ。

追いつめられた主人の精神状態を察したのかどうか、さほど間を置かないでエンジンは目を醒ました。オヴォラに渡された大きな鞄を助手席に置いてギアを叩きこむ。クラッチを繋ぐとタイヤが砂利を撥ねとばした。

正面玄関の車寄せからダッソーが叫んだ。「モガールさん、くれぐれも危険なことはしないように」

わたしのことを無鉄砲な子供だとでも思っているのか、ジャン・ポールもダッソーも同じことをいう。

「大丈夫、犯人の指示に従うだけですから」

ヘッドライトを点灯して、正門に通じる石畳道に車を出した。絶対に事故を起こすわけにはいかない、指定の時刻に遅れたらサラの身が危険に晒されかねないから。

濃霧のため低速で運転しなければならないが、それでも地下鉄《メトロ》の駅まで五分か六分で行けるだろう。十号線でポルト・ドートゥイユからオデオンまでは直通だ。所要時間は二十分程度か。階段や地下道を歩く時間、地下鉄《メトロ》の待ち時間を加えても四十分あればダントンの銅像まで行ける。九時四十五分には指定の場所に立てるだろう。

第二章　誘拐の裏の殺人

〈11月22日午後6時50分〉

パリ郊外には季節遅れの夜霧が流れていた。庭つきの建物が少ない市内と違って、緑地に囲まれた木造家屋や石造の邸が道の両側に並んでいる。サイレンを響かせながら警察車《ヴオワチユール・ピエジユ》は静かな住宅地を疾走していた。

「オー・ド・セーヌで発生した殺人といえば、ダッソー邸の事件以来ですかね。そろそろ聖《サント》ジュヌヴィエーヴ学院です。あと五、六分でしょう」

ステアリングを操作しているボーヌ刑事に、モガールは短く応じた。「急いでくれ」

事件発生の急報がパリ警視庁に届いたのは三十分ほど前のことだ。相棒のバルベス警部は外出中のため、古参刑事ボーヌの運転で現場に向かうことにした。後続の警察車《ヴオワチユール・ピエジユ》にはモガール班のダルテスやマラストたちが乗りこんでいる。

パリ市を囲んでいるヴァル・ド・マルヌ、セーヌ・サン・ドニ、オー・ド・セーヌの首都圏三県のうち、パリ西郊に位置するオー・ド・セーヌの県庁所在地がナンテールで、県内から発せられた通報はナンテール署に届く。聖《サント》ジュヌヴィエーヴ学院で女性学院長の射殺屍体が発見されたとの通報は午後六時十分のことで、署はリュエイユ・マルメゾン地区を警戒中の巡回車《ヴォワチュール・ド・パトルイユ》に現場急行を命じ、司法警察として首都圏を管轄するパリ警視庁に緊急連絡してきた。

「カトリック系の私立校だな、聖ジュヌヴィエーヴ学院《サント・ジュヌヴィエーヴ・リュエイユ・マルメゾン》は」

前方に視線を向けたまま、上司の言葉にボーヌが応じる。「ご存じのようにオー・ド・セーヌの高級住宅地には私立校が多いんです。ヌイイやブローニュ、サン・クルーやムードン、そしてリュエイユ・マルメゾン。ほとんどがカトリック系で、なかでも聖《サント》ジュヌヴィエーヴ学院は少し変わってる」

パリの守護聖人といえば聖《サン》ドニと聖《サント》ジュヌヴィエーヴだ。ルテティアと呼ばれていた時代のパリを、アッティラに率いられたフン族の侵攻から守った聖女がジュヌヴィエーヴで、かつて聖《サント》ジュヌヴィエーヴ修道院があったパリの中心部、パンテオンの丘は「聖《サント》ジュヌヴィエーヴの山」とも呼ばれる。パンテオンそれ自体が、ルイ十五世の命で聖《サント》ジュヌヴィエーヴ教会として建設された建造物で、大革命のあと当初の予定とは異なる用途で使われるようになった。

「変わっているとは」強ばった首筋を揉みながらモガールが尋ねる。

「聖《サント》ジュヌヴィエーヴの出生地はナンテールですよね。ジュヌヴィエーヴの名を冠して創立された学校なのに、どんなわけかナンテールの南西リュエイユ・マルメゾンにある。庶民的なナンテールより屋敷町のマルメゾンのほうが私立校に向いている、簡単にいえば生徒を集めやすいからでしょう。敬虔なカトリックってわけじゃありませんが、この辺の発想に私は少し抵抗を感じますな。聖《サント》ジュヌヴィエーヴなら貧しい地区、安全とはいえない地区を選んで入ろうとするんじゃないですか」

たしかにナンテールには荒れた郊外団地が多いし、治安もよいとはいえない。戦前からナンテールは労働者の町で共産党の市政が長く続いてきたが、郊外団地が集中的に建設されたのは第二次大戦後、スラム化しはじめたのは一九六〇年代以降のことだ。

長いことフランスでは国家と教会が学校の支配権を争奪してきた。公教育の制度が整備され公立校から宗教の影響力が消えた第三共和政の時代になると、カトリック系の私立校が増えはじめる。

「聖《サント》ジュヌヴィエーヴ学院ができたのは、最近のことなのかな」

「開校は第二次大戦後ですが、教会の肝煎りというわけでもない。イエズス会のような修道会が設立し運営している私立校なんかとは、性格が違うようです。設立したのは資産家の民間人モンゴルフィエで、教会は運営に協力している程度とか」

カトリックの私立校では聖職者が校長という場合も多いが、この学校ではモンゴルフィエの末娘が二代目の学院長を務めている。屍体で発見されたというのはこの女性だろう。

「最近になって評価を上げてきたのは宗教教育や情操教育のためというよりも、グランゼコールの進学率が伸びた結果とか。親の事情で家から通えない一部の生徒のため、寄宿舎も併設されているようだ」

ナンテール在住で娘が二人いるボーヌだから、オー・ド・セーヌ県の教育事情にも詳しいようだ。イギリスやドイツの初等中等学校とは違って、フランスには制服のある男子校や女子校も寄宿制学校もわずかしか存在しない。特殊な事情がある少数の生徒のためとはいえ寄宿舎を備えた聖《サント》ジュヌヴィエーヴ学院は、制服があるヌイイの聖《サント》マリー学院と同じで稀な例外といえる。

町の中心部を少し過ぎたところで、ボーヌが警察車《ヴォワチュール・ピエジュ》を急停止した。表通りの右側に連なる三階建ての石造建築が、問題の聖《サント》ジュヌヴィエーヴ学院のようだ。夜霧に浮かんだ建物の中央に正面玄関がある。玄関の上に彫りこまれた大きな金文字は「聖《サント》ジュヌヴィエーヴ・リュエイユ・マルメゾン」と読みとれた。

正面玄関の斜向かいには珈琲店《カフェ》〈アルベール〉が店を開いている。警告灯を点滅させている警察車《ヴオワチユール・ピエジユ》を目にして、テラス席の客たちは興味津々という様子だ。手帳を片手に客たちの話を聞いている男はナンテール署の刑事だろう。屍体が発見されて一時間ほどしか経過していないため、客たちから有益な目撃証言が得られる可能性はある。初動捜査は順調に進んでいるようだ。

学院の前には五、六台の警察車《ヴオワチユール・ピエジユ》や巡回車《ヴオワチユール・ド・パトルイユ》が歩道に乗りあげるように駐車している。一足先に着いたらしい警視庁鑑識員の大型車両も見える。モガールは助手席のドアを開いて、列の終わりに停止した警察車《ヴオワチユール・ピエジユ》から降りた。待機していたナンテール署の私服刑事が、正面玄関前の短い階段を駆け下りてくる。

「お待ちしてました、モガール警視ですね」

「そう、警視庁のモガールだ」

「はじめまして。ナンテール署のピエール・ドワイヤンです」三十代半ばに見える刑事が早口で続ける。「被害者は学院長のエステル・モンゴルフィエで、屍体が発見されたのは学院長室。これから殺人現場に案内します」

「頼む」警視は簡潔に応じた。

短い石段を上ると大きな両開きの扉がある。鉄鋲が打たれた重々しい正面扉は、左右とも大きく開かれていた。右扉には小さな潜り戸があるようだ。規定の時刻に正面扉を閉じたあと、居残っていた教師が帰宅するようなときに使うのだろう。

正面玄関を入ると二階まで吹き抜けの広い玄関ホールで、突きあたりの壁には縦長の窓が並び、その上には巨大な宗教画が飾られている。窓の外は中庭のようだ。玄関ホールの左側にある大きな二枚扉はぴったりと閉じられていた。

「正面玄関に入って左手、建物の北棟は高等部《リセ》の、右手に当たる南棟は中等部《コレージユ》の校舎として使われています。この大扉を含め中等部《コレージュ》と高等部《リセ》の通路は昨夜から閉鎖されていて、二階も三階も同じです」

火曜の終業後にディディエ・マタンという管理人《コンシエルジュ》が、校舎外に通じる出入り口の扉や一階から三階までの窓を残らず施錠したと証言している。校舎内の教室や部屋もドアに錠がある場合は同じで、まだ使用中の秘書室、学院長室、女子更衣室、二階にある音楽室のドアの鍵は掛けていない。もちろんマタンが勤務している管理人室のドアも。

とはいえドワイヤン刑事や管理人《コンシエルジュ》の言葉を鵜呑みにはできないから、続いて到着した十名ほどの部下にモガール警視は命じた。「私とボーヌは一階を調べる、ダルテスたちは二階、マラストたちは三階だ。窓など開口部の施錠の状態に注意すること、犯人が潜んでいる可能性もある」

ナンテール署の刑事が口を開く。「一階は私たちで厳重に確認しました。学院長室の窓はちょっと事情が特殊なんですが、建物の南棟では三方の街路側も中庭側も窓や扉など開口部の施錠は完璧で、例外はわれわれが入ってきた正面玄関の入口のみ。二階と三階もざっとは見たんですが内錠が外れた窓はなかった。……東階段はあちら、学院長室がある南通路の奥で、東階段を上ったところが音楽室です」

ドワイヤンが示した方向に、警視庁の刑事たちは足音を響かせて走り去った。事情が特殊だというのは、学院長室の窓が解錠状態だったということなのか。しかしドワイヤンに詳しい事情を問い質す必要はない、じきに自分の目で確認できるのだから。

玄関ホールは湿っぽくて薄暗い印象だ。夜間に使われることが少ない建物だからか、あるいは宗教的な雰囲気を醸成するのが目的なのか、高い円天井の照明も抑えられている。学校の歴史は二十年ほどでも建物自体は第二次大戦前、あるいは前世紀のものだろう。古びた建物に特有の陰気で重苦しい空気が立ちこめ、摩滅した石床は冷え冷えとしていた。

玄関ホールの右側の壁には窓口がある。受付の小さな硝子窓を通して管理人室の内部が眺められた。窓口に坐っている初老の男が、緊張しているのか表情を強ばらせて警視たちに黙礼する。

「あの男が管理人《コンシエルジュ》のマタンです。管理人《コンシエルジュ》の事情聴取はあとにして、殺人現場のほうを先に見ますか」ドワイヤンの言葉に警視は頷いた。

玄関ホールから西通路に入るところに、石畳の中庭に通じる大きな二枚扉がある。「この扉と反対側の東通路にある扉は両方とも施錠されていました。犯人が現場から中庭に逃走したとは考えられません」

ドワイヤンに先導され、中庭に面して窓が列をなした西通路を奥に進んでいく。窓からは壁灯で照らされた中庭が眺められる。西通路の突きあたりには階段広間がある。広間の右側は二階に通じる広い階段で、階段広間を角にして通路は左に折れる。南通路の突きあたりも同じような階段広間で、そこにも二階に通じる階段が見える。建物の東西両端に階段が位置し、通路が三方から中庭を囲んでいるようだ。

「建物南側の部屋は西側から備品室、応接室、秘書室と学院長室、会議室、それに女子更衣室。男子更衣室は二階で女子更衣室の真上です。教室があるのは二階と三階」

モガール警視がナンテール署の刑事に確認する。「南通路にあるドアは全部で三つのようだが」

「備品室のドアは階段の下で更衣室も同じ。応接室と会議室のドアは外から施錠されていました。管理人《コンシエルジュ》の鍵で入ってみると、両方とも無人で窓の内錠もしっかり掛けられていたし、犯人が出入りしたような痕跡は認められません」

建物西側の部屋は管理人室と放送室だけで、東側には第一教員室、第二教員室、女子洗面所が並んでいる。教員室はどちらも屋内ドアの鍵がかけられていた。秘書室と学院長室、女子更衣室にはドアに鍵があり、ドワイヤンが到着したときは解錠状態だった。女子洗面所のドアには鍵がないが、いずれも窓は施錠されていた。

「備品室はどうだった」ボーヌが確認する。

「備品室の屋内ドアも鍵が掛けられていて、通路側からノブを廻しても開きません」

「まだ室内は調べていないのか」

「鍵は二つあって、事務長と学院長がそれぞれ保管しているとか。事務長の鍵は専用の保管庫から持ち出された形跡がないので、殺人現場に落ちていたのは学院長の鍵ということになります」

「落ちていたとは」モガール警視が尋ねた。

「学院長室のデスクが荒らされて、抽斗《ひきだし》の品々は床にぶち撒けられていたんです。文房具や書類や小物の山の下にホルダーでまとめられた三つの鍵が埋もれていて、そのひとつが備品室の鍵らしい」

管理人《コンシエルジユ》マタンの説明によれば、備品室の室内ドアに内錠はない。室内からは鍵を鍵穴に入れて廻さなければ施錠できない。その鍵が学院長室にあるとすれば、施錠された室内に犯人が隠れているとは考えられない。殺人現場の保存を優先したドワイヤン刑事の判断は、一応のところ妥当だったといえる。

応接室の奥のドアは半開きの状態だった。ドアの隙間から眼を灼くようなフラッシュの光が連続的に洩れてくる。一足先に到着した鑑識員が作業をはじめているようだ。

捜査用の薄い手袋をはめて、警視とボーヌは室内に入った。ドアを入ったところにある外套掛けに服は掛けられていない。さほど広くない部屋にはデスクと椅子やテーブル、書類棚や戸棚が並んでいる。戸棚にはコーヒーメーカーや小型冷蔵庫が置かれ、硝子の引き戸の奥には酒瓶やグラスなども並んでいる。部屋の突きあたりにもドアがあって、フラッシュは奥の部屋で焚かれているようだ。

「通路側は秘書室で奥が学院長室です。休日のため秘書は不在でしたが、電話で連絡が取れ、異変を伝えると大急ぎで駆けつけると。今晩中に事情を聴いたほうがいい学校関係者は、秘書から必要な情報を得たうえで決めるのが適当と判断しました。不用意に端から連絡して学校中の人間が集まってきたりすると、捜査の邪魔にもなりかねないし」

秘書以外にドワイヤンが連絡を試みた関係者は、被害者の夫で出版業者のセバスチァン・ルドリュ。若く見えるがドワイヤンは刑事としてなかなか優秀のようだ。必要な手は打っても不必要に出過ぎた行動はしていない。

被害者の夫の名前にモガールは聞き覚えがあるような気がした。いつどこで耳にしたのか、軽く首を振ってみるがとっさには浮かんでこない。同名異人でないとすれば、どこかで接触した人物の可能性もある。

広さが秘書室の三倍もある学院長室では、現場写真の撮影や指紋の検出など五、六人の鑑識員が手慣れた感じで作業を進めている。被害者の屍体は発見された状態のままで動かされていない。数脚の肘掛け椅子や中央のテーブルも窓際のデスクも高価そうな品で、重厚な家具類は適度な距離で配置されている。室内に備えられた大小のスタンドでは、鑑識作業に必要な光量に達しないのだろう。二台の小型投光器が持ちこまれた室内は、眼底を灼くほどの光で照らされている。

部屋の南面には、少し高い位置に縦長の両開き窓が二つ並んでいた。カーテンが引かれていない窓からは闇に沈んだ裏庭が見渡せる。二つあるうち東側の窓を背に大きなデスクが置かれ、斜め左を向いた回転椅子に中年の女が力なく凭れていた。正面を向いた状態で撃たれ、着弾の衝撃で椅子が斜め左に向いたようだ。

女の表情は驚愕に歪んでいる。屍体が床に落ちないですんだのは、重たそうな椅子とデスクのあいだに躰が半ば挟まれているからだ。女は地味な印象のスーツ姿で、濃い栗色の髪をシニョンに結っている。教育者らしい外見で、秋物の外套はソファの背に掛けられていた。

モガールはデスク越しに、天井を向いた女の顔を仔細に観察した。額の中央に銃創があり、傷口からの出血で顔や前髪が赤く染まっている。床に散乱した小物類を踏まないように注意して、デスクの裏側に廻りこんでみた。小腰をかがめると、内側からの爆発で破壊された後頭部が見える。どうやら弾丸は、床とほぼ平行の弾道を描いて女の頭部を貫通したらしい。デスクの背後にあたる窓硝子や壁紙には血と脳漿《のうしよう》、髪や皮膚の一部、四散した脳髄のかけらが点々と付着している。

額から侵入した弾丸は脳髄を破壊しながら後頭部に抜け、さらにデスクの真後ろにある窓から裏庭に飛び出したようだ。窓硝子の下部には拳ほどの破れ目ができている。ドワイヤン刑事が口にしていた特殊な事情とは、この硝子が割れた窓のことに違いない。西側の窓と同じく、屍体の真後ろに位置する東側の窓にも内錠が下りている。窓が施錠されていても硝子に穴が開いているから、完全な封鎖状態とはいえない。たしかに特殊な事情というしかない。

中等部《コレージュ》の校舎として使われている聖《サント》ジュヌヴィエーヴ学院の南棟で、戸外に通じる窓や扉が残らず内側から施錠されていたとすれば、開口部は正面玄関の扉とこの窓硝子の穴しか存在しないことになる。

たしかに戸外に向けて開いてはいるが、拳ほどしかない窓硝子の穴から人間が出入りできるわけはない。犯人は正面玄関から建物に侵入し、そして脱出したと想定するしかなさそうだ。とはいえ玄関ホールの受付窓口には管理人《コンシエルジユ》が詰めていた。マタンという初老の男は犯人を目撃していないのか。

「被害者は中腰の姿勢で撃たれている」モガールは独語した。

窓の位置は少し高めだ。デスクの回転椅子に着座している人物の額を銃で撃てば、頭部を貫通した弾丸は窓の下の壁にめり込む。狙撃の際に銃身が床と平行だった場合のことだが、被害者が中腰でなければ窓硝子のこの位置に穴はできない。どんな状況で被害者は撃たれたのか。

デスクの上には布シェードの卓上スタンド、革のペン皿、書類入れなどがある。モガールの注意を惹いたのは、デスクの隅に置き忘れられた様子の金属製のライターだった。ライターはあるが灰皿も煙草も見当たらない。

警視は顔見知りの鑑識員に指示する。「そのライターの指紋も忘れないように。床に吸殻や煙草の灰は落ちていなかったか」

「どちらもありません、絨毯は血痕以外は綺麗なものです」

「凶器の銃は」

モガールの核心的な質問に鑑識員が眉を顰める。「それが妙なんですね」

「妙とは」

「デスク横の床に拳銃が落ちていた、ベビーブローニングです」FNブローニング・ベビーは護身用の小型拳銃だ。「ところが発砲した形跡がまったくない。弾倉には六発全弾が入っているし、銃口から火薬の臭いもしない。被害者を射殺した銃は未発見で、おそらく犯人が持ち去ったんでしょう」

小口径の護身用拳銃では、至近距離で被害者の額を撃って致命傷を与えても、銃弾は頭部を貫通しないだろう。頭蓋骨を貫通して背後の硝子窓を破ったところからしても、使用された銃はベビーブローニングでない。

「窓硝子を破った銃弾は」

「裏庭で見つかるかと。弾頭まで犯人が回収した可能性は低いだろうから」

「被害者の頭部を貫通した銃弾が、背後の窓硝子に穴をあけたと考えて間違いないな」モガールが確認する。

「頭蓋骨を前と後ろで破った弾は威力が落ちていた。だから硝子板にも比較的大きな穴ができたんですね。厚さや硬さ、使用年数など硝子の状態にもよりますが、威力がある銃弾であれば穴はもっと小さいのが通常です」

「使用されたのは九ミリ弾かな」

「たぶん」鑑識員が頷いた。「裏庭で弾を発見したら、早めに線条痕《せんじょうこん》を鑑定しますよ」

「ブローニングが落ちていたのは」

「そこです。証拠品を移動する前に撮った写真で、あとから確認して下さい」

モガールの予想に反して、鑑識員が指さしたのはデスクに向かって右側の床だった。回転椅子に腰かけている屍体にとっては左側になる。デスクのペン皿が右側に置かれているところから、被害者は右利きだろうと推測できる。当然のことながら拳銃も右手で持つことになる。身を守ろうと護身用の小型拳銃を取り出した瞬間、侵入者によって額を撃ち抜かれたとすれば、ブローニングは椅子に坐った被害者の右側、デスクの前に立ったモガールから見て左側に落ちていなければならない。

「それと」

小さなビニール袋に入れた鍵束を鑑識員が警視に手渡した。形状が異なる三本の鍵は装飾のない金属環でまとめられている。

「他の小物の山に埋もれていた鍵で、地区署の刑事に頼まれて先に指紋を採取しました。このうちの一本が通路から備品室に入る内ドアの鍵だとか。残りの二本は備品室から裏庭に出る外扉の鍵、それに裏庭から校外に出る通用口の鍵らしい。これから裏庭で弾頭を捜します、むろん足跡なんかも見落さないで。こちらは」別のビニール袋に入った二つ一組の鍵を鑑識員が示す。「通路から秘書室に入る鍵と秘書室からこの部屋に入る鍵のようです。妙なのは」

「なんだね」

「勤務先の自室の鍵はあるのに、被害者の自宅の鍵が見つからない。ハンドバッグに入っていたと考えるのが常識的ですが、バッグの中身が散乱しているあたりにも見当たらない。現場写真で最初の状態を確認してもらいたいんですが、ハンカチに化粧道具、手帳に財布、身分証などは床に落ちていました」

デスクの周囲は乱雑で足の踏み場もない状態だ。右袖に四段ある抽斗《ひきだし》は残らず引き抜かれて文房具や書類、その他の小物が乱雑にぶち撒けられている。左袖の開き戸も大きく開かれていた。口を開いた赤革のハンドバッグは小物類の堆積の上に、ハンカチや化粧品などはハンドバックの下にあったという。犯人は抽斗を上から順に引き抜いて中身を床にぶち撒け、いちばん下の抽斗に入っていたハンドバッグの中身を出したあと、小物の堆積の上に放り出した。

ボーヌ刑事が自分に頷きかける。「強盗殺人でしょうかね。床に飛び散った血の上に抽斗や小物類が小山をなしている。デスク越しに被害者を射殺してから抽斗を荒らしたようだ、犯人が捜して奪おうとしたのはなんだったのか」

ボーヌの自問は事件の核心に通じる可能性がある。なにかを奪うために殺人が行われたとすれば、奪われた品から犯人を割り出せるかもしれない。

モガールが鑑識員と話し終えるのを確認して、ナンテール署の刑事が口を開いた。「被害者は聖《サント》ジュヌヴィエーヴ学院の学院長エステル・モンゴルフィエ、四十三歳。本人に間違いないことは管理人《コンシエルジュ》のディディエ・マタン、それに音楽教師のサンドラ・リーニュが確認しています。屍体の第一発見者は休日出勤していたリーニュで、事情聴取のため管理人室で待たせています」

「被害者の自宅はわかるな」

「サン・クルーだとか」学院があるリュエイユ・マルメゾンよりパリ市寄りの閑静な住宅街だ。

「管理人《コンシエルジュ》に訊ねれば正確な住所もわかるでしょう」

「自宅に電話したかね」

「最初にかけたんですが誰も出ないので、今度は夫の会社のほうに」

電話に出た編集長のメルシュによれば、近所の珈琲店《カフェ》で人と会っていたルドリュは五分ほど前に、自身が経営する出版社に戻ってきた。編集室には鞄を取りに寄ったらしく、その直後に退社したという。緊急に連絡を取らなければならないとドワイヤンが伝えると、警察の要請に動転した様子のメルシュは、大急ぎで心当たりの場所を捜してみると返答した。

警視が質問を続ける。「マダム・モンゴルフィエは子供がいるのかな」

「マタンの話では、夫と二人暮らしとか」

それでも自宅の鍵を持たないまま外出することはあるだろう。帰宅が予定される時刻に夫が家にいるのであれば、玄関扉は屋内から開けてもらえる。しかし夫は出勤中で、ドワイヤンの電話には誰も出なかった。

家の鍵を奪う目的で外出中の住人を射殺するというのは、いささか不自然な気がしないでもない。こう考えてみたらどうだろう。犯人は当初、学院長室に目的の品があると考えていた。しかし学院長を殺害して室内を捜しても発見できない。自宅に置かれている可能性に思いあたった犯人は、捜し出した被害者のハンドバッグから家の鍵を奪って逃走した。

警視がボーヌの顔を見る。「階上にいる刑事を一人二人連れて、きみは被害者の自宅に急行してくれ」

「事件発生から一時間半か。もしも犯人がモンゴルフィエ邸を家捜し中であれば、その場で逮捕できるかもしれませんな」年季の入った刑事も上司と同じような結論に達していたようだ。

「モンゴルフィエの家にはダルテスを連れていくこと」現場で銃を所持した犯人に出くわす可能性も否定できないから、若いが射撃の成績は優秀な刑事ダルテスを同行させるよう指示した上で、警視はさらに続ける。「もしも犯人が室内にいるようなら、脱出口を押さえて増援を要請しろ」

「了解です、早まって踏みこんだりはしませんよ」

学院長室から出ていくボーヌを見送って、ナンテール署の刑事が呻いた。「そうか、その可能性があったのか。……管理人《コンシエルジュ》の証言では、犯人が学院から逃走したのは六時すぎです。ヌイイまで車を使ったとして、モンゴルフィエ家に着いたのが六時十五分か二十分。学院長は父親から相続した豪邸に住んでいるようだから、家捜しも簡単じゃない。犯人が家中ひっくり返しているところを、うまくいけば逮捕できるかもしれませんね」

興奮しているドワイヤン刑事に、モガールは無言で肩を竦めた。それで犯人が逮捕できる可能性もないではないが、期待できるほどではない。被害者宅の鍵が発見できないことから、犯人が学院長室からモンゴルフィエ邸に捜索場所を移した可能性を考慮し、必要な手を打ったにすぎない。

「そろそろ管理人《コンシエルジュ》の話を聞いてみようか」犯人の逃走を目にしたという、マタンの証言にモガールは興味がある。

「ええ、いま呼んできます」

ドワイヤン刑事が証人を呼ぶために部屋を出ているあいだ、モガールは秘書室の東隣のドアを開いてみた。ノブには指紋検出のために使われた粉が付着している。会議室には細長い机が長方形に並べられ、裏庭に面して三つある窓はいずれも施錠されていた。

モガールが通路に出ると、ナンテール署の刑事が制服姿の男を連れてきたところだった。ドワイヤンが学院長室の西隣のドアを開いて電灯を点ける。落ちついた印象の部屋で応接室として使われているようだ。

厚い絨毯が敷かれて、四組のテーブルとソファが配置されている。ドワイヤンの言葉通り応接室の窓は三つとも施錠されていた。刑事が管理人《コンシエルジュ》に鍵を借りて解錠するまで、会議室も応接室も室内ドアは鍵が掛けられていて、南側の通路からも裏庭からも人が出入りすることは不可能だった。

中央に位置するテーブルを囲んで、三人が肘掛け椅子に腰を下ろす。「こちらはパリ警視庁のモガール警視、この事件の捜査責任者だ。今日の午後から夕方にかけての出来事を、できるだけ詳しく説明してもらえないか」

手帳を出したドワイヤンに声を掛けられて、頑固そうな顔つきの初老の管理人《コンシエルジュ》が唇を舌先で湿す。「今日は水曜で学校は休みだが、月末の催しに備えて生徒たちが合唱の練習をする予定になっていたんだ」

聖《サント》ジュヌヴィエーヴ学院の中等部《コレージュ》には、担当の音楽教師に指導された女子生徒による合唱団がある。中等部は一学年三学級で各学級の生徒数は三十人ほど。一年生《シジエーム》から四年生《トロワジエーム》まで現在の生徒数は三百五十人ほどだという。その半数弱が女子で合唱団は六十人編成だから、女子生徒の三分の一は合唱団に所属しているわけだ。

年に一度の公演会は学院の創立記念日、十一月三十日に予定されている。直前の水曜日と土曜日と日曜日、生徒たちは休日返上で練習しなければならない。今年は今日、すなわち水曜日の十一月二十二日、それに土曜日の二十五日と日曜日の二十六日が休日通学になる。

管理人《コンシエルジュ》のマタンが続ける。「練習は午後三時から六時までだから、正面玄関の扉を開いたのは二時半だった。リーニュ先生に頼まれていたので、その直前に女子更衣室と二階の音楽室の鍵も開けておいた。受付に坐っていると三々五々生徒たちが登校してきて、リーニュ先生が着いたのは三時十五分前のこと。ときには遅刻する子もいるので、三時十五分まで待ってから扉を閉じて施錠したよ」

　練習は六時に終わる。帰り支度を終えた子供たちが群れをなして正面玄関を通るのは六時を過ぎてからだが、いつものように扉は五時五十分に解錠して開いておいた。

「それ以降は、玄関ホールを見渡せる受付窓口にいたのかな」

　警視の質問にマタンが応じる。「ほとんどの時間はね」

「ほとんどというと」

「六時には終業の鐘を鳴らさなければならない、時鐘は朝の九時と正午にも鳴らすんだが」

「この学校には鐘楼があるのか」カトリック系の私立校だから意外ではないが。

「北棟にね。学院で宗教教育を担当している神父さんが、昔は実際に鐘を撞いていた。十年ほど前からは、録音した鐘の音をスピーカーで流すことになった。五時五十五分には受付窓口から管理人室の奥にある放送室に移動し、時刻を正確に確認して六時に鐘の音を流しはじめる。六時三分に放送を終えて窓口に戻ったんだが」正面扉の開閉や時鐘の放送をめぐる行動時刻は規則で決められているため、管理人《コンシエルジュ》が適当に変えるわけにはいかない。

「とすると五時五十五分から六時三分までのあいだ、開け放しの正面扉や玄関ホールには人目がなかったわけだな」

「平日は若い同僚と二人で勤務しているんだ。だから問題ないが、私が宿直で泊まる水曜と、同僚が担当する日曜にもしも正面扉を開けなければならない場合は、そういうことになる。新設団地が多い隣のナンテールとは違って、リュエイユは昔ながらの静かな住宅地だ。この界隈もじつに平和で、犯罪事件など起きたことはないからね」

　この街区の治安状態は別として、五時五十五分からの八分ほどは誰でも見咎められることなく正面玄関を出入りできた。正面玄関から学院内に侵入した犯人でも八分あれば、学院長室で被害者を射殺し校外に逃走することは可能だったろう。

「こんなことになって本当に残念だ。私が窓口を離れていたとき、犯人は建物に入りこんだに違いない。しかし、逃げるところはしっかり確認している」

「犯人を目撃したんだね」モガール警視が落ちついた口調で確認する。

「放送室から窓口に戻って少しあと、六時五分くらいのことだが、人影を目にしているんだ」

　修道士のような長いマントを着て三角頭巾を深く被った人物が、西通路から玄関ホールに姿をあらわし、窓口のほうに軽く会釈して正面玄関を出ていったという。「学院と関係が深い修道会から修道士が来訪することもあるので、とくに不審には思わなかったんだが、あの男がモンゴルフィエ学院長殺しの犯人だったに違いない」

　問題の人物は中背で身長は一七〇センチから一七五センチほど。裾の広い大きなマント姿のため体型はよくわからないし顔も頭巾に隠されていた。目撃者のマタンは男性だと思いこんでいるようだが、女性の可能性もないとはいえない。中背の女でも踵が七センチ以上あるハイヒールを履いていれば、背丈は一七〇センチを超える。裾が踝《くるぶし》まである長いマントを着込んでいたため、どんな靴を履いていたのか管理人《コンシエルジュ》はわからないようだ。

　ドワイヤン刑事が追及する。「どうして不審人物を追いかけることなく放置しておいたんだ」

「そろそろ生徒たちが下校するころで、窓口を離れるわけにはいかない。まさか学院長を殺した犯人だなんて、その時点では思いもしなかったからね」

「修道士のような恰好の人物は、あんたが窓口から消える五時五十五分のあとに校舎に入って六時五分に出てきた。学院長に用件があったとしても、校内にいた時間が短すぎると思わなかったのか」

かならずしもそうはいえないだろう。届け物を頼まれた場合なら用件は五分ですんでしまう。モガールは違う角度から質問することにした。

「訪問客があるようなとき、学院長はきみに知らせないのかね」

「平日なら秘書のラトゥール夫人が連絡してくるよ」

「休日は違うと」

「休みの日は朝から晩まで正面扉は閉じたままだ。休日出勤する先生方が玄関横の呼び鈴を鳴らしたときだけ扉の潜り戸を開いて、直後に施錠してしまう。先生方が退出する場合も同じ。ある程度の時間幅で今日のように扉が開放状態になるのは、年に幾度しかない例外だな」

モガールが質問を続ける。「モンゴルフィエ学院長は今日、何時に学校に来たのかな」

「わからんね、私には」

いったいどういうことなのか。「管理人《コンシエルジュ》がわからないとは」

「休日に登校するとき、学院長は受付窓口の前を通らないから」

「どこから学内に入るんだね」

「通用口だよ」

学院長室の窓の外は花壇や樹木の繁った裏庭で、裏庭と街路を隔てる石塀には通用口がある。校舎から庭に出るには、備品室として使われている部屋を通らなければならない。もともとは空き室で裏庭に出るための通路の役割を果たしていたのだが、次第に各種備品の収納庫として使われるようになった。

職務熱心な学院長は水曜日の午後も出勤してくる。わざわざ正面玄関を開けるのも面倒だろうからと、通用口から校内に入るのが常だという。休日に来客があれば、通用口から備品室を通って学院長室に入れることもある。

通路から備品室に入る内ドアの鍵、庭に通じる備品室の外扉の鍵、裏庭の通用口の鍵を三本まとめて学院長は手元に置いている。備品室の内ドアの合鍵は事務長室の保管庫に仕舞われているが、備品室の外扉の鍵と通用口の鍵は学院長以外には誰も持っていない。裏庭は学院長専用の空間ということになる。備品室の内ドアの鍵は、管理人《コンシエルジュ》が事件の直後に保管庫にあることを確認している。

ふだん通用口や備品室は施錠されているので、事務員や教師が備品室の収蔵品を出し入れするような場合は、そのつど事務長から鍵を借りなければならない。ただし三つの鍵を持つ学院長は自由に学校を出入りできる。

修道士のような服装の人物が受付窓口の前を通ったとき、だからマタンは学院長が通用口から校内に招き入れたのだろうと思った。

「通用口から校内に入った訪問者が正面玄関から帰るのは、よくあることなのかな」

モガールの質問に初老の男が答える。「そうだね、ときどきは」

六時を過ぎたころ用件を終えて客が帰ろうとした。なにか作業でもはじめていた学院長は時刻を確認し、生徒の下校のために開かれている正面玄関から帰ることを来客に勧めたのではないか。そうすれば三つの扉の解錠と施錠のために、学院長が席を立つことは後廻しにできる。

見かけない人物が正面玄関から出ていったとき、管理人《コンシエルジュ》は追いかけて声をかけるまでもないと判断したが、それには相応の理由があった。管理人《コンシエルジュ》の言葉にドワイヤン刑事も納得した表情だ。としても、いまのところ二つの可能性は等価だろう。モンゴルフィエ学院長に導かれて犯人は通用口から校内に入った、あるいは管理人《コンシエルジユ》が窓口を離れた隙に、開かれたままの正面扉から侵入した。

前者は時刻が不明だが、後者なら五時五十五分から六時三分までに限定できる。ただし学院長室で犯行を終えるのに必要な時間を考慮するなら、五時五十五分から間を置かないで校舎に侵入したと考えなければならない。

第一の可能性の場合、犯人は学院長と従来から接触のあった人物ではないか。一面識もない者を通用口から校内に招き入れるわけがない。第二の場合には、犯人と被害者に接点が皆無だった可能性も検討に値する。たまたま学院長室に貴重品が置かれていることを知った人物が、一方的に校内に侵入して学院長を射殺し、目的の品を奪った。あるいは学院長室で貴重品を発見できないまま、被害者の自宅の鍵を盗んで現場から逃走した。

どちらかといえば、第二の可能性のほうが現実的な気もする。被害者が犯人を通用口から学院長室に招き入れたとすれば、その順路を逆に辿って犯人は校外に脱出できるからだ。監視の目がある正面玄関から逃走する必要などない。

第一の場合、犯人は管理人《コンシエルジユ》に目撃されることなく校舎内に侵入している。もしも受付を無視して建物の奥に入ろうとする人物がいれば、職務としてマタンは呼びとめたろう。管理人《コンシエルジユ》の注意を惹いてもかまわないと犯人は判断していたのか。でなければ六時前後に窓口から監視の目が消えることを、あらかじめ知っていたのか。犯人の行動からは、水曜日で学校は休みだというのに、午後六時前後には正面扉が開いていることを知っていた事実が窺える。合唱団の休日練習の予定まで含めて、聖《サント》ジュヌヴィエーヴ学院の内部事情に詳しい人物が犯人なのかもしれない。

聖《サント》ジュヌヴィエーヴ学院の学院長室に、強奪するに値する貴重品が保管されていると考える人物がいた。たまたま拳銃を懐中に夕方の六時ごろ学院の前を通りかかったところ、休日なのに正面扉が開いている。玄関ホールに入ってみると、幸運にも受付は無人だった。誰にも見咎められることなく学院長室に侵入できたので、エステル・モンゴルフィエを射殺し室内を荒らした……。

こうした可能性も皆無ではないが現実性に乏しい。学院長殺しは、ある程度以上まで計画的な犯行と考えるべきだ。学院の内部事情に詳しい人物が六時前後に正面玄関から侵入し、犯行を終えて正面玄関から逃走した。この想定がいまのところ最も現実的ではないか。裏庭で犯人の痕跡を捜索してみれば、事情はまた変わるかもしれないが。

「屍体を発見する前に、銃声を耳にしてはいないかね」

老人が首を横に振る。「管理人室と学院長室は離れているけど、銃を撃てば聞こえたと思う。ただし……」

「なんだね」

「放送で校舎中に流される鐘の音はかなりの音量なんだ。銃声に気づかなかったのは、鐘の音に紛れたからかもしれない。事情は二階の音楽室でも同じだろうな」

あとから実験する必要がある、学院長室で空砲を撃つと、銃声が管理人室や音楽室まで聞こえるかどうか。さらに鐘の音が流れている場合はどうかも。実験の結果によっては、学院長殺害の時刻が狭い範囲まで特定できるかもしれない。

鐘の音に紛れなければ、学院長室の銃声が管理人室あるいは音楽室まで聞こえる場合、犯行時刻は六時から六時三分のあいだになる。六時五分に犯人らしい人物が正面玄関から逃走した事実とも、これなら矛盾しない。あるいは時鐘に銃声を紛らわせることまで計算して、犯人は犯行時刻を決めたのか。

第一に聖《サント》ジュヌヴィエーヴ学院では午後六時から三分間、大音量で鐘の音が放送される。第二に放送のため、六時前後には管理人《コンシェルジュ》が受付窓口を離れる。第三に休日の水曜でも、学院長のエステル・モンゴルフィエは出勤する。第四に、この日は休日返上で合唱練習をした生徒たちの下校のため、六時前から学院の正面扉が開かれた。

　さらに学院長室の場所を知っていることや、修道士のようなマントを着用していれば見咎められる可能性が低いことまで含めて、学院の内部事情に詳しい者でなければ犯行を計画し実行できたとは思えない。部外者による流しの犯行の可能性は低そうだ。

　モガールが確認する。「どんな具合に屍体を発見したのかね」

「受付窓口まで生徒が走ってきて、リーニュ先生が呼んでいるというんだ。大急ぎで秘書室まで来てくれと。学院長室で学院長が死亡しているのを確認し、管理人室に戻って警察に電話した。死亡を確認したのは六時十分だったね」

「それから」

「しばらくして、二人の制服警官が正面玄関に駆けこんできた。一人は玄関ホールで監視に当たるというので、もう一人を学院長室まで連れていったんだ。地区署の一行が着くまでの六、七分はリーニュ先生と制服警官の質問に答えていた」

　ナンテール署の刑事が口を挟む。「六時二十三分に到着したのは、付近を巡回車《ヴォワチュール・ド・パトルイユ》で警戒中だった二人です。通報の直後に署を出発したわれわれも、六時三十分には現場に着きました」

　モガールは質問を続ける。「学院長室から管理人室に戻ったあと、二人の警官が到着するまで正面玄関の人の出入りは」

「出た人数は多い、六十人もの生徒が順次下校していったから。ただし、街路から玄関ホールに入ってきた者は一人もいない」

これで最後にしよう。「六時五分に学院長室に駆けつけるまで、放送室に行く以外には管理人室を離れなかったんだね」

「一度か二度はトイレに立った、管理人室の奥に仮眠室と小さな洗面所があるんだ」

「午後のあいだ、学院長に呼ばれて学院長室を訪れたことはないと」

「ないね。水曜でも出勤しているだろうとは思っていたが、学院長室で仕事をしているかまでは確認していないな」

警視はマタン老人に管理人室で待機するよう指示し、ドワイヤン刑事に第一発見者の音楽教師を呼んでもらうことにした。


〈11月22日午後8時15分〉


ノックの音に応えると、マラスト刑事がドアの隙間から顔を出した。「二階と三階の教室と一階東側の教員室の確認を終えました。不審な人物は見当たらず、すべての窓は確実に施錠されています」

「ご苦労だった。そろそろ鑑識の作業も終わるだろうから、秘書室と学院長室の捜索を頼む」

マラストと入れ替わるように、ドワイヤンに連れられて応接室に入ってきた女教師は細面の若い女だった。これなら男子生徒に人気がありそうだ。いや、戦前戦中とは比較にならないほど男女交際が自由な最近の中学生だから、昔と違って美しい女教師に憧れたりはしないのか。

怯えたように大きな眼を見開いて、緊張で青ざめている音楽教師サンドラ・リーニュにモガールが声をかける。「今日は二階の音楽室で午後三時から、女子生徒による合唱の練習があったとか。間違いありませんね」

「中等部《コレージュ》の一年生《シジエーム》から四年生《トロワジエーム》まで六十人編成の合唱団で、歌唱の上手な子供を選んで練習を重ねてきたんです。結果が楽しみでしたが、これでは開校記念の行事もどうなることか」か細い声で女教師が答える。

「練習がはじまる三時の時点で、生徒は全員揃っていましたか」

「休んだ子も遅刻した子もおりません。練習できるのは今日と次の土曜日曜しかないし、衣装合わせもしなければならない時期だから、生徒たちも必死なんです」

直前の水曜と土曜日曜には揃いの舞台衣装を全員が纏って、公演とまったく同じ状態で仕上げの練習をするのが通例だという。三時前に登校した生徒たちは、会議室の隣にある更衣室で制服を舞台衣装に着替え、三時には二階の音楽室に集合した。

「六時の鐘が鳴りはじめたので、気になった点を注意して練習を終えました。わたしが音楽室を出て階段を下りはじめると、続いて生徒たちも。公演直前の休日練習では、無事に練習が終わったことを学院長に報告して、励ましの言葉をかけていただきます。本当の意味での解散は学院長に挨拶を終えてからで、生徒たちは更衣室で着替えて帰宅することに」

休日返上で行われる水曜と土曜日曜の練習のあと、学院長が生徒たちを励ますのは例年のことらしい。学院内の事情に詳しい人物が犯人であれば、六時すぎに音楽教師が学院長室を訪れることも予期していた可能性が高い。銃声を鐘の音に紛らわせる計画であれば、犯行の機会はわずかの時間しかない。時鐘が放送されはじめる六時から数分うちに学院長室を出なければ、教師に先導されて二階から下りてくる生徒たちと通路で鉢合わせしかねない。

学院長室前の通路に六十人からの生徒が溢れてしまえば、この人垣を掻き分けるのは容易でないし、教師に何者かと問われるかもしれない。教師を振り切って人垣を強行突破すれば、騒ぎを聞きつけて管理人《コンシエルジユ》が出てくるだろうし、警察にも通報されかねない。こうした事態を回避するため、犯人は時鐘が鳴りはじめると同時に学院長を射殺したのではないか。

「時鐘が聞こえはじめてから、西階段を上ってきた者はいませんでしたか」

「音楽室でわたしがいたところからは階段が見えるので、誰か上がってきたら気づいたと思いますが」学院長を射殺した犯人が階上に逃走した可能性もなさそうだ。

モガールは質問を続ける。「六時の時鐘ぴったりに練習は終わるんですか」

「そろそろ夕食の時刻ですから、引き延ばさないように心がけました。とはいっても最後のまとめや注意もあるので、六時ちょうどには終わりません」

「どうでした、今日は」

「時鐘が鳴り終えた一分ほどあとに解散し、全員で音楽教室を出ました」六時の鐘は三分続くから練習は六時四分ごろに終わったことになる。「秘書室に入って学院長室のドアをノックしたのが六時五分のこと」

「秘書室と学院長室の電灯は」

「秘書室は真っ暗だったので壁のスイッチで点灯しました。それから奥のドアを開いたんですが、学院長室はデスクのスタンドの明かりだけで薄暗かった」

犯人と思われる人物が玄関ホールを通過したのも、それと同じ六時五分ごろだという。教師や生徒たちに通路を塞がれてしまう直前に、ぎりぎりで犯人は学院長室から脱出したようだ。逆にいえば最大で五分ほど、犯人には目的の品を捜すための時間があった。

六時三分に時鐘の放送が終われば校内は静かになる。練習を終えた生徒たちのざわめきが二階や階段から聞こえはじめないか注意しながら、デスクの抽斗を引き抜き赤革のハンドバッグの中身を床にぶち撒けた犯人は、最終的に目的の品を発見できたのか。時間切れのため目的を達成できないまま、やむなく逃走したのだろうか。あるいは赤革のハンドバッグからモンゴルフィエ家の鍵を奪って、目的の品を捜すため被害者の自宅に向かったのか。

ここで疑問が生じる。もろもろの学内事情に詳しそうな犯人が、ほんの数分しか学院長室を捜索する余裕がないような犯行計画をどうして立てたのか。どこに目的の品があるのか、あらかじめ摑んでいたからだろう。この予測が外れたことを、荒らされた学院長室の状態は示している。殺人を犯してまでも奪おうとした貴重品が、あると思っていた場所に見当たらない。焦った犯人はデスクの抽斗を引っぱり出し、中身を床に撒き散らした。

「学院長の屍体を発見したのは」

警官の職業的に露骨な質問に、女教師は両腕で肩を抱くようにして答える。「秘書室を通って奥のドアをノックしても、学院長の返事がないんです。不審に思ってドアを開き、奥の部屋に入ると刺激的な異臭が立ちこめていて。

あれ、火薬の臭いだったんですね。学院長はデスクの椅子に凭れて顔を天井に向けていました。声をかけてみても反応がない。不審に思って近づいてみると、額に小さな穴があるんです。前髪や額や頰が血で濡れていて、大きく見開かれた眼はなにも映していないようでした」

「そのとき室内を詳しく確認しましたか」

「どういうことでしょうか」女教師が不審そうにモガールを見る。

「たとえばデスクの下を覗いてみたとか」

回転椅子は斜め左を向いていた。両袖の大きなデスクだから、被害者の脚部を避《よ》けて下に人間が隠れることはできる。戸口からデスクの前まで進んで、そのまま部屋から飛び出した人物には肘掛け椅子や戸棚の陰など、視界に入らないはずの場所が他にもある。秘書室のデスクの下も同じだ。

音楽教師はデスク越しに屍体を見て動転し、直後に学院長室を走り出た。室内に濃い火薬臭が籠もっていたという事実からも、射殺の直後に屍体は発見されたらしいことが窺える。この時点で、まだ犯人が室内に潜んでいた可能性は否定できない。ただし秘書室の前には六十人からの生徒たちが溢れていた。屍体が発見されたあと犯人が南通路に出たとは考えられない。学院長室の窓はどちらも内側から施錠されていた。銃弾で硝子に開いた穴からは、生まれたばかりの赤子でも通り抜けられない。

教師のリーニュは質問の意味に気づかないようだが、屍体発見時に犯人が殺人現場に残っていた可能性を口にして怯えさせることもない。モガールは淡々と質問を続ける。

「部屋に客が来ていたような様子は」

「いいえ、とくには」

「額を撃ち抜かれた学院長を目にして通路に走り出た、それからどうしましたか」

秘書室から通路に飛び出した女教師は後ろ手にドアを閉じ、管理人《コンシエルジュ》を呼んでくるよう年長の生徒に命じた。じきに初老の男が駆けつけてくる。生徒たちには通路で待機していることを指示し、マタンに続いてまた学院長室に入った。

管理人《コンシエルジュ》が学院長の右耳の下に指先を当てる。鼓動がないことを確認したあと二人で通路に出た。女教師を秘書室のドアの前に残して、警察に通報しようとマタンは管理人室に戻った。秘書室にも学院長室にも電話は備えられているが、現場保存を優先するため、警察には管理人室から電話することにしたようだ。

「生徒たちは不安そうでした。モンゴルフィエ学院長は顔を見せないし、管理人《コンシエルジュ》は緊張した様子で通路を走り去ったし。ドアの前で誰も入らないようにしているわたしの表情や態度も、いつもとは違って見えたことでしょう」

じきに警察が急行してくる、その前に生徒たちを家に帰らせなければならない。学院長は都合が悪いので、今日はこれで解散にすると音楽教師は伝えた。不審そうながら生徒たちは更衣室で平服に着替え、玄関ホールのほうに三々五々立ち去っていく。南通路から生徒たちの姿が消えて五、六分が経過し、管理人《コンシエルジュ》が制服警官を案内して学院長室の前に戻ってきた。

「生徒たちを帰らせたこと、問題だったでしょうか」

「いささか」警視は口を濁した。

その前にやらなければならない作業が山積しているから、証人になる六十人からの生徒には即座に対応できない。学院前の珈琲店《カフェ》の客とは違って、合唱団の少女たちは名前も住所も判明しているし、明日にでも一人一人から詳しい事情を聴くことは可能だ。としても、帰宅させる前に生徒の鞄は検めておきたかった。

モガールは確認する。「あなたが学院長室に入ったとき、生徒たちは通路にいたんですね」

「なにしろ全部で六十人もいるので、会議室から応接室の前まで南通路は白い衣装とスカーフの少女たちでいっぱいでした」

生徒たちの姿が消えてから警官が到着するまでの五、六分ほど、秘書室の前にいたのは女教師一人だったが、ドアの前からは一瞬も離れていないという。マタンもデスクの下などは検めていないようだが、二人の警官は室内の状態を入念に確認している。六時二十三分に警官が到着したとき、被害者を除いて学院長室も秘書室も無人だった。

警視は質問の方向を変える。「あなたが学校に着いたのは二時四十五分だったとか」

「ええ、そのころでした」

「学院長に到着の挨拶をしましたか」

女教師が頷く。「これから練習をはじめると」

「なにか話しませんでしたか、そのとき」

「学院長はデスクで書類仕事に没頭しているので、挨拶だけして音楽室に向かいました」

学院長の様子で気になるようなことはとくになかったという。来客の予定なども耳にしてはいないようだ。二時四十五分すぎに学院長が自室にいたことは確認できたが、それ以上の収穫はない。

「合唱団の指導をしているあいだ、教室から離れませんでしたか」

モガールの質問の意味が理解できないのか、音楽教師は不審そうに答える。「四時半から十分ほど休憩にしました、そのときお手洗いに」

「一階の女子洗面所ですね、生徒はどうでした」

「わたしと前後して半分ほどは」

「教室を離れた生徒は特定できますか」

「何人かの顔は覚えていますが、全員となると。明日にでも生徒たちそれぞれから話を聞いて結果を突きあわせれば、なんとかわかると思います」

音楽教師が応接室を退出し、ドワイヤン刑事は手帳を閉じた。「まだ秘書のアドリアン・ラトゥールは着かないようですね、ここで到着を待ちますか」

「いや、更衣室と備品室を覗いてみよう」

応接室を出た二人は、秘書室の前を通って東側の階段広間をめざした。秘書室のドアは開け放しで、通路から奥の学院長室までが見える。忙しく立ち働いている鑑識員のあいだに、モガールは見覚えのある禿頭の中年男を認めた。現場に駆り出されると死者冒瀆的な悪い冗談を飛ばす癖がある、警察医デュランに違いない。解剖後でなければ詳しい報告はできないと渋るだろうが、判明した点だけでも訊いておこう。

デュランとの立ち話を終えて階段広間から東階段の下に入ると、突きあたりにドアがある。「ご覧になればわかりますが、女子更衣室には生徒用のロッカーが並んでいます。ロッカーに私物を置いたまま帰宅する生徒もいるので、放課後は施錠するのが決まりとか」

ただし今日は管理人《コンシエルジュ》のマタンが合唱練習のため解錠し、学院長の屍体発見後もそのままの状態になっている。応接室と同じで、指紋を検出した痕跡が残っているノブを廻してドアを開いた。室内にはシャンプーやローションの香りに溶けこんだ、思春期の少女たちの体臭が漂っている。

ドアの内側には鍵と連動した内錠がある、室内からは鍵なしでも施錠できる仕組みだ。ドアの左側には鏡と洗面台が三つ並んでいて、右側には縦長の戸棚。戸棚にはモップやバケツや洗剤類、天井掃除用の小型脚立などが収納されていた。

ドアの正面には部屋の奥まで通路が延びている。通路の両側には金属製ロッカーが背中合わせに二本一列で、左右それぞれに四列ずつ全部で十六本立っている。背中合わせに置かれたロッカーとロッカーのあいだにも着替えや私物の出し入れのために横向きの通路がある。ロッカーは十二人用なので百九十人以上が使える計算だ。

左右にロッカーの列を眺めながら中央の通路を進むと、突きあたりに右、中央、左とシャワー室が三つ横に並んでいる。右と中央、中央と左のシャワー室のあいだには隙間がある。隙間の奥は裏庭を眺められる縦長の窓で、両方とも錠が下りている。

ドア側のロッカーはどれも施錠されているようだ。しかし最後の左右一列には名札もなく、金属扉が半開き状態のものも目に付いた。生徒に割り当てられていない未使用のロッカーだろう。殺人現場になった学院長室の調査を終えたら、学院中を徹底的に捜索すること。凶器が隠されている可能性を潰すために、女子更衣室のロッカーも端から開いて検分する必要がある。

事務長室にロッカーの予備鍵が保管されているとしても、それを使うには事務長か副学院長か、管理責任者の許諾を取らなければならない。たとえロッカーとはいえ生徒たちの私物が収納されている。学校側からプライバシーを盾に抵抗されると面倒なことになるが。

二人は更衣室から南通路に出て西側の階段をめざした。階段の下にモガールを待たせてドワイヤンが管理人室に急ぎ、じきに二本の懐中電灯を手に戻ってくる。管理人《コンシエルジユ》から借りてきたようだ。

女子更衣室に通じる東階段下のドアと同じ配置で、西階段の下に廻りこむと備品室のドアがある。アルミ粉が付着したノブを廻してみるが、施錠されていて開かない。上着のポケットからビニール袋を取りだして、モガールは鍵束を摘まみ出した。大中小の三本の鍵のうち小さい鍵が鍵穴に合致する。ドワイヤンが戸口に上体を入れ、壁を手探りして電灯を点けた。室内側にはドアに鍵穴があるだけで内錠はないから、鍵なしで施錠はできない。

「ここから先は鑑識員が立ち入っていない領域になる」

警視の注意にドワイヤンが応じた。「証拠を消したりしないよう、細心の注意で行動します」

燭光の低い電灯で薄暗く照らされた、奥に向かって縦長の部屋には何十脚もの折り畳み椅子やテーブル、使われていない家具や古びた暖房器具、畳まれた天幕、大小のダンボール箱などが天井近くまで積みあげられている。雑多な品々のあいだを進んでいくと、今度はスコップや鉈、重ねられた植木鉢やプランター、束ねられた棒や肥料袋などの園芸道具が置かれ、部屋の突きあたりには頑丈そうな外扉がある。

「物陰に隠れることはできても、ここに犯人が逃げこんだとは思えませんね」

刑事の言葉にモガールは頷いた。備品室の鍵はホルダーでまとめられた他の二本と一緒に学院長が保管していた。鍵は学院長室の床に落ちていたのだから、犯人は持ち出していない。学校関係者が備品室に立ち入る必要のあるとき以外、階段下のドアは施錠されている。学院長を射殺して通路に逃れた犯人は、備品室に逃げこむことができない。

裏庭に面した備品室の外扉は鍵と内錠が連動していて、室内には鍵穴がない。裏庭側からは鍵がないと開けないが、室内からは鍵がなくても施錠できる。としても逃走路を求める犯人の役には立ちそうにない。ドアの内錠をかけるためには、まず鍵で解錠し備品室に入らなければならないからだ。

裏庭に通じる外扉の内錠を外して開き、モガールは裏庭を見渡してみた。学院長室と応接室の窓から洩れる光で、夜霧の漂う裏庭の光景が薄ぼんやりと浮かんでいる。正面も左右も高い石塀で囲まれた裏庭のほとんどが花壇で、枯れた草花のあいだに黒ずんだ土が露出していた。ただし備品室の扉から学院長室の前まで、建物の外壁に沿って石畳の小道が作られていて、これなら足跡を残すことなく歩ける。

戸外に出てから備品室の外扉を閉じ、モガールは短い階段の上で鍵穴に鍵を挿しこんでみた。小さな音がして施錠され、ノブを廻しても扉は微動だにしない。懐中電灯を点灯すると夜霧に光の輪が浮かぶ。三段の石段を下り、建物に沿って左に延びる小道を足許に注意しながら進みはじめた。あたりには湿った土の臭いが籠もっている。

花壇に挟まれた小道を抜けると、学院長室の前の石畳広場に出る。矩形をした広場の中央は円く土が露出していて樹木が聳えている。楡のようだが、太いところでも幹の直径は二〇センチほどで巨木というほどではない。学院の建物も塀も古びていて楡のほうが若そうだ、あとから植樹したのだろう。トラックに積んできた若木を、クレーンで石塀の内側に運び入れて。

学院長室の窓は左右二つとも閉じられているが、東側の窓硝子には銃弾の穴がある。穴のある位置はモガール警視の背よりもはるかに高い。窓の下側でさえ真下に立った警視の額ほどの高さがある。背伸びすれば室内を覗くことはできるが、全体は見渡せそうにない。それでも回転椅子から屍体が消えていることは確認できた。デュランの指示で屍体解剖のための法医学施設に運ばれたようだ。

裏庭に向いた窓は備品室にひとつ、応接室に三つ、学院長室に二つ、会議室に三つ、女子更衣室に二つある。どの窓も下辺は地上から一七〇センチほどに位置し、学院長室と更衣室の窓下には緑色に塗られた鋳鉄製の庭椅子が置かれている。

会議室と女子更衣室の前も花壇だが、備品室の扉前と同じように窓の真下まで石板が敷かれた小道がある。窓下の小道からは西側も東側も塀の真下まで行けない、そうするには花壇を踏み荒らして横切る必要がある。

「犯人が裏庭から塀を乗り越えて逃走した様子は、見たところなさそうだ」

モガールの感想にドワイヤンが応じた。「学院長室での仕事がすんだら鑑識の連中が徹底的に調べるでしょうが、どうやら花壇の土に足跡はない。花壇を歩けば跡を残さないわけにはいきませんね。加えて石塀の高さは三メートルもあるから、踏み台や梯子やロープなどなんらかの道具なしに乗り越えるのは難しそうだ。可能性があるとしたら通用口の扉の真上でしょうかね」

石畳広場を囲むように陶製のプランターが並んでいる。広場の南側にある、街路に通じる通用口の鉄扉の左右にも縦長のプランターがある。プランターを足場にすれば跡が残るし、靴底で草花が踏みにじられてしまう。プランターを横に移してから塀に取りつけば、乗り越えたあと元の位置に戻すことは難しい。ただしノブに足を掛けて躰を押しあげることはできるだろうから、なにも置かれていない鉄扉の真上だけは別だ。

「備品室に脚立があったな」

「ちょっと待ってください」

じきにドワイヤン刑事が、捜査用の手袋をした手でアルミ製の脚立を運んできた。懐中電灯で照らして、脚立の段に泥の靴跡などが残っていないか確認してから刑事がいう。

「犯人が使用した痕跡はないようです。私が上がりましょうか」

「頼む」

高い脚立に登って、刑事が塀の上を懐中電灯で照らしはじめた。「乗り越えた痕跡はないようですね。塀の上に溜まった土埃が湿ってるから、もしも手や足を掛けたら跡が残る」

通用口の鉄扉に内錠はない、庭側からも鍵を使って施錠する仕組みだ。鍵が掛けられていることを確認したモガールは、大中小のうち大の鍵で鉄扉を開く。蝶番《ちょうつがい》には油が注されていて扉は滑らかに動いた。鉄扉を出ると銀杏並木の狭い道で、左手が行き止まりになっているためか人や車の往来はない。

鉄扉から東に五、六歩ほど離れた歩道に銀杏の樹がある。この樹を利用して裏庭に侵入できないだろうか。普通人には難しいとしても、軽業師や体操選手なら塀の上に飛び移れるかもしれない。あるいは塀を飛び越えることも。しかし、そうした場合は裏庭の花壇に着地した跡が残ってしまう。

銀杏の枝から斜め方向に飛んで、庭の石畳に降り立つのは無理だろう。距離がありすぎるし石畳に着地するのは危険だ。いったん塀の上に飛び移れば痕跡が残る、しかも鉄扉の上にそのような跡は残されていない。

「どうして警視は裏庭にこだわるんですか。犯人は受付窓口の前を通って、正面玄関から逃走したのでは」ドワイヤンが遠慮がちに尋ねる。

「管理人《コンシエルジユ》の話では六時五分に正面玄関を出た人物がいる。マタンの証言が事実なら謎の人物はどこから校内に入ったのか」

初老の管理人《コンシエルジユ》は六時前後に八分ほど受付窓口から離れていた。その隙に謎の人物は校舎に侵入したのかもしれないが、別の可能性もある。

「そうか」刑事は大きく頷いた。「警視が考えていたのは犯人が裏庭から校外に出たのではなく、裏庭から校内に入ってきた可能性なんですね」

聖《サント》ジュヌヴィエーヴ学院の中等部《コレージユ》が入った南棟には、正面玄関の他にも校外に通じる開放部がもうひとつある。この事実を知ったモガールは、犯人が第二の開放部から侵入し、あるいは脱出した可能性を検証しなければならないと考えた。しかし第二の開放部は二重に閉ざされていて、塀の通用口と備品室の外扉の両方を通過しなければ、殺人現場の学院長室には到達できない。

モガールが口を開いた。「犯人が塀を乗り越えた形跡はないし、学院長室に行くためには第二の関門も控えている。裏庭から備品室に入るのには鍵が必要だ、備品室から通路に出るためにも。もしも犯人が通用口を通って学院長室に入れたとすれば、合鍵の管理者が手を貸したと考えざるをえない」

休日の来客の場合には、学院長が通用口から校内に招き入れることがあると、初老の管理人《コンシエルジユ》は証言していた。学院長の客が殺人者に豹変した可能性も否定はできない。それでは備品室、裏庭、通用口という経路で犯人が脱出した可能性はどうか。

「裏庭を通って校舎に入ったとすれば、裏庭から犯人が逃走した可能性も排除できませんね。しかし警視、学院長室の殺人現場から脱出するためにも鍵は三つ必要なんですよ」

「脱出するためだけなら、二つでいい」

「そうでした」ドワイヤンが納得したようにいう。「通路から備品室に入るための鍵、裏庭から道に出るための通用口の鍵の二つですね。備品室から裏庭に出るために鍵は必要ない、内錠を外せばいいから」

「訪問客を校内に入れた学院長は、客が帰るときに備えて備品室を開け放しておいたのかもしれん。通用口の鉄扉に鍵を掛けておけば防犯上の問題はない。部外者が街路から裏庭に入ることも、備品室から校舎に入ることもできんからな」

塀を乗り越えて裏庭に侵入する者がいれば話は別だ。しかし管理人《コンシエルジユ》も口にしていたように、聖《サント》ジュヌヴィエーヴ学院がある地域は犯罪の発生率が低い閑静な住宅地だし、そこまで学院長が警戒したとも思われない。

「警視がいわれたように、それでも校外から校内に通じる裏庭の鉄扉は鍵を掛けたでしょうね。でなければ部外者が立ち入ってくるかもしれないし。塀を乗り越えて脱出した痕跡が認められないのだから、犯人は裏庭から校外に出たのではなく、やはり正面玄関から脱出したと考えていいんじゃないでしょうか」

モガールは応じた。「もう一点あるな。備品室のドアが施錠されていなければ、通路から室内に入ることはできる。しかし、鍵がなければ室内から施錠はできない。鍵がなくても裏庭には出られるが、そのあと外扉を施錠することはできない。また通用口の鉄扉は鍵がないと開けられないし、街路に出たあと施錠もできない。しかもわれわれが確認したところでは、通路から備品室に入るドアも裏庭に出る外扉も、通用口の鉄扉も鍵が掛けられていた」

鍵束が学院長室の床に落ちていた以上、犯人が裏庭から脱出したとは考えられない。学院長の来客として犯人が裏庭から校舎に入った可能性は排除できないとしても、裏庭から校外に逃走したとは考えられない。

一応の結論は出たはずなのに、モガールはどこかしら納得のいかない気分だった。この想定のどこかに間違っているところがあるのか。犯人は学院長が通用口から入れた客ではなく、正面玄関から校内に侵入したとも考えられる。その場合には犯人は、六時前後に管理人《コンシエルジュ》が受付窓口を離れることを知っていたのではないか。合唱団の生徒が下校するため正面玄関の扉が開放されることや、修道士のようなマントを着ていれば疑われにくいことを含め、犯人が聖《サント》ジュヌヴィエーヴ学院の関係者である可能性は棄てきれない。

ドワイヤン刑事が脚立を畳みはじめる。「いずれにしても流しの強盗殺人という線は薄いようだ。警視は管理人《コンシエルジュ》のマタンに、午後のうち管理人室を出なかったかどうか確認しましたよね。音楽教師のリーニュには練習中に音楽室を出なかったかどうか」

「マタンが目撃したという僧服めいたマント姿の正体不明の人物以外にも、モンゴルフィエ学院長を殺害しえた関係者が少なくとも二人はいた。この事実を無視はできんからな」

「管理人《コンシエルジュ》と音楽教師ですね」

警視は軽く頷いた。「それが常識的な判断だろう。むろん常識では対処できない事件も少なくないが」

モンゴルフィエ学院長射殺事件の容疑者としては、音楽教師のリーニュと管理人《コンシエルジュ》のマタンを真っ先に疑わなければならない。音楽教師なら午後二時四十五分に登校した直後に、あるいは途中で音楽室を抜け出した機会に学院長を射殺することができる。

警察医のデュランから訊き出したところでは、被害者が死亡したのは午後六時の前後一時間のあいだらしい。音楽教師には、練習中に音楽室を抜け出したかどうか確認してみた。休憩のとき以外のことも生徒たちに訊いてみなければならない。練習のあと生徒たちを通路に待たせて学院長室に入り、被害者を殺害してから管理人《コンシエルジュ》を呼んだ可能性もある。この場合は銃声という問題が生じるが、消音器を使えば通路の生徒たちに気づかれないですんだかもしれない。

マタンの証言によれば、音楽教師は二時四十五分から一度も校外に出ていない。もしもリーニュが犯人であれば、拳銃がまだ校内にある可能性も無視できない。凶器の捜索を徹底的に行うように、あらためて指示しておかなければ。

サンドラ・リーニュが犯人だったとしよう。練習の最中に教室を出て学院長を射殺した場合には、本人の手で凶器を処分することもできた。学院長室で保管されていた鍵を用いて通用口から校外に出ることは可能だし、拳銃を持ち出してから学院長室に鍵を戻して音楽室に戻ればいい。

マタンが犯人であれば犯行はさらに容易だ。いつでも好きなときに受付窓口を離れて学院長室に行くことができたのだから。凶器の処分という点でも管理人《コンシエルジュ》は音楽教師よりも有利で、正面玄関から校外に出たとしても誰にもわからない。

いずれにしても二人はモガールの掌中にある。他の学校関係者から学院長との関係を聞き出し、あるいは生徒の証言を得るなど脇を固めてから揺さぶるのが常道だ。この仕事は部下のバルベス警部に任せよう。それにしてもバルベスの到着が遅すぎる、いったいなにをしているのか。

音楽教師と同じことで、六十人の少女たちも犯人候補から除外するわけにはいかない。休憩中に学院長室に入りこんだ生徒が、学院長を射殺して音楽室に戻ったかもしれない。パリ郊外の公立校では生徒による教師の暴行事件も頻発している。住宅街の私立校だから事情は違うとしても、学院長を憎んだ生徒が犯行に走った可能性もないとはいえない。

警察が到着する前に生徒たちを帰宅させた音楽教師の判断は、この点で問題があった。犯人の生徒が凶器を鞄に入れて下校した可能性は残るし、リーニュが犯人だった場合には、生徒の鞄にでも忍ばせて凶器を校外に持ち出させることもできたろう。そのために一存で、生徒たちを早めに帰宅させたとも疑いうる。いずれにしても生徒たちの荷物検査は必要だった。

ドワイヤン刑事とモガール警視は裏庭から備品室に戻って、室内灯を点けたまま南通路に出た。西側の階段広間では三、四人の男女が制服警官と言い争っている。あいだに割って入ったドワイヤンが足早に戻ってきて警視に報告する。

「秘書のラトゥール夫人が到着しました。秘書の連絡で急行してきた副学院長や事務長や教頭など学院の幹部連が、いますぐ奥に入れろと騒いでいる」

「私は秘書から事情を聴こう、きみには他の連中を玄関ホールで待たせてもらいたい」

制服警官の制止を振り切って、初老の女が警視のほうに歩みよってくる。「学院長が亡くなられたと聞きましたが、本当なんですか。そんなこと信じられませんよ」

「残念ですが事実です。捜査のために事情を聴きたいんですが」

初老の女は髪を明るい栗色に染めて、堂々とした体軀を薄茶色のスーツに押しこんでいる。服は高級な仕立てだが香水の匂いがきつすぎる。自信満々で態度が押しつけがましい人物のようだが、いまは表情が目立つほどに硬い。

応接室のドアを開くと窓の外が煌々としている。裏庭の捜索のため大型の投光器が据えられたのだろう。

「お坐りください」モガールは秘書に椅子を勧めた。

腰を下ろした女が大袈裟に嘆きはじめる。「エステルがなんてことなの、あんな男に引っかかったのが原因だわ。そうに違いない」

「あんな男、といいますと」

秘書が吐き捨てるようにいう。「ルドリュ、セバスチァン・ルドリュに決まってるでしょう」

「学院長の夫ですね、ルドリュ氏は」

「呪われた結婚としかいえません。わたしは懸命に反対したんですが」

内輪の興味深い情報が引き出せそうだが、訊問はこちらの主導で進めなければならない。「ラトゥールさんは、長いこと学院長の秘書を務めてきたんですか」

「もう十五年にもなるわね、エステルが学院長に就任したとき以来ですから。もともとはエステルの父親で、当学院を創立したジャック・モンゴルフィエ氏の秘書でしたの。先代学院長が亡くなって末娘のエステルが跡を継ぐことになった。学校経営には素人も同然の若い娘から、学院長の秘書を続けるよう懇願されたんです。自慢するわけじゃありませんが、わたしがいなければ学院の存続も発展も不可能だったでしょうね」

十五年前というと、被害者は二十八歳で学院長に就任した計算だ。辣腕らしい秘書や学院幹部の助けがなければ、たしかに私立校の運営は難しかったろう。

「いつでしたか、エステルさんの結婚は」

「十年ほど前に、学校の事業として先代学院長の遺稿集を刊行したんです。そのとき編集を担当したのがルドリュという男。いかがわしい本を出している零細出版社の経営者なんですが、それでは暮らしていけないので、規模の大きな同業他社の編集下請けのような仕事もしてたのね」

遺稿集の編集のため学院に出入りしはじめたルドリュが、学院長のエステルを口説き落としたのだという。最初に顔をあわせてから一年ほどして二人は挙式した。

「あの男の狙いはエステルの財産だから、わたしは結婚に猛反対しましたよ。この時代に珍しいほど純真というか男性経験の乏しい娘だから、ルドリュに惚れこんだエステルを翻意させるのは不可能だった。求められるままエステルは潰れかけの出版社に資金を注ぎこんできたけど、もうそれも終わるところでした」

「終わるとは」警視は確認する。

「とうとう愛想を尽かしたのね、エステルも。あの男に愛人がいることを知って目を醒ましたんだわ。学内でも秘書のわたし以外には知られていないことですが、このところは離婚協議の難航のため精神的に不安定で落ちこんでいることもあって」

抑鬱状態だったとすれば自殺かもしれない、額の中央を自分で打ち抜くことも不可能ではないからだ。ただし銃口を額に押しつけて発砲すれば、銃創の周辺に明白な痕跡が残ってしまう。その点にデュラン医師が触れていなかったところからして、接射ではなさそうだ。銃も現場から消えているし自殺の可能性は低い。

離婚協議が難航していたとすれば裁判になるが、慰謝料を払うのは夫のほうだろう。離婚の原因がルドリュの側にあったとすれば。

「いずれにしても、あの男は丸裸で追い出される運命でした。先代の学院長が建てたサン・クルーの邸からは、この夏にもう締め出されてますけど」二人が別居中であれば、モンゴルフィエ宅に電話しても夫が出ないのは当然だ。

「ルドリュ氏の住所はご存じですか」

「モンパルナスですよ。出版社と同じ建物の上階にある、結婚前に住んでいたアパルトマンに戻ったよう」

住所を控えてからモガールは話を核心に進めた。「ラトゥールさんは別居中の夫ルドリュが疑わしいと」

「ルドリュが犯人かどうか確実なことはいえないわね。エステルは他人から恨まれるような娘じゃありません、融通のきかない性格だから煙たがられることはあってもね。エステルがいなくなれば好都合だと思っている人間は、ルドリュ以外に思いつかないだけ」

「立ち入ったことを伺いますが、モンゴルフィエさんの遺産は」

弁護士に訊けといわれると面倒だったが、初老の女性秘書は遠慮なく捲したてた。「まだ遺言状は書き換えていませんから、エステルが死ねば半分は学院に寄贈、もう半分はルドリュが相続。半分でも大層な財産で、あの男の出版社なら十年でも二十年でも赤字を垂れ流していられるほど」

学院長秘書のラトゥールはセバスチァン・ルドリュへの反感を隠そうともしない。ルドリュに不利な証言は鵜呑みにできないにしても、無根拠な中傷ではなさそうだ。とにかく裏を取る必要がある。

愛人の存在が発覚して夫は妻から離婚を迫られていた。遺言状が書き換えられる前に妻が死亡すれば、夫は巨額の遺産を相続できる。この二点が事実であれば、潰れそうな事業を抱えるルドリュに妻殺しの動機がないとはいえない。学院長の夫であれば学内の事情にも詳しいだろう。離婚協議のために今日の午後、妻のエステルが別居中の夫を通用口から校内に入れたのかもしれない。管理人《コンシエルジユ》に目撃された謎の人物が、出版業者セバスチァン・ルドリュである可能性は否定できない。

学院長室で保管されている貴重品を奪うため、ルドリュが妻を殺害したとしよう。しかし目的の品は発見できない、あるいはサン・クルーのモンゴルフィエ邸にあるのではないか。別居するとき邸の鍵を妻に返却したとすれば、ルドリュが学院長室から鍵を持ち出す理由もある。

目当ての貴重品とは新たに作成された遺言状だったかもしれない。妻を殺害して新しい遺言状を奪うのは、ルドリュにとって表裏のことで、どちらが欠けても目的は達成できない。たとえ遺言状を奪っても、エステルが生きていれば新しい遺言状を作成する。妻を殺害しても、遺言状が残っていれば遺産は相続できない。

「今日の午後ですが、エステルさんが夫を学院長室に呼んだようなことは」

「事前の連絡もなくルドリュが学院長を訪れてきたのが、たしか先月末のこと。秘書室まで聞こえるほど激しい言い争いのあと、二度と来てはならないとエステルは引導を渡した。自宅はむろんのこと、それからは学院にだってルドリュは立ち入れませんよ」とはいっても、エステルが特別の事情で夫を入れた可能性は残る。

モガールは質問を変えた。「学院長の出勤は何時だったかわかりますか」

「いつもと同じなら午後一時でしょう。エステルは車の運転ができないからタクシーで来たはず。わたしの家に学院から電話してきたので、一時半に着いていたことはたしかね」

「学院長のデスクの抽斗などに、強盗が狙いそうな貴重品は仕舞われていませんでしたか」

「盗まれたら困る重要書類や現金は事務長室の金庫で保管していて、学院長室に貴重品は置いていません」

「学院長は通用口から、訪問者を校内に入れることもあったとか」

初老の婦人が頷いた。「休日だけね。エステルは几帳面で、日曜や水曜に来客があるときは予定の十分前に備品室の内ドアと外扉、通用口の鉄扉を解錠していた。客が着いたら備品室の外扉だけ施錠し、備品室の内ドアと通用口は帰るときまで解錠状態。帰る客を裏庭まで見送って、そのときに三つの扉を施錠するようにしていたわ」

客が到着したあと通用口だけ施錠するという推測は、どうやら的外れだったようだ。いずれにしてもモガールが確認したときには、通用口に加えて備品室の内ドアと外扉も施錠されていた。訪問者が到着したあと、どうして学院長は通用口と備品室の内ドアの鍵まで掛けたのか。たまたまそうしたにすぎないのか、あるいは施錠しなければならない理由でもあったのか。

モガールはビニール袋に入った鍵束を示して確認する。「この三つの鍵は学院長が所持していたんですね」

「間違いありません、ふだんはデスクのいちばん上の抽斗に入れていました」

「合鍵は」

「備品室の内ドアの合鍵は事務長室の保管庫のなかで、他の二つに合鍵はありません。教師も生徒も許可なく裏庭に立ち入らないことを、エステルは望んでいたから。三つの鍵のうちひとつは備品室の外扉用ですが、錠が錆びついたので新しい鍵に交換したばかり」ドワイヤンが管理人《コンシエルジュ》に確認したところでは、事務長室の保管庫にこじ開けられたような形跡はなかった。

「ちなみに学院長の自宅の鍵は」

「学院長室で出したのでなければ、ハンドバッグのなかね」中身が床にぶち撒けられていた赤革のハンドバックのことだろう。

「ハンドバッグはどこに」

「学院長室にいるときは、長椅子かテーブルにでも置いていた」

それは妙だ。「デスク下段の抽斗に仕舞うことは」

「まさか。持ち歩くためのハンドバッグだから、出先でわざわざ抽斗に仕舞ったりはしませんよ。たとえ神経質で整頓好きのエステルでも」

殺人現場の状況からは、ハンドバッグはいちばん下の抽斗に仕舞いこまれていたとしか考えられない。おそらく自宅の鍵を奪おうとした犯人がバッグを捜して、デスクの抽斗をを上から順に引き抜いたのだ。今日に限って学院長は、どんな理由からハンドバッグをデスクの抽斗に入れたのか。たんに入れたのではなく隠したのかもしれない。とすると、いったい誰の目からなのか。

モガールは質問の方向を変えた。「学院長室には拳銃が置かれていましたか」

「いいえ。そんなものを教育の場に持ちこむようなことは、決して」

「自宅には」

「先代の学院長は持っていたようですから、エステルが処分していなければ自宅にはあるのかも」

「型式はわかりませんか、たとえば護身用の小型ブローニングとか」

秘書は眉を顰める。「銃のことは詳しくないので」

侵入者に襲われることを警戒して、学院長は拳銃を持参してきたのかもしれない。身の危険を感じて、デスクの抽斗にでも入れていたブローニングを手にする。次の瞬間、侵入者の放った弾丸が額を貫き、拳銃は被害者の手から床に落ちた。こんなふうに考えることができれば辻褄は合うのだが。

「学院長は左利きですか」気になっていたことを確認する。

「右利きですよ」

とすると、拳銃が屍体の左側に落ちていた事実はどう説明できるのか。身の危険を感じた学院長がブローニングを手にしたとき、犯人のほうが一瞬早く九ミリ口径の銃を撃ったという想定が見当違いなのだろうか。額を撃ち抜かれたときの衝撃で、右手に持った拳銃が学院長の上体を飛び越えて左側の床に落ちた、こう考えるしかないのか。

「喫煙の習慣は」

「学院長は吸いません」秘書が断定的に答える。

部屋には灰皿も煙草のパッケージも見当たらなかったが、喫煙の習慣がないのだから当然だ。となるとデスクの上で発見されたライターは、謎の訪問者が置き忘れた品という可能性が出てくる。指紋の採取を終えたら秘書に実物を見せて、エステル・モンゴルフィエの所有物でないことを確認しなければ。

「平日の来客には珈琲などを出すんですか」

「わたしが用意します、休日の来客にはエステルが出すことも」

院長室に珈琲カップや酒のグラスは出されていない。犯人は招かれた客ではなく不意の闖入者だったのか。ただし、他人の目に触れないようにハンドバッグを抽斗に隠したとすれば、学院長は訪問者の存在を予期していたことになる。管理人《コンシエルジュ》や音楽教師に学院長を殺害する動機がないかどうかも確認しておきたいが、訊問の続きは後廻しにしよう。

玄関ホールまで女秘書に同行したモガールは、ドワイヤン刑事を西通路に連れ出した。

「被害者の夫とは、まだ連絡が取れないのか」

「まだなんです。三十分ほど前に出版社のメルシュから電話で、ルドリュの行き先がどうしてもわからないと」

「ルドリュの会社に、最初に電話したのは何時だった」

「被害者の死亡を確認して署に報告したあと、六時四十五分でした」

その電話の五分ほど前に鞄を取りに戻ったルドリュは、また出版社を出たらしい。それまで近くの珈琲店《カフェ》にいたという話は事実かどうかわからない。確認されているのは、六時四十分にルドリュがモンパルナスの出版社に顔を出したことだ。リュエイユ・マルメゾンで六時に学院長を射殺してから、モンパルナスまで行くのには四十分あれば充分だろう。

管理人《コンシエルジュ》のマタンと音楽教師のリーニュ、それに六十人の女子生徒には犯行の機会があった。修道服のようなマント姿の人物が別人という可能性も否定はできないが、それでも動機の点から疑わしいのは被害者の夫セバスチァン・ルドリュだ。離婚協議を口実に訪問の約束を取りつけたルドリュは、マントの頭巾で顔を隠し通用口から学院長室に入って、六時すぎに妻のエステル・モンゴルフィエを射殺し、六時五分に正面玄関を出てモンパルナスの出版社に向かった。未解明の事実も少なくないが、この仮説がいまのところ最有力といえる。

裏庭に出ていたらしいマラスト刑事が西の階段下の戸口から姿を見せた。住所を記した紙片を渡しながら、モガールは緊迫した口調で命じる。

「被害者の夫セバスチァン・ルドリュの事情聴取を最優先とする。刑事を二、三人連れてルドリュの出版社に向かってくれ。同じ建物の上階に自宅があるようだ。たったいまは外出中のようだが、会社かアパルトマンに戻ったら参考人として連行すること。逃走を企てる場合は身柄を確保してもかまわん」

通路を走り去るマラストを見送った警視は、制服警官が見張っている秘書室に入った。鑑識員や刑事たちは裏庭に出払って学院長室は無人だ。屍体も運び出されている。

接客用の椅子に腰を下ろして一休みすることにした。上着のポケットからパイプを出して咥えてみるが、学院長は喫煙の習慣がないから室内には灰皿がない。一応の捜査は終えたとはいえ、殺人現場に煙草の煙や灰を撒き散らすのも問題だろう。ルドリュは愛煙家かもしれない。この部屋から微量でも煙草の成分が検出されたら、それが重要な証拠にもなりうる。

初動の段階で打てる手は打った。モンゴルフィエ学院長の自宅の鍵が消えていることや、被害者の夫が消息を絶っている事実が判明した直後にボーヌをモンゴルフィエ宅に、たったいまはマラストをルドリュの出版社に向かわせた。どちらかの釣糸に引きがあれば、事件が解決に向かうことも期待できそうだ。
　ここでの喫煙は禁欲することにして、警視はパイプを掌で弄びながら捜査状況を手帳にまとめはじめる。判明した重要そうな事実を時間順に配列してみた。

一三時三〇分　学院長、秘書に電話（この時点で学院に到着していた）
一四時三〇分　管理人《コンシエルジュ》、正面玄関の扉を解錠、開放
　　　四五分　音楽教師、正面玄関から校内に入り、学院長に挨拶して音楽室に向かう
一五時一五分　管理人《コンシエルジュ》、正面玄関の扉を閉鎖、施錠
一六時三〇分　音楽教師、十分の休憩に入る。教師を含め洗面所に行った生徒は多数
一七時五〇分　管理人《コンシエルジュ》、正面玄関の扉を解錠、開放
　　　　　　　同じころ、学院長は備品室と通用口を解錠したと想定される
　　　五五分　管理人《コンシエルジュ》、受付窓口から放送室に移動
一八時〇〇分　管理人《コンシエルジュ》、時鐘の放送をはじめる
　　　〇三分　管理人《コンシエルジュ》、時鐘の放送を終えて受付窓口に戻る
　　　〇四分　音楽教師と生徒たちが練習を終える
　　　〇五分　管理人《コンシエルジュ》、正面玄関から出ていく謎の人物を目撃
　　　　　　　同じころ、音楽教師が学院長室に入り屍体を発見
　　　　　　　一〇分管理人《コンシエルジュ》、学院長室で屍体を確認し事件発生を警察に通報
　　　　　　　同じころ、音楽教師は事情を伏せたまま生徒に帰宅を命じる
　　　一七分　最後の生徒が下校する

二三分　付近を警戒中の巡回車《ヴオワチユール・ド・パトルイユ》が現場に到着

聖《サント》ジュヌヴィエーヴ学院の中等部《コレージュ》がある建物で、外部に通じる開口部は今夜ほとんどが厳重に閉ざされていた。窓は一階から三階までの全部。室内ドアに鍵があるのに解錠状態だった部屋は殺人現場の学院長室と秘書室、女子更衣室と二階の音楽室の四箇所にすぎない。それ以外の部屋は窓と室内ドアで閉鎖されていた。

南棟で建物外に通じる出口は、正面扉と中庭に通じる扉が二箇所、さらに備品室の扉の四つ。中庭の扉はどちらも施錠されていたし、備品室も応接室や会議室と同じで内ドアの鍵はかけられていた、さらに裏庭に出る外扉も。また玄関ホールと東通路にある、南棟から北棟に通じる扉も鍵が掛けられていた。これらの施錠はすべて前日の放課後に、管理人《コンシエルジユ》が職務として行っている。

正面扉は午後二時三十分から三時十五分まで四十五分間は開かれていたが、正面玄関は管理人《コンシエルジユ》によって受付窓口から監視されていた。管理人《コンシエルジユ》の証言によれば、この四十五分間に不審人物が校内に出入りした事実はない。次に正面扉が開かれたのは午後五時五十分のことだ。それ以降に二回、正面玄関から管理人《コンシエルジユ》の監視の目が失われている。

一度目は五時五十五分から六時三分まで、時鐘の放送を流すため管理人《コンシエルジユ》が放送室にいたあいだ。二度目は六時十分前後の一、二分で、音楽教師に呼ばれて学院長室に行っていたとき。二度目には誰でも正面玄関を出入りすることができた。ただし二度目の際に犯人が侵入したとは考えられない、すでに犯行はなされていたからだ。この機会を利用して、犯人が学外に逃走した可能性は想定しうる。

六時五分には、練習を終えた生徒たちで秘書室前の南通路はいっぱいだった。それ以前に犯行を終えた犯人がいったん東階段の下に身を隠したとしても、六時十分前後に南通路から西通路に、さらに正面玄関に出ることはできない。だが犯行のあと西階段の下に隠れて、管理人《コンシェルジュ》が学院長室に向かうのを確認した直後に、正面扉から学外に脱出することは可能だった。

六時五分に管理人《コンシェルジュ》は、謎の人物が正面玄関から校外に出るのを目撃している。管理人《コンシェルジュ》が謎の人物を追わないことにしたのは、通用口から学院長が招き入れた客ではないかと思ったからだ。この証言に留意したモガールは、限られた時間内だったが裏庭の様子を確認してみた。詳しいことは鑑識員や部下たちがたったいま捜査中だ。

校外から殺人現場の学院長室に侵入する通路は、正面玄関の他にも存在する。しかし通用口から学内に入れたのは学院長の客に限られる。学院と無関係な人物が塀を乗り越えて侵入した痕跡はないし、仮に裏庭まで入れたとしても建物に立ち入ることはできない。唯一の侵入口である備品室の外扉は、学院長が忘れたのでない限り施錠されていた。

これまでも訪問に通用口を利用した学院長の客が、正面玄関から帰ることはあったという。修道士のようなマントを着た人物を目撃したとき、こうした先例が管理人《コンシェルジュ》の頭に浮かんだのは自然だろう。しかし、今夜の場合は事情が決定的に異なっている。

モンゴルフィエ学院長が謎の人物を通用口から学内に招き入れたのだとしよう。この人物が招待主の学院長を殺害したとすれば、管理人《コンシェルジュ》が見張っている正面玄関ではなく、入ったのと同じ経路で殺人現場を脱出するのが順当だ。

学院長が通用口から学内に招き入れるほど親しい人物は、さほど多くない。その人数に含まれることを疑われたら、身の破滅だと犯人が考えたとしよう。とすれば備品室の外扉や通用口の鉄扉を開け放したまま逃走するわけにはいかない、元通り施錠された状態にしておかなければならない。犯人にはそうすることも可能だった。

犯行現場で三つの鍵を奪って、備品室の扉や通用口の扉を外から施錠したしよう。そうしておけば犯人が裏庭を通って校舎内に入り、そして出たことを第三者は知りようがない。学院長室から鍵束が消えている事実は残るとしても。

とはいえ鍵束の失われている事実が犯人にとって致命的とは限らない。学院長が紛失したのかもしれないし、あるいは自宅の鍵を奪おうとした犯人が、いずれか判別できないため問題の鍵束も一緒に持ち去ったのかもしれない。そのように捜査側は考えるだろうから。

鍵束を学院長室に残したまま、裏庭から脱出する方法もないではない。三メートルほどの塀を乗り越えることだ。しかし花壇に足跡を残すことなく、塀の真下まで行くことはできそうにない。通用口の真上なら地面に足跡を残さないで塀を越えられるが、犯人がそうした痕跡は塀の上に残っていない。

学院長の客だったとしても、入ったときと同じように通用口から出ることが犯人にはできない。管理人《コンシエルジュ》に目撃される危険を冒しても、正面玄関から出るしかない立場だった。あるいは備品室や通用口の鍵が失われている事実から、正体を見抜かれてしまうほうが、姿を目撃されることよりも犯人にとっては危険だった。このように考えるしかないのだが、としても犯人の行動には納得できないところが残る。六時前後に正面玄関から校内に侵入した犯人が、六時五分に校外に逃走するところを管理人《コンシエルジュ》に目撃されたのだと、常識的に考えるべきだろうか。

南通路にいた生徒たちに確認する必要がある。六時五分ごろに音楽教師から呼ばれて管理人《コンシエルジュ》が秘書室に駆けつけた直後に、西階段下から玄関ホールのほうに走り去る人影を目撃していないかどうか。犯人がマント姿の人物とは別人で、正面玄関から侵入して学院長を射殺し正面玄関から逃走したとすれば、その姿を生徒に見られた可能性がある。

モンゴルフィエ邸で、あるいはモンパルナスの出版社でセバスチァン・ルドリュの身柄を押さえることができたら、いずれにしても捜査は大きく進展する。ただし外部犯だけでなく、管理人《コンシエルジュ》のマタンと音楽教師のリーニュの身辺調査にも万全を期さなければならない。もちろん合唱団の生徒たちも。依然として内部犯の可能性は否定されていない。

校舎内外の調査や捜索は部下たちに任せて、玄関ホールで待たせている副学院長や事務長の事情聴取を優先しよう。エステル・モンゴルフィエという被害者の人物像をより正確に把握すること。そこからルドリュ、あるいはマタンやリーニュを含めて学院長殺しに動機のありそうな人物も浮かんでくるだろう。

部下の刑事がドアの隙間から顔を出した。「警視、バルベス警部から電話です」

「どこだ」

「管理人室で出たようですが、これから秘書室に廻します」

刑事が姿を消すとじきに、秘書のデスクに置かれた電話機が鳴りはじめる。警視庁からだろうかと思いながら、モガールは受話器を取った。

「警視ですね」受話器から響いてきたのは、バルベス警部の野太い声だった。

「ちょうどいい、警視庁に戻ったところならモンパルナスに廻ってくれないか。被害者の夫セバスチァン・ルドリュの身柄を押さえたい。この男が経営する出版社にマラストを向かわせたところだが、警視庁からのほうがモンパルナスに近い」

「ルドリュって野郎が女房を殺したんですか」

「確定的ではないが可能性は無視できん、住所は」

バルベスが上司の言葉を遮る。「すみません、警視。別件でこれから出なければならんので」

「別件とは」

いったいどういうことなのか。モガール班の仕切り役であるバルベス警部だから、担当を命じられた殺人事件の現場に急行する以上の、緊急の用件などあるわけがない。

「誘拐事件らしいんです」小さな声で申し訳なさそうにバルベスがいう。

「誘拐ならジュベールの仕事だろう」

「午前中に起きた事件でジュベール警視は出かけてるし、私が行かないわけにはいかんのですよ」

「馬鹿な」温厚なモガールだが、口調には怒気が滲んでいたかもしれない。

「怒らないでくださいよ、警視。あんな電話に私が出なければね」

「どんな電話かね」

「フランソワ・ダッソーの一人娘と間違えられて、運転手の娘が誘拐されたんですな。いろいろあって、森屋敷を訪れていた嬢ちゃんが身代金の引き渡し役をやる羽目になったようなんです。犯人が指定してきた接触地点はオデオン、時刻は九時四十五分。

なにしろ通報してきたのが十分ほど前のことで。あれこれと庁内で必要な手配をしていたら、もう飛び出さなきゃならん時刻だ。ナディアが誘拐犯と接触するんですよ、私が遅れて嬢ちゃんの身になにかあったら大変だ。そんな訳なんで、いますぐモンパルナスに行くのは勘弁してください」

一方的に電話が切られ、モガールは憮然として受話器をフックに戻した。長年の相棒は勝手な判断で別の事件に飛びこむという。しかもダッソー家の誘拐事件には、娘のナディアも巻きこまれているようなのだ。

四月一日《ポワソン・ダブリル》は四ヵ月以上も先だし、ナディアとバルベスが仕掛けてきた冗談ということはあるまい。あるいは二人揃って、見当違いな思いこみで騒いでいるのではないか。鈍く痛んできた右のこめかみを、モガールは拳で揉みはじめた。

第三章　玉突きのような誘拐

〈11月22日午後9時45分〉


札束と首飾りの箱のため重さが五キロもある革鞄を抱えて、地下鉄《メトロ》の駅の階段を必死で駆けあがる。地上に出たところで腕時計を見ると九時四十三分だった。十一月下旬のことで夜の外気は冷たい。半外套の襟を掻きあわせて、鞄をしっかり胸に抱いた。オデオンの小さな広場には群衆が溢れ、タクシー乗り場には長い行列ができている。

薄紫のロングドレスに秋物の半外套、しかも足下は履き古しのスニーカーだ。ハンドバッグは持てないから、財布など必要な品を詰めこんだ半外套のポケットが不恰好に膨れている。この時刻のオデオンなら、珈琲店《カフェ》でお喋りしていたか映画でも観ていた大学の友人に出くわすかもしれない。マルグリットやエマに見つけられたら馬鹿にされそうだ。こんな恰好で人前に出るのは気が引けたけれど、走らなければならない場合もありうる。ハイヒールはメアリの車内に残すことにした。

もう少し時間があれば、ダッソー夫人か小間使いのエレーヌに頼んで、身軽な服を借りることもできた。しかし誘拐犯の指示でブローニュの森屋敷を飛び出したわたしには、服を着替えるような余裕はなかった。

サン・ジェルマン通りには行きかう自動車のライトが交錯している。街路の反対側では映画館の看板が光に浮かんでいた。この映画館でアントワーヌと『アメリカン・グラフィティ』を観たときのことが頭を過ぎった。

ダントンの銅像の下で焼き栗の屋台が店を出している。犯人が指定したのはこの屋台に違いない。一人分を注文すると、厚い鉄板の上ではぜている栗を小さな紙袋に入れながら、縮れた黒髪の男がこちらを見た。

「モガールさんかね」

「ええ」わたしの声は緊張で掠れていた。

「じゃこれを」

焼き栗屋台の男が作業用の手袋を外し、上着のポケットから封筒を取り出した。ひったくるようにして開封する。封筒に入った紙片には『サン・ミシェル広場からサン・ミシェル河岸通りに入れ。橋から四つめの古本屋台の右端下。午後十時までに必着のこと。少しでも遅れたらソフィーの命はない』とタイプで打たれている。本文《テキスト》だけで署名はない。

硬貨と交換に焼き栗の紙袋を受けとって尋ねる。「この封筒、あなたに預けたのはどんな人だったの」

「五分ほど前にジプシーの女の子が持ってきた。……薄紫のロングドレスに半外套を着たモガールという若い女が、九時四十五分に焼き栗を買う。薄茶色の髪を肩まで伸ばした二十歳すぎの女が来たら、封筒を渡してくれってな」

服を着替えないで飛び出したのは正解だった。もしも違う服装をしていたら屋台の男が気づかない可能性もあった。誘拐犯のメモを入手するまでに、何分か余分な時間が必要になったかもしれない。

しかし犯人の伝言から考えて、到着するのが何分か遅れてもメモは手に入れることができた気もする。次も同じなら一分一秒を争う状況でもなさそうだが、とはいえ油断はできない。犯人の意図が正確に摑めない以上、指示された通りにするしかない。

広場の雑踏を見渡してもジャン＝ポールの姿は見当たらない。ちゃんと約束したから、まさか来ていないことはないと思う。距離を置いて物陰から注視しているに違いない。

ロマの少女が焼き栗売りの男と話しているのを目にしていても、バルベス警部はその子を捕まえてはいないだろう。二人の会話を間近で聴いていればともかく、遠目では女の子が誘拐犯の使いかどうか判断できない。その可能性を疑ったとしても、誘拐犯が子供を監視しているかもしれないから声はかけられないし、女の子を捕まえたら警察が張り込んでいる事実を悟られてしまう。

焼き栗売りの男に封筒を渡した女の子は誘拐犯の一味だろうか。街角で適当な子供を捜して臨時の使いに仕立てたのだとしても、誘拐犯は少女と接触している。子供を捕まえることができれば、どんな人物に使いを頼まれたのか貴重な証言が得られそうだ。

郊外のリュエイユ・マルメゾンで殺人事件が発生して、ボーヌやマラストやダルテスなどモガール班の刑事たちは出払っているようだ。ジャン＝ポールが他の部署の刑事に声をかけて複数で張り込んでいれば、子供の尾行に人員を割くこともできる。しかしその可能性は低いと思う。警察は厳格な縦割り組織だから、階級が上でも違う部署の刑事を勝手に動かすことはできない。

手近に暇そうな刑事がいたとしても、ジャン＝ポールには詳しい事情を説明する時間がなかったろう。きちんと状況を把握できていない、しかも一緒に仕事をしたことのない刑事では間違いが生じかねないし。

身代金の受け渡し現場までわたしを尾行して、可能であれば誘拐犯を逮捕すること。犯人は人質を押さえている。誤算があれば致命的な結果も生じかねないデリケートな状況を考慮して、バルベス警部は単独で行動しているのではないか。

「その子、この辺でよく見かけるの」時間を気にしながら早口で問いかける。

「いいや、オデオン界隈を縄張りにしている連中とはグループが違うようだ」

お上りさんが獲物の、ロマの子供たちによる置き引きやひったくりはパリの名物だ。浅黒い膚で貧しい身なりの少年少女は、観光客で溢れたオペラ通りやマドレーヌ広場で網を張っていることが多いけれども、オデオンやサン・ジェルマン・デ・プレでも珍しくはない。

『ル・ジタン』という映画を何年か前に観た。ギャングとして逮捕され死刑判決を受けたこともあるジョゼ・ジョヴァンニが、自作を映画化した作品で、差別から犯罪に走るロマ青年を共感的に描いていた。子供たちの置き引きやひったくりを容認するつもりはないけれども、生きるためロマには苦労が多いようだとも思う。

とはいえアルバイトで日本人の観光客を案内するときは、事前に注意することにしている。ロマの子供に囲まれそうになったら、とりあえず「ノン」とか「サロー」とか叫んで、腕や脚が先方の躰に当たってもかまわないから遠慮なく押しのけるようにと。その場に立ち竦んでいると、バッグをひったくられたり内ポケットの中身を掏られかねない。

誘拐犯と言葉を交わしたかもしれない子供のことは、いまは忘れよう。もう九時四十七分だから、あと十三分のうちにサン・ミシェル河岸通りまで行かなければ。タクシー乗り場には行列があるし、一駅だから地下鉄《メトロ》に乗るよりも歩いたほうが早そうだ。

横断歩道の信号が青に変わる。まだ熱い焼き栗と封筒を半外套のポケットに突っこみ、重たい鞄を抱えて小走りにサン・ジェルマン通りを渡った。歩道の人波を掻きわけながらサン・ミシェル通りの方向に少し進み、斜め左方向のダントン街に入る。このまま直進して交差点を左折するよりも、ダントン街を通った方がサン・ミシェル広場には少し早く着ける。小学校で勉強したように、三角形の二辺の和は他の一辺よりも長いから。

裏道は表通りほどの混雑ではないけれど、それでも全力疾走というわけにはいかない。のろのろ歩いている老婆を車道に下りて追い越し、迫ってきたヘッドライトを見てまた歩道に駆けあがる。

黒革の鞄の中身は巨額の札束、それに大粒のダイヤモンドを嵌めこんだ黄金の首飾りなのだ。人通りが少ない裏道ではひったくりにも警戒しなければならない。人気のない道に入ったところで、誘拐犯は鞄を強奪するつもりではないか。心配になって背後をちらりと振り返ってみる。広くはない歩道を距離を置いて何人かの男女が歩いているけれど、ジャン＝ポールの巨体は目に入らない。わたしのことを本当に見張っているのか心配になって、鞄を胸の前で抱き締めるようにした。こうしていれば簡単にはひったくられない。

ようやくサン・ミシェル広場が見えてきた。ジベール書店のところで信号を渡って珈琲店《カフェ》〈デパール〉の前から河岸通りに出る。赤信号は無視して街路を小走りに横断した。目的地はサン・ミシェル橋のたもとから四つめの古本屋台《ブキニスト》だ。ちらりと腕時計を見ると、もう九時五十八分になろうとしている。

河岸の石の手摺には古書を売る横長の屋台が並んでいる。昼間は古本の他にポスターや絵葉書なども並べられているが、店仕舞いした夜間は濃緑色のブリキ屋根で覆われている。無人の屋台の前を小走りに進んで、四つめの前で足を止めた。

手紙の文面を思い出し屋台の右端を覗きこんでみる。焼き栗売りの男から渡されたのと同じような封筒が、目に付きにくい場所に鋲で留められていた。街灯の乏しい光に『鞄の鍵を川に棄てろ。十時五分にプティ・ポン街の珈琲店《カフェ》〈ラタン〉に行きカウンターでカルディナールを注文すること。少しでも遅れたらソフィーの命はない』という文面が浮かんでいる。

サン・セヴラン街とプティ・ポン街の角にある珈琲店《カフェ》が〈ラタン〉だったと思う。さほどの距離ではないが、あと五分しかない。小さな鍵をポケットから摘まみ出して川沿いの遊歩道越しに投げる。重たい革鞄を抱え直して猛然と駆け出した。

珈琲店《カフェ》のカウンターでカルディナールを注文すれば、店員が封筒を渡してくれるのだろうか。それなら一分や二分の遅れは問題にならないが、誘拐犯の意図は読めない。とにかく指示通りに動かなければならない立場なのだ。

焼き栗屋台と古本屋台《ブキニスト》で入手した二枚のメモには、どちらもサラではなく『ソフィーの命はない』とタイプで打たれていた。七時四十五分の時点で犯人は、ダッソー家の令嬢ではなく、間違えて運転手の娘を誘拐したことに気づいている。サラでなくソフィーの名前が打たれているのは、七時四十五分より前に作成されたメモだからだ。誘拐犯にはタイプを打ち直す余裕がなかった。タイプライターが置かれていない場所に、サラは監禁されているのではないか。

七時二十分に誘拐犯はサラの写真を撮影している。あるいはサラの写真を撮影するとき、人違いに気づいたのかもしれない。突発した新事態に対処するため二十分ほど検討に時間を費やし、七時四十五分に二回目の脅迫電話をかけてきた。

指定の珈琲店《カフェ》〈ラタン〉に飛びこんだのは十時五分少し前だった。カウンター席の客を掻き分けて大声でカルディナールを注文する。懸命に走ってきて心臓が苦しいし、額も汗ばんでいる。

カシスの香りがする赤葡萄酒《ヴァン・ルージュ》のグラスがカウンターに置かれた。長髪の若い店員がカルディナールを注文した客に興味をもった様子はない。時刻は十時六分になろうとしている。喉の渇きを癒そうとカルディナールを一息で飲みほしたときだ、電話のベルが鳴りはじめたのは。カウンターの下にある電話から店員が受話器を取って、じきにこちらを見る。

「モガールさんですか」わたしが頷くと、電話機がカウンターの上に出された。

受話器から聞こえてきたのは、ダッソー邸に電話してきた誘拐犯と同じ声だ。「今度は十時二十分、ユルスリーヌ街八番地のホテル〈オルレアン〉のフロント前です。タクシーは使わないように」

「ちょっと待って、あと十四分しかないわ。ユルスリーヌ街ってパンテオンの先で、ゲイ・リュサック街とサン・ジャック街のあいだの路地でしょう。十時二十分までに着けるかどうかわからない」

「指定の時刻に到着できなければサラの命はない」電話の男はメモと同じ決まり文句を口にする。

「待って」

電話が切られ、わたしは紙幣をカウンターに置いて街路に飛び出した。釣り銭が出るのを待っている時間はない。ここから指定された地点まで登り坂で一キロ以上もある。ふつうに歩いては十四分で着けそうにない、また走るしかない。

サン・セヴラン教会横の路地は夕食を終えた人々で溢れ、夜の闇に滲んだ珈琲店《カフェ》やレストランの灯りが遠く懐かしく感じられる。楽しげに言葉をかわしながらそぞろ歩く人たちは誰一人も、わたしが身代金の鞄を抱えて息を切らしていることなど知らない。そう思うと現実の世界から切り離され、別の世界に迷いこんだような不思議な気分になる。

通行車が多すぎてサン・ジェルマン通りの赤信号は無視できない。落ちつかない気分で青に変わるのを待って横断歩道を渡り、そのままサン・ジャック街を駆けあがる。左側にパンテオンの円屋根が見えはじめた。肺が燃えているようで小刻みに吐く息が熱い、心臓はいまにも爆発しそうだ。

全身が汗まみれになっている。暑いのでいっそ脱いでしまいたいが、手で持つ品を増やすわけにはいかない。仕方ないので走りながら半外套のボタンを外した。建物の角にある青い表示で住所を確認し、脚を縺れさせながら左に折れる。ユルスリーヌ街は短い街路で、じきに〈オテル　オルレアン〉の看板が目に入ってきた。

　裏町の地味なホテルは経営者がオルレアン出身なのか、それともジャンヌ・ダルクに特別な思い入れでもあるのか。ホテル名が金文字で書かれた硝子扉を、抱えた鞄ごと躰で押し開けた。広くもないホールの突きあたりに狭いカウンターがある。ホールの隅には旅行鞄が積みあげられている。従業員が二人も入れば満員になるちっぽけなフロントに走りよると、奥の壁に掛けられた時計はちょうど十時二十分を指していた。

　カウンターの向こう側から、小太りの中年女性が不審そうにこちらを見る。大きな鞄をしっかりと抱きかかえ、喘ぎながら必死で駆けこんできた若い女。いったいなにごとかと思ったに違いない。次の瞬間に電話のベルが鳴り、受話器を取った女性が顔を顰《しか》める。

「……ええ、たしかにいますけど。……でもね、宿泊客でもない人に電話の取り次ぎはできませんよ」

　夢中でポケットを探って百フラン札をフロントに叩きつける。「これで泊めてください、電話、かまいませんね」

　当惑した表情の女からフロント越しに受話器をひったくる。「もしもし《アロー》」

「時刻通りですね。次は……」

「駄目よ、もう限界。十メートルだって走れない」

　必死の抗議を無視して誘拐犯は馬鹿丁寧に続ける。「次はユルスリーヌ街十二番地、ホテルを出て左に三軒目の建物です。最上階でエレベータを降りると、左の通路奥にダストシュートがある。これから三分以内に着いてダストシュートを開いてください。もしも遅れたら……」

「サラの命がないんでしょ」

受話器をフックに叩きつけてホテルからよろめき出した。左側三軒目に当たる建物の正面扉を押し開き、荒い息を抑えながら玄関広間に入る。

古びてはいるけれどしっかりした造りの建物だ。玄関広間の天井は高く、床には薔薇色と灰色の化粧石が敷きつめられ、壁は薄緑に塗りあげられている。右側はエレベータ、左側は管理人室、奥は階段室。壁に郵便箱の列は見当たらない、昔ながらの流儀で郵便物は管理人《コンシエルジュ》が預かるのだろう。管理人室の窓口から玄関広間とエレベータは見渡せるが、奥の階段室は角度の関係で見通せない。

窓口からは額の禿げた中年男がこちらを見ている。変な恰好をした女だと不審に思っているのかもしれない。もしも呼びとめられたら、あと二分のうちに最上階まで行けなくなりそうだ。訪問客を装って、窓口の男に軽く頷きかけながらエレベータをめざした。疑惑を招かないようにゆったりとした足取りで。

幸運にも金網の奥でエレベータは停止していた。階数表示を見ると最上階は六階だ。ドアを開いて階数ボタンを押すと、モーター音をたてながらカゴが上昇しはじめる。鏡のある壁に凭《もた》れて大きな息を吐いた。身代金入りの鞄を床に置いて、皺くちゃになったハンカチで首筋や額を拭う。汗で湿った布きれは半外套のポケットに押しこんだ。

あちこち引き廻したのは、わたしに警察の監視がついていないか確認するためだろう。公衆電話では壊れて使えない可能性もあることを考慮し、連絡に珈琲店《カフェ》のカウンターやホテルのフロントの電話を利用した。犯人に指示されてハリー・キャラハン刑事が公衆電話から公衆電話へと駆けまわるアメリカ西海岸の田舎町とは違って、パリでは故障中の公衆電話のほうが多いくらいだ。

誘拐犯の口振りからしてそろそろ終点ではないか。ダストシュートにはサラの無事を示す証拠が置かれているのかもしれない。あるいは誘拐者本人が六階の通路で待ち受けているのか。後ろを振り返る余裕もなく走ってきたが、ジャン＝ポールはわたしをユルスリーヌ街十二番地まで追ってきたろうか。

大きな振動でエレベータが止まって、ドアがゆっくりと開きはじめた。通路は闇に塗り潰されているが、前方に小さな光点が浮かんでいる。エレベータを降りて壁の光点に手を伸ばすと天井の照明が点灯した。左右を見渡してみるが通路は無人のようだ。思わず安堵の息が洩れてしまう。暗闇で誘拐犯が待ちかまえているのではないか、こんな可能性に少し怯えていたのだ。待ち時間が終わってエレベータのドアが自動的に閉じる。

左右に延びた通路の右側は短く、左側は長く続いている。左側の奥をめざして無人の通路を進みはじめた。重たい鞄を提げて、ワックスで綺麗に磨かれた板床を進んでいく。突きあたりに指定のダストシュートがあるようだ。三軒隣にあるホテルから犯人が予告した通り、なんとか三分で終点まで辿りつけた。

黒塗りの金属製の蓋を手前に開くと生ゴミの異臭が鼻をつく。ダストシュートの箱の内側に目に付くようなものはなにもないが、引き出された箱の横腹に封筒がテープで貼られている。ゴミを棄てにきた住人もこんなところまでは見ないだろう。

事前にダッソー邸の小間使いから借りておいた、薄手の布手袋を外套のポケットから出す。その手でテープを剝がして封筒を開いた。なかにはポラロイド写真が一枚と便箋が一枚。封筒も紙片もこれまでの二通と同じ種類の品のようだ。

写真はダッソー邸の裏木戸に置かれていたものと同じ構図だが、椅子に縛りつけられたサラの横のテレヴィ画面だけが違っている。アンテーヌ2《ドゥー》で午後九時にはじまる番組の冒頭のようだ。同じ番組を昨日のうちに録画しておいた可能性も疑えないことはないが、一応のところ一時間二十数分前まで人質は生存していたと考えられる。

紙片には『通路の電灯が消えるまでに鞄をダストシュートに投棄しろ。指示通りにしないとソフィーは死ぬことになる』とタイプで打たれている。電話では「サラ」と口にしていた誘拐犯だが、これで三通目になるメモでは例外なく「ソフィー」だった。

誘拐を実行する、あるいは間違い誘拐に気づく以前に、身代金の運び役に行動を指示するメモは作成され、それぞれの場所に置かれたようだ。電話では「サラ」、手紙では「ソフィー」という齟齬から、人質を閉じこめた場所にタイプライターがないらしいことは推測できる。しかしそこから具体的な監禁地点など、誘拐犯の逮捕に通じるような情報までは引き出せそうにない。落ちついた状態なら新しい発想も湧いてきそうだが、いまは疲労困憊して頭がふつうに働いてくれない。

ダストシュートの縦穴は地下室まで続いている。誘拐犯は地下室で鞄が落ちてくるのを待ちかまえているに違いない。思わずきつく唇を噛んだ。この建物をジャン＝ポールが監視していれば、鞄を抱えて現場から脱出しようとする犯人を、誘拐事件の現行犯として逮捕できるかもしれない。

しかしオデオン広場からユルスリーヌ街まで、バルベス警部の姿は一度も確認できていない。このまま鞄をダストシュートに投げ落とせば、巨額の身代金も高価なダイヤモンドも犯人の手に落ちてしまう。それで人質が無事に解放されるならいいけれども、提供されたのは一時間二十数分前までサラが生存していたことを示す品にすぎない。しかも確固不動の証拠とまではいえない、たった一枚のポラロイド写真なのだ。

仄暗く通路に差していた電灯の光がふっと消え、通路が闇に鎖《とざ》される。犯人に騙されてしまうのかもしれないが、わたしの立場では黙って指示を実行するしかない。ダストシュートの内側を覗きこむと、ほんの少し奥のほうが明るいような気がする。革鞄を押しこんで金属製の蓋を閉じた。力が入りすぎていたのか、思っていたよりも大きな音が通路に響いた。

これから大急ぎで一階まで降りても、わたしが着いたとき地下室の犯人は正面玄関から戸外に逃走している。それにダッソーから頼まれたのは誘拐犯に身代金を引き渡すことで、警察に協力して犯人を逮捕することではない。

依頼された仕事は無事に終えた。よほど緊張していたようで気が遠くなりそうだ。軽い眩暈《めまい》に襲われて通路に蹲《うずくま》ってしまう。どれほどのあいだ静謐な闇に包まれてぼんやりしていたろう。

立ちあがらなければいけないと思っても、まだ躰が動きそうにない。汗が引きはじめたころ通路の彼方に光が差した。エレベータのドアが開いたようだ。じきに天井の照明も点灯して、闇に馴れた眼には溢れる光が眩しい。床に乱雑な足音を響かせて革外套の大男が駆けよってくる。

「大丈夫か、嬢ちゃん」

ジャン゠ポールに抱き起こされて夢中で叫んだ。「誘拐犯の指示で身代金の鞄をダストシュートに棄てたところ。犯人はたぶん地下のゴミ集積場にいると思う」

「わかった、ここで待ってるんだ」

わたしの言葉に巨漢が大声で応じ、身を翻してエレベータに駆けこんでいく。なんとか躰を起こしてエレベータ前まで辿りついたとき、ジャン゠ポールを乗せたカゴは四階を通過していた。腕時計を見ると十時三十分をすぎるところだ。わたしが六階に着いたのが十時二十三分、照明が一分で切れるなら鞄をダストシュートに落としたのは二十四分すぎ。六分ほども暗闇でぐったりしていたことになる。

ここでエレベータが上がってくるのを待つよりも、階段で下りたほうが早そうだ。通路のダストシュートとは反対側に階段室がある。少し休んだせいで、荒い息も激しい鼓動も平常に戻ってきている。急いで階段を下りることにしよう。

〈11月22日午後10時32分〉

一階まで一気に駆け下りた。階段室から玄関広間に飛び出すとジャン゠ポールの巨大な背中が視界に飛びこんでくる。痩せて手足のひょろ長い男が、巨漢の足下で惨めな呻き声を洩らしていた。床に落ちているのは、わたしが運んできた黒革の鞄に違いない。

襟首を摑んでジャン゠ポールが男を引き起こす。赤髪の中年男は胸元を鼻血で汚して苦痛に顔を歪めている。引退ボクサーの鉄拳を喰わされたようだ。札束とダイヤでずっしりと重い黒革の鞄を、わたしは大急ぎで拾いあげた。

バルベス警部がこちらを見る。「あんたが運んできた鞄だね」

「間違いないわ」鞄は手造りの高級品のようで、Mを図案化した金属製の小さな商標が付いている。ジャン゠ポールが捕らえたのは誘拐犯に違いないが、どうして赤毛の男は五分以上も地下室で時間を潰していたのか。あと一、二分早く逃走していれば身代金の奪取に成功していたろう。

管理人室の窓口から巨漢が男を殴り倒す光景を目にしたのか。玄関広間に出てきた老人が夢中で叫ぶ。「やめなさい乱暴は、やめないと警察を呼ぶ」

「おれが警察だ」ジャン゠ポールが仁王立ちで身分証をかざした。「ちょっとのあいだ管理人室を貸してもらいたい」

帰宅した住人なのか、夫婦らしい男女が外から玄関広間に入ってきた。足を止め、驚いた表情でこちらを見ている。エレベータのドアが開いて、フロアに出てきた若い女が口許を押さえる。顔に血まみれのハンカチを当てている男の姿が目に入ったのだ。

バルベス警部に右腕を摑まれた男が管理人室に引きずりこまれていく。巨漢の一撃を浴びて、もう抵抗する気力はないという様子だ。持ち重りのする革鞄を抱えて、わたしもジャン＝ポールのあとに続いた。

玄関広間に面して窓口がある小部屋には机と椅子が二つ、あとは金庫と戸棚くらいしか家具類は置かれていない。机には開かれたノートと郵便物の束、部屋の隅に旧式の小型ラジオがある。小部屋の奥の屋内ドアは管理人《コンシエルジュ》の居室に通じているようだ。

管理人室で男を訊問するという、ジャン＝ポールのとっさの判断は誤っていない。騒ぎを聞きつけたアパルトマンの住人が、十人以上も玄関ホールに集まって囁きかわしているからだ。赤毛の男から玄関広間で情報を引き出すことはできそうにない。

もしも誘拐犯に共犯者がいればサラの身が危険だ。誘拐された少女の救出には一刻の猶予も与えられていない。警視庁に連行して取調室で訊問する余裕などない。たったいま、この場でサラの監禁場所を喋らせなければ。

手荒な訊問も辞さない気なのか、野次馬の視線を遮るためにジャン＝ポールは窓口のカーテンを引いてしまう。管理人《コンシエルジュ》の老人を隣室に追い出して、隅の椅子に坐らせた男の両肩を巨大な掌でがっしりと摑んだ。

「喋ってもらおうか、誘拐した娘はどこだ」

緊張と恐怖から肩を小刻みに震わせた男が、悪鬼のような形相の巨漢を見上げる。「知りません。なにも知らないんです、私は」

仕立てのよいジャケットに地味なネクタイを締めた男は四十歳ほどだろうか。薄くなった頭頂が目立たないように赤髪を丁寧に撫でつけている。どちらかといえば気の弱そうな、どこにでもいる平凡な勤め人という印象の男で、職業的な犯罪者には見えない。もっとも本物のギャングが、ジョゼ・ジョヴァンニのフィルムノワールに出てくるようなギャングらしい顔つきをしているとは限らないが。

わたしは呟いていた。「この声だわ、森屋敷に電話してきた誘拐犯の声」

珈琲店《カフェ》〈ラタン〉やホテル〈オルレアン〉に電話してきたのも同じ人物に違いないが、ここでジャン＝ポールに詳しい事情を説明している余裕はない。

「舐めるんじゃない」警官が男の襟首を摑んで椅子から立たせる。「おまえがマドモワゼル・モガールを身代金の運び役に指定したんだ」

青ざめた顔で男が小さく頷く。「ええ、たしかに」

「ソフィー・ダッソーと間違えて、サラ・ルルーシュを誘拐したことを認めるんだな」

「誘拐したんじゃない、私の息子が誘拐されたんです」身を反らせるようにして、男が声を限りに絶叫する。

「ふざけるな」バルベス警部が男の襟首を締めあげた。

「本当です、本当にジュールは誘拐されたんだ」

眉を顰《ひそ》めながらジャン＝ポールは男の躰を椅子に落とした。長年の経験と勘で、男の言葉に多少の真実は含まれていると判断したようだ。

「あんたの名前は」

「メルレです、マクシム・メルレ」

「身分証《カルト・デイダンテイテ》は」

メルレと名乗った中年男が上着の内ポケットから札入れを出した。顔写真付きの身分証《カルト・デイダンテイテ》を確認した警官は困惑の表情を浮かべている。

「どうしたの」

ジャン＝ポールがわたしの顔を見た。「ジュール・メルレという子供が誘拐された事件で、午後からジュベールの誘拐班が出動してるんだ」

身分証《カルト・デイダンテイテ》が偽造でない限り、男はマクシム・メルレに間違いない、しかもメルレの子供ジュールは今日の午前中に誘拐されたという。誘拐事件の被害者家族が、どうして別の誘拐事件を起こしたりしたのか。

これまでより多少は穏やかな口調でバルベス警部が問いかける。「あんたがジュールの父親なのか」

「そう、そうなんです」壊れた人形のようにメルレは幾度も首を縦に振った。

「詳しい事情を話してもらおうか。どうして子供を誘拐された父親が、よその子供を誘拐したんだ」

ジャン＝ポールが管理人《コンシエルジユ》用の回転椅子に腰かける。いったいどういうことなのか。立ったまま壁に凭れて、わたしはメルレという男の顔を見つめた。

「職場に電話があったんです、知らない男から」

マクシム・メルレは銀行員で、ヴァンセンヌの森に近い十二区の支店に勤務している。未知の人物からの電話は、今日の午後一時半のことだったという。「息子を誘拐した」と男に告げられて、メルレは半信半疑ながら自宅に電話してみた。

電話に出た妻は、昼食にも戻らないジュールを捜しに行こうかと思いはじめたところだという。不安になったメルレが体調不良を理由に大急ぎで帰宅すると、もう妻は半狂乱だった。この九月にジュールは小学校《エコール・プリメール》の二年生《CE1》になったばかりだ。

メルレが戻る少し前に十九区の自宅宛に気送便《プヌ》が届いていた。封筒の中身は一房の毛髪と鋏で切りとられた布きれ。ジュールの髪と、出かけるときに着ていた上着の一部に違いない。同封された脅迫状には「身代金として二十万フランを用意しろ、連絡を待て」とタイプで打たれていた。

メルレの帰宅を待つことなく、妻はダイヤル一七番に息子の誘拐を急報していた。警察に通報するなという決まり文句が、脅迫状には書かれていなかったのだ。誘拐事件専門の捜査官がじきに到着する、興奮した妻がそう口にしたとき電話のベルが鳴った。

職場に電話してきたのと同じ男に「自宅に郵送した脅迫状は警察向けの擬装で、要求は身代金ではない。子供の命を救いたければ、モンパルナス駅から午後二時三十五分発の列車でドルーに行くこと。サン・テティエンヌ・ド・ドルー教会の礼拝堂で、最後列右端の席の下を探れ。指示通りにしないと息子の命はない」と脅迫された。

警察が着いてしまえば男の指示は実行できなくなる。やむをえずメルレはロミエール通りのアパルトマンを飛び出した。誘拐犯に指示された通り警察には脅迫状を見せ、夫とは連絡が取れないと告げるよう妻に命じて。

「で、ドルーまで行ったのか」

疲れた表情で男が頷く。「なんとか犯人の指示書を手に入れました。メモには午後七時までにシャトレ広場の珈琲店《カフェ》〈ヴィクトリア〉に行って、指定の番号に電話をするようにと。ダッソー社の最高経営者に向けた脅迫の文句も記されていて、私は仰天しましたよ。ジュールを誘拐した犯人が、ダッソー家の令嬢まで誘拐したことになるわけだから」

「それを知っても、警察に届けようと思わなかったのか」

バルベス警部が声を荒らげると、男は弁解がましい口調で応じた。「なにしろ一人息子を人質に取られてるんです、犯人のいう通りにするしかない。ジュールの無事のためなら、脅迫の文句を電話で読みあげることくらいなんでしょう」

わたしは確認してみた。「教会で指示書を入手したのは何時でしたか」

「四時すぎでした。上り列車の時刻待ちで、シャトレに辿りついたのが六時五十分」

パリとドルーは列車で一時間ほどだろう。ドルー市内やパリ市内での移動時間に列車待ちの時間を加えると、モンパルナス駅から二時三十五分発の列車に乗ったメルレが、七時ごろシャトレに到着したというのは時間的に順当といえる。あらかじめ所要時間を計算した犯人は、メルレが七時前に珈琲店《カフェ》〈ヴィクトリア〉まで辿りつけるように仕組んでいたようだ。

午後四時をすぎたころ、メルレに指示書が渡るようにしたのも計画のうちだろう。四時前だとダッソー邸の誘拐事件はまだ起きていない。メルレが気を変えて警察に通報しても、第二の誘拐に支障が出ないように犯人は計画していた。

わざわざドルーまで行かせたのは、赤髪の銀行員から冷静になる時間を奪うために違いない。誘拐犯に鼻面を摑まれて否応なく走り廻らざるをえない立場に追いこまれた者は、さっきのわたしもそうだったけれど、当面する以外のことに気を廻す余裕を失ってしまう。そのため誘拐犯の片棒担ぎはやめにして、警察に出頭したほうがいいといった常識的な判断が難しくなる。

指示通りに電話するため、メルレは午後七時半に珈琲店《カフェ》の地下に下りた。これがダッソー邸にかけられてきた最初の脅迫電話になる。電話室から席に戻ると、しばらくしてカウンターの店員に名前を呼ばれた。今度はメルレ宛の電話らしい。受話器からは職場や自宅への脅迫電話と同じ男の声が聞こえてきた。「事情が変わった、いますぐ第二の電話をかけろ。脅迫の文言は次のように変えること……」

パリがフランス最大の都会でも、同じ日に二件の営利誘拐は前例がないという。しかしそれも偶然ではなかったようだ。第二の誘拐で身代金を受け取る役目の人間を確保するため、第一の誘拐が惹き起こされたとすれば。営利誘拐犯のほとんどは、身代金を奪うため姿を見せた際に逮捕されている。身代金を別人に受け取らせることができれば真犯人は安全だ、失敗しても逮捕されるのは代理人だから。

代理人に脅迫電話をかけさせることも真犯人には利益になる。身代金の受け渡しの瞬間に誘拐犯は姿を見せざるをえないが、それ以前に脅迫状や脅迫電話という間接的な形でも被害者と接触する。被害者家族が誘拐事件の発生を警察に通報すれば、脅迫電話の声は録音される。場合によっては電話の発信源も突きとめられかねない。電話まで別人に委ねられるなら、犯人に不利な痕跡や証拠を残さなくてすむ。

メルレの告白に嘘がないなら、二つの誘拐事件は玉突き《ビヤール》の二つの玉のように連動している。第二のソフィー誘拐を起動するために第一のジュール誘拐は実行されたのだ。

真犯人に命じられるまま脅迫の電話をかけたり、代理人として身代金を受けとる人物を確保するためには、誘拐による脅迫は絶好の方法だろう。他人を報酬で釣ったり、弱みを握って代理人に仕立てあげると、そこから計画に狂いが生じかねない。関係が双方向的な共犯者では危険にすぎる。なんらかの接点がその人物とのあいだに存在するなら、事後の捜査が真犯人まで及びかねない。

メルレの勤務先や自宅の住所を知っていても、その生活圏に真犯人が潜んでいるとは限らない。メルレ家とは無関係な者でも誘拐の標的となる子供を選び、自宅や父親の職場を調べあげるのは容易だから。子供を人質にされた親は、正体不明の誘拐犯に一方的に命令され人形のように操られるしかない。

真犯人の代わりに脅迫電話をかける程度のことなら、誘拐犯に協力することへの心理的抵抗も少ない。もしも第二の誘拐を実行しろと命じられたら、気の弱そうな銀行員は狼狽し動揺したろう。それでは犯人の指示通りに動くかどうか疑わしい。第二の誘拐も第一と同じ犯人が実行し、第一の誘拐で意のままにできる男に脅迫電話をかけさせて身代金も受けとらせる。

もしも代理人が指示通りに動かなければ、第二の誘拐は延期してもいい。メルレがモンパルナス駅から列車に乗るかどうか、犯人は物陰で監視していたのではないか。指示に忠実に動きはじめたことを確認してから、真犯人は第二の誘拐に踏み切った。ロマの少女にメモを渡したあと、犯人はオデオン広場の人込みに紛れて焼き栗屋台を見張っていたのかもしれない。わたしが九時四十五分にオデオンに着けば、メルレが指示通りに電話していることも確認できる。

サラが誘拐されたのは午後四時すぎと推定できる。地下鉄でも自動車でも、モンパルナス駅からブローニュのダッソー邸まで一時間はかからない。二時三十五分にモンパルナス駅にいた人物が、森屋敷の付近で四時すぎにサラを誘拐することは時間的に可能だ。ダッソー邸の正門を密かに監視していた人物が、シトロエン・メアリの運転者を目撃して身代金の運び役に選んだのであれば、四時四十五分ごろまでブローニュにいたとも考えられる。

「身代金の運び役にわたし、ナディア・モガールを指名したのも真犯人の指示なのね」

「はい」男は申し訳なさそうな表情だ。「男にいわれたのは服装だけで名前までは知りませんでしたが、たまたまダッソー氏が口にしたのでマドモワゼル・モガールだとわかったんです」

「真犯人がシャトレの珈琲店《カフェ》〈ヴィクトリア〉に電話してきたのは、正確には何時だったの」勝利の女神の名を冠した店からメルレに脅迫電話をかけさせたのは、犯人の冗談めいた意図によるのだろうか。

「七時四十分すぎでした。身代金を誰に運ばせるのかも第四の電話で命じられたんです。教会の礼拝堂で手に入れた指示書では、ダッソー夫人の小間使いを指名するようにと」

それならわからないでもない。午後四時以前に作成された指示書なのだ、四時四十二分にダッソー邸に着いたわたしの服装が記されているわけはない。当人が望んだかどうかは別として、結果的にエレーヌは大役を逃がしたことになる。しかし真犯人は、どうして来客の一人を運び役に選び直したのか。

このところ運動していない学生に、躰を動かす機会を提供しようという親切心からではむろんない。エレーヌより間が抜けていて真犯人には御しやすいように見えたのか。とすれば馬鹿にしている、わたしは思わず唇を曲げた。

脅迫電話は三十分おきにかけろという指示だったし、第二第三の電話でメルレが喋る台詞も指示書には記されていた。しかし新たな指示で、第二の電話は予定より十五分早く七時四十五分にかけることになり、また台詞にも「誘拐した娘がソフィー・ダッソーでなくてもかまわない、要求を変える気はない」という言葉が新たに加えられた。

指示された通り三十分後に第三の、その三十分後に第四の、さらに十五分後の午後九時には最後の電話をかけた。地下の電話室から席に戻るとまた店員に名前を呼ばれ、カウンターで受話器を取った。

第三の電話以降は、はじめの予定より十五分ずつ早められたことになる。事前に計画した通り、第三の電話を八時三十分にかけさせてもいいはずなのに、犯人は時刻を早めることにした。最初に計画した脅迫電話の間隔を変えたくなかったからか。

身代金の件を告げてから三十分後に人質の生存を証明する写真、さらに三十分後に身代金の運び役、十五分後に行き先の指示。第二と第三の電話に四十五分もの時間があると、やはり警察に届けたほうがいいとか、ダッソー家の人々に事件への対応を再検討する精神的余裕が生じかねない。脅迫の電話は畳みかけるようにするべきだと、真犯人は考えたのかもしれない。

ダッソー家で起きた誘拐事件は、単独犯によるものと仮定してみよう。第一のポラロイド写真が示すところでは、七時二十分に犯人はサラの監禁場所にいた。また遅くとも八時十五分ごろまでに、ダッソー邸の裏木戸のポストに証拠写真を投函している。この二つの事実は、監禁地点と森屋敷とは最大で五十五分の距離があることを示唆する。

第三の電話は八時三十分に予定されていた。間違い誘拐のため、それが十五分ほど早められたことになる。第三の電話が最初の計画通りだったら、監禁地点と森屋敷の距離は一時間十分以内と推定されたろう。予定の前倒しで時間的距離は少し絞られたことになる。しかしブローニュの森屋敷から五十五分圏内というだけでは、人質の監禁場所を突きとめる参考にはならない。もっと有益な情報が必要だ。

九時すぎにシャトレの珈琲店《カフェ》〈ヴィクトリア〉にかかってきた電話で、メルレは謎の人物から新たな任務を命じられる。「十時にゲイ・リュサック街の珈琲店《カフェ》〈ジネ〉に入り、五分後に第六の、さらに十五分後に第七の電話をかけた直後に、ユルスリーヌ街十二番地にある建物地下のゴミ集積室に行け。到着の時刻は、十時三十分より早すぎても遅すぎてもいけない。ダストシュートの縦穴の真下に置かれたゴミ容器の、いちばん上に落ちている黒の革鞄を回収し、タクシーでシャトレの珈琲店《カフェ》に戻れ」と。

第六の電話は珈琲店《カフェ》〈ラタン〉に、第七はユルスリーヌ街のホテル〈オルレアン〉にかかってきたものに違いない。

男が力ない声で続ける。「少し早めに〈ヴィクトリア〉を出てタクシーを拾い、指定されたゲイ・リュサック街の〈ジネ〉には十時前に着きました。長話のふりで電話室を確保し、いわれた通り二回の電話をかけてから予定の時刻に建物に入ったんです。二回目の電話を終えた直後に店を出て、十二番地に着いたのは十時半ちょうどでした」

わたしと反対方向からユルスリーヌ街に入ったメルレは、謎の男に指定された時刻ぴったりに目的地に到着した。いや、最後の電話を指定の時刻にかけた直後に珈琲店《カフェ》を出発すれば、メルレが目的地に到着するのは十時三十分になる。そこまで真犯人は事前に計算していた。

誘拐犯からの脅迫電話で、わたしは九時四十五分にオデオンの焼き栗屋台に行くことを命じられた。次は十時にサン・ミシェル河岸通りの古本屋台《ブキニスト》、十時五分にプティ・ポン街の珈琲店《カフェ》、十時二十分にユルスリーヌ街のホテルという順だ。ずっと小走りで最後は脚がもつれていたけれど、指定された時刻にはかろうじて辿りつけた。

いまほど運動不足でなく男の子みたいな躰つきだった中学生のころなら、四分の三の時間で目的地に到着できたかもしれない。運動不足を解消するため、この冬にはカケルを誘ってアルプスにスキーに行きたいものだ。たまには気分を変えてピレネーのスキー場にしてもいい。

ホテルのフロント前からこの建物の六階まで、指示された通りに三分ほどで着いた。運よくエレベータは一階に停止していたけれど、運転中でも所要時間は最大で四分か五分だったろう。わたしが十時二十分にホテルに辿りつくことまで真犯人は正確に計算していた。指示は「これから三分」だったが、遅くとも十時二十五分までには六階のダストシュートから鞄が投棄されるだろうことも。

どうして真犯人は、十時三十分に鞄を回収しろとメルレに命じたのか。もしも投棄された直後に銀行員が鞄を回収して姿を消していれば、ジャン＝ポールに玄関ホールで見咎められることはなかった。五分の遅れのため、息子を誘拐された男は警官に捕らえられた。真犯人は時間の計算を間違えたのか。

いや、なにか違う。微小な虫が無数に湧き出し、脳髄の襞を這い廻っているような厭な気がして思わず顔を顰めた。

巨漢が左の掌に右の拳を打ちつける。「あんたの話を信じよう、これから鞄をもってシャトレの珈琲店《カフェ》に行ってもらう」

「ジュールは、私の子供はどうなるんでしょう」メルレは哀願するような口調だ。

「真犯人は〈ヴィクトリア〉に来る。タクシーに乗るまで、あるいは降りた直後に声をかけてくるかもしれんが。あんたの前に真犯人があらわれたら、身柄を押さえてジュールの居場所を吐かせてやる。……自宅の電話番号は」男が口にした番号を廻して、ジャン＝ポールが早口でいう。

「警視庁のバルベスだ、ジュベール警視を出してくれ」電話に出たのはメルレの妻だったようだ。

「ジュベール警視ですか。……わかってる。……少し事情が複雑なんだ。大至急、あんたが動かせる人員をシャトレに廻してもらえないか。リュエイユ・マルメゾンの事件でモガール班は出払ってる」

ジャン＝ポールがジュベール警視に、かいつまんで事情を話しはじめる。別の事件で身柄を拘束したマクシム・メルレがサラ誘拐犯と接触する予定らしい、接触地点はシャトレの珈琲店《カフェ》〈ヴィクトリア〉。ソフィー・ダッソーの誘拐に触れないのは話が複雑になりすぎて、短時間では説明しきれないと判断したからだろう。

「……十分ほどでメルレは到着できる。その前に二、三人の刑事を店内に配置し、他の人員は店を囲む形で展開すること。……そうだ、私が合図するまで絶対に動かんように」

受話器をフックに戻した巨漢に、銀行員の中年男が不安そうに問いかける。「でも、大丈夫でしょうか」

「なにを心配してるんだ」

「警察にすべて白状したことを、もしも誘拐犯に知られたら」

「大丈夫さ、あんたを取り押さえたとき玄関広間は無人だった。あとから来た野次馬も平凡な喧嘩騒ぎだと思ったろう。可能性は低いと思うが、付近から真犯人が見張っていたとしても、あんたが建物を出てこないんで気を揉んでるだけだ。

これから表に出て一人でタクシーを拾うこと。いったんタクシーを走らせて二十メートルほどで停めてくれ、私が同乗するから。降りるときも同じで私はタクシーに残り、あんたが店に入るのを確認してから降車する。乗ってるあいだは床に伏せて外から見えないようにしている」

メルレがタクシーに乗るまでか、降車後に犯人が接触してくる可能性もバルベス警部は忘れていない。タクシーとは別の車を用意したいところだが、これから呼んだのでは遅くなる。一九〇センチ以上ある巨体を自動車の床に押しこむと窮屈でも、乗ってしまえばシャトレまで十分とかからない。

身代金入りの鞄を回収したら元の珈琲店《カフェ》に戻れという指示なのだから、真犯人がシャトレにあらわれる可能性は少なくない。電話などなんらかの手段でメルレに移動を命じてくるかもしれないが、その場合は尾行すればいい。どこかでかならず誘拐犯はメルレと、あるいはメルレが運んでくる鞄と接触しなければならない。ただし問題は時刻だ。いくら待っても到着しない男に、真犯人は疑惑を覚えるのではないか。

巨漢が銀行員を椅子から立たせたとき、とんでもない発想が頭蓋の中心で閃いた。「待って、ジャン＝ポール」

「なんだね」

「その鞄を開いてみて」

「いいとも、このままメルレに運ばせるわけにはいかんから。札束とダイヤは出して、代わりに適当な重さのものを詰めておこう。あんたが持ってるのかい、鞄の鍵は」

「犯人の指示で鍵はセーヌに棄てたの。かまわないから壊して」

巨漢が奥の部屋に通じるドアを開いた。「ドライバーはないか」

管理人《コンシエルジュ》から渡されたドライバーの尖端を、ジャン＝ポールが鞄の錠にこじ入れる。ドライバーを捻ると小さな音をたて錠が壊れた。蓋を開けた警官が低い声で呻く。

「こいつは……」

鞄の中身は古雑誌の束で、隙間には丸めた新聞紙が詰められている。犯人が鍵を棄てさせたのは、鞄の中身を簡単には確かめられないようにするためだった。

怖ろしい形相でジャン＝ポールが銀行員を睨みつけた。「すり替えたのはあんたか」

警官の唸り声にメルレが竦みあがる。「とんでもありません、鞄はゴミのいちばん上にあったんです。地下室のゴミ容器で拾って、そのまま階段を駆けあがりました。玄関広間に出たところで呼びとめられ、逃げようとしたらあなたに殴られたんだから、中身をすり替えてる暇なんてない」

「殴ったのは悪かったよ、誘拐犯だと思ったんだ」渋面のジャン＝ポールがわたしを見る。「運んでる途中で鞄から目を離したことは」

「ないわよ、たとえ一瞬でも。これから地下室に降りてみましょう」わたしは管理人《コンシエルジュ》にいう。「案内、お願いできますか」

「だがね、おじさんはシャトレに急行しなければ」

不満そうな警官の声をぴしゃりと封じた。「たった五分で終わるし、シャトレに犯人はあらわれないと思う」

管理人《コンシエルジユ》に先導されて玄関広間から階段室に入ると、階上に向かう階段の正面に海老茶色の屋内ドアがある。ドアを開いた老人が地下室に向かう階段の電灯を点けた。

「このドア、いつも鍵は掛けていないのね」

「地下室に盗まれるようなものはないし、ダストシュートに入らない廃品なんかを自分で運んでくる住人もいるからね」

悪臭が染みついた地下室には、灰色に塗られた円筒形の巨大なブリキ缶が五本も六本も並んでいる。隅には古家具や壊れた自転車など雑多な品が積まれていた。下りてきた階段の向かい側にも上り階段がある。

「裏口に通じる階段で、あそこからゴミ容器を外に出すんだ」

「鍵は」

「もちろん施錠しているし、裏口の鍵は正面玄関の鍵などと一緒に保管してますよ」

階段を上って頑丈そうな金属扉のノブを廻してみた。たしかに施錠されている。地下室に戻るとジャン＝ポールがゴミ容器に首を突っこんでいた。他の容器には蓋がしてあるが、それだけ外されていて真上にダストシュートの縦穴の終点が口を開いている。わたしが投棄した鞄もこの容器に落下したはずだ。

「このゴミ容器で鞄を拾ったのか」

警官に問い質されて、メルレが神妙そうに答える。「そうです、そこから」

汗のため湿ったハンカチで顔を覆って、わたしは大きなブリキ容器を覗きこんだ。ゴミを詰めた大小のポリ袋や紙袋で、円筒形の容器は半ば以上も埋まっている。

バルベス警部に頷きかけた。「間違いない、メルレさんは囮《おとり》だったんだわ」

「どういうことだね」巨漢は不審そうだ。

「もともと鞄は二つあったの」

「二つだって」ジャン＝ポールが唸る。

「六階のダストシュートから鞄を投棄したそのとき、真犯人は地下室で待ちかまえていた。落下してきた鞄を回収し、偽の鞄を残して逃走したんだわ」

「裏口からかね、とすれば真犯人は裏口の扉の鍵を用意できた人物だ」

「それは難しいな」管理人《コンシエルジュ》が口を挟む。

「どうしてだ」警官が唸り声をあげた。

「地下室の外扉の鍵を交換したばかりだから。合い鍵を含めて金庫で厳重に管理しているし、住人に貸し出したことは一度もない」

地下室から裏道に脱出したのでないとすれば、正面玄関から姿を消したことになる。どの時点で犯人は玄関広間を通過したのか。

わたしは尋ねてみた。「十時半ごろ、あなたは管理人室の窓口にいたのかしら」

老人が頷いた。「夕食後はずっと窓口にいたよ」

「十時をすぎてから不審な人物を見かけてませんか」

「十時以降に正面玄関を出て行った五、六人は全員が居住者で、窓口前を通過した訪問客は四人だったね。最初の一人は十時十五分ごろ、あとはあなたとメルレ氏というんですか、そちらの人と警部さんで他はアパルトマンの住人。正確な時刻は記録していませんが、まずあなたが正面玄関を入ってきてエレベータのほうに。それから数分して警部さん。続いてメルレ氏という順だった」

ジャン＝ポールが口を挟む。「その順番で間違いないはずだ。この建物に嬢ちゃんが入ってから、しばらくは待つことにした。斜向かいの建物の物陰から監視していたんだが、あとに続く人物はいないようだし正面玄関から出てきた者もいない。誘拐犯は建物内にいる可能性が高いと判断して玄関広間に入ると、エレベータは六階で停止中だった。最後にエレベータを利用したのは嬢ちゃんだろうから、おじさんも六階まで上がることにしたのさ」警官が老人の顔を見る。「ところで十時十五分に訪問してきた人物とは」

「薄茶色のトレンチコートにソフトハットとサングラスの男、灰色のマフラーで口許まで覆っていたから顔はよくわからん」フィルムノワールにでも出てきそうな恰好の人物で、なんだか疑わしい。

「なにか持っていませんでしたか、たとえば革の鞄とか」

「一抱えもある大きな紙袋を持っていたね」ダッソーの愛用品と同じような外見の革鞄を、その人物は紙袋に入れていた。

「その男、階段室に入ったんですか」地下室に下りるにはそうするしかない。

管理人《コンシエルジュ》が首を横に振る。「いいや、エレベータで階上に上がった」

トレンチの男はしばらく階上の通路にでも身を隠していたようだ。謎の訪問者に続いて建物に入ったのは十時二十分すぎのわたし、続いてジャン＝ポール、十時三十分にメルレという順番になる。メルレが玄関広間にあらわれたのは、バルベス警部がエレベータに乗ったあとのことだ。

「警部のあとは」管理人《コンシエルジュ》に話の続きを促した。

「メルレ氏が広間に姿をあらわし、続いて警部さんがエレベータから飛び出してきたね」そこで逃げようとする銀行員を殴り倒した。

わたしは赤髪の男を見る。「あなたが下りたとき、地下室は無人だったの」

「見渡しても誰の姿も見えませんでした。物陰に隠れていたら見落としたかもしれないが」

わたしが鞄をダストシュートに投棄した十時二十四分から、ジャン＝ポールが玄関広間に入るまでのあいだ、不審な人物が建物から出てきた様子はない。十時三十分にはメルレが到着して地下室に下りている。ジャン＝ポールがエレベータに乗ってから、銀行員が建物に入ってくるまでの二分か三分のうちに、犯人は地下室を出て正面玄関から屋外に逃走したのだろうか。

わたしが確認すると管理人《コンシエルジユ》の老人はかぶりを振る。「メルレ氏が入ってきてから窓口の前で騒ぎが起こるまで、出るにしろ入るにしろ玄関広間を通った人は一人もいませんよ」

真犯人が十時三十分という時刻を指定したのは、メルレを囮に仕立ててあげるためだ。目的は身代金の鞄を携えた人物を、警察が逮捕するように仕向けること。十時十五分に正面玄関から入ってきたトレンチコートの男が誘拐犯だったとしよう。玄関広間の窓口前を通過した男は、階段を下りて地下室で待機する。十時二十四分にダストシュートから落ちてきた鞄を横取りして、紙袋に入れてきた鞄を代わりにゴミ容器に放りこんだ。こうしてメルレが地下室に到着する十時三十分までに犯人は身代金を手に入れた。

身代金やダイヤモンドを入れる鞄まで犯人が指定したのは、このためだった。逮捕の危険を回避しながら身代金を確実に奪取するには、鞄を入れ替えなければならない。だから身代金用の鞄を指定したのだ。もちろん犯人は製造元が同じ同型の鞄を用意していた。

メルレが到着する前に、犯人は身代金が入った鞄を持って地下室を出る。建物周辺は警察の監視下にあるかもしれない。正面扉から出るのは危険だし、玄関広間にいればメルレと鉢合わせしかねない。一階から階上に上がった真犯人は、建物の正面玄関の監視が消えるのを待って脱出した。

「だけどね、嬢ちゃん。玄関広間から監視の目が消えることを、どうして犯人は予測できたんだ」

あちこちわたしを好きなように引っぱり廻したのは、警察による尾行の有無を確認するためだ。大きな鞄をしっかりと抱え息を切らして街路を走るわたしを、真犯人は物陰からじっと観察していた。あとを追う人影がいるかどうか、いるとしたら何人か。

サラが誘拐されたことをダッソーが警察に通報していたら、何十人もの刑事が動員されて身代金の運び役への監視は完璧になったろう。もろもろの事情から、バルベス警部一人が運び役を追っていたにすぎなかったのだが。

そうなることを真犯人は予測できたろうか。わたしの到着に前後して、この建物が複数の刑事の監視下に置かれる可能性も想定はしていたに違いない。意図的に時間差を設定することで囮のメルレが逮捕されるよう仕向ける。囮の男が逮捕されたあと正面玄関の監視態勢は緩むだろう、その隙に居住者や訪問客を装って正面扉から出ていけばいい。本物の鞄は紙袋にでも入れて。

「自分で仕組んだ逮捕劇がはじまるのを、犯人は階段の途中に潜んで待っていた。その騒ぎに紛れて脱出するために」

たった一人の私服警官しか身代金の運び役を追跡していないようだと、真犯人は不審に思ったのではないか。夜の路上なら鞄をひったくることもできる。しかし確認できる尾行者がたった一人でも、当初の計画通りに進めたほうが無難だと誘拐犯はおそらく判断した。

犯人が階段室から窺うと玄関ホールは野次馬でいっぱいで、正面扉に監視の目はないようだ。誘拐による脅迫で代理人に仕立てた男も、男を逮捕した巨漢の刑事も、鞄の運び役の女も管理人室に入った。ジャン＝ポールがメルレを訊問しているうちに、真犯人は堂々と正面玄関から脱出することができた。

「わたしは森屋敷に戻ろうかしら、地下鉄《メトロ》の駅前に車を置きっぱなしだし」

「ダッソー邸で起きた事件が、メルレの息子の誘拐と関係してることは疑いない。あんたの話をジュベール警視が聴きたがるだろう。おじさんが戻るまで嬢ちゃんは警視庁で待っていてもらえないか。夜間の通用口から警視の執務室まで案内するように電話しとくから。ジュベールとの話がすんだらブローニュまで車を出そう」

「いいわ」今夜は眠れないかもしれない。「とにかくダッソー氏に電話しなければ。身代金の受け渡しがどうなったのか、心配してるだろうし」

「鞄は犯人の手に渡したとだけ、簡単に伝えとけばいい」

警官根性が骨の髄まで染みついたジャン＝ポールは、ダッソー家に誘拐事件の協力者が潜んでいる可能性を疑っているようだ。わたしの服装はともかく、ダッソーの黒革の鞄まで犯人は遠くから目にしたにすぎないのだろうか。遠目でも判別できるような世に知られたブランド品ではないのに、ダッソーの鞄と犯人が用意した鞄は完全に同じ製品なのだ。この点を考慮するなら、バルベス警部の疑惑もまったく無根拠とはいえない。共犯者ではないとしても、無自覚な情報提供者がダッソー邸内にいる可能性も否定はできない。


〈11月22日午後11時50分〉

警視庁の正面玄関の受付なら顔馴染みだが、夜間通用口に配属されている警官のことまでは知らない。窓口で身元を告げると、若い制服警官が「バルベス警部から連絡がありました」と応じてパパの執務室まで案内してくれた。深夜十二時になろうという、時刻でも警視庁の通路には制服や私服警官が行き来している。

半外套を脱いで鼻を寄せてみると、かすかにゴミの臭いがした。せっかくの絹ドレスは皺くちゃで裾のほうは土埃で汚れている。入浴して全身を綺麗に洗って、一刻も早く新しい下着や服に着替えたいものだ。

窓際に置かれた執務用デスクの回転椅子に凭れこむ。大きな息を吐いて軽く瞼を閉じた。まんまと身代金を巻きあげられたのは癪だけれど、頼まれた仕事に失敗したわけではない。わたしの役目は誘拐犯に鞄を渡すことだった。

身代金を目的とした営利誘拐が、パリで同日に二件も起きたのは偶然ではない。幼い息子の身代金として二十万フランを要求した偽の脅迫状は、捜査を攪乱し警察を混乱させるために送られた。警視庁の誘拐班は発生した事件に集中し、結果として第二の誘拐事件への対処は遅れざるをえない。もしもジュール・メルレが誘拐されていなければ、ダッソー家の事件のためジュベール班が緊急出動したに違いない。身代金の運び役を対象とした尾行や監視も、その場合には組織的で大掛かりなものになったろう。

前例のない玉突き《ビヤール》誘拐を仕組んだところからしても、真犯人は周到な人物のようだ。身代金の受け渡し場所に姿をあらわして、その場で逮捕されるような犯罪の素人めいた誘拐犯ではない。ダストシュートを利用したトリックは予想外だったし、脅迫電話をかける役のメルレを囮として警察に逮捕させ、混乱に紛れて逃走することにも成功している。

ジャン＝ポール一人だけでなく、複数の刑事が身代金の受け渡し場所を見張っていても、真犯人を取り逃がした可能性は高そうだ。刑事たちの注意は鞄を抱えた囮の男に集中されるから、犯人逮捕をめぐる混乱の渦に紛れて行方をくらますのは容易だろう。ジャン＝ポールがメルレを取り押さえたあと、玄関広間には実際に野次馬が群れはじめた。

ジュール誘拐事件のため警察の対応が遅れる、あるいは手薄になるように事前に仕組みながら、それでもサラの身代金の運び役に監視が付いていることを犯人は前提としていた。たった一人の刑事しか監視していない事実に気づいたとしても、当初の計画を変更する必要は感じなかったろう。

第一の誘拐事件の被害者家族、たとえば子供を誘拐された父親が脅迫されて第二の誘拐を企てるのが、言葉通りの意味での玉突き誘拐《ビヤール》だ。しかし玉突き誘拐《ビヤール》を実現するのは簡単ではない。たとえ自分の子供が誘拐されても、犯人に操られて他人の子供を誘拐してしまう親は多くないだろう。脅されて命じられた通りにするしかないと思いつめても、心の準備もない一般人が重大犯罪を実行するのは難しい。

この点でも真犯人の計画は完璧という域に達していた。第二の事件に際して重罪になる営利誘拐それ自体は真犯人が担当し、第一の誘拐の被害者には脅迫電話と身代金の受け取り役を命じるだけに止めた。囮のメルレを警察の前に突き出し、逮捕劇の混乱に紛れて逃走するところに犯人の真の意図はあった。

実用的に変形された玉突き誘拐《ビヤール》は成功し、巨額の札束とブルーダイヤの首飾りを奪取することに成功した真犯人は、約束を守って二人の人質を解放するだろうか。営利誘拐で人質を殺害すれば死刑判決はまぬがれえない。長いこと断頭台《ギヨティーヌ》は使われていないし死刑それ自体の廃止も遠くないだろうが、仮出獄のない死刑囚は死ぬまで刑務所から出られない。

これだけ周到な誘拐計画を立案し実行できる犯人のことだ。運悪く逮捕されてしまう場合に備えて、人質の殺害を前提としない計画を立てた可能性は高い。たとえば人質に顔を見られないようにする、あるいは監禁場所がわからないようにする。それなら人質を解放しても犯人の特定には繋がらないし、警察に知らせたら人質を殺害するという決まり文句も実行する必要がない。希望的観測かもしれないが、サラ・ルルーシュもジュール・メルレも無事だと信じよう。

パパの執務室のデスクには外線直通の電話がある。一息ついてから番号を押すと、最初のコール音が終わらないうちに先方の受話器が取られた。

「ダッソーさんですか、ナディア・モガールです」

「よかった、無事だったんだね」富豪が安堵の声を洩らす。

「犯人にあちこち引き廻されて、少し疲れましたが」

「で、どうだった」

「午後九時の時点でサラが無事だったことを確認し、身代金は犯人に渡しました」

「安心した。身代金の受け渡しのとき顔を合わせたのかね、犯人とは」

「いいえ」先方には見えないのに、無意識にかぶりを振っていた。

「では、どんな具合に鞄を渡したのかね」

「電話で説明するには事情が複雑なんです。詳しいことは邸に戻ってからでかまいませんか」

「それで結構だ、きみには心から感謝している」

わたしは気がかりな点を確認してみた。「犯人から連絡は」

「ない、いまのところはなにも」

誘拐犯が身代金を手にしてから、すでに一時間半が経過している。胸の奥から不安が込みあげてきた。犯人は人質を解放する気がないのか。

「どうか、あまり心配されないように」

電話を終えると、お腹が空いていることに気づいた。誘拐事件に巻きこまれて豪華な晩餐の夢は消え、昼食から半日も絶食状態が続いている。ジャン＝ポールのデスクの抽斗《ひきだし》なら酒瓶と一緒に缶詰やチーズも押しこまれているが、この部屋に食べられるようなものはない。

ポケットの焼き栗のことを思い出し、皮を剝いて囓りはじめる。冷えて堅くなった十数粒の栗の実は、たちまち空っぽの胃袋に吸いこまれた。食べ終えて頰杖を突いていると静かにドアが開かれて、疲れた表情のパパが驚いたように声をかけてきた。

「ナディアじゃないか、どうしたんだね」

回転椅子は部屋の主に譲って、わたしはデスクの前にある肘掛け椅子に移る。「ダッソー家の誘拐事件のことはジャン＝ポールから聞いてるでしょう。わたしが身代金の運び役で、二百万フランと高価なダイヤモンドを誘拐犯に攫われたところよ」

「バルベスの思いこみか、冗談じゃないかと半信半疑だった。詳しい事情を聴こうじゃないか」

ダッソー邸にかかってきた最初の脅迫電話から、マクシム・メルレを捕らえるまでの経緯を説明しはじめる。ようやく話を終えたころ、さほど広くない部屋にはパイプ煙草の匂いが立ちこめていた。

「なるほど、大変だったね」

「わたしは早めにダッソー邸に戻らなければ」

「もうしばらく待ちなさい。関係者としての事情聴取は必要だが今夜でなくてもいい、明日にするようにジュベールが戻ったら頼んでみよう」

「いいわ」シャトレの珈琲店《カフェ》に誘拐犯が姿を見せたかどうか、わたしも結果を知りたかった。

パパが微笑する。「その恰好で地下鉄《メトロ》に乗ったんだね」

「スニーカーにして正解だった、誘拐犯に振り廻されて三キロも走ったんだから」

エナメルのハイヒールが盗まれていないかどうか心配になってきた。屋根がないシトロエン・メアリには貴重品を置かないようにしているが、今夜はやむをえない事情だった。

電話のベルが鳴ってパパが受話器を取る。「ボーヌか……モンゴルフィエ学院長の自宅に侵入者があったらしいんだな……現場にダルテスを残していったん警視庁に戻ってくれ」

電話を終えたパパに尋ねる。「どんな事件なの」

「リュエイユの聖《サント》ジュヌヴィエーヴ学院で、学院長のエステル・モンゴルフィエが射殺されたんだ」

聖《サント》ジュヌヴィエーヴ学院といえばマルグリットの出身校ではないか。三日に一度はソルボンヌの学食で昼食を一緒にする仲だが、そういえば彼女の自宅もリュエイユ・マルメゾンだった。

ノックの音がしてマラスト刑事が入ってくる。この部屋にわたしがいてもマラストには驚いた様子がない、子供のころから顔馴染みなのだ。

「警視が現場から引き揚げたと聞いたので、私も警視庁に戻ることに」

落ちついた口調でパパが確認する。「ルドリュは」

「依然として所在は不明です。ルドリュが帰宅したら身柄を押さえろと指示して、オフィスと上階のアパルトマンには刑事たちを配置しました」

「ルドリュが夕方にいたという珈琲店《カフェ》は、どこだったか確認できたか」

もしも午後六時前後に、その珈琲店《カフェ》にいたことが事実だとすると面倒なことになる。いまのところ最大の容疑者であるルドリュに、不在証明《アリビ》が成立してしまうからだ。

警視の質問にマラストが応じる。「詳しいことを知っていそうな編集員が、午後七時には退社していて。必要なら今夜のうちに正確な店名を確認します」

「それは明日でいい。ルドリュの帰宅までアパルトマンの監視を続けてくれ」

　マラストは足早に姿を消した、夜更けだというのにモンパルナスの現場に戻るようだ。マラストと入れ違いにバルベス警部が靴音を響かせて入ってくる。

「警視も戻ってたんですな」デスクの前で巨漢が口を開いた。

「どうだった、シャトレのほうは」

「嬢ちゃんから事情は聴いたんですね。誘拐犯が姿を見せるかもしれんと思ったんですが、残念ながら」

「ナディアの話に出てきた、トレンチコートにサングラスの男のほうは」

「ユルスリーヌ街十二番地にも部下を送るように、ジュベール警視にはいっときました。シャトレから撤退したあと、取調室でメルレを訊問していたら報告が入った。問題の男が正面玄関から出て行くのを目撃したという住人がいると。ただし、ちょっとばかり問題があるんですね」

「問題とは」

「私がメルレを管理人室に連行した少しあと、正面玄関から戸外に出て行く男を住人が見ている。外見こそトレンチにサングラス、ソフトハットで問題の人物に違いないが、手には革鞄も紙袋も持っていなかった。犯人が現場から空身で逃走したとすれば、身代金入りの鞄は建物内に残されているのでは。というわけで誘拐班は、ユルスリーヌ街十二番地の建物内を懸命に捜索してます」

　革鞄を持っていなかったからといって、犯人が身代金の奪取を諦めたとは限らない。鞄の鍵を壊して札束とダイヤモンドを目立たない紙袋か布袋などに移し、袋ごと通路の窓から投げ落として空身で建物を出ていくこともできる。そのあと袋は路上で回収すればいい。

　わたしは口を開いた。「誘拐班が発見するのは、鍵の壊れた黒革の鞄でしょうね、もちろん鞄のなかは空っぽ」

「もう一点、無視できない新情報があるんだな」わたしを見てジャン＝ポールが分厚い唇を曲げる。

「あんたが鞄をダストシュートに投棄したのは十時二十四分、メルレが地下室に下りたのが十時三十分だ。この六分のあいだに、犯人らしい男は地下室で鞄を回収したことになる。しかし不可能なんだな、そいつは」

「どうことなの」

「十時十分ごろから二十分ほど、二階の階段室には人がいたのさ」

お喋り好きの女が二人、たまたま階段室で顔を合わせて世間話をしていた。そのあいだは階段を一階に下りた人物は一人もいなかったという。十時十五分に玄関広間からエレベータで階上に上がったトレンチコートの男だが、十時三十分までは階段で地下室に下りていない。エレベータに乗って玄関広間に出れば管理人に見られてしまう。ようするに問題の男は十時二十四分から十時三十分のあいだに、地下室で鞄を回収することはできなかった。

「だったら、鞄を手にしたのは十時三十分以降ね」わたしたちが管理人室に入ったあと、地下室で身代金入りの鞄を回収し中身を取り出して逃走したことになる。

「嬢ちゃんのいう通りだとしよう。しかしメルレは、ゴミ容器の中身のいちばん上から鞄を拾っている。二つの鞄を犯人は、どんな具合にすり替えたんだね」

十時二十四分にわたしが落とした鞄なら、十時三十分にメルレが見つけて拾ったに違いない。鞄をメルレが取ってしまえば、そのあと地下室に来た犯人は身代金を手にすることができない。

わたしはジャン＝ポールに応じた。「犯人の男はちょっとした手品をしてみたの」

「なんだね、手品とは」

「トレンチコートを着た男は、エレベータで六階以外の適当な階まで行った」

物陰に潜んで、時刻になったらダストシュートの前まで行く。ダストシュートの蓋を細めに開けて上から革鞄が落ちてくるのを待った。わたしが六階のダストシュートを開けたとき、奥のほうにかすかな光が滲んでいた。落下する鞄を見逃さないように、犯人が懐中電灯で縦穴を照らしていたのかもしれない。

「鞄が落ちるのを確認した真犯人は、用意していたゴミ袋を四つも五つも続けざまに投棄して、最後に偽の鞄をダストシュートに落とした」

玄関広間に入ってきたとき男が抱えていた紙袋には、何枚ものビニール袋が入っていた。簡単には破裂しない丈夫な風船と錘になるような品も。風船を膨らませて錘と一緒にビニール袋に押しこめば、ゴミが詰まった袋に見える。それを三つか四つ作ってダストシュートに落としてから、最後に贋物の革鞄を落とした。

「なるほど」ジャン＝ポールが右拳で左の掌を叩く。「本物の鞄は犯人が作ったゴミ袋に埋もれ、その上に偽の鞄が落ちている状態になった。十時半に地下室に下りたメルレは、いちばん上にある偽の鞄を抱えて逃げだそうとしたわけだな」

地下室に並んでいる巨大なゴミ容器の蓋を開けて、誘拐班の刑事は端から覗いてみただろうか。風船と錘の入ったゴミ袋が見当たらなくても、犯人が手品の種まで持ち去る手間をかけたとは考えにくい。鍵の壊れた革鞄と一緒に地下室のどこか、大型ゴミの陰にでも押しこまれているのではないか。

「鞄とゴミ袋の件はジュベールに確認しておこう。嬢ちゃんの思いつきが事実かどうか、それではっきりする」ジャン＝ポールが今度はパパの顔を見た。「ところでメルレを聴取してる最中に、同席していたジュベールに緊急連絡が入りましてね」

「連絡とは」

「通報があって、巡回車《ヴオワチユール・ド・パトルイユ》の警官がメルレの息子を保護したようです、ダッソー邸で誘拐されたサラ・ルルーシュと一緒に。しかも誘拐犯らしい男の射殺屍体が同じ現場で発見されている、セバスチァン・ルドリュという男だとか」

「ルドリュなんだな」パパの声が緊張していた。

「運転免許証で確認したというから間違いないでしょう」

「殺害された学院長の夫がセバチスァン・ルドリュという名前で、たったいまもマラストが行方を追っているところだ」

「まさか同一人物じゃないでしょうな」思わぬ事実にジャン＝ポールは呆気にとられている。いったいどうなっているのか、わたしも混乱していた。パパが椅子から身を起こし、脱いだばかりの外套に手を掛ける。

「どこだね、ルドリュの屍体が発見されたというのは」

「ビヤンクールらしいんだが、警視は嬢ちゃんに車を手配してあげて下さい。正確な場所を確認したら私もあとを追うから、駐車場で合流しましょう」

部屋から飛びだしそうな二人に必死で叫んだ。「サラが保護されたんだったら一緒に行くわ」

ジャン＝ポールが戸口で振り返った。「今夜は駄目だ、ジュベールの誘拐犯が仕切ってる現場にあんたを連れていくわけにはいかん。警視が車を用意するから、森屋敷で待ってること。保護されたサラも、今夜中には家に送り届けられるだろう」

〈11月23日午前1時15分〉

タイヤを軋ませながらポルト・ド・サン・クルー広場を半周し、警察車《ヴォワチュール・ピエジュ》はビヤンクール地区に入った。深夜で往来の少ない通りを、ルーフの警告灯を点灯しサイレンを轟かせた車が疾走していく。運転席のバルベス警部が満足そうな表情で隣の上司に語りかけた。

「玉突き誘拐《ビヤール》の犯人はセバスチァン・ルドリュで決まりですな、やつの会社の倉庫が人質の監禁場所だったんだから。しかも十月書房《エディション・オクトーブル》の書籍倉庫はビヤンクールで、第二の誘拐事件が起きたブローニュのダッソー邸にも近い。車なら昼間でも十分かそこいら、いまみたいに道が空いていれば五、六分で行けそうだ。

まだ詳しい事情はわからんが、どうにかして誘拐犯の拳銃を手にしたサラが、無我夢中で引金を引いた。弾丸の当たりどころが悪くて、ルドリュは即死だったようです。これで玉突き誘拐《ビヤール》と学院長殺しが二つとも一件落着なら、面倒が省けて結構なことだが」

パリ市の西郊に位置するブローニュ・ビヤンクールには、三キロ四方ほどの小さな区域に静謐な住宅街と、活気に溢れる工場街が隣接している。しかし時代の流れでビヤンクールからさらに郊外に、あるいは地方に移転する工場も多い。工場や倉庫の跡地に建てられるのは、安っぽいコンクリート製の住宅ビルばかりだ。パリ市内から溢れ出した住民によって、前世紀からの歴史を誇る産業地区は平凡な郊外住宅地に塗り替えられようとしている。

胸の前で両腕を組んだモガールは無言で考えていた。誘拐と殺人の犯人がセバスチァン・ルドリュであれば、事件は結末を迎えたことになる。あとは補足的な捜査と面倒な書類仕事が残るにすぎない。

とはいえ、相棒の楽天的な言葉は的を射ているといえるだろうか。午前と午後に二件の誘拐、夕方には殺人、夜には身代金の奪取。この一連の犯罪をルドリュ一人で実行できたかどうか、時間的な問題を最初に確認しなければなるまい。不可能であれば共犯者が存在したことになる。

バルベスが片手運転で黒煙草を咥える。「しかしなんで十月《オクトーブル》なんだろう。『10月はたそがれの国《ザ・オクトーバー・カントリー》』っていう短篇集があるんだが、レイ・ブラッドベリ愛読者が興したSF出版社でもなさそうだし」

「ロシア十月革命の十月《オクトーブル》のようだな。社名が示しているように、創業当時はトロツキーの著作などを専門とする左翼出版社だったが、このところ傾向の違う本を続けざまに出して従来の読者は離れているとか」

巨漢がステアリングを大きく廻して、車を表通りから裏道に入れる。「これまでと違う傾向とはどんな本ですかね」

「アウシュヴィッツのガス室はでっち上げで、ナチによるユダヤ人の大量殺害《ジェノシード》も歴史の偽造だという類の本らしい」

「そんな馬鹿な」対独抵抗運動《レジスタンス》の体験者が唇を歪める。「トロツキーにいかれてた極左がナチ擁護の極右に転向して、嘘八百のデマ本を出したってわけですか」

「詳しいことはわからん、ルドリュという人物の捜査はこれからだ」

「女房の他に愛人がいるようだ、捕まえてルドリュのことを喋らせましょうや。なにか面白い話が出てくるかもしれん」

古びた煉瓦建築の少し手前で、バルベスが車を急停止させる。さほど広くない裏道には救急車や巡回車《ヴォワチュール・ド・パトルイユ》が駐車し、いたるところに制服や私服の警官の姿が見える。何台もの巡回車《ヴォワチュール・ド・パトルイユ》の警告灯で照らされた街路から、二人は三階の高さがある老朽化した建物に入った。壁に作られた窓の大きさや配置が住宅用ではなさそうで、かつては工場として使われていた建物かもしれない。

正面入口にはトラックが通れるだけの高さと幅がある。いまは開いているが、夜間にはシャッターが下ろされるようだ。倉庫に入ったところにルノーの商用ヴァンが停められている。天井に列をなした蛍光灯で昼間のように明るい倉庫内には、紙とインクの臭気がたち籠めている。

奥の一部を除いて建物の中央部は吹き抜けだった。二階の高さには、建物の内周に沿って巨大な棚状の構造物が設置され、奥行きがある鉄製の棚は束ねられ積みあげられた書籍でいっぱいだ。束ねられた本を二階に上げるための機械装置もある。人が通行できるほどの距離を置いて、出庫に備えた本が一階のコンクリート床にいくつもの小山をなしている。

「ちっぽけな出版社らしいが、それでも大変な量の在庫があるんだ」巨漢が感心したように呟いた。

バルベスの声を耳にしたのか、縦横に列をなした書籍の小山から誘拐班のジュベール警視が顔を見せる。「こちらに来てくれないか、モガール」

痩せて上背がある警官の横にはパイプ椅子が据えられ、黒髪の少女が力なく凭れている。応急手当をされたのか少女の右頬に大きな絆創膏が貼られ、躰には毛布を巻きつけている。アラブ系らしいくっきりした目鼻立ちで、勝気そうに見える少女だが疲れきっている。誘拐され監禁されていたことを思えば、心身ともに疲労困憊していても当然だろう。

「七歳のジュール・メルレは病院に搬送した、十二時間もの拘禁でひどく衰弱していたからね。……こちらがサラ・ルルーシュ、最小限の確認は終えたので救急車に乗せようかと」

救急隊の制服を着た青年が横から、我慢できないという口調でいう。「精神的にも体力的にも限界です、いますぐ病院に運ばなければ」

「ちょっと待ってくれ、五分でいい」いまにも担架を持ち出しそうな隊員を制して、バルベスが少女に笑いかける。「サラ、よく頑張ったね。ほんの少し話を聞かせてくれないか」

　品のよくない猫撫で声だとナディアはからかうが、相棒は子供の扱いに長けている。サラの場合は子供でなく少女というべきだろう。どこが魅力的なのかモガールにはよくわからないのだが、この引退ボクサーには、ブルジョワ女からサン・ドニの娼婦まで無数の女たちが群がってくる。どうやら天性のものらしい女の扱い方を、子供にも応用しているようだ。

　ルルーシュという姓からして少女はユダヤ系だろう。突撃《ダッソー》というユダヤ系らしからぬ姓を名乗っているが、ダッソーは白人の東方ユダヤ人《アシュケナジム》の家系だ。そのダッソー家に運転手として雇われているのが、マグレブ出身ユダヤ人《ミズラヒム》のエティエンヌ・ルルーシュということになる。

　バルベスの言葉に、蒼白い顔のサラが焦点の定まらない表情で小さく頷いた。ダッソー邸で起きた誘拐事件の顛末を思い出しながら、モガールはおもむろに口を開く。

「きみは夕方、ソフィーの服を着て裏木戸から邸外に出た。間違いないね」

「はい」感情が麻痺した様子で、少女がこっくりと頷いた。

「何時だったかな」

「たぶん、四時すぎ」

「それからどうしたね」

「裏道を歩きはじめたらじきに、後ろから来た白いヴァンが急停止したの。飛び出してきた男の人に拳銃のようなものを突きつけられ、自動車の貨物室に入れと脅されて」鑑識員が調べればわかることだが、男が乗ってきた白いヴァンとは、倉庫内に停められているルノーのエスタフェットだろう。

夕暮れの裏道に人通りはなく、助けを呼ぶこともできない。怯えた少女が貨物室に入ると、音を立てて外から後部ドアが閉じられた。サラが手足を拘束されなかったのは、貨物室に窓がないヴァンだからだ。閉じこめて外からロックしておけば逃げられる心配はない。

重要な点をモガールが確認する。「男の顔を見たかい」

「いいえ。ソフトを目深に被って、灰色のマフラーを顔に巻きつけていたから。レンズが深緑のサングラスも」

気丈な性格なのか、拳銃で脅され七時間も監禁されたというのに言葉はしっかりしている。マフラーやサングラスの色まで観察していることに驚きながら、警視は質問を続けた。

「男が着ていた服は」

「薄茶色のトレンチで、一度も脱がなかったから外套の下はわかりません」

サラの言葉にバルベスは頷いた。「ユルスリーヌ街十二番地で目撃された男と、まったく同じ恰好だ。それで」

「車が走り出して。少したってから停まったわ。外から貨物室のドアが開かれて……」

「どれくらいの時間だったんだい、トランクに閉じこめられていたのは」

「長くはありません、十分くらい」巨漢を見上げて少女が答える。

ブローニュのダッソー邸からビヤンクールの倉庫までなら、十分程度で移動できそうだ。四時四十分すぎに正門から森屋敷に入ったナディアを、誘拐犯は物陰から目撃していたらしい。倉庫に人質を監禁してからダッソー邸に舞い戻ったとすれば、どんな理由からなのか。

モガールが尋ねる。「車が着いたのは、この倉庫だったんだね」

「たぶん。でもよくわからないんです、貨物室のドアが開くとすぐに男が乗りこんできて、厚手の布袋のようなものを被せられたから」

　トランクから出された少女は、目隠しの袋を被せられたまま誘拐犯に誘導されて進み、足探りで階段を上った。階段を上りきってからも少し歩いた。布袋が外されたのは、男がサラの手足を椅子に縛りつけたあとのことだという。石壁とコンクリートの床が剝き出しで窓もない殺風景な小部屋には、隅のほうに小型テレヴィだけが置かれていた。

「あとから案内するが、サラが監禁されていたのは二階の奥の小部屋だ」ジュベールが口を挟んだ。

　男は少女に猿ぐつわを嚙ませ、「指示通りにしていれば危害は加えない」と言い残して小部屋を出ていった。

「そのあと犯人の姿を見たのは」

「全部で三回です」

「三度とも顔を隠していたのかな」

　頷いた少女にモガールが質問を続ける。「写真を撮られたんだね」

「はい、最初の二回はテレヴィの横で。三度目は……」

　少女の表情が歪んだ、怖ろしい記憶が甦ってきたのだろうか。七時二十分と九時に写真を撮影したあと、三度目に部屋に入ってきた犯人は人質に逆襲され、拳銃を奪われ射殺された。

「この倉庫から一七番通報があったのは、十一時三十七分のことだった」ジュベールが補足する。

　通報してきた少女の話は混乱していた。サラ・ルルーシュだが誘拐されて閉じこめられた、ジュール・メルレという小学生も一緒だ、どこかわからないが事務所のようなところにいる……。これらの要点をかろうじて訊き出した係官は、電話を逆探知して十月書房《エディション・オクトーブル》の倉庫を割り出し、付近を警戒中の巡回車《ヴォワチュール・ド・パトルイユ》が急行するよう手配した。

少女の不安定そうな精神状態に配慮して、モガールは質問の方向を変えた。「それ以外に犯人が小部屋に入ってきたことは」

「ドアの開閉音も足音も、写真を撮られたときしか耳にしていません。あとは最後の、あのときだけ」少女が苦しそうに顔を引きつらせ、きつく瞼を閉じる。

ダッソー邸の裏道で車に押しこんだとき、その少女を犯人はソフィーだと思いこんでいた。脅迫役のメルレに「誘拐したのがソフィーでなくサラでも要求は変えるな」という指示の電話があったのは、七時四十一分のことだ。その三時間四十分ほどのいずれかの時点で、犯人は誘拐した少女がサラ・ルルーシュであることを知った。

誘拐犯はサラを書籍倉庫に監禁したあと小部屋を出て、戻ってきたのは第一の写真を撮影した七時二十分ごろ。このときに少女がソフィーでなく、サラだということを知ったのではないか。直後に電話しなかったのは作戦の練り直しのためだろう。あるいは撮影したポラロイド写真を、ダッソー邸の裏木戸まで届ける作業を優先したからか。両地点の往復に二十分ほどが必要だったとすれば、写真撮影が七時二十分で〈ヴィクトリア〉への電話が七時四十一分だから時間的にはぴったり合う。

「きみがソフィー・ダッソーでなくサラ・ルルーシュだということを、犯人はいつ知ったんだろう」

モガールの質問に少女が短く答える。「写真を撮ったとき」

「最初の写真だね」

サラがこくりと頷いた。「着ていた服の袖を千切ろうとするから、やめてって頼んだの。新しいドレスを破ったりしたら、ソフィーの継母のヴェロニクに怒られるからって」

この言葉から少女の正体に疑問を持った犯人は、サラにあれこれと問い質した。ソフィーでないことを男に納得させれば解放される、そう思ってサラは事情を必死になって説明した。どうしてソフィーの服を着て、裏木戸に出ることになったのかも。

サラの誘拐犯は身代金奪取の現場にあらわれた男と同じ服装や外見で、おそらく同一人物だろう。しかし聖《サント》ジュヌヴィエーヴ学院で目撃された謎の人物と、背恰好は似ていても服装が違っている。その人物も顔を隠していたが、証言では修道士のようなマント姿で頭巾を被っていた。どうしてルドリュは誘拐と殺人の場合とで、わざわざ扮装を変えたりしたのか。

サングラスやマフラーで顔を隠した男に誘拐されたサラは、たまたま手にすることのできた拳銃の引金を夢中で引いた。倉庫の射殺屍体はセバスチァン・ルドリュに違いないことが、所持していた運転免許証で確認されている。同じ扮装でも誘拐した男と射殺された男は別人だったかもしれないが、常識的に判断するなら誘拐犯はルドリュだ。

少なくとも午後四時すぎ、七時二十分ごろ、九時ごろ、そして一七番通報があった十一時三十七分の数分前と、ルドリュは四度サラの前に姿を見せている。

十時十五分にユルスリーヌ街十二番地の建物にあらわれたのもルドリュだろう。他方、ルドリュの妻エステルが殺害されたのは六時すぎのことだ。四時にブローニュのダッソー邸裏の道に、その十分後にビヤンクールの倉庫にいた人物が、六時までにリュエイユ・マルメゾンの聖《サント》ジュヌヴィエーヴ学院に行けるだろうか。

この倉庫と聖《サント》ジュヌヴィエーヴ学院は車で三十分ほどだから、むろん可能だ。六時前後に学院長を射殺した人物が、七時二十分までに倉庫に戻ることも。また、ルドリュは六時四十分に出版社に顔を出している。モンパルナスの十月書房《エディション・オクトーブル》からビヤンクールの倉庫も車で二十分ほどだから、七時二十分にサラの前にあらわれることはできる。時間的にはルドリュ一人で誘拐と殺人を実行できた。

救急隊員が耳元で叫びたてる。「これ以上は待てません、いますぐ救急車に運びますよ」

学院長殺しに関係する最小限の確認を終えて、警視は軽く頷いた。「よく頑張ったね、話を聞かせてくれてありがとう」

膚寒いのか躰を小刻みに震わせている少女を見て、救急隊員の青年が仲間を大声で呼んだ。担架に乗せられた少女が本の山のあいだを運ばれていく。どんな具合にルドリュの拳銃を手にして、どんな事情で発砲したのか、一応のところはジュベールが訊き出しているだろう。身体的に疲労困憊し精神的にも張り裂けそうな状態の少女から、辛い体験を繰り返し語らせるまでもない。必要があればあらためて話を聴くことにしよう。

銃で脅されて誘拐され監禁され、殺されるかもしれないという恐怖の果てに、自己防衛のためとはいえ人を殺さなければならなかった。十三歳の少女には想像を絶する苛酷な体験だったろう。かなりの期間、人格的な傷や精神的な後遺症に苛まれることは避けられそうにない。幸いにも回復してきたが、ミノタウロス島の経験でどれほどナディアは苦しんだことか。まだ十三歳のサラに、周囲の大人たちが適切に対処できればいいのだが。

担架で運ばれていく少女を見送って、ジュベールが口を開く。「監禁に使われた二階の小部屋を覗いてみるかね。鑑識の連中が多少は動かしたろうが、まだ屍体は運び出されていない」

警視は頷いた。「そうだな、案内してもらえるか」

本の山に埋もれた倉庫の奥に簡易階段がある、階段の下には洗面所のドア。小さな踊り場で方向を変え、階段を上りきると木製の室内ドアだった。ドアを抜けると事務室に使われているらしい二階の部屋で、広い室内は電灯の明るい光に満ちている。

作業中の鑑識員の邪魔にならないよう注意しながら、三人の警官は室内に足を踏み入れた。中央に客用の椅子とテーブル、窓際に事務机が並んでいる。書類が詰めこまれた本棚や戸棚を含めて、小規模な出版社の備品にふさわしい家具はどれも安物で古びていた。大掃除か引っ越しの最中でもあるかのように、部屋の奥にはダンボール箱が積まれ、箱から溢れた小物類が山をなしている。

ジュベールが説明する。「突きあたりの小部屋に置かれていた品だろうな」

事務室の奥に灰色の鉄製ドアがある。鑑識員が現場の証拠写真を撮影しているようで、半開きになったドアの隙間からフラッシュの光が間歇的に洩れてくる。

事務室の窓は大きく開かれて、外側には鉄格子が見える。「あの窓は」

警視の質問にジュベールが答えた。「はじめは施錠されていた。鉄格子があるし、いずれにしても人は出入りできない」

事務室にはドアが三つある。モガールたちが入ってきた書籍倉庫に通じるドア。その斜向かいに列をなした事務机の隅には第二の鉄製の扉がある。指紋の検出作業が終わっていることを確認して警視は第二のドアを開いた。

ドア口から、倉庫の裏側に作られた外付け通路に出られる。通路の端の非常階段で地上に降りることもできそうだ。事務室の窓から洩れる光で、大小の木箱が無造作に積まれた倉庫裏の光景が闇に浮かんでいる。西側の第一と北側の第二のドアは、外から入るには鍵が必要だが、室内からは錠の突起を操作することで施錠も解錠もできる。

「書籍倉庫に通じるドアの状態は」

「ここに最初に立ち入ったのは巡回車《ヴォワチユール・ド・パトルイユ》の警官なんだ。サラが事務室の電話を使って通報した十分後、午後十一時四十七分に到着した警官によれば、倉庫のシャッターは閉じられていた。しかし施錠はされていない状態で、倉庫内の照明も点灯していたとか。奥の階段を上ってみたが、事務室のドアの鍵は掛かっていなかった、サラが内錠を外していたからだ。じかに屋外に通じる第二のドアは施錠されていて、事務室の窓と同じように私が開けた」

巡回警官が事務室に入ると、中学生らしい少女がぐったりした小さな男の子を抱きしめて蹲っていた。高価そうなドレスを着ているが、服は汚れて皺くちゃだし片袖がちぎり取られている。二人が誘拐事件の被害者であることを口頭で確認した警官は、地区署と警視庁に緊急連絡をした。

ジュベールが続ける。「やつを現場で確保したバルベスと二人で、銀行員のマクシム・メルレを訊問してたんだが、誘拐されたメルレの息子が保護されたというので警視庁を飛び出したよ。急いだせいで地区署の刑事よりも早く着いた。事務室の奥にある小部屋を覗いてみると男の屍体が転がっている。人質は二人とも朦朧《もうろう》状態だったが、最小限の事情は訊き出すことができた」

三つのドアと鉄格子のある窓の他に、事務室の開口部は事務机の上の換気口しか存在しない。外付け通路に出られる鉄扉を挟んで、窓と反対側の壁の上部に取りつけられた換気扇は三十センチ四方ほどで、いまは三段のプラスティック板で閉じられている。換気扇が回りはじめると板が自動的に上がる仕組みらしい。掃除が行き届いている様子で換気扇に埃は見られない。

第二のドアから屋外の通路に出て確認してみたが、換気扇の枠は内外ともに六つのネジでしっかり固定されている。侵入者が外側のネジを外しても、まだ内側のネジがあるから事務室に入ることはできない。換気口の大きさからして這いこめるのは小学生の子供くらいで、巨漢のバルベスはむろんのこと瘦身のモガールやジュベールにも不可能だ。誘拐被害者のサラにだって無理だろう。モガールが換気扇に注目していると、ジュベールの声が聞こえてきた。

「私が到着したとき換気扇は停止状態だった。階段に通じる第一のドアは開いていたが第二のドアは施錠され、換気口はプラスティック板で塞がれていた」

「換気扇は綺麗だな」

「几帳面な事務員が掃除しているんだろう。残るのは第三のドアだが」第二のドアの斜向かいにある第三のドアにはノブと閂式の錠だけで、鍵穴は見当たらない。「この小部屋は物置として使われていたようだ。事務室の隅に積まれていたダンボール箱など雑多な品物は、誘拐犯が物置部屋から運び出したんだろう。人質の証言から監禁場所が特定されないように」

物置部屋のため事務室側にしか錠は取りつけられていない。内側にもノブはあるが、外側から施錠されてしまえば開くことができない。誘拐してきた人質を拘禁するには都合のよい小部屋だ。

鑑識員たちが作業を続けている物置部屋には硝煙の臭気が籠もっている。窓もない殺風景な空間で、剝きだしの床と石壁が寒々しい。置かれているのは中古の小型テレヴィと、張り布の褪色した肘掛け椅子が一脚だけ。椅子の横には布きれと短い縄、それに黒い袋が二つ落ちている。少し離れて九ミリ口径の拳銃も転がっていた。

薄茶のトレンチコートを着た中肉中背の中年男が上半身を壁にもたせ、顔を俯けて絶命している。着弾の衝撃で、押し倒されるように壁際に凭れこんだようだ。屍体の左胸は血まみれで、流出した大量の血液が外套を濡らし、床には小さな血溜まりがある。

部屋の隅に敷かれたビニール布には、室内で発見されたらしい空薬莢の他に、誘拐犯の所持品とおぼしい品が並んでいる。帽子にマフラーにサングラス、布袋や財布や運転免許証、それに金属製と革製のホルダーでまとめられた二種類の鍵束など。その一点一点を二人の鑑識員がカメラで接写していた。

「金属製のキイホルダーでまとめられた鍵三本は書籍倉庫の関係で、倉庫の正面入口のシャッターと事務室の鍵が二本。事務室の二本とは、倉庫に通じるドアと外付け通路に通じる鉄扉の鍵だね。事務室のドアは二つとも、室内からであれば鍵なしで施錠できる。正面入口のシャッターは内外ともに施錠と解錠には鍵が必要だ。シャッターの開閉装置も同じ鍵で作動する。

革製ホルダーのほうも三本で、一本は倉庫に停めてあるエスタフェットのキイ。まだ確認できていないんだが、残りの二本は自宅関係のものらしい」

ジュベールの説明に警視は頷いた。一本は自宅のアパルトマン、もう一本は出版社の入り口扉の鍵ではないか。別のビニール布には真新しい五百フラン紙幣の札束の山と、大粒のダイヤモンドを中心に嵌めこんだ黄金の首飾りがある。札束や宝石が入っていたらしい布袋も。

「身代金と首飾りは、床に放置されていた布袋から発見された。ダッソーが用意した身代金とダイヤじゃないかな」

バルベス警部が横から冗談口調でいう。「紙幣も四千枚となると大変な嵩だし、重さだって半端じゃない。こんな荷物を抱えて何キロも走ったんだから、ダストシュートの前で見つけたときに息も絶え絶えだったのは当然だな。体力を消耗した嬢ちゃんに、明日は栄養補給の手伝いをしてやろう」

部下の無駄口を聞き流して身を屈めた警視は、運転免許証の顔写真を注視する。指紋採取の粉がこびりついているが、顔が判別できないほどではない。写真の男は顔だちも髪や眼の色も屍体と同じで、免許証の氏名はセバスチァン・ルドリュ。

二件の誘拐事件を惹き起こした人物は聖《サント》ジュヌヴィエーヴ学院の学院長エステル・モンゴルフィエの夫セバスチァン・ルドリュに違いない。この夫婦は、どんなわけか同じ日に射殺されている。エステルは午後六時ごろ、セバスチァンは午後十一時半ごろ。しかも学院長殺しの容疑者は夫のルドリュなのだ。

事務室に通じるドアを背にして右側、一メートルほどの高さに半開きの戸がある。鉄製の開き戸の奥は一メートル四方ほどの空間で、奥からは尿の臭気が漂いだしてくる。

「金庫というほどではないが、貴重な品物の収納庫として使われていたようで、ここにジュールは閉じこめられていた。大きな鍵穴があるので、なんとか窒息はまぬがれたんだろう。保護したときのぐったりした様子からは、酸素不足が影響していたようにも感じられたが。急いで病院に搬送したし、あとは医者に任せるしかない」

物置部屋の収納庫は、開き戸以外の五面にも鉄板が張られている。ここに七歳の子供が押しこめられて十二時間も監禁されていたのだから、尿意を我慢できなくなっても当然だ。サラは午後四時ごろから七時間ほどだから耐えられたのか、そろそろ若い娘という年頃だから必死で我慢したのか。人質同士の接触を警戒した犯人は一人目を収納庫に、二人目は物置部屋に閉じこめた。

「拳銃はワルサーだが警察用のＰＰじゃないな」躰を屈め、頬を床に押しつけるようにしてバルベスが呟いた。「ナチ時代に製造されて、軍用拳銃に使われたＰ38だ」

ドイツの敗戦までに百二十万挺以上が生産されたワルサーＰ38だが、戦後には犯罪に使われることが多くなる。第二次大戦直後の混乱期には闇市場にＰ38が大量に出廻った。ドイツ兵から奪った戦利品として復員兵が隠し持っている場合も含め、フランス国内には未登録で非合法のＰ38が夥《おびただ》しく存在している。そのうちの一挺が三十数年後に火を噴いて、セバスチァン・ルドリュの命を奪ったようだ。

「サラが無我夢中で発砲して、弾丸はルドリュの左胸に命中した」

上司の言葉にバルベスが応じる。「ワルサーＰ38はダブルアクション銃だから操作は簡単だ。銃に触れたことのない子供でも撃てるかどうかは、ともかくとしてね」

初弾の際はスライドを引いて薬室に装塡しなければならないが、撃鉄を起こす必要はなく、引金さえ絞れば弾は飛びだして第二弾が自動的に装塡される。しかし初弾を発射するには安全子をセイフティ状態にして、撃鉄のコックを解除し安全子をオフにしなければならない。

バルベスが続ける。「セイフティをオフにした状態で持ち歩いても暴発の危険はないとされるが、戦場でもない限りそんなことをするやつはいないね。中学生の少女が拳銃の仕組みを知っていたのでなければ、二重の安全装置を解除して初弾を装塡したのはルドリュだったことになる。その状態であれば、少し重いが引金を絞れば弾は飛び出す」

「サラがルドリュを撃ったときの事情は、もう聴いたのかな」

モガールの言葉に、ジュベールがわずかに顔を顰める。「意識が朦朧状態だったジュールは、発見直後に救急車で病院に搬送したよ。あの子から事情聴取できるのは明日以降になる。きみたちが到着する前に、サラとは十五分ほど話すことができた」

ヴァンの貨物室に押しこめられたあと、十分ほどで車は停止した。犯人に貨物室から引っぱり出されたサラは、目隠しの頭巾を被ったまま足探りで階段を上った。さらに少し歩いたところで椅子に坐らされ、椅子の肘と脚に両手足を縛りつけられる。ようやく目隠しの袋は外されたが、今度は丸めたハンカチを口に詰めこまれ猿ぐつわを噛まされてしまった。人質を拘禁する作業を終えた誘拐犯が部屋から出ていき、ドアが施錠される小さな音が聞こえた……。ここまではモガール自身が聴取した内容と変わらない。

椅子に縛りつけられたサラの目に映ったのは、天井の蛍光灯に冷たく照らされた殺風景な小部屋の光景だった。石壁にコンクリートの床、外に通じるドアは鉄製で窓はひとつもない。縛めを解くことができても、鍵の掛けられた小部屋からは脱出できそうにない。しばらくすると、どこからか囁くような声が聞こえてきた、「助けて、助けて」と。

テレヴィの横に置かれた肘掛け椅子を示して、ジュベールが続ける。「この椅子の脚に左右の足を、椅子の肘に左右の腕をサラは縛りつけられていた。収納庫があるのは椅子の背の側だから、目隠しを取られたときには、まさか第二のドアがあるとは思わなかったようだ。背後から聞こえてくる断片的な言葉から、ジュール・メルレという七歳の子供が閉じこめられていることをサラは知った。ジュールは鍵穴から椅子の背面を見ることができる。しかしサラは猿ぐつわのため返事ができないんだ」

意を決した少女は、男の子が閉じこめられている方向に椅子の向きを変えようと、体重をかけて肘掛け椅子を揺らしはじめた。もしもサラの顔を見ることができたら、誘拐され怯えている小さな子供も少しは気持ちが落ち着くのではないか。

休み休み長い時間をかけて、椅子の角度を少しずつ変えていく。「見えたよ、お姉ちゃん《マドモワゼル》」という声が聞こえてきた。まだ椅子は九十度ほどしか回転していないから、見えたとしても横顔だろう。首を無理に捩ってサラは収納庫のほうに笑いかけた。細長い布で口許を覆われているため、笑顔に見えたかどうかはともかく。

ジュールの言葉に励まされたサラは、これまでよりも大きく椅子を揺らしはじめた。それがよくなかったのか、バランスを崩して椅子ごと床に横倒しになってしまう。頰とこめかみに衝撃が走った、側頭部を床に打ちつけてしまったのだ。しばらくは朦朧としていた。床に横倒しになったのは、最初に椅子に縛りつけられてから一時間は過ぎたころだったという。

「見えないよ。どうしたの、どこにいるの」という男の子の悲痛な声で、ようやく意識がはっきりしてきた。小さな鍵穴からは床に倒れた椅子も、椅子に縛りつけられたサラの姿も視界に入らないようだ。気を取り直して、床に押しつけられた頰を上下に動かしてみる。きつく結ばれた猿ぐつわの布がずれはじめた。細長い布を口許からずらし終え、丸めたハンカチを吐き出すまでに、どれほどの時間が必要だったろう。

サラが収納庫の子供に励ましの言葉をかけていると、帽子やサングラスやマフラーで顔を隠した男がまた小部屋に入ってきた。倒れている少女を椅子ごと床に立て直した誘拐犯は、テレヴィを点けてからサラの写真を撮影した。ドレスの袖を引きちぎって脅しの言葉を並べてから、また部屋を出ていく。

椅子ごとテレヴィの横まで引きずられた少女には、ジュールが閉じこめられている収納庫が正面に見えた。また猿ぐつわを嚙まされたので話はできない。しかし鍵穴からジュールはサラを見ることができる。小さな子供の声が聞こえるたびに少女は頷いて応えた。

しばらくして二回目の写真が撮影された。また部屋を出た男が何時間もしてから戻ってきたとき、もうサラは気が遠くなりそうな状態だった。緊縛された手足は痺れ、床に打ちつけた頰がずきずきと痛む。二回目の撮影のあとはジュールの声も聞こえることが稀になった。眠っているならいいけれど、声も出せないほど疲労困憊しているのではないか。サラは心配でたまらない気持ちだった。

ようやく戻ってきた男は重たそうな布袋を手にしている。袋を床に置いて外套の内ポケットから黒光りする拳銃を取り出した。誘拐犯がサラに拳銃を見せたのは、ダッソー邸の裏道で車のトランクに入れと脅したとき以来のことだ。スライドを引いた拳銃をテレヴィの上に置いて、男はトレンチコートのポケットから鍵を出して収納庫の扉を開いた。

死んだようにぐったりした子供が、扉のあいだから転げだしてくる。「まだ生きてるようだな、死んでいれば棄てるだけですんだのに面倒なことだ」という怖ろしい呟き声が少女の耳に届いた。この言葉がサラに途方もない決意をもたらしたという。

人質は二人とも殺してしまうのが、誘拐犯のはじめからの計画なのだ。これからヴァンの貨物室に閉じこめられて人気のない場所に連れていかれる、そこで殺され棄てられる運命なのだ。いや、サラとジュールを射殺してから車に運びこもうとしているのか。拳銃はいつでも発砲できる状態のようだ。

男が少女の緊縛を足から解きはじめる。最後になる右手の縄が外れた瞬間、サラは正面を塞いでいる男から逃れようと真横に身を投げてテレヴィの台を押し倒した。跳び起きて小部屋から脱出し、ドアから出て助けを求めなければ。

ドアを塞ぐ位置に立った男が、人質の思わぬ抵抗に怒りの声を洩らした。床に倒れたまま伸ばした少女の右手に、ひんやりした金属製のものが触れる。

「たまたま拳銃を手にしたサラだが、そのあとは無我夢中だった。轟音がして男が押し倒されるように壁に凭れ、そのままずるずると坐りこんだ」話し終えたジュベールが舌先で唇を湿した。

胸元を血で濡らして身動きしない男を残し、少女は小部屋の隅で蹲っていたジュールを抱えるようにして事務室に出た。机の電話で警察に助けを求めてから、倉庫に通じるドアを開いて階段を降りると洗面所がある。用をすませたサラは、事務室に戻って警察が到着するのを待った。立ちあがることもできないほど衰弱した子供を残して、自分一人だけ逃げるわけにはいかない。隣室には、血まみれでぴくりとも動こうとしない誘拐犯がいる。

バルベスが感心したようにいう。「しっかりした娘だ、こいつは表彰ものだね。自分だけじゃない、一緒に閉じこめられていた子供の命まで救ったんだから」

勇敢な少女であることに疑いはないが、ルドリュはどうして二段構えの安全装置を解除して拳銃をいつでも発砲できる状態にしたのか。でなければ、中学生の少女が反撃することは不可能だったろう。深夜の倉庫街の密閉された小部屋だから、二発の銃声が響いても気に留めるような者はいない。

サラが疑ったように、この部屋で人質を始末してしまう気だったのか。

第四章　誘拐のような失踪

〈11月23日午前1時20分〉

深夜でも森屋敷の正門は大きく開かれていた。森に挟まれた石畳道の奥にある駐車場には、平凡なセダンと小型のヴァンが停められている。誘拐犯の目を避けて森屋敷の近辺に潜んでいた警察車両が、「犯人は死亡、人質は保護」という急報で邸内まで乗り入れてきたようだ。

豪壮な張り出し屋根がある正面玄関で車を降りる。邸内から運転手のルルーシュが飛び出してきて、わたしの掌を痛いほどに握りしめた。

「ありがとうございます、ありがとうございます。マドモワゼルのご尽力で娘は無事だったようです。身柄は保護したと、先ほど警察が知らせてきました」

一歩遅れて玄関に出てきた執事のダランベールが、感情を窺わせない態度でルルーシュをたしなめる。「そんなふうに興奮するんじゃない、モガールさまは疲れておられる。ところで、お車はどうされましたか」

「地下鉄《メトロ》ポルト・ドートゥイユ駅の横に置いてあるんですが」

「これからルルーシュに行かせましょう」

満面に安堵の表情を浮かべた運転手に、邸の玄関先でシトロエン・メアリのキイを渡した。家政婦のジャンヌと二人で地下鉄《メトロ》の駅まで行き、ジャンヌは乗ってきた車で、ルルーシュはメアリで邸まで戻ってくるようだ。玄関ホールからサロンに入ると、私服と作業服姿の男たちが電話機に繋がれた機材などを片づけている。年長の一人が警視庁の刑事だと自己紹介した。

「モガール警視のお嬢さんですね。サラ・ルルーシュが無事に保護されたので撤収するところです。関係者の皆さんから詳しい話を伺うため、午前中にジュベール警視がこちらに来るので、お疲れでしょうがお嬢さんも事情聴取に協力してください」

機材を担いだ三人は、人目がない場所で塀を乗り越えてダッソー邸に入りこみ、犯人からの電話を逆探知する態勢を整えたようだ。しかし誘拐犯の電話はなく、無駄足に終わったことになる。

警視庁に戻るため刑事たちがサロンを出ていくと、ダッソー夫妻とハンナ・カウフマンや秘書のオヴォラに取り囲まれる。サラの無事が確認された時点で寝室に引きとることを、ソフィーは両親から命じられたようだ。

ダッソー邸を出発してからの事情を問われるままに説明していく。シトロエン・メアリを運転して戻ってきたルルーシュも、途中から聴き手に加わった。使用人には厳しい態度をとるダッソー夫人だが、今夜は運転手をサロンから追い出すわけにはいかない、娘を誘拐された当事者だから。

サラの無事を警視庁で知ったところまで話が進んだとき、サロンの電話が鳴りはじめた。受話器を取ったオヴォラによれば、衰弱の激しいサラが救急車で運ばれた病院からだった。これから駆けつけるという父親のルルーシュに、女手も必要だろうとダッソーがジャンヌに同行を命じた。二人が外出したのを機にダッソー夫人ヴェロニクも寝室に引きとる。

暖炉前の安楽椅子に凭れたフランソワ・ダッソーが、疲れた様子で感謝の言葉を口にする。「これで一安心だ、モガールさんには感謝の言葉もない」

「身代金もダイヤモンドも奪《と》られてしまいましたけど」

「それでいいんです、サラの命には代えられません。ところで、人質が保護された場所で発見されたという屍体が誘拐犯なんだろうか」

わたしは首を横に振る。「わかりません、セバスチァン・ルドリュという名前しか」

「セバスチァン・ルドリュ……」カウフマンが呟いた。

誘拐事件と同じ昨日、聖《サント》ジュヌヴィエーヴ学院で殺害された学院長の夫が屍体の正体のようだが、この場で警察の捜査情報は口にできない。ルドリュのことには触れないようにして話を続ける。

「サラが監禁されていたのはビヤンクールの倉庫だったようです。もしも死んだ男が誘拐犯であれば、身代金は警察が取り戻したかもしれませんね」

「身代金はともかく、母の形見の宝石が戻ればそれに越したことはないが。今日は欠席できない会議が朝からあるので、私はそろそろ寝室に引きとることにしよう。もう十二時を廻っているし、モガールさんとヤブキ君は泊まっていってください。階上の客室にダランベールが案内します」ダッソー社の最高経営者は誘拐事件の翌日も仕事を休まないようだ。

「……でも」わたしが遠慮しようとすると、カケルが横から口を出す。

「これからモンマルトルまで運転するのは大変だ。ナディアも疲れているし、お言葉に甘えることにします」

なにを企んでいるのだろう。どんなに勧められようと歩いても帰ると言い張るはずの偏屈者が、どうしてか今夜はダッソー邸に泊まるという。暖炉前の老婦人に声をかけてから、邸の主人はサロンから姿を消した。

わたしは青年の脇腹を小突いた。「どうしたの、いったい」

「なにが」カケルが低い声で反問する。

「泊めてもらう気になった理由よ」

「事情聴取があるようだから、いったん帰宅しても朝には戻ってこなければならない。サラから詳しい事情も聴いてみたいし」

自分も現場に居合わせた誘拐事件なのに、これまでは他人事のような態度だった。どうして急に興味を示しはじめたのか理解できない。ふとある事実が思い出されてきた。

「セバスチァン・ルドリュなのね」

青年が小さく頷いた。「必要があって少し調べたことのある人物のようだ、同姓同名の別人でなければ。もしもあのルドリュが誘拐犯だとすると」

「なんなの」

日本人が無愛想に肩を竦める。こうなると世界中の誰一人として口を開かせることができない、自分から喋る気になるのを待つしかないのだ。

ダランベールがパテとチーズのサンドイッチを運んできた。空腹だったのを急に思い出して、テーブルでサンドイッチを囓りはじめる。

カウフマンに命じられて執事がサロンのシャンデリアを消灯した。残った照明は大小のスタンドの灯りだけで、大広間には心地よい薄闇が垂れこめる。わたしは赤葡萄酒《ヴァン・ルージュ》を口に含んだ。

「眠くないの、ナディアは」暖炉の炎を眺めながら老婦人が声をかけてくる。

「まだ興奮が醒めなくて」

「まあ無理もないわね。身代金の運び役なんて、誰にでも体験できることじゃないんだし。ヤブキさんはどうなの」この日本人は明け方まで眠らないのに早起きなのだ。

素っ気ない態度の青年に代わってわたしが応じる。「まだカケルも起きてるようです、お疲れなら先に寝《やす》んでください」

「それなら若い人につきあいましょう。ほんの少し眠ればいいのよ、老人は」

ちょっと眠れば充分だというところは似ているが、カケルはカウフマンの半分以下の年齢だ。それでも昔のこと、たとえば一九三〇年代の出来事まで自分で体験したようによく知っている。もしかして外見より三十も四十も歳をとっているのかもしれないと思って、わたしは苦笑した。それではまるで魔女か吸血鬼《ヴァンピール》ではないか。

酒瓶を抱えてテーブルから暖炉の前に移ることにした。クリスタルのグラスに赤い液体を注いで、安楽椅子に凭れている老婦人に手渡す。上物の葡萄酒《ヴァン》を口に含んで暖炉の炎を眺めていると、疲れきった躰と心がゆるゆると解放されていくようだ。

「まだ寝ないなら、先日の話を続けましょうか」

「ええ」隣の椅子に腰を下ろした青年が低い声で応じる。

「十年ほど前の学生運動や新左翼運動についての、あなたの意見を聞いてみたいわね。日本にも学生運動はあったはずだし、年恰好からして当時はあなたも学生だったんでしょう」

西ドイツの著名な哲学者は、学生叛乱の指導者ルディ・ドゥチュケを「赤いファシスト」と非難した。ハルバッハとナチ突撃隊《エスアー》の「褐色の叛乱」をめぐる日本人青年の議論に、どうやらカウフマンは興味があるようだ。カケルのことをドゥチュケの同類だと思ったのかもしれない。ただし十年後のドゥチュケは、ドイツ赤軍のような都市ゲリラ路線には批判的のようだが。

「カウフマンさんの意見は」答えることなくカケルは反問した。

暖炉の火が老婦人の顔を淡く照らしている。「公民権運動とヴェトナム反戦運動で発揮された、非暴力的な運動は素晴らしいものでした。本来的な統治形態としての自律的な評議会《コンセイユ》、それはアメリカ独立革命から第二次大戦後のハンガリー革命まであらゆる革命の磁場で生じたところの、市民たちによる下からの権力機関だった。六〇年代後半に世界中で同時多発した学生革命にも、評議会運動の偉大な歴史を引き継ぐ要素は含まれていた」

カウフマンが語る評議会とは、パリ・コミューンの革命的コミューン、ロシアのソヴィエト、ドイツのレーテ、スペインのフンタのような民衆の自己権力体を意味するようだ。それは国家権力を揺るがすほどの大規模蜂起の際に不意に出現し、革命の終息とともに消えてしまう。圧倒的ではあるけれど束の間でしかない輝きから、民衆の自己権力は夜空の花火にも喩えられてきた。

「一九六八年『五月』のリーダーだったダニエルは、昔からの友人の息子なの。彼が逮捕されフランスを追放されたときには、どんな援助でもすると手紙に書いたわ」

赤毛のダニーという愛称で呼ばれたダニエル・コーン＝ベンディットは、フランス留学中のユダヤ系ドイツ人で、リュエイユ・マルメゾンの隣町ナンテールにあるパリ第十大学の学生運動の指導者だった。一九六八年「五月」のバリケード戦と全国ゼネストによる政治危機は、ナンテール校の学生寮をめぐる闘争が発火点となる。

「六八年『五月』のとき、カウフマンさんはパリにいたんですか」わたしが質問した。

「いいえ、ニューヨークよ。青年時代はスパルタクス団の闘士だった夫と二人で、朝から晩までテレヴィに齧りついていた。パリ・コミューンから一世紀の時を経て、評議会運動がパリで再生したのかと期待して。あなたはどうだったの」

「中学《コレージュ》の二年生《サンキエーム》でしたからバリケード戦には参加していません。でも翌朝、モンマルトルの家からサン・ミシェル通りやオデオンまで遠征しました、学校はずる休みして」

　老婦人が微笑する。「どんな印象だったの、バリケードの夜の翌朝は」

「街路樹は切り倒され車がひっくり返され、通りには石塊が散乱して戦場のようでしたけど。いたるところに人垣ができて大声で議論してるんです、学生も市民も関係なく、望めば誰でも入れる自由な感じで」

「で、十二歳のお嬢ちゃんも議論の輪に加わったのかしら」

「ええ、少しは」

　なにしろ、『レ・ミゼラブル』で描かれた「サン・ドニ通りの叙事詩」に心を躍らせていた子供なのだ。「機動隊《CRS》の弾圧に負けるな」と叫んだ覚えがある。

「幸運なことね。評議会的な公共空間、現れの空間が立ちあがろうとした瞬間に立ちあえたのだから」

　たしかに忘れることのできない新鮮な経験だった。催涙ガスの臭いは残っていたけれど、だれもが浮き立つような気持ちで歩きまわっていた。知らない人にも遠慮なく話しかけられるような開放的な雰囲気で、なんだか祝祭のようにも感じた。

「……でも」この機会に高名な哲学者に質問しておきたいことがある。

「なんでしょう」

「あの日、あの非日常的な異世界に触れたことで、難問を抱えこんだ気もするんです」

「難問って」

「『五月』のときに学生だった年長の友人たちは〈プロレタリアの大義〉という都市ゲリラ組織を結成して、テロリズムの方向に突進していきました。そのまま姿を消した青年もいます」

　開放的な祝祭の雰囲気と自閉的で陰惨なテロリズム、この二つはどんな関係にあるのか。前者が後者に反転してしまうのは不可避なのか。テロリズムの暴力を否定するなら、「五月」で生きられた自由と解放まで否定しなければならないのだろうか。

　テロリズムに未来はないという、ミシェル・ダジールやジャン＝ポール・クレールの忠告が功を奏したのか、フランスの若者は途中で引き返すことを選んだ。引き返す気などなさそうなのが、ドイツ、イタリア、そして日本の都市ゲリラ派だ。

「ウルトラ・ボリシェヴィズムに先祖返りした極左派《ゴーシスト》の母国は、いずれも第二次大戦の枢軸国ね」

　それまで沈黙していた青年がカウフマンに応じる。「しかし民主主義の祖国といわれるイギリス、アメリカ、フランスがテロリズム的暴力の全面化を回避しえた事実に、それほど大きな意味があるとは思えませんが」川船〈小鴉《コルネイユ》〉の事件のとき、カケルは元マオイストの青年と同じ主題について議論していた。

「その点は同意見よ」老婦人が頷いた。「ナチに勝利するためソ連と同盟したアメリカやイギリスの民主主義はすでに空洞化していた。それでもフランスのユダヤ人収容所から逃れてニューヨークに辿り着いたとき、わたしは地上のバラダイスだと感じたわ。なにしろ命の危険はないし、なんでも思うことを話せるし書けるのだから。二つの全体主義と比較すれば、自由主義の政治体制はより悪くないというべきね」

「飽食の明るい地獄と貧しい陰惨な地獄を比較すれば、民衆のほとんどは前者を選ぶでしょうね。いずれの地獄も拒否しようと決意した若者たちは、生まれ育った国の豊かな社会と闘う道を選んだ。

　のちに〈プロレタリアの大義〉を結成する学生マオイストたちの多くは、パリの『五月』をじかには体験していません。労働者革命論という古色蒼然とした教条を掲げて活動家のほとんどが、地方の工場に散って労働者工作に専念していたから。人民戦線運動以来、あるいはパリ・コミューン以来という大衆蜂起の大波に乗り遅れた活動家たちが、〈プロレタリアの大義〉を結成する。いまはジャン＝ポール・クレールの秘書を務めているピエール・ペレツも、その指導的な一員だった」

マルクス主義の観点からすれば、学生を主体とした暴動など階級闘争では瑣末なものにすぎない。前衛党の指導に服さない小ブル急進主義者の盲動は、支配階級や国家権力に手先として利用され真の革命勢力に敵対せざるをえないというのが、高等師範学校《エコール・ノルマル・シュペリウール》の学生マオイストを含むマルクス主義者の公式見解だから。

老婦人が問いかける。「『五月』の評議会的な本来の政治と、〈プロレタリアの大義〉の政治的暴力はどのような関係にあるのか。後者は前者に後れていた、時間的にも場所的にも後れていたと」

青年は頷いた。「ロシアの、いわゆる十月革命が二月革命に後れていたように」

一九一七年のロシア革命でもカケルが肯定するのは、民衆が自然発生的に蜂起して帝政を倒した二月革命のようだ。十月革命は権力亡者のボリシェヴィキ党が起こしたクーデタにすぎない。強行されたのはレーニンの私兵的集団による軍事クーデタで、十月「革命」など存在していない。

「ヤブキさんはクレールと面識があるの」

「機会があって自宅に伺ったことが」口を閉じているカケルに代わって答える。「クレールのこと、カウフマンさんもご存じなんですか」

「戦前のことだけど、ナチから逃れてパリで暮らしていたころに。第二次大戦後になって左傾化してからは顔を合わせていません。殴られたり小突かれたりした経験のないブルジョワの坊ちゃんが、中途半端に政治に目覚めるとあんな具合になる。革命には暴力が必要だ、暴力を拒めば革命を否定する結果になるとか大声で叫びはじめるんだけど、本人が大真面目なだけに滑稽ね」

わたしは少し驚いていた。学生時代のハンナ・カウフマンはハルバッハ教授の秘密の恋人だったという噂がある。また戦間期のパリで、カウフマンはクレールやシスモンディとも交友があった。この二人はジョルジュ・ルノワールと、ルノワールは労働運動家のシモーヌ・リュミエールや精神分析家のジャック・シャブロルと親しかった。シャブロルはルノワールの妻だった女優と結婚している。

スキンヘッドの哲学家ミシェル・ダジールが、老いたクレールを支えるように左翼知識人として発言し行動しているのは周知の事実だ。ユダヤ人哲学者のエマニュエル・ガドナスもフライブルク大学でハルバッハに学んだのだし、マオイスムを放棄して以降のピエール・ペレツはガドナスに私淑しているようだ。

わたしが巻きこまれた七件の殺人事件には、どうしてか高名な哲学者や知識人が直接間接にかかわることが多い。モンセギュール事件では戦前の哲学者シモーヌ・リュミエールの生まれ変わりのような女性、アンドロギュヌス事件ではジョルジュ・ルノワール、森屋敷の事件ではマルティン・ハルバッハとエマニュエル・ガドナス、ミノタウロス島の事件ではミシェル・ダジール、ヴァンピール事件ではジャック・シャブロル、川船〈小鴉《コルネイユ》〉の事件ではジャン＝ポール・クレールとエルミーヌ・シスモンディといった具合に。

これらの哲学者や知識人たちには複雑に絡んだ人間関係がある。たとえばルノワールは左翼活動家としてリュミエールを、哲学者や文学者としてクレールを、元妻が再婚した男としてシャブロルを知っていた。どうやら目の前の老婦人も、この星座に組みこまれた星のひとつらしい。しかも年少のダジールを例外として、星座を構成する哲学者や知識人たちは大戦間の時代に精神形成をとげた世代で、一九三〇年代にはソルボンヌで亡命ロシア人哲学者のヘーゲル講義を聴講していた点も共通する。

これまで体験した七つの事件には、ニコライ・イリイチという謎の人物が不吉な影を落としていた。同時にもう一点、その時期には子供だったダジールを例外として、一九三〇年代に青年期を過ごした哲学者や知識人という第二の共通点があるようだ。ここにも不可視の意志のようなものが介在しているのだろうか。いや、わたしの考えすぎだろう。巨大なチェスの指し手のような存在が、高名な哲学者や知識人たちの絡んだ犯罪事件を連続的に仕組んでいると仮定するより、すべては偶然にすぎないと結論するほうがはるかに現実的だ。

それにも増して気懸かりなのは、わたしたちの前に高名な哲学者や知識人が登場するたびに、謎めいた殺人事件に巻きこまれてきた事実だ。ハンナ・カウフマンの登場は第八の事件の開幕を告げているのかもしれない。いや、サラの誘拐事件はすでに起きているし、ルドリュという死者も出ている。この誘拐事件の裏にも、もしかしたらイリイチが潜んでいるのではないか。

胸中で渦巻きはじめた不安を抑えて、わたしは話を戻した。「精神医で革命家のマルティニーク人に影響されたクレールの暴力肯定論は一面的だとしても、カウフマンさんが評価する評議会運動も暴力と無縁だったとはいえませんね」

「暴力が不可避な場合もあるというだけ。無責任に若者たちを煽ったクレールは、新左翼の自滅的な暴力化に思想的責任を負わなければ」

当時のフランスやアメリカの学生運動は評議会運動の芽生えでしたが、そこには陥穽も控えていた。学生たちには権力《プヴォワール》と暴力《ヴィオランス》を混同する傾向が見られたから。ヴェトナム人による密林のゲリラ戦は暴力そのものだし、それに影響された黒人解放闘争も暴力を礼讃し、急進的な学生たちには武装したブラックパンサー党に憧れる者も多かった。黒人の左翼学生による大学での暴力を、わたしは容認しませんでしたが」

「どう違うんですか、権力と暴力は」国家権力の一部として警察や軍隊が存在するように、常識的には暴力は権力の一部だろう。

「暴力の反対概念は非暴力ではない。暴力に真に対立するのは権力で、権力と暴力は性格として正反対の、たがいに対立する力《ピュイサンス》なの。権力が大であれば暴力は小で、逆もまた真といえる。権力の力は合意と協調による集団的な力で、人々が一緒に行動するときにはいつでもそこに権力が存在している」

カウフマンによれば合意としての権力が縮小すると、縮小分を埋めるために強制としての暴力が生じる。完全な権力は暴力を必要としないし、暴力が完全に支配するところでは権力は消滅するだろう。暴力とは目標を達成するための道具的な力だが、しかし権力は違う。人々が集まることは人間の定義に属しているからだ。したがって集団から生じる権力も、それ自体が目的だとしかいえない。不完全な権力を補完するものとして、その目的を達成する手段として暴力が生じてくる。

わたしは質問した。「討議と合意による議会制民主主義の国にも、警察や軍隊など違法者や国家の敵を暴力で威嚇し、制圧するための実力組織が存在していますね。フランスやアメリカのような民主主義国家の権力は原理的に不全であるしかない、暴力によって補完されるのは必然的だということなんですか」

「十八世紀以来の政党と議会による国民国家は、公的領域と私的領域の中間で肥大化してきた社会領域の産物でした。しかし議会制民主主義の命脈は尽きている。それは十九世紀末からの帝国主義化によって空洞化しはじめ、第一次大戦の衝撃で崩壊した。その半ば必然的な結果が二つの全体主義、スターリニズムとナチズムの勝利だった」

第二次大戦でナチズムは崩壊したが、スターリニズムは今日も地球の半分を支配している。それに対抗する自由主義陣営、たとえばアメリカでもヴェトナム戦争下に進行した事態は権力領域の縮小と暴力領域の拡大で、この傾向が逆転することはなさそうだ。

わたしは尋ねる。「では、どうすればいいんでしょうか」

「私的領域に浸蝕された議会制を、真の意味で公的である評議会制に置き換えること」老婦人は当然のようにいう。

これまで黙っていた青年が口を開いた。「大衆蜂起はマルクス主義的な階級革命の概念に対立します。カウフマンさんが権力として評価する評議会運動は、ハンガリー革命やフランス『五月』、あるいは歴史を遡って一八四八年の二月革命や一八七一年のパリ・コミューンの場合も大衆蜂起の産物でした。ロシアの一九〇五年革命に際してローザ・ルクセンブルクは大衆蜂起の新しい形を発見し、それを大衆《マッセン》ストライキとして注目した」

「大衆《マッセン》ストライキの命名者はブハーリンよ」学生の不正確な発言を訂正する教師の口調で、老婦人が付け加える。

日露戦争は老朽化したロシア帝国を疲弊させ、民衆の不満は限界に達していた。合法的な労働組合運動さえ未成熟だった二十世紀初頭のロシアでも、未組織労働者が自然発生的に職場放棄やサボタージュや山猫ストを開始する。

職場ではストライキ委員会が結成され、それを原点にロシアの評議会である工場ソヴィエトや地区ソヴィエトがいたるところで組織されていく。ストライキは工場から工場に飛び火し、政治ストと経済ストは重畳し、あたかも集中豪雨のように大衆《マッセン》ストライキの大波がロシア全土で氾濫しはじめた。組織された中央指導部がある日、全国の労働組合に指令して国家を機能不全に陥れるほどの大規模ゼネストが決行される。これが旧来の革命的ストライキ構想で、社会主義政党は来るべき革命の日をめざして営々と組織の強化拡大に励んできた。しかし労働者政党や労働組合の勢力拡大は組織の官僚化に帰結する。社会主義的官僚組織も官僚組織の例に洩れず、現状維持と自己保身を最大の目標とせざるをえない。革命的ゼネストの準備が整うときには、もはや革命など労働者階級は要求する気がないという逆説に、二十世紀初頭の西欧社会主義は直面していた。

カケルが続ける。「一九〇五年のロシアを揺るがした大衆《マッセン》ストライキの氾濫は、指導部もなければ組織も計画もなにもない、その意味では完全な無から生じたといえます。ボリシェヴィキ党を含む左翼政党は例外なく、自然発生的なデモとストの大洪水を前に茫然と立ち竦んだ。同じことは十二年後の二月革命の際にも克明に再現される。猛烈な勢いで街頭に溢れ出して帝政を打倒した膨大なデモ隊の正体もまた、指導部も組織も計画も持たない自然発生的な大群衆で、またしてもボリシェヴィキ党は革命に後れた」

老婦人は静かに頷いた。「猛然と巻き起こる評議会運動の嵐に、ボリシェヴィキを含む革命党は、必然的に後れざるをえないというわけね。ロシアの一九〇五年や一九一七年と比較すれば小規模ながら、同じことがフランスの一九六八年『五月』でも繰り返された。マオイスト学生が評議会運動の爆発に乗り遅れたのは当然だった」

「フランス大革命の主体もまた群衆《マス》で、あの革命はブルジョワジーの階級革命ではなくプロレタリア貧民の群衆革命です。革命的群衆は一八四八年二月まで、半世紀も生き延びて間歇的に大規模蜂起を惹き起こした。しかし十九世紀も後半になると、プロレタリア貧民は産業労働者として資本に統合され、社会民主主義政党と傘下の労働組合に組織化されていく」

貧民プロレタリアを産業労働者として秩序化した、十九世紀後半の市民社会と国民国家は第一次大戦《グランド・ゲール》の衝撃で内的に崩壊し、都市の街頭には新しいタイプの群衆が溢れはじめる。市民社会は階級社会だから新たな群衆は階級脱落者《デクラセ》だった。

十九世紀末から二十世紀のはじめにかけて、経済的利害のために団結した労働者階級は、支配階級の帝国主義政策に迎合するようになる。植民地から収奪した富が適度に分配されるなら、国家と資本による帝国主義的侵略に異を唱える理由はない。だから一九一四年に各国の社会民主主義政党は、プロレタリア国際主義の建前を足蹴にして、植民地の再分割戦争である第一次大戦に協力する道を歩んだ。それぞれの国の社会党や労働党の国際的連合体だった第二インターナショナルは、こうして崩壊する。

これを弾劾したのがロシア社会民主労働党ボリシェヴィキ派のレーニンと、ドイツ社会民主党主流派に反旗を翻してスパルタクス団を結成したローザ・ルクセンブルクだった。「カウフマンさんは、ルクセンブルクの評価はどうなんですか」

問いかけたわたしに老婦人が応じる。「そうね、社会民主党員でルクセンブルクを尊敬していた母の影響はあるかもしれない。夫はスパルタクス団の闘士だったわけだし。とはいえ、わたしが政治に目覚めたのはナチが台頭し、否応なくユダヤ人であることを突きつけられてからのこと。それまでは哲学にしか興味のない女子学生でしたね」

二十世紀初頭のマルクス主義者は労働者大衆による経済的要求と、社会主義の実現という政治的理想に引き裂かれていた。当時のドイツ社会民主党でいえば前者はベルンシュタインの修正主義、後者がカウツキーの教条的な正統主義ということになる。第一次大戦の勃発は、両者が結果的には変わらないことを明らかにしたのだが。

カケルが指摘する。「ロシアの大衆《マッセン》ストライキがルクセンブルクに霊感をもたらしたのは、これが修正派の経済ストとも正統派の空想的なゼネスト構想とも本質的に違っていたからです」

二十世紀初頭のマルクス主義者を悩ませた難問、改良と革命の対立は、正確にいえば現在の改良と将来の革命の対立にすぎない。正統派がそうしたように後者を建前化すれば両立可能だからだ。第一次大戦という大津波に洗い流されて、空疎な建前は一夜のうちに消失した。

「マルクス主義者によれば、革命とは革命党による政治権力の獲得です。すでに存在する国家機構を前提とした政権の獲得にしても、ブルジョワ的な国家機構を完全に粉砕する権力奪取にしても」

ルクセンブルクが発見したのは現在の改良と将来の革命、改良主義的な経済ストライキと革命的なゼネラルストライキという二項対立を無効化する大衆《マッセン》ストライキだった。マルクス主義者が時代遅れ、過去の遺物と見なしていた十九世紀の武装蜂起やバリケード戦は、大衆《マッセン》ストライキとして二十世紀に甦った。大衆《マッセン》ストライキとは工場にまで侵入した大衆蜂起に他ならない。

カケルが畳みかける。「カウフマンさんによる動物性と人間性の、あるいは私的と公的の二元論はベルンシュタインやカウツキーとは違いますね。彼らはけっきょくのところ人間性を動物性に還元する一元論者なのだから。しかし現在の改良と将来の革命の二元論に、いまここで生起する革命それ自体を、欲動的な大衆蜂起のリアリティを対置したルクセンブルクとも違っている」

「あなた、もしかしてレーニンの支持者なのかしら」カウフマンはからかうような口調だ。

「人類にとってボリシェヴィズムは、世界戦争さえ凌駕する二十世紀最大の災厄でした。だからといって、レーニンが口を極めて罵倒した社会民主主義の修正派や正統派、その後継者を支持する気もありませんが」青年は淡々と応じた。

「ボリシェヴィズムでも社会民主主義でもない立場から、しかし民衆の革命は肯定するという点は同意見のようね。でも、あなたのいう群衆の革命など認めるわけにはいきません、群衆革命と評議会運動は原理的に対立するから。群衆革命の必然的で唯一の帰結がジャコバン派、あるいはボリシェヴィキヤナチスによる主権の暴力的な樹立にすぎない事実は、すでに歴史が証明している通りね」結論的にカウフマンが断定する。「暴徒《モブ》が群衆存在の本質です」

「どうやらカウフマンさんとレーニンは発想を共有しているようですね。一九〇五年革命の直前に書かれた著作で、レーニンは改良と革命をはじめ自然発生性と目的意識性、経済闘争と政治闘争から革命党と労働者大衆にいたるまで、常識を外れた執拗さで動物的必然と人間的理想の二項対立を羅列しています。

もちろんカウフマンさんは、ボリシェヴィキ党の権力奪取を意味するレーニンの政治主義は、自由で活動的な公共性とはなんの関係もないというでしょう。しかし動物性と人間性をラディカルに切断する姿勢では、カウフマンさんは誰よりもレーニンに似ている。ソ連と東欧のあらゆるレーニン像が引き倒され、群衆に踏みにじられることを心から希望する僕でも、レーニンから学んだ点が皆無とはいえません」

老婦人が鋭い口調で切り返した。「なにを学んだというの、あなたは」

「理想主義の真実を明らかにした点。革命の敵は民衆である、理想主義の敵は理想である。この極点まで踏みこんだ点で、レーニンこそ人類が生んだ最高の理想主義者です。あなたはスターリン主義を左の全体主義として批判しますが、スターリンはレーニンの事業を完成したにすぎない。政敵の暴力的抹殺も強制収容所の建設も、そもそもはレーニンがはじめたことだし」

「革命の敵は民衆である、その場合の民衆とは人間の動物的な次元ということね」

「ええ。不撓不屈の意志で動物的必然性から離脱した純粋な人間は、理想主義者の集団である職業革命家の党でのみ生きられる。これがレーニン主義の真髄です」

わたしは質問した。「クレールの暴力礼讃に賛成するわけではないんですが、カウフマンさんが賞讃する評議会の運動も、これまで暴力と無縁だったとはいえないと思います。ハンガリー革命では市民が銃や火焔瓶でソ連軍の戦車に立ち向かったわけだし」

　十年前のフランスやアメリカやドイツや、世界各地の学生たちは車に放火し警官隊に石を投げた。これも暴力といえば暴力だろう。そこから誘拐や人民裁判や銃撃戦、爆弾闘争に向かう都市ゲリラ派も誕生してくる。

「暴力が不可避な場合もあるというだけ。不可避性の認識は必要だけど、クレールのように大声で支持したり肯定するのは愚かだし、もっと悪い結果になることもある」

「評議会運動の実力行使は、暴力でもテロでもないんでしょうか。たとえば『五月』のような」

「もちろん」白髪の老婦人がきっぱりと応じる。「パリの『五月』に呼応するような学生たちの蜂起が、同じ年の八月にシカゴでも起こった」

　ヴェトナム反戦を唱えて民主党大会に抗議する学生や市民が、シカゴに集結して警官隊と市街戦を演じたのだ。

「シカゴ大学で教えていたから事情はよく知っています。政府やマスメディアは学生たちの暴動だと非難したけれど、流血の惨事を生じさせたのは警官隊の側だった。警棒を振りあげた警官隊が非武装の学生や市民に襲いかかったのだから。あの三日間にシカゴでは、真の意味での政治と公共空間が生じようとしていた。

　公民権をめぐる非暴力不服従の運動から六八年のシカゴ闘争やコロンビア大学占拠まで、これらは自由を求める人々の企てとして繋がっている。そもそも、あらゆる力の行使を暴力として否定してしまえば、アメリカ独立革命も否定されてしまうわね。革命の発火点になったボストン茶会《ティーパーティー》事件でさえ、常識的には暴力事件なんだから」

「では、暴力としての暴力とは」わたしは問いかけた。

「道具としての力。ある目的を達成するため、道具として行使される力こそが暴力なの」

わたしは議論を進める。『五月』のパリでは警官隊の突進を阻もうと学生が車をひっくり返し、砕いた舗石を投げつけました。それは警官による不当な規制を阻止する目的で、道具として行使された暴力ではないんですか」

「違うわね、そもそも石ころで警察や軍隊という制度的な巨大暴力には対抗できない。大規模な暴力にも屈しない、最後まで異を唱えることの象徴的かつ例示的な行為として、石が投げられることもあるというだけ。

警察も軍隊も官僚組織で、官僚組織の原理は力を行使して目的を達成することにある。しかし目的の意味は決して問われない。どうして戦争しなければならないのかを兵士たちが闊達に議論し、全員の合意を尊重できるような軍隊が存在しうるでしょうか。不可能ね、軍隊が官僚組織である以上は。

路上に坐りこむかどうか、規制する警官にどこまで力で対抗するのか。パリでもシカゴでも実力の行使をめぐる問題は、学生たちのあいだで熱心に議論されました。目的を実現するために有効かどうかという観点からではない。許容しえないことに抗議する、象徴的で例示的な行為として妥当であるかどうか」

わたしは指摘した。「でも、広告の場合のようにシンボリックな有効性もあるのでは。化粧品の広告は力ずくで消費者に商品を押しつけるわけではない。この点では暴力といえませんが、手段と目的をめぐる官僚制的な論理が、そこにも認められるのでは」

「いい質問ですよ。……軍隊が戦争の意味を問わないように、広告の場合も商品を売るという目的は問われることがない。この点でシステムは同型的ね。しかし軍隊にも象徴的で例示的な力の行使はある。敵に使えない兵器を盛大に見せびらかすのは、象徴的な効果を計算してのこと」

「それ、核兵器のことですか」

「象徴的な軍事力の典型は、あなたのいう通り原水爆ね。効果など客観的には確定できないから象徴的で例示的なのに、そこまで道具連関に繰りこんで固定化してしまう場合もある。あらゆる力の行使が暴力なのではない。意味が原理的に問われることのない制度的な目的、それを実現するために有効性が計量化できるように行使される力が暴力なの。一九六八年のパリでもシカゴでも、学生たちはそのような暴力を行使したわけではない。一九〇五年のオデッサでも一七年二月のペテルブルクでも、そして一九五六年のブダペストでもね。……ヤブキさん、なにか異論でも」

少し間を置いてから青年が応じる。「カウフマンさんによれば暴力と非暴力は対立的ですね。しかし僕の考えるところでは両者は連続的で、いずれも力の行使という点は変わらない。力のグラデーションの一端が暴力、他の一端が非暴力と呼ばれるにすぎません。

それはそれとして、あなたが評価するような評議会運動とはようするに革命ですね。そして革命とは、抑圧的な政府を覆すほどに大規模な群衆の蜂起です。公民権運動の非暴力直接行動からスト破りに対抗する大衆《マッセン》ストライキの自衛武装、時代や国によってコミューンやソヴィエトやレーテと呼ばれてきた評議会運動の民衆蜂起は、自己目的化された暴力、暴力としての暴力ではないとカウフマンさんは語る。

しかしバスチーユを陥落させた大衆蜂起は、ジャコバン独裁の恐怖政治《テルール》に帰結して自滅し、それから二百年のあいだ同じようなことが飽きることなく繰り返されてきた。ロシアの二月革命とソヴィエトの自律的運動がボリシェヴィキの暴力的な専制に到達したように。〈五月〉の開放的な学生コミューン運動から〈プロレタリアの大義〉のような都市ゲリラ組織が派生したように」

「たしかにフランス大革命はね」老婦人が強い口調で続ける。「しかしアメリカの独立革命は違いますよ」

植民地支配からの解放を求めたアメリカ革命は、独立自営農民を主力としている。清教徒を典型として王権と闘った自営農民は敬虔なキリスト教徒だった。英米の市民革命はフランスの群衆革命とは性格が違うというカウフマンに、カケルが無表情に応じる。

「たしかにアメリカ革命とフランス革命では主体が異なります。二十世紀の革命はロシアのソヴィエト革命も、アメリカ革命とフランス革命を、市民革命として粗雑に一括する歴史観は図式的にすぎる。二十世紀の革命はロシアのソヴィエト革命もドイツのレーテ革命も例外なく都市群衆による革命で、その起源として一七八九年のフランス革命があった」

アメリカ革命に先行したのは清教徒革命で、いずれも都市蜂起ではなく農民による革命戦争として闘われたとカケルは語る。近代の革命の源流が、ドイツ農民戦争を典型とする千年王国主義運動だったとすれば、その直系子孫として清教徒革命やアメリカ革命はある。

カウフマンが応じた。「十八世紀のアメリカ革命から二十世紀のハンガリー革命まで、短いあいだでも評議会的な政治空間が奇跡のように誕生して民衆は活動的な政治経験を生きた。それは自由の創設としての革命です。しかし、もうひとつの革命がある。飢餓や貧困からの解放を要求する革命で、人々の合議と合意による権力が暴力の洪水に呑みこまれていくのは、革命が社会問題の解決を目的としたときね。アメリカ革命は前者の、フランス革命は後者の典型といえます」

古代ギリシア人は「生」を、ゾーエーとビオスの二重性で捉えていた。ゾーエーは人間と動物を問わずたんに生存している状態を示す。これにたいしビオスは固有の形式で縁取られた人間的な生を意味する。第一の革命はビオスの革命、第二のそれはゾーエーの革命ともいえる。

古代ギリシアでは動物的な生《ゾーエー》と人間的な生《ビオス》が厳格に区別されていた。食物の生産や食事に典型的な生存のための活動が不可避である点で、人間もまた生《ゾーエー》を生きざるをえない。古代アテネで生《ゾーエー》が営まれる場所は家《オイコス》だった。人間の生《ゾーエー》を支えるための労働や生産の活動は、家《オイコス》に閉じこめられた女と奴隷に委ねられていた。

家《オイコス》は私的な世界だ。女や奴隷を支配する家長は、市民としてプニュクスの丘で開かれる民会に参加し、もろもろの問題を討議し決定する。民会という政治空間こそ家《オイコス》とは原理的に区別された公的な世界だった。

カウフマンの話から思いついて、わたしは口を挟んだ。「福音書の作者も同じように考えたのではないでしょうか。マタイ福音書のイエスは悪魔から、おまえが神の子なら石をパンに変えてみろと、奇跡の実演を強要されて答えます。人間はパンだけで生きるわけではない、神の言葉によっても生きると。パンの次元と神の言葉の次元の二重性ですね」それは、動物的な欲求と人間的な欲望の二重性ともいえるだろう。

老婦人が頷いた。「古典期のギリシア人は後世のキリスト教徒と違って、パンの次元に神の言葉でなく人間の言葉を対比させた。そこが決定的に違うところ」

わたしたちの話を聴いていた青年が口を開く。「カウフマンさんの語る権力の構成主体、公共空間で言葉をかわしあう主体を市民《シトワイヤン》とします。市民《シトワイヤン》は共和国を構成する政治的主体で古代のアテネにもローマにも存在しました。それは所有する富の大小など経済的属性とは無関係です。市民《ブルジョワ》は経済的に規定される階級ですね。富裕な商工業者としてのブルジョワも、無産者としてのプロレタリアも経済的階級です。人間は政治的な市民と経済的な階級の二重性を生きる」

ブールもシテも都市を指している。「都市の人」という原義では、ブルジョワとシトワイヤンは同じ意味のはずだが、実際の使われ方は異なる。ブルジョワは私人、シトワイヤンは公人だからだ。ブルジョワが経済的に豊かな市民、ひいては資本家を意味するようになったのは十九世紀以降だろう。近代社会でも人は、私人《ブルジョワ》と公人《シトワイヤン》の二重性を生きざるをえない。

「しかし人間には第三の存在形態がある、市民でも階級でもない存在形態が。事例を古代アテネに置き直せば、民会で議論を闘わせる主権者としての市民でも、家《オイコス》に閉じこめられて経済活動に従事する女や奴隷でもない存在」

カウフマンが青年に応じる。「解放奴隷や外国人かしらね」

「むしろ逃亡奴隷でしょう。政治人としての主人のために労働する奴隷は経済人ですが、家《オイコス》から離脱してしまえばその規定は失われる。カウフマンさんの議論からは逃亡奴隷のような存在が除外されていますね。

動物も人間も喰わなければ死ぬ。個と種が存続し続けるために必要な生産、そして生殖のために人類は太古から共同体を組織してきた。共同体とは生産と生殖に奉仕する諸機能の体系です。この体系に組みこまれた諸個人とは、共同体が期待する役柄にすぎません。父と母、狩人と農夫などなど。共同体が解体してのち、近代は新たな機能体系を市民社会として組織していく」

中世的な農村共同体の外に都市が形成された。「都市の空気は自由にする」といわれたように、都市は封建領主の権力から相対的に自立していた。とはいえ中世都市の住民は、ギルドのような職業組織や地域の自治組織に厳格に組織化されてもいた。

災害や飢饉に追われ、あるいは土地を奪われた農民は共同体の絆を失って群衆化し、都市に流れこんだ。どこの誰ともしれない異形の男女が街路を徘徊したり、それらの群居地として都市の底辺に巨大な貧民地区が形成されていくのは、絶対主義王権の時代からだ。教会や貴族とは異なる第三身分として一括されていたが、そこには伝統的な商工業者の子孫である比較的富裕な少数の人々と、土地を奪われ飢餓に追われて農村から流入してきた膨大な貧民層の双方が含まれていた。

一七八九年七月十四日のパリ蜂起の主役は、このような貧民層だった。ただし、ギルド的な商工業者の末裔ともいえる比較的富裕な都市民の代表者が、革命過程では政治的な主導権を握っていく。過激化した貧民層を背景としたジャコバン派は、革命暦でいう熱月《テルミドール》の政変で駆逐された。国民的人気を集めていた軍人ナポレオンが霧月《ブリュメール》十八日にクーデタを起こし、バスティーユ襲撃にはじまる激動の日々はいったん幕を閉じる。革命で土地を分配され、守るべき財産を持つことで保守化した農民層を支持基盤に、ナポレオンは帝位を得る。

老婦人が付言した。「フランス大革命にかんしていえば、一七八九年の人権宣言から一七九一年憲法の制定までが自由の創設としての本来の革命でした。しかし干渉戦争の重圧によって革命は変質していく。九二年の八月十日事件を境に第一の革命は終焉し、第二の革命がはじまった。テニスコートの誓いにはじまる革命の権力は縮減され、ジャコバン派の暴力《テルール》が横行しはじめる。こうして革命は血の海に溺れ、窒息していった」

「ヴェルサイユの第三身分部会にはじまる革命期の議会に、カウフマンさんが賞讃するような共和主義の精髄と革命の権力を見ようとするのは一面的です。真の権力は議会にではなく路上に、蜂起する民衆の裡にあった。評議会とは大衆蜂起の自己組織化の形態だから」

パリでは六十の選挙区《ディストリクト》ごとに、民衆の集会と討議の場が下から組織されていた。これが地域に根ざした民衆の権力機関に転化していく。一七九二年八月十日の武装蜂起のあと、パリはディストリクトの連合体であるコミューンによって自己統治されるようになる。このパリ・コミューンこそ、フランス革命の過程で出現した評議会権力そのものではないかと青年は語る。

「普仏戦争の敗戦の衝撃から誕生する八十年後のパリ・コミューンは、大革命期のそれの再現でした。ロシア革命やドイツ革命やハンガリー革命の評議会の起源は、一八七一年のパリ・コミューンにある。もちろんディストリクトやその再編成であるセクションにも、セクションという地区権力の連合体としてのパリ・コミューンにも、当然ながら対立や軋轢や抗争は見られた」

「地区の中小ブルジョワとサンキュロットの対立ね」半ズボン《キュロット》に長靴下の貴族とは違って、長ズボン《サンキュロット》姿の貧しい民衆階層が当時はサンキュロットと称されていた。

老婦人にカケルが応じる。「経済的に組織化された階級と、政治的組織化を求める群衆の対立です。コミューンの実質はいうまでもなく後者に宿っていた。一七九三年に議会的な政治空間を支配するようになるロベスピエール派は、一方でコミューンに自己組織化した民衆の政治的利用を、他方でその弱体化を図った。サンキュロットの議会内代弁者と目されたエベールを粛清し、怒れる者《アンラジェ》と呼ばれた革命的群衆の言論家や扇動家を逮捕し処刑した。テルミドール派のクーデタを前にしたロベスピエールはパリ市民に蜂起を呼びかけたけれども、サンキュロットはそれを冷淡に黙殺した。ロベスピエールには幾度となく騙され裏切られてきたから」

「あなたの賞讃するパリ・コミューンこそ九月虐殺の主役だったわね」カウフマンが皮肉そうにいう。

一七九二年の八月十日には、蜂起したサンキュロット民衆と革命軍がチュイルリ宮の国王側守備隊と激突し、ルイ十六世を逮捕して王権を停止する。この事件の翌月には外国軍の脅威を背景として、革命派民衆による反革命派と目された人々への大量虐殺が起きた。国内の敵が外国軍に呼応して反革命反乱を企んでいるのではないか、それを事前に阻止しなければならない。こうした危機感に駆られた民衆の暴力で、聖職者や貴族をはじめ多数の反革命容疑者が獄舎から引きずり出されて殺害された。その犠牲者は一千人を超えたといわれる。

「九二年九月の事件と、翌年からのロベスピエールの恐怖政治《テルール》を一緒にすることはできませんよ。恐怖政治《テルール》の暴力は観念的倒錯の産物ですが、九月の出来事はカウフマンさんの言葉でいえば、権力の弱さを暴力が補った結果でしょう。生まれてまもない評議会権力を、フランス共和国もろとも押し潰そうとする内外の力は巨大にすぎた。民衆の権力が充分に強力であれば、過剰な暴力なしに反革命軍や内通者の攻撃を無力化できたかもしれない。しかし残念ながらというべきか、現実は歴史が示す通りでした」

「わたしの意見は違うわね。共同体での社会的役割を失った人々とは仮面《ペルソナ》=人格が剝げ落ちた裸の人間、動物的な生《ゾーエー》だから、つまるところ階級と群衆は同じ領域に属している。ヤブキさんが注目する大革命期の群衆とは、疲弊した農村共同体から都市に溢れ出してきた貧しい失業者のことね」

「貧民は経済的、群衆は社会的な規定です。状況が変われば中間階級が群衆化することもある、大恐慌に襲われた一九三〇年前後のドイツのように」

群衆は共同体の危機と解体から生じてきたが、そもそも共同体それ自体に自己解体の契機が潜在している。その死と再生を組みこんでいるところに共同体の秘密があるからだ。周期的に訪れる祝祭の時間では、役柄体系を維持するための掟や法が侵犯される。

「役柄、すなわちペルソナです。たとえば性的規範が解除され放縦が許される。あるいは貴重な財が破壊され、あるいは王が殺害される。いわば生存の論理、欲求と必要の論理が一時的に蹂躙されて、死と破壊と欲動の論理が前面化する。生存と欲求の論理が優先される時間や空間を俗なるもの、死と欲望のそれを聖なるものと人々は見なしてきました」

老婦人が眉を顰める。「俗なるものが全面勝利し、聖なるものが決定的に失われた近代では、革命が祝祭に取って代わる。それって友人の友人だったジョルジュ・ルノワールの言い草ね。わたしがパリで暮らしていたころ、そんな世迷い言を吹聴していた記憶がある。ファシズム運動と革命は同根だから左派にも民衆を熱狂させるような神話、民衆を結束させるための神秘主義的な儀礼、ナチの親衛隊《エスエス》にも対抗できるような秘密結社が必要だとか。……ルノワールの思いつきが若い人たちにまで影響しているのは残念だわ」

ナチス政権によるユダヤ人迫害から逃れ、カウフマンは一九三〇年代の末から第二次大戦初期までフランスに亡命していた。やはりパリに亡命していた友人を通じて、その時期にルノワールとも接触があったようだ。二人の共通の友人だったユダヤ系ドイツ人の批評家は、フランスに侵攻したナチから逃れるためスペインに出国しようとして果たせず、国境の山村で自殺している。

「欲求と必要のために組織された共同体では、種の生存のために性的規範が存在し、恣意的な性交は禁じられている。たとえ祭で性的規範が解除され乱交が許されるとしても、そこに人間的な意味などないわよ。祭の狂乱のなかで誰とも知れない異性と暗闇でまじわることができても、二人は依然として匿名のまま。

ペルソナを外し役柄から解放されたとしても、この私が自由になったとはいえない。古代アテネでは人間の動物的な必然性は、ようするに欲求や必要は家《オイコス》で適切に処理されていた。家《オイコス》は私的な領域です。だから家《オイコス》を代表する成人男子は民会が開催されるプニュクスの丘に上って、公的領域に参入することもできた」

「としてもプニュクスよりアクロポリスの丘のほうが高い。ペリクレスの時代でもアクロポリスでは、ディオニュソス教の信徒が犠牲の牛を引き裂いていたらしい。聖と俗が循環する共同体に戻ろうというわけではありません。そもそも聖俗二元論は不正確です。人間存在には聖でも俗でもない第三の領域がある。欲求と欲望にたいして精神分析の言葉でいえば欲動の領域が」

「ヤブキさんは三項図式を重視するようね、欲求と欲望と欲動や市民と階級と群衆など」

「ご存じのように古代ギリシア人の思考は三元的でした、たとえば肉体と魂と精神のように。しかも項と項は対立的ではなく類比的に捉えられていた。古代の類比的三元論から中間項を排除して、肉体と精神の対項的二元論を確立したのはキリスト教で、これは地上と天上、神と人間などに変奏されていく。思惟と延長、主体と客体はその近代版ですね」

カウフマンが煙草を銜える。「父と子と人の三元論はキリスト教神学の大前提よ」

「神と聖霊とキリストの三位一体論でキリストの人間性は完全否定され、父と子は実体として一体的とされました。ギリシア哲学に影響されたキリスト教的三元論は、こうして二元論に回収され終えた」

「欲求と欲望と欲動の三項は、市民と階級と群衆に対応するのかしら」

「対応するとすれば欲求と階級、市民と欲望、群衆と欲動でしょう。他の論点では古代の類比的三元論を援用するカウフマンさんが、家《オイコス》とポリスの対項的二元論に固執するのは奇妙です。動物的欲求と家《オイコス》、人間的欲望がポリスに対応するとしたら、欲動は逃亡奴隷としての群衆に体現される」

評議会的な政治はローマ帝国の民会や執政官や元老院のような制度にではなく、スパルタクスを首領とする逃亡奴隷の集団の側にあった。評議会の起源は北米の先住民や雑多な移住者の共同体、あるいはカリブの海賊共同体など古くから世界のいたるところに存在してきた。カウフマンが称揚するアメリカ革命の精神は、それらを引き継いだ限りで革命的だったとカケルは語る。

老婦人が反論した。「アメリカ建国の父たちの構想に、イロコイ連邦のシステムが影響したというのは俗説ですよ。アメリカ革命の評議会的な基礎は、ニューイングランド植民地の村や町の自治集会《タウン・ミーティング》だった。その連合体が州《ステート》政府の水準まで段階的に積み上げられていく。そこから独立戦争の民兵隊も組織されたんです」

「ニューイングランド植民者の自治集会《タウン・ミーティング》に評議会的な要素が見られたとすれば、清教徒革命の余波でしょう。清教徒による革命戦争の自己組織化はイギリス本国では実現されることなく、迫害を逃れてアメリカに移住した者たちによって部分的に試みられた。しかしホーソーンの『緋文字』で描かれているような共同体の閉鎖性、排他性は評議会的な開放性と異質ですね。そこからセイラムの魔女狩りのような倒錯も生じた。

異端や異論の排除と抹殺は大衆蜂起の評議会ではなく、評議会に対立する革命党派の論理です。宗派主義的な神権政治に蝕まれた自治集会《タウン・ミーティング》を評議会としては評価できませんね。先住民のイロコイ連邦のほうがはるかに評議会的だった」

第一次大戦前のドイツ社会民主党では、ベルンシュタインの修正派が賃上げや労働条件の改善を要求する経済ストライキを、カウツキーの正統派は革命を実現するための整然としたゼネラルストライキを主張した。ただし社会民主党の総力を結集する大ゼネストは、いつとも知れない将来の革命の日のことで、それまでは修正派と同じく経済ストで社会改良と勢力拡大に専念していればよい。

改良主義的な経済ストは動物的な欲求の論理に、正統派が選挙による政権獲得を補完するものとした架空のゼネストは理想主義的な人間の論理、欲望の論理に照応する。しかし、日露戦争下のロシア全土を襲った未組織で自然発生的な大衆《マッセン》ストライキはいずれにも属さない。パンを至上とする動物的欲求とも理想主義的な人間的欲望とも違う、異様ともいえる第三の領域からその巨大な力は噴出してきた。

「それが欲動の領域というわけね」

カケルが老婦人に頷きかける。「レーニンはカウツキーを背教者だと非難しましたが、革命方式に相違があるとしても欲望の次元で革命を捉える点は変わりません。一九〇五年の大衆蜂起、一七年二月の大衆蜂起と、その自己組織化としての評議会に欲動としての革命は宿っていた」

「ヤブキさんのいう欲望を人間の対他性の次元とするなら、市民と欲望は対応しないでもない。ただしフロイトの対他性は家族に閉じこめられているし、父と母と子は原理として平等でありえない。相互依存的な共同体としての家《オイコス》には自立的な主体も、言葉で競い言葉で繋がる他者も存在しませんから」カウフマンが青年の顔を見る。「生産と生殖の必然性に規定された共同体が、祭のあいだには一時的、部分的に解体する。ジョルジュ・ルノワールに従って革命とは未開社会の祝祭や秘儀の近代的な形態だというのが、あなたの見解かしら」

フランスの左翼哲学者もパリ・コミューン論で似たようなことを書いていた。「パリ・コミューンのスタイルは祭《フエート》のスタイルだ」という書き出しの本だ。

「ルノワールと同意見とはいえません」低い声で日本人が反論する。

「どこが違うの」

「ルノワールの主張には政治という固有領域をめぐる思考が欠けています」

「その点は賛成、あなたとは政治の概念が違うとしても」

人民戦線運動のころまでジョルジュ・ルノワールは、アナキストでもトロツキストでもないが、共産党とは一線を画した左翼知識人として活動していた。しかし一九三〇年代の後半になると政治的活動から離れてしまう。そして熱中しはじめたのが、〈無頭人《アセファル》〉という秘密結社の活動だった。どうやらルノワールは、ナチズムと政治的に闘うだけでは不充分だと考えはじめたらしい。民衆を魅了するナチズムの神話や、ニュルンベルク党大会のような荘厳な儀礼に思想的に対抗するものとして、小さな秘密結社〈無頭人《アセファル》〉は結成された。〈無頭人《アセファル》〉から分岐した女たちの秘密結社〈無頭女《メドゥーサ》〉の犠牲祭儀は、一九三九年の夏至の夜にマルリの森の奥で行われたのだが、それは四十年後の川船〈小鴉《コルネイユ》〉事件にも影を落とすことになる。しかし〈無頭女《メドゥーサ》〉と〈小鴉《コルネイユ》〉の首なし屍体事件の詳細については、この場でカウフマンに語るまでもない。

　日本人が問いかける。「ご存じですか、ルノワールの〈無頭人《アセファル》〉のことは」

「あの男とも親しかった亡命者仲間から、曖昧な噂を耳にしたことがある程度ね」友人の亡命者とは、ドイツ軍に追われスペイン国境で自殺したユダヤ系ドイツ人の批評家だろう。

「〈無頭人《アセファル》〉の構想も、まったくの間違いだったとはいえない。いわばルノワールは過去に戻りすぎてしまったんですね」

「未開人や古代人を真似た宗教祭儀を、森の奥でやろうとしていたとか。馬鹿馬鹿しいとしかいえない。政治とは徹底して公的なものだから。古代アテネでいえば、政治は昼間のプニュクスの丘にあった。真夜中にアクロポリスの丘で行われていたという、ディオニュソス教徒の犠牲祭儀とはなんの関係もないわよ」

「祝祭的な陶酔による自他溶解をルノワールが賞讃したというのは誤解です。死にゆく者を囲んだ人々の沈黙の絆こそが、ファシズムの死と破壊をめぐる集団的陶酔を超えていく真の共同性だと考えていたとすれば」

「大切なのは犠牲を囲んで沈黙することではなく、テーブルを囲んで言葉をかわすことね。私的な世界から離脱して公的世界に赴くこと、そこには主体的な選択が、意志的な決断がある。生存のための動物的必然性という拘束を決意して脱ぎ棄てるのでなければ、人は政治的であることができないから。ところでルノワールの思想に政治性が欠けているというときの政治とは、いったいどんな政治なのかしら」

「僕の想定する政治にも決断は欠かせない契機として含まれます。しかし同時に政治とは技術でもある。科学技術《テクノロジー》として完成される近代的なテクニクではなく、古代ギリシア的な技術《テクネー》ですが」

「技術《テクネー》の意味はハルバッハの解釈でいいのかしら」

少し不審そうなカウフマンにカケルが小さく頷いた。「近代的な技術《テクニク》は主体が客体を加工変形するための技ですね。近代以前の技術《テクネー》はもともとあるものを形あらしめる技で、日本には興味深い話が伝えられています」

「どんな話なの」

「十三世紀の優れた仏像彫刻家は、仏像の表象を木材に投影したのではない。もともと木のなかに埋まっていた仏を、木屑を払いのけるようにして取り出したにすぎないと」それは運慶の挿話だろう、カケルから日本語学習の副読本として勧められた短篇集で読んだ覚えがある。

「たしかに古代的な技術《テクネー》ね、ギリシアにも似たような話はあるし。なんらかの有用な目的のため人間が対象を加工変形する技、ヤブキさんのいう技術《テクニク》をわたしは仕事《ワーク》と呼んできた。仕事が遂行されるためには、人間の側が完成品を表象していなければならない。理念的《イデアル》な設計図、たとえば彫刻の完成像を意識しながら材木を刻んだり削ったりする行為が、ようするに仕事。これは生存の必然性に規定された労働《レイバー》と、概念的に異なる行為ね」

わたしは質問した。「どう違うんですか、素材を加工変形する点では労働も仕事の一種だと思いますけど」

農夫が土地から小麦を生産する、家政婦が小麦からパンを生産する。いずれも労働で仕事ではないとカウフマンはいう。たとえば彫刻職人が彫像を、建築職人が神殿を造るのが仕事だ。小麦もパンもじきに消費されて世界から消えてしまう。しかし彫像や神殿は労働の産物よりも永続性がある。

「わかりますが」わたしは呟いた。「漂着した孤島の大地をロビンソン・クルーソーは小麦畑や牧場に変え、テーブルや山羊皮の服や丸木船を手造りしますね。小麦粉と丸木船のあいだに、存在性格の根本的な違いがあるとは思えません」

「生存とは生きているという事実の一瞬一瞬の積み重ねなの。生存の必然性に規定された労働や労働の生産物もまた一瞬一瞬のものにすぎない。仕事による製作物は、たとえわずかであろうとも永遠性や不滅性に近づいている」

ロビンソンは近代的な生産者の理想型だ。食物の生産が主要な労働だった近代以前と、機械制大工業による消費財の大量生産は水準が違う。近代では労働が仕事化し、仕事が労働化して両者が一体化した。労働の生産物であるパンと、仕事の結果であるパン工場や製パン機械が一体であるように。

老婦人が煙草の煙を吐きだした。「近代では技術《テクニク》が科学技術《テクノロジー》として完成されていく。政治でも経済でもない第三の領域として、社会が生まれたのも近代のこと」

経済という家《オイコス》の領域が膨張し、家《オイコス》を超えて巨大化したのが社会だとカウフマンはいう。経済の場としての家《オイコス》とは異なる公共的な政治の場は、経済に駆動される社会の従属的な一部と見なされるようになる。こうして私的領域と社会領域と公的領域の三項性が成立した。

カケルが微笑した。「その点は異存ありませんよ。古代ギリシアの家《オイコス》をはじめ、近代以前の共同体は生殖と生産の必然性に支配される役柄の体系だった。共同体が解体されて生殖は家族に、生産はもろもろの産業組織に担われるようになる。ただし平等な諸個人の自由な結合体とみなされる家族も産業組織も、役柄体系という点では近代以前の共同体と変わりません。無数の家族と無数の産業組織が錯綜し重畳する近代社会は、他方で諸階級の複合体でもある」

近代社会は階級社会だとカケルはいう。諸階級が安定した均衡状態にあるとき社会は盤石に見える。しかし危機の瞬間、階級は轟音をたて瓦解しはじめる。失業したことで労働者階級や中間階級から脱落した人々が群衆として、あてどなく街路を彷徨いはじめる。

老婦人が頷いた。「生存の必然性による役柄を失って群衆化した人々からは、アイデンティティも剝落している。それでも失業者が職やパンを求めて街路をうろついているなら、やはり経済の論理に縛られたままね」

カウフマンによれば政治とは労働でも仕事でもない第三の領域、活動《アクシヨン》という領域に属している。ギリシア語では行動はプラクシス、仕事はポイエーシス。労働も仕事も人と物との関係だが活動は違う。活動は人と人の関係で、その最高形態が政治だという。役柄が保障するアイデンティティは、その人が「何であるか」を示すにすぎない。その人が「誰であるか」は活動によってのみ得られる。

人は、ある家族の父親や母親、息子や娘であったりする。あるいは、ある会社の経営者や従業員であったりもする。わたしの場合なら、モガール家の一人娘でパリ大学の学生、年齢は二十二歳で住所はラマルク街などなど。しかし身分証に記載されるような事項は、その人が「何であるか」を示すにすぎない。人間にとって本当に大切なのは「誰であるか」だとカウフマンは強調する。

わたしは問い質した。「たしかに職業や住所や年齢は可変的です。しかし名前はどうなんでしょう。わたしがナディア・モガールであなたがハンナ・カウフマンだということは、どのような条件のもとでも変わらないと思うんですが」

「名前が自他を識別する標識にすぎないなら、名前も変わりうるわね」

たしかにそうだ、自分から変えることもあるし強制的に変えられてしまうこともある。ナチ収容所の四人は名前を奪われ、番号でしか呼ばれなかった。

老婦人がわたしの顔を見る。「私の固有性の根拠は記憶の連続性にあるといわれます。しかし人間は記憶だって失ってしまう。器質的あるいは心理的な理由による、全健忘症のような極端な例をあげるまでもない。わたしの記憶はもうぼろぼろで穴だらけ。自分が『誰』なのかさえ、そのうち忘れてしまいそう」

自分の名前を忘れた老人でも「誰」かでありうる。世界に一人しか存在しないという私の絶対的な固有性は、記憶のような内面的過程に支えられているのではないから。生まれ出たという事実によって、私は世界に新たなものを付け加えた。誕生したという事実に促され、私はかならず新しいことをはじめる。

「なにかをはじめる私こそが固有の私なのね。記憶が穴だらけになった老人だって、なにかをはじめることはできる。だからこそ、この私は私なのよ」

活動とは新しいなにかをはじめ、世界を更新し続けることだ。私が私であるためには、私が「何」でなく「誰」であるということを、他の人たちに認めてもらわなければならない。したがって活動は原理的に言葉をともない、言葉によって支えられる。

カウフマンが畳みかける。「職を奪われ労働を禁じられたとしても、パンの要求が第一義である限り労働者は労働者、経済人は経済人のまま。自由な活動の主体でも政治の主体でもありえない。パンを奪われた人々がパンを求めて街路を彷徨っても、活動しているとはいえません。失業した労働者が生存の必然性の論理から、たとえば略奪や暴動に走っても政府に武装蜂起しても活動とはいえない。もっとも典型的な活動としての政治ではない」

青年が長い前髪を引っぱりはじめた。「プラトンは王を機織り職人に喩えていますね。民という無数の糸を巧みに織りあげて、一枚の布として完成する織工。カウフマンさんの議論では、プラトンの政治観は仕事としての政治になるんでしょうか」

あらかじめ思い描かれた理想的《イデアル》な国家を、プラトンは哲人政治として実現しようとした。職人が完成像に従って彫像や神殿を製作するのと同じように。

「たしかにプラトンの政治観は仕事としての政治ね」

「労働人としてのロビンソンと孤島の自然の対比に寓意されるような、主体と客体の対項的な二元論は近代の産物です。さきほども触れたようにギリシアを含めた古代世界では、たとえば肉体と魂と精神のような類比的で連続的な三元論が一般的だった」

「プラトンでいえば『ティマイオス』が典型かしら。魂の領域も、プラトンは三つに分けている。精神と感情と欲望ね」

「その三者を国家の領域に投影し、プラトンは感情の政治、欲望の政治、精神の政治に分類しました。感情の政治は僭主制に帰結する貴族制、欲望の政治は衆愚的な民主制、いまだ実現されていない精神の政治が哲人政治。カウフマンさんの議論に置き直せば、欲望は労働に、感情を宿す魂は仕事に、そして活動が精神に対応しますね。僕が興味深いと思うのは」

「なにかしら」老婦人が厳しいまなざしでカケルを見る。

「プラトンによれば欲望の政治にすぎない最下位の民主制を、カウフマンさんは最上位の精神の政治として捉える点です」

「不思議はないでしょう。プラトンの政治観はあくまでも仕事としての、あるいは魂としての政治にすぎません。だから本来的な精神の政治は空席のまま」

どうして感情と仕事が対応するのか。仕事の産物を、近代人がいうところの芸術作品とすれば理解できなくもないが。たとえばアポロンの神像はアポロン神それ自体とたんなる石塊の中間物で、類比的三元論に置き直せば第二項、ようするに魂の領域に対応する。古代ギリシアの彫刻家はエジプトやオリエントの同業者とは違って、彫像に豊かな感情表現を込めようと努めた。

感情の政治が独裁制に対応するというのはわかりやすい。民衆の無展望で無自覚な熱狂が古代のペイシストラトスから、ムソリーニやヒトラーにいたる歴代の独裁者を誕生させたとすれば。たしかに独裁制は感情の政治に違いない。では民主制はどうだろう。民主的な議会は、階級をはじめとする社会集団と社会集団の利害対立を調停する場だといわれる。この点で民主制とは欲望の政治にほかならない。

青年が小さく頷いた。「議会で取引される階級的な利害は生存の必然性をめぐる論理、経済の論理に規定されている点で、カウフマンさんは議会政治など政治の名に値しないというのでしょう。プラトンの哲人政治が仕事としての政治にすぎないなら、哲人政治もまた独裁制の変種にすぎませんね。それなら欲望の政治でも感情の政治でもない精神の政治はどこにあるのか」

老婦人が応じる。「ペリクレス時代のアテネで完成された古代民主制が、精神の政治の原型です」

それでもペレポネソス戦争の敗北によってアテネの民主制が混乱を深め、自壊の運命を辿った事実は否定できないだろう。衆愚政治に堕した民主制を目撃したから、プラトンも哲人政治を唱えはじめたのではないか。

カウフマンによれば二種類の民主制がある。欲望の民主制と精神の民主制だ。肉体と魂と精神の古代的三元論に重ねると、欲望の政治としての民主制、感情の政治としての独裁制、精神の政治としての民主制になる。プラトンが主張した哲人政治は仕事としての政治、感情としての政治で独裁制の変種にすぎない。

カウフマンが吸殻を灰皿に投げこんだ。「古代的な技術《テクネー》でも技術は技術、活動でなく仕事の領域に属するものにすぎませんよ。あなたのいう技術《テクネー》としての政治も、独裁制にいたる感情の政治ではないかしら。そういえばレーニンは、『蜂起は技術である』といっていたわね。レーニンの政治がスターリンの独裁に帰結したことには根拠がある」

「レーニンが愛用した『蜂起は技術《テクネー》である』という言葉はブランキに由来します。しかしレーニンは、ブランキ的な技術を近代的な科学技術《テクノロジー》に曲解した。テクノロジーとは主体による客体の操作です。客体に主体が部分的に逆規定されるような場合も含めて。運転者が自動車を運転するように、党は民衆を操縦しなければならない。もう少し違う比喩でいえば、実験者は試薬と試験管を慎重に操作して、目的とする化学反応を生じさせねばならない。いずれにしてもテクノロジーの発想ですね」

カウフマンが無愛想にかぶりを振る。「少数派の蜂起によって民衆という火薬樽に火を点けようとしたブランキは、ボリシェヴィキの先行者よ。ブランキの技術は発破の技術に似ている。巧妙にダイナマイトを扱う鉱山技師の技術もテクノロジーにすぎませんよ」

ブランキが生きた時代、十九世紀パリの底辺には、農村共同体やギルド共同体の解体から生じた貧民層が分厚く堆積していた。大革命からパリ・コミューンまで、きっかけが与えられるや街路に繰り出してバリケードを築き、軍隊や警察と市街戦を戦って、市庁舎や議事堂を占拠したのは下層貧民の大群だった。

十九世紀フランスの政治過程は貧民たちの蜂起によってしばしば攪乱され、七月革命や二月革命では旧権力の倒壊を惹き起こした。一七八九年にはじまる大革命も、一八三〇年七月や一八四八年二月や一八七一年のパリ・コミューンなど「革命」として歴史に刻まれた特権的な事例の他にも、小規模な武装蜂起は絶えることなく試みられてきた。そこにはブランキに率いられた小規模蜂起も含まれる。

日本人が反論した。「ブルボン王政や復古王政や七月王政を打倒した巨大な群衆蜂起を、当時の人々は落雷や大嵐のように破壊的で圧倒的な自然力の産物と見なしていました。積みあげられた火薬樽の大爆発でも、比喩として意味するところは同じですね」

王政やブルジョワ共和制とは異なる理想の民衆的共和国を求めて、ブランキは火薬に点火しようとした。パリの全市的な巨大蜂起を惹き起こす発火点として、少数精鋭の革命結社が先行的に蜂起しなければならない。

わたしは『レ・ミゼラブル』の、サン・ドニ蜂起の場面を思い出した。復古王政を顛覆するため、学生を中心とする蜂起者が酒場にバリケードを築く。独力で王政を打倒できると、わずかな数の学生たちが考えていたわけはない。民衆が火薬の樽とすれば、自分たちは導火線の小さな焔にすぎない。少数派の先行的蜂起は、全市的な規模の巨大蜂起を惹き起こすだろう。

しかし民衆はパリの闇の底で沈黙している。孤立した蜂起者たちは企図の挫折と敗北の運命を悟らざるをえない。そのとき学生たちの指導者アンジョルラスは叫ぶ。「パリがわれわれを見棄てても、われわれはパリを見棄てない」と。物語ではジャン・バルジャンに救出されたマリユスを例外として、サン・ドニの蜂起者は全滅する。

「少数精鋭の蜂起者が革命に点火するという発想は、むろんブランキ一人のものではなく、十九世紀の革命家たちに広く共有されていました。ブランキが異彩を放っているのは、蜂起の技術にたいする執着です。たとえば街頭バリケードの築造法」

一方に打ちひしがれた無力で非活動的な群衆がいる。他方には革命の日々を前線で支えた英雄的な群衆、活動的な群衆が。ある瞬間、非活動的群衆が活動的群衆に変貌するという奇跡を、十九世紀の革命家たちは信じていた。なかでもブランキの武装蜂起や、市街戦の技術にたいする執着には独得なものがある。

「あなたがなにをいいたいのか、少しわかりかけてきたわ。黙々と街路を流れる非活動群衆は材料の木、七月革命や二月革命のときのようにパリの全市をバリケードで埋めつくす活動的群衆はブッダの像というわけね。ブランキは八百年昔の天才彫刻家のように、材木からブッダ像を取りだそうとしたにすぎない。彫刻家の技が技術《テクネー》であるなら、ブランキが固執した蜂起の技術もまた古代ギリシア的な技術《テクネー》ではないのか……」

カケルが静かに頷いた。「これ以上は説明の必要もないでしょう。ブランキの結社は技術《テクネー》の共同体だった、古代からの秘儀結社と同じような。物質的世界から精神的世界にいたるための技術《テクネー》が古代の秘儀です。そこから自然学が生じたルネッサンス期の錬金術や占星術もまた。フリーメーソンや薔薇十字会の入会式《イニシアシオン》を模して、ブランキは四季協会の入会式《イニシアシオン》を定めたともいわれる。厳密には、イタリアのカルボナリ党を経由したそれかもしれませんが」

老婦人が皮肉そうに応じる。「友人にはカバラ学の専門家もいますが、群衆革命論は同時に秘教的《エゾテリック》革命論でもあるようね。ブランキの技術が物質と精神を、あるいは地上と天上を媒介するものだとしても、残る問題がある。群衆は政治的な要求を掲げて蜂起するのよ。二月や七月の革命的群衆がなんの目的もなく、たんなるお祭り気分でバリケードを築いたわけがない」

「カウフマンさんによれば、蜂起した群衆の要求は自由ではなくパンにすぎない。しかも胃袋の反乱は最悪である……」青年が冷淡に応じる。

「もう少し広く経済的問題、貧困からの解放の要求でもかまいませんよ。さきほども話したように、一七九二年八月の暴動を転換点にフランス革命は変質した、自由の要求からパンの要求に」

かつてない新たな政治の領域を拓いた点で、フランス大革命の意義は否定できない。多種多様な政治パンフレットが熱心に読まれ、民衆は選挙区にすぎないディストリクトやセクションを政治活動の場に、下から組織された自己権力に変えていく。さらに政党の前身ともいえる政治クラブが次々に結成され、選挙による議会が開設された。人と人が自由に語りあうこと、言論による人と人の交流こそが人と物のあいだでなされる労働や仕事とは根本的に異なる活動、さらには活動としての政治それ自体といえる。

「政治の存在理由は自由の実現にある、そして労働でも仕事でもない活動こそ自由の経験なの。けれどもフランス大革命では、貧困という経済的問題が政治の領域に持ちこまれた。だから間違ったのね。貧困のような社会問題や経済問題を解決することなど、公性としての政治には原理的に不可能だから。第二次大戦後にわたしたちが経験したように、貧困を解決しうるのは産業技術の発展だけ。産業技術の高度化による豊かな社会の到来が、また新たな問題を生んでしまうとしても」

わたしは口を挟んだ。「ちょっと待ってください。たしかに民主主義社会では、議会でも議会外でも人と人は自由に語りあいます。しかし言論は、なにかを決定し実行するためにあるのではないんでしょうか」

「王でも独裁者でも決定し実行するわね」

「ええ」わたしは頷いた。

「一人が決定するのではなく多数者が決定しなければならない。多数者が合意し決定するために討議が必要だというのでは、人々の語りあいは目的のための手段にすぎないわね。自由はなにかのための手段ではなく、あくまでもそれ自体が目的なの。合意による決定を導くための討議は自由ではなく、自由でない言論は人々の語りあいという定義に反する。合意と決定はあくまでも結果です、むろんそれを実行することも」

一七八九年の五月からヴェルサイユでは三部会が開かれていた。しかし、議員の認定資格をめぐる入口のところで第三身分と貴族や聖職者との対立が激化し、討議は袋小路に入ってしまう。それを打開したのが民衆のバスティーユ襲撃だった。七月十四日に続いて十月五日にも、パリ民衆はヴェルサイユ行進という直接行動に向かう。

わたしは力説した。「招集された三部会では、少なくともシィエスやミラボーも参加していたブルトンクラブのような議員集団では、対等の者同士の議論が自由に行われていた。でもそれは無力だったんです。閉塞状態を一挙に打開したのは民衆の直接行動、武装蜂起でした。民衆を直接行動に駆りたてたのは貧困と飢餓、ようするにパンの要求だったのでは」

「二種類の自由があるのね。自由《フリーダム》と解放《リベレーション》は違う。貧困や飢餓や圧政からの自由は、解放としての自由にすぎません」

「自由とは抑圧からの自由、あるいは内面の自由なんでしょうか。道徳法則に従うことだとか必然性の洞察だとか、説はいろいろとあるにしても、わたしは意思と能力、欲求と可能の一致だと思うんです」なにかを「したい《ヴロワール》」と、それが「できる《プヴォワール》」が一致していれば、人間は自由だといえる。「囚人が獄舎の外に出たいのに出られないとき、自由はない。あるいは空腹なのに食物がない状態も自由ではない。とすれば食物の要求は自由の要求なのでは」

老婦人が応じる。「たとえば餓えたあなたは、どこから食べものを持ってくるのかしら」

「食べきれないほど持っているのに、餓えた人を助けようとしないで見殺しにするような富者から」

議論の流れで暴力革命を肯定しなければならない立場になった。

「富者から奪うわけね。手近なところに飽食している人がいなければ、同じように餓えているけれど最後のパンだけは持っている、ほんの少し豊かな隣人から奪うのかしら」

「それは……」わたしは言葉に詰まった。

「どちらも同じことよ。生存の必然性に規定された行為で、労働の代替にすぎないところは。一致しない意思と能力をやみくもに一致させようとすれば、他者から奪うこと、他者を服従させることに帰結せざるをえない」

貧者が富者を襲って富を奪うこともまた、生存の論理に由来する必然にすぎない。飽食した富者の味方をする必要はないが、富者を襲う貧者の行動が自由だともいえない。フランス革命からロシア革命まで、これまでのあらゆる革命が主権の樹立をめざし、結果として新たな抑圧と貧困をもたらした事実は否定できないだろうとカウフマンはいう。

議論の方向を変えることにした。「でも、貧しい者同士が乏しい食物を分かちあうことは」

「富者が貧者に与えるのは、貧者が富者から奪うことの裏返しにすぎませんよ。同じことで貧者同士の分かちあいも奪いあいと表裏ね。倫理の観点からは利他的な慈善や分配が善で、利己的な強奪や掠奪は悪だとしても、そこには革命の名に値する革命は存在しません、むろん革命としての政治も」

「だとしたら、政治の目的である真の自由とは」

「まったく新しいことをはじめるのが、貧困や抑圧からの解放とは原理的に異なるところの真の自由よ。自由であるのと活動するのは、ようするに同じこと」

自由な活動としての政治は、生存の必然性からの解放が前提となる。たしかに古代ギリシアでは、家《オイコス》の長である成人男子は生存するための労働や仕事から解放され、望むまま民会に出かけて自由な議論を楽しむことができたろう。

「でも、市民である家長から生存に必要な雑事を押しつけられた女や奴隷は、どうなるんですか」奴隷の子孫だったマルティニック出身の親友のことが脳裏を過ぎる。「同じことが、アメリカ独立革命と奴隷や先住民との関係にもいえると思いますけど。奴隷や女や先住民は真の自由と無縁であるしかない、隷属は宿命的だったということなんですか」

「自立した政治領域には、それぞれの時代に固有の限界性が課せられていた。ペリクレス時代のアテネでも十八世紀のアメリカでも。だからといって政治の概念を経済や社会に解体したり、活動を仕事や労働に還元することは許されませんよ。自由と解放を同一視することも。

あなたの不満はもっともだわ。近代はひどい時代だけど少しはいいこともある。わたしたちの社会にもう奴隷は存在しません。耐えがたい飢餓や貧困も先進国では解消されようとしている。人間が生存の必然性から解放されつつある時代だから、活動としての政治が固有領域として見出されなければならないの」

納得できない気持ちだったけれど、いったん口を閉じることにした。わたしのような批判なら、あらかじめカウフマンは議論の前提として織りこんでいるようだから。目的である人間的自由の実現としての政治が奴隷制のような不正な手段に依存している場合、それでも肯定できるのかどうか。ここで目的と手段をめぐる問題を持ち出してみても、政治の領域と倫理の領域は違うと応じるだけだろう。

老婦人がカケルのほうを見る。「大革命の政治は民衆の経済的要求から生じ、それに最初から最後まで動かされていたというナディアの意見に、ところでヤブキさんはどんなふうに応じるのかしら」

「戦後フランスで唯一無二の大知識人と評される人物は、大革命の発火点だったバスティーユ攻撃にいたる群衆の集団形成の論理を考察していますす」

川船〈小鴉《コルネイユ》〉の事件のあと、わたしはこの長大な書物を読んでみた。不満を抱いてサン・タントワーヌ街の路上に集う民衆は、ばらばらの個人の群れにすぎない。街路に充満する不穏な空気を警戒して軍隊が出動する。治安部隊が動き、人々は銃撃を怖れて逃げまどう。たがいに孤立していた人々が、弾圧という共通の運命のもとで逃走という共同の行動をとる。逃げまどう人々の運動に新たな相互性の萌芽が見出される。

「街路を逃げまどう人々は、むろん口を閉じているわけではない。逃走する群衆のあいだでは無数の叫び声が交錯しています」

その本には次のようにある。「私は、全員の疾走によって走り、私が『停まれ！』と叫ぶと、全員が停まる。誰かが『進め！』とか『左へ！　右へ！　バスティーユへ！』と叫ぶ。全員は、また出発し、規制者的な第三者にしたがい、彼をとりかこみ、彼を追い越す。そして、他の第三者が〈合言葉〉や全員から見える行為によって一瞬に規制者として立つや否や、集団はふたたび彼を呑み込む」

群衆の一人としての私は、他者の指示や命令に従っているのではない。口々に次の行動を叫びかわす者の全員が私なのだ。無数の私が無数の私の叫びに応じ、雪崩を打って行動する。

一七八九年七月十四日のサン・タントワーヌ街で、無名のアジテータが「バスティーユへ」と叫んだ。人々は「そうだ」とか「行こう」とか口々に叫びかわし、街路には「バスティーユへ」という言葉が無数に木霊しはじめる。

この私がアジテータであるのは、たった一瞬のことにすぎない。この私の叫びに応え、人々がバスティーユに向けて動きはじめるとき、私はまた群衆の一人に差し戻されるのだから。アジテータの言葉を受肉した群衆は、それ以前の孤立したアトムの集積から自己組織化への一歩を踏みだしている。

カケルが結論的にいう。「群衆の海から無数の飛沫のように一瞬だけのアジテータが次々にあらわれては、また群衆の海に呑まれていく。群衆とアジテータの相互作用から、集団はダイナミックに形成されていくんですね」

また老婦人が煙草に火を点けた。「あらわれては消えていく無数のアジテータが、非活動群衆の無秩序な塊を活動的群衆の集団に変貌させる。とすると、アジテータの発言や行為もまた技術《テクネー》と無関係ではないわけかしら」

「原初のアジテータの叫び声こそ蜂起の技術《テクネー》の原点です。原初のアジテータが人格的に固定化され、たとえばブランキというバリケード神話の英雄が誕生しても、事情は基本的に変わりません」

仏師が木材から仏像を取りだすように、非活動群衆が自ら活動群衆に自己形成するよう仕向けるのが技術《テクネー》としての政治だ。しかしバスティーユ襲撃に典型的な自然発生する民衆行動の主体は、その本では自他が未分化に溶融した熱い集団とされる。

カケルが続ける。「しかし蜂起する集団を著者のように、高熱のためどろどろに溶けて個人が消失した状態、溶鉱炉で煮えたぎる液体化した鉄のようなものとして捉えるのは、まったくの誤認です。たとえ原初的であろうとアジテータという他者が介在することなしに、非活動的群衆は活動的群衆に自己形成しえないのだから。あるいは個的決断という契機なしに、集団は発生することができない」

「では、誰が決断するのかしら」

「『バスティーユへ』と叫ぶ行為それ自体が決断です。決断してから叫ぶのではなく、叫ぶことがそのまま決断なんです」

この声に促されてバスティーユに向かった人々もまた、それぞれに決断している。「バスティーユへ」と叫ぶことで、この私は群衆から自己を切り離す。次の瞬間にはまた群衆の一員に差し戻されるとしても。私の叫びに応じて行動する人々も一瞬前の自分から自分を切断している。

主権者の決断でも、ハルバッハのような死の可能性に先駆する倫理的決断でもない、無数の微小な決断の連鎖と交響が革命的集団を形成する。バスティーユ襲撃のような街頭蜂起はむろんのこと、コミューンやソヴィエトなどの評議会運動の現場では、いつだって微小な決断が無数に交錯していた。一九六八年のパリでもシカゴでも、あるいはベルリンでも東京でも。

青年がカウフマンに問いかける。「膨大な群衆が雪崩のように動きはじめる。このような言葉の交換は人々が語りあうこと、政治の出発点である活動としての言論に含まれますか」

「もちろん。サン・タントワーヌ街の叫びかわしも言葉の交換、語りあうことの一例よ。人間存在の根本的な条件としての複数性を、あなたは承認するのね」

「いいえ」カケルが無愛想に応じる。

カウフマンが勢いこんだ。「どういうことなかしら。この世界に住んでいるのは単数の人間ではなく、複数の人間だという事実まで否定するの」

『事実』がどうなのか、この私には判断できません。他者が見える通りに存在するとして、あらゆる他者も論理的には同じことです」

「独我論ね、学生が知恵熱に浮かされて口走る類の」老婦人が唇を曲げる。

「目の前のコップが本当に存在するのかどうか、もろもろの事物に満たされた世界が見える通りに存在するのかどうか。それは原理的に決定不能でどちらともいえませんが、どちらであろうとかまわない。問題は、それがあると信憑できるかどうか。信憑できるならなんの不都合もないし、それ以上の懐疑は不要です」

そういえばカケルは〈小鴉《コルネイユ》〉の事件のとき、エルミーヌ・シスモンディとも同じような議論をしていた。それぞれ現象学に精通した二人の女性哲学者は仲がよくなさそうなのに、この日本人の発想を独我論として一蹴するところは共通する。

「いずれにしても、ここで他者問題や相互主観性について議論する気はありません。あるロシア人の作家は主人公に奇妙なことを語らせています。もしも月の住人なら、どれほど滑稽で醜悪な行為も躊躇することはない、地球に移り住んでしまえばいいのだからと」

すかさずカウフマンが反論した。「その前に主人公は、どんな悪事をなそうと、こめかみに一発ぶちこんでしまえばすむといっていたわね。どちらの喩えもギュゲスの指輪と変わりませんよ」

プラトンの『国家』に登場するグラウコンは、ギュゲスという羊飼いの挿話を物語る。嵌めれば躰が透明になる魔法の指輪を手に入れたギュゲスは、その力で妃と通じ王を殺してしまう。この挿話でプラトンが問おうとしたのは倫理の根拠だった。絶対に露顕しないし処罰されない場合でも、人が悪をなさないことに根拠はあるのか。自殺することも月から地球に来てしまうことも、悪をなした世界から姿を消してしまう点で、透明人間になれるギュゲスの喩えの変奏といえる。

「いいえ、月と地球をめぐるスタヴローギンの喩え話は、ギュゲスの物語とは水準が違います」

「どのように違うと」

「地球から見あげる月は、闇の天空の彼方に浮かんだ小さな光球にすぎません。朝になれば消えるし、見えるときでも満ちたり欠けたりして形さえ一定ではない。ようするに『月』とは、実在性の疑わしい対象や客観世界の比喩なんです。月に喩えられる世界がこのように存在さえ疑わしいのなら、どうして倫理が問題になりうるでしょう」ようやく議論が、わたしにも多少は知識のある領域に入ってきた。

長いこと近代の哲学者は私と世界、主観と客観、内在と超越の分裂を真理の成立可能性をめぐる難問として論じてきた。それを倫理の根拠という形で摑み直したところに、月と地球の比喩の現代性がある。ようするにスタヴローギンとは、神の存在証明を失ったデカルト主義者なのだと青年は語った。

倫理の不可能性の根拠として人が死の絶対性を想定するとき、死とはギュゲスの指輪の等価物にすぎない。透明人間を処罰することができないように、死者もまた処罰をまぬがれてしまう。

しかし同じことが月と地球の比喩で語られるとき、問題はデカルト以後のものとなる。ギュゲスは外的世界の存在を懐疑したわけではない。もしも外的世界の拘束が私に及ばないなら、私は倫理から無限に逸脱しうることを示す事例として、プラトンはギュゲスの物語を引いている。

スタヴローギンは倫理の不可能性の根拠として、私＝地球と世界＝月が絶対的に隔てられていることを指摘した。デカルト以後の時代は神の存在証明を失った、壊れたデカルト主義者の大群を生みだした。近代の哲学者が一般にそうしているところの、主観と客観を対項的に措定するメタレヴェルの主観性の前提化を、スタヴローギンは欺瞞であるとして拒否する。

この私は世界に到達することが禁じられている。しかも、こうした事態の問題性は真理というよりも、むしろ倫理の成立根拠において鋭く問われざるをえない。

「悪は私と他者との関係に宿る。しかし他者が存在するためには、まず世界が存在しなければならない」

わたしは口を出した。「仮に自殺が悪だとして、自殺という悪に他者は存在しないわ」

「ヤブキさんがいいたいのは、『殺す私』にとって『殺される私』は他者だということでしょうね。前者の私は後者の私を、ようするに死ぬ私や死んだ私を原理的に体験しえない」

軽く頷いて青年は続ける。「現象学の他者論に説得力がないのは、論理的な不備のためではない。感情移入の不全性や失調の根拠が明らかでないから、現象学の他者論には説得力が乏しい」

感情移入はもともと美学用語だったが、現象学では自我からの意味の移し入れによって他我が構成されるという文脈で用いられる。現象学的に還元された世界では超越論的自我の他に別の自我、すなわち他我が存在し、それもまた独自の超越論的主観性の中心点に位置することになる。

「問題のロシア作家の時代的直観によれば、群衆の一人一人がスタヴローギンなんです。もともと共感《コンパッション》とは他者の痛みを自分の痛みとして感じることで、現象学的にいえば感情移入によって可能となる。しかし、われわれは他者に自然には共感しえない。私と同じような外見の対象が目の前にあらわれても、それを私と同じような主観とは確信できない。違う言い方をすれば、それが私と同じような心的経験を生きているとは感じられない」

　どうしてわたしは、目の前の老婦人をもうひとつの主観だと信じられるのか。人間の形をしていても等身大の人形かもしれない、たとえ動いても喋っても精巧なアンドロイドかもしれない。血を流したとしても、生化学的ロボットという可能性は否定できない。発した言葉に相応の返答がなされても、人工知能が答えているのかもしれない。

「それでもヤブキさんは、わたしを自分と同じ人間だと思って話している。違うかしら」

「目の前にあるそれを人か物か決定できなくても、人であると仮定して対応することはできます。世界が本当にあるのかどうかはどちらでもいい、たいした問題ではないから。

　世界を世界の意味に還元することは、世界を厳密なものとして再認識するためではありません。もろもろの臆断《ドクサ》を抱えて人は生きているし生きていける。困難な問題は認識でなく倫理です。倫理の根拠を探究するために還元は遂行されなければならない。だから私と同じような外見のそれに、私と同じような心があるのかどうか、この問題は決定的なんです」

「どんなふうに」老婦人は眉根を寄せる。

「心がなければ物ですね。物であれば壊すことに倫理的な問題はない。われわれは日々、無数の物を壊しながら、あるいは壊された物を利用しながら生きています。ジャイナ教徒やヴィーガンであれば動物を壊す、すなわち殺すことを否定するとしても」

「人が人に暴力を振るいうるのは、感情移入が成立していない場合だというのね。それなら自殺はどうなの。私は私が心のある存在だと知っているけれど、それでも私を殺すことができる」

「自殺の際には私が二重化していて、心的なリアリティは殺す私の側に集中している。だから殺す私は人でも、殺される私は私ではない存在、ようするに物でしょう。感情移入は必然ではないし、私がそれをもう一人の私であると信憑しうるのは、信じられないほどに微妙な心的作用の結果です。だからいつでも人は物に変貌しうる。連続殺人者のサイコパスには人を人として、溢れるばかりの生き生きした意味として感受しえないタイプが多く含まれている」

しばらく沈黙が続き、ようやくカウフマンが話を再開する。「では、他者はどこにいるのかしら」

「政治的な場面での対立する他者の具体例は、さきほどの話に出たアジテータです。『バスティーユへ』と叫んだ無名のアジテータは群衆と対立する。次の瞬間には群衆に呑みこまれ、またしても群衆に同化してしまうにしても。アジテータが群衆と対立しえたのは、群衆の敵を名指したからです」

「敵とはバスティーユのことなの」

「ええ、この場合は。……アジテータとは群衆に向きあい、われわれの敵を名指す者です。敵を発見することで非活動群衆は活動群衆に変化しうる。しかも敵の名指しは本質主義的であってはならない」

「本質主義的な敵とは」

「たとえば絶対王政ですね」

王政を廃止して共和制を樹立しなければならないという類の認識を、群衆に共有させようとしても無駄だ。一七八九年七月にはバスティーユ、十月にはヴェルサイユという地名が具体的な敵として名指された。名指される敵はとりあえずの敵でなければならない。

集団形成の果てにとりあえずの敵がルイ十六世として、さらにあらゆる王、ようするに王政が名指される局面は到来するかもしれない。しかし、それは集団形成の結果であって最初からの目的ではない。

「そうね。あらかじめ最終的な敵を措定し、それとの闘争に向けて民衆を導こうとする者は、プラトンと同じで仕事としての政治を行うにすぎない。政治とは世界に無数の人がいること、しかも一人一人が固有であることを前提としている。ヤブキさんによれば、私にとって他者とはいることもあればいないこともあるような頼りないものね。しかし他者は存在しますよ、多数性こそ人間の定義そのものだから」

「超越論的現象学では、他者は感情移入によってのみ存在しうる。しかしハルバッハによれば現存在は共同存在で、この私に他者はすでに含まれている。あなたのいう多数性はハルバッハの共同存在を前提としているのでは」

「多数性は共同存在とは違う。多数性とは、相異なる私が世界を囲んで無数に存在すること。私は他者を含んでいるのではなく、私と私のあいだには距離がある。

繰り返しますが、生存の必然性に規定された経済の原理と政治の原理は異なる。経済活動の場である私的世界から出て、人々は政治という公的な世界に向かわなければならない。ヤブキさんとは発想も論理の立て方も違うけれど、これらの点ならあなたも同意できるのでは。人と人のあいだでなされる自由な活動は、そして活動としての政治はそれ自体が目的だということも」

青年は無表情にいう。「カウフマンさんは古代アテネのポリスが、国民国家の議会制民主主義を超える評議会の原型だと考えるわけですね」

「近代の議会制民主主義は私的領域に浸蝕されて畸形化した公的領域、ようするに社会領域と不可分です。その表現として、たとえばフランス共和国は社会的国家だというような憲法の規定もある。ポリスの理想的な政治とは、多数者の支配《デモクラシー》ではなく無支配《イソノミア》だった。議会制民主主義の社会的国家とは、多数者の利害に奉仕する多数者の支配に他ならない」社会的国家は福祉国家のことでもあるから、カウフマンは民主主義国家の社会政策や福祉政策にも反対の立場のようだ。

カケルが応じる。「カウフマンさんの結論に同意するとしても、理由は違いますね」

「どう違うのかしら」

「あなたが高く評価するペリクレス追悼演説は、ペロポネソス戦争の最中に行われている。アテネの民会の主要な議題は戦争でした。あの時代のアテネはいつも戦争していたのだから。もしも開戦が決議されたら、民会に集う市民たち全員が栄誉ある義務として、あるいは市民の権利として戦場に赴かなければならない。武具を揃えている豊かな市民は陸戦のために槍を担いで、貧しい市民は海戦のために軍船の漕ぎ手として」

仮にアテネの民会が理想的な政治の世界だとしても、自由な言論が交換される活動の場だったからではない。あくまでも対立者を発見するための、したがって集団を形成するための公的な場だった。

「アテネがスパルタを倒してギリシアの覇者になったとしたら、どうなのかしら。もう敵は存在しないわね」

「アテネを覇者とするヘレニズム帝国が完成していたら、民主制は帝政に転化したでしょうね、後世のローマのように。しかし帝国の支配に反逆して新たな集団が、新たな政治が形成されるのもまた不可避です」

「スパルタクスの叛乱のように」

「ええ、それも含めて」

「民会で演説するペリクレスとは違うにしても、スパルタクスもまた英雄でした。シーシュポスにも似た反抗する英雄。自由な活動はそれ自体が目的ですが、人々に活動することを動機づけるのは不滅性、不滅であることへの憧憬です。英雄スパルタクスがそうだったように、スパルタクス団を創設した女性革命家の名も後世まで伝えられるでしょう」

労働の産物は瞬時に消費されて世界から消えてしまう。テーブルはパンよりも長持ちするが、仕事の産物も時の流れには抵抗できない。職人が技の限りを尽くして製作したテーブルも数世代のちには廃材に変わる。労働でも仕事でもない活動の産物だけが不滅なのだ。古代ギリシア人はホメロスのような語り手を介して、トロイ戦争のアキレウスの事跡を記憶し続けた。そして後世のわれわれはペリクレスを、あるいはスパルタクスを記憶している。

老婦人が続ける。「トロイ戦争のアキレウスや、ペレポネソス戦争のペリクレスの背後には無数の人々が存在していた。彼らの活動を、わたしたちは英雄の名前として記憶している。……ところでヤブキさんの群衆は、なんのために集団を形成して闘うのかしら。時間の破壊作用に抗し、不滅性を獲得するためでないとしたら」

「群衆は歴史など信じませんよ。歴史という記憶の秩序が崩壊した廃墟に、群衆は誕生するのだから。明日にも核戦争が起こるかもしれない。核戦争で人類が絶滅すればアキレウスもペリクレスも、シーシュポスもスパルタクスも、あらゆる英雄の記憶は無に帰する。英雄の行動に象徴される自由な活動のすべてが」

群衆も進化する。バスティーユ襲撃を出発点とした十九世紀の蜂起する群衆には、まだ貧民プロレタリアとしての共同体的な絆が残されていた。そのぶん不純だったともいえる。第一次大戦後に出現した二十世紀的な群衆は、共感《コンパシオン》の喪失という点でより純化していた。

「わたしもその世代だけど、それでは核戦争の脅威に直面しながら育った、あなたたち戦後世代はどうなの」

カウフマンの問いに日本人が答える。「ニヒリズムが主義や思想でなく、生そのものに刻印されたというところでしょうか。われわれは歴史を信じない。目的論的な未来の歴史はむろん、記憶としての過去の歴史でさえ」

暖炉の炎を見つめていた老婦人が苦笑する。「こんなふうに若い人と議論したのはひさしぶりのことで、少し疲れたわ」

「ええ、そろそろ寝みましょう」

老婦人がゆっくりと頷いた。「あなたの主張のそれぞれに異論や反論はあるけれども、この続きはまたの機会にね」

カウフマンとカケルの対話は、わたしにも興味深いものだった。革命と大衆蜂起をめぐる難解だったカケルの思考が、今夜の議論で少しは理解できたように思う。


〈11月23日午前9時30分〉

目覚めると、天井の高い見覚えのない部屋だった。寝室なのにモンマルトルの自宅の居間よりも広く、家具調度も豪華で高級ホテルの客室のような雰囲気だ。夜も遅いからとフランソワ・ダッソーに勧められ、森屋敷に泊まったことを思い出した。

枕元の時計を見ると九時半になろうとしている。サラ誘拐事件の事情聴取のため、誘拐班の警官たちが午前中にダッソー邸を訪れてくる。捜査責任者のジュベール警視は、わたしを含めて誘拐事件の関係者から詳しい事情を聴きたいようだ。

まだ全身に淀んでいる眠気を追い払おうと、真新しいシーツのなかで大きく背伸びしてみる。「もう起きなきゃ」と自分に言い聞かせ、シーツを蹴ってベッドから身を起こした。

部屋には浴室が附属している。客室に備えつけの夜着を脱いで頭からシャワーを浴びた。浴室から出て服を着ようとしたのだが、安楽椅子の背に掛けておいたドレスが見えない。当惑して室内を見渡すと、ドアの前に平たいボール箱が重ねられ、いちばん上に封筒が置かれている。

熟睡しているとき客室に立ち入った者がいるようだ、ドアを少し開いて、ボール箱の山を押しこんだのかもしれない。バスローブ姿で濡れた髪を拭きながら、封筒のメモを読みはじめる。

勝手ながら汚れたドレスは洗濯に出した、申し訳ないが今日は用意した服で我慢していただきたい。こちらで選んだのでデザインは趣味と違うかもしれないが、サイズは合うはずなので……。こんな意味のことが便箋には鄭重な言葉で記されている。そういえば寝る前にダランベール執事から服や靴のサイズを尋ねられた。着ているドレスが汚れ放題なので、小間使いの服でも借りてくれるのだろうと思っていたのだが。

三つのボール箱を開けてみると秋物のスーツとブラウス、踝の上までのブーツとハンドバッグ、下着やストッキングまで入っていた。衣類は高級ブランドのプレタポルテだが、店も開いていない時刻にどうやって新品の衣類や靴やバッグを調達できたのか。ダッソー家で執事を務める人物なら、この程度の無理も仕事の裡なのかもしれない。

服は洗濯に出されてしまったので、遠慮しているわけにもいかない。浴室で簡単に化粧をして上から下まで新品を身に着けてみた。試着していない既製服のためぴったりとまではいえないが、借り着の不自然さは感じない。

条件はサイズだけで、上から下まで店員に選ばせたのだろう。女らしいシルエットを強調しすぎて、ファッション界では反動よばわりされた有名ブランドの服だが、創業者を失ったシャネルよりも最近は人気がある。わたしの趣味ではないけれども、今日はこれで過ごすしかない。

馴れない靴で正面階段を下りていくと玄関ホールに執事の姿が見えた。偶然なのか、あるいは階上の客が寝室を出ると下にいても察知できる仕組みでもあるのか。階段の下で深々と一礼する黒服の老人に、身に着けたばかりのスーツを示していう。

「こんなことをしてもらっては困るわ、洗濯してすぐに返しますから」

「その必要はございません、失礼とは存じましたが当方で用意いたしました。昨夜のお礼は別に考えたいとの、ダッソーさまからの伝言です」

昨夜の礼とやらを使用人に断っても意味がない。どうしてもなにか贈りたいというのなら、オランダで刊行されたフッサール全集《フッサリアーナ》か、いっそのことアルピーヌA１１０の状態のいい中古車とか。しかし冗談でもそんなことを口にすれば、本当にプレゼントされかねないから、余計なことはいわないでいよう。

食堂に朝食を用意するというダランベールとホールで別れて、広大なサロンに入った。列をなした縦長の窓からは晩秋の薄日が射しこんでいる。朝のうちに掃除されたようで絨毯には埃ひとつ落ちていない。庭を眺めることのできるソファでは、表情をなごませた老婦人が少女と言葉をかわしていた。

「かまいませんか」

声をかけるとカウフマンが微笑して応じた。「もちろんよ、お坐りなさい」

堂々とした印象の老婦人とまだ小学生のように見える少女が、ソファに二人並んで腰かけている。アンピール様式の肘掛け椅子に腰を下ろして、わたしはダッソー家の一人娘に問いかけた。

「サラは家に戻れたの」

「まだ病院なんです」

「怪我でもしたのかしら」

少し心配になって尋ねたが、どうやら頬を擦り剝いた程度ですんだらしい。精神的な疲労や消耗が問題なら、今日中に帰宅が許されるだろう。ただし退院したからといって安心はできない。どんな目にあわされたものか詳しいことはわからないが、脅されて誘拐され七時間も監禁された事実がある。耐えられないほどの恐怖や衝撃は精神的な外傷を残す。大人びて見えてもサラはまだ十三歳なのだ。ミノタウロス島の事件のあと、わたしが体験したような不眠や悪夢やフラッシュバックに悩まされなければいいのだけれど。

わたしの姿をわざとらしく見廻し、からかうような口調で老婦人がいう。「そんな恰好をしていると、まるでブローニュの若奥さんね」

「服が洗濯に出されてしまって、これしか着るものがないんです」わたしは弁解した。

「三時間ほど眠って起き出したら、電話で話すダランベールの声が聞こえてきた。若向きの婦人服を一式、下着や靴まで揃えていますぐ届けろって」

カウフマンが三時間ならダランベールはそれ以下しか寝ていないことになる。わたしとカケルが客室に引きとるまで眠らないで待っていたのだから。大富豪の執事という仕事も大変だ。

わたしは言葉を継いだ。「困るんです。洗濯して返そうと思うんですが、その必要はないというし」

「遠慮なんかしないで貰っとけばいいわよ。あなたの昨夜の恰好は戦場の避難民みたいだったし、気に入らないなら売り飛ばして本代にでもしたら」

それほどひどい恰好だったとも思わないが、やむをえない、いま着ている服や新品のバッグは衣装棚の奥に仕舞いこんでおこう。これから着る機会があるとも思えないが、贈られた品を古着屋に持ちこむわけにもいかない。

「まだ寝てるんですか、カケルは」

「庭を散歩しているようね。わたしたちから昨夜の話を聴くために警察が来てるのよ。少し前にヴェロニクが応接室に呼ばれたところ」その部屋は玄関ホールの横にある。

「もう終わったんでしょうか、ダッソーさんの聴取は」

警察の事情聴取なら邸の主人からはじめたろう。電話で誘拐犯に応対したのも身代金をめぐる決断をしたのも、フランソワ・ダッソーなのだから。

「協力しろという警察の意向を無視して、フランソワとオヴォラは午前八時に出かけたわ。九時から会社で重要な会議があるとか。警察を舐めてるって、大男の刑事が下品に怒鳴り散らしていたわね」

面白がるような表情の老婦人に確認してみる。「それ、バルベスっていう警部じゃないですか」

「そうそう、バルベス警部。痩せたほうはジュベール警視だったかしら。あの乱暴そうな大男のこと、ナディアは知っているの」

知っているどころではない、両親と産婦人科の医師や看護婦を除外すれば、生まれてはじめて顔を合わせた人がジャン＝ポールなのだ。

「乱暴そうじゃなく本当に乱暴でがさつで無神経だから、近寄らないほうが無難だと思います」半分は冗談でも半分は本気でいう。

「その口振りでは、あの警官が嫌いじゃないみたいだけど」

カウフマンの軽口に無言で肩を竦めた。好きか嫌いかといえばたしかに嫌いではない。とはいっても、それでジャン＝ポール・バルベスへの人物評価が変わるわけでもない。ナディア嬢ちゃんには大甘にしても、がさつで乱暴で無神経なのは否定できない事実だ。昨夜もわたしの前で、体重が自分の半分もなさそうなひょろひょろの銀行員を、育ちすぎた栄螺《さざえ》みたいな拳骨で容赦なく殴り倒していた。

それにしてもジャン＝ポールは、どうしてジュベール警視に同行してダッソー邸まで来たのだろう。聖《サント》ジュヌヴィエーヴ学院で起きた殺人事件の担当だから、リュエイユ・マルメゾンの現場にいなければならないのに。わたしのことを心配して森屋敷に立ち寄ったとも思えないが。

家政婦が運んできた珈琲をカウフマンが口に含んだ。「バルベス警部はフランス人にしては大柄ね、オランダ人かスウェーデン人みたい」

ジャン＝ポールは綺麗な金髪と澄んだ青い眼で、身長は一九〇センチを超える。先祖にヴァイキングの暴れ者でもいたのではないかと、以前からわたしは疑っている。ノルマンディならともかく、どうしてヴァイキングの子孫がピレネーの山奥で生まれたのかは謎だが。

カウフマンが身長の話題をソフィーに振った。「父親のフランソワは一八〇センチ以上あるけど、あなたの母親は小柄だったわね」

「わたしは小さくて学級でも下から二番目、でもサラは学年の女子ではいちばん高いわ」

ソフィーは一五〇センチほどだがサラは一六〇センチを超えている。

老婦人が愛おしむように少女を見る。「でも、これから伸びるわよ」

「いまの母《メール》は一七〇センチ、でもサラのほうがきっと高くなる」少女がママンでなく母《メール》や名前でヴェロニクと呼んでいるところに、継母との心理的な距離が窺われる。

どうやらソフィーはサラの背が伸びて、女優だった継母の背丈を追い越してしまえばいいと思っているようだ。むろん背丈は問題の一面にすぎない、敵意や反感とまではいわないが継母のヴェロニクにソフィーは複雑な感情を抱いている。父親を奪って家庭に入りこんできた若い女に、少女が対抗心を抱くのは自然な心理だろう。

ソフィーが話を戻した。「その服はマドモワゼルに似合わないと思う、おばさんみたいだし。四阿で会ったときのほうが素敵だった。わたしもナディアみたいな恰好でアンドレと歩いてみたい」ジーンズにブルゾンというような恰好はヴェロニクが許さないようだ、ダッソー家の令嬢にはふさわしくないと思っているのだろう。

「アンドレって友達《コパン》なの」

ソフィーが嬉しそうに頷いた。「成績は学年で一番だしテニスは上手だし、クラスの女の子はみんな憧れてるわ。でもアンドレはサラに興味があるみたい。サラのほうは、あんな子はタイプじゃないって」

中学生の少年少女にも微妙な三角関係が存在しているわけだ。「じゃ、サラのタイプって」

「ムッシュ・ヤブキのこと、素敵だって」

いやはや、わたしに中学生のライヴァルが登場するとは。しかし安心はできない、と思って苦笑した。まだ鉛筆みたいな躰つきだが、背丈はじきに追い越されかねないのだ。

「昨日も待ちあわせしていたのよ、アンドレと」打ち明け話の口調で少女がいう。

「どこで」

「近くの公園で新しい服を見せてあげるって、一昨日に学校で約束したの。それなのにサラが先に着て庭に出ていった。あの娘《こ》が着ると裾が短すぎてミニドレスみたいなのに、アンドレを驚かせてやるんだって」

驚愕の新事実を知って畳みかける。「アンドレと昨日の午後四時に、近所の公園で待ちあわせていたのね。あなたとサラ以外にそれを知っていたのは」

「モガールさんを招待するというのでヴェロニクには話しました、それとエレーヌにも。母もアンドレに見せてあげなさいって」

ソフィーが十一月二十二日の夕方に裏木戸から街路に出ることを、ヴェロニクは前日から知っていた。「午後四時という時刻まで話したのね」

少女がこくりと頷く。「アンドレを警察の捜査に巻きこみかねないから、母は待ちあわせのことを刑事さんに話さないようにって」

ソフィーはまだ、誘拐が通りがかりの人物による犯行だと思いこんでいる。午後四時という予定を知っていた者たちの一人が、誘拐犯の協力者である可能性など頭の隅にも浮かんではいないようだ。

「脅迫電話があったときも、待ちあわせのことは黙っていたわね」

「母が小声で、それは他の人にいわないようにって」

アンドレの父親は保守派の有力政治家で、大臣を務めたこともあるジュスタン・マドック。ソフィーとの友達づきあいをヴェロニクが推奨さえしている様子なのは、アンドレの家が富裕で父親が名士だからだろう。アンドレ・マドックを事件に巻きこむことを嫌って、ヴェロニクが娘の口を封じたというのは本当だろうか。

老婦人が真面目な表情でいう。「アンドレと公園で待ちあわせていたことは、警察に話したほうがいいわね。あなたのパパが知れば同じように忠告するはずだし」

「パパは知っていたわ、ヴェロニクから聞いて。たぶんオヴォラさんも」

「誘拐騒ぎで二人とも忘れてたのよ。ヴェロニクが怒るようなら、わたしの指示だったといいなさい。いいわね、ハンナおばあさんを信じて」

少女は素直に頷いた。「はい、警察の人に話します」

食事の支度ができたとダランベールに呼ばれ、二人を窓辺に残して食堂に移った。巨大なテーブルに一人では落ちつかないが、これも寝坊したせいだ。二、三時間の睡眠で充分だという老婦人やカケルと一緒に、夜遅くまで起きていたから寝過ごしたのも無理はない。熱すぎるカフェ・オ・レに息を吹きかけて冷ましながら、わたしはいろいろ考えていた。

マドック家に迷惑をかけまいと、あるいは迷惑だったと疎まれることを警戒して、ダッソー夫人はソフィーの口を封じた。これが常識的な解釈だとしても、それとは違う解釈も存在しうる。ヴェロニクが誘拐の協力者で、そのことを知られないため箝口令を敷いたという可能性だ。

犯人が誘拐計画の標的としたソフィー・ダッソーは、二百万の身代金を電話一本で用意できるフランスで有数の大富豪の一人娘だ。その場で思いついて通りがかりの少女を誘拐したわけではない。ダッソー家の令嬢が二十二日の午後四時に、邸の裏木戸から出てくるだろうことを犯人は事前に摑んでいた。ソフィーと待ちあわせていたアンドレから誘拐犯に情報が伝わったのかもしれないが、ダッソー家に協力者が潜んでいる可能性のほうが高い気もする。

邸内の協力者あるいは情報提供者は、ソフィーが裏木戸から邸外に出てくる時刻を誘拐犯に伝えた。新しいドレスを着ていることも。しかしソフィーの髪型や背丈までは伝えなかったのだろう。だから間違えられてサラが誘拐された。

とはいっても、ソフィーの口を封じたヴェロニクが協力者とまでは断定できない。事情はダッソーやオヴォラも知っていたようだ。常識的には父親が娘を誘拐することはないだろうが、どんな裏があるか知れたものではない。秘書ともなれば誘拐の協力者として充分に疑いうる。他の使用人も同じことだし、とにかく邸内の誰がソフィーとアンドレの待ちあわせを知っていたのか確認しなければ。

クロワッサンの尻尾を囓っていると、派手なジャケットを着込んだ巨漢が食堂に入ってきた。「この邸に泊まったそうだね。よく眠れたかい」

「早いのね」

パン屑が散らばった食卓を、にやにや顔のジャン＝ポールが見下ろす。「パリ市民が安眠できるように、警察官は不眠不休で頑張ってるのさ。誰かさんみたいに朝寝坊はできん、あんたのパパだってほとんど寝ちゃいないだろう」

膝のナプキンをテーブルに戻して軽口で応じる。「過労で倒れたりしないことを願ってる、あなたじゃなくパパのことよ」

「嬢ちゃんも昨夜は大変だった、おじさんの奢りで晩飯を一緒にどうかな。カケルさんはもう誘っておいた」

「いいわよ、奢らせてあげる」

どうしてカケルは食事の誘いに応じたのか。主人の勧めに応じてダッソー邸に泊まったのも不自然だ。あの日本人は、どんなわけかサラの誘拐事件に興味を持っている。その理由を考えるうちに穏当とはいえない可能性が浮かんできた。カケルが態度を変えたのは、セバスチァン・ルドリュという名前を耳にしてからだ。あるいはルドリュという男は……。

ジャン＝ポールが拳で掌を叩いた。「ちょっと遅くなるが、料理店での待ちあわせは夜の九時にしよう。これから聖《サント》ジュヌヴィエーヴ学院の現場に行かなきゃならん。それから警視庁に戻って打ちあわせだしね」

気になっていることを尋ねてみた。「ジャン＝ポール。あなた、朝から森屋敷なんかにいてもいいの」

「昨夜は頑張った嬢ちゃんに、捜査情報をひとつ教えてあげよう」巨漢が恩着せがましくいう。

「どんな情報かしら」

「サラの監禁場所で発見された屍体は、聖《サント》ジュヌヴィエーヴ学院で起きた殺人事件の被害者エステルの夫に間違いない」

「それ、本当だったのね」

ジャン＝ポールの言葉にわたしは頷いた。サラ誘拐犯のセバスチァン・ルドリュは、殺害されたエステル・モンゴルフィエの夫だった。しかも誘拐と殺人は同じ日に起きている。そんな事情であれば、エステル・モンゴルフィエ事件を担当するジャン＝ポールが、誘拐現場のダッソー邸に顔を出すことにしても不思議ではない。サラの誘拐事件には、わたしに頼まれてすでに関与しているのだし。

「誘拐犯のルドリュは人質のサラ・ルルーシュに撃たれて、監禁場所の書籍倉庫に屍体になって転がってた。誘拐も殺人もルドリュが犯人に違いない」

「サラが誘拐犯を射殺した……」わたしは茫然と呟いた。

どんな事情だったのか、質問を捲したてようとして大男に遮られる。「詳しいことは晩飯を喰いながらだ。あんたから誘拐事件がらみの話を聴こうと向こうの部屋でジュベールが待っている、そろそろ行こうか」

事情聴取はヴェロニク、わたし、カウフマン、ソフィーの順だ。あとは使用人でルルーシュやダランベールなど。カケルもいちおうは聴取されるようだ。

誘拐犯と電話で交渉したダッソーが出かけたことにバルベス警部は立腹している。「一人娘が狙われた事件だというのに、なにを考えてるんだか。ジュベールがラ・デファンスのダッソー社まで出かけて、二人から話を聴くことになるだろう。ま、犯人の死亡で終わったような事件ではあるけどね」

「ひとつ参考になることを教えてあげるわ」席を立ちながら告げた。

「なんだね」

「昨日の午後四時にソフィーは、近くの公園で友達と待ちあわせていた。ところが裏木戸から出てきたのはサラだった。それでソフィーと間違えられ誘拐されたんだと思う」

簡単に事情を説明すると、巨漢が生ハムの原木みたいな顎を撫でた。「なるほど、誘拐の共犯者か情報提供者が邸内にいた可能性があるってわけだ。ソフィーの約束を誰が知っていたのか確認するように、ジュベールにいっておこう。どうして娘の口を封じたのか、ヴェロニクって女も締めあげるように」

「わたしから聞いたことはジュベール警視に黙っていてね。あの子、カウフマンさんにいわれて自分から打ち明ける気になってるから」

サロンの窓辺で老婦人とソフィーが話しこんでいるが、こうして見ると祖母と孫娘のようだ。こちらを見たカウフマンに軽く会釈し、広大な広間を横切って玄関ホールに出る。これからリュエイユ・マルメゾンに向かうというジャン＝ポールの、広い背中に声をかけた。

「あとから聖《サント》ジュヌヴィエーヴ学院に行くかもしれない、もしも友達と連絡が取れたら」

「今日は警視、マルメゾンの現場には来ないとか」

こう言い残してバルベス警部は姿を消した。パパはいないから、現場で多少の便宜は図れるという意味だ。

事情聴取が行われているのは玄関ホールの横で、以前はダランベールが寝泊まりしていた部屋だった。昨年のロンカル事件のあと執事室は他に移されたようで、いまは奥まで通すまでもない来訪者のための応接室として使われている。

応接室では痩せて背の高い男が待ちかまえていた。狐みたいな細面で思慮深そうだが、苦労しているのか白髪が目立つ。同じ警視でもパパより五、六歳は若そうだ。横で万年筆を握っている若い男は、ジュベールに書記役を命じられた部下だろう。

「モガール警視のお嬢さんですね」さっそくジュベール警視が切り出した。「昨日の夕方、この邸に到着してからのことを順に話してもらえませんか。身代金を運んだ前後の事情はバルベスから一応のところを聞いているが、その辺も省略しないで」

パリ警視庁の刑事から正式に事情聴取されるのは半年ほど前、セーヌの川船〈小鴉《コルネイユ》〉で首なし屍体を発見したとき以来だが、どう考えても警察に縁がありすぎる。警察官の娘だから警察と無縁でないのは当然としても、平凡な学生が年に二回も犯罪事件に巻きこまれるだろうか。殺人事件や誘拐事件が起こりそうなところを、好きこのんでうろついているわけでもないのに。

質問されるままに三十分以上かけて昨日のことを詳しく語った、公園で待ちあわせていたというソフィーの話は別として。あの少女から事情を聴いたら、警察はアンドレ・マドックの身辺を捜査することになる。ひょろひょろして頼りない印象もあるジュベール警視だが、アンドレの父親が有力者だからと尻尾を巻いてしまうこともないだろう。

「お疲れさま、また話を伺うことになるかもしれないが」というジュベールの言葉を聞き流して応接室を出た。

気分を変えようと、大きくて重たい玄関扉を押し開けてみる。屋根のある車寄せから見渡すと、草花が枯れた花壇の向こうにほっそりした人影が見えた。空は薄曇りだが、旺盛に繁茂した樹木のせいで空気は新鮮に感じられる。いたるところから小鳥の囀《さえず》りが聞こえた。履き馴れていない新品のブーツは、踵が高くて砂利道は歩きづらい。噴水の横でようやく青年を摑まえることができた。

「警察の事情聴取だけど、あなたも逃げられないみたいよ」

声をかけてもカケルは無言で噴水の飛沫を眺めている。聴取の順番になったら警官が呼びに来るから、それまで噴水の横で話をしていてもかまわないだろう。

「昨夜のカウフマンの話によく理解できないところがあったんだけど、いいかしら」黙って頷いた青年に続ける。「古代では政治的世界としてのポリスと経済的な家《オイコス》が截然と分離されていた、しかし近代になると私的領域が公的領域を浸蝕して膨張し社会領域が生じるとか。この議論がうまく吞みこめない。

カウフマンの主著は翻訳されているけれど、フランスで広く読まれたのはアイヒマン裁判をめぐる『凡庸な悪』くらいで、わたしも『全体主義論』は斜め読みで、方法論的な主著らしい『活動論』は未読だし」本人の話をじかに聴いたことだから、この機会に読んでみようかと思いはじめたところだ。「主著に当たれば昨夜の話も納得できるのかしら」

「カウフマンの思想は政治的実存主義とも評されるね」質問には答えないでカケルは別の話をはじめた。

「政治的実存主義って、ジャン＝ポール・クレールみたいな」植民地解放闘争の暴力を肯定するクレールに、カウフマンは批判的な口調だったが。

「この場合の政治的実存主義は第二次大戦後のフランスのそれではなく、一九二〇年代から三〇年代にかけてドイツで流行した決断主義的思潮のこと。決断の概念を一般化したのはカール・シュミットだが、マルティン・ハルバッハやエルンスト・ユンガーも決断主義者に含める場合が多い。たとえ無根拠であろうと決定的な行動を決断しなければならない。これが決断主義の倫理だとすれば、自由の刑に処せられた人間は選択し投企する責任があるといったクレールの主張は、同時期のドイツ決断主義と共鳴していた」

神や科学的真理や市民的規範など、それまで人が行動する際に参照してきた公準や指針のいっさいが、第一次大戦の膨大な戦死者の山に圧し潰されて惨めな残骸と化した。神が失われた時代を生きる復員青年たちは、いまや無根拠に決断し行動しなければならない。決断主義とは、二十世紀の時代精神としての行動的ニヒリズムの別名でもある。

カケルは続ける。「シュミットは主権者の決断を、ハルバッハは死に先駆する決意性を語った。大戦間ドイツの行動的ニヒリズムがナチズムを思想的に準備したと、カウフマンは批判している。ドイツのナショナリズムに親和的だった決断主義と対立的な彼女の思想にも、しかし同じ時代精神が影を落としている。たとえば暴力が支配する私的空間と次元の異なる公的な政治空間とは、言論で卓越性が競われる場だという発想など」

議会主義における討議は、対立する利害に均衡点を見出すために行われる。利害対立が存在しなければ議論の必要はない。しかし代表制議会のような調整や妥協の場ではなく、卓越性を掛金とした言論の闘技場がアテネの民会、そして公的空間としてのポリスだったとカウフマンは語る。民族を自由な市民に置き換えたとしても、闘技のための闘技、闘争のための闘争は決断主義と発想を共有している。

青年が結論的にいう。「ダッソー家事件のハインリヒ・ヴェルナー、〈小鴉《コルネイユ》〉事件のイヴォン・デュ・ラブナンは政治的立場こそ対極的だが、いずれも二十世紀的な行動的ニヒリストで決断主義者だった。この二人と時代精神を共有しながらもカウフマンが違う方向に進んだのには、女性であること、ユダヤ人であることの二つが理由として大きかったろう」

「カウフマンは、自分は右翼でも左翼でもないといっていた」常識的に分類すれば武装親衛隊《ヴァッフェン・エスエス》の将校だったハインリヒ・ヴェルナーは右翼、スペイン共和国軍の義勇兵だったイヴォン・デュ・ラブナンは左翼だろう。「でも、どちらかといえば左翼的に見えるけど」

「右翼でも左翼でもないというのは、左右の全体主義であるボリシェヴィズムとナチズムのいずれでもないという意味だね。それがアメリカ政治の文脈に置かれると、民主党のリベラリズムとも共和党の保守主義とも異なる立場になる」

「パリ・コミューンを評議会革命として評価するとも」

ナチ党の権力獲得を右翼革命とする論者もいるが、ブランキストなど初期社会主義者に主導されたパリ・コミューンは常識的には左翼革命だろう。民衆の自由な討議の場である評議会を最高権力とする評議会政治は、権威的な指導者の独裁政治を賞讃する右翼革命とは性格が正反対だ。

「ナディアのいう通りだとしても、評議会政治が活性化し人々の情熱を喚起するのは非日常的な局面だ。たとえば戦争か革命、あるいはその双方。昨夜の話でも出たように、アテネの直接民主制が有効だったのは、議題の多くが対外戦争と関係していたからだ。

ニューイングランドのプロテスタント植民地に数多く存在した自治集会《タウン・ミーティング》を、カウフマンはのちのアメリカ革命の主体として評価する。教会を中心とした直接民主主義的な小規模自治体を、革命評議会の原型として捉えるわけだ。イギリスの国王権力から逃れたピューリタン民衆の共同体としてなら、そうした評価も無根拠とはいえない。自治集会《タウン・ミーティング》の直接民主政に人々が能動的に参加したのは、いずれ戦争状態になるだろう植民地権力との対抗関係が意識されていたからだし、だから革命戦争を担う主体にもなりえた」

革命戦争に勝利しアメリカが独立を果たしたのち、しかし政治の焦点は戦争や革命から離れて日常化し凡庸化していく。平時の政治は評議会だろうと代表制の議会だろうと、利害対立の調停に尽きる。カケルによれば、合理的に進行する政治過程が大衆の興味を惹くことなく、情熱を喚起しえないのも当然のことだ。

評議会革命はパリ・コミューンやドイツのレーテ革命、スペインのフンタ革命のように秩序派と反革命派に叩き潰されるか、ロシアのソヴィエト革命のようにボリシェヴィズムの党派主義に簒奪され形骸化させられてきた。もしも評議会革命が、外の敵である反革命や内なる敵としての党派主義に勝利しえたらどうなったろう。その場合は、内側から緩慢な敗北の過程を辿るしかない。

なんだか希望のないことをいう青年に訊いてみた。「内側からの敗北って」

「評議会革命の祝祭性はよく指摘されるところだし、大衆蜂起を体験した者なら誰もそれを否定しないだろう」一九六八年五月の日々を思い出せば、そのことはわたしにもわかる。「しかし祭が終われば、人々は労働と生産の単調な日常に戻らなければならない。アメリカでもフランスでも日本でも、十年前には学生が大学を占拠してバリケードを築いた。

たとえ反権力のバリケード空間であろうと、熱情と興奮と活気に満ちた局面が終われば次第に日常化していく。大学に泊まりこんでいた叛乱学生たちも潮が引くように消えていき、残るのは特別な責任感や強固な思想性を持った少数の活動家だけになる。そのうちに警官隊がバリケードを破壊し活動家は逮捕され、学生コミューンは潰滅する」

カケルによればバリケードから人が消えていく理由は三つある。第一に生活費がなくなる、第二に疲労が限界に達する、第三に刺激的でなくなる。第一は叛乱が非日常であることの結果だが、第二と第三は反対に叛乱が日常化し頽落していく結果だ。叛乱学生の多くは生活費を稼ぐためバリケードを離れて働きはじめるか、疲れきって倒れてしまうか、あるいは他に興味のある出来事を求めてバリケードを離れていく。一九六八年の学生革命でいえばバリケードの祝祭は形骸化し、高度消費社会と華麗な商品の誘惑に敗北したともいえる。

「一九六八年の経験はかつての評議会革命のそれを反復していた。こうした評議会運動の限界性と脆弱性に、ボリシェヴィキ的な党派主義がつけ込んでくる。貧困化しようと日常化しようと、それでもバリケードを死守する少数者は党派主義化し、逃亡と脱落を相互脅迫的に禁じる閉鎖的共同体に凝固し硬直化していく。祝祭的な解放性は陰気な党派主義に置き換えられ、評議会革命は内側から変質することで敗北する。こうした評議会革命の二つの困難をなんとかして超えようと、カウフマンは真剣に考えたんだろう」

そして公的領域と私的領域の峻別、第三領域としての社会の全面的な否定、革命からの経済的要求の追放、自由の創設としての革命の原理化などが提起されていく。

「ドイツの大学で哲学を学んだカウフマンの思考には、はじめから精神と物質の二項対立、古代ギリシアと直結する近代ドイツ文化《クルトーア》の特権化、市民社会をエゴイズムの体系として嫌悪する理性主義などが深々と染みこんでいた。それらを不可疑の前提としながら評議会革命の限界性を超えようとした結果だろう、あの独得な、あるいは奇矯ともいえる政治思想が生じてきたのは」

喰わなければ生きられない、労働しなければ暮らせないという動物的制約のため多数性と言論の公的な政治空間から人々はこぼれ落ちていく。あるいは政治に専念しようとすれば疲労困憊してしまう。こうした必然性を誓約や相互脅迫や党派化で超えるのでなければ、第一と第二の困難への解答はひとつしかありえない。生産と労働を公的領域の外に排除し、政治的主体としての市民たりえない劣位者に押しつけることだ。本人が働かなくても奴隷が働いてくれるなら、女に家事や育児を強制できるなら、主人は過大な心身の負担に疲労することもなく、評議会的政治の主役として活動し続けることが可能になる。こうしてポリスを支える家《オイコス》という公私の絶対的二元論が導かれた。

評議会革命の日常化によって活動から刺激、興奮、魅力が時間とともに失われていく第三の困難には、政治の競技化と演劇化で応える。卓越性を掛金とする闘技ほど、人間を戦慄的なまでに魅了する特権的体験は他に存在しない。こうして自由は人間が生きるための不可欠の前提ではなく、それ自体が至高の目的となる。

「どうしてなの、自由は人間が生きる目的よ」市民革命がめざしたのは自由と平等の実現だった。

「自由なんてないよ、あるのは反自由としての拘束や隷属だ」カケルが驚くべきことをいう。「拘禁された者はそこからの脱出を切実に願望し希求する。そのときはじめて、拘禁される以前の状態が自由として了解される。反自由の自覚が先行し、その結果として自由の要求が生じる。拘禁された状態では不可能なもろもろを可能とするための前提が自由だから、それ自体は目的にはなりえない」

自由意志を否定し、自由など存在しないという議論は昔からある。しかし自由がないとしても反自由はある。石の壁に閉じこめられた者がそこから出たいと願う。そう願うように操られているのだとしても、そう思っている事実は否定できない。このように反自由があることを否定できないなら、その対極の状態を仮に自由と呼んでみても問題はないだろう。

自由とは手段なのか目的なのか、その議論には立ち入らないことにした。「カウフマンの評議会革命論を、あなたはどう考えるの」

「問いは妥当なものとして発せられた。アナキストは評議会革命派だし、ローザ・ルクセンブルクを代表例としてマルクス主義者にも評議会革命派はいる。しかし評議会革命に必然的な困難について正面から思考した論者は稀だ。この点でカウフマンの政治論は評価できるけどね」

「できるけど、どうなの」

「飢餓や貧困という反自由から逃れることを切望する人々を、革命の領域から追放するような革命論は顚倒している。そもそも評議会とは大衆蜂起の自己組織化にすぎない。蜂起から切断された評議会は、いずれ制度化し硬直していかざるをえない」

「その大衆蜂起ってなに」

「人が世界の外に触れる集団的体験だね。暴動など急進化した大衆的政治行動ではなさそうだ。カウフマンは大衆蜂起を、評議会政治が起動するための前提か手段としか理解していない。その点では、大衆蜂起を党の権力奪取のために利用するボリシェヴィズムと変わらない。昨夜も話したけれど、精神と肉体、知識と労働の二項対立という点でカウフマンはレーニンと発想が同じだから」

そろそろ時間だろう。大衆蜂起や評議会革命の話の続きはまたの機会にして、思い切って問いかけることにした。「もしかしてイリイチが誘拐事件の黒幕なの」

「どうしてそう思うんだい」青年が無表情にこちらを見る。

「あなたが犯罪事件に興味をもつのは、イリイチが絡んでる場合だけだから。ルドリュって名前を耳にしたとたんに態度が変わった。他の人はともかくわたしの目はごまかせない、ルドリュが誘拐犯なら黒幕はイリイチだって思ったんでしょう」

カケルが薄く微笑した。「きみに表情を読まれてしまうとはね。『ホロコーストの神話《ミス》』をルドリュは出版している、ナチによるユダヤ人大量殺害《ジェノシード》など行われていないと主張する本だ。表紙に著者名として印刷されているドルビニーは筆名のようで正体がよくわからない。調べてみるとイリイチがときどき使う偽名らしい。誰かに書かせたのか、あるいはイリイチ本人が『ホロコーストの神話《ミス》』を書いた可能性もある」

「本当なの」わたしは小さく叫んだ。

高級紙ル・モンドに「ガス室の問題またはアウシュヴィッツの嘘」というユダヤ人の大量殺害《ジエノシード》を否定する文章が掲載され物議を醸したのは、つい最近のことだ。筆者はリヨン大学の文学教授ロベール・フォリソン。

ガス室は技術的な理由から不可能で、ナチによるユダヤ人大量殺害《ジエノシード》は虚偽だという主張の隣には、アウシュヴィッツの生存者で歴史家のジョルジュ・ウェラスの反論が掲載されていた。紙面に否定論と肯定論を併置すれば、歴史偽造家を利することになるという批判がル・モンドには殺到した。疑問の余地のない歴史的事実を、意図的な虚偽と同じ次元で論じることなどできない。

その記事はわたしも読んだが、反ユダヤ主義者やナチ肯定派の単純な嘘とは違う、もっと面倒なところがフォリソンの大量殺害《ジエノシード》否定論にはあるように思った。文学テクストは多義的な読解が可能だという、それ自体は間違っていない文学理論を歴史に当てはめ、唯一の歴史は存在しない、歴史解釈もまた多様でありうるという観点から否定論を正当化していたからだ。

「三年ほど前にルドリュはイリイチと接触していた。そのあとのことはよくわからないんだが」

カケルの言葉に思わず身震いしてしまう、不吉な推測が的中していたからだ。わたしの助言や忠告を聞き入れるような青年ではない、いくら心配しても無駄なのだ。事件を突きまわして、危険きわまりない職業的テロリストを引っぱり出そうとしている。こうなったらできることはひとつしかない。私たちの前にイリイチが登場してくるよりも前に、事件そのものを終わらせてしまうことだ。

いや、誘拐事件の犯人セバスチァン・ルドリュは、誘拐され監禁された少女の抵抗によって死亡している。ジャン＝ポールによれば事件はすでに終わっているのだ。

「どうして誘拐事件に興味があるの、ルドリュはサラに撃たれて死んだというのに」

「ナディアが寝坊しているうちに、バルベス警部から話は聞いたよ」相手がカケルだとしても、いささか口が軽すぎる警官ではないか。

「じゃ、どうして」

「朝のニュース番組でも報道していたが、聖《サント》ジュヌヴィエーヴ学院で殺されたのは学院長のエステル・モンゴルフィエ。エステルというのはルドリュの妻で、夫婦揃って同じ日に同じような射殺屍体で発見されたことになる。たとえルドリュが死亡しても事件の謎は少しも解明されていない。おそらく謎の背後にはニコライ・イリイチ・モルチャノフ、あの男が潜んでいる」

中央から水煙を噴きあげている巨大な石盤の横にカケルを残し、一足先に邸内に戻ることにした。かすかに聞こえてくるのは、激情をはらんだ沈鬱なメロディだ。カケルが口笛で吹きはじめたらしい。

ブローニュで午後四時ごろにサラ・ルルーシュを誘拐した男の妻が、リュエイユ・マルメゾンで六時ごろに殺された。男のほうは誘拐した少女に抵抗され撃ち殺されたという。夫婦をめぐる二つの事件が同じ日に起きたのは、まさか偶然ではないだろう。もう少し時間があればジャン＝ポールから捜査情報をあれこれ訊き出せたのだが、詳しいことは夜まで待たなければならない。

エステル・モンゴルフィエの事件なら、ジャン＝ポール以外にも情報源がある。マルグリットの妹がなにか知っているかもしれないから、電話してパトリシアから話を聞いてみよう。

〈11月23日午前11時45分〉

カケルはダッソー邸に残して、シトロエン・メアリでリュエイユ・マルメゾンをめざした。指定された珈琲店《カフェ》〈アルベール〉に入って、外の景色が見える窓際の席に着く。街路の反対側には横に長く延びた、陰気な石造りの建物が聳えている。店の斜向かいが聖《サント》ジュヌヴィエーヴ学院の正面玄関で、短い階段の前には三台の巡回車《ヴォワチュール・ド・パトルイユ》が駐車していた。

第二次大戦後に設立された学校だというから、街外れに位置しているのかと思った。しかし聖《サント》ジュヌヴィエーヴ学院はリュエイユ・マルメゾンの街中に位置している。古い建物を買収して校舎に転用したようだ。

街外れの土地にコンクリート造りの校舎を新設するほうが、開校のための資金は少なくてすんだろう。だが、設立者のモンゴルフィエは古色蒼然とした石造の校舎を望んだ。学校としての歴史の浅さを、建物の古さや重々しさで補おうとしたのかもしれない。これだけの建物を買いとれたのだから、モンゴルフィエが資産家だったことは間違いない。

ダッソー邸から聖《サント》ジュヌヴィエーヴ学院まで一般道で二十分ほどだった。道路が混雑する時刻でも三十分あれば着けるのではないか。環状高速《ペリフェリック》からA14号線に入ってナンテール、ナンテールから一般道でリュエイユ・マルメゾンという道筋もある。しかし遠廻りになるため走行距離は倍以上だろうし、一般道で北上したほうが時間的にも早そうだ。

目的地の学院付近でコインパーキングを見つけ、シトロエン・マルメゾンは珈琲店《カフェ》の少し手前に停めた。適当なところに駐車しても、郊外町だから違反には問われないだろうが。

殺人事件が起きた建物を眺めていると、呪われた館《マル・メゾン》という言葉がいかにも暗示的に思われる。もともとリュエイユだった地名にマルメゾンが付いたのは後世のことらしいが、どんなわけで不吉な言葉が選ばれたのか。

リュエイユまで車を運転しながら考えていたのは、昨夜のカウフマンとカケルの対話をめぐるあれこれだった。あの青年とは哲学の話はよくするけれども、政治的な話題が出ることは稀だ。ボリシェヴィズムをひどく嫌っていることは言葉の端々からわかるが、右派やリベラルではないし、法も秩序も尊重する気などないことはたしかだ。左翼からは右翼と、右翼からは左翼だと非難されることが多いが、そんな政治的立場になど意味はないとカウフマンはいう。カケルも同じかもしれない。

あの青年が革命について口にしたことが一度だけある。わたしたちの最初の事件が、幕を下ろそうとするときのことだった。「バリケードが三日しかもたないのは、蜂起した群衆が我が身可愛さで秩序に逃げ戻るからではない。人間がそこで、弱い眼には耐えられない真実の輝きに眼を灼いてしまったからなのだ」とカケルは語った。

あるいは「叛乱は敗北する。秩序は回復される。しかし、叛乱は常にある。秩序は叛乱によっていつかふたたび瓦解するのだ。永続する敗北それ自体が勝利だ。三日間の真実を生きつくす百世代の試みの後に、いつか、そうだ、いつか強い眼を持った子供たちが生まれてくるようになる。そうして彼らは、太陽を凝視して飽くことを知らず、僕たちの知らない永遠の光の世界に歩み入っていくことだろう」と。

わたしの年長の友人たちと同じように、カケルもまた十年前の世界的な大衆蜂起の記憶に憑かれた青年の一人なのだろう。その体験が決定的にすぎて、革命のことは気易く口にできないのかもしれない。だから昨夜のカウフマンとの対話は貴重だった、カケルの革命観の一端を知りえたのだから。『革命論』の著者に正面から問われ、あえて沈黙を破ることにしたようだ。同じ問題でも、わたしの質問ならまともには答えないに決まっている。

ボリシェヴィズムでもアナキズムでもない、右翼的でも左翼的でもない大衆蜂起としての革命と、カケルがヒマラヤの山奥で行として学んだらしい神秘思想はどんな関係にあるのか。それがまだよくわからないのだが。

奥のカウンターから話し声が聞こえてくる。若い給仕が常連客らしい男と話しこんでいるようだ。昨日の事件のことで刑事が聞き込みにきた、有益な証言だと感謝された……。

雑談も一段落して、テーブルまで注文を取りにきた給仕に問いかける。「あの正面玄関から修道士のようなマントを着た人物が出てきて、それまで席にいた男が店を出ていったのね」

「そうですよ、マドモワゼル。怪しげな男が坐っていたのはこの席で、店に入ってきたのは六時十分前くらいかな」

なるほど、わたしが坐った席なら学校の正面玄関がよく見える。警察が聞き込んだあとでは新情報が得られるとも思えないが、いちおう尋ねてみる。

「昨日の夕方のことで、他に気づいたことはないかしら」

「そういわれても、刑事さんに話したこと以外にはね」若い給仕は困惑している。

店でいちばん高そうな料理を注文し、にっこりして付け加えた。「なにか思い出したら、あとで教えてちょうだい」

給仕と入れ替わりにあらわれたマルグリット・ルルーが席に着くなり口を開く。「どうしたの突然」

「いろいろあったのよ」

「ディオールのスーツなんか着ちゃって」物珍しそうな顔つきでマルグリットがじろじろ見る。

「似合ってるかしら」

「十年早いわね、あんたには。三十すぎても似合うようになるかどうか。それより本当にどうしたの」

「電話でもいったでしょう、ここで起きた昨日の事件に興味があるの。パティとは会えるかしら」

「もうじき下校だから」妹を摑まえるため、マルグリットは学校の正面玄関が見える店を指定したようだ。「モンゴルフィエ学院長が殺されて大騒ぎみたい、授業も今日は午前中で打ち切りだって」

パトリシア・ルルーは水曜日の昨日も登校していた、授業は休みでも創立記念祭に備えて合唱練習が行われたらしい。学院長の屍体が発見されたのは練習の直後だという。

山盛りのキャビアが豪勢なオードゥブルの皿、薄切りのパンが入った籠などをテーブルに置いてから給仕が少し得意そうにいう。「そうそう、ちょっとしたことを思い出しましたよ」

「どんなこと」葡萄酒《ヴァン》のグラスに伸ばしかけた手を止めた。

「不審な男に注文されたエクスプレスをテーブルに運んだときだった、若い女が学校の正面玄関の前に立っていたのは。待ちあわせでもしているのか、私がカウンターの奥に戻るときもまだ見えたね」

五時五十分に入店した客の珈琲をテーブルに運んだ時刻なら三、四分後、五時五十四分ごろのことだろう。手の込んだ料理や飲み物ではない、なにしろ急行《エクスプレス》と称されるふつうの珈琲だから、三分か四分のうちにはテーブルに届いたろう。もっと早かったかもしれない。

わたしが生まれたころにイタリアから入ってきた珈琲のエスプレッソが、どうして英語でエクスプレスと呼ばれるようになったのか。第二次大戦後の一時代は自動車から大衆音楽や嗜好品までアメリカ製が最高だと、この国の人々が思いこんでいたからかもしれない。だから珈琲の急行を意味する言葉も、イタリア語やフランス語でなく英語が用いられた。

わたしは質問を続ける。「どんな女だったの」

「街灯の光だし、後ろ姿しか見てないんだ」

「わかる範囲でかまわないから」わたしは促した。

「黒っぽい髪を一本に編んで背中まで垂らしていた。膝まである外套にハイヒール、脚の線が綺麗だった」若い給仕は女を脚から見るタイプのようだ。

「背丈は」

「正確なことはいえないんだけど、一七〇センチくらいかな」踵が七センチあるブーツを履いているわたしも一七二センチになる計算だから、ハイヒールの女性で一七〇センチ前後ならふつうの身長といえそうだ。

「それから」

「注文品を客のテーブルまで運んでから奥に引っこみ、次に出てきたときはもう消えていた。そのときなんだ、マスクの男が店を出ていったのは」

まとめてみよう。五時五十分ごろに、ウールの外套の襟を立て白い医療用マスクで顔を隠した男が珈琲店《カフェ》に入ってきた。その四分ほどあとには、黒っぽい髪を編んで背中に垂らした女が正面玄関前に立っていた。おそらく六時五分ごろには正面玄関から修道服のようなマント姿の人物が出てきて、それを追うようにマスクの男も席を立った。

サラの誘拐犯はマフラーで顔を隠していた。マスクで顔がわからないようにしていた点は〈アルベール〉の男も同じだが、ルドリュはトレンチコートでマスクの男はウールの外套だったという。エステル・モンゴルフィエ殺害の前後に、サラ誘拐犯のルドリュが聖《サント》ジュヌヴィエーヴ学院附近にいることは時間的に可能だったのか、あるいは珈琲店《カフェ》にいたのは別人なのか。

エステル・モンゴルフィエ殺害事件の詳細は、まだジャン＝ポールからきちんとは訊き出していない。この情報にキャビアの代金ほどの意味があるのかどうかわからないが、とにかく記憶しておこう。

「パティだわ」マルグリットが呟いて素早く席を立つ。

建物の西側に当たる正面玄関から吐きだされた少年少女の大群で、広くもない歩道は溢れている。私立校でも聖《サント》ジュヌヴィエーヴ学院に制服はないから、生徒たちの服装はまちまちだ。校内で殺人事件が起きても、生徒たちの下校風景はいつもと変わらない。服装でパトリシアを見分けたらしい姉が、じきに三年生《トロワズイエム》の妹を連れて店内に戻ってきた。

頬に雀斑《そばかす》のある少女に声をかける。「しばらくね、パティ」

「ナディアも」

「さっそくだけど、昨日の事件のことを話してもらえないかしら。お礼になんでもご馳走するわ」

クロックムッシュとリモナードを注文してからパトリシアは口を開いた。「昨日は午後から合唱団の練習だったの。六時の鐘が鳴ってもリーニュ先生は細かい注意をやめようとしない、わたしたちは早く帰りたくて不満だった」

時鐘が鳴り終えてから一、二分してパティたちはようやく解放された。二階の音楽室を出た生徒たちは、音楽教師のリーニュを先頭にして東階段を下りた。学院長室に入ったリーニュが直後に飛び出してくる。動揺した様子の音楽教師が生徒の一人に、管理人《コンシエルジュ》のマタンを呼んでくるよう命じる。まもなく到着した管理人《コンシエルジュ》の耳元にリーニュがなにかを囁き、初老の男は学院長室に通じる秘書室に入った。

「秘書室から出てきたマタンさんは、顔を顰めて管理人室のほうに走っていった。ドアを背にして誰も入らないようにしていたリーニュ先生は、顔つきがふつうじゃなかった、青ざめて表情が強ばって。なにが起きたのかわからないから、みんな茫然としていたわ。少したってから先生が、着替える子は着替えて下校するようにって」

「舞台衣装を着替えない子もいるのね」

「わたしもときどきそうする。歩いて通学できる近所の子は、着替えが面倒だから衣装姿で学校に来ることも多いの」

着替えが必要な生徒たちは更衣室に入り、それから三々五々学院長室の前を通過して正面玄関をめざした。巡回車《ヴォワチュール・ド・パトルイユ》のサイレン音が聞こえはじめたのは、パトリシアが玄関前の階段を下りて通りを歩いているときのことだった。

学院長の屍体を発見した音楽教師のリーニュは、その場に管理人《コンシェルジュ》を呼んだ。屍体を確認した管理人《コンシェルジュ》が警察に通報する。警察の到着を待つことなく、リーニュは生徒たちに下校を命じた。屍体のある事件現場から、子供たちを一刻も早く遠ざけようとしたのだろう。殺人者が校舎内を徘徊している可能性もあったし、女教師の判断を責めることはできない。ただし、そのために重要な証拠品が校内から持ち出されたかもしれない。たとえば凶器の拳銃とか。

クロックムッシュを頬張りながらパトリシアが続ける。「わたし、二年前の事件と関係あるんじゃないかと思う。なにしろ幽霊が出たんですもの」

「もう昨日からその話ばっかり、あなたの勘違いに決まってるでしょう」マルグリットは呆れ顔だ。

わたしは問い質した。「幽霊って」

「この学校で行方不明になった生徒がいるの、わたしの同級生だった子」

アデル・リジューという少女が一昨年の十一月に姿を消した。聖《サント》ジュヌヴィエーヴ学院中等部の一年生《シジエーム》で、入学してから三ヵ月もしないうちのことだ。二年前では学院長の事件と無関係だろうが、わたしは少し興味を感じた。

「アデルのこと、詳しく話してもらえないかな」

「仲よくしてたのは学級でもわたし一人ね。成績はいいし間違ったことが大嫌いなんだけど、ちょっと変わった子だった。勝ち気で大人びていて、なんだか同じ歳の子たちを見下してる感じもあって。偉そうにする先生を小馬鹿にして、教員室に呼び出されたことも」

アデルが小学生のときに両親は離婚して、当時は母親と暮らしていた。仕事のため父親は東京にいて長いこと会っていない。企業の顧問弁護士を務めている母親には、エスタブリッシュメント気取りの若い恋人がいた。

「そのアメリカ人が大嫌いなアデルは、よく口にしていたわ。母親が再婚するなら家を出る、どんなに反対されても父親のところに行くんだって」

両親の離婚、仕事で多忙すぎる母親、複雑な家庭環境。頭がよくて正義感があるから権威を振りかざす親や教師に反抗的になる。リセの生徒だったころ、わたしの友達にも似たような問題児はいた。学校をやめてしまったあの子は、いまはどうしているだろう。

質問を続ける。「アデルとはどんな話をしていたの」

「クリームとかピンク・フロイドとか」

わたしが中学生のころはレッド・ツェッペリンが人気で、クリームは名前くらいしか知らなかった。十年も前に解散したバンドをパティが挙げたのは姉の影響かもしれない。一時期のマルグリットはプログレッシブ時代のピンク・フロイドをよく聴いていた、ジェファーソン・エアプレインやクリームも。

サイケデリックロックの影響でドラッグに興味をもったのか、アデルは母親の財布から抜いた金でLSDを手に入れていた。パリ大学ナンテール校のキャンパスでトリップ好きの学生と知りあったようだ。サン・ミシェル広場の噴水でヒッピーたちが水浴びしていた十年前ほどではないが、その気になればいまでもドラッグは入手できる。

「やってないでしょうね、あんたは」マルグリットが目を吊りあげた。

「アデルがくれなかったもん、パティは子供だからまだ早いとかいって」

わたしは話を戻す。「アデルが失踪したというのは」

「二年前の十一月十七日のこと。その日も水曜日だったけど、合唱練習のあとアデルがちょっとした悪戯を思いついた」

女子更衣室には上下に開閉する窓がある。しかし上げようとしても窓は少しだけ開くにすぎない。花壇を埋めた季節の花を摘もうとして、窓から裏庭に出る生徒があとを絶たない。そのため換気に必要な程度しか開かないように、何年も前に更衣室の窓は細工されてしまったという。

合唱団の生徒たちは舞台衣装の白衣を着替えて次々に更衣室を出ていく。服を替えようともしないで、なにを考えているのかアデルは窓辺に凭れていた。人気が消えたのを見澄ましたように窓をぎりぎりまで引きあげ、うつぶせの姿勢で開いた隙間に頭を入れていく。パティが「どうするの」と尋ねると、「出られるかどうか試してるのよ」と応じた。胸まで窓から出して「これなら大丈夫、お尻だって通るわ。あの女を動転させてやる」と呟いた。

あの女とは学院長のことに違いない。アデルは先週、学院長室に呼びだされて叱責されている。鞄から黄色のフェルトペンを取り出した少女は、パトリシアに背中を見せて大きな星印を描けという。

「五芒星でなく六芒星よ、大きく描いて黄色にべったり塗り潰してね。わたしが裏庭に出たらパティは帰りなさい。わかってると思うけど、誰にもいっちゃ駄目よ」

仕方なくパトリシアはいわれたようにした。黄色の六芒星が描きなぐられた白衣の裾を両脚のあいだに挟むようにして、今度は足先から窓の隙間を擦りぬけていく。いわれるままにパティは、腰や背中を支えて親友が窓から出るのを手伝った。

六時を過ぎて裏庭は闇に沈んでいるが、窓から洩れる電灯の光で学院長室の前だけが仄明るい。裏庭には植樹のために掘られた大きな穴がある。枯れかけた楡の樹を植え替えようとしているようだ。深い穴に落ちないよう注意しながらも、エステル・モンゴルフィエ自慢の花壇を徹底的に踏み荒らし草花を薙ぎ倒したアデルが、学院長室に背中を向けて大声で叫んだ。「見るがいい、ゲシュタポの糞野郎」

学院長室の窓が開かれて、中年女の金切り声が裏庭に響いた。怖くなったパティは更衣室を飛び出したが、友達を残して帰宅する気にはなれない。正面玄関の石段に腰かけて待っていると、しばらくしてアデルが姿を見せた。左の頬が赤らんでいる、備品室から裏庭に出てきた学院長に平手打ちを喰わされたようだ。

晩秋の風が冷たい夜道を歩きながら、アデルがぽつぽつと語りはじめる。「母親が来年早々にも再婚するんだって。今日のことで退学は間違いないし、もう家には帰らない」。心配になって「これからどうするの」と尋ねると、「今晩はルイのところ。母親の留守を狙って家に戻ったら、パスポートを捜し出して空港に行くわ。日本までの航空券くらいは買える貯金があるし」という。

父親と会うために、アデルは以前も東京に行こうとしたことがある。それで母親にパスポートを隠されてしまったようだ。

「ルイって」わたしは尋ねた。

「LSDを分けてくれるナンテールの学生、ルイはゲイだから部屋に泊まっても面倒なことにはならないんだって。次の日も、その次の日もアデルは学校に来なかった」

「その夜、本当にルイのところに行ったのかな」

「下校の途中たまたまアデルと道で会ったことにして、ルイのことを先生にいってみた。一週間ほどして学校を訪れてきたナンテール署の刑事さんから、アデルのことをいろいろ訊かれたわ。でもそれきりだった。年が明けてから思いきって家を訪ねてみたんだけど、もう引っ越したみたいで。アデルの母親は再婚して、アメリカに行ってしまったみたい」

母親が捜索願を出し、刑事が学校を通じてパトリシアのところまで来たようだ。それにしても、娘の最後の姿を見た同級生から話を聴こうとさえしないとは、母親として薄情にすぎるのではないか。愛情がなかったなら娘は父親に委ねるべきだろう。母親が弁護士なら経済的な問題はなかったろうが、それでもアデルという少女は幸福ではなかった。父親はどうしていたのか、不幸な少女はどうして父親に助けを求めようとしなかったのか。

中学生の少女が続ける。「それから一年ほどして、アデルのパパだという男の人が訪ねてきたの。娘は誘拐されたに違いないのに、どうして警察は捜査しなかったのかって、アデルのママンや警察に怒っていた。わたしの話を聴いて本当に後悔している様子だったわ。離婚するとき、アデルと別れることをどうして認めてしまったんだろうって」

パティの話には驚かされた。誘拐とも思われる失踪事件が、二年前に聖《サント》ジュヌヴィエーヴ学院で起きていたというのだ。

父親も弁護士だというから、アデルの両親は同業者同士で結婚したことになる。すでに契約ずみの仕事で自分は長期の海外暮らしが避けられない。同じパリで暮らし続ける妻に委ねるほうが娘のためだと思って、父親は親権を放棄したらしい。

アデルは学院長に「ゲシュタポ」と悪態をついている。ある時期まで「ゲシュタポ」は、この国でも罵倒の決まり文句だった。しかし六芒星はユダヤ人の象徴だし、かつてナチは黄色の六芒星を服に付けるようユダヤ人に強制した。〈小鴉《コルネイユ》〉事件の関係者だったクロエ・ブロックのように、黄色い星を服に付けることなく占領時代を生き延びたユダヤ系フランス人もいたようだが。

「アデルはユダヤ系だったの」わたしは確認した。

「パパはね、でもママンは違う」

父親がユダヤ人でも母親がそうでなければ、その子はユダヤ人と見なされない。ユダヤ人とはユダヤ人の母から生まれた子であるか、でなければユダヤ教への改宗者のことだ。ただしこれはユダヤ教によるユダヤ人の定義であって、ナチはユダヤ人の父の子も迫害と絶滅の対象に含めた。クロエ・ブロックは父親がユダヤ系で母親はフランス人だったが、収容所送りの運命を逃れることはできなかった。

「それで、舞台衣装の白衣にダビデの星なんか描いたのかしら」

少女はかぶりを振る。「よくわからない、わたしには」

学院長のエステル・モンゴルフィエは、ユダヤ人大量殺害《ジェノシード》否定論の本を出版しているセバスチァン・ルドリュの妻だ。アウシュヴィッツにガス室は存在しなかったという偽造された歴史を、夫の影響でエステルがもしも信じていたなら、アデルから「ゲシュタポの糞野郎」と罵倒されても不思議ではないが。

しかしエステルが否定論者でも、それを公言していたとは思えない。教育者としては自殺行為だからだ。大量殺害《ジェノシード》の否定はナチの免罪に通じる。学院長がフランス共和国に敵対する思想の持ち主であるような学校に、わざわざ子供を通わせようとする親は稀だろうから。

「失踪事件のことはわかった。でもパティは、どうして昨日の事件とアデルの失踪に関係があると思ったの」

「見たから、アデルの幽霊を」少女は真剣そうだ。

先週の金曜日のことだという。下校時刻を過ぎて校内はがらんとしていた。創立記念祭の準備委員を押しつけられたパトリシアは雑事に追われて、教室を出たのは午後六時半になるころだった。校舎二階の南通路は裏庭に面している。二年前と同じように裏庭は、学院長室の前だけが窓からの光で仄かに照らされていた。

「そしたら見えたの、楡の樹の下に佇んでいる女の子の後ろ姿が。とっさにアデルだと思った。舞台用の白衣には、二年前と同じダビデの星が描かれていたから」

東側の階段を猛然と駆け下りて、パティは女子更衣室に飛びこんだ。施錠されている窓を引きあげて狭い隙間から顔を出してみる。しかし目に入ったのは楡の木の下で茫然としているモンゴルフィエ学院長だけで、いくら見渡しても白衣の少女は目に入らない。

学院長は通用口から狭い街路を覗いて、不審そうに首を振りながら校舎に戻っていく。裏庭から備品室を通って部屋に戻る学院長と通路で顔をあわさないように、少し時間を置いてからパティは更衣室を出た。

マルグリットが口を挟む。「生徒の悪戯に決まってるじゃない。あの学院長、口うるさくて嫌われてるんだから」

「先週の金曜日って、二年前にアデルが消えたのと同じ十一月十七日よ。時刻も同じで、ちょうど六時半すぎ」

「二年前の出来事を知ってるのは」

わたしの質問に少女が応じる。「先生はもちろん、刑事さんにも詳しいことはいってない。更衣室の窓からアデルが裏庭に出たことまで話したのは、あの子の父親にだけ。でもアデルのパパが、白い舞台衣装を着てたなんてありえない。わたしのを着てみればわかる。お姉ちゃんにだって窮屈だから、大人の男の人に着られるわけないし。それにまだあるの、幽霊が出た証拠は」

「なんなの」

「幽霊を見たあと、気になって左側いちばん奥のロッカーをたしかめてみた。そしたら、二年前にアデルが使っていたロッカーが半開きだったの」

たしかにちょっとした怪談だが、幽霊など持ち出さなくても現実的な解釈はできる。パトリシアの見間違いか思いこみでなければ、アデル自身が裏庭にあらわれたと考えるべきだ。自分から家出した、あるいは何者かに誘拐されたとしてもアデルが死亡したとは限らない。二年前に失踪した少女は、今回の学院長殺しと無関係でないのかもしれない。

「これから案内してもらえないかな、女子更衣室に興味が湧いてきたの」

「午後は臨時休校だし、今日はもう校舎には入れないと思う」

「大丈夫よ、任せときなさい」

これから聖《サント》ジュヌヴィエーヴ学院の事件現場に廻ると、ダッソー邸でバルベス警部は口にしていた。訪ねれば便宜を図ってくれそうな態度だったし、なんとかなるだろう。赤ん坊のときからナディア嬢ちゃんには大甘だった、ジャン＝ポールおじさんのことだし。

呆れ顔でマルグリットがいう。「そろそろ大学に顔を出さなきゃ。どうするのナディアは」

「たいした授業じゃないから欠席にする。パティは借りるけど、いいわね」

三人で珈琲店《カフェ》を出た。バス停に行くマルグリットを見送って少女と通りを渡った。正面玄関に向かおうとするパトリシアを呼びとめる。

「先に建物の裏側を見るわ」

なにしろ昨日の今日なのだ、校内にはまだ刑事が群れをなしているだろう。ジャン＝ポールは別として部外者は裏庭に出られそうにない、だったら道路側から見てやろう。

聖《サント》ジュヌヴィエーヴ学院の南側は昼間でも人気がない裏道だった。それも当然のことで、西側の通りから入ると先は行き止まりになっている。しかも学院南側の向かいにある建物は正面玄関が西側の通りに面している。聖《サント》ジュヌヴィエーヴ学院の通用口に用がある者以外に、誰も入ろうとしそうにない袋小路だった。

寂れて人気のない小道には何本かの銀杏が植えられ、路面は黄色い葉で一面に埋まっている。通りから入って四本目の銀杏のところに通用口がある。赤錆びた鉄扉のノブを廻してみるが施錠されていて開かない。二、三歩下がって見上げると、学院の石塀はわたしの背丈の倍もある。この塀を乗り越えるには梯子か脚立が必要だろう。

……いや、半ば以上も葉が落ちた銀杏の幹を眺めてわたしは思った。この樹によじ登って、枝伝いに石塀を越えることならできそうだ、裏庭に飛び降りるとき足首を捻挫するかもしれないが。いつもの服装なら実際に登ってみるところだけれど、着ているのは新品のブランド服だ。この恰好のまま、股で幹を挟んで枝のあるところまで躰を押しあげるのは難しい。木登りは諦めてパトリシアに頷きかけた。

また西側の通りに出て正面玄関の前に戻った。正面階段から巨大な宗教画が飾られたホールに入ったところで、私服警官らしい若い男がパトリシアを、そしてわたしを見る。

「保護者の方ですか、今日はもう学校は終わりましたよ」

聡明そうに見えたが、二十二歳のわたしを中学生の母親と間違えるようでは観察力に問題がある。あるいは姉だと思ったのか。

「警視庁のバルベス警部が来ているはずですが」

「駄目ですよ、取材は。公式の発表を待ってください」

今度は新聞か雑誌の記者とでも思ったようだ。「私用です、バルベス警部の知りあいなんです」

刑事と押し問答をしていると、右側の通路に灰色熊のような巨体が見えた。背伸びして手を振ると、こちらに気づいて近寄ってくる。

「どうしたんだね、晩飯は夜の九時だよ」

「さっきいったでしょ、近くまで来るかもしれないって」これで一安心だ、なんとかなるだろう。

「やれやれ、本当に来たのか。おじさんは仕事で忙しい、お喋りしてる暇はないんだ」

「この子、友達の妹なんだけど女子更衣室に忘れ物らしいの。取りにいかせてあげて」

パトリシア・ルルーの生徒証を確認して、渋々ながらジャン＝ポールが頷く。「わかったよ、おじさんについてきなさい。ドワイヤン、おまえは自分の仕事を続けろ」

「了解です、警部」若い刑事が応じる。

階段の下で通路が左に折れる。曲がり角には立ち入り禁止の表示が出ている。飴色の光沢がある重たそうなドアの前でジャン＝ポールが足を止めた。

「ここで屍体が発見されたんだ。嬢ちゃん、見たいんだろ」

「別に」澄まし顔で応じる。

「いまは誰もいないから、ちょっとだけ覗かせてやろう。パパには内緒だよ」

通路にパトリシアを待たせて戸口を抜けた。それほど広くない部屋の奥に、また屋内ドアがある。手前の部屋は秘書が使っているようだ。第二のドアからエステル・モンゴルフィエの屍体が発見された学院長室に入る。

縦長の窓を背に、飴色の艶がある大きなデスクが置かれている。デスクと窓のあいだに深緑の天鵞絨《ビロード》地の贅沢な回転椅子。血痕なのか背凭れの上が黒っぽく変色している。この椅子で学院長の屍体は発見されたようだ。椅子の真後ろに当たる窓の硝子板に拳ほどの穴がある。穴の位置は椅子の背凭れよりも少し上だ。学院長の身体を貫通した銃弾が作った穴だろう。

被害者はデスクを挟んで犯人と向きあい、窓を背にした回転椅子に腰かけていたようだ。しかしデスクの向かい側に椅子は置かれていない。ひとつだけある一人掛けの椅子は重たそうだし、あとは三人掛けだ。犯人が七歳か八歳の子供であるか極端な低身長でないと、背丈が椅子に腰かけた学院長と同じ程度にはならない。簡単に持ち運べそうな椅子や台が室内には見当たらない点からして、犯人が大人ならデスクの向こうの被害者を見下ろす体勢だったことになる。

「学院長は額を撃たれていたのね」

わたしの質問に警官が答える。「額の中央だな。エステルの身長は一六五センチで、被害者がデスクの椅子に腰かけて背筋を伸ばした状態だと、額にできた銃創の位置は床から一二五センチほどになる」

回転椅子とデスクを挟んだ位置に立って、窓硝子の穴に向けて右腕を伸ばしてみる。腕は床とほとんと水平で、心持ち下に向いているような気もする。

「変ね。この位置で拳銃を床と水平に構えて発射すると、弾丸は椅子に坐っている被害者の頭上を通過してしまう。腕を下げて回転椅子に坐っている人の額を狙えば、弾丸は額からうなじに抜けて窓の下の壁に当たるでしょう。膝を折った低い姿勢で被害者を見上げるようにしながら、犯人は拳銃を撃ったのかしら」屈んだような低い姿勢から発砲した場合、弾丸は額から頭頂の後部に抜けて、ちょうど窓硝子の穴のあたりを通過しそうだ。

「目のつけどころがいい」巨漢がにやついている。「デスクの表面から硝煙の微粒子が大量に検出されている。犯人がデスクの前に立って学院長を撃ったことは間違いない。銃口と被害者の額の距離は五〇センチ程度だろうな。しかも銃弾は学院長室の床や裏庭の地面に水平に飛んだ」

「弾道が床に水平だなんて、どうしてわかるの」それだと低い位置から発射された銃弾が、学院長の頭部を貫通し窓硝子に穴を開けたという想定は崩れてしまう。

「屍体の後頭部は内側から破裂したような状態だったが、それでも弾丸が床と水平に飛んだことは推定できる」

被害者の額を貫通した銃弾は地面と水平のような状態で、裏庭の楡の幹にめりこんでいた。弾道は学院長室の床から一五〇センチほどの高さで、弾道と窓硝子の割れ目の中心点も基本的に一致する。これらの事実に被害者の額の銃創の位置を重ねてみると、新たな事実が浮かんでくる。

学院長は椅子に坐っているところを狙撃されたのではない。椅子から立ちあがり、しかも躰を完全には伸ばしきらない中途半端な姿勢で撃たれている。床から測って一五〇センチほどの位置まで額がきたところで、ほとんど床と平行の弾道を描いて銃弾は飛んだ。

「学院長は中腰のところを撃たれた……」わたしは呟いた。

「拳銃を突きつけられた被害者は、思わず椅子から立ちあがろうとしたんだな」

それにつれて被害者の額を狙っていた銃口も上がる。射撃する意図があるなら標的の移動に従って銃口の向きも反射的に変わるからだ。腕を伸ばしていたとすれば、角度は肩の関節で調節されたろう。そして腕が、さらに拳銃の銃身が床と水平になる瞬間に、意図してかどうか犯人は引金を絞った。

ジャン＝ポールが大きく頷く。「反射的な行動として納得できることだし、それ以外に弾道が水平だった理由は説明がつかん」

わたしは疑問を口にした。「ちょっと待って。弾丸が床や地面と平行して飛んだなら、拳銃を持った腕も水平に保たれていたんじゃないかしら」

「そうだね。よほど拳銃の扱いに熟練した者でなければ、肘を曲げた姿勢で拳銃を水平に保つのは困難だ」

銃口が少しでも上か下を向いていれば、弾道は水平にならない。犯人は伸ばした利き腕で、あるいは反対の腕も添えて拳銃を水平に構えていたのだろう。ジャン＝ポールの嬉しそうな表情の意味がわかってきた。

「わかったわ、犯人は床から肩まで一五〇センチ前後ということね。これに肩から上の頸や頭の数値を加えれば身長が推定できる」

「それほど簡単じゃない。……拳銃を握ったつもりでおじさんを狙ってごらん」

巨漢が学院長の回転椅子に腰を下ろした。臀部を前に出して上体を低くしているのは、被害者の座高に近づけるためだろう。わたしは握り拳を縦にして右腕を伸ばし、人差し指で巨漢の額を狙う。

「いや、それじゃ腕に力が入りすぎだ。心持ち肘を曲げる。……それでいい」

ジャン＝ポールがじりじりと腰を浮かせはじめた。それにつれて斜め下に向けられていた人差し指を上げていく。伸ばした腕が床と水平になった瞬間、巨漢が両掌をパンと叩いた。

「そう、その状態で拳銃は発射されたわけだ」

親指を上に拳を握って水平に保とうとすれば、拳の位置は肩よりも少し高くなる、腕を突っぱっていればさらに。銃口の位置は銃把を握った親指よりも高い。犯行に使われたワルサーP38を腕が水平の状態で構えると、銃口は肩より五センチほど高くなる。

「じゃ、犯人の肩の高さは一四五センチ程度ってことね。頸部を合わせた頭部ってどれくらいの長さかしら、もちろん人によって違うでしょうけど」

「頸部と頭部の合計に前後五センチの幅をみると身長は一六八センチから一七八センチになる。極端に顔や頸が長い、あるいは短い人物でなければこの幅に入るはずだ」

「靴の高さもあるでしょ」

「それなんだね、問題は」

紳士靴の踵は二センチから三センチがふつうで、スニーカーも似たようなものだろう。婦人物のハイヒールは七センチか八センチが平均的だが、ロックミュージシャンが履くような厚底で踵が高いブーツなら一五センチ以上も身長をかさ上げできる。

「かなりの幅どころじゃないわ、どんな靴を履いていたかわからなければ意味がない数値ね」

巨漢が苦笑する。「まったく無意味とはいえない。管理人《コンシエルジュ》がマント姿の不審人物を目撃してるんだが、身長は一七〇センチから一七五センチ程度だったと証言している。一六八センチから一七八センチという射殺犯の背丈と矛盾しない数値だ」

「足首まで隠れるマントじゃ、どんな靴を履いていたのかもわからないわ」

ロックミュージシャンの厚底ブーツのような極端な例は除外して、常識的な範囲で考えてみよう。靴の踵は二センチから八センチ程度までまちまちだから、犯人の身長には一六〇センチから一七六センチまでの幅が生じてしまう。この数値にはフランスの成人男女の多くが含まれる。フランス人の平均身長は男性が一七六センチ、女性が一六三センチなのだ。

「あなたが学院長を撃ち殺したのじゃないってことは、よくわかったわ」

どうでもいいような話を長いこと聞かされて、わたしは皮肉っぽくいった。身長一九三センチのバルベス警部は、背丈からして犯人の条件から外れている。

学院長室から出ると、退屈そうな顔でパトリシアが壁に背をもたせていた。通路の突きあたりに東側の階段がある、二階に上がる階段の真下のドアから、女子更衣室には入れるようだ。更衣室のドアを開くと左側に洗面台、中央通路の両側にロッカーが列をなし、突きあたりにシャワー室が三つ並んでいる。中央のシャワー室と左右のシャワー室のあいだに小さな窓が二つ。わたしたちのあとに付いて巨漢も部屋に入ってきた。

「なにしてるの、ここは女子更衣室よ」

「不届きな輩が証拠を隠滅する可能性がある、それで立ち会ってるのさ。あんたもここで服を脱ごうってわけじゃないだろう」

丸裸のナディア嬢ちゃんなら赤ん坊のときから見飽きてると、その先の言葉をジャン＝ポールにいわせないために、わたしは二つある窓を示してパトリシアに問いかけた。

「どの窓から庭に出たの、アデルは」

「左側よ」

左側の窓を解錠して引きあげてみるが一六、七センチしか開かない。右側も同じことで、男でも女でも大人が通り抜けるのは無理だ。

「小学生なら出られそうだけど、パティははどうかしら」

顔を下に向けて少女が窓の隙間をくぐろうとする。かろうじて頭は通っても胸のところで窓枠につかえてしまう。女性の乳房や臀部は主として脂肪だから、圧力を加えればある程度は変形する。戸外からパトリシアの両肩を摑んで全力で引っぱればなんとかなるかもしれないが、わたしには難しい。窓の隙間より胸郭のほうが厚そうだから。

擦れて赤くなった鼻を気にしながら、服の胸あたりに付いた埃を少女が払った。「ここからアデルは裏庭に出られたんだから、わたしも二年前ならなんとか通れたと思うんだけど」

「この窓からどうして出たいんだね」

わたしはジャン＝ポールを正面から見据えた。「一昨年の十一月のことだけど、この学校の生徒が行方不明になった。誘拐されたのかもしれない」

身代金目的の営利誘拐でなければ、誘拐した事実を犯人が家族に通告することはない。そのため本人の意志による失踪と区別できないことも多い。

「誘拐された……」思わず呟いた警官にアデルの失踪事件について、重要箇所はパティに確認しながら説明しはじめる。

「なるほどね」頷いたジャン＝ポールが更衣室の戸口まで戻って、ドアの隙間から通路に顔を出す。「ドワイヤン、ちょっと来てくれ」

たまたま通路にいたのか、さっきの若い刑事が更衣室に入ってきた。「なんですか、警部」

「この学校の女子生徒アデル・リジューが、一昨年のいまごろに姿を消しているとか。それについてなにか知らんか」

「その件なら」ドワイヤン刑事が眉根を寄せた。

聖《サント》ジュヌヴィエーヴ学院の女子生徒が下校途中に行方不明になった。これまでも家出のようなことを繰り返していたようで、母親から捜索願が出されたのは三日後のことだった。

「事件性は」

「ナンテール校のヒッピー学生の部屋に、それ以前から出入りしていたとか」

警察も問題の学生を捜したが、発見できないまま時間だけが過ぎた。違う名前をパティに伝えたのか、あるいは学生の存在そのものがアデルの嘘だったのかもしれない。ルイと称した学生は実在し、その青年が女子中学生を拉致殺害して、屍体を隠匿した可能性も検討はされた。しかし、そのことを示す証拠は皆無だった。

「失踪した少女のほうは」ジャン＝ポールが確認する。

「生死を問わず発見されていません」行方不明のままということだ。

「アデル・リジュー失踪事件の捜査ファイルを、今日中に警視庁まで届けてくれ。捜査を担当した刑事から、詳しい話を聴くことになるかもしれん」

「一昨年の失踪事件が、昨日の学院長殺しと関係あるんでしょうか」

ドワイヤンにバルベス警部が応じる。「誘拐という線も無視できないから、前後の事情は押さえておかないとな。学院長から厳しく叱責されて家出したアデルは、どこかに身を隠していたのかもしれん。あるいはヒッピー学生と一緒だったのか」

失踪したアデルが生きていて二年前の復讐に学院長を襲った、こんな可能性をジャン＝ポールは検討しはじめたようだ。

第五章　誘拐のような殺人

〈11月23日午後4時10分〉

十一月の日暮れは早い。執務室の窓から暮れはじめたセーヌの川面に目をやって、モガール警視はこめかみを拳で揉んだ。ビヤンクールの現場から警視庁に引き揚げてきたのが午前三時すぎ、帰宅できたのは明け方だった。眠れたのは二時間か三時間だし、これでは頭痛に悩まされても当然だろう。

フランソワ・ダッソーの熱心な勧めで、娘のナディアはダッソー邸に泊まることにしたようだ。子供を誘拐された親や、それが職務の警察官ならまだしも、第三者の一般人なら尻込みしても当然の危険な仕事だった。それを無事に果たして疲労困憊しているし、一夜の宿の申し出を断る必要はないと考えたのだろう。

ただしダッソーや誘拐された少女の父親ルルーシュに頼みこまれて、躊躇しながらも身代金の運び役を引き受けたわけではない。ナディアの性格からして、誘拐犯に指名されるまでもなく自分から運び役を買って出たろう。好奇心や冒険心もあるにしても、身代金の運び役のような犯罪がらみの仕事には経験がある、誰かがやらなければならないなら自分が引き受けるべきだと考えて。

そろそろ大学も卒業という年頃だし、子供っぽい興味から父親の仕事に嘴を挟むようなことはもうない。ミノタウロス島の事件を体験してからは、新聞やテレヴィの犯罪報道にさえ関心が薄れたようだ。殺人事件になど二度とかかわりたくないと思っているのだろう。

今夜にしても同じことで、父親の新しい事件に興味を持った様子はない。リセの生徒のころなら、私立校の学院長が射殺されたというニュースでは満足できないで、事件の詳細を知ろうと質問を連発したに違いない。けれども犯罪事件のほうがナディアを離そうとしないようだ。この春はセーヌの川船〈小鴉《コルネイユ》〉で首なし屍体を発見する羽目になったし、昨日は訪問中のダッソー邸で誘拐事件が発生して、犯人から身代金の運び役に指名された。

サラ・ルルーシュが救出された時点で、ナディアにとっての事件は終わっている。誘拐犯と奪われた身代金の捜査は警察が続けるとしても、誘拐された少女がもしも屍体で発見されたとしたらどうか。好奇心よりも警察には任せておけないという使命感から、自力で犯人を追いはじめるのではないか。

父親としても警察官としても、素人には危険すぎると諭すべきだろうが、それで諦めるような娘ではない。いったん決めたら絶対にやめない頑固な性格は、モガールの姉とそっくりだ。なにか起きたときおろおろするばかりの弟は、五歳年長の姉から叱咤激励されるのが常だった。姉ほどに強烈な意志力があれば、もっと優秀な捜査官になれたのではないかと気弱な弟はいつも思ってきた。

朝の捜査会議を終えてから、モガールに率いられた刑事の一団はモンパルナスの十月書房《エディション・オクトーブル》をめざした。出版社とセバスチァン・ルドリュの自宅アパルトマンを捜索するために。ただしバルベス一人は別行動で、朝からダッソー邸に向かうジュベール警視に同行した。

優先的に確認しなければならないのは、昨日の午後六時前後のセバスチァン・ルドリュの不在証明《アリビ》だ。学院長殺しと二件の誘拐はルドリュの犯行、犯人は死亡ということで、上司は二つの事件の幕を引きたいようだ。だが、そう簡単にはすみそうにない。エステル・モンゴルフィエの殺害時に夫がモンパルナスにいた事実が確認されでもしたら、警視庁の上層部が期待している幕引きは不可能になる。

いまのところルドリュの不在証明《アリビ》は曖昧だ。十月書房《エディシヨン・オクトーブル》の編集長オレリアン・メルシュなど社員数名によれば、十一月二十二日の午後五時三十分にルドリュは編集室に顔を出している。自宅が上階にあるルドリュの出勤は不規則で、朝まで編集室で仕事をしていたかと思うと、一日中アパルトマンにいて出社しないこともあった。昨日は夕方になってから顔を出し、鞄をデスクに置いて「珈琲店《カフェ》で人と会う」と言い残して、そのまま外出したという。社に戻ってきたのは六時四十分だった。

その日のルドリュの服装は、社員たちによれば薄茶色のトレンチコートにソフトハット。これに灰色のマフラーとサングラスを加えれば、誘拐犯とまったく同じ外見になる。

警視庁に引き揚げる前にモガールは、ルドリュ行きつけの珈琲店《カフェ》を廻って昨日の午後六時前後に来店していたかどうか、刑事たちに確認することを命じた。行きつけの珈琲店《カフェ》で成果がなければ、ヴァヴァン界隈の店を端から廻らせなければならない。

地区署の刑事が午後六時四十五分に電話したとき、ルドリュは五分ほど前に退社したところだと十月書房《エディシヨン・オクトーブル》の編集長は応じた。この事実はメルシュの証言からも裏づけられている。六時四十分に外出先から帰社したルドリュは、デスクの鞄を取るためにいったん戻った様子で、直後に慌ただしく出ていった。五時三十分すぎから六時四十分まで、ルドリュがどこで誰と会っていたのかは聞いていないと、メルシュをはじめ社員の全員がいう。

午後四時すぎにサラを誘拐して十分後に書籍倉庫に監禁したあと、七時二十分に第一の写真を撮影するため監禁場所に戻るまでの、ルドリュの行動は確認されていない。ダッソー邸の正門付近に潜んで、四時四十分すぎのナディアの到着を物陰から盗み見たとしよう。それでも五十分もあれば、ブローニュのダッソー邸からモンパルナスの自社に戻ることは時間的に可能だ。

五時三十分に十月書房《エディション・オクトーブル》を出たルドリュは、六時すぎに聖《サント》ジュヌヴィエーヴ学院の学院長室で妻のエステルを殺害できたろうか。公共交通機関では乗り換え時間や待ち時間、徒歩の時間などがあるから、三十分での移動は厳しいかもしれない。

ルドリュは自宅のある建物の裏道に駐車場所を確保していて、黒の中古BMWを置いていたという。この自家用車を使ったとすれば、六時の時鐘が鳴り終わるまでに聖《サント》ジュヌヴィエーヴ学院に到着できたのではないか。六時から六時三分のあいだに妻を射殺して現場を脱出し、また車で六時四十分までにモンパルナスの会社に戻ることも。

しかし時間的に犯行が可能だったとしても、それだけで学院長射殺事件の犯人としてルドリュを疑うことはできない。六時前後に黒のBMWが学院付近で目撃されているとか、その車内から頭巾つきのマントが発見されるとか、他の証拠がどうしても必要だ。もしも犯人死亡で捜査を終わらせてから、その日の午後六時前後にルドリュと会っていたという人物があらわれたら、捜査責任者であるモガールの大失態になる。

ジュール・メルレの誘拐事件に加えて、サラ・ルルーシュ事件もジュベール警視の担当になったが、いずれも聖《サント》ジュヌヴィエーヴ学院の殺人と無関係ではない。二つの誘拐事件の犯人が学院長の夫セバスチァン・ルドリュであることは確定的で、しかもルドリュには遺産問題から妻エステル・モンゴルフィエを殺害する有力な動機が認められ、また犯行時刻の不在証明《アリビ》には疑わしいところがある。捜査を効率的に進めるには、ジュベールとの連携を疎かにはできない。

ダッソー邸での事情聴取は午後のうちに終えている。重要な会議があるとの理由で禁足令を無視し、朝から出社したダッソーと秘書のオヴォラは、昼食時を狙ってジュベールが訊問した。

モガールは十月書房《エディシヨン・オクトーブル》から警視庁に戻ることにした。捜査の経過を上司に報告しなければならないし、書類仕事も溜まっている。ジュベールに同行して朝からダッソー邸を訪問していたバルベスは、出先から聖《サント》ジュヌヴィエーヴ学院に廻ったようだ。

事件に新たな進展がなければ、今夜はまともな食事にありつける。札束で膨れた重たい鞄を抱えて、サン・ジャック街の坂道を駆けぬけた奮闘を讃えるため、バルベスがナディアに晩飯を奢ろうという。予算の半分はモガールの負担になるとしても、たまには娘との外食も悪くない。

そろそろ牡蠣の季節だから、バルベスが予約したのは海鮮料理の専門店だろう。故郷は南仏《ミディ》だというのに、ノルマンディ産の牡蠣なしで冬は過ごせないという男だから。夕食の席にナディアは、あの日本人も引っぱってくるだろうか。サラダと水しか口にしないような青年だから、人数が一人増えても料理店の勘定はたいして変わらない。

ラルース家の事件以来、ヤブキからは捜査の上で貴重な示唆を幾度も提供されてきた。あの青年の助言がなければラルース家やダッソー家の事件、〈アンドロギュヌス〉や〈ヴァンピール〉の事件は解決できなかったろう。

はじめて顔を合わせた瞬間からバルベスは見抜いていたようだ、あの日本人には地下活動の体験があることを。顔や外見ではなく、放っている雰囲気がルヴェール少佐と共通している。日本の極左派《ゴーシスト》がハーグのフランス大使館を占拠した直後だったが、モガールは放っておくことにした。

ヤブキという青年の身辺や過去を洗えば、なにか穏やかならぬ事実が出てくるかもしれない。とはいえ政治的な確信犯の追及は司法警察の担当ではないし、疑わしい人物がいるなら公安関係の部局が動くだろう。またフランスで暮らしはじめてからのヤブキが、要人暗殺や破壊工作に関与している気配はない。こうした勘には、捜査員としての長年の経験から自信がある。

あの青年はたしかにルヴェール少佐を思わせる。しかし少佐が本人の意思とは無関係に発散していた、冷酷な迫力のようなものは希薄だ。もしもゲシュタポに殺害されなければ、フランス解放後のルヴェールは共産党の合法活動に戻っただろう。戦後最初の選挙で国会議員に立候補し当選したかもしれない。表舞台に立つ合法活動家としてのルヴェールを、ヤブキは連想させるのだろうか。

そうでもないような気がする。ドイツ占領軍の敗退をコミュニズム革命に転化しようと企んでいたルヴェールだから、連合軍とド・ゴール派によるパリ解放を歓迎したわけがない。それでも対独抵抗運動《レジスタンス》は勝利したのだ。しかし、あの青年には命がけの闘いに勝利した者の晴れやかさが感じられない。修道士さながらに超俗的なところはアッシジのフランソワを思わせるが、徹底的に無愛想で不機嫌に見えるところが違う。癒されようがないほどに不機嫌なフランソワというのが、あの青年に似合いの称号ではないだろうか。

上機嫌なフランソワであろうと肉欲の克服は大前提だ。不機嫌なフランソワも同じだとすれば、娘の気持ちが想像できるだけに父親としては困惑する。修道士のように生きようとしている若者への恋は、諦めたほうがいいと忠告すべきだろうか。

このまま時間が過ぎていけば不幸な結末にもなりかねない。とはいえもう大人なのだから、本人の意思と選択を尊重するしかない。平凡な人生訓のようだが、子が決めた人生を親は黙って見守る以外ないのだから。

それにナディアは二十歳を過ぎてから、なにかを思いこむと左右が見えなくなる性格も少しは落ちついてきたようだ。頑固なところは伯母と変わらないが、以前よりは思慮深くなってきた。思うようにならないヤブキという他者が、適度な鑢《やすり》となったのかもしれない。どこに行き着くとしても後悔しない道を選ぶことだろう。

ノックの音がして、大判の紙封筒を抱えた痩身の男が執務室に入ってくる。昨日から一睡もしていないのかジュベール警視の眼は充血しているが、精力的な身ごなしでデスクの前の肘掛け椅子に腰を下ろした。

軽く咳払いしてモガールが口を開く。「二件の誘拐事件だが、処理の方向は決まったのかね」

「上のほうの意向で、被疑者死亡のため捜査終了になる可能性が大だな。しかし私としては、もうしばらく続けたいと思っている。誘拐犯による脅迫状や指示書などを打ったのは、ビヤンクールの書籍倉庫の事務室に備えられたタイプライターで間違いない。この事実を含む多数の物証からして、二件の誘拐事件の犯人はセバスチァン・ルドリュと断定できる」

誘拐事件の犯人はルドリュだ。それでも捜査を続けるというのは、共犯者の存在を予想してのことだろう。ダッソーの鞄やナディアの服装、ソフィーの行動予定などを事前に把握していたらしい点からして、ダッソー邸に協力者が潜んでいる可能性は少なくない。誘拐計画を前提に情報を提供したのであれば意図的な共犯者だ。

モガールは確認した。「脅迫状の封筒やメモなどに指紋は」

「紙のためか、犯人が手袋をして扱ったからなのか、いずれにしても検出されていない。ただし事務室のタイプライターのキイにはルドリュの鮮明な指紋があった。あのタイプを最後に使ったのはルドリュだし、マクシム・メルレへの指示書に使われた便箋と封筒も事務室の常備品だった。身代金の運び役に宛てたメモの用紙も同じ」

ダッソー邸への脅迫電話の声が録音されていても、ルドリュが犯人だという証拠にはならない。かけてきたのは銀行員のメルレだから。としても、ジュールとサラを誘拐したのがルドリュだったことに疑問の余地はない。誘拐に使われた車は〈十月書房《エディション・オクトーブル》〉の営業車だし、人質を監禁した場所も同社の書籍倉庫だった。

「二件の誘拐事件の犯人はルドリュだ、この結論に間違いはないだろう。残っている問題は、ルドリュが妻のエステル・モンゴルフィエを射殺したのかどうか」

ジュベールが頷いた。「そうだな、学院長殺しを含めて事件の全貌が解明されたとはまだいえない。きみの担当事件が解決しないと、私のほうも店仕舞いできないわけだ」

モガールは誘拐事件に話を戻す。「ジュール・メルレから話は聴けたのかね」

「午前中にサラ・ルルーシュから詳しい話を聴いた、そのあとジュールからも。長時間は無理だと医者がいうので、男の子のほうは簡単にしたが」瘦身の男が肩を竦める。「明日にならないと、詳しい話ができる程度まで体力は回復しないようだ。退院できるなら二人の帰宅は許可しようと思うが、サラには監視を付ける」

まだ十三歳だし、過剰防衛が問題になることはないだろう。としても処置が最終的に決まるまで、サラ・ルルーシュから目を離すべきではない。

学校が休みの水曜日は朝から近所の公園でサッカーの練習をする、それがジュールたちの習慣だった。ボランティアのコーチが近所の子供たちを集めて、九時から十一時までの二時間、ボールの扱い方などサッカーの初歩を教えているらしい。

急停止したヴァンにジュールが引っ張りこまれたのは、練習を終えて帰宅する途中だったという。人気ない場所で車を停めた犯人に助手席から出るようにいわれ、黒い袋を被せられて貨物室に押しこまれた。エンジンが停止したあと車から出され、最後は戸棚のような小さな空間に閉じこめられた。

「まだ七歳だし記憶に曖昧なところもあるが、ジュールとサラの証言に大きな齟齬や矛盾は見当たらない。明日になれば落ち着くだろうから、あらためて二人の話を聴いてみようと思う」

「子供をヴァンに押しこんだあと、犯人はメルレ家の住所や電話番号を訊き出したのかな」

ジュベールが心得顔で応じる。「父親の勤め先を含めてなにも訊かれていない。誘拐事件の前から、被害者の自宅や父親の勤務先は調べあげていたようだ」

犯人は街路で目に付いた子供を適当に選んで誘拐したわけではない。水曜の朝には公園に出かけて、昼前に帰宅するのが習慣の子供たちのことを密かに調査していた。帰宅の途中に人気ない道を通る子供に狙いをつけ、自宅や父親の勤務先を洗い出したに違いない。

「ジュール・メルレの周辺を徹底的に捜査してみても、ルドリュに繋がる線は発見できないだろうな。犯人は近所に住む子供や知人の子供を誘拐したわけではない、足が付かないよう周到に計画している」何件もの誘拐事件を手がけてきた捜査官の発言には説得力がある。

もしもジュールが殺害されて、書籍倉庫の裏地にでも埋められていたら捜査は難航したろう。車を使えば、パリの市街地から離れた森の奥に屍体を埋めることもできる。いまのところソフィー・ダッソーと、あるいはダッソー家の人々とルドリュの接点は発見されていない。サラとジュールの場合も同じ。犯人が人質を殺害し屍体を処分する以前に事件が解決できたのは幸運だった。そうでなければセバスチァン・ルドリュの存在を、警察も簡単には割り出せなかったろう。

「犯人のルドリュは自家用車を所有しているとか」

同僚の質問にモガールは頷いた。「黒の旧型BMWで、ふだんは会社の裏道に停めていた」

「セダンのほうがヴァンより小廻りが利くのに、どうして会社の営業車を誘拐に使ったんだろう」

「わからん。そのBMWも一昨日に目撃されたのが最後で、それからは駐車場所に戻ってきていない」モガールは話を戻した。「ジュールの行動は事前に予測できたにしても、ソフィーの場合は部外者には難しいな。ダッソー家の一人娘が昨日の午後四時ごろ、邸の裏木戸から外に出てくることを犯人はどのようにして知りえたのか。実際にはソフィーでなく、運転手の娘サラが裏道に出てきたにしても」

「私も疑っているよ、誘拐犯の協力者がダッソー家に潜んでいることは」ジュベールが眉を顰める。

「邸内の協力者が、ソフィーの行動予定を誘拐犯に伝えたとしか考えられんな」

ダッソー家の関係者で、ソフィーの行動を予測できたのは誰なのか。この点は捜査を進める上で不可欠の情報だが、事実確認は容易でない気もする。警察の指示を無視して、今朝もダッソーは平然と外出している。身代金は取りもどせた、これで面倒事は終わりにしたいというのがダッソー家の人々の本音のようだ。たとえ誘拐事件の被害者側であろうと、フランスでも有数の富豪が捜査に協力的だとは限らない。

モガールは質問の方向を変えた。「ルドリュが撃たれた拳銃は」

「きみのほうにも鑑識から報告が届くだろうが、ルドリュの体内から摘出された銃弾と、エステル・モンゴルフィエの頭蓋骨を貫通した銃弾は同一の拳銃から発射されている。書籍倉庫の現場に落ちていたワルサーP38の発射実験では、その弾丸の線条痕と証拠品の弾丸二つの線条痕も一致した」

「あのワルサーで学院長とルドリュは射殺されたと」

モガールの呟きにジュベールが応じる。「そう、それが事実なんだ」

闇市場で入手できる軍用拳銃としてワルサーP38は、アーミーコルトと通称される米軍の制式拳銃M1911と同じ程度にありふれている。かつては左翼だったが、このところユダヤ人大量殺害否定論《ジェノシード》の書籍を出している出版業者は顔が広そうだ。ルドリュの人脈は闇拳銃が売買される裏社会にまで及んでいるのかもしれない。ワルサーP38を非合法に入手した男がその拳銃で妻を殺害し、監禁していた人質に同じ拳銃で射殺されたとすれば辻褄はあう。

「拳銃の指紋は」モガールは確認する。

「ルドリュとサラの指紋が検出されている」

「安全子には」

「銃把と引金には二人の指紋が残されていたが、弾倉や安全子に付着していたのはルドリュの指紋のみ。ただし遊底を覆う金属板の裏側から指紋が検出されている。この指紋は銃把や引金の指紋とは違っていた」

第三の指紋が残されていたのは、拳銃を分解しなければ露出しない箇所だった。ルドリュ以外の人物が拳銃の分解掃除をしたことになる。警視庁に保管されている犯罪前歴者の指紋との照合をはじめているが、また結果は出ていないようだ。

「ワルサーの装弾数は八発だな」

「薬室に装填してから弾倉に補充すれば、九発の連続発射が可能だが」

「弾倉の残弾は」

「六発だった」使われたのは聖《サント》ジュヌヴィエーヴ学院の学院長室で一発、ビヤンクールの書籍倉庫で一発だから、もともとワルサーの弾倉には八発の弾丸が込められていたことになる。

「残弾の弾頭や薬莢の指紋は」

「検出できなかった、それぞれの現場に落ちていた薬莢からも」

弾丸を綺麗に拭いてからルドリュは弾倉に込めたようだ。発砲したあと自動的に排出される薬莢を、現場で回収できるとは限らない。硝煙で汚れ、排出される際に擦れた薬莢にも指紋は残るかもしれない。犯人が慎重であれば弾丸の指紋は消しておくだろう。

安全子からルドリュの指紋しか検出されていない事実は示唆的だ。セイフティを最終的に解除したのはサラではない、引金さえ絞ればいつでも発射可能な状態にしたのはルドリュだったことになる。どこかに連れ出して人質を殺害するつもりなら、最後のセイフティまでは解除しないだろう。あの現場で二人を射殺したあと、屍体はどこかに運び出すことを企んでいたに違いない。サラが決死の反撃を試みたのは、自分のためにもジュールのためにも唯一の選択だった。もしも怯えて竦んでいれば、書籍倉庫の物置部屋で殺害された可能性が高い。

「書籍倉庫の捜査で、他に新発見は」

「ヴァンのグローブボックスから第二の拳銃が発見されている。ベレッタM950で、弾倉には25ACP弾が八発、薬室は空で実弾は装塡されていない。綺麗に手入れされた状態で、分解掃除のあとに使用された形跡はない」デスクの大判封筒をジュベールが目で示す。「鑑識の報告書だ。それを読めばわかるが、奇妙な事実があるんだ」

「なんだね、奇妙な事実とは」モガールは封筒から紙束を取り出した。

「現場で押収したダイヤの首飾りは贋物だった」

「贋物だと」思わぬ事実に警視は首を傾げる。

「精巧に作られているが専門家なら模造品だとわかる。どんな理由があって、犯人はダイヤを贋物にすり替えたのか」

「札束のほうは」

「こちらは贋札ではない、本物だった。番号を確認したところ、ダッソー社の経理が銀行から引き出した新札に間違いない。現金の必要に備えて、あの程度の額は金庫に常備しているとか」

「奇妙だな」モガールは困惑して呟いた。

ユルスリーヌ街十二番地の地下室で、ダストシュートの縦穴から落ちてきた黒い革鞄をルドリュは回収した。鞄の錠を壊し中身を布袋に移して逃走した。しかもビヤンクールの倉庫で発見されたダイヤの首飾りは贋物だった。

素人では判別できないほど精巧な模造品を、その場で入手できるわけがない。あらかじめ犯人は贋の首飾りを用意していた。〈ニコレの涙〉はダッソー家の家宝だというから、第三者には精巧な模造など簡単にはできそうにない。実物を参考にできないのであれば、四方八方からダイヤの首飾りを接写した鮮明な写真資料などが、模造職人には不可欠だろう。雑誌に掲載されたという、首飾りを着けたヴェロニクの写真では役に立ちそうにない。

奪取した現金はそのままにして、首飾りだけを贋物にすり替えたのち、ルドリュは人質を監禁した書籍倉庫に戻ってきた。しかし、そんなことをした理由がわからない。聖《サント》ジュヌヴィエーヴ学院の学院長殺しには疑問点が少なくないが、その夫による誘拐事件にも謎が多すぎる。被疑者死亡で捜査を終わらせることなどできそうにない。

「他には」

モガールの問いかけにジュベールが応じる。「ロマ娘を捕まえたよ、オデオンの焼き栗売りに犯人のメモを託した十歳の少女だ」

ロマの少女はサン・ジェルマン通りで見知らぬ男に駄賃を与えられ、封筒を預けられた。直後に焼き栗売りの男に渡したというから、時刻は九時四十分ごろだろう。男の風体はソフトハットにトレンチコート、マフラーにサングラスで、ルドリュの屍体が身に着けていた品と一致する。

午後九時に書籍倉庫で第二の写真を撮影したあと、ルドリュはビヤンクールからオデオンに移動したことになる。移動の途中にユルスリーヌ街で車を停め、十二番地の建物六階のダストシュートにメモを残したのかもしれない。

モガールは質問の方向を変えた。「昨日の日中、ビヤンクールの書籍倉庫は無人だったんだろうか」

「在庫を管理している事務員と営業社員の四人は十一月二十二日と二十三日の二日間、社主から臨時の休暇を与えられたという」ルドリュは火曜の夕方から金曜の朝まで、充分な時間を確保していた。

「ユルスリーヌ街十二番地の件だが、建物四階の通路で錠が破壊された革鞄が空の状態で発見された。メルレが地下室で見つけたのと同じ製品で、きみの娘が運んでいた鞄に間違いない。バルベスに頼まれたゴミ容器にかんする調査だが、風船と錘が入ったビニール袋は見当たらなかった。

そういえば事務室の換気扇だが、月はじめの掃除の際に外して綺麗にしたとか。いずれにしても、あの監禁現場に第三者が出入りした形跡は皆無だ」

ジュベール警視を部屋から送り出し、モガールは報告書を熟読しはじめた。必要と思われる箇所に線を引いてメモを取る。誘拐犯の拳銃でエステル・モンゴルフィエが殺害された以上、二つの事件はいずれもルドリュの犯行と考えられる。残されている問題は容疑者の不在証明《アリビ》の是非で、この点の確認を急がなければならない。


〈11月23日午後5時57分〉

そろそろ午後六時になろうとしている。書類仕事に疲れてこめかみを揉んでいると、ノックもなくドアが開かれた。床を踏みしめて執務室に入ってきた巨漢が、デスクの前にある椅子の背を摑む。バルベス警部は相変わらず元気一杯という顔つきだ。

「なんだか疲れてるようだ、寝不足なんでしょう。朝っぱらから警視が、なにもモンパルナスの十月書房《エディション・オクトーブル》まで出かける必要はないのに」

相棒の言葉にモガールは肩を竦める。「そういうわけにもいかん」

「森屋敷で会った嬢ちゃんと、今夜の九時に待ちあわせてる。晩飯をちゃんと喰って早めに帰ることにしましょうや」

「そうしたいものだ。ナンテール署からバルベス宛に、アデル・リジューの失踪にかんする捜査ファイルが届いている」

「二年前のことですが、モンゴルフィエ学院長から叱責された直後に女子生徒が失踪している。誘拐だった可能性もゼロではないし、どんな捜査がなされたのか確認しておこうかと」

営利誘拐だけが誘拐ではないし、犯人が自分の子として育てる目的での嬰児誘拐など、誘拐犯が被害者家族に連絡してこない場合もある。もしも少女が誘拐されたのだったら、今回の誘拐事件とも無関係でないかもしれない。あるいは失踪していた少女が、二年前の恨みから学院長に殺意を抱いたとも考えられる。いずれにしても女子生徒の失踪をめぐる事情は把握しておくべきだ。

モガールが相棒に確認する。「聖《サント》ジュヌヴィエーヴ学院の捜査で、他に新しい情報は」

「ナンテール署のドワイヤンという刑事、若造だが仕事は一応のところできる。面白そうな目撃証言を拾ってきましたよ」バルベス警部が嬉しそうに掌を擦りあわせた。

「というと」

「昨日の午後六時前後ですが、学院付近の路地に黒のセダンが駐車していたとか」

「BMWかな」あるいはルドリュの車かもしれない。

「証言者が婆さんで車の社名や車種まではね。聖《サント》ジュヌヴィエーヴ学院の正門前に〈アルベール〉って珈琲店《カフェ》があるんだが、勤務時間が夕方までの給仕の証言によると」

五時五十分ごろのことだという。医療用の白いマスクで顔を隠した男が店に入ってきて窓際の席に着き、ノートを出して万年筆でなにかメモしていた。男が着ていたのは駱駝色のウール地の外套だという。注文した珈琲《エクスプレス》に口を付けようともしないで、斜向かいの建物をじっと見ている。聖《サント》ジュヌヴィエーヴ学院の正面玄関を監視しているようだ。

「修道士のような恰好の人物が出てきて、その直後に白マスクの男も席を立ったというんですな。時刻は六時五分ごろとか」病院内ならともかく街で医療用マスクをしていれば目立つから、男は珈琲店《カフェ》を出るとじきに外したのではないか。

「犯人かもしれない人物を、学院の正面玄関が見渡せる地点で見張っていた男がいる……」警視が呟いた。

街路を挟んで給仕が目にしたのは、聖《サント》ジュヌヴィエーヴ学院の管理人《コンシエルジュ》ディディエ・マタンが目撃したのと同じ人物に違いない。珈琲店《カフェ》の席から学院の正面玄関を監視していたらしい男は、マフラーとマスクの違いはあっても、ユルスリーヌ街十二番地で身代金の鞄を持ち去った誘拐犯と同じように顔を隠していた。この二人が同一人物という可能性はないだろうか。

昨日の午後四時すぎにダッソー邸の裏木戸付近でサラ・ルルーシュを誘拐したあと、ルドリュは七時二十分にビヤンクールの書籍倉庫で少女の写真を撮影している。六時前後にリュエイユ・マルメゾンの聖《サント》ジュヌヴィエーヴ学院付近にいることも、時間的には可能だ。

しかし、その不審な男がエステル・モンゴルフィエ殺しの犯人である可能性は低い。六時三分には、放送室から玄関ホールの窓口に管理人《コンシエルジュ》が戻っている。あの老人に見られることなく校舎に侵入することは不可能だし、仮に侵入できたとしても院長室の前の通路は合唱の練習を終えた生徒たちでいっぱいだから、殺人現場に立ち入ることができない。

音楽教師のリーニュがドアをノックする直前に、犯人が学院長室に入れたとしよう。それでも時鐘は鳴りやんでいるため、発砲すれば銃声を音楽教師や生徒たちに聞かれてしまう。殺人現場からの脱出路も存在しないから、直後に室内に入ってきた音楽教師に姿を見られることになる。

珈琲店《カフェ》にいた男がルドリュだったとしても、妻を殺害できる条件はない。珈琲店《カフェ》の男が監視していたらしい、修道士のように頭巾で顔を隠した人物のほうが学院長殺しの犯人ではないか。

「まだあるんだね。修道士のマントを着た人物は、午後六時の五分ほど前にも目撃されている」

「場所はどこかな」

「聖《サント》ジュヌヴィエーヴ学院前の通りです。学院裏の袋小路に入るあたりで、頭巾のため顔がよくわからない人物を近所の女が目にしてる」

同じ扮装の人物が通用口付近と正面玄関で目撃されている。五時五十五分ごろに通用口から裏庭に侵入した犯人が、六時五分に正面玄関から校外に逃走したということなのか。通用口から校内に侵入した犯人は、直後に学院長室でエステル・モンゴルフィエを射殺し、自宅の鍵を奪って校外に逃れた。しかし、この最もシンプルな仮説には無視できない齟齬がある。

学院長を射殺した犯人は、逆の順路で通用口から校外に脱出できた。校舎の南通路にある備品室の内ドアと外扉、さらに通用口の鉄扉を施錠して。しかし管理人《コンシエルジュ》は、六時五分に正面玄関から校外に出ていくマント姿の人物を目撃している。

同じ時間帯に二人の侵入者があったと仮定しない限り、大きな頭巾で顔を隠した人物は同一人物ということになる。どうして犯人は人目のない通用口からでなく、わざわざ管理人《コンシエルジュ》の前を通って校内から脱出したのか。

「目撃されるのを警戒して通用口から校内に入った犯人だというのに、出るときは管理人《コンシェルジュ》に見られてもかまわないと考えた。……奇妙だと思わないか」

上司の疑念にバルベスが答える。「入るときに制止されると計画が進まない。しかし出るときに女房はもう屍体に変わってるんだから、見咎められても問題ないと」

「逆だと思わないか。妻殺しを実行していない時点であれば、見咎められたら引き返すこともできる。犯行後にこそ、管理人《コンシェルジュ》に目撃されないように行動すべきだろう」

「なるほど」巨漢が顎を撫でる。「それにしても犯人は、どうやって通用口から校内に入れたんだろうか。いつもと同じで昨日も施錠されていたはずだが」

昨夜の現場捜査に同行していないバルベスは、まだ事件を細部までは把握できていない様子だ。学院長の秘書アドリアン・ラトゥールの証言では、三つの鍵を自由にできたのは学院長一人だったのだが。

「三つの鍵の複製を犯人が用意できたのでない限り、鍵を持っているモンゴルフィエ学院長が解錠したことになる。学院長は個人的な来客を通用口から招き入れることがあった。もしも犯人が面会の約束を取りつけていれば、予定時刻の前に通用口や備品室の鍵を開けておいたろう」

この場合でも犯人は正面玄関から脱出する必要はない、学院長室のデスクの抽斗から備品室や通用口の鍵は奪えたのだから。見つけた鍵束を使って裏庭から安全に脱出できたのに、どうして正面玄関から出ることにしたのか。

バルベスが応じる。「どこに鍵束が保管されているのか、犯人が知らなかったとすれば」

「学院長のデスクは荒らされて、抽斗の中身は床にぶち撒けられていた。犯人が貴重品を探そうとしたからだ。同じ抽斗に通用口の鍵も入っていたから、犯人には鍵束を手に入れることが可能だった。

しかし、あえて拾わなかったと考えるしかない。通用口から脱出できるのに、意図して正面玄関から出ることにした理由はわからないが、謎はまだある」

「というと」

「予定された来客のため、学院長が通用口などを解錠していたとしよう」

犯行のあと犯人は、備品室と通用口を経由して脱出することができた。モガールが殺人現場を捜索したときは、備品室の内ドアと外扉も通用口の鉄扉も施錠されていたのだが、いったいどうしてなのか。

「被害者の学院長が通用口を施錠したのでは」

「几帳面な性格の学院長は、来客があるときは約束の十分前には通用口を解錠していた、もちろん備品室も。客が着くと備品室の外扉だけ施錠していたようだ。そこの鍵さえ掛けておけば、学外者が校内に立ち入ることはできんからな。しかし、事件直後にドワイヤンは備品室の内ドアの施錠を確認している」

「不自然ですかね」バルベスが首を傾げる。

「いつものように学院長が備品室の外扉の錠を下ろしたとしても、備品室の内ドアと通用口を施錠したのは犯人だろう。そのためには外扉をいったん解錠し、また施錠しなければならないが。いずれにしても、どんなわけで三つの鍵を掛けたのか」

「通用口から逃走したと思われたくなかったんだね、犯人は」

「被害者を射殺し、デスクの抽斗から鍵束を奪った人物が裏庭に出たとしよう。ただし鍵束は学院長室の床に落ちていた」

犯人は通用口の扉を、次に備品室の外扉と内ドアを施錠してから学院長室に鍵を戻し、正面玄関から校外に出たことになる。時間が切迫しているにもかかわらず、なぜそれほどまで面倒なことをしたのか。

「時鐘が鳴りはじめた時点で学院長を射殺すれば、ぎりぎりで時間的には間に合うんじゃないですかね」

午後六時に時鐘が鳴ることを犯人は知っていた、合唱団の練習がその時刻までということも。たまたま昨日は少し長引いたが、六時をすぎた直後の六時一分か二分に音楽教師が学院長室に入る可能性もあったろう。

モガールが続ける。「銃声を時鐘の音に紛らわせることができるのは、六時三分までだ。犯行のあと備品室から裏庭に出て通用口の鉄扉を施錠し、鍵束を戻すため学院長室に戻るのは、犯人にとって危険にすぎないか」

「そうだね。エステルの額に鉛弾をぶちかましたら、さっさと逃げ出すに限る。正面玄関からだろうと、裏庭の通用口からだろうと。それでも犯人は正面玄関から逃亡することを選んだ。学院長室にはむろんのこと、備品室と応接室と会議室、女子更衣室にも裏庭に面して窓がある。備品室の窓には鉄格子が嵌められているが、それ以外の窓が開いていたらどうだろう。モンゴルフィエを殺害する前に犯人が開けておいたのかもしれん」

警視が首を横に振る。「備品室の外扉や裏庭の通用口を施錠したあと、犯人が窓から校舎内に戻って正面玄関を出ることは可能だ。その場合はしかし、わざわざ窓から部屋に入る必要がない」

「通用口を施錠して、備品室から校舎内に戻ればいいわけか」巨漢が不承不承といった様子で頷く。

「通用口だけでなく備品室の内ドアと外扉も施錠して。そのあと犯人は学院長室に鍵束を戻したことになるが、それは時間的に可能だろうか」

時鐘は午後六時三分に鳴り終え、六時五分には音楽の女教師サンドラ・リーニュがモンゴルフィエ学院長の屍体を発見している。それ以降は、学院長室前の通路は六十人もの生徒でいっぱいだった。犯行が六時になされたなら、時間が五分あるから鍵束を戻すことはできたかもしれないが、六時三分では難しそうだ。

六時の時鐘が鳴りはじめた直後に学院長を射殺したとしても、校舎から脱出するまでに残された時間は五分しかない。なんらかの貴重品を奪おうとしたのか、被害者の自宅の鍵を捜したのか、犯人はデスクの抽斗を荒らしている。そのあと裏庭に出て通用口を施錠し学院長室に戻る、鍵束を屍体の横に落として六時五分に正面玄関から校舎外に出る。

不可能とはいえないかもしれないが、時間的な余裕はまったくない。一分でも計算違いが生じれば、殺人現場からの逃走が不可能になるような計画を、あえて立てたりするだろうか。

「犯人は学院長室に戻らなかったのかもしれませんな。銃弾が貫通して学院長室の窓硝子には、拳ほどの穴ができていた。あの穴から鍵束を投げこむこともできたんじゃないですか」

鍵束が発見されたのは屍体が躰をもたせた回転椅子の横で、床に小山をなした抽斗の収納品に埋もれていた。秘書によれば鍵束はデスクの抽斗に入っていたのだから、他の小物に混ざって椅子の横に落ちていても不思議ではない。屋外から窓硝子の穴に投げこんでも、床の同じようなところに落ちるだろう。

モガールは拳をこめかみに当てた。「モンゴルフィエ学院長を射殺したあと、犯人は鍵束を奪って通路に出た。備品室から裏庭に出て外から扉を施錠し、続いて裏庭の通用口も施錠したのち、窓硝子の穴から鍵束を学院長室に投げこんだ……。この仮説には根本的な無理があるな」

備品室の外扉や裏庭の通用口を施錠したあと、鍵を学院長室に戻してしまえば、犯人は裏庭から校外に出られなくなる。通用口を出て街路側から鉄扉を施錠し、塀越しに鍵束を投げて窓硝子の穴を通すのは不可能だろう。塀の上からも困難で、しかも二十センチほどの厚みがある石塀の上に人が立った形跡はない。

「通用口から校外に出られないだけではない。三つの鍵を掛けたのち鍵束を裏庭から学院長室に投げ入れると、外扉を通って備品室に入ることはできなくなる。犯人は裏庭に閉じこめられてしまうわけだ」

「だから窓なんですよ。事前に応接室か会議室の窓を開けておけば、備品室の鍵がなくても裏庭から校舎に入ることはできる」

部下の言葉に警視は頷いた。それで辻褄は合うようだが、犯人が裏庭の通用口から脱出しなかった理由は依然として不明のままだ。通用口や備品室の外扉を解錠して、犯人を校内に招き入れたのはモンゴルフィエ学院長だとしても、モガールが確認したとき三つの扉はそれぞれ施錠されていた。犯人が鍵を掛けたとすれば、目的は通用口から出入りした事実を隠すことだろう。

学院長に通用口から招き入れられた事実を、ようするに被害者と親しい関係にあることを、犯人は警察に知られたくなかった。そのために備品室の内外のドアを、あるいは通用口の鉄扉までを施錠し、あえて正面玄関から逃走した。

モガールが使いこんだパイプに葉を詰める。「犯人は通用口から出たことではなく、入った事実を隠そうとしたのかもしれんな。被害者が通用口から招き入れるほどに親しい関係であることを」

「そうか」巨漢が掌を拳で叩いた。「だから逃走は裏庭の通用口でなく、管理人《コンシエルジュ》に見られるとしても正面玄関からにした。いや、管理人《コンシエルジュ》に見られるためにこそ、あえて正面玄関から出ることにした。犯人がルドリュなら考えそうなことですな」

慎重な捜査官でなければ、犯人は正面玄関から校内に侵入し犯行後に正面玄関から逃走したと思いこんだろう。聖《サント》ジュヌヴィエーヴ学院の殺人現場で捜査をはじめた直後から、モガールは犯人の侵入経路が気になっていた。時鐘が鳴り続けている三分間は玄関広間が無監視状態だったと管理人《コンシエルジユ》が証言しても、犯人が正面玄関から出入りしたことを単純には信じられない気がした。校舎裏の袋小路付近で近所の住人に目撃されたのが、犯人にとっては致命的な誤算だった。

まだ疑問は残っている。六時五分に犯人が正面玄関から脱出するとき、学院長室の前は生徒たちでいっぱいだった。会議室など裏庭に面した窓から校舎に入った場合、生徒たちに目撃されないですんだのは幸運としかいえない。

怪しい人物が通路に出てくるのを目にして、生徒たちが騒ぎ出したら進退に窮する。六十人もの集団だから、発見された場合は逃走が困難になるからだ。どんな理由から犯人は、それほどの危険を冒そうとしたのか。周到な犯人としては杜撰にすぎる計画ではないか。

六時五分に学院長の屍体を発見した音楽教師に呼ばれて、管理人《コンシエルジユ》が学院長室に急いでから数分のあいだ、玄関ホールも正面玄関も無監視状態だった。この隙に校外に脱出したとすれば、犯人は修道士のようなマント姿の人物とは別人ということになる。管理人《コンシエルジユ》はマントの人物を目撃したあと学院長室に向かったのだから。

その場合に犯人は、学院長室を出てから西階段の下、備品室の前にいったん隠れたろう。そこで学院長室に急ぐ管理人《コンシエルジユ》をやり過ごし、監視の目が消えた正面玄関から校外に逃走した。ただし、学院長室の前にいた生徒たちに西階段のほうを見ていた者がいたら、階段下を出て西通路を玄関ホールに向かう人物を目にした可能性がある。

モガールが質問する。「六時五分すぎに学院長室前にいた生徒で、西側の階段広間や通路に不審人物を見かけた者はいなかったかな」

「午後は授業が打ち切られたので、生徒たちの自宅に電話して確認しました。電話で連絡が取れない十名ほどの家には刑事を行かせたんだが、いまのところ有力な目撃情報はありませんな」

「やはりマントの人物が犯人ということか」自分を納得させるように呟いてから、モガールは捜査結果の確認を続けた。「例の実験だが、結果はどうだった」

「学院長室で拳銃を発砲すれば管理人室まで聞こえますよ。階上の音楽室のほうはちょっと微妙で、合唱練習の合間ならともかく、ピアノの伴奏で全員が声を張りあげているようなときは聞こえなかったかもしれない。防音設備もあるし」

「消音器を使ったとしたらどうだろう」

「その場合は管理人《コンシエルジュ》も聴き逃がしたかもしれん。ただしデスクの上や被害者の衣類を精密に検査した結果、消音器は使われていないと判断できるそうだ。拳銃の口径から弾丸の種類がわかっていれば、火薬の残留物の量からある程度のことはいえるんですね」

学院長室で拳銃が発砲されたのは、時鐘が鳴り響いていた六時から三分のあいだと断定できそうだ。屍体解剖の報告書では、エステル・モンゴルフィエの死亡は午後五時四十五分から三十分ほどのあいだで、この点からも齟齬はない。

バルベスがデスクに広げられた書類に目をやる。「鑑識の報告書ですか」

「モンゴルフィエ学院長の生命を奪った銃弾は、裏庭の立木にめり込んでいた。これとセバスチァン・ルドリュの胸部から摘出された銃弾の線条痕が一致した」

「エステルもルドリュも、同じワルサーP38で射殺されたってわけか」

「ルドリュを撃ったのはサラ・ルルーシュだ。もう一人の人質のジュール・メルレもサラが誘拐犯を射殺した光景は目撃している」

「サラは中学生だから法的な責任を問えないし、裁判にもならん。薬物依存のチンピラが、朦朧状態で拳銃を振りまわしたのとは事情が違うんだし」

誘拐された十三歳の少女が同じ人質の子供を守ろうと、たまたま手に触れた犯人の拳銃を発砲した。年齢からして刑法上の罪には問えないし、前後の事情を考慮すれば矯正施設に送致されることもなさそうだ。監視付きとはいえ病院からの帰宅を許可するという、ジュベールの判断は妥当だろう。

バルベスが唇を嘗める。「機会の点で学院長を殺害できた管理人《コンシエルジュ》マタンと音楽教師リーニュの身辺調査は進めてますが、二人ともとくに怪しいところはない。亭主のルドリュがエステル殺しの犯人とすれば、これで捜査は終了だ。犯人はサラが地獄に送っちまったんだから。学院長室のデスクに置かれていたカルティエのライターから二種類の指紋が検出されたんだが、一方はルドリュのものだった」

他方は比較的小さめで女性の指紋という可能性もある。しかしエステル・モンゴルフィエの指紋ではないし、学院長室に出入りする秘書や音楽教師のそれとも異なる。聖《サント》ジュヌヴィエーヴ学院の関係者に協力を依頼して、鑑識員が採取した指紋のどれとも一致しない。

「誘拐事件の犯人がルドリュだとして、エステル・モンゴルフィエの殺害も同一人物によるといえるだろうか」

「ルドリュの野郎が女房殺しと玉突き《ビヤール》誘拐を同時に企んだ動機だね、警視が気にしてるのは。午前と午後に二件の誘拐をこなし、夕方に女房を殺して夜には身代金を奪うなんて、いくらなんでも多忙にすぎる。金に困ってたにしろ、身代金と遺産のどっちかで充分だろうに。午前中に押収した出版社の帳簿や関係書類から、なにか面白いことは」

「経理の専門家が詳しい分析をはじめたところだ。わかったのは十月書房《エディション・オクトーブル》の経営状態が最悪で、倒産を回避するため一ヵ月以内に二百万もの大金を必要としていたことかな」

「身代金の金額とぴったり同じですね」

「妻の遺産は、その十倍にもなるらしいが」

「当座は誘拐の身代金でしのいで、長期的には女房の遺産で喰いつなごうってわけか。ま、金はいくらあってもいいわけだから、同じ日に誘拐だけじゃなく女房殺しまで企んだのもわからんではない。誘拐事件と学院長殺しに使われたのも同じ拳銃だし、この決定的な証拠からして、誘拐事件の犯人がルドリュなら学院長を射殺したのもルドリュに違いない。亭主が女房を計画的に殺害した、これが真相でしょう」

「計画的だと断定できるかな」モガールは慎重だった。

「なにしろ学校だから、学院長室に拳銃が常備されていたとも思えん。犯人は凶器を事前に準備してきたし、目撃されるのに備えて大きな頭巾で顔を隠していた。どう見ても計画的な犯行ですよ」

「としても細かい点で齟齬がある。たとえば学院長室で妻を射殺したルドリュは、どんなわけで自宅の鍵を奪ったのか。夫と別居したエステルが、邸の鍵を付け替えたような事実はない。ボーヌの報告なんだが、モンゴルフィエ邸で荒らされていたのはエステルの寝室だし、狙いは装飾品だったようだ。盗まれた品がないかどうか、秘書のラトゥールに確認させている」犯人はエステルの指輪や首飾りには興味がないらしく、寝室には宝石箱の中身が散乱していた。

宝石といえば、誘拐された子供たちの監禁現場で発見されたブルーダイヤの首飾りが、贋物だった事実もある。モンゴルフィエの宝石箱が荒らされていた件と、〈ニコレの涙〉が模造品にすり替えられていた件は無関係でないのかもしれない。

「金目のものが目的でないとすると、ルドリュが女房の家の鍵を手に入れようとした理由がわからなくなる。鍵といえば別の件もあるな」

夫のルドリュなら、妻が保管していた聖《サント》ジュヌヴィエーヴ学院の通用口や備品室の鍵を複製できたかもしれない。鍵さえ事前に用意できれば、通用口から侵入して学院長を射殺するのは簡単だし、使用した鍵を学院長室に戻す必要もない。

鍵を複製できる人物が犯人だと疑われると、ルドリュには具合が悪い。だから脱出には、わざとのように正面玄関を選んだ。

「ルドリュが通用口の鍵のスペアを持っていない場合も、同じことがいえるんじゃないですか。別居中の夫が離婚の相談をしたいといえば、女房は通用口の鍵を開けて待ってるだろう。夫婦仲が冷えこんでいたとしても、被害者にとって最も近しい人物といえば亭主のルドリュなんだからね」

電話のベルが鳴ってバルベスが受話器を取った。話し終えてからモガールに電話の内容を伝える。

「マラストでした。ルドリュにかんして新事実が出てきたとか」

「新事実とは」モガールは眉根を寄せる。

「話が少しややこしいので、詳しいことは帰庁して報告したいと。じきに戻ってきますよ」

なにか決定的な情報でも得られたのだろうか。マラストの話を聞いてみないと確実なことはわからないが、あるいはルドリュの不在証明《アリビ》と関係するような新事実かもしれない。


〈11月23日午後8時45分〉

地下鉄《メトロ》をトリニテ・デスティエンヌ・ドルヴ駅で降りて、わたしは約束の料理店を探した。ジャン＝ポールに指定されたのは入ったことのない店だった。看板の光文字で店名を確認して、磨きあげられた一枚硝子の扉を開く。内装はモダンで真新しく、椅子やテーブルのデザインも洒落ている。学生には不相応な高級店だが気にすることはない、今夜はジャン＝ポールの招待なのだ。

黒服の給仕に、そろそろ季節的に不自然ではない冬物の外套を預ける。昨夜の奮闘で皺だらけになった半外套は、ダッソー邸の執事に洗濯に出されてしまった。いったん帰宅して新品のディオールは脱ぎ捨て、いつもの気楽な恰好に戻ったのだが、着替えないほうがよかったかもしれない。

優美な曲線を描いた鉄骨に色硝子が嵌めこまれた螺旋階段で、中二階の個室に案内される。カケルを巻きこんで私的な捜査会議を開くため、わざわざ個室を予約したようだ。フロア席で捜査中の事件を、大声で論じあうわけにはいかない。

約束の十五分前で個室は無人だった。食前酒《アペリチフ》にマティーニを注文したのは、ハンナ・カウフマンの影響かもしれない。じきに届けられたグラスの外側は、微小な水滴で冷たく湿っている。

夕方のテレヴィニュースでは、同じ日に起きた二件の誘拐事件のことが報道されていた。人質は二人とも無事、身代金は戻った、誘拐犯は死亡。身代金の受け渡しなど事件の詳細は発表が控えられていて、ナディア・モガールの名前は出ていない。これからも公にはならないだろう。テレヴィや新聞の報道関係者に付きまとわれるのは、ミノタウロス島の事件で懲りている。あんな経験は二度とごめんだ。

ルドリュが死亡した理由は調査中とのことで、アナウンサーの言葉は曖昧だった。警官に射殺されたわけではなさそうだから、テレヴィ視聴者の大多数は拳銃の暴発かなにかで死んだと思ったのではないか。警視庁が誘拐被害者に配慮したようだが、いつまでも真相を伏せ続けるわけにはいかない。

誘拐犯を射殺したのは女子中学生であることが、じきに興味本位で話題になる。扇情的な犯罪記事を売りにしたタブロイド紙が、盗み撮りしたサラの写真を載せたりしなければいいが。

聖《サント》ジュヌヴィエーヴ学院の学院長エステル・モンゴルフィエの射殺事件もニュースになっていたが、まだ誘拐事件との関連は注目されていない。明日にはエステルとルドリュの夫婦関係が明らかになって、マスコミが騒ぎはじめるに違いない。

九時ちょうどに個室のドアが開いて日本人が到着した。威厳たっぷりの給仕に食前酒《アペリチフ》の注文を訊かれてカケルは無愛想にかぶりを振る。わたしは残ったマティーニを飲みほして二杯目を注文した。警官の二人組は少し遅れそうだ、なにしろ捜査の真っ最中だから。沈黙した青年の前でとりとめのないことを考えていると、ようやくジャン＝ポールとパパが連れだって姿を見せた。

席に着くなり巨漢が陽気に叫んだ。「素敵なレストランだろう、今年の九月に開店したんだが料理の評判は悪くない」

じきに冷えた白葡萄酒《ヴァン・ブラン》とオードゥブルの牡蠣が山ほど運ばれてきた。「さあ喰うぞ。嬢ちゃんもカケルさんも遠慮しないで。じゃ乾杯だ」

ジャン＝ポールの音頭でグラスを合わせた。段をなした銀色の大皿には細かく砕かれた氷が敷きつめられて、その上に殻付きの牡蠣がぎっしりと並んでいる。昨日はダッソー家の料理を食べそこねたけれど、今日は昼食も夕食も思いがけないご馳走だ。わたしはレモンを絞って最初の一粒を口に運んだ。

「どうなの、事件のほうは」

「女房のエステルを殺したのは亭主に違いないんだが、なんとも糞いまいましい新証言が出てきて困ってるとこさ」ジャン＝ポールがパパの顔を見る。「私には信じられないような話なんだが、ここのところはカケルさんの知恵を借りることにしませんか」

「私もヤブキ君の意見を訊いてみたいな」ジャン＝ポールの言葉にパパが頷いた。

年季の入った二人の捜査官を困惑させているのは、いったいどんな新証言なのか。わたしは興味津々でバルベス警部の説明に耳を傾けた。

「多数の証拠からして玉突き《ビヤール》誘拐の犯人のほうは、セバスチァン・ルドリュで間違いない。しかもルドリュは、モンゴルフィエ学院長殺しの疑惑も濃厚なんだ」

多額の借金を抱えたルドリュは妻の資産を当てにするしかない立場なのに、浮気していることをエステルに知られ家を追い出されていた。遺言状が書き換えられる前に妻が死亡すれば、遺産相続人のルドリュには旧家の莫大な資産が労せずして懐に転がりこんでくる。

エステルの死を願って当然のルドリュだが、金欲しさに子供の誘拐を企むような男なら遺産目当てに妻の殺害を企てるかもしれない。学院長殺しもセバスチァン・ルドリュの仕業だろうと疑っていたところ、この疑惑を否定しかねない新証言が出てきたのだという。

「同じ日にルドリュは、サラの誘拐とエステルの殺害と二つの事件を起こしたんじゃないか。ところが新証言から判断する限り、この男には妻殺しが不可能なんだな。おじさんは意図的に偽装された不在証明《アリビ》に違いないと思うんだが」

「バルベスの疑惑はもっともだが、証言は事実かもしれない」パパは慎重な口振りだ。

「どんな不在証明《アリビ》なの」

ジャン＝ポールがいまいましそうにいう。「学院長が殺された時刻にルドリュらしい男が、モンパルナスの珈琲店《カフェ》にいたようなんだ」

「らしい男」が「いたようだ」と、ジャン＝ポールの言葉は歯切れがよくない。「どういうことなの」

社員と違って社主のルドリュは毎日定時に出社するわけではない、必要がある日や時間にだけ編集室にいるのだという。昨日も同じことで、出社したのは夕方の五時三十分だった。それまでは同じ建物にある自宅にいたと編集長のメルシュには口にしていたようだが、警察は確認が取れていない。ジュールやサラを誘拐して監禁するために、日中は出歩いていた可能性も否定はできない。

　編集室に顔を出したルドリュは書類鞄をデスクに置いて、「近所の珈琲店《カフェ》で待ち合わせの約束がある」と編集長のオレリアン・メルシュに言い残し、また会社を出ていった。戻ってきたのは六時四十分のことで、デスクの鞄を手にすると「今日はもう戻らない」と口にして退社したという。それから五時間ほどして、ルドリュはビヤンクールの倉庫で屍体になって発見された。

「ルドリュの不在証明《アリビ》というのは」わたしは興味津々で話を促した。

「メルシュから訊き出した、ルドリュがよく行くという店の五、六軒は空振りだった。刑事たちが手分けして十月書房《エディシヨン・オクトーブル》周辺の珈琲店《カフェ》をしらみ潰しに廻ったところ、ようやく手応えがあったんだが」

　新たな証言を得たのはマラスト刑事で、珈琲店《カフェ》はヴァヴァン交差点の〈セレクト〉だったという。並びの〈ロトンド〉や向かいの〈クポール〉、斜向かいの〈ドーム〉と同じように、一九二〇年代から三〇年代にかけて著名な画家や文学者が集っていたという名店だが、いまでは過去の栄光に惹かれた観光客で溢れている。

「〈セレクト〉の給仕によれば、午後五時四十分ごろから小一時間、奥の席でルドリュと似たような年恰好の男が年配の女と話しこんでいたというんだな。ソフトハットに薄茶色のトレンチコートを着ていたというから、外見はルドリュと同じだ。だけどね」

「なんなの」

唇を曲げてジャン＝ポールが応じる。「マラストに顔写真を見せられても給仕は首を横に振った。

マフラーで顔を隠していたから、写真の男と同じ人物かどうかはっきりしたことはいえないと。顔の半分をマフラーでぐるぐる巻きにしてたところは、ユルスリーヌ街十二番地であんたから身代金の革鞄を手に入れた男と同じだし、ルドリュと見て間違いないとは思うんだが」

しかも男は一冊の本をテーブルに置いていた。少し遅れて入店してきた年配の女は、その本で待ちあわせの相手を見つけて席に着いたようだ。顔を知らない相手のために本は目印として置かれていた。

「どんな本だったの」

「『ホロコーストの神話《ミス》』、出版社は問題の十月書房《エディション・オクトーブル》だ」ユダヤ系の給仕はホロコーストという新語を知っていて、そのため表題が記憶に残ったという。

マフラーで顔を隠していても髪や服装はその日のルドリュと同じで、しかもテーブルには十月書房《エディション・オクトーブル》の本を待ちあわせの目印に置いていた男が、学院長殺害の午後六時ごろにモンパルナスで目撃されている。

五時三十分すぎに会社を出たルドリュが、歩いて数分の珈琲店《カフェ》〈セレクト〉にあらわれた。テーブルに自社刊行の本を置いて、初対面の相手の到着を待った。少し遅れて着いた女性と小一時間ほど話したのち、また会社に戻った。常識的に考えればこのようになる。しかしルドリュが自分と同じような外見の人物の協力で、不在証明《アリビ》を偽装したとも疑いうる。

「もしもルドリュ本人だったら、顔を隠したりした理由がわからないわ。珈琲店《カフェ》のテラス席ならまだしも、店内で顔の半分までマフラーを巻いているなんて不自然きわまりないし」わたしはジャン＝ポールに確認する。「聖《サント》ジュヌヴィエーヴ学院の事件が五時四十五分から六時十五分までに起きたってこと、間違いないのかしら」

「エステル・モンゴルフィエが射殺されたのは、ほとんど確実に六時から六時三分までだな。六時前後にモンパルナスにいた人物が、同時刻にリュエイユに姿をあらわすことはできん」

「六時ごろに学院長が殺されたって、どうしてわかるの」

「まず間違いない。実験でたしかめたんだが、学院長室の銃声は管理人室にいても聞こえる。管理人《コンシエルジュ》が耳にしていないのは、時鐘が鳴っているときに発砲されたからだ」六時の時鐘は三分も鳴り続けるという。

「もっと詳しく説明して」

午後に現場を訪れた際には、犯人の推定身長をめぐる話しか聴いていない。求めに応じてジャン＝ポールが学院長殺しの詳細を語りはじめた。ショルダーバッグからノートを出して必要な情報をメモしていく。聖《サント》ジュヌヴィエーヴ学院の射殺事件のあと、話題は玉突き誘拐《ビヤール》事件に移った。

多数の証拠からして二件の誘拐事件はルドリュの犯行に間違いなさそうだが、その場合には重大な疑問が生じてしまう。モンパルナスでの不在証明《アリビ》は偽造で、ルドリュが妻を射殺したとしても事情は変わらない。どうしてルドリュは誘拐と殺人を同じ日に実行したのか。いくらなんでも慌ただしすぎる。どんなに金に困っていても、誘拐と殺人を同日に企てるような必要はない。どちらか一方でも成功すれば、百万単位あるいは千万単位の大金が手に入るのだ。

しかし、まずは不在証明《アリビ》の有効性を確認しなければ。「リュエイユからモンパルナスまで、どれくらいの時間で行けるの」

「そろそろ道路が混みはじめる時刻だし、自動車なら四十分は必要だろう。地下鉄《メトロ》と高速郊外線《RER》と自動車を併用しても、どれだけ短縮できるものか」

「やはりルドリュには難しそうね」

パパが口を開いた。「ルドリュが誘拐と殺人の犯人だとして、モンパルナスでの不在証明《アリビ》以外に時間的な齟齬《そご》はないだろうか。ルドリュが出社したのは五時三十分、それ以前は社員も顔を見ていない」

わたしは料理の皿を押しのけた。ノートをテーブルの上に開いて、書き散らしたメモを整理しながら時刻表をまとめはじめる。メルレの仕業であることが判明しているダッソー邸への脅迫電話の時刻は省いた。

午前一一時すぎ	自宅付近でジュール・メルレが誘拐される
午後一時三〇分	ジュールの誘拐犯からメルレに脅迫電話
午後四時すぎ	ダッソー邸の裏道でサラ・ルルーシュが誘拐される。誘拐犯はマフラーとサングラスなど、ジュールの誘拐犯と同じ扮装
午後五時三〇分	セバスチァン・ルドリュがモンパルナスの出版社に出社し、直後に外出
午後六時少し前	聖《サント》ジュヌヴィエーヴ学院裏でマント姿の人物が目撃される
午後六時すぎ	学院長室でエステル・モンゴルフィエが射殺される
午後六時五分	聖《サント》ジュヌヴィエーヴ学院の正面玄関でマント姿の人物が目撃される
午後六時四〇分	出版社に立ち寄ったルドリュが、また外出
午後七時二〇分	サラの誘拐犯、ビヤンクールの書籍倉庫で写真を撮影
午後七時四〇分すぎ	ジュールの誘拐犯、マクシム・メルレに脅迫電話の変更を指示
午後八時一五分	ダッソー邸の裏木戸でサラの写真が発見される
午後九時すぎ	サラの誘拐犯、書籍倉庫で第二の写真を撮影

午後九時四〇分ごろ　誘拐犯と同じ扮装の男、オデオン広場で少女に封筒を託す
午後一〇時一五分　誘拐犯と同じ扮装の男、ユルスリーヌ街十二番地の建物に入る
午後一一時三五分ごろ　サラが誘拐犯を射殺（警察への通報は一一時三七分）

そのあいだの一時間十分はともかくとして、ルドリュには午後五時三十分と六時四十分には不在証明《アリビ》がある。十月書房《エディション・オクトーブル》の編集長メルシュをはじめ複数の編集員が、その時刻にルドリュが会社に顔を出したと証言している。午後四時すぎにサラを誘拐したあと、七時二十分に書籍倉庫にあらわれるまで誘拐犯の行動は確認されていない。ルドリュが誘拐犯であることは時間的に可能だろうが、もう少し厳密に考えてみよう。

時刻表を眺めて整理してみる。「午後五時五十五分に聖《サント》ジュヌヴィエーヴ学院の正面玄関にいたという黒髪の女や、珈琲店《カフェ》〈セレクト〉の給仕が証言したマフラーの男のことは脇に置いて考えるなら、問題はリストにある三人が時間的に同一人物でありうるかどうかね。

ジュールとサラの誘拐犯、マフラーとサングラスの人物、修道士のようなマントの人物の三人が同じなら、誘拐事件と殺人事件は同一犯によるものといえる。三人の同一性が成立しえないなら二つの事件の犯人は別で、珈琲店《カフェ》〈セレクト〉でのルドリュの不在証明《アリビ》の真偽を問う必要もなくなるわ」

メルレ家はロミエール通りで、十九区の区役所の付近だという。誘拐したジュールをビヤンクールの書籍倉庫まで連れていくのに、環状高速《ペリフエリツク》を使えば三十分ほど。サラを誘拐するのは四時すぎ、倉庫からダッソー邸まで車で十分程度だから時間的な問題はない。ジュールを誘拐した人物は父親を電話で脅したあと、モンパルナス駅から指定の列車に乗るかどうか監視していたのかもしれない。

ビヤンクールの書籍倉庫とモンパルナスの出版社、倉庫と聖《サント》ジュヌヴィエーヴ学院、倉庫とダッソ

ー邸などの所要時間は警察が、それぞれの時刻と道路の混雑状態などを考慮しながら算出したようだ。

午後四時すぎにサラを誘拐した人物が、五時三十分にモンパルナスの会社に顔を出すことは時間的に容易だ。ビヤンクールの書籍倉庫とモンパルナスの十月書房《エディション・オクトーブル》までは車で二十分程度。自動車と地下鉄《メトロ》を併用すれば時間はさらに短縮できる。書籍倉庫からリュエイユ・マルメゾンの聖《サント》ジュヌヴィエーヴ学院までは車で三十分ほど。

午後六時四十分に会社を出たルドリュは七時二十分までに書籍倉庫に戻ることができる。ポラロイドカメラでサラを撮影し、その直後にメルレに電話することも。むろん八時十五分までに写真をダッソー邸の裏木戸に置いて、また倉庫に戻ることも。

また午後六時五分に聖《サント》ジュヌヴィエーヴ学院を出た人物は、七時二十分までに書籍倉庫に到着できる。いずれの場合も九時にサラの写真を撮ることは時間的に可能だ。

そのあとルドリュらしい人物は九時四十分ごろにオデオンにあらわれる。交通ラッシュの時間帯は過ぎているし、車でもビヤンクールからオデオンまで四十分あれば充分で、わたしのように地下鉄《メトロ》を併用する必要もない。九時四十分にオデオンにいた人物が十時十五分にユルスリーヌ街にあらわれ、十一時半ごろまでに倉庫に戻ることはできる。

わたしはジャン＝ポールに確認した。「ダッソー邸と聖《サント》ジュヌヴィエーヴ学院、学院と十月書房《エディション・オクトーブル》のあいだの正確な所要時間は」

「二つの事件の関連性は疑われるが、まだそこまで正確にはね。ブローニュとリュエイユは車で三十分程度、モンパルナスとリュエイユは四十分程度だろうが、明日にも事件の日と同じ時間帯に測定してみよう」パリの交通事情に詳しいジャン＝ポールの概算は信用できる。

エステル・モンゴルフィエの法医学的な死亡推定時刻は、五時四十五分から六時十五分まで。この時間帯からして、五時三十分に十月書房《エディション・オクトーブル》に姿を見せたルドリュは犯人ではない。直後にリュエイユ・マルメゾンに向かって、六時十分に聖《サント》ジュヌヴィエーヴ学院に到着できたとしても、その五分前には学院長の屍体が発見されているのだから。

　六時少し前に学院裏の袋小路のところで、六時五分に学院の正面玄関で目撃されたマント姿の人物がルドリュであるためには、モンパルナスからリュエイユ・マルメゾンまでの移動時間を十分以上も短縮しなければならない。それが不可能だとすれば、六時前後に学院付近の路地で目撃された黒のセダンも、ルドリュのBMWとは別の車ということになる。

　六時すぎに学院長を殺害したルドリュは、十月書房《エディション・オクトーブル》に六時四十分には戻ることができる。もしも三十分程度でモンパルナスからリュエイユ・マルメゾンに移動できたなら、ルドリュがサラ誘拐とエステル殺害の犯人であることも可能だろう。もちろん、その場合は珈琲店《カフェ》〈セレクト〉での不在証明《アリビ》は偽装ということになる。

「十月書房《エディション・オクトーブル》から聖《サント》ジュヌヴィエーヴ学院まで三十分で行けないかしら」

「地下鉄《メトロ》と高速郊外線《RER》では無理だね。嬢ちゃんの考えてることはわかるが、水曜の夕方だと車でも難しいだろうな」まさか気球やヘリコプターを使ったわけではあるまい、気球ではルパンかファントムだ。

　パパが話を戻した。「マントの頭巾で顔を隠した人物が学院長殺しと無関係であれば、犯人と別人の二人が六時前後に学院を出入りしたことになる。そう疑わせる証拠でもあれば別だが、現実的な可能性は少ないだろうな。〈ジュールの誘拐犯〉、〈サラの誘拐犯〉、〈マフラーとサングラスの人物〉、〈マントの人物〉の四人のうち前三者は同一人物、ようするにセバスチァン・ルドリュと考えて問題ない。ただし最後の〈マントの人物〉は別人かもしれん」

パパはルドリュの不在証明《アリビ》の真偽が確定できない限り、学院長殺しの真相はまだ正確に摑めていないとの態度を変えようとしない。ジャン＝ポールはジャン＝ポールでルドリュの不在証明《アリビ》は偽装に違いないと踏んでいるが、それを証明することはできそうにない。

「学院長殺しがルドリュの犯行でないとしても、誘拐事件とエステル・モンゴルフィエの殺害が無関係とは思えないわ。たとえ別居中でもルドリュとエステルは夫婦なんだから。ルドリュの不在証明《アリビ》が本物だとしたら、第三者にやらせたのかもしれない。六時ころに妻が襲われることを事前に知っていたルドリュは、その時間帯の不在証明《アリビ》を用意しておいた」

わたしの言葉にジャン＝ポールが応じる。「そう簡単に殺し屋なんて見つからないよ。マフィアと秘密の接触でもあれば別だが、殺しを依頼すれば弱みを握られてしまう。女房から大金を相続しても、骨までしゃぶられる結果は見えてる。それに殺しを実行役にやらせたなら、〈セレクト〉で顔を隠していた理由がわからなくなる」

わたしは軽く唇を噛んだ。「第三者に妻を殺害させたとしても、どうして二件の誘拐と同じ日なのかしら」

パパが口を開いた。「忙しすぎる犯人という謎だね。それとは違う場面でも犯人は多忙にすぎた」

「どういうことなの」

マント姿の人物は袋小路の入口付近で六時少し前に目撃されている。解錠されていた通用口から校内に侵入して、六時の時鐘が鳴りはじめた直後に学院長を射殺したとしよう。そのあと通用口の鍵やモンゴルフィエ邸の鍵を捜さなければならない。屍体が発見されたとき、デスクの抽斗は引っぱり出され収納物は床に山をなしていた。

合唱の練習は六時までと決められている。実際には六時を廻ることも多かったが、時刻通りに終わって、音楽教師が学院長室を訪れるかもしれない。昨日は練習が長引いて、音楽教師が学院長の屍体を発見したのは六時五分のことだった。同じころマント姿の人物は正面玄関から校外に出ている。管理人《コンシエルジュ》はマント姿の人物を目撃した直後に学院長室に呼ばれ、持ち場を離れた。

学院長が射殺されたのは六時から六時三分のことで、しかも犯人は六時五分に正面玄関から逃走している。かろうじて時間的な辻褄は合うとしても、犯行計画が偶然に依存しすぎているとパパはいう。もしも合唱の練習が定時に終了していたら、犯人は学院長室前の南通路で音楽教師や生徒たちと鉢合わせした可能性が高い。

「まだある、不可解な点は。これだけでも忙しいが、犯人はもっと忙しかったかもしれん」

学院裏の袋小路から殺人現場の学院長室に入るには、三つの扉を通過しなければならない。袋小路から学院の敷地に入るための通用口、校舎に入るために備品室の外扉と校舎内の通路に出るための内ドアだ。袋小路から校舎に入るには三つの鍵が必要だが、キイホルダーでまとめられた三本は学院長が所持していた。この鍵を使って学院長は、個人的な訪問客を通用口から学院長室に招き入れることもあった。

「ルドリュが殺人の実行犯を送りこむ目的で、妻のエステルに通用口や備品室の外扉を解錠させたとすれば」

わたしの顔を見てパパがいう。「その場合には脱出する際も、実行犯は通用口を使ったんじゃないかな」

「通用口の鍵を含む鍵束は、学院長室で発見されたのね」

「デスクの回転椅子の横に落ちていた。しかも屍体発見後に確認したところでは、通用口も備品室の内ドアと外扉も施錠されていた」

　通用口から招き入れたとき、学院長は客が帰るまで備品室の外扉だけを施錠していた。たとえ客の滞在が長引くようなときでも、その扉さえ施錠しておけば、部外者による校舎内への立ち入りは防止できる。扉を三つとも施錠する必要はない。今回だけ例外だったのでなければ、備品室の内ドアと通用口の鉄扉を施錠したのは犯人だったと考えざるをえない。

　学院長を射殺したあと犯人は、デスクの抽斗に仕舞われていた鍵束を持って裏庭に出た。まず通用口の扉を、次に備品室の外扉を、最後に内ドアを施錠してから学院長室に鍵を戻したとしよう。どんなに急いでも一分程度は必要だったろう。できるだけ早く殺人現場から脱出しなければならない立場の犯人にとっては、貴重な時間の浪費ではないか。

「ただし、学院長室に戻らないで鍵を戻す方法もないではない」

　パパの言葉に頷いた。「窓硝子の穴から鍵を室内に放りこむのね。でも、そんなことをすれば犯人が裏庭に閉じこめられてしまう」

　更衣室の窓からは子供しか入れないが、あらかじめ会議室か応接室の窓を開けておけば校舎に戻ることはできる。しかしけっきょくは同じことだ。窓を施錠したあと通路に出なければならないが、合唱練習を終えた生徒たちで通路がいっぱいになってしまえば、犯人が脱出するのは困難になる。

　ルドリュから情報を得ていたとすれば、学院長殺しの犯人が学内の事情に通じていたとしても不思議ではない。しかし六時からの時鐘に重ねて拳銃を発砲するところまで慎重に計算しているのに、どうして合唱練習が同じ六時に終わる予定は無視したのか。創立記念祭に向けた合唱練習は毎年のことで、今年が最初というわけではない。

「たしかに忙しすぎるし発見される危険性も高くなるけど、犯人が通用口の施錠にこだわった理由は推測できないでもないわね。学院長が自分から校内に招き入れるほど親しい人物だってことを隠そうとして、そんな具合にしたんじゃないかしら」

もしも学院長室から鍵が消えていれば、通用口などが施錠されていても、裏庭から校舎内に入ったと疑われてしまう。六時から六時三分のあいだ正面玄関は無監視状態だった。もしも袋小路の入口付近でマント姿の人物が近所の住人に目撃されていなければ、犯人は正面玄関から侵入し六時五分に同じ正面玄関から逃走したと警察は考えたろう。そのために通用口からでなく、管理人《コンシエルジユ》の前を横切って正面玄関から校舎を出たのではないか。

「その通りだ」ジャン＝ポールが満足そうに頷いていう。「おじさんたちも同じように考えたよ」

「学院長の自宅の鍵をめぐる謎も気になるわね。最近までルドリュが住んでいた邸なんだから、犯人がルドリュ自身でもルドリュに依頼された人物でも、殺人現場で鍵を捜す必要なんかないはず」夫との別居後にエステルが自宅の鍵を替えた事実はないため、この点も問題になっているようだ。

「ところでカケルさん。事件の話を聞いていて、なんか面白いことでも思いつきませんでしたかね」

鉱泉水のグラスを置いてカケルが応じる。「面白いかどうかわかりませんが、忙しいといえば誘拐事件でも犯人は忙しすぎたようですね。それも一分か二分を争うほどに」

「どういうことだろう」パパが食事の手を休めて日本人の顔を見る。

「誘拐犯がナディアの手に渡るように仕組んだメモには、ソフィーを誘拐したと書かれていたとか。どうしてサラに修正しなかったんでしょう」

オデオンの焼き栗の露天商に預けられていたメモは『サン・ミシェル広場からサン・ミシェル河岸通りに入れ。橋から四つめの古本屋台《ブキニスト》の右端下。午後十時までに必着のこと。少しでも遅れたらソフィーの命はない』。古本屋台《ブキニスト》で入手したメモには『鞄の鍵を川に棄てろ。十時五分にプティ・ポン街の珈琲店《カフェ》〈ラタン〉に行きカウンターでカルディナールを注文すること。少しでも遅れたらソフィーの命はない』とそれぞれタイプで打たれていた。

三度目は珈琲店《カフェ》〈ラタン〉にかかってきた電話で、脅迫者は「今度は十時二十分、ユルスリーヌ街八番地のホテル〈オルレアン〉のフロント前です。タクシーは使わないように」「指定の時刻に到着できなければサラの命はない」と口にした。最後はホテル〈オルレアン〉のフロントへの電話だったが、このときには少女の名前は出ていない。

パパが日本人に応じる。「犯人のルドリュが間違い誘拐に気づいたのは、サラの証言によれば午後七時二十分、書籍倉庫の監禁場所でポラロイド写真を撮影したときのことだ。それ以前にメモは作成され、オデオン広場とサン・ミシェル河岸通りに残されたことになる」

「ルドリュらしい男がオデオン広場の付近でロマの少女にメモを渡したのは、九時四十五分少し前ですね。間違い誘拐に気づいてから二時間二十五分も経過していたから、メモを打ち直すための時間的余裕はあったでしょう」

「メモは倉庫の事務室のタイプライターで打たれている。このことはタイプ文字の掠れと、活字の摩滅具合を照合することで確認された」

すでに指示のメモは用意されていたのかもしれない。としても七時二十分に写真を撮ったあと事務室のタイプでメモを打ち直すのに必要なのは一分ほどだろう。二つとも短い文章だから。

わたしは頷いた。「新しいメモをタイプで打つための、わずかな時間も取れないほどに急いでいたのか、メモの名前が違っていてもかまわないと判断したのか。あるいは両方だったのかもしれないわね」

ジャン＝ポールが横から口を出す。「シャトレの珈琲店《カフェ》で待機中のメルレに、誘拐したのが別人でも要求を変える必要はないという、指示変更の電話があったのは七時四十一分。七時二十分に間違い誘拐に気づいたルドリュは、どんなわけで二十分以上もメルレに指示の変更を命じなかったのか。そのため七時三十分にダッソー邸にかけてきた最初の電話では、ソフィーとサラの名前を取り違えた脅迫になった」

ルドリュは書籍倉庫の物置部屋で間違い誘拐に気づいたのだが、どうして隣の事務室から操り人形のメルレに電話連絡をしなかったのだろう。サラのポラロイド写真をダッソー邸に届けるため倉庫を出てしまえば、公衆電話を探す手間が増える。写真撮影の直後に倉庫の事務室から珈琲店《カフェ》〈ヴィクトリア〉に電話するのが自然なのに、どんなわけで二十分以上も指示を遅らせたのか。

「間違い誘拐に気づいても犯人はメモを打ち直さなかったこと、脅迫役のメルレへの指示変更が遅れたこと。いずれも不自然に感じますが問題としては表裏ですね」

カケルの指摘にパパが応じる。「ルドリュは大急ぎで倉庫を出なければならなかった。タイプを打ち直し、メルレに電話するためのわずか数分さえ惜しんで。どんな理由で、それほどまで急いでいたのか」

日本人が無表情にかぶりを振る。「わかりません、僕にも」

山をなした牡蠣殻が綺麗に片づけられ、続いてメイン料理の皿が運ばれてくる。カケルの前には鮭の網焼きが置かれたが、いつものようにほんの少し突くだけだろう。

ジャン＝ポールが口を開いた。「ダッソー邸の誘拐事件にも不可解な点はあるね。ルドリュは最初、小間使いのエレーヌに身代金の運び役をやらせようとしていた。どうして途中で嬢ちゃんに変えたんだろう」

サラを誘拐して書籍倉庫に閉じこめたあと、ルドリュはダッソー邸の正門を監視するために戻ってきたのか。時刻表を検討すればわかるように時間的には可能だが、そんなことをする理由が思いあたらない。

誘拐事件の発生をダッソーが通報しても、巡回車《ヴオワチユール・ド・パトルイユ》や警察車《ヴオワチユール・ピエジユ》が正門を堂々と出入りしたりするわけがない。犯人がダッソー邸の正門を監視しても無意味だし、そんなところをうろついていれば、密かに配備された私服警官に目を付けられかねない。

そもそもルドリュは身代金の運び役に警察の監視が付いていることを、ようするにダッソーが通報することを前提として行動していた。としたら脅迫電話の人物は「薄紫のドレスを着た若い女」がダッソー邸に来ていることを、どのようにして知りえたのか。

「ダッソー邸に協力者がいて、わたしのことをルドリュに伝えたのね。あの場にいた全員に書籍倉庫と電話連絡する機会はあった。それだけじゃない。ソフィーが午後四時にダッソー邸の裏道に出るという予定も、部外者には知りようがない」

ジャン＝ポールが頷いた。「おじさんも同じことを疑っているよ」

アンドレ・マドックという同級生から情報が洩れたのかもしれないが、それよりダッソー邸に誘拐犯の協力者が潜んでいる可能性のほうが高い。この点は明日の朝に予定されたアンドレの証言を待つしかないが、有力政治家の自宅では面倒が生じかねないため、ジュベール警視は学校で事情を訊くつもりのようだ。

思い出してわたしは尋ねた。「ユルスリーヌ街十二番地の地下室に置かれていたゴミ容器の件だけど、もう調べたわよね」

「それなんだが」バルベス警部は渋い顔だ。

「どうだったの」

「ゴミ容器のなかにも地下室の隅にも、風船や錘が入ったビニール袋なんて見当たらなかった。そればかりか、棄てられていたゴミは例外なく住人が廃棄したものばかりなんだ」

「本当なの」わたしは思わず唇を噛んだ。

ダストシュートの縦穴を身代金の鞄が落ちていく。それを確認した犯人は事前に用意していたゴミ袋を続けざまに投げ落とし、最後に同製品の革鞄をダストシュートに投棄した。ゴミ容器のいちばん上にある鞄を、身代金入りの鞄だと信じこんだメルレは、それを抱えて地下室から玄関広間に出たのではないか。しかしこの推理は見当違いだったらしい。

「じゃ、どうやってルドリュは二つの鞄をすり替えたのかしら」

落胆したわたしにジャン＝ポールが応じる。「わからんね、これでまた謎がひとつ増えちまった」

続き番号の新札だと足が付きやすいのに、身代金を要求するとき犯人は番号がばらばらの古い札を指定しなかった。単純に忘れたのではなく、ダッソー社の金庫に銀行から引きだされた大金が入っていることを知っていたからではないか。この点もダッソー邸に協力者が潜んでいる可能性を窺わせる。

それにしても疑問なのは、ダッソー邸内の協力者の存在をルドリュが隠そうとしていないことだ。身代金の奪取に不可欠だから黒の革鞄の件はやむをえないし、午後四時に裏木戸で少女を誘拐したのも同じだとしても、運び役にわたしを指定する必要はない。そんなことをすれば、邸内に情報提供者が存在することを疑わせてしまう。

ダッソー邸の正門付近でルドリュは、わたしの到着を本当に目撃したのだろうか。四時四十分ごろにブローニュにいたことを匂わせるために、わたしを運び役にするよう指示したのか。あるいは複雑に考えすぎているのかもしれない。誘拐事件の発生をダッソー家が警察に通報しないように、邸は監視されていることを暗示したにすぎないのか。

巨漢が日本人の顔を覗きこんだ。「こんなところですかね、誘拐と殺人と二つの事件をめぐる詳しいところは。なにか面白いことを思いついたんなら、私らにも教えてくださいよ」

いつもと変わらない無表情だったが、カケルがジャン＝ポールの事情説明を聞き流していたのでないことは明瞭だ。しばらくして口を開いたけれど、そこで語られたのは信じられないような推測だった。

「学院長殺害の時刻にはモンパルナスの珈琲店《カフェ》〈セレクト〉にいたという、ルドリュの不在証明《アリビ》は本物でしょうね」

「どうしてわかるの」

「ルドリュが会っていた人物の見当はつくから」

「誰なの、それ」

「ハンナ・カウフマン」

ジャン＝ポールが胴間声をあげる。「カウフマンって、アメリカから来てダッソー邸に滞在中の学者かね」

青年がバルベス警部に応じる。「僕たちがダッソー邸に着いた昨日の午後、カウフマンは外出中でした。午後七時十分にタクシーで邸に戻ってきたんですが、午後から夕方にかけてブローニュの森を散歩してから、モンパルナスにある戦前からの珈琲店《カフェ》で時間を潰していたとか。しかも手提げ鞄には『ホロコーストの神話《ミス》』が入っていた」

油断も隙もない日本人で、とっさにカウフマンの手提げ鞄のなかを覗いてみたらしい。待ちあわせの目印に使った十月書房《エディション・オクトーブル》の刊行書『ホロコーストの神話《ミス》』を、その場でルドリュがカウフマンに手渡したのだろう。反ユダヤ主義的な歴史偽造本を『凡庸な悪』の著者に読ませようとするのだから、ルドリュという男も厚かましい。もしも斜め読みでもしたなら、老婦人の感想を訊いてみたいとも思う。

「カウフマンがモンパルナスで人と会っていたことは、ジュベール警視が今朝の事情聴取で耳にしている。それがルドリュだったとは」パパが低い声でいう。

誘拐事件が発生したとき、ダッソー邸を留守にしていた滞在客の行動の詳細までは、捜査官も確認しなかったようだ。カウフマンも誘拐犯がルドリュであることは知っていたが、当日に当人と待ちあわせていたことを自分から語ろうとはしなかった。もしも具体的に質問されたら、対応は違っていたかもしれないが。

「カウフマンは『凡庸な悪』の著者だから、立場的に対立する『ホロコーストの神話《ミス》』の刊行者と接触していた事実は表沙汰にはしたくない。だから口を噤むことにしたんだわ。警察として事実を確認するときは、そのことにも配慮してね」

わたしの言葉にパパが頷いた。「明日にも詳しい話を訊いてみよう。この件については本人の意向を尊重しなければならないとジュベールにも伝えておく。クラウス・ヴォルフ裁判にかんして内務省と交渉中の著名人のことだから」

話が通じたのはパパも『凡庸な悪』を読んでいたからだ。第二次大戦中のヴィシー政府によるユダヤ人狩りには当然のこと、大戦後の対独協力者《コラボ》狩りにもパパは批判的だった。この二つは対立しているのではなく表裏の関係にある。ユダヤ人迫害を見て見ぬ振りで容認した精神が裏返されて、安全な立場からの対独協力者《コラボ》狩りというお祭り騒ぎがはじまった。

そのころリセの生徒だったパパは、パリ解放の直後に横行したリンチには納得できないものを感じていたようだ。ドイツ兵の情婦だったと口汚く非難され、丸坊主にされ、唾を吐かれて引き廻された女たちは多かった。犯罪行為としての対独協力は、当然のことながら処罰されなければならない。しかし自己保身からナチの占領体制に屈従していた市民による、私刑としての対独協力者《コラボ》狩りとは、自身の罪を隠蔽し忘却しようとする集団的な自己欺瞞の試みではないのか。

バルベス警部が顎を撫でる。「二人の接触はスキャンダルなんだろうか」

「ナチによる同胞絶滅計画にユダヤ人有力者が協力した事実は、戦後のユダヤ人社会では禁句だったの。そうした人たちがイスラエル建国に重要な役割を果たしたことも。タブーを破って事実を指摘したカウフマンはユダヤ人社会で孤立している。ナチの手先だとかいって彼女を中傷する人もいるわ。そうした人たちが『ホロコーストの神話《ミス》』を出版した歴史偽造家とカウフマンの接触を知ったら、スキャンダルとして騒ぎたてるでしょうね」

「だからルドリュは顔を隠していた、会見の条件としてカウフマンに要求されて」

「そうすると札付きの出版業者と会うのに、カウフマンがモンパルナスの名物珈琲店《カフェ》なんかを選んだ理由がわからなくなる」ベストセラーだった『凡庸な悪』の著者近影を見たことのある人は、この国でも少なくないだろう。「ルドリュと会うことを第三者に知られたくなければ、もっと人目に付かない場所を選んだんじゃないかしら」

「いずれにしても、本人に事情を聴いてみればわかることさ」バルベス警部は困惑の表情だ。「それより厄介なのは、これで捜査が振り出しに戻ってしまったことだな。エステルを殺したのは亭主のルドリュに違いないと思ってたんだが、やつに不在証明《アリビ》があるとなると」

「なにか触発的なことを考えているんじゃないかな、この事件についてヤブキ君は」

「そうだよ、カケルさん。事件の支点がどうしたとか本質の直観がどうしたとか、その辺の話は省略してかまいませんから、結論を教えちゃもらえませんかね」

二人の警官から水を向けられた青年が、それなら語ろうという態度を見せて魚料理の皿を脇に押しのける。鮭の網焼きの半分以上は皿に残っているけれど、食後のデザートも珈琲も口にしない青年だから、今日の夕食はこれで終わりということのようだ。

「誘拐も多岐にわたると思いますが、警察ではどんなふうに分類しているんでしょう」

カケルの一般的にすぎる質問に、パパは捜査官の立場から答えはじめる。「大きな区別は実力や脅迫による誘拐と、甘言や誘惑による誘拐だろうが、今回はジュール事件もサラ事件も前者に該当するね」

これは方法による分類だが目的からも分類できる。なんらかの経済的利益を目的とする営利誘拐と、被害者の身柄それ自体を目的とした誘拐で、後者の場合は性的な目的が多い。ようするにレイプのための誘拐だ。欲しいが子供を持てない女性や夫婦が自分の子として育てるため、嬰児や幼児を誘拐する例も稀ではない。

営利誘拐の代表例は身代金目的だが、それ以外の場合もある。今日でもアフリカやラテンアメリカ諸国では、奴隷として売買するための誘拐事件が頻発している。被害者は子供が多いが、買い手は子供のない親や性奴隷を求める男だったりする。移植医療が進んできた結果、被害者の臓器を目的とした陰惨な事例も増えてきた。

パパが続ける。「小説や映画で描かれるような身代金目的の誘拐は、世界で発生している誘拐事件の全体からすれば少数だろうが、アメリカのリンドバーグ事件のようにいったん起きると社会的に注目されやすい。無事に救出されたにもかかわらず、二人の子供を被害者とした二重誘拐事件が、今朝からセンセーショナルに報道されているように」

いずれにしても物でなく人を盗むのが誘拐といえそうだ。しかし甘言などによる誘拐で、被害者の意思が歴然とは蹂躙されていないとしたら、それを誘拐といえるだろうか。あるいは嬰児か幼児のときに誘拐された被害者が、自分は誘拐犯から生まれたと信じて成長し、偽の親を心から愛しているような場合もある。この例では実の親の権利は侵害されたとしても、本人にとって誘拐は存在しないのではないか。

青年がパパの説明に応じた。「身代金を目的とした誘拐が人々の関心を挑発するとしても、それには相応の理由があるのでは」

「というと」

「育てるために子供を連れ去ることや、女性を性奴隷にするための誘拐の場合、被害者の存在それ自体が犯人の目的ですね。換言すれば被害者それ自体に、犯人にとっては意味がある。しかし身代金目的の誘拐では、被害者の存在に直接的な意味はない。だから保身のため、犯人が被害者を殺害するようなことも起こりうる」

「そうだね。被害者を先に殺しといてから、身代金を要求するような野郎もいるから」

横から口を出したジャン＝ポールに頷いて、カケルが続ける。「家族や親しい者には計りしれない価値がある誘拐被害者でも、犯人には無価値に等しい。金銭には換えられない愛情や執着や懐かしい記憶や、被害者の生命や安全をめぐる家族の感情は、なにしろ価値が無限だから何物とも交換されえません。いかなる財も価値は有限ですから。

ここで奇妙な事態が生じます。家族感情の絶対性は有限の財、ほとんどの場合は金銭と不等価交換される。誘拐犯が身代金を要求するからですね。犯人が誘拐に必要だった労働時間や労働密度を貨幣価値に換算し、それと同額の金銭を得るとすれば、人質と身代金の交換は等価交換になる。それ以上の身代金を獲得しうるなら、犯人側に有利な不等価交換ということです」

カケルが語る営利誘拐の経済学によれば、身代金目的の誘拐には二つの不等価交換が内在している。たとえば、親が子への愛情など計量不能な感情の無限性を、身代金という有限な財に不等価交換する。他方で犯人は、犯人にとって誘拐に費した時間や資金など以上の価値がない人質を、それ以上の財や貨幣と不等価交換する。

わたしは問いかけた。「でも誘拐犯には逮捕され処罰される危険があるわ。誘拐という行為には少なくとも自分の安全と自由、ある場合には生命までが懸かっている。人質にされた子供と同じように、犯人にとっても安全や生命の価値が計量不可能であるなら、この交換も等価交換といえるんじゃないかしら」

「犯人が逮捕され処罰されるとすればね。しかし逮捕や処罰という結果を回避しえないと判断するなら、人は営利誘拐など企てないだろう。人質を殺害した犯人が逮捕され処刑されるなら、結果として生命と生命の等価交換が実現されたといえるにしても。誘拐を物ならぬ人を対象とした盗みだとしよう。見逃すことができないのは、身代金目的の誘拐では強奪が先行し、しかるのちに二重の交換がなされるという事実だ。たとえ不等価交換であるとしても」

わたしは尋ねる。「奴隷として売る目的で、被害者を誘拐する場合はどうかしら」

「奴隷売買も商品交換だから、そこには単純な、いわば一元的な交換しか存在しない」

「誘拐犯は被害者を盗んだわけでしょう。まず強奪が、次に交換が行われるんじゃないの」

パパも料理の皿を横にどけた。「理解できるような気がするな、ヤブキ君のいいたいことは。身代金目的の誘拐では、被害者の親族などが犯人から人質を買い戻さなければならない。その点が奴隷売買を目的とする誘拐とは違う」

犯人Aが被害者Xを誘拐する。これはX自身からの、あるいはXに無限の価値を認める家族Bからの強奪行為だ。誘拐犯Aが第三者のCに奴隷として被害者Xを売れば、等価であるにしろ不等価であるにしろ、両者のあいだで交換は実現されたことになる。

しかし身代金目的の営利誘拐では、家族が被害者の身柄を身代金と交換するわけだから、いわばBとCは二重化している。B＝Cとしての被害者家族は第三者CのようにXを商品として購入するのではなく、身代金でXを買い戻さなければならない。

「それはわかるけど、一元的でない交換って」

わたしの顔をカケルが見る。「人質と貨幣の交換が、まず身代金の支払いに応じる被害者家族の観念のうちでなされる。これが第一の交換だね。そして被害者家族と誘拐犯のあいだで第二の、人質と身代金の交換が現実に行われる」

「たとえ一元的な交換でも交換の当事者は、実際の交換に先だって観念的な交換をしていると思うけど。たとえばサハラ砂漠で遭難して死にそうな旅行者が、財布いっぱいの金貨と水筒の水の交換に応じるかどうか、考えるような場合はどうかしら」

「渇いて死にそうな旅行者は金貨と水の価値を比較計量しているにすぎない。そこに交換は存在しない」

カケルに一蹴されたが、わたしは喰い下がる。「でも水筒の水がなければ死んでしまうのよ。命という無限と水という有限を旅行者は交換している」

「金貨の入った財布と水筒を所持している旅行者から盗賊が水筒を奪う、その上で水筒が欲しければ金貨をよこせと要求する。もしも盗賊の要求に旅行者が応じるなら、先に水筒が強奪され、次に水筒と金貨が交換されたことになる。この事例でも交換は一元的だね。水がなければ死んでしまうのは旅行者本人であって、他の者ではないのだから」

「反対の場合はどうなの。盗賊が盗んだのは金貨で、それが欲しければ水筒をよこせと脅す。常識外れの守銭奴なら、水筒を渡せば渇きのため死んでしまうことは承知の上で、それでも水筒と金貨を交換するかもしれない。そのとき旅行者は、有限な価値しかない金貨と無限である自分の命を交換してるんじゃないの」

「いいや、無限と有限を観念的に交換するには、交換の当事者以外に第三者が必要なんだ。親にとって誘拐された子のような」

「どうして」

「それに無限の価値があると判断する主体は、それ自体では存在しえないから。いいかい、ナディア。この私にとって私は無限に価値あるものなんかじゃない。有限も無限も含めてあらゆる価値を、むしろあらゆる存在者を入れる器がこの私なんだから。仮にルドリュがダッソー氏を誘拐し、命と引き換えに全財産を要求したとしよう。この場合にも第一の交換としての観念的な交換は生じえない。交換が成立する場合でも、要求に応じないダッソー氏が殺されてしまう場合でも。私は私を交換の対象とすることはできないから」

「自分で自分を奴隷として売ることが、古代ギリシアでは許されていたわ」

「売ることができるのは私の身体で、自己身体もまた私の世界にあらわれる存在者のひとつにすぎない」そういえば、主観は身体として世界に投錨されていると語った現象学者もいた。「身代金目的の誘拐の本質は矛盾した二元性に、いわば観念的な交換と現実的な交換の交錯にある。だからなんだ、このタイプの誘拐が人々の好奇心を煽りたてるのは」

「どういうことかしら」カケルの言葉の意味がよくわからない。

「はじめに強奪と交換のずれがある。加えて身代金目的の誘拐では、交換それ自体が観念的な交換と現実の交換に二重化した上で必然的にずれてしまう。無限性と有限性がずれて、結果的に不可能な交換が実現される。この不思議に人々は、抵抗できない力で惹きつけられてしまう」

被害者を奴隷として売るのが目的の誘拐にも、強奪と交換の二重性はある。しかしこの交換は一元的なものにすぎない。不等価交換が二重に往復する身代金目的の誘拐のみが交換として二元的で、そこには奇妙な二重化とずれが畳みこまれている。

カケルが語る誘拐の本質論は鏡に映った自分、自身の鏡像をめぐる強迫的な関心とも重なりそうだ。たとえば自身の鏡像には、本体との二重化と差異化が同時に作用している。私は鏡に映った像を私であると思いながら、同時に私の像でしかないとも思う。さらに私が死んだあとも残る像、たとえば肖像画や人物写真は、私自身からはずれたものとして自存化する。もっとも原的な鏡像は他者の瞳に映る私の顔だろう。原的な鏡として私の前に登場した他者は、自立的な存在として私を相対化している。

デザートのミルフィーユを前にして、巨漢がカケルに不満そうにいう。「そろそろ話を具体的なところに移しましょうや」

どうでもいいような理屈を捏ねていないで、捜査に役立つことを早く教えろという警官に青年が愛想よく答えた。「そうですね、バルベス警部。簡単なことです、僕がいいたいのは」

「なんですかい」

「昨日の誘拐と殺人が一繋がりの事件だとすれば、裏がある」

「まあ、どんな事件にも裏はあるね」

「最初に起きたのはジュールの誘拐事件だった」

巨漢が顎を撫でる。「そう、事件の発生は昨日の午前十一時すぎだった」

「身代金目的と思われたジュールの誘拐には裏があった」

「玉突き《ビヤール》誘拐だね。ソフィー・ダッソーの誘拐にメルレを利用するため、ルドリュは息子のジュールを誘拐した」

無表情に青年は続ける。「しかも誘拐されたのはソフィーでなくサラで、ここにも裏があった。さらに玉突き《ビヤール》のような二重誘拐事件にも裏がある、聖《サント》ジュヌヴィエーヴ学院の学院長エステル・モンゴルフィエの殺害事件です」

「しかしルドリュに不在証明《アリビ》があると教えてくれたのは、カケルさんですよ。二つの事件はルドリュの夫婦関係で結びついていると思ったんだが、けっきょくは無関係のようだ」

「としても同じ日に妻と夫が射殺された事実を、たんなる偶然で片づけられるでしょうか」

わたしは確認してみる。「偶然でないなら誘拐の裏に殺人が存在したことになる。サラの誘拐と学院長殺しは一繋がりの事件なのかしら」第一の誘拐は第二の誘拐のための準備作業で、犯人にとって本当の標的はサラ、いやソフィーだった。

「そう、誘拐と殺人は不可分の現象として全体的に捉えなければ」

「誘拐の犯人と殺人の被害者が夫婦だからなの」

青年が静かに首を横に振った。「同日に起きた第一の事件の犯人が夫で、第二の事件の被害者が妻でも、二つの事件になんの関係もないような事例は想定しうる」

「拳銃だよ」ジャン＝ポールが口を出した。「ルドリュが無許可で所持していたらしいワルサーＰ38で、モンゴルフィエ学院長は射殺された。同じ拳銃でルドリュは誘拐した少女を殺そうとしていた、実際はサラの反撃で自分のほうが撃ち倒されたにしても」

「そう。二つの事件の交差点にあるのは凶器、問題のワルサーP38ですね」

「拳銃の所有者は亭主のルドリュでも、その拳銃で女房のエステルを射殺したのは別人だとすると、学院長殺しの犯人はいったい何者なんだ」

ジャン＝ポールの困惑は理解できる。同じ日に同じ拳銃で、妻と夫が別々に殺害された。常識的に考えれば、犯人は同じ人物ということになる。夫の殺害者は明白で疑問の余地はないが、しかし同じ少女が妻を殺害したとは考えられない。妻が射殺されたとき少女は誘拐され別地点で拘束されていたからだ。少女による夫の殺害は、とっさの防衛的な行動の結果であって計画的な殺人ではない。ようするに妻の殺害者は夫の殺害者とは別に存在することになる。

凶器の拳銃は夫の所持品だろうし、夫には妻を殺害する動機もある。その拳銃で夫が妻を殺害したと考えたいところだが、しかし夫には妻が射殺された時刻に不在証明《アリビ》があるようだ。まだ警察はカウフマンから証言を得ていないが、カケルのいうことだし間違いないだろう。これではジャン＝ポールが混乱しても無理はない。

「誘拐の裏には別の誘拐があった、二つの誘拐の裏には殺人があった。とすると」パパが呟いた。

青年が低い声で応じる。「誘拐＝殺人にも裏があるはずですね」

「なんだろう、三番目の裏とは」

「またしても交換でしょう、犯罪と犯罪の交換」

「そうか、交換犯罪だったのか」

パパが呻き、ジャン＝ポールが右拳で左の掌を叩きながら叫んだ。「交換犯罪だって」

「ここにもずれが認められます。殺人と殺人の等価交換でなく、誘拐と殺人の不等価交換がなされたのだとすれば」

一方の人物が誘拐を、他方の人物が殺人を分担する。殺人で利益を得る者も誘拐で利益を得る者も、たがいに自分の無実を証明できるようにしておく。たとえば、疑うことのできない確実な不在証明《アリビ》のような。

エステル・モンゴルフィエの死から最大の利益を引き出せるのは、いうまでもなく夫のセバスチァン・ルドリュだ。警察は夫の犯行ではないかと疑ったが、しかしルドリュには確固とした不在証明《アリビ》がある。ルドリュと不吉な契約を結んだ人物が、ルドリュに代わってエステルを射殺したのかもしれない。

「なんて素晴らしい思いつきだ。いつものことだが、あんたに相談して本当によかった」ジャン＝ポールが長い腕を伸ばして、隣席の青年の肩を大袈裟に抱いた。

二重誘拐と学院長殺しを一体と見るときに注目すべきなのは、二つの事件のあちこちで観察される二重化とずれだ。玉突き《ビヤール》誘拐と間違い誘拐、交換犯罪として誘拐は殺人に二重化されてまたしてもずれていく。このような二重化とずれこそ、身代金を目的とした誘拐の本質でもある。

富豪令嬢の誘拐と学院長の殺害を、二人の人物が交換して行う計画だったとしよう。誘拐犯がルドリュであることは確定的だとしても、ルドリュの依頼でエステルを射殺した犯人は、サラが誘拐されることから利益を得る人物だろう。いや、サラは間違い誘拐の被害者だから問題はソフィーだ。

「ルドリュが妻の死を望んだのは巨額の遺産を期待したからね。だったら学院長殺しの犯人は、どんな目的でソフィーの誘拐を依頼したのかしら。二百万の身代金では割に合わないような気がする」

だってそうだろう。交換犯罪に応じてもルドリュの十分の一か、それ以下の利益にしかならないのだ。もしも金銭が目的ならエステル殺しを引き受けて、分け前に遺産の十分の一を要求すればいい。交換に誘拐をやらせる必要などない。

「ルドリュは約束を守らないかもしれん、逃げられないように犯罪に手を染めさせたんだな」ジャン＝ポールが常識的な解釈を口にする。

「もしも誘拐に失敗してルドリュが逮捕されたら、分け前もなにもなくなるのよ。約束を守らせるためなら、もっと確実な方法があると思う。たとえばサイン入りの証文を取っておくとか、交換犯罪の相談を録音しておくとか」

「ルドリュと交換犯罪の契約を結んだ謎の人物は、それじゃ不公平だと思ったんだろう。自分は殺人の実行犯になるのに、ルドリュの罪は殺人の教唆か共謀にすぎないわけだから。ばれたらルドリュも相続権を失うにしても」

だからといってルドリュに交換として、なんの関係もないソフィー・ダッソーの誘拐を依頼するだろうか。誘拐の真の目的は別にあったのではないか。とはいえ犯人が身代金を要求した以上、誘拐の目的がソフィーの身柄だったとは考えられない。

身代金は金銭だが、貨幣もそれ自体に意味があるわけではない。いかなる商品とも交換できるという特殊な商品だから、人々は貨幣を手に入れるため必死になる。しかしルドリュを操って誘拐を実行させた人物の目的が貨幣、この場合は四千枚の五百フラン札でなかったとすれば。

わたしは叫んだ。「ダイヤモンドよ、犯人の真の目的は〈ニコレの涙〉だったんだわ」

「そうだ、本当の狙いは大粒のブルーダイヤだった。現金を要求したのは、真の目的を覚られまいとしたからだ」ジャン＝ポールは察しが早い、外見ほどに頭は悪くないのだ。

ここにも二重化とずれがある。現金と一緒にダイヤモンドを犯人から要求されて、わたしたちは二百万フランとダイヤの時価を合計した額が身代金だろうと思いこんだ。しかし身代金は現金とダイヤに二重化し、そしてずれていく。誘拐事件の主役は札束でも高価な宝石一般でもなく、世界にそれひとつしかないブルーダイヤ〈ニコレの涙〉だった。

どうしてルドリュは、わざわざ同じ日に誘拐と殺人を計画したのか。ルドリュが妻を殺害したのでないにしても、誘拐と殺人が同日に発生したのは偶然ではない。それが契約の条件だったからだ。

ルドリュは午前十一時すぎにジュールを誘拐して計画を実行しはじめる。間違えられてサラが誘拐されたのだが、本当の標的だったソフィーの誘拐は午後四時に予定されていた。ダッソー邸にかけられた最初の脅迫電話は七時三十分、しかもモンゴルフィエ学院長が射殺されたのは六時から六時三分までのことだ。

契約者が約束を果たしてから、ルドリュは身代金を奪うための脅迫を開始する。もっとも危険なのは身代金を奪取する瞬間だから、もしも契約者が約束を破ったら誘拐を途中でやめてしまえばいい。

二人の人質をヴァンの貨物室に押しこみ人気のない場所で解放すれば、それで誘拐事件は終わる。警察が捜査を続行しても、身代金の奪取や人質を殺害した場合とは真剣さの程度が比較にならないだろう。誘拐された可能性もあるアデル・リジューの捜査だって中断されたも同然で、再開は期待できそうにないのだから。

先に計画を実行しはじめたのはルドリュだが、契約者が学院長を殺害するまで誘拐犯としての決定的な行動には踏み出していない。先方が約束を忠実に守るかどうか相互に監視しあう二人の犯罪者であれば、順当な計画といえる。

珈琲店《カフェ》〈アルベール〉の給仕の証言によれば、昨日の午後六時前後に顔を医療用マスクで隠した男が、窓際の席から聖ジュヌヴィエーヴ学院の正面玄関を注視していた。交換犯罪者が契約を果たしたかどうか確認するため、正面玄関を監視していたのかもしれない。しかし、その時刻にルドリュはモンパルナスにいたとすれば、〈アルベール〉の謎の男は別人ということになる。

ルドリュの退社は六時四十分、ビヤンクールの書籍倉庫でサラの写真を撮影したのは七時二十分だ。たった四十分ではモンパルナスからリュエイユ・マルメゾンを廻ってビヤンクールまでは行けそうにない。聖《サント》ジュヌヴィエーヴ学院の前に何台もの巡回車《ヴォワチュール・ド・パトルイユ》が停められているのを確認してから、子供たちを監禁している書籍倉庫に戻ったとは考えられない。

カケルが質問した。「公共交通機関で四つの地点間を移動するのに必要な時間を確認しましたか。四地点とはダッソー邸、十月書房《エディション・オクトーブル》の編集部と書籍倉庫、聖《サント》ジュヌヴィエーヴ学院ですが」

「いいや、ルドリュは車で移動したと考えられるからね」ジャン＝ポールは不審そうだ。

夕方から夜にかけての時間帯で車を使えば、書籍倉庫とダッソー邸は六分か七分。十月書房《エディション・オクトーブル》と書籍倉庫は二十分、書籍倉庫と聖《サント》ジュヌヴィエーヴ学院は三十分ほどが所要時間だ。もしもカウフマンがルドリュの不在証明《アリビ》を証言すれば、学院長殺しにかんしては容疑が晴れる。事件の日の夕方に十月書房《エディション・オクトーブル》から聖《サント》ジュヌヴィエーヴ学院まで、三十分で行けたかどうかもたいした問題ではなくなる。

カケルが念を押した。「地下鉄、バス、高速郊外線《RER》での所要時間も調査したほうがいいのでは。それと」

「なんだね」

「十一月二十一日の夜間か二十二日の日中にブローニュ界隈で盗まれ、二十三日に発見された自動車やオートバイのことも」

「いいよ、カケルさんが必要だというんなら調べよう。簡単にわかることだ」

パパは腕組みしている。「わからないのはビヤンクールの倉庫で発見されたのが、模造ダイヤを使った首飾りの贋物だったことだ。どんな理由でルドリュは〈ニコレの涙〉を精巧な模造品とすり替えたのか。〈ニコレの涙〉を奪おうとしていたのはルドリュでなく、ルドリュと交換犯罪を計画した謎の人物だったとしても同じことだが

ジャン＝ポールが応じる。「嬢ちゃんが運んだ革鞄に入ってたのは、はじめから贋物だったという可能性はどうだろう」

「ゼロとまではいえないけど、その可能性は低いと思う」あのときのダッソーの態度は真剣そのもので、人質を危険にさらしてまで贋のダイヤで犯人を騙そうとしたとは思えない。

「まあ、そうだろうな。もしも破産しかけた男なら、本物のダイヤは奪われたことにして保険金詐欺を企みかねない。しかしダッソーほどの大金持ちが、保険金欲しさで娘の誘拐を仕組むとも思えん」

「昨日の夜、ダッソー邸からかけられた電話の発信先は確認したわね」

わたしの質問にバルベス警部は渋い顔だ。「ビヤンクールの書籍倉庫への電話があるんじゃないかと思ったんだが、疑わしい通話の記録はないようだ」

ただしダッソー邸への脅迫電話では「薄紫のドレスを着た若い女」と、身代金の運び役を指定していた。サラを誘拐したあとルドリュは、ダッソー邸付近まで戻って正門を監視していたとも考えられる。五時三十分に十月書房《エディション・オクトーブル》にあらわれるまでルドリュの行動は確認されていないから、わたしが到着した四時四十分ごろに森屋敷の正門付近にいることは時間的に可能だった。

交換犯罪者の二人は昨夜、一度目にワルサーが使われた午後六時ごろから、二度目の十一時三十分ごろまでに拳銃を受け渡している。「薄紫のドレスを着た若い女」と指定されたのは、八時四十五分の脅迫電話だった。もしも六時から八時四十五分までに二人が接触していれば、わたしの着衣にかんする情報も拳銃と一緒に受け渡すことができたろう。

「素人には本物に見える精巧な模造品が作れたのは、ダッソー家のなかにルドリュと通じている人間

がいたからだ。そいつが交換犯罪者の片割れで、学院長殺しの犯人という可能性もあるね」

模造品の件はその通りだとしても、たんなる情報提供者でなく交換犯罪者がダッソー邸に潜んでいると、そこから結論するのは飛躍がすぎる。「ジャン＝ポール、なにか隠してることがあるんじゃないの」

巨漢がにんまりした。「警視庁を出る前に、ナンテール署から届いた捜査書類に目を通したんだ。失踪したアデルの父親はクリスチァン・オヴォラ。同姓同名の別人とは思えん、ダッソーの秘書と同じ人物に違いない」

誘拐と殺人の双方に関係していたのは、誘拐犯と断定されたルドリュだけではない。学院長に叱責された直後に失踪している少女の父親が、ダッソーの秘書オヴォラだとすれば、この人物もまた誘拐と殺人の交点に位置している。

「オヴォラの身長は」

ダッソー邸を訪れていないパパの質問に応じる。「ハイヒールのヴェロニクより低く見えたから、男性としては小柄で一七三センチくらいだと思う」

聖《サント》ジュヌヴィエーヴ学院の管理人《コンシエルジュ》が目撃したマント姿の人物や、学院長の額と窓硝子を貫通した弾丸の弾道から計算された犯人の身長幅に、オヴォラの背丈は含まれる。ただし身長一八二センチのフランソワ・ダッソーは別として、ダッソー家の関係者のほとんどがその幅に含まれるから、それほどは参考にならないが。

ジャン＝ポールがパパの顔を見る。「だいぶ絞られてきましたな。学院長殺しと交換にルドリュに誘拐をやらせたのは、ほとんど確実にダッソー家の関係者だ」

使用人の誰か、家政婦や小間使いや運転手の可能性もあるけれど、もっとも疑わしいのは秘書のオヴォラではないか。なにしろ殺害されたのは娘に体罰を加えた学院長だし、誘拐されたのは同じ邸内で暮らしている少女なのだ。

パパが口を開いた。「ダッソー邸の事件関係者のうち、六時前後に外出していたのは」

「滞在客のカウフマンを含めて、使用人を除外したダッソー家の全員が六時ごろは外出中だったね」

カケルが窓から確認しているが、フランソワ・ダッソーは五時二十分に車で出発している。戻ってきたのは六時三十分で、邸と聖《サント》ジュヌヴィエーヴ学院を往復するには充分以上だ。ダッソー夫人のヴェロニク、続いて秘書のオヴォラが前後して邸に戻ったのは六時四十分ごろだった。

「この三人の不在証明《アリビ》は確認したの」

「もちろん。三人とも六時前後に、聖《サント》ジュヌヴィエーヴ学院にいることは可能だ」

「使用人はどうかしら」わたしはジャン＝ポールに問い質した。

「運転手のルルーシュを含めて相互に不在証明《アリビ》を確認している。誰も六時前後に殺人現場にいることはできない。いずれにしても犯人は割れたも同然だ」巨漢は獲物を狙う野獣のような目つきだ、オヴォラが犯人だと決めこんでいるに違いない。

はじめから二重化とずれをはらんでいた事件は、死んだ誘拐犯と生きている殺人犯の不均衡、両者の二重化とずれを印象づけて終了した。あとは生きている殺人犯の正体を暴いて逮捕すれば事件は終わるから、それならイリイチの出る幕はなさそうだ。わたしは安堵して、食後の熱い珈琲を啜りはじめた。

第六章　交換された誘拐

〈11月24日午前11時45分〉

薄く化粧して髪を整え、居間のソファに冬物の外套とバッグを揃える。キッチンで珈琲を淹れる前に深緑の裏革ブーツを履いたから、これでいつでも外出できる。珈琲カップを片手にソファに凭れ、わたしが生まれたころから壁に掛けられている時計を見上げた。じきに玄関の呼び鈴が鳴るだろう。

一時間ほど前にダッソー家の老執事から電話があって、洗濯がすんだドレスを家まで届けたいという。正午には家を出なければならないし、わざわざ届けてもらうまでもないと応じたのだけれど、すぐに運転手のルルーシュを向かわせるからと、執事は鄭重に言葉を重ねた。

環状高速《ペリフェリック》を使えばブローニュからモンマルトルまで二十分とかからない。ルルーシュが到着するのを待っても、カケルとの約束に遅れることはないだろう。サラは退院できたのかどうか、父親から事情を聴いてみたい気持ちもあって、けっきょくはダランベールの申し出を受けることにした。

昨日からテレヴィでは、前例のない二重誘拐事件のニュースが盛大に流されている。午前のニュースでアナウンサーは、誘拐された二人の子供を実名で報道していた。これ以上は伏せ続けられないと、警視庁も報道を解禁したのだろう。

第一の誘拐事件の詳細はすでに警察が発表している。第二の誘拐事件の協力者に仕立てあげる目的で、出版業者のセバスチァン・ルドリュがマクシム・メルレの息子ジュールを誘拐した。十一月二十二日の夜、身代金の受け渡し現場でメルレは逮捕された……。

第二の事件にかんしては犯行現場と誘拐の手口、被害者が監禁された場所、身代金が受け渡された経緯などが報道されている。自身の拳銃で犯人本人が死亡し、現場で身代金が発見されたことなども。誘拐被害者のサラが犯人を射殺した詳細についても、数日のうちには公表されるのだろう。有力者ダッソーの意向が反映しているのか、サラ・ルルーシュがソフィー・ダッソーと間違えられて誘拐された事実は伏せられている。犯人の要求に〈ニコレの涙〉が含まれていたことも。

第二の誘拐事件に協力せざるをえなかった事情が考慮されても、メルレは起訴をまぬがれがたい。裁判がはじまれば、誘拐計画の真の標的がソフィーだったことを被告が証言するとしても、それは何ヵ月も経過してからのことだ。

とはいえ報道機関は、第二の事件が間違い誘拐ではないかという疑惑を抱きはじめている。なにしろサラの父親はダッソー家の運転手なのだ。平凡な運転手に犯人が要求した身代金は、どう考えても巨額にすぎる。ルルーシュが数時間で二百万という大金を用意できたのは不自然だし、しかも被害者のサラはダッソーの一人娘ソフィーと一緒に育ったような仲で、通学のときなども一緒だった。記者たちが間違い誘拐を疑いはじめても当然だ。

公共放送や大新聞はともかく、扇情的な犯罪記事が売り物の夕刊紙が間違い誘拐の可能性を書き立てるのは時間の問題だろう。玉突《ビヤール》き誘拐に加えて間違い誘拐だから、視聴者や読者の好奇心と興奮はさらに掻きたてられる。かつて女子学生ハンナ・カウフマンが恋していたらしい哲学者が語ったように、われわれ二十世紀人は気散じや噂話の誘惑から逃れられない。

聖《サント》ジュヌヴィエーヴ学院で殺害された学院長エステル・モンゴルフィエが、二重誘拐事件の犯人ルドリュの妻である事実にも報道機関は関心を向けている。捜査当局によれば二つの事件の関連はいまのところ不明だが、この夫婦が同じ日に死亡したのは偶然だろうか。被疑者死亡ということで二重誘拐事件の幕を引くためにも、警視庁は学院長殺しとの関連について早々に結論を出さなければならない。

昨夜は早めに帰宅したパパだが、今朝は八時前に家を出たようだ。わたしが寝坊しているあいだにも、捜査は着々と進んでいることだろう。ジャン＝ポールは朝早くから森屋敷で、オヴォラなどダッソー家の関係者から事情を聴取している。サラが誘拐された午後にソフィーと待ちあわせていたアンドレ・マドック少年からは、ジュベール警視が事情を聴いたに違いない。

冷めかけた珈琲を飲み干して考えはじめる。事実はジャン＝ポールに確認しなければならないけれど、訊問の結果が昨夜の推測通りだったとしよう。午後四時に森屋敷の裏道に出るというソフィーの予定がアンドレ少年から誘拐犯に洩れていないとすれば、ルドリュの協力者がダッソー邸内にいたことになる。

もしもクリスチァン・オヴォラが二年前に失踪した、あるいは誘拐されたのかもしれない女子生徒の父親であれば、この人物こそ問題の協力者ではないか。たまたま情報を洩らしてしまったのではない、意図的なルドリュの共犯者かもしれない。昨夜のジャン＝ポールはオヴォラ共犯説に飛びついて興奮していた。

しかしソフィーの誘拐と引き換えに、オヴォラが学院長殺しを請け負ったという仮説には難点がある。ルドリュの共犯者は同時に誘拐と殺人の交換犯罪者でもある。いったいなにを期待して、オヴォラはルドリュにソフィーを誘拐させたのか。金目当てにしても〈ニコレの涙〉が目的だったとしても、その代償に殺人を引き受けたりするものだろうか。殺人と殺人の交換とは違って、殺人と誘拐の交換は不等価交換といわざるをえない。

　誘拐した子供二人をルドリュは殺害しようとしていた。もしもそれが実行されていたら、今度は一人の殺人と、誘拐に加えて二人の殺人が交換されることになる。またしても不等価交換が生じてしまうわけだ。交換条件としてオヴォラが、子供たちの殺害をルドリュに要求したわけでもないだろう。それにしてもルドリュは、どうしてサラとジュールを殺してしまおうとしたのか。顔は見られていないし、警察に監禁場所を洗い出される危険性も少なそうなのに。

　殺人と誘拐の不等価交換を第一とすれば、オヴォラによる学院長殺しに交換犯罪としての意味が希薄な点が第二の難点になる。交換殺人を典型とする交換犯罪では、共犯者ＡはＢのために、共犯者ＢはＡのためにそれぞれ犯罪を実行する。第一の事件でＢには動機があるが同時に確固とした不在証明《アリビ》もある。また犯人Ａには犯罪の動機はむろんのこと、被害者とはどのような接点もない。第二の事件の場合も同じだ。

　このようにして容疑をまぬがれようとする交換犯罪者だが、オヴォラにはエステル・モンゴルフィエと接点がある。ルドリュによるソフィー誘拐を交換条件として、オヴォラが学院長殺しを代行するのは危険きわまりない。ルドリュの営利誘拐が成功した場合でも、ダッソー家をめぐる誘拐事件と聖《サント》ジュヌヴィエーヴ学院の殺人事件の双方に関係する人物として、オヴォラの存在が洗い出されるのは確実だから。これではルドリュと結託して、オヴォラが殺人と誘拐の交換犯罪を計画する意味がない。

　こうした難点を解消するには新たな仮説が必要だ。オヴォラはルドリュの協力者だとしても、交換犯罪者ではないという仮説。この場合、オヴォラはソフィーの誘拐を企んでいるルドリュに、ダッソー家の内部情報を洩らしたにすぎない。

ただし、情報提供者として疑わしいのはオヴォラ一人ではない。ソフィーとアンドレが待ちあわせていたことはダッソー夫妻も知っていたし、小間使いのエレーヌの口から使用人たちにも洩れ伝わっていたようだ。わたしと一緒に事情を知ったカウフマンを除外して、ダッソー邸のほとんど全員が誘拐犯に情報を提供できた。

そもそもオヴォラの存在が注目されたのは、ルドリュと同様に誘拐事件と殺人事件、ダッソー家と聖《サント》ジュヌヴィエーヴ学院の双方に関係のある人物としてだった。たしかにオヴォラは二つの事件の交点に身を置いているが、この事実それ自体がオヴォラとルドリュによる交換犯罪という仮説を裏切ってしまう。その結果、ルドリュへの情報提供者としてオヴォラ一人だけを疑う根拠も失われる。せいぜいのところ他の関係者と同程度に疑わしいといえるにすぎない。

とはいっても学院長に叱責された二年前の夜に、アデル・リジューが姿を消したのは事実だ。その少女の父親が、秘書としてダッソー邸に出入りしているのは偶然だろうか。学院長室で射殺されたエステルの夫ルドリュが、ダッソーの一人娘ソフィーを狙って誘拐事件を惹き起こしたというのに。

……わからない。交換犯罪という着眼点に加え、アデルの父親とオヴォラが同姓同名である事実から、事件の真相が浮かんだように昨夜は思われた。しかし謎は解明されたどころか、むしろ増殖してしまったのではないか。

カップを調理室のシンクで洗っていると、遠慮がちに玄関の呼び鈴が鳴らされた。時計の針は正午を指そうとしている。細めに開いた玄関扉の向こうで、運転手の制服を着たルルーシュが薄紙の包みを抱えていた。

篤実そうな印象の中年男が扉越しに深々と一礼する。「一昨日の夜のことですが、本当にお礼の言葉もありません。モガールさまのご尽力には、娘も心から感謝しています」

「わたしがサラを助けたのではないわ、勇敢な娘さんは自分でジュールと自分を守ったのだから」

身代金を入手した犯人が約束を守って、二人の子供を自由の身にしたわけではない。二百万フランと〈ニコレの涙〉を奪って、人質を二人とも始末してしまうのがルドリュの最初からの計画だった。大汗をかいて夜のサン・ジャック街を駆け上ったのも、その点からは無駄な努力だったといわざるをえない。

鎖を外して玄関扉を大きく開いた。「サラは自宅に戻れたんですか」

「体調はいいので、午後には退院できるとか」

「それなら一安心ね」渡された薄紙の包みを玄関室《アントレ》の小テーブルに置いた。「ごめんなさい、入っていただくわけにはいかないの。約束があって出かけるところなんです」

「ダランベールから聞いております、どこにお出かけでしょうか」

「モンパルナスですけど」

遅い夕食を終えて別れる前に、カケルは偶然のように口にしていた。翌日の午過ぎに、ルドリュが社主だった十月書房《エディション・オクトーブル》を訪れる予定だと。面会の約束を編集長のオレリアン・メルシュから取りつけたらしい。誘拐犯の不在証明《アリビ》は警察が確認ずみなのに、ルドリュの出版社でなにを調べようというのか。尋ねてみても素直に答えるとは思えないので、わたしもモンパルナスまで同行することにした。

ルルーシュが微笑する。「でしたら、お送りいたしましょう」

「迷惑ではないかしら」

「いいえ、お邸まで戻る途中ですから」

環状高速《ペリフェリック》を使わないでパリの市中を抜ける場合には、モンマルトルからブローニュまでの所要時間は倍以上になるだろうが、ルルーシュの厚意を拒むまでもない。足早に居間まで戻って外套の袖に腕を通した。アパルトマンの扉を施錠して階段を下り、エントランスの大扉を押し開ける。

綺麗に磨きあげられたメルセデスの大型車が、ラマルク街の狭い歩道に半ば乗りあげるように駐車している。運転手は後部席のドアを開こうとするが助手席に坐ることにした、そのほうがルルーシュとは話しやすい。

濃紺の車が静かに発進する。「どうなんですか、サラの具合は」

「お心遣いに感謝します。けれども大丈夫、頬を擦りむいた程度の軽傷ですから」

問題は肉体的な傷ではない。「精神面はどうでしょう」

「あのような体験をした中学生にしては、驚くほど心理的に安定していると専門の先生が」サラは病院で精神科の診察も受けたようだ。

「気丈な子なんですね」

「私より兄のジルに性格は似たようです。子供のころから強情で、ユダヤ人の子供をいじめる悪童と喧嘩しても負けたことがない兄でした。戦前はシオニズム運動に参加していたのですが、ドイツとの戦争で配属された部隊がダンケルクからイギリスに撤退し、ノルマンディー上陸後はルクレール師団の兵士としてドイツ本国まで進攻したとか。ドイツとの戦争が終わるとイスラエル独立戦争に義勇兵として参加し、帰国してからはディジョンのほうで自動車修理工場を経営していたんですが」独立戦争とは第一次中東戦争のことで、戦時下にシオニストがパレスチナ人に仕掛けた迫害と虐殺、土地収奪、住民追放はアラブ世界では大厄災《ナクバ》と呼ばれている。

男親が一人で小さな女の子を育てるのは難しい。ルルーシュは子供のいない兄夫婦に勧められて、妻が病死してから三年ほど一人娘を実家に預けていた。サラは学齢期前にパリに連れ戻したが、それからも夏休みのディジョン滞在を楽しみにしていたという。

「森でキャンプの仕方を教えたり、兄はサラを男の子のように育てました。そのせいなんでしょう、気丈な性格も。昨年のことでした、オートバイで兄が事故死したときも、涙さえ零さないで悲しみに耐えていましたが」

「お気の毒に、交通事故だったんですか」

「モトクロスに凝ってましてね。段差で飛ばされた際に打ち所が悪くて」

女主人のヴェロニクから頭ごなしに怒鳴りつけられても、ひたすら低頭するばかりのルルーシュは、どちらかといえば気弱な性格に見える。あんなふうに一方的に捲したてられたら、わたしは我慢できそうにない。たとえ使用人の立場でも声を荒らげて反論するだろう。

ルルーシュ本人が語るようにサラは父親でなく、修正派シオニストでユダヤ人突撃隊《パルマッハ》の兵士だった伯父に性格が似たようだ。小説や映画の世界ならともかく、拳銃を奪って誘拐犯を射殺するなど、ふつうなら十三歳の少女にできることではない。たまたま手に触れた拳銃の引金を、無我夢中で引いたのだとしても。

リセの生徒だったころは頭脳派の名探偵に憧れていたけれど、肉体派のハードボイルド探偵役に転向して、ジャン＝ポールから射撃を本格的に習ったほうがいいかもしれない。あの日本人と行動をともにしていれば、そのうち誘拐されたサラと同じような立場に陥らないとも限らない。

「カウフマンさんの話では、お兄さんは戦闘的なシオニストだったとか」

「母とは違って父は強制収容所から奇跡的に生きて戻れましたが、心身ともに酷く傷ついて普通には暮らせない状態でした。兄が独立戦争後にフランスに帰国したのは病身の父のためだったし、一家でのイスラエル行きを延期したのも同じ理由からでした。いよいよ移住できそうになったら、事故で死んでしまって」

ルルーシュの兄というのは、パレスチナ解放運動を支援していたアントワーヌたちから虐殺者、侵略者として非難される経歴の人物のようだ。アントワーヌに影響されたわけではないが、パレスチナ難民が安全に帰国し、かつての生活を取り戻せるような環境を一刻も早く整えるべきだとわたしも思っている。しかし、そのためにイスラエル国家を破壊し、ユダヤ人移住者を東地中海に突き落とさなければならないという、アラブ側の主張も極端にすぎる。ではどうすればいいのか、確たる結論はない。

わたしは話を戻した。「サラとソフィーは本当に仲がいいんですね」

内気で引っこみ思案なソフィーを、気丈なサラが必死で守ろうとする。年齢は同じでも二人は姉と妹のようだ。そう思わせるのは性格の違いに加えて体格の問題もあるのだろう。中学《コレージュ》の三年生《トロワズイエム》にしてはサラは背が高く、ソフィーは小柄だ。

父親の頬がほころんだ。「小学生のころは三人組だったんですが」

「親しい友達がもう一人いたんですね」

「小学校では同じ学級でした。三人揃ってよくブローニュの森まで自転車で遊びにいってましたよ。違う中学《コレージュ》に進学したので三人組が二人組になってしまって。父親がユダヤ系で、フランソワさまのお姉さまに顔がよく似ていたとか。亡くなるまでの短いあいだでしたが、エミールさまはその子を可愛がっておりました」

わたしにも似たような友達がいる。小学生のころは仲がよくて、毎日のように一緒に遊んでいたのに、違う中学《コレージュ》に通うことになっていつか疎遠になってしまった仲間たち。

ダッソー家の当主フランソワの姉とは、占領下のパリでゲシュタポに逮捕され、母親と一緒にアウシュヴィッツ収容所に送られた少女だろう。かろうじてコフカ収容所から生還したエミール・ダッソーは、孫娘の友達にガス室で殺された娘の面影を見ていたようだ。呪われた記憶に押し潰されるようにして、辣腕事業家として知られたエミールも自殺を遂げたのだが。

　少女三人はたんなる幼なじみではなかったろう。第二次大戦後のフランスでは公然とした差別は解消されたとしても、ユダヤ人に偏見を持つ人種差別主義者《ラシスト》はいまも少ないとはいえない。同級生の少女三人が固い友情で結ばれたのには、おそらく理由がある。

「モンパルナスのどちらに行かれるのですか」メルセデスはサン・ミシェル通りからモンパルナス通りに入ろうとしている。

「ドランブル街ですが、ヴァヴァン交差点を渡ったところで停められますか」

「わかりました」

　薄曇りの秋空のもと、そろそろ昼食どきで賑わいはじめた都心の光景がメルセデスの車窓を静かに流れていく。短いドライヴが終わる前に気になることを尋ねてみた。

「誘拐事件のせいでサラは、もうソフィーと仲よくできないのかしら」

　ソフィーが使用人の娘と姉妹も同然であることに、継母のヴェロニクは苛立っていた。今回の誘拐事件を恰好の口実として、ヴェロニクは二人の少女の友達づきあいを厳禁するのではないか。なにしろサラがソフィーの新調のドレスを先に着て、裏木戸を出たことから事件は起きている。サラがそうしなければソフィー本人が誘拐されたろうことなど忘れたように、ダッソー夫人は使用人の娘の行動を容赦なく責め立てていた。

「そんなことはありません。フランソワさまにいわれて今日、ソフィーお嬢さまは学校を早退しました。オヴォラさんやジャンヌと一緒に、退院するサラを出迎えるために」

ソフィーの教育方針にかんする限り、妻の意向は夫に無視されている。しかしヴェロニクはヴェロニクで、家宝のダイヤを独断で身に着けてグラビアに登場するなど、夫の意にそわない行動を繰り返しているようだ。

フランソワ・ダッソーとヴェロニクの夫婦仲はどんな具合なのか。一昨日の夜は、どこかしら冷たい空気が二人のあいだには流れているように感じた。誘拐という異常事態に巻きこまれて、夫も妻も動転していたからだろうか。実直なルルーシュが主家の内情を気易く喋るわけはないから、必要な情報を得るために鎌をかけてみる。

「ファッション誌の撮影のために、無断で〈ニコレの涙〉を持ち出した夫人を、ダッソー氏は厳しい言葉で叱ったとか」当て推量だが、まったくの見当違いではないと思う。

ステアリングを握った男は躊躇《ためら》いがちに頷く。「ですから奥さまは、私ども親子にひどくご立腹で」

ダッソーは誘拐犯の要求を呑んで、妻が身に着けるのさえ禁じている家宝のブルーダイヤをサラの身代金として提供した。ヴェロニクにすれば、自分より使用人の娘のほうが大事なのかといいたいところだろう。

もう少し踏みこんでみる。「どうやら夫婦仲の修復は難しそうね、ダッソー夫妻は離婚の危機なのかしら」

「私にはなんとも」生真面目なルルーシュは内心が表情に出てしまう、どうやら離婚話もないわけではなさそうだ。

珈琲店《カフェ》〈ロトンド〉の店先に張り出している赤布の屋根の前で、メルセデスは静かに停車した。音も揺れもないし乗り心地は最高だった。運転手に礼をいって車を降りる。道の並びには〈セレクト〉

の白い布屋根も見える。一昨日の午後六時前後に、カウフマンがルドリュと会っていた戦前からの有名珈琲店《カフェ》だ。

ヴァヴァン地下鉄《メトロ》駅の階段横から横断歩道を渡って裏道に入る。ドランブル街はひっそりした街路で、珈琲店《カフェ》もパン屋も見当たらない。歩道を小走りに進んで、革ブルゾンに肩まである黒髪の青年に声をかけた。

「ぴったりね、約束の時刻に」

ドランブル街の小さなホテルの前で、カケルとは午後一時に待ちあわせていた。ホテルの斜向《はすむ》かいの建物にルドリュの出版社が入っている。

「これから会う約束の十月書房《エディシヨン・オクトーブル》の編集長って、一昨日夕方のルドリュの行動について警察に証言した人でしょう。もしかしてルドリュの不在証明《アリビ》を疑ってるの」

「いいや」青年はかぶりを振った。

「じゃ、どうして」

「あの男には二年前からの貸しがある」

カケルはメルシュという人物と面識があるようだ。「あなた、ルドリュとも会ったことがあるの」

「いいや。僕が『ホロコーストの神話《ミス》』の著者に興味があることを、ルドリュに知られるわけにはいかない」

ルドリュはイリイチと接触があるようだ。自分の動静がルドリュからイリイチに伝わる可能性を警戒して、カケルは十月書房《エディシヨン・オクトーブル》の社主でなく、編集長のメルシュと密かに接触した。

建物の二階と三階には小規模な事務所が入居している。青年に続いて玄関広間から階段を上ると、二階の奥が十月書房《エディシヨン・オクトーブル》だった。上半分に磨り硝子が嵌《は》められた扉を軽くノックすると、「どうぞ」

という女の声が聞こえてくる。

扉を通路側に開くと編集室の乱雑な光景が目に入った。扉に近いデスクから、灰色のカーディガンを羽織った女が不機嫌そうにこちらを見る。度の強そうな眼鏡を掛けて、髪は鳥の巣のようだ。

「ムッシュ・メルシュと面会の約束がある」

カケルの顔を見て女が顎をしゃくった。「伺ってます、奥にどうぞ」

いまは眼鏡の女が一人きりだが、机の数からして十月書房《エディション・オクトーブル》の編集員は三、四人らしい。誘拐事件で人質が閉じこめられたビヤンクールの書籍倉庫の事務室に、営業関係の社員は詰めているようだ。

編集室の壁際には書類棚や本棚が隙間なく並んでいる。ふつうのオフィスと違うのは資料なのか自社刊行物なのか、本棚から溢れだして床に山をなしている夥《おびただ》しい書籍類だ。本や書類の紙袋が散らかった狭い通路を奥に進んで、塗装の褪せた屋内ドアを押し開ける。室内にはパイプ煙草の甘い匂いが漂っていた。

猛烈な勢いでタイプライターを叩いていた男が、窓を背に置かれたデスクから顔を上げる。四十歳ほどの男は、紺色のジャケットに臙脂の蝶ネクタイを結んでいた。

「ひさしぶりだね、ムッシュ・ヤブキ」

小柄な中年男がデスクを離れ、わたしたちに布地の擦りきれたソファを勧める。二枚目気どりの気障な外見だが、一筋縄ではいかない遣り手のようにも見える。向かいの肘掛け椅子に腰を下ろし、さりげない口調でメルシュが続けた。

「あれから、そろそろ二年か」

関心もなさそうに日本人が無愛想に頷いた。いまから二年前といえば、〈アンドロギュヌス〉の連続殺人事件がパリ全市を揺るがせはじめた時期ではないか。わたしは知らなかったけれど、あのころからカケルは十月書房《エディシヨン・オクトーブル》と接触していたことになる。

この青年がニコライ・イリイチの存在を知ったのは同じ年の夏、南仏モンセギュールのエスクラルモンド荘で連続殺人が起きたときだった。パリに戻った日本人はラルース家やロシュフォール家の犯人を操っていたらしい謎の男を追跡して、パヴェルというポーランド青年に行きあたる。カケルと一緒に会ったとき、パレ・ロワイヤルでニコライ・イリイチを目撃したとパヴェルは口にしていた。

言論界の一部に憤激と非難の渦を巻き起こした『ホロコーストの神話《ミス》』の原稿は、イリイチがドルビニーと称して十月書房《エディシヨン・オクトーブル》に持ちこんだらしい。イリイチ関係の情報を訊き出すために、この日本人はメルシュと会うことにした。

二年前の夏にはじめて存在を知った男の痕跡を、どうして数ヵ月のうちに断片的ながらも洗い出すことができたのか。それが不思議だったけれども、イリイチがソ連や東欧諸国の諜報機関とも連携した国際テロリストだと知って、多少は謎が解けた気がした。ニコライ・イリイチという名前と父称を耳にした瞬間、その人物の正体がカケルには漠然とながら推測できたのだろう。国際的な極左ネットワークの事情にも詳しそうな日本人だから、イリイチがパリに残した痕跡を辿ることも可能だった。

椅子から身を乗り出してメルシュが捲したてる。「わが社は昨日から大変な騒ぎなんだ、社主のルドリュが誘拐犯だと報道されて。今日も朝っぱらから新聞や雑誌の記者が幾人も押しかけてきた。いまは一段落しているが昼飯どきが終われば、取材と称してまた仕事を邪魔しにくるんだろう。なにかと面倒だから、留守番を一人だけ残して編集員は外に出したよ」

わたしたちを取材の記者とでも疑ったのか、編集室の女は警戒心を露わにしていた。二重誘拐事件で報道は過熱ぎみだから、犯人が経営していた出版社に取材陣が押しよせても不思議ではない。

「このお嬢さんは」どことなく軽薄な口調でメルシュが問いかける。

わたしは自己紹介した。「ナディア・モガール、ヤブキさんの友人です」

「もしかして、モガール警視のお嬢さんじゃありませんか」

「ええ、父は警視庁に勤務しています」姓としては珍しいほうだから、よくこんなふうに尋ねられる。

「なるほどね、警視にはいろいろ訊かれましたよ。ムッシュ・ヤブキとは親しい友人なんですな」薄笑いを唇の隅に刻んで男が応じた。

わたしたちが恋人同士だと思ったようだが訂正する気はない。当人の想像力の水準に応じて、好きなように思いこんでいればいい。問題があると思えばカケルが対応するだろう。

ルドリュの不在証明《アリビ》にカケルは興味がない様子だから、わたしが確認してみる。「一昨日の夕方、ルドリュさんは会社にいたんですか」

「いましたよ。といっても午後五時三十分と六時四十分ごろに一、二分だけ顔を見せたにすぎないが」

「五時三十分までは自宅にいたとか」

「この上に自宅があるんだが、どうだかね。もともと一昨日の午後三時には、客が編集室に来る予定だった。ところが直前になってルドリュが電話で指示してきた、会合は延期したいと先方に連絡するようにと。急にどこかに出かける用事でもできたんだろう。それが子供の誘拐だったのかどうか、私にはなんともいえないがね」つまらない冗談を口にしてメルシュは薄笑いを浮かべる。

数日前からルドリュは、ある人物と会社で会う約束をしていた。十年以上も前に十月書房《エディション・オクトーブル》から『緑の革命』という本を出版した歴史研究家で、以前から社主に面会を求めていたらしい。『緑の革命』といってもエコロジー関係の本ではない。ロシア十月革命の直後から、ウクライナの解放を求めて白軍やボリシェヴィキの赤軍と戦ったパルチザンには、アナキストの黒軍の他に農民やコサックを中心とする緑軍も存在していた。

　ネストル・マフノを指導者とした黒軍と比較して、マフノ派とも共通する「ボリシェヴィキ抜きの共産主義」を掲げた緑軍の活動はさほど知られていない。ミハイル・ショーロホフの大河小説『静かなドン』でコサック革命運動の一端は窺えるが、ボリシェヴィキと赤軍の活動を正当化する著者の立場のため記述は一面的といわざるをえない。『緑の革命』はコサック革命派と緑軍の活動に焦点を当てた著作で、わたしも書店の歴史書の棚で見かけた覚えがある。

　十月書房《エディション・オクトーブル》が『ホロコーストの神話《ミス》』を出版したことに激怒して、『緑の革命』の著者は版権を引きあげると宣言していた。著者の申し入れを適当にかわしていたルドリュだが、それ以上は逃げられないと思ったのか、一昨日の午後三時に面会する約束をしたのだという。

　ウクライナ史の研究家と面談することを約束した時点では、ソフィー誘拐の日時は未定だった。十一月二十二日の午後四時に、ソフィーがダッソー邸の裏木戸から外出するとの予定を知った前日の夜、あるいは当日の午前になって誘拐決行が定まった。そのために著者との面談は急遽中止にした。

　男がカケルを上目遣いに見る。「ところで今日は」

「以前と同じだ。十月書房《エディション・オクトーブル》の編集部に原稿を持ちこんできた、ドルビニーという男の消息を知りたい」著者として『ホロコーストの神話《ミス》』の表紙に印刷されている名前はカミーユ・ドルビニーだが、その正体はニコライ・イリイチかもしれない。

　わたしは口を挟んだ。「ドルビニーと面識があるんですか、メルシュさんは」

「ないね、じかに顔を合わせたことは一度も。あの本は特例で編集業務まで社主が担当したんだ。著者についてもルドリュが洩らしていた程度のことしか知らない」

青年が追及する。「あれからも十月書房《エディション・オクトーブル》の編集部はドルビニーと接触したのでは」

「さあ、どうだろうか」男が小狡そうに薄く笑った。

短い沈黙のあと日本人は無表情に切り出す。「記憶力のよくない者は平穏に生きられないことがまある。二年前にきみは自分から協力すると申し出た、是非とも協力したいと懇願さえした。約束を忘れたというなら、それでも僕はかまわないが」

さりげない脅しの言葉に男の表情が強ばった。「とんでもない、約束は守るよ。どんな協力でもするという、あのときの約束は」

事情が読めてきた。カケルは編集長の身辺を調査し、なんらかの弱みを握ってから接触したのだ。問われるまま十月書房《エディション・オクトーブル》の内部事情を喋らざるをえない立場にメルシュは追いこまれた。しかし二年が経過して、喰えない小男は自分の弱みを忘れたように装ってみた。そんな態度がどこまで許されるものか試そうとして、逆捻じを喰わされたことになる。

「それでいい。今年になってからルドリュはドルビニーと接触したのか」

男が動転して叫んだ。「嘘じゃない、詳しいことはわからないんだ。そうも疑えるというだけで」

「二人が接触したと推測する根拠は」

「この夏だったか、コリンヌが洩らしていた」

「ルドリュの愛人だね、コリンヌ・ミショーとは」

メルシュが拳で額の汗を拭う。「当社に勤めていた女で私もよく知っている」

「彼女はなんと」青年が畳みかける。

「本人は話そうとしないが、どうやらカミーユ・ドルビニーと会ったようだ。それからルドリュの様子が少し変だと」

「変とは、どんなふうに」

「私には詳しいことがわからないのでコリンヌを紹介しよう。本人からじかに事情を訊いたほうがいい」

極左派《ゴーシスト》だった昔とは違って刑事に尾行される理由はないはずだが、このところルドリュは監視の目を意識しているようにも見えた。二人で道を歩いているとき不意にルドリュが背後を振り返った。つられて後ろを見て、不審な男と真正面から顔を合わせてしまったこともあるとメルシュは語った。

「私に顔を見られたからかどうか、男はさりげなく横の路地に姿を消したんだが」

少しのあいだカケルは男の顔を見つめていた。「マドモワゼル・ミショーと今夜にも会えるように手配してもらいたい」

「早急に連絡してみる。ただし先方の都合もあるだろうし、今夜とは確約できないが」

「僕は急いでいる」有無をいわせない口調で青年がいう。

「わかった、時刻は遅くてもかまわないか」

脅迫の種のことを思い出したのか、メルシュは落ちつかない表情だ。静かに頷いた青年に代わってわたしは切り出した。

「ルドリュさんの夫婦仲について伺いたいんですけど」

「知っていることはモガール警視に話したよ。警察は夫が妻を殺したと疑っているようだが、そもそもルドリュには妻を殺すような理由がない」

わたしは反論する。「十月書房《エディション・オクトーブル》は多額の負債を抱えているとか、離婚する前に妻のエステルが死亡すれば夫は巨額の遺産を手にできるのでは」

「負債の件は問題ない、いざとなればエステルが肩代わりしてくれるんだから」

「今度もこれまで通りなんですか、二人は別居したのに」

パイプの煙草に火を点けて、メルシュが甘ったるい紫煙を吐き出した。「事情は変わらないと思うね。たとえ別居しても離婚にはならないし、遺言状が変更されることもないとルドリュは自信満々だった」

男は奇妙なことを口にする。ルドリュ夫妻は不仲のため別居しても離婚にはならない、遺言状も書き換えられることはない。いったいどういうことなのか。常識には反しているがメルシュの言葉は事実だとしよう。経営する会社の負債を今回も妻のエステルが返済してくれると期待できるなら、ルドリュに身代金目的の誘拐を企むような必要はない。遺言が変更されないと確信している夫には、資産家の妻を殺害する理由もないからだ。

部下に虚勢を張って、根拠のない希望的観測を口にしたにすぎないのだろう。でなければ辻褄があわない。今回の負債はどうにかなるとしても、じきに遺言状が書き換えられることをルドリュは予期していた。だから誘拐と殺人の交換犯罪が立案されたのではないか。

「夫の出版業にエステル・モンゴルフィエは理解があったんですか」

メルシュはかぶりを振る。「ほとんど無関心だったね、『ホロコーストの神話《ミス》』は稀有な例外といえる」

「あの本に興味を示したんですね、モンゴルフィエ学院長が」わたしには意外だった。

「エステルの父親の遺品を掻きまわしているうちにルドリュは気づいた。青年時代のジャック・モンゴルフィエがアクシォン・フランセーズの青年活動家だったことに。モンゴルフィエ家の財産もヴィシー政権に協力することで、密かに蓄えられたのではないのか」

モンゴルフィエ家の父ジャックは娘に、幼いころから非常識な歴史観を教えこんだのかもしれない。たとえばペタンは裏切り者ではない、ヴィシー国家は第三共和国を正統的に継承した政体だ、「労働・家族・祖国」を掲げた国民革命を継続しなければならない、反ユダヤ主義は偏見ではない、などなど。

カトリックの信仰に加えて家族愛と祖国愛を重視することが、聖《サント》ジュヌヴィエーヴ学院の教育方針だというが、いずれもフランス右翼の伝統的な価値観ではないか。ド・ゴール派より右の立場を露骨には標榜できない第二次大戦後の時代に、ジャック・モンゴルフィエはカトリック右派を擬装して聖《サント》ジュヌヴィエーヴ学院を設立した。フランス右翼の理想を次代の子供たちに植えつけるために。卒業生のマルグリットや生徒のパトリシアを見ていると、設立者のもくろみが成功しているとは思えないにしても。

私立校の二代目学院長であるエステルは、父親に植えつけられた思想を安易には口にはできない。そんな発言をすれば教育者として失格だから。もしも学院長がファシストの同類と見なされたら、聖《サント》ジュヌヴィエーヴ学院はたちまち潰れてしまう。そんな学校に子供を入れるフランス人の親は、ジャン＝マリー・ル・ペンや国民戦線《FN》の熱心な支持者くらいだろう。

メルシュが皮肉そうに続ける。「エステルは『ホロコーストの神話《ミス》』を読んで励まされたんじゃないかな、人前では口にできない信念が真実だったと証明されて。あの本は少なくとも一人の女を救ったことになる」

他人事のように語る男を腹立たしい思いで問い質した。「どうなんです。ルドリュ氏やあなたもユダヤ人大量殺害《ジェノシード》の史実を否定するんですか」

席を立ったメルシュが、本棚から『ホロコーストの神話《ミス》』を出してテーブルに置いた。「読んでいないようだから進呈しようじゃないか。世評とは違って、この本は強制収容所の存在を否定しているわけではない。ナチのユダヤ人政策が膨大な犠牲者を出した事実も認めている。正確な犠牲者数にかんしては議論の余地があるとしても」

本の頁をぱらぱら捲ってみた。「でも大量殺害《ジェノシード》は否定するんですよね」

「ドルビニーの主張は二点に要約できる。第三帝国がユダヤ人の大量殺害《ジェノシード》を計画したかどうかは不確定だし、強制収容所にガス室が設置されていた明白な証拠はない。いずれも事実ではない可能性がある」

「嘘だわ。ヴァンゼー会議でユダヤ人問題の『最終的解決』が、ようするに民族絶滅が政策として決定されている」

ベルリンのアム・グローセン・ヴァンゼーで一九四二年、国家保安本部長官ラインハルト・ハイドリヒはユダヤ人問題の「最終的解決」を遂行するため、関係部署の高級官僚を招集して秘密会議を開催した。それまでも多数のユダヤ人が強制収容所やゲットーに閉じこめられていたし、マダガスカル追放案なども検討されていたが、集団虐殺によるユダヤ人の絶滅が決定されたのはこの会議だった。

「ヴァンゼー会議の公式書類は残っていない。アイヒマンが作成した議事録によると、会議では『強制移住』や『特別措置』という言葉が用いられたにすぎない。数百万という単位でユダヤ人を集団殺害し、ヨーロッパから根絶やしにする計画が公式に決定された証拠はないんだね」

「でもアウシュヴィッツにはガス室の跡がある、骨と皮に痩せこけた大量の屍体の山を撮影した写真も」

「否定論者によれば、これまでガス室とされてきた施設はシャワー室で、大量屍体はチフスの犠牲者だと。中立的な読者にも相応の説得力がある主張だと思うね」

憤然として反論した。「だったら関係者の証言はどうなんです」

「もし存在したとしてもガス室に送られた者は証言できない。理の当然だ、なにしろみんな死んでるんだから。被害者側の証言といわれるもろもろはユダヤ人収容者による憶測や噂の類がほとんどで、ナチの犯罪性や極悪性を印象づけるため意図的に語られた虚偽も含まれている。ニュルンベルク裁判での被告側の証言も鵜呑みにはできないし、アイヒマン裁判の場合も同じ。検察側の強制や誘導の可能性が高いから。

　類書とは違う『ホロコーストの神話《ミス》』の独自性は、ユダヤ人大量殺害《ジェノシード》の事実を否定はしていないところだ。もちろん肯定も。それは不確定で、どちらともいえないというのがドルビニーの立場なんだな。この主張には説得力があるから、ナチによるユダヤ人の絶滅なるものが歴史的事実といえるのかどうか、マドモワゼルも疑いはじめるんじゃないか」

　叩きつけるように応じた。「いろいろ弁解しても、あなたもルドリュ氏も大量殺害《ジェノシード》否定論者なんでしょう」

「この本を刊行することにしたルドリュの真意はよくわからん。私自身はドルビニーと同じで判断保留ってところかな。ユダヤ人の大量虐殺は行われたのか、そうではないのかを最終的に決定しうる証拠や資料が残されていない以上、判断を控えるのが客観的で誠実な態度というものだろう。

　ルドリュは次の企画も用意していると自信満々だった。今度はベストセラー間違いなしだとか吹聴していたが、もちろん空元気に違いない。でも原稿を渡されたら本にするよ、それが私の仕事だからな」

『ホロコーストの神話《ミス》』の主張は真偽不明だが、商売になるなら結構というのがメルシュの本音のようだ。唇を捲りあげてシニカルに笑う男に、わたしは根深い嫌悪を覚えた。

〈11月24日午後2時35分〉

十月書房《エディション・オクトーブル》を出たカケルは、ハンナ・カウフマンとの約束でダッソー邸に行かなければならないという。一昨日の夜の議論を老婦人と続ける気らしい。警察は午前中に事情聴取を終えたはずだが、もしも在宅ならオヴォラに話を聴いてみたいし、大学の授業は休んで青年に同行することにした。誘拐事件をめぐる無神経な質問を連発する気はないけれど、体調や精神状態が許すならサラとも話してみたい。

地下鉄《メトロ》駅ポルト・ドートゥイユで下車して、住宅街の閑静な街路を歩きはじめる。寒いというほどではない、ひんやりした晩秋の大気が肌に心地よい。十二月に入れば分厚い雲で低く覆われるようになるが、まだパリの空は薄曇りというところだ。

昨夜は料理店を出たあと、歩きながらカケルはジャン＝ポールとなにか話していた。地下鉄《メトロ》の車内では話題にできなかったことを訊いてみる。

「昨日の別れ際のことだけど、どんなことをジャン＝ポールと話してたの」

「楡の樹を引っこ抜いたほうがいいと。書籍倉庫の換気扇についても」

なんのことだかさっぱりわからない。「事件に関係ある話もしたんでしょ」

「公共交通機関を利用した場合の、四地点の移動時間を正確に計測する必要かな」

それは会食の席でも口にしていた。カケルがいう四地点とはブローニュのダッソー邸、ビヤンクールの書籍倉庫、モンパルナスの十月書房《エディション・オクトーブル》、そしてリュエイユ・マルメゾンの聖《サント》ジュヌヴィエーヴ学院のことだ。バルベス警部によれば、昨夜までのところ自動車での所要時間しか警察は確認していない。

「車だけじゃ不充分なの」

「地下鉄《メトロ》や高速郊外線《RER》や路線バスが使われたかもしれない。とりわけ書籍倉庫と聖《サント》ジュヌヴィエーヴ学院を移動する場合には」

「不合理だわ」わたしは呟いた。

ダッソー邸と書籍倉庫を往復するのに地下鉄《メトロ》を使えば、自動車の何倍もかかる。ダッソー邸と最寄り駅のポルト・ドートゥイユまで歩いて十五分、書籍倉庫とポン・ド・セーヴル駅だって似たようなものだろう。加えて地下鉄《メトロ》の場合は乗り換えがある。ポルト・ドートゥイユ駅は十号線、ポン・ド・セーヴルは九号線だから両地点を移動するのに地下鉄《メトロ》では四十分以上が必要で、それよりも歩いたほうが早そうだ。距離は三キロほどだというから早足なら三十分で着けるし、自転車を使えばもっと早い。

サラの誘拐にルドリュは自動車を利用している。人質の少女を連れて地下鉄《メトロ》に乗るわけにはいかないし、ダッソー邸から書籍倉庫までヴァンの貨物室に閉じこめられていたという被害者の証言もある。地下鉄《メトロ》を使ったとすれば、ダッソー邸の裏木戸に最初の写真を届けたときだろうが、車があるのにそんなことをする理由がわからない。

書籍倉庫と十月書房《エディシオン・オクトーブル》も十月書房《エディシオン・オクトーブル》と聖《サント》ジュヌヴィエーヴ学院も同じことで、地下鉄《メトロ》では自動車よりも時間がかかる。後者の場合はエトワール駅で地下鉄《メトロ》を高速郊外線《RER》に乗り換えなければならない。

ビヤンクールにある書籍倉庫からリュエイユ・マルメゾンの聖《サント》ジュヌヴィエーヴ学院までの所要時

間が、どうしてそれほどまでに重要なのか。仮に珈琲店《カフェ》〈セレクト〉での不在証明《アリビ》が擬装だったとしよう。その場合にルドリュはリュエイユ・マルメゾンの殺人現場から、モンパルナスの十月書房《エディション・オクトーブル》に移動しなければならない。ビヤンクールからリュエイユにではない。

ビヤンクールからリュエイユまで一般道では三十分ほど。大廻りになることを承知で環状高速《ペリフェリック》を使う場合は、ノルマンディー高速自動車道からイル・ド・フランス環状道路に乗り換える必要がある。

郊外の一般道はパリ市内ほど混まないし信号も少ない。高速道路では走行距離が一般道の倍以上になるから、所要時間は一般道の場合とさして変わらないだろう。自動車よりも速い移動手段を探そうというなら理解できないでもないが、それより遅い地下鉄《メトロ》や高速郊外線《RER》では話にならない。

ビヤンクールにある書籍倉庫の最寄り駅は九号線の終着駅ポン・ド・セーヴル。トロカデロ駅で六号線に乗り換え、さらにエトワール駅で地下鉄《メトロ》を高速郊外線《RER》に乗り換える。リュエイユ・マルメゾンは高速郊外線《RER》で五駅目だ。乗り換えのために必要な時間を加えれば確実に三十分は超えてしまう、四十分以上かかるのではないか。

加えて書籍倉庫から地下鉄《メトロ》ポン・ド・セーヴル、高速郊外線《RER》のリュエイユ・マルメゾン駅から聖《サント》ジュヌヴィエーヴ学院までの歩行時間がある。それぞれ十分としても所要時間は一時間を超える。ルドリュが書籍倉庫から聖《サント》ジュヌヴィエーヴ学院に移動したのだとしても、車なら三十分なのに倍もの時間をかけて地下鉄《メトロ》を使う必要はない。どうやらカケルには、自動車以外の交通手段で書籍倉庫から聖《サント》ジュヌヴィエーヴ学院に行くための所要時間を知る必要があるらしいけれど、その理由がわたしにはわからない。

「ところで、この事件の支点的現象はなにかしら」昨夜は哲学に関心のない警官が同席していたから、この話題を持ち出すことは控えた。

現象学的推理のためには事件の支点的現象を確定し、その本質を直観しなければならない。犯罪現象が生成を終えて終局に達するまで、カケルは事件の真相について沈黙する。ただし問われたときは、支点的現象やその本質を語ることまでは拒まないというのが、ラルース家事件のときからの約束だった。

しばらく沈黙していたカケルが口を開く。「もう三年も前になるかな。きみと夜のリヴォリ街を散歩しながら話したことがある、事物の意味は無限だということを」

あの夜のことはいまでもよく覚えている。現象学的にいえば存在者の内部地平の無限性だろう。被害者が握りしめていた砂糖から白い粉、麻薬という連想で犯人を麻薬関係者だと推理する物語の名探偵を、リヴォリ街の柱廊でカケルは揶揄していた。

掌のなかの砂糖は犯人を指示しているとは限らない。被害者が甘党で死の直前に砂糖の味覚を愉しみたかったのかもしれない。他にも無数の意味が同じ権利で存在しうるし、仮に砂糖が犯人を示すダイイング・メッセージだったとしても、仕事で日常的に砂糖を大量に使う菓子職人が犯人かもしれない。ここにも無数の意味、解釈の無限の多様性がありうる。

では探偵は、どのようにして証拠の多義性を一義化しうるのか。探偵もまた普通人のわれわれと同じことをしているにすぎない。お菓子を手作りするときは砂糖を使う。手許に白砂糖がなければ黒砂糖やざらめ糖を、あるいは人工甘味料を代用するかもしれない。そうするわたしは砂糖の意味を「甘さ」として一義化している。この場合、この状況のもとで砂糖の現象学的な本質は「甘さ」なのだ。現象学でいう本質は意味とも言い換えられる。

白砂糖や黒砂糖、ざらめ糖や甘味料、その他もろもろの想像的変容によって人は「甘さ」の本質を直観する。被害者が握っていた砂糖の意味＝本質は「白い粉」であると、物語の名探偵は直観していた。逆方向に想像的変容を行って、やはり白い粉である麻薬に到達しえた。

あらかじめ事件の本質を直観しているから、名探偵は無数の可能性の密林に踏み迷うことなく真相に到達できる。証拠もまた事物であり存在者だ。本質直観によって証拠という事物の意味を一義化することなしに、人は真相を見抜くことができない。

歩きながら青年が続ける。「ジュールとサラの二重誘拐と学院長殺しを一連の事件、全体的な現象として捉えてみよう。同じ日だが違う時刻、違う場所で殺された男女が夫婦だという事実は二つの事件の関連を窺わせるとしても、この場合には確実といえない。神秘的としか思われない偶然の一致、シンクロニシティをどんな人も生涯に一度や二度は体験するから。しかしエステル・モンゴルフィエとセバスチァン・ルドリュの二人が、まったく同じ拳銃で射殺された事実は、誘拐と殺人の不可疑的な一体性を示している」

わたしは疑問を口にした。「鑑識員が二つの弾丸の線条痕を鑑定した際に、間違えた可能性は考えなくていいの」

「それは別の次元の問題だ。さっきの例でいえば、被害者が手にしていたのは砂糖でなく砂糖にも見える別物だといった事例になる。そんなふうに疑うことは可能だし、メタレヴェルでの懐疑が必要な場合もある。コギトをめぐる最終審級はあるとしても、世界のリアリティは複層的で、いつでもどこでもデカルト的に懐疑しなければならないわけじゃない。

方法的懐疑には世界が存在しないかもしれないという最終審級がある。このことを頭の隅に留めながらも、この私がいま世界のいかなる層に位置しているのか知っていることが、物事を正確に考える上での前提なんだ。でなければ不可知論者や独我論者は足下の穴に落ちるか馬車にでも轢かれて、一人残らず死んでいたろう」道を渡るときはバークリーだって馬車が走ってこないかどうか、ちゃんと安全確認をしたに違いない。

「同じ拳銃が学院長殺害に使用され、さらに誘拐被害者の殺害にも使われようとしたこと、この事実が支点的現象なのかしら」

カケルが無表情にこちらを見る。「いや。拳銃をめぐる事実は誘拐と殺人の結合環だし、事件の謎の中心点ではあるけれども支点的現象ではない」

「だったら」わたしは追及する。

「いうまでもない、〈誘拐と殺人の交換犯罪〉こそが支点的現象だ」

いわれてみればその通りで、誘拐と殺人の交換犯罪が複合化された二つの事件の支点的現象に違いない。だからカケルはパパたちに、誘拐をめぐる等価交換と不等価交換の原理的考察を語ったのか。誘拐は交換と切り離せないが、今回の事件の際だった特質は誘拐行為そのものが交換の対象だった点にある。

「として〈誘拐と殺人の交換犯罪〉の本質は」

わたしの質問に青年は簡潔に答えた。「二つの行為の、つまり誘拐と殺人の二重化とずれ」

〈誘拐と殺人の交換犯罪〉の本質としての、二つの行為の二重化とずれ。その観点から事件のもろもろを吟味すれば、不可解な謎は解明できるのだろうか。

カケルが続ける。「事件に含まれる疑問の数々に〈誘拐と殺人の交換犯罪〉の本質から妥当な解釈を導くなら、真相はきみの眼前にひとりでにあらわれる」

「疑問って」わたしは興味津々で畳みかける。「もちろん教えてくれるわね」

青年は軽く眉を上げた。「学院長殺害にかんしては疑問が七つある。事件当日の午後六時前後に、聖《サント》ジュヌヴィエーヴ学院付近で目撃された三人の正体が第一」

一人目は学院裏にある袋小路の入口付近で近所の住人が見たというマント姿の人物だ。同じ外見の人物が玄関ホールから校舎外に出るのを管理人《コンシエルジュ》も目撃している。珈琲店《カフェ》〈アルベール〉の窓から校舎の正面玄関を監視していた医療用マスクの人物が二人目だとして、それでは三人目は……。

「正面玄関前に立っているのを、〈アルベール〉の給仕が見たという黒髪の女だ」

「わかった、それで三人ね」

一人目が正面玄関から出てくるのを確認して二人目は席を立ったのだから、この二人は別人だ。二人目の注文で珈琲《エクスプレス》を席に運んだ五時五十四分に三人目を給仕が見たとすれば、二人目と三人目も別人になる。

一人目のマント姿の人物と三人目の黒髪の女が、同一人物という可能性はあるだろうか。頭巾で顔を隠したマントの人物は、校舎裏の袋小路付近で六時少し前に目撃されている。五時五十四分に正面玄関前にいた女が途中でマントを着て大急ぎで袋小路に入ろうとして、たまたま近所の人に見られたのかもしれない。とすれば第一と第三の人物は別人とは限らない。

カケルが続ける。「マント姿の人物が袋小路から通用口を通って校内に入ったとしよう。では、どうして同じ通用口から校外に出なかったのか」

「それが疑問の第二なのね」青年が頷いたのを確認する。「でも、その理由はいちおうのところ推測できるわ。マントの人物が学院長殺害犯の可能性が高いと思うけど、犯行を終えて学院長室から逃走しようとしたとき、備品室のドアが施錠されていて開かなかったから」

犯人が備品室の外扉と内ドアを鍵で閉めたのだろうと、はじめは警察も疑った。しかし、この想定はじきに崩れてしまう。三本の鍵束が学院長室の床に落ちていたからだ。六時の時鐘が鳴りはじめた直後に、学院長を射殺してハンドバッグを捜したとしよう。その場合には備品室の外扉や内ドアを施錠してから、また学院長室に戻ってくる時間的余裕が犯人にはなさそうだ。六時五分には音楽教師が学院長室のドアをノックしているし、同時刻にマントの人物は玄関ホールから校外に出ている。

実際には難しかったろうが、エステルの射殺、デスクの抽斗を引き抜いたりしてのハンドバッグの捜索、備品室の外扉と内ドアの施錠、学院長のデスク横に鍵を落としてからの脱出などなど、一連の作業を五分以内に完遂できたと仮定してみる。その場合でも犯人が備品室のドアを施錠し、通用口からでなく正面玄関から逃走した理由は見当もつかない。

カケルに反論される。「三本の鍵は、もともとはデスクの抽斗の上段に仕舞われていた。ハンドバッグを捜したときに鍵束も、他の小物と一緒に床にぶち撒けられたとしても。それを使えば備品室のドアは開けられたよ」

犯人がルドリュから聖《サント》ジュヌヴィエーヴ学院やモンゴルフィエ学院長をめぐる情報を得ていたとすれば、鍵の置き場所も把握していた可能性は高い。

「犯行現場に戻って鍵を捜すような時間はなかった、いまにも階段から音楽教師や生徒たちが下りてきそうだから」

「その解釈を採用しても、第二の疑問は第三の疑問に形を変えるにすぎない。誰がどんな理由で、どのようにして備品室の内ドアと外扉、さらに通用口の鉄扉までを施錠したのか。そのあと鍵束はどのようにして学院長室に戻されたのか、これが第三の疑問になる」

訪問者のため六時十分前に備品室と通用口を解錠した学院長は、いつもの習慣で客の到着後に備品室の外扉を施錠したろう。そのとき来客は、ようするに犯人は、戻ってきた学院長が鍵束をデスクの抽斗に戻すのを目にした。そのあと第三者が、抽斗に仕舞われた鍵を使って備品室の内ドアを施錠したと考えるしかないが、どうすればそんなことができるのか。拳銃を持った犯人と学院長がデスクを挟んで睨みあっているとき、第三者が抽斗から鍵を出して備品室の内ドアを施錠し、また戻すことなどできるわけがない。

「デスクの抽斗に入っていた証拠品は鍵束の他にもある、下段に隠されていたのは……」

「エステルの赤革ハンドバッグ、それが疑問の第四なのね」

たしかに不自然だ。いつもは長椅子の上かデスクの隅にでも置かれているハンドバッグなのに、その日に限ってデスクの下の抽斗に押しこまれていた。前後の事情からして犯人は、ハンドバッグに入ったモンゴルフィエ邸の鍵を捜そうと、数分の貴重な時間を費やしたようだ。

自分を殺害した犯人から逃走の時間を奪うために、そのように学院長が仕組んでいたのか。いや、それでは迂遠にすぎる。保険を掛けたいと考えたなら、ハンドバッグを隠すよりも効果的な方法がある。いちばん簡単で確実なのは、訪問者の名前をメモしておくことだ。

青年が淡々と応じる。「訪問者が自分を殺そうとしていることに加えて、自宅の鍵まで奪うつもりだと学院長が予測していないと、ハンドバックを人目に付かないところに隠したりはしない。としても、その気で捜せばじきに見つけられるところに置いたのは不自然だ。抽斗に仕舞われた赤革のハンドバッグが疑問点の第四だけど、ハンドバッグや鍵束の他にも学院長室の床からは重要な証拠品が発見されている」

「エステルの護身用らしい小型拳銃のことね」父親の遺品かもしれないベビーブローニングで身を守ることはかなわないまま、学院長は犯人に先手を打たれて射殺されたようだ。

「学院長は右利きなのに拳銃はデスクの左側に落ちていた、妙だと思わないか」

「学院長が右手で隠し持っていた拳銃でも、撃たれた拍子に左側に飛んだ可能性は否定できないわ」われながら苦しい説明だと思う。

「不自然だね」わたしの解釈はたちどころに却下された。「とにかく学院長のデスクの左側に落ちていた拳銃が第五の疑問で、第六も学院長室で発見された証拠品に関係する。デスクの隅に置かれていたライターだ」

そのライターにはルドリュの指紋が付いていた。ただしルドリュの愛用品はジッポーで、学院長のデスクに置かれていたのはカルティエの高級品だった。

青年が続ける。「学院長には喫煙の習慣がないし、秘書は見たこともないライターだと証言している。犯人が持ちこんだ品という可能性は無視できない。しかし殺人現場には煙草の吸い殻も灰さえも落ちていないんだから、犯人が一服したのではなさそうだ。

どうして用もないライターをポケットから出して、しかもデスクの上に置き忘れたりしたのか。さらにライターには誰のものかわからない別の指紋も残っていた。問題のライターは誰が持ちこんだのか、どうして置き忘れたのか、第二の指紋は誰のものか。これが第六の疑問だ」

「事件前後に殺人現場付近にあらわれた三人、犯人らしいマントの人物が正面玄関から逃走したこと、施錠された備品室、デスクの抽斗に隠された赤革のハンドバッグ、被害者の左側に落ちていたブローニング、ライターと謎の指紋をめぐる疑問。これで六つだけど、学院長殺しをめぐる最後の疑問点は」

「被害者は椅子から立とうとした瞬間に射殺されたことが、現場の状況からは窺える。そのときまで犯人はどうして引金を絞ろうとしなかったのか。拳銃を突きつけられた学院長が椅子から立ちあがろうとするまで、犯人は発砲を待っていたかのようだ」

もしも学院長が回転椅子に腰掛けた状態で射殺されたなら、銃弾が窓硝子を貫通して穴を開けることはなかったろう。そのために被害者が椅子から立ち上がりかけ、中腰になるまで発砲しないで待っていたのだろうか。

　けれどもこの仮説には無理がある。掌ほどの穴から犯人が脱出することは不可能だし、裏庭に出た犯人が小さなもの、たとえば鍵束を室内に投げ入れるのが目的だったとも想定はできない。通用口を施錠したあと鍵束を室内に戻してしまえば、犯人は裏庭に閉じこめられてしまうからだ。

「たとえばこんなふうに考えられないかしら。ワルサーを突きつけて犯人は学院長を脅していた、時鐘が鳴りはじめて注意が逸れた瞬間、ブローニングを手にして学院長が身を起こそうとする。ブローニングはスーツのポケットにでも入れていたのか、デスクの裏側に貼りつけておいたのかもしれない。相手の急な動作に驚いた犯人が、思わずワルサーの引金を引いた。額を撃ち抜かれた学院長の手からブローニングが離れ、デスクの左側に落ちた」

　七つの疑問点を、誘拐と殺人の二重化とずれの観点から整合的に説明できれば、事件の謎は解けるとカケルはいう。いや、青年が語ったのはエステル・モンゴルフィエ殺害事件の疑問点で、サラ誘拐事件のそれは白紙のままだ。これにかんしても考えていることは、もちろんあるに違いない。

　街路樹の黄色い落葉が散った街路の向こうに、もう森屋敷の正門が見えてきている。話の続きはあとに廻さなければならない。

　全体は黒塗りで尖った先端だけ金色の鉄柵門は閉じられて、その前には巡回車《ヴォワチュール・ド・パトルイユ》が停められている。路上には二人の制服警官が見える。通りの反対側にたむろしているのは新聞や雑誌の記者やカメラマンだろう、テレヴィ局員もいるかもしれない。誘拐現場だった裏木戸の前には、さらに多くのマスコミ関係者が群れをなしていそうだ。訪問客であることを警官に告げて、門柱に取りつけられたインターフォンのボタンを押した。

「どちらさまでしょう」聞こえてきたのは老執事の声だ。

「モガールとヤブキですが」

「ようこそいらっしゃいました。どうぞ、お入りくださいませ」

小さな音がして鉄柵門の横にある通用口が解錠される。通用口の扉が開いた瞬間に複数の閃光が走った、カメラのフラッシュだ。撮影を制止しようと警官たちが叫んでいる。鉄扉を後ろ手に閉じると、自動的に施錠される音が響いた。

こんなことなら車で来るのだった。シトロエン・メアリでも幌を装着すれば、内の人間の顔写真は撮影しづらい。誘拐されたサラはむろんのこと、この連中はソフィーやダッソー夫妻の写真も撮ろうとしている。わたしたちは偶然に撮影されたにすぎないが、不愉快なことに変わりはない。

去年の今頃のことだ、ミノタウロス島事件の生存者としてテレヴィや新聞の記者とカメラマンに付きまとわれたのは。バルベス警部の尽力でタブロイド紙に顔写真が載るようなことは避けられたが、あのころの厭な記憶が甦ってくる。

たったいまは後ろ姿を撮られたにすぎないが、門を出るときは面倒になりそうだ。邸に運転手のルルーシュがいるなら、頼んで地下鉄《メトロ》の駅まで送ってもらうことにしようか。警官に追い払われたのか、門前にマスコミ関係の自動車は見えないから、車で門から出れば駅まで追われることはないだろう。

「許せないわ」横の青年に語りかけた。「勝手に写真を撮るなんて絶対許せない」

わたしは小うるさく感じるにすぎないけれど、この日本人は顔写真が新聞に出たりすると困ったことになるのではないか。しかし無許可で写真を撮られたことにも、カケルは関心などない様子だ。わたしが心配しすぎているのだろうか。

正門前の通りよりも広くて立派な石畳道は、枯葉に覆われて敷石が見えないほどだ。しばらく清掃業者を入れていないのだろう。落葉の堆積を踏み分けながら歩きはじめると不意に名前を呼ばれた。

「モガールさん、ちょっと待って」少女の声は頭上から聞こえてくる。

門から少し引っこんだところにある巨木の幹を伝って、小柄な少女が地上に下りてきた。まるで栗鼠《りす》のような身軽さだ。

「なにしてたの、木の上で」

服に付着した樹皮のかけらを払いながら、ソフィーが笑いかけてくる。「木の枝からパパラッチを見ていたの」

スキャンダル写真が専門のフリーカメラマンをパパラッチという。詳しいことは知らないが、フェリーニの映画に由来する言葉のようだ。

「母《メール》がいうの。ヴェロニク・ローランの写真を撮ろうとして門の前にパパラッチがいるから、外に出てはいけないって」

誘拐犯の真の標的は、サラではなくソフィーだったのではないか。そんな憶測が語られはじめている。その母親ということで、カメラマンたちは有名女優だったヴェロニクを狙っている。門前にたむろしている連中のなかには、芸能関係のパパラッチが含まれているのかもしれない。

「ハンナおばあさんに頼まれたの、四阿にいることをヤブキさんに伝えるようにって。オヴォラさんも一緒みたい」

豪壮な邸を前方に見ながら三人で石畳道を進んでいく。靴に踏まれて落葉がかさかさと音をたてる。

隣を歩く少女に問い質してみた。「一昨日の午後四時に、アンドレと邸の外で待ちあわせていたのね。アンドレはどうしたのかしら」

「待っても来ないから、帰ったって」

裏木戸から少し離れた公園で少年は待っていた。二十分ほど待ったがソフィーは姿を見せない。継母に外出を禁じられたのかと思って、そのままアンドレは帰宅したという。

「サラは退院したのね」

「いまは家で休んでますけど、お見舞いはまだできないの」

頷いて質問を続ける。「小学生のころ、サラの他にも仲のいい友達がいたそうね」

「アデルよ、いつも三人で遊んでいた。いまは東京で暮らしているんですが」

「アデル・リジューなのね」

わたしが急きこんだ口調で確認すると、ソフィーは驚いたように頷いた。「モガールさん、アデルのことご存じなんですか」

「ちょっとね」行方不明の事実を伝えるかどうか迷って、わたしは口を濁した。

二人が同姓同名の別人ということはないだろう。モンゴルフィエ学院長に叱責された二年前の夜から、行方が知れないという少女に違いない。しかもアデルの父親はクリスチァン・オヴォラで、ダッソーの個人的な秘書を務めている人物なのだ。

小学校四年のときに転校してきたアデルは母親と二人暮らしで、中学《コレージュ》に入る前にリュエイユ・マルメゾンに引っ越し、進学したのは地元の聖《サント》ジュヌヴィエーヴ学院だった。家が遠くなってからも三人はときどき会うようにしていたという。

「いつだったの、アデルと最後に会ったのは」

「一昨年の八月かしら、シャンゼリゼで待ちあわせて三人で映画を観ました。アデルの希望で日本のアクション映画」

その映画ならわたしも観た。日本のTGVである新幹線に爆弾が仕掛けられる、という設定のアクションものだった。三年後に開通予定のTGVとは違って、日本の高速鉄道は十年以上も前に開業している。ただし間違い誘拐を描いた日本映画『天国と地獄』に登場していたのは、新幹線が開通する以前の東海道線特急だったようだ。

アデルの父親は仕事で日本に住んでいる、だから日本の映画を観たかったようだ。もしも母親がアメリカ人と再婚するなら、自分は日本で父親と一緒に暮らすつもりだと、そのときアデルは洩らしていたという。

「三人で映画を観たあとはどうかしら」

「一度、サラの家に電話が」

十一月の中頃だったという、じきに東京に出発するという別れの電話がアデルからあったのは。しばらくしてソフィーはアデルの家に電話してみたが、母親も転居したのか使用中止になっていた。女子生徒の失踪事件は十一月十七日だから、その直前にアデルは旧友に電話してきたことになる。中頃とすれば失踪の当日だった可能性もある。

「その電話のあと、もう連絡はないのかしら」

少女が寂しそうに頷く。「東京に着いたら、手紙を出すって約束してたのに。わたしとサラのこと、もう忘れちゃったのかなあ」

車庫に行くというソフィーと別れ、庭園を横切って四阿に向かった。秋の花の季節は終わっていて、花壇には枯れ草と黒い地面が目立つ。

隣の青年に語りかけた。「いまのソフィーの話、あなたも聴いてたでしょう。この新事実をパパたちは知ってるのかしら」

オヴォラの娘アデルは、小学生のころソフィーやサラと仲がよかった。死んだ娘によく似ていると いって、ソフィーの親友だった少女をエミール・ダッソーはとても可愛がっていたという。その少女がアデルだった。自分はユダヤ人だという思いが、大量殺害否定論者《ジェノシード》のモンゴルフィエ学院長を「ゲシュタポ」と罵らせたのではないか。

オヴォラがダッソー邸に秘書として住みこんでいるのは偶然ではない。しかもオヴォラは、アデルの父親である事実をソフィーやサラには伝えていない。夫と離婚してから、アデルを連れて母親はブローニュに移ってきた。小学校でアデルは母親の姓を名乗っていたから、ソフィーたちはオヴォラという父親の姓を知らなかったようだ。

四阿のベンチには、分厚いカーディガンを着た老婦人と背広姿の男が坐っている。師の最期の場所である邸の東塔を、またカウフマンは眺めていたようだ。二人に挨拶して、わたしたちもベンチに腰を下ろした。

「オヴォラさん、今日はお休みなんですか」わたしが声をかける。

「午前中は邸から出るなという警察の指示だし、午後はサラを病院まで迎えにいく予定がありましてね。重要な会議のために明日は休めないから、今日はもう出社しないことに」

ダッソー社にデスクはあるが、法律顧問を兼ねた個人秘書のオヴォラは勤務時間を自由に決められる。ただし土曜でも仕事があれば、ラ・デファンスの会社まで行かなければならない。

自分の判断で私事が立てこんだ今日は休みにしたようだ。もっとも誘拐事件の関係で警察に事情を聴かれることや、誘拐被害者のサラを退院させることはオヴォラの個人的な用事ではない。ダッソー社の仕事とはいえないにしても、雇い主の必要や依頼に応じた業務ではあるだろう。

「ヤブキさんが着くまで退屈しないように、昼間から邸にいるオヴォラを誘ったのよ。あなたも会いたいんじゃないかと思ったし」老婦人が悪戯っぽく笑う。

この機会を無駄にするような気はない。「オヴォラさんに伺いたいことがあるんですが」

「推察できますよ、バルベス警部と同じことですね」

わたしは反問する。「どんなことを警部に訊かれたんですか」

「私がアデルの父親かどうか」

「二年前の十一月にリュエイユで失踪した、聖《サント》ジュヌヴィエーヴ学院の女子生徒のことですね」

オヴォラが静かに頷く。「警察にも説明しましたが、アデルの父親は私です」

娘が小学生になるころにはオヴォラ夫妻の仲は冷えこんでいた。日本の有名企業から魅力的な仕事を提示され東京への長期赴任を決意した夫に、同業者でもある妻が離婚を申し出た。夫の犠牲になって弁護士としての仕事を棄てる気も、一家三人で外国暮らしをする気もないと。

小学生の子供を連れた男親が、仕事をしながら外国で暮らすのは難しい。アデルの養育権を妻に譲ることで離婚は成立した。契約の仕事を終えて帰国したオヴォラは、娘が前年に失踪したという事実を知る。誘拐された可能性もあるが、警察は充分な捜査をしていないようだ。

再婚してアメリカにいる妻を責めることもできない。娘が手に負えないほど反抗的になったのは父親の無責任のせいだし、家出したのもその結果だ。妻だった女の、こんな居丈高な言葉にオヴォラは反論できなかった。

「アデルはどこに行ったんでしょう。オヴォラさんになにか連絡は」

男はかぶりを振る。「東京に行きたいと友達には洩らしていたようだが、私のところには来ていないし連絡もないままです。失踪事件を担当した刑事の話では、アデルの出国記録は残っていないとか。姿を消した理由も、どこにいるのかも皆目わからないままなんです。どこかで生きていると私は信じていますが」

「失踪する直前に、聖《サント》ジュヌヴィエーヴ学院の学院長から厳しく叱られたようですけど」

「もしも家出したのなら、モンゴルフィエ学院長の叱責がきっかけだったかもしれない。そのことは学院長も悔やんでいる様子でしたね」

娘が失踪した当時の事情をオヴォラは必死で調べた。聖《サント》ジュヌヴィエーヴ学院の学院長や担任の教師に面会を求め、娘の同級生からも話を聴いてみた。それでも確認できたのは、前年の十一月から娘が完全に消息を絶っているという事実のみだった。

「アデルの母親から責められたように、責任は私にある。離婚しても養育権は譲ることなく、日本に連れていくべきだった。一緒に暮らしたいと国際電話で娘にせがまれたとき、もしも真剣に話を聞いてさえいれば」男は重たい溜息をついた。

そんなときのことだという、旧知のフランソワ・ダッソーから個人秘書の仕事を頼まれたのは。アデルがソフィー・ダッソーと親しくしていたことは、手紙で知っていた。娘と仲好しだった少女と同じ邸で暮らせるなら、少しは慰めになるかもしれない。オヴォラはダッソーの誘いに応じることにした。

「娘さんのこと、ダッソー氏はご存じなんですか」

「フランソワと相談して、ソフィーやサラに事情は知らせないことにしました。子供たちは二人とも、仲よしだったアデルが日本で幸せに暮らしていると思っている。どこかに消えたまま生死不明だなんて、とてもいえませんから」

学院長の厳しい叱責のため女子生徒が失踪したのだとして、だからオヴォラにエステル・モンゴルフィエ殺しの動機があるといえるだろうか。父親が可能性を認めているように、アデルは家出したのだとしよう。その背景にあるのは複雑な家庭環境で、学院長による体罰は家出のきっかけにすぎない。温厚な性格に見えるオヴォラが、この程度の理由から復讐に走って学院長を射殺したとは思えない。もしもアデルが誘拐されたのだとすれば、学院長に直接の責任はないわけだし。

「失礼ですが、誘拐事件が起きた日の夕方はどうされていたんですか。邸に戻ってきたのは暗くなってからでしたけど」気位の高そうなダッソー夫人とは違って、こんな質問にも常識人のオヴォラは腹を立てたりしないだろう。

「三時半に会社を出てから気の向くまま車を走らせていた、精神的に疲れたとき気晴らしにドライヴすることはよくあるんです。ヴェルサイユの先まで行ってから、邸に戻ったのが六時四十分か四十五分でしたか。

娘が失踪したのは学院長のせいだから、私にはエステル・モンゴルフィエを殺害する動機がある。どうやらバルベス警部には、そんなふうに疑われているようですね。事実として当日の夕方六時ころにリュエイユには行っていないし、モンゴルフィエ学院長を殺してもいない。そのころはヴェルサイユあたりを走っていたんですから」ようするにオヴォラには六時前後の不在証明《アリビ》がない。

「では、私はそろそろ」おもむろに席を立とうとした男に、日本人が声をかける。

「娘さんのことでモンゴルフィエ学院長とはどこで会ったんですか」

「聖《サント》ジュヌヴィエーヴ学院の受付で事情を話すと、学院長室に通されましたが」男は不審そうだ。

「部屋の窓から裏庭は眺められましたね」

オヴォラが頷いた。「昼間だったしカーテンも開かれていたから」

「なにが見えました」

「七月だったので花壇を埋めた夏の花が綺麗でしたよ」

カケルの質問の前半は理解できないでもない。エステル・モンゴルフィエの射殺屍体が発見された現場に、オヴォラは足を踏み入れたことがある。土地勘の有無という点で、これは無視できない情報だ。ただし後半の意味がよくわからない、学院長室の窓からなにが見えたかなんてどうでもいいことではないか。

「オヴォラさんはご存じないと思うんですが」わたしは少し迷いながら切り出した。「その裏庭でお嬢さんの幽霊を見たという生徒がいるんです。パトリシア・ルルーといってアデルとは親しかった同級生」

「その女子生徒とは会ったことがある、娘のことをいろいろ話してくれました。それにしても幽霊とはね」オヴォラは不審そうな表情だ。

「先週の金曜日、十一月十七日のことだとか」

わたしはパティの目撃談をアデルの父親に伝えた。まさか本当の幽霊だったわけはないが、父親のオヴォラには話しておくべきだと思ったからだ。

「そうでしたか。失踪する夜の娘と、同じ恰好だったというのが気になる。またパトリシアに会って、私も詳しい話を聞いてみることにしましょう」

「学院長はアデルを叱責した理由を、どうなふうに説明していたんですか」

「たんに裏庭の花壇を踏み荒らしたからだと。しかし学院長が伏せていた詳しい事情を、パトリシアは話してくれました。舞台衣装の六芒星や学院長をゲシュタポに喩えての罵言を伏せたのは、ユダヤ系の父親を刺激したくないと思ったからなのか」

「アデルはユダヤ人としての自覚があったんですか」

「祖父の代からフランス社会に同化してきた一家だし、パリのユダヤ人共同体とも関係は希薄ですから、アデルは自分のことをユダヤ人とは思っていなかったでしょう。私たちのような立場の人間がユダヤ人としての自覚を持つのは、他人からそう名指されたとき、さらにユダヤ人として差別されたときです。しかし母親の姓を名乗っていた娘の場合、ユダヤ人と見られて傷ついたことがあったのかどうか」

カウフマンが頷いた。「それがふつうね、第二次大戦後のフランスでは」

ケーニヒスベルクの同化ユダヤ人家庭に生まれたハンナ・カウフマンは、ナチズムの脅威にさらされるまで、自分のことを積極的にユダヤ人として考えたことはなかったという。

アメリカ人との再婚を考えている母親に反発した娘は、遠く離れた父親への愛着を深め、父親の民族的出自にまで特殊な感情を抱きはじめたのかもしれない。だから学院長の反ユダヤ主義を許せないと思ったのではないか。

わからないのは、アデルによる必死の抗議のきっかけだ。エステル・モンゴルフィエは教育者としての立場を守るため、反ユダヤ主義的信条を内心に封じて生徒や保護者には覚られないように努めていた。としたら、学院長のどのような言動が少女を憤激させたのか。

盛大に煙草を吹かしている老婦人に声をかける。「サラは無事に退院できたんですね」

「もう会ったわよ、オヴォラに連れられて邸まで挨拶にきたから。フランソワとは違ってヴェロニクは大人げない態度だった。あの二人、そろそろ終わりかもしれない」

老婦人の言葉は意外ではない。「離婚の可能性もあると」

「ヴェロニクと結婚するなんてフランソワもなにを考えたんだか。派手な暮らしに馴れた勝ち気な性格の美女が、ユダヤ系の名家の家風に馴染めないのは最初からわかりきったことなのに」

潜在していた夫婦の亀裂は、今回の誘拐事件をきっかけに表面化したようだ。グラビア写真の撮影のため無断で家宝のブルーダイヤ〈ニコレの涙〉を持ち出した妻に、フランソワは厳しい言葉で反省を求めたという。

「挨拶にきたサラに、ヴェロニクが冷たい態度だったのもわからないではない。身に着けて写真に撮られることさえ非難に値する家宝なのに、夫は使用人の娘ふぜいの身柄と引き換えに誘拐犯に渡そうとしたのだから。これにはヴェロニクも納得できないでしょう」人命にかかわる問題で、グラビア写真の撮影とは次元が違うというダッソーの判断は当然だが、ヴェロニクの腹立ちも理解できないことはない。「ソフィーでなく、身代わりにサラが誘拐されたのは幸運だったわ」

「といいますと」使用人の娘より主人の娘の命のほうが大切だと、まさか老婦人が思っているわけはない。

「サラが誘拐犯を撃たなければ、男の子と一緒に殺されていた。抵抗して拳銃を奪うなんて、サラと違ってソフィーには絶対に無理だから」二人の少女を比較すれば、たしかにサラのほうが体力も気力も上に見えるが、それだけではないとカウフマンはいう。「公にされていないけどソフィーの母親は自殺したのよ。病院から一時的な帰宅が許された日に、小さな拳銃で喉を撃ち抜いて。病の苦しみに耐えることができないと遺書には記されていた。でも自殺の原因は病気だけではなかったようね」

ソフィーの生母アルレットもナチの犠牲者で、占領時代はヴィシー政府やゲシュタポのユダヤ人狩りから必死に逃げまわっていたという。幼いころの苛酷な体験で心に深い傷を負った女性は、収容所で殺された両親や兄弟の記憶から逃れられないままに最後は命を絶った。病気はきっかけだったにすぎない。

幼いソフィーは母親が自殺する光景を、ドアの隙間越しに目撃していた。幼児には耐えがたい精神的衝撃だったろう。いまでもソフィーは、たとえ映像でも銃撃場面を目にできない。露骨に暴力的な話題をソフィーの前では口にしないのが、ダッソー家の不文律だという。

「それでも学校に行けば刺激的な話も否応なく耳に入ってくる。こうした事情もあるからソフィーはサラに頼りきりなのね。フランソワはよくわかっているけどヴェロニクはどうかしら、なにしろフィルムノワールでデビューした女優なんだし」

昨年のロンカル事件の際、ダッソーが家族を別邸に避難させたのには、ソフィーをめぐる事情もあったようだ。脆すぎる心を抱えた少女には、継母も相応の配慮をしているだろう。それでも、ときとして無神経にも見える言動をとってしまう。ソフィーの父親には、それが許しがたいものに感じられたりもする。一人娘という爆弾を抱えこんでいるようなもので、はじめから夫婦仲は不安定だった。

「でもソフィー、さっき木登りなんかしてましたよ」

「運動神経は悪くないのよ。走って転んだりすることは怖がらない、木登りもね。木から落ちて怪我をしても、そこには人間の悪意が介在しないから。でも銃は駄目。もしもソフィーだったら誘拐犯に拳銃で脅された瞬間に、激しい恐怖で身体的な異常が生じたかもしれない」

ヴェロニクが家庭用ヴィデオ機で主演作を再生していたとき、たまたま銃撃場面を目にしたソフィーが悲鳴をあげて倒れたことがあるという。ノックもしないで継母の部屋を覗きこんだソフィーのほうに問題があったとしても、なにしろ子供のことだ。納得できない気持ちを抱えながら、ヴェロニクが夫に詫びたろうことは想像できる。

「サラの加減はどうなんですか」

わたしの質問にオヴォラが答える。「怪我をしているわけではないので退院しました。しかし精神状態が安定していないため、数日は面会謝絶だとか」

ミノタウロス島から生還した直後のことが思い出される。サラからも話を訊きたいところだが、今日のところは諦めるしかなさそうだ。

〈11月24日午後2時30分〉

膚寒いというほどではないが、大気はわずかに冷気を帯びている。まだ空は淡い灰色だが、十二月には分厚い鉛色の雲で空が一面に低く覆われてしまう。重苦しい冬空になるのは一週間先か、あるいは二週間先か。

オヴォラは四阿のベンチを立った。遊歩道を去っていく男の後ろ姿に目をやって、老婦人が口を開く。

「二階の自宅で夕食まで休むつもりでしょう。あの人も気苦労が絶えないわね。それはそうと午前中にバルベス警部が訪ねてきた。どうしてわかったのか、一昨日の夕方にルドリュと会っていたんじゃないかって問いつめられたわ。

会うのは秘密だと念を押したのに、あの男が社内で洩らしたとしか思えない。一昨日の夕方に十月書房《エディシヨン・オクトーブル》を出るとき、これからカウフマンと会う約束があるとでも。信用できない男ね、歴史偽造家にふさわしいともいえるけど」カケルの推測を耳にしたジャン＝ポールが、老婦人に鎌を掛けたのだとはいわないでおこう。

「一昨日は散歩のあと、モンパルナスで昔からある珈琲店《カフェ》に入ったとか。そこでルドリュと会ったんですか」

「そう」

「でも、どうしてルドリュなんかと」

「パリの出版業者から手紙が来たことは、もう話したわね」

クラウス・ヴォルフの裁判はフランスで行われることになるだろう。その際は傍聴記の執筆を依頼したいと、カウフマン宛の手紙には記されていたとか。

「クラウス・ヴォルフの代理人というのはルドリュだったんですね」

カウフマンが頷いた。『凡庸な悪』の大成功は周知の事実だから、その続篇をフランスの出版社が企画しても不思議ではない。しかし、この企画にふさわしいのはガリマール社やスイユ社だろう。大量殺害否定論《ジェノシード》は黙殺できないという立場のル・モンド紙も興味を示すに違いない。

ところが、話を持ちかけてきたのはパリの零細出版社の社主で、しかも被告ヴォルフの側に立つ人物なのだ。そんな企画など一蹴するのが当然のカウフマンが、どうしてルドリュと面談する気になったのか。

カケルが老婦人を見る。「写真ですね」

「その通り、あの写真よ」

それ以上の説明は不要だった。コフカ収容所の門を背景にハルバッハが写っている写真のことに違いない。ボリビアに亡命していた元コフカ収容所長フーデンベルグがフランスに持ちこんできた写真だが、この人物とニコライ・イリイチは浅からぬ因縁がある。

南米亡命の際にフーデンベルグは、コフカ収容所の看守だったモルチャノフとその息子を伴っていた。問題の写真でハルバッハから大金を強請ろうという計画も、イリイチがフーデンベルグに持ちかけたのかもしれない。恩人ともいえるフーデンベルグを、イリイチはパリで見殺しにしたことになる。いや、そうなることを予見してハルバッハから大金を強請りとる計画を、フーデンベルグに囁いた可能性もある。ハルバッハの写真はフーデンベルグからイリイチに、イリイチからルドリュに渡ったのだろう。

紙焼き写真でも複写はできるから、複写した一枚をカウフマンに送ってもルドリュの手元には原本が残る。ハルバッハとの親しい関係を知っていたルドリュは、問題の写真を餌にカウフマンと面会する約束を取りつけた。

わたしは問いかける。「ルドリュは写真を取引材料にして、カウフマンさんに傍聴記の企画を呑ませようとしたんですか」

「たとえ写真を材料に強要されたとしても、わたしがルドリュの出版社の企画に協力するなんてね。ネガはパリ警視庁が証拠品として保管しているはずなのに、どこからルドリュは写真を入手したのか。パリ滞在中に会うことにしたのは、写真の出所を知ろうと思ったから。

誘拐事件の日の朝だった、ルドリュからダッソー邸に電話があったのは。午後にモンパルナスで待ちあわせることにして、〈セレクト〉で顔を会わせたときも出版企画の話を持ち出すことはなかった。傍聴記の件は会見を求めるための口実だったようね」

カケルが口を挟んだ。「写真の入手先は訊き出せましたか」

「コフカ収容所の看守だった男がいる。その息子のウクライナ系ブラジル人から手に入れたとか」

写真の入手先は推測した通りだった。「どんな理由でルドリュは、カウフマンさんに会おうとしたんでしょう」

「よくわからないわね、ルドリュのような暴徒《モブ》の考えることは」

老婦人が口にした言葉に反応して、カケルは話を切り替えた。「モブも群衆ですね。農村共同体の危機と飢餓や貧困の圧力のために群衆化し、都市に流れこんだ最底辺のプロレタリア貧民が、フランス大革命から一八四八年革命にいたる都市蜂起の主役だった」

「あなたの意見は一面的よ。一八四八年の六月事件で都市貧民は二つの陣営に分裂した。一方は労働者街にバリケードを築いた革命群衆、他方は政府に雇われて労働者を虐殺した反革命群衆」

「その通りです。四八年三月のウィーン革命でも、群衆は敵対する二つの陣営に分裂していた。モブの名にふさわしいのは反革命群衆ですね。革命群衆と反革命群衆は存在論的に性格が異なるから」

「飢餓に駆りたてられ、パンを求めて暴力的に荒れ狂う点はどちらも同じね」

中世社会の亀裂から溢れ出し、絶対主義の時代に都市の底辺に分厚く堆積した群衆的な貧民労働者は、十九世紀後半には産業労働者として階級的に組織化されていく。十九世紀末からのベル・エポック、帝国主義による本国の安定と繁栄の一時代は帝国主義戦争の勃発によって終わった。第一次大戦後には十九世紀前半までの貧民群衆とは質的に異なる二十世紀的な群衆が新たに誕生してくる。

カケルが応じた。「難民ですか」

「敗戦と革命からロシア、オーストリア、ドイツの三大帝国が崩壊し、国境が線引きし直されて故郷を追われた人々が大量発生した。難民たちは無国籍者として社会の底辺を漂流することになる。しかし難民たちには先行者が存在したのね、賤民《パーリア》として差別され迫害され、ときにポグロムで集団虐殺されてきたユダヤ人という。第一次大戦後の難民には、ロシアや東欧出身のユダヤ人も多数含まれていた」

「二十世紀的な群衆は難民や無国籍者の他にも存在しました。難民は国境の外から流れこんだ群衆ですが、国内で大量に生じる群衆もいた。典型は階級脱落化《デクラセ》した失業者ですね」

カウフマンが頷く。「ドイツでは第一次大戦後の経済危機から大量の失業者が生まれたわ。そのあと一時的に経済状態は改善されたんだけど、一九二九年の大恐慌でまたしても失業者が街路に溢れるようになる。一九二〇年前後の失業者には退役軍人も数多く含まれていました。それらを基盤として発生し成長したナチは、二九年恐慌による第二の群衆化の大波を利用して権力を奪うことに成功する」

二十世紀的な群衆といっても、国外からの難民と国内で階級脱落《デクラセ》した群衆は存在性格が根本的に異なる。後者は排外的ナショナリズムで結束し前者に敵対する。その極限的な事例が『最終的解決』にいたるナチのユダヤ人排除だった。

「どちらも根無し、故郷喪失という点は共通するけれども、二十世紀的なモブとしての群衆は後者よ」

「しかし国外からの難民が革命群衆、国内的な階級脱落者《デクラセ》が反革命群衆とも一概にはいえませんよ。ナチが階級脱落《デクラセ》化した群衆の運動だったことは事実だとしても、同じ層がドイツ十一月革命や、それに続く大衆蜂起を担い、また一九三〇年前後には共産党に流入した。この時期に激増した失業者でも、社会民主党や共産党に組織されていた産業労働者層が雪崩を打ってナチ化したとはいえません。産業労働者を基盤とした社会民主党と、南ドイツのカトリック農民層に支持された中央党の票は、二九年以降も目立っては減少していないし」

「そうね。ナチが喰いとるのに成功したのは保守票で、モブ的な活動家の供給源は主として階級脱落《デクラセ》化した新旧中間層だった。とはいってもモブが二十世紀に特有の現象とはいえないわね。モブの起源は十九世紀に遡るから」

雑多な貧民層が労働者階級として組織化され終えた十九世紀末は、帝国主義の時代でもある。階級化が進行するにつれて、そこから脱落する者たちも急増し、そして階級脱落《デクラセ》した群衆はモブ化していく。モブの出身階級は労働者にとどまらない。貴族やブルジョワや農民や都市貧民からもモブは生じている。

「本国のブルジョワ社会から掃き棄てられた余計者、夢想家、投機家、詐欺師、犯罪者の大群が植民地に流れこんだ。成功者として有名なのは南アフリカ植民地のセシル・ローズかしら」

ダイヤモンド鉱夫から身を起こして南アフリカ植民地の支配者になった大富豪のローズは、牧師の息子で下層中産階級の出身者だった。ローデシアというアフリカの地名はローズの名前に由来している。

本国で喰いつめた失業労働者や貧民や犯罪者、あらゆる階級からの階級脱落者《デクラセ》と社会の屑が、黄金と権力を渇望して植民地に大量に流れこんだ。アフリカに渡ったモブの大群から頭角をあらわし大成功したローズのような例はもちろん少数で、一旗組の大半は帝国主義支配の手先として黒人労働者の現場監督のような仕事に就いた。新時代の奴隷頭といったところだ。フランスでいえば青年時代のアンドレ・マルローもモブ的だった。青年時代にはカンボジアの遺跡を盗掘して、一儲けしようと企んだのだから。

老婦人が続ける。「人種主義が誕生したのも南アフリカ植民地だった。二十世紀的群衆としてのモブに、人種主義の世界観を与えて運動化するとナチズムになる。文化エリートを引きこんだモブが全体主義運動の主役だったけれど、それも一九三三年までのことね。権力を獲得したあと、ナチズムの主体は急速に変質していく」

わたしは尋ねた。「どんな人たちなんですか、文化エリートって」

「時間的には帝国主義の城内平和としてのベル・エポック、空間的には凡庸なブルジョワが君臨するヨーロッパ。それらを心底から嫌悪した文化エリートは、この腐臭漂う世界と訣別し、それに反逆しているようにも見えたモブに魅了された。たとえばニーチェからパレートまで、ランボーからT・

E・ロレンスまで、あるいはバクーニンからソレルまで」

ブルジョワの偽善と倦怠を憎悪した文化エリートの目には、階級から脱落し植民地に掃き棄てられたモブこそが竜退治の騎士の末裔、一瞬の奇跡に人生を賭けることも辞さない英雄的な賭博者や冒険家として映った。

しかし次世代の若いエリートは、脱落者をロマン的に美化する精神を失っていた。たとえばブレヒトとマルロー、ユンガーとセリーヌは世界戦争という未曽有の殺戮と破壊を体験し、十九世紀的な精神性の廃墟に放り出された新世代だった。第一次大戦の塹壕世代の反人間主義的、反自由主義的、反個人主義的、反文化主義的傾向は、ニヒリズムを背景とする行動主義と過激主義、暴力への陶酔と独裁権力の賛美に行き着いた。

「行動主義に憧れる知識人や文化人は、第二次大戦後も少なくないわね。たとえばアンガジュマンを唱えるクレールの一派。ルドリュも同じことで、トロツキーの賛美者から大量殺害否定論者《ジェノシード》、ナチを免罪する歴史偽造家に変身しても本性は変わらない」

「同時代のドイツでいえば、ハルバッハもユンガーやブレヒトの同類だと」

カケルの言葉に老婦人は頷いた。「そうね、ナチズムの行動主義にハルバッハは惹かれていたわ。新世代エリートは言葉に拳を対置して口舌の徒を侮蔑した。しかし詩人ならともかく、哲学者までが拳骨を振りまわそうとするなんてね。愚かにもハルバッハはモブの全体主義運動に、突撃隊《エスアー》の褐色の叛乱に民族的現存在の蘇生を見ようとした。レーム事件のあとになって、ようやく自身の錯覚と誤解に気づいたんでしょう。党籍は残してもナチの活動からは離れた」

「レームと突撃隊《エスアー》を粛清してからナチズムは変質したと」

「権力を獲得する以前のナチはモブと犯罪者の巣窟だった、その典型が突撃隊《エスアー》の隊長レーム。ゲッベルスは堕落した知識人、ローゼンベルクは香具師、ゲーリングは冒険家、シュトライヒャーは妄想家で、いずれも暴力化したボヘミアンの一派に属していた。けれどもヒトラーの最側近として残ったのは、宣伝相に抜擢されたゲッベルス一人ね。それ以外は親衛隊《エスエス》のヒムラーに代表された新しいナチに蹴落とされ、側近としての影響力は失った」

「ヒムラーに率いられた新しいナチとは」カケルは矢継ぎ早に問いかける。

「孤立したブルジョワ、自らの階級に見棄てられたブルジョワだわ。この点では階級脱落者《デクラセ》ですが、レームのような武装したボヘミアン連中とは性格が違っていた。生活の無事安泰が第一の孤立した俗物たちは、組織内での昇進にしか興味がない。ようするに、モブのような見境のない暴力性とは無縁の大衆的人間《マッセンメンシュ》ね。モブの大物たちとは違うヒムラーの非凡さは、この連中を歴史に類を見ない大量殺人組織の管理者や現場作業員として、効率的に組織し終えたところにある」

「帝国主義化によって形骸化し空洞化していた国民国家と政党制、議会制民主主義が世界戦争の衝撃で半ば崩壊した点。塹壕世代に蔓延した大衆ニヒリズムが大戦間の文化と政治に浸透していた点などの認識は、カウフマンさんとそれほど変わりません。しかし行動的ニヒリズムの評価は違いますね。

人間主義と進歩主義が十九世紀精神だったとすれば、二十世紀精神はニヒリズムと行動主義だから、行動的ニヒリズムの外に希望を見ようとするのは幻想です。ナチズムに勝利したアメリカニズムは自由と民主主義、啓蒙的理性と進歩主義などに体現された十九世紀精神の復興者のような顔つきをしていても、その内実は行動的ニヒリズムの消費社会的な凡庸化と微温化にすぎません。われわれ二十世紀人は時代的な宿命である行動的ニヒリズムに、倒錯したナチズムとボリシェヴィズムや微温的なアメリカニズムとは異なる可能性を見出すしかない」

老婦人が面白がるように問う。「レーム派に親近感を抱いたハルバッハを、あなたは評価するのかしら」

「同時代のアヴァンギャルドやモダニズムと比較して、『実存と時間』のハルバッハ哲学は折衷的ですね。塹壕を埋めた産業廃棄物さながらの屍体の山に圧し潰され、塹壕世代は人間という理念の絶滅を否応ないものとして体感した。表現主義をはじめとするモダニズムとは、廃棄物にまで解体された青年たちによる近代芸術の破壊運動です。しかしハルバッハは、頽落した人間にも本来性に覚醒することが可能であるかのように語った」

「そうだとして、ナチズムでもボリシェヴィズムでもない行動的ニヒリズムの可能性とは」

「この夏のことです、スペイン内戦を共和国側で戦ったフランス人青年の運命について知る機会を得たのは。彼は共産党でもド・ゴール派でもない立場で対独抵抗運動《レジスタンス》を、大戦後はピレネー山中で斃れるまでバスク解放のパルチザンとして闘い続けた。その行動的ニヒリズムは子の世代に引き継がれ、一九六八年の世界革命という爆発にいたるわけですが」イヴォン・デュ・ラブナンの一人娘の運命が思い出されたのか、カケルの口調には翳りのようなものが感じられる。

「たしかに十年前の学生革命には、評議会への可能性が見られたわ。わたしたちの世代が一八四八年の世界革命から学んだように、来世紀の新世代は一九六八年から学ぶだろうと、手紙でダニエルに書きましたよ」ダニエルとは「五月」の学生指導者、赤髪のダニーのことだろう。「としても学生たちの暴力への傾斜は問題ね。権力の脆弱性を暴力で埋めるなら評議会の精神は決定的に失われてしまう。ただし学生たちの暴力性を、親たちの世代と同じ行動的ニヒリズムで説明するのは無理だと思う。誕生したそのときから、核戦争の恐怖に晒されてきた世代的特異性が無視できないから」

話を戻して質問してみる。「アイヒマンも大衆的人間《マッセンメンシュ》のタイプなんですか」

「ヒムラーが組織した官僚組織の優秀な一人で、アイヒマンにモブの痙攣的な暴力性はいささかも認められない。しかもユダヤ人の絶滅という絶対悪に主体的に参加し、それを効率的に実行した中心人物の一人です」

「……絶対悪」カケルが低い声で呟いた。「悪は無限に累積するから、最終的で極限的な絶対悪なんて存在しませんよ。この世界では六百万人のユダヤ人大量殺害《ジェノシード》より、もっと悪いことだって起こりうる。カウフマンさんが語る絶対悪は、モブ的なナチではなく大衆的人間《マッセンメンシュ》タイプのナチに宿っていたわけですね」

「事実を知らないからそんなことをいうけれど、大量殺害《ジェノシード》が絶対悪であるのは疑いないこと。ユダヤ人憎悪を煽ったヒトラーは典型的なモブだし、水晶の夜《クリスタル・ナハト》にユダヤ人を襲った群衆もモブだった。モブが敷いたレールの上を、大衆的人間《マッセンメンシュ》タイプの列車が破局的な終点、絶対悪の地平まで驀進していったんだわ」

カウフマンの言葉の真意を確認してみる。「上からの命令に唯々諾々と従った小役人が、アイヒマンだというのは間違いなんですか」

「わたしの本を読みもしないで、アイヒマンは凡庸な小役人だというのがカウフマンの主張だと触れ廻るような連中も多いけど、もちろん違いますよ。被告席のアイヒマンによれば、第三帝国ではヒトラーの意思が法で、それに従うことが道徳的だった」

カウフマンが裁判で驚かされたのは、アイヒマンがカントの道徳哲学を引用したことだったという。アイヒマンは主体性のない小さな歯車ではない。法そのものであるヒトラーの意思に主体的に、できる限りの熱意で応えきること。そのために持てる能力を限界まで傾注すること。大衆的人間《マッセンメンシュ》が渇望する地位や栄誉の獲得は、そうした懸命の努力の結果にすぎない。

「反ユダヤ主義のモブを免罪するつもりなどありませんよ。ガス室という絶対悪には、ユダヤ人の絶滅に向けて作動する巨大装置と、その効率的な作動に懸命な努力を払う大衆的人間《マッセンメンシュ》の大群が不可欠だった。ユダヤ人の絶滅はモブの痙攣的な直接暴力ではなく、大衆的人間《マッセンメンシュ》の組織された機能的暴力の産物だったの。絶対悪はユダヤ人憎悪の狂気からではなく、凡庸な悪の累積から生じてくる」

「権力を獲得して以降、ナチ党の中枢から古参幹部が姿を消していくのと同じ光景が、同時期のボリシェヴィキ党でも見られましたね。モスクワ裁判が終わる一九三八年には、スターリン一人を例外としてレーニン政治局の全員が粛清裁判で消えていた。国外追放されたトロツキーも一九四〇年には、スターリンが送った暗殺者に殺害されている。一九三〇年代を通してソ連共産党は、モブ的な革命家の組織から大衆的人間《マッセンメンシュ》のメンタリティを持つ行政官僚の群れに変貌していく」

「あなたの認識は間違っていないけれど、モブ的人格や大衆的人間《マッセンメンシュ》の問題はどうなの」

「その世界から他者が失われている点で、両者は変わりません」

「一昨日の議論に戻ってきたようね。他者への感情移入が成功できないなら間主観性は成立しえない。では、どうして感情移入は失敗するのかしら」

「感情移入の前提は超越論的自我、この私と同じような外見の物体が現象学的に還元された世界に登場することですね。私が悲しむときと同じような動作をそれが見せるとき、私は感情移入して、それをこの私と同じような主観、他我であることを了解する。しかし、この事例は不完全で曖昧です。どうして私はそれを私と同じ外見であると見なしうるのか。そのためには私はあらかじめ、それから見えるような私の外見を知っていなければならない」

「鏡は」わたしは尋ねる。「鏡に映る自分の像と、それの外見が一致すれば」

「そう、問題は鏡像だ。とはいえ鏡の発明は、人類史の全体からは最近のことにすぎない」

「ナルシスはどうかしら」水面に浮かんだ美少年に恋して見つめ続け、最後は水仙に変わってしまうナルシスの神話がある。

「水鏡も事例として必然性に欠けるね。考えてみよう、それが私の前に現れる。私はその瞳を覗きこむ。そこにはなにかの像が映っている。私が顔を顰めるとその像も表情が変わる、笑っても同じことだ。私はそれの瞳に映る像を、このようにして私の顔であることを直観する。ひいてはそれの瞳に映る私の外見を。このようにしてようやく、私はそれの外見が私の外見と同じであることを知る」

「瞳の事例はともかく、その先の論理は感情移入説と変わらないようね。それが悲しいときの私と同じ表情を見せるとき、私はそれに心があることを知る。そのことが類推なのか、それとも直観なのかは意見が分かれるにしても。このようにして私は他者の存在を、すなわち私とは別の超越論的自我の存在を知る」

カウフマンにカケルが反論する。「しかし、そのようにして現れる他者は私に与えられた現象ですね。私の世界にあらわれた他者の瞳には私が映っている。その私は他者にとって現象にすぎないとすると、世界を現象として直観する私と、他者に現象として直観される私は同じ私なのかどうか。

ここで奇妙な入れ子構造が生じてきます。他者の瞳に映る私の瞳には他者が映っているに違いない。そのようにして無限後退がはじまる。外の世界を還元して得られた超越論的主観性の世界は有限で内側に閉じられています。現象の背後には実在もなければ物自体もない。しかし、発見された他者の瞳には無限が宿されている。内に閉じられた有限の現象世界の裂孔こそが他者です。その裂け目からは認識不能の禍々しい外部が不気味な貌を覗かせている」

老婦人が頷いた。「わたしはヘーゲルでもフッサールでもない現象学者を自称してきたけれど、あなたも同類のようね。それはそれとして、では穴の開いた現象的世界はどうなるの。私と同じ外見のそれは無数だし、超越論的主観性の世界は無数の他者で穴だらけになってしまうけど」

「だから他者は隠蔽されるんですね。瞳から目を背けてしまえば、それは人間の外見をした物にすぎない」

「そうね。大衆的人間《マッセンメンシュ》の典型としてのアイヒマンの世界に、他者としての他者は存在しなかった。対話する他者を持ちえない者の特性は無思考です。アイヒマンは人が無数の、それぞれにまったく異なる他者たちと世界を共有していることに無自覚だった」

「モブ的なメンタリティには、失われた他者の存在が影を落としています。その喪失感からモブたちは逃れられない。モブの暴力性と残虐行為は、索漠とした世界に一瞬でもリアリティを回復させようとする痙攣的な欲望の産物です」

嗜虐者は他人の血で手を真っ赤に染め、苦痛の呻き声を耳にする瞬間にだけ他者と世界のリアリティを実感できる。しかし大衆的人間《マッセンメンシュ》に、そうしたサディズム的な傾向は稀薄ですね。アイヒマンは絶滅計画を効率的に進めるための画期的なアイディアを思いつき、ひたすら計算に計算を重ねた。しかしモブや大衆的人間《マッセンメンシュ》による他者の隠蔽と世界喪失は、いずれにしても結果にすぎません」

「どういうことですか、結果というのは」

「超越論的主観性が無数の他者たちの存在で穴だらけにならないように、私と他者たちが共有する世界と間主観性が仮構されます。私にとっての私と他者にとっての私が同じ私であることを前提として。しかしそれは他者から他者性を剝奪し、この私の固有性を放棄することであって、他者と世界をめぐる臆断《ドクサ》への退行に他なりません。見える通りにある世界のなかに、他者も見える通りにいるというような。

しかし他者の他者性を隠蔽することで修復された世界は、常に危機に晒されています。あるとき不意に、無限を宿した他者が現前してくるという危機に。仮構された間主観性が崩壊に瀕するとき自己防衛のために生じるのが、たとえばモブや大衆的人間《マッセンメンシュ》による他者の隠蔽や抹殺です」

　同型的で同質的な私たちが一人一票の権利を行使する、たとえばワイマール共和国のような議会制の危機と亀裂から、ナチの全体主義大衆運動は湧き出してきた。カケルの主張を敷衍すれば、民主主義と権威主義は他者の他性を否定する二つの様式ということになる。

「では他者の他性から目を背けることなく、人が人と本当に出遇うには」カウフマンの口調が鋭い。

「交換です。それの瞳を見ると、そこに映った顔が自分を見ている。このとき私は、見られた私としての外見的な私を発見すると同時に、私を見ている他者を発見し、ひいては私と他者が共有する世界を発見する。ここで体験されるのはまなざしの交換です。私は他者を見ると同時に他者に見られている、他者は私を見ると同時に私に見られている。こうして二つの私が交換され、この私と、その他者が見ている私の同一性が確信される。同時に私と他者の相互性もまた」

　それでも視覚的な交換、まなざしの交換は根本的に不安定だ。かろうじて得られた相互性も無限の底に呑まれてしまう危険性を回避しえない。それを支えるのが触覚の交換だとカケルはいう。手と手を握りあうとき、私はそれに触れていると同時に触れられている。私が握るとそれは握り返してくる。触覚の交換には無限をめぐる罠が存在しない。

「視覚の交換は触覚の交換に、知覚の交換は物の交換に、さらに言葉の交換にも転化しうる。財の移動には交換と贈与と強奪がありますね。ゴリラやチンパンジーなどの類人猿にも贈与と強奪は観察されますが、交換は人類に固有です。言葉の発明は意識と表象の世界を人間にもたらした。意識は本性として独我論的だから、他者をめぐる難問に人類はつきまとわれることになる。抜本的な解決策は交換でした」

　カウフマンは議論を愉しんでいるようだ。「言葉の交換を重視する点は賛成だけど、性行為を含む触覚の交換や経済行為としての財の交換は家《オイコス》に属する事柄で、公共空間での討論とは次元が違う。市場《アゴラ》での言葉を用いた売り買いには行動《アクション》の要素があるとしても、財の交換も大規模化すれば頽落の運命をまぬがれられない」

「交換が生産に組みこまれると交換の他性は浸蝕されはじめ、最終的には資本主義市場経済に呑まれて他性は完全に失われてしまう」

「その通り」

頷いた老婦人を見て、わたしは話を変えることにした。「ルドリュが出した本の題名もそうだし、このところユダヤ人の大量殺害《ジェノシード》にかんしてホロコーストという言葉を耳にするんですが」

「アメリカのTVドラマの影響でしょう。迫害と追放と虐殺の運命に巻きこまれたユダヤ人一家を描いたドラマで、アメリカでは話題になった。そのタイトルが『ホロコースト』で、言葉の本来の意味はユダヤ教の燔祭《はんさい》のことね」

燔祭とは犠牲の羊などを焼いて神に供える儀式だ。旧約聖書の創世記によれば、アブラハムは一人息子イサクを燔祭に捧げるよう神に命じられた。神はアブラハムの信仰を試そうとしたのだ。祭壇に横たえた息子に父が刃を振り下ろそうとしたとき、神はアブラハムに燔祭の中止を命じる。神に忠実であることが示されたからだ。こうしてイサクは犠牲の運命をまぬがれる。

カウフマンが続ける。「ナチがユダヤ人を焼き殺しているという噂から、ユダヤ社会の一部で使われはじめたのだけど、このままではドラマの題名として流行語になった言葉が定着してしまいそう。ガス室での集団毒殺などの絶滅《エクステルミナシオン》あるいは大量殺害《ジェノシード》を、ユダヤ人の宗教の言葉で表現するのは不適切ね」

「絶滅《エクステルミナシオン》と大量殺害《ジェノシード》は同じ意味なんですか」

「どちらの言葉も定義が最終的に確定されているとはいえませんが、一九四五年のニュルンベルク裁判ではじめて公的に用いられた大量殺害《ジェノシード》は、集団を対象とした殺人などの暴力のこと。絶滅《エクステルミナシオン》も大量殺害《ジェノシード》に含まれますが、第二次大戦中のユダヤ人への迫害、あるいは追放、強制収容、組織的な大量殺人などを指して用いられることが多い。すでに定着している大量殺害《ジェノシード》の語ですか、しかしこれにも問題はあるわね。ナチによるユダヤ人虐殺の真の問題性は犠牲者の数や量ではないから」

　わたしは尋ねてみた。「ルドリュが出版した『ホロコーストの神話《ミス》』のような主張について、カウフマンさんはどう考えますか。大量殺害《ジェノシード》否定論など真面目に相手にする必要はないと」

「陰謀論は歴史的事実の否定からはじまる。ユダヤ人は世界支配を企んでいるとか、ドイツの敗戦は国内のユダヤ人に背中を刺されたからだとか。しかし、それらを荒唐無稽と笑い飛ばして安心するわけにはいかないわね、ユダヤ人をめぐる陰謀論が六百万人の犠牲者をもたらしたとすれば。ジョージ・オーウェルの『一九八四年』を小説家の空想だと思う人は、二十世紀の全体主義からなにも学んでいない。

大量殺害《ジェノシード》否定論が一から十まで全部でたらめなら話は簡単だけど、そうともいいきれないところが厄介ね。歴史的事実と、事実か否か判然としない曖昧な中間領域と、完全な嘘を意図的に混ぜあわせているから騙される人も出てくる。否定論の目的は完全に騙された熱烈な同調者を増やすことよりも、なにが真実なのか誰にもわからないという、歴史への不信を煽ることにある」カウフマンは煙草の吸殻を灰皿に投げ入れた。「ナディアは理性の真理と事実の真理の違いがわかるわね」

「ええ」大学で勉強したことがある。

　ライプニッツによれば理性の真理とは、球は中心からの距離が等しい面に囲まれた立体であるなど、概念にかかわる真理だ。ただし理性の真理でも数学の公理や命題のような真理と、天動説や進化論のような科学的真理とは水準が異なる。事実の真理は実在にかかわることで、たとえばライプニッツは一六四六年にライプチヒで生まれたなど。科学的真理も事実の真理も可変的だが、ただし可変性の水準は異なっている。

カウフマンが続けた。「理性の真理の真理性は議論の余地がなく絶対的かつ強制的です。たとえ宗教裁判の恫喝に屈してガリレオが天動説を翻しても、真理は真理それ自体の力で偏見や誤謬を覆していく。しかし事実の真理に絶対的な強制力はない。事実の真理は出来事や環境に関係し目撃や証言に依存する。理性の真理を語るのが哲学者や科学者だとすれば、事実の真理は歴史家や裁判官、ジャーナリスト、レポーターなどに担われる。もちろん、事実の体験者による証言が重要であることはいうまでもないわね」

「では大量殺害《ジェノシード》否定論が勝利することもありうると」

老婦人は考え深い表情で頷いた。「歴史家や裁判官が本分を忘れて政治的意見に左右され、公正であることを放棄してしまえば。だから警戒を怠るわけにはいかないのよ。あなた、ル・モンドに載った否定論者の文章は読んだかしら」

「『ガス室の問題またはアウシュヴィッツの嘘』ですか」

「ル・モンドは無定見にも公正と折衷をはき違えている。政治の場面では両論併記があるとしても、ジャーナリズムではありえません。折衷的な立場は、どちらかの極が極端化すればその分だけ中心からずれていく。

目新しい大量殺害《ジェノシード》否定論なら、批判のためにも知っておくべきだから、ルドリュに押しつけられた『ホロコーストの神話《ミス》』も一晩で読んでみましたよ。ドルビニーの本はラスィニエの『オデュセウスの嘘』や、オースティン・アップの『六百万人の詐欺』のような類書とはひと味違うわね。さらに巧妙ともいえる」

「巧妙って、どんなふうにですか」

「ヒトラーはユダヤ人の絶滅を命じていないとか、アウシュヴィッツにガス室は存在しなかったとか、ユダヤ人は六百万人も死んでいないとか、こうした虚偽を否定論のほとんどは愚直に主張する。自分の嘘を本気で信じこんでいる著者も多い。ようするに虚偽を真剣に主張する。けれども『ホロコーストの神話《ミス》』の著者は違う。この本の目的はユダヤ人の大量殺害《ジェノシード》をめぐる事実の真理に、それとは異なる事実の真理を対置するところにはない。真実と虚偽、本当と嘘の区別を消去してしまうことが目的なの。

『地下室の手記』の主人公は〈2×2＝4〉に、すなわち理性の真理に唾を吐く。真理の絶対性と強制性が、自由を抑圧しているように感じられて我慢できないから。これが事実の真理の場面になると、モブ的な陰謀論になる。ヒトラーは本気で陰謀論を信じこんでユダヤ人を憎悪していた。しかし大衆的人間《マッセンメンシュ》にはモブのような生々しい憎しみはないし、偽史や陰謀論への倒錯した情熱もない。興味があるのは安楽な私生活と組織内の昇進だけで、ある主張が事実かどうか、真実なのか虚偽なのか、そんなことはどうでもいいと思っている」

ナチズムの支持者たちはヒトラーの嘘に騙されていたのではなく、嘘と本当を区別する必要のない人々だった。大衆的人間《マッセンメンシュ》は信じたいことを信じるだけだから、目の前で陰謀論や否定論が真っ赤な嘘であることを論証して見せても意味はない。確実な証拠を突きつけても同じことだ。

そのような大衆的人間《マッセンメンシュ》を読者として書かれた本が『ホロコーストの神話《ミス》』で、著者のドルビニーは否定論者の信じる真の歴史を語ろうとはしない。歴史に客観性はない、真の歴史など存在しない、立場の数だけ異なる解釈があるだけだと嘯く。人は語りたいことを語り、信じたいことを信じればいいのだと。

「ドルビニー的な歴史の相対化は、新たな忘却の穴を言説の形で掘ろうとしている。生き延びた者の証言さえ吸いこんでしまう、底に虚無を湛えた忘却の穴をね」

語り終えた老婦人に、カケルが挑発的なことを口にする。「ところで地下室の住人と同じですが、僕も〈2×2＝4〉は嫌いですね」

「自由とは〈2＋2＝4〉といえる自由だ、という『一九八四年』の主人公の言葉はどうかしら。不可疑的な真理の比喩としては、加算も乗算も意味的に同じだけど」

「あの主人公とは反対で、われわれは生まれたときから〈2×2＝4〉を強制されてきたから。そこには鎖の鉄環さながら無数の真理だの法則だのが繋がっていて、唯物史観の歴史法則までがある」

「豊かな社会は産業主義に、産業主義は科学技術に、科学技術は理性の真理に支えられている。豊かな社会の抑圧と闘うには〈2×2＝4〉を拒否しなければならない。そんなことをいう若者は昔もいまも少なくないわね。昔の右翼学生はハルバッハの『実存と時間』が参照先で、最近の左翼学生はマルクーゼかしら。わたしも〈2×2＝4〉のような真理は空虚だと思うけど」

「本質直観に示されるように、イデアルなものはリアルなものから導かれます。主観にたいして明証的に与えられるリアルなものは現象で、現象の背後にはなにもない、実在も物自体も。自らは現象することなく、すべてを現象させるものとしてのハルバッハ的な存在もまた。

われわれは交換によって他者の存在を確信し、同時に他者と共有する世界の存在を確信する。知覚できる世界から情報として与えられる世界へと、確信の層は重畳していく。しかしいずれも信憑にすぎないから、世界は常に崩壊の危機に瀕している。世界の根本的な不確実性の予感が〈2×2＝4〉への不信を生じさせるんです」

「なにがなんでもブルジョワや俗物に平手打ちを喰わせたいという塹壕世代の青年なら、わたしが若いころにも大勢いたわね。気に喰わない対象が福祉国家や豊かな社会に変わっても、いまの若者の精神は戦前の青年とちっとも変わらない。かつての青年は左右の全体主義に呑みこまれたけど、いまの若者はどうかしらね。テルアビブ空港で銃を乱射して、罪のない旅行客を多数殺害した日本人テロリストを、わたしは許しませんよ」

「あの若者たちは義勇兵としてパレスチナ武装勢力に合流したのだから、問題はパレスチナ人のゲリラ活動でしょう。パレスチナゲリラの暴力は、イルグンやシオニスト過激派による暴力の鏡像にすぎません」イルグンとはイスラエルでアラブ人の追放や虐殺を惹き起こしたユダヤ人の民兵組織だ。

老婦人は少し疲れたように口を鎖し、しばらく沈黙が続いた。新しい煙草に火を点けて煙を吐き出してから話を続ける。

「パレスチナ人かユダヤ人か、どちらが先に手を出したのかをめぐる議論はやめましょう。ヤブキさんのシオニズムとイスラエル国家についての意見には興味があるけれど、その話をはじめると複雑な議論になりそう。それはあらためてのことにして、誘拐事件のことに話を戻すけど」カウフマンの言葉に青年は小さく頷いた。「二件の誘拐事件の犯人はルドリュに間違いない。しかも同じ日に殺された聖《サント》ジュヌヴィエーヴ学院の学院長はルドリュの妻で、夫は妻の死から多大の利益を得るだろう立場だった。

学院長殺しも犯人はルドリュではないか。そう警察は睨んでいたようだけど、わたしの証言で不在証明《アリビ》が確証され捜査は振り出しに戻った。事件と捜査の現状は、こんなところで間違いないわね」

新聞の読者やニュース番組の視聴者と比較して、事件の関係者でもあるカウフマンは事態を正確に把握している。たまたま立ち会わせた誘拐事件や、容疑者の無実を証言することになった学院長殺害事件。これらついての老婦人の疑問に、わたしは未公開の警察情報には触れない範囲で答えることにした。

「事件の支点的現象の本質を直観し、それに導かれて観察されたもろもろの事実を吟味すれば真相は判明する。これがヤブキさんの現象学的推理法なのね」

「要約すれば」カケルが短く応じる。

「では誘拐事件の、それが学院長殺害事件と一体であれば、二つの事件の支点的現象とは」

「連続した二つの事件の支点的現象は〈誘拐と殺人の交換犯罪〉、その本質は誘拐と殺人の二重化とずれです」

「交換犯罪……」老婦人が呟いた。「誘拐に動機のある者が殺人を実行し、殺人に動機のある者が誘拐を実行したということかしら」

「ええ」

「そのようにいえる根拠は」

カケルは無言で肩を竦めた。エステル・モンゴルフィエとセバスチァン・ルドリュが同じ拳銃で射殺されたことは、いまのところ公表されていない捜査情報だ。それを第三者に口外しない程度の節度は、この非常識な青年にもあるらしい。

「興味深いのは、ここでも焦点は交換にあることですね。今回のような金銭目的の営利誘拐で、犯人は人質と身代金を交換しようとする」パパたちに語った営利誘拐の経済学を、カケルは簡単に繰り返した。

老婦人が尋ねる。「同じ論理で考えていいのかしら。金銭や物の交換と、誘拐と殺人のような行為の交換とを」

「同じとはいえません、物の交換が失敗した結果として行為の交換がはじまる」

「どういうことなの」老婦人が眉を顰める。

「狩猟採集民のバンド内で食料などの財は供託によって移動します。遊動集団が定着し初期的な農業共同体が形成されても供託制は維持されました」

たとえば狩人が、その日の獲物を集落の広場に置く。そこには採集された木の実や草の実などもある。共同体の成員は広場に集められた食物から、必要な品を必要な量だけ取ることができる。これを返礼、反対贈与の義務を生まない純粋贈与と見るのは概念の不当な拡張だとカケルはいう。贈与は反対贈与の連鎖を生むことで財の流通システムとして機能しうる。返礼を必要としない贈与は贈与の定義に反している。

農業生産力の増大によって共同体は大規模化し複雑化し続け、財の分配システムとしての供託制は機能不全に陥った。そうしたときに一般化するのが贈与で、ここから負い目の心理が一般化する。財を贈られた者は負い目を抱え、それを解消するために相手への、あるいは別の者への贈与がなされる。大規模共同体が首長制、部族国家の水準に達すると征服戦争が日常化し、敗北した共同体の上に征服共同体が重なるようになる。ここから国家としての国家の歴史がはじまる。貢納と再分配は部族国家以降のシステムだ。

「供託でも贈与でもない交換とは」

「よくいわれるように交換は共同体と共同体のあいだに生じます。共同体の外には神々や魔物に支配された恐るべき世界、禁じられた世界が広がっている。実際には他の共同体が存在し、その住民が同じような生活を営んでいるとしても。ある共同体の者と別の共同体に属する者がたまたま原野で出くわたしとします。両者ともに相手への恐怖に駆られ、殺しあいがはじまりかねない」

「おたがいに相手は魔物かなにか怖ろしい敵だと思うから、身を守ろうと暴力に訴えるのは当然の結果ね」

「放置すれば暴力が交換されてしまう、そのとき試みられるのが物の交換です。貴重な財を差し出して害意のないことを示す。たがいに同じようにして財が交換されるなら、暴力は行使されるまでもない。交換された物は、自他破壊的な暴力を吸収し無害化する特異な存在に変容する。そこには物神的ともいわれるような観念的な力が凝固しています」

老婦人は議論を愉しんでいるようだ。「暴力の交換が物の交換に置き換えられる地点は、村と村のあいだに広がる荒野、共同体と共同体のあいだの無人地帯だけかしら。もしも村人同士が暴力的な諍いをはじめたら」

「共同体内の法は慣習法、ようするに掟ですね。昔から人を殺してはいけない、盗んではいけないと決まっている。掟は共同体の神と関連づけられることも多い。神が決めたことだから守らなければならない。このような法によって共同体内での暴力は抑止され、その危険は縮減されます」

荒野で出くわした他者とは、言い換えれば同じ神を信じない者、同じ神を崇拝しない者だ。あるいは同じ祖先を持たない者で、このような他者は掟を共有していないから無制限の暴力が発動されうる。交換が成就して物が暴力を吸収するとき、そこには平和の法が一時的にしても成立する。平和の法は無法状態を法の世界に導くための最初の一歩だから、交換は世界に法をもたらす行為でもある。

「交換が失敗して暴力的な応酬がはじまると、無法状態が永遠化してしまうのね」

「そうとは限りません。物の交換による平和の法の裏には、暴力の交換を秩序化するための抗争の法が生じてくる。同害報復の原理です」

報復は被害感情を満足させるために行われるのではない。被害感情は無制限の報復を求めかねないが、それは厳重に禁止される。同害報復は被害者の救済や被害感情の解消が目的ではなく、失われた均衡の回復のためになされる。言い換えれば正義の回復のために。

同害報復とは簡単にいえば「目には目を、歯には歯を」の法だろう。一人を殺されたら一人を殺すことが許される。それは権利であると同時に義務でもあり、数名の外来者によって一人の村人が殺害されたなら、外来者の一人を殺すことで崩れた均衡を回復しなければならない。

「正義とは均衡であって、崩れた均衡を回復することが正義だという観念は共同体の掟にも見られます。ある成員の破壊や暴力行為のために共同体の秩序が脅かされたとき、共同体の慣習法による対処は罪人を裁いて罰を下すというよりも、乱れた均衡を回復することに主眼がある。均衡回復の原理が共同体外の他者に適用されると同害報復の義務が生じます」

ようやくカケルのいわんとするところが呑みこめた。物の交換と行為の交換の違いは明らかで、物の交換が失敗するときに暴力という行為の交換がはじまる。物の交換が平和の法を生じさせるように、暴力という行為の交換からは抗争の法、戦争の法が生じてくる。未開社会に見られる儀礼的戦争は戦争の法に規制されている。

「儀礼的戦争は国家を生まないための知恵の産物だという人類学者もいますね。いずれにしても個人と個人、集団と集団のホッブズ的な戦争状態が人類史において一般的だった事実はない。戦争状態による共倒れを回避するために契約がなされ、国家が生じたという議論は根拠の稀薄な空想の産物にすぎません」カケルはホッブズの社会契約論を一蹴した。

わたしも誘拐と殺人の交換犯罪について考えてみた。販売員や給仕から娼婦などによるサーヴィス労働も売買の対象になるとすれば、行為が物と同じように交換されうることは疑いない。ただし今回の事件では、誘拐と殺人という行為が当事者間で交換されたわけではない。

ルドリュと交換犯罪の契約者の二人が暴力行為、犯罪行為をじかに交換したなら、ルドリュが契約対象者を誘拐し、対象者がルドリュを殺害することになったろう。いや、たしかにルドリュはサラを誘拐しサラはルドリュを射殺したのだが、この二人が交換犯罪者だったとはいえない。前者の帰結が後者だったとしても、そこに交換は存在していない。ルドリュの行為は他者の自由を蹂躙する犯罪で、サラの行為は自己保存のための防衛行為だったのだし。

ルドリュは契約対象者のために誘拐を、対象者はルドリュのために殺人を実行した。二人は犯罪行為を一種のサーヴィス労働として交換したことになる。身代金目的の営利誘拐それ自体に交換は二重に内在しているのだが、この事件では誘拐行為がサーヴィス労働として交換の対象になっている。こうした点の整理をカケルには期待していたのだけれど、カウフマンへの回答は期待したものと違っていた。それでも、交換と物と暴力が原理的に一体であるとの指摘は触発的だった。

わたしは質問した。「だとして交換の本質とは」

「二重化とずれだ。ある物と別の物が二重化されるが二重化は必然的にずれを生じる。交換の二重性が等価交換と、そのずれが不等価交換として意識されるように。しかし交換が交換としてなされる限り不等価交換は等価交換に、ずれはふたたび二重化に回帰していく」

誘拐の原理的考察でカケルが等価交換と不等価交換という言葉を用いたとき、わたしは常識的な意味で理解していた。しかしそれは、交換の本質の現象学的直観から導かれていたようだ。

青年が続ける。「二つの犯罪は交換されることで二重化するけれども、そこには必然的な差異が生じている。誘拐と殺人は等価ではないから。二つの行為の交換は不等価交換で、この二重化はずれをともなわざるをえない。したがって〈誘拐と殺人の交換犯罪〉の本質は誘拐と殺人の二重化とずれにある。生じたずれは、またしても二重化されるだろう」

少し間を置いてから老婦人が口を開いた。「均衡こそ正義だというあなたの主張には賛成できないわね。同害報復では善の問題は棚上げされたままだし、正義とはあくまでもポリスの、公的世界の原理だから。均衡が正義なら等価交換という経済行為も正義になる。しかし経済《エコノミー》は語源的にも家《オイコス》の世界に属している」

「同じ神を信仰し、同じ伝統的規範を共有する共同体の内側でしか、善なるものは成立しません。人類共通の善が存在しうるのは、人類が単一の共同体に統合されるときでしょう。しかし外のない唯一の共同体とは、いったん収監されたら絶対に出ることのできない、放免も脱獄も不可能な監獄と同じですね」

「ナチは六百万人のユダヤ人を殺した。あなたの主張では同害報復の正義のために、ユダヤ人は六百万人のドイツ人を殺さなければならないことになるけど」

「集団間の戦争のような大規模すぎる加害と被害では、同害報復が困難な場合もある。そんなときは均衡の回復のために物質的な補償が要請されます。六百万の屍体と均衡する重さの補償とはなんだろうか。第二次大戦直後の歴史条件からして、その解答は明らかでしょう」

「第一次大戦後のヴェルサイユ条約の場合と同じような高額の賠償金を、ユダヤ人はドイツに要求するべきだったと」

「いいえ、一方に六百万の死者を乗せた天秤が水平になるために、他方の皿に載せなければならないのは土地です。ユダヤ人国家を建設するに必要な土地をドイツに要求すること。カウフマンさんが語るように、国家しか人としての権利を保証できない以上、ユダヤ人は自身の国家を持たなければならない。そのための土地を提供する義務を負っているのは、六百万のユダヤ人を虐殺したドイツ国家です。

　もう一点、第二次大戦中に政府がドイツに協力し、ユダヤ人絶滅に加担したのはフランスだけです。賠償としてユダヤ人が要求する土地には、フランスが領有権を主張するアルザスとロレーヌを含めるべきでしょうね」フランス人としては容易に認められないようなことを、この青年は平然としていう。

　老婦人はしばらく考えこんでいた。「なるほどね。シオニストのパレスチナ中心主義に反対していたわたしも、そんなことは思いつきもしませんでしたよ。ドイツやフランスにユダヤ人のための領土を要求することなんてね」

「それはユダヤ人のためであると同時にドイツ人の、補足的にはフランス人のためでもある。ドイツ人によるユダヤ人絶滅の企てはたんなる巨悪ではない、ニュルンベルク法廷では人道に対する罪という新概念が持ち出されました。この悪の当事者であるドイツ国民は容易に赦されえない、またユダヤ人もドイツ人を赦すわけにはいきません」

　わたしは思わず問いかけていた。「でも人は謝罪することも、それを受け容れて罪を赦すこともできるわ。でなければ世界は、暴力と報復の際限ない応酬に呑みこまれてしまう」

　青年がわたしを見た。「謝罪と赦しによる秩序の回復は、加害者と被害者が同じ共同体に属する場合に限られる。『目には目を』の同害報復は、多数の共同体を包摂する帝国の法として歴史的に成立した。同じ神を信仰しない共同体と共同体のあいだに生じた加害と被害には、謝罪も赦しも不可能だ。同害報復が秩序回復のために原理化されたのは、だからなんだ」

　人類は今日でも単一の共同体に組織されていない。このことは人権が主権国家に属する限りでしか保証されえない現実に端的に示されている。国家間の加害と被害を均衡化する原理は、依然として同害報復とその変奏だ。ある国家が他の国家に加害行為を謝罪し赦しを得るとしても、それは二つの国家が対等の権利で単一化することを意味しない。前者の後者への従属が、それも軍事的政治的なそれを含むところの倫理的かつ精神的な従属が必然的な帰結となる。

「でも西ドイツのブラント首相はワルシャワの慰霊碑前で跪いて、ユダヤ人犠牲者に謝罪したわ」

「ドイツ人の謝罪が同害報復の回避のためなら欺瞞にすぎないし、もしも本気ならドイツ人はユダヤ人に倫理的に従属し続けなければならない。そうならないためには、ユダヤ人国家への土地提供が唯一の解決策だった」青年が老婦人に問う。「アウシュヴィッツは決して起こるべきではなかった。こうカウフマンさんは語りますが、アウシュヴィッツはソ連のコルイマ収容所と置き換えられますか。あるいはヒロシマとは」コルイマとはソ連国家がシベリアに多数設置した強制労働収容所のひとつで、その象徴的事例でもある。

「不可能ね。二十世紀を含めて歴史には数々の虐殺や暴力沙汰が溢れていますが、ナチによるユダヤ人の大量殺害《ジェノシード》をそれらの一例と見なすことはできない。スターリニズムとナチズムは十九世紀の帝国主義の帰結である二十世紀の全体主義ですが、としてもコルイマにガス室は存在しませんでした」

「それではガス室による計画的な大量殺人の、類例のない特殊性とは」

「人間性の完全な破壊と廃棄です。身体も魂もない、死という徴が刻まれた顔さえもが剝奪された無意味な大量の死。この星に誰が住むべきで誰が住むべきでないかを決め、その意味をなんら思考することなく実行したことにこそ、ナチスによる犯罪の本質がある。絶滅収容所という大量死の生産工場はその必然的な帰結でした。

　人間として多数の存在でありながら一人一人は固有であること、これが人間の複数性です。問題は犠牲者の数の多寡ではない。アウシュヴィッツがコルイマともヒロシマとも異なるのは、そこで人間の複数性が攻撃され徹底的に破壊されたから。アウシュヴィッツを他の大量殺戮の事例に類比することも、それらに還元することもできません。世界から一民族を消去するためのナチスの暴力は、ユダヤ人の躰に加えられた人類への許しがたい犯罪で、それは絶対悪としかいえないのよ」

「ユダヤ人の絶滅を他の暴力、他の悪から切り離して絶対化するカウフマンさんの議論では、絶対悪は異次元の彼方から地上に不意に降ってきたようです。絶対的な悪には共同体内的な赦しも共同体外的な同害報復も不可能だとすれば、正義は原理的に回復されえないことになる。しかし、ユダヤ人の絶滅は最初から計画されていたのではありませんね」最終的解決と称された計画が決定される一九四二年までは、マダガスカルやウラルの東への大量追放が検討されていた。「特殊行動隊《アインザッツグルッペン》による東方占領地での大量銃殺が限界に達した果てに、いわばなりゆきで絶滅収容所での大量殺害《ジェノシード》が決定された。ただし決定の経過は無計画的でも、その実行は精密機械の作動さながら計画的に遂行されていく」

「自分が生まれる前のことを、体験世代の者に教えようとするとはね」老婦人が愚弄する。「そうした経緯については著書で詳しく書きましたよ」

　厭味をいわれてもカケルは平然としている。「ナチは記憶の穴に大量殺害《ジェノシード》の事実を封じこめ、地上から消してしまおうとした。カウフマンさんが『凡庸な悪』で書いているように、その戦慄的な企ては失敗しました。絶対権力によるどのような隠蔽工作にも限界があるから。しかしナチ収容所より一桁多い犠牲者を出した自国の収容所のことを、ソ連国家はナチほどの努力で隠そうとはしていません」だから『収容所群島』のようなドキュメントも書かれえた。「どうしてだと思いますか」

「当然です。スターリンの収容所は強制労働収容所で、ガス室を備えた絶滅施設、死の大量生産工場ではなかったから」

「なにが自分の身に起きたのか理解できないまま、ガス室で悶え死んだユダヤ人が無数にいた。としても、どうして自分がそこにいるのかは知っていた、ナチに憎悪されるユダヤ人だからだと。しかしソ連の囚人《ゼック》たちは、それさえもわからないまま厳寒と飢餓と苛酷な強制労働のため、大多数は数ヵ月のうちに倒れて凍りついた屍体に変わった」

大粛清の時代にソ連の秘密警察はノルマを果たすため、ほとんど無作為に国民を次々に逮捕しては強制収容所に送りこんだ。なぜ隣人でなく、あるいは職場の同僚でなく、この自分に破滅の運命が襲ったのかさえわからないまま、囚人《ゼック》たちのほとんどが苛酷な強制労働の果てに息絶えた。

「この点ではソ連のほうがナチよりも二十世紀的ですね。収容者の運命はカフカ的に意味を脱臼されていた。もう一点、スターリンが強制収容をめぐる事実の隠蔽にさほど周到でなかったのは、露見してもかまわない、たいした問題ではないと考えていたからです。

アイヒマンがカントを引用するところで、ボリシェヴィキはヘーゲルを引用する。歴史の必然性は悪を材料にして善を創造するのだと。弁証法的思考の恐るべきところは、悪さえも善の不可欠の契機として肯定できてしまうところにある。強制収容所がなんだ、そんな些事に心を煩わせるのは革命の正義と人類の普遍的解放に疑念があるからだ。と、こんなわけですね。

収容所の強制労働者とは、言葉を換えれば奴隷です。十六世紀から十九世紀にかけて大量殺害され、絶滅させられたのはカリブ諸島と南北アメリカの先住民でした。近代世界は絶滅と土地収奪と奴隷制の上に築かれた。カウフマンさんが語る絶対悪は西欧近代が行き着いた果ての産物なのではありませんか」

「同じようなことをハルバッハが語っていますよ、視点は違うけれどアドルノも。引用符なしの引用では合格点は上げられないわね」

このカウフマンの発言には納得できないところがある。ハルバッハは産業化と世界の像化を、アドルノは啓蒙的理性の倒錯を批判的に論じているけれども、奴隷化と先住民の大量虐殺を正面から主題化してはいない。

「アイヒマンのような大衆的人間《マッセンメンシュ》による凡庸な悪は、おのれの行為の意味を思考しえないところから生じる。大衆的人間《マッセンメンシュ》には他者が不在だからですね。先ほどの議論に戻るようですが、私と同じでも私とは異なる多数の他者がいるということ、ようするに人間の複数性の認識は自明でも必然的でもありません。私は一瞬一瞬、かろうじて他者たちを、人間の複数性を捉えているにすぎない。ときとして均衡は大きく傾いてしまう。

大衆的人間《マッセンメンシュ》は他者が動く人形のようにしか実感できない。人形たちのあいだに紛れこんで、それでも不都合なく生きられるように訓練された私が、もしもそうした条件下に置かれたなら、平然と青酸ガス放出のボタンを押すでしょう。複数性は人間にとって無条件的な前提ではない。ナチズムによる複数性の否定が絶対悪だとカウフマンさんはいう。しかし複数性の否定、現象学的には間主観性の成立不能化は前提であって結果ではない。だから問題は絶対悪ではなく観念悪なんです」

「観念悪とは」

「他者の喪失は他者と共有する世界の喪失ですね。他者喪失による世界喪失を肥大化した観念で倒錯的に補填すること、それが観念悪です。倫理や正義の前提は他者が存在する世界だから、倒錯的な観念家の裡では倫理も正義も消去されている。それが逆説的にも正義観念の無制約的な肥大化を招いてしまう。そのために世界が滅びようと、私は正義を貫き通すというような。

それほどまでに世界が軽いのは、あらかじめ世界が喪われているからです。あるのはリアリティの希薄な偽の世界、世界のまがいものにすぎない。光景は芝居の書割さながらに平板で、そこを行きかう人々は自動人形のようにしか感じられない。この不快で息苦しい偽物の世界を爆破する口実として、観念家は過剰な正義観念を担ぎ出そうとする」

「そうね、他者がいなければ世界はない。世界は人と人の間に存在し、人と人を結び付けると同時に引き離すものだから」

「現実的世界を喪失した観念家の心理は被害者意識、被害感情に染められている。被害を蒙った事実をめぐる意識は、失われた均衡の回復を、すなわち正義の回復を求める。それが不可能であるとき、被害の意識は自己言及的に無限累積されていく。反対物に転化するまでに肥大化し過剰化した正義観念は、被害感情の絶対化から生じます。

　先ほどの話にも出たように全体主義運動は二つのタイプに支えられた。古参ボリシェヴィキや突撃隊《エスアー》の体制破壊タイプと、スターリニスト官僚や親衛隊《エスエス》の体制維持タイプですね。ようするに反逆者と能吏です。前者の暴力性は空虚な世界への敵意から湧き出してくる。しかし後者の残忍性はソ連の秘密警察やナチのゲシュタポのように、いわばメカニカルです。前者が憎悪と破壊衝動から虐殺に走るのにたいし、後者は暴力の効果を精密に計算しながら犠牲者を消去していく。前者の供給源がモブだとしたら、後者は大衆的人間《マッセンメンシュ》の群れから選抜されます」

「それで」カウフマンは少し苛立っているように見えた。

「ユダヤ人は言語に絶する被害を蒙った。しかしカウフマンさんも語るように、被害の事実は被害者の行動を無条件に肯定するわけではない。パレスチナ人を追放して土地を強奪し、主権国家としてイスラエルを建国したユダヤ人ナショナリストの言動は、この罠に脚を取られたとしかいえないところがある。そのように批判したカウフマンさんはシオニストのあいだで孤立し、『凡庸な悪』の刊行を機に排除されるにいたった」

「だからどうなの」老婦人の口調は険しい。

「複数性から出発することはできません。他者も他者たちと私が共有する世界も、奇跡のようにかろうじて与えられたものにすぎない。いつでも壊れうるし実際に壊れてしまっている。そこから観念悪が生じるのですが、複数性を前提にする議論では極限的な観念悪が絶対悪と名指されてしまう。アイヒマンの処刑は絶対悪に対応する絶対罰ではありえない。その処刑は正義の回復のためになされた。六百万の犠牲者のために回復された正義はわずか六百万分の一にすぎない、それでもゼロではありません」

「絶滅という絶対的な事実を相対化することでナチを免罪していると、わたしは同胞から非難されてきました。あなたの主張にも同じ非難がなされて当然ね。アウシュヴィッツは起きてはならないことだった、絶対に」

青年が低い声で呟く。「正当な批判を受け容れないシオニストと訣別したあなたは、複数性と言論や活動と公共性をめぐる哲学的思索に向かった。しかし、もしも哲学的思考の領域に退くことでは解決できない難問を前にしたら……」

「この歳ですけど、どんな場合でもなすべきことをしますよ、あなたもそうするわね」

カケルは無言だった。しばらく沈思していた様子の老婦人が、テーブルに手を突いて身を起こす。

「学生時代はフライブルクの大学で現象学の講義にも出ていたし、あなたの現象学的推理法には興味がある。そのときが来たら、わたしにも真相を話してもらえるかしら」

「ええ、お望みでしたら」

「寒くなってきた、そろそろ邸に入りましょう」

黄昏の翳《かげ》りを増し、森屋敷の庭園は薄闇に沈みはじめている。ずいぶん長いこと話《とも》しこんでいた。少し寒そうなカウフマンに続いてわたしたちも四阿を出る。じきに庭園には水銀灯が点るだろう。

〈11月24日午後6時55分〉

三号線のサン・モール駅で地下鉄《メトロ》を降り、階段で地上に出る。夜の闇に沈んだ街路を吹き渡る晩秋の風が冷たくて、思わず外套の襟を立てた。街外れというほどではないのに、なんだか町並みがくすんで灯りも少ないような気がする。信号でレピュブリック通りを渡ると、少し先に小さな珈琲店《カフェ》が見えてきた。硝子扉を押し開けた青年に続いて、わたしも店内に入る。

ダッソー邸の応接室でカケルは十月書房《エディション・オクトーブル》に電話した。編集長のメルシュは、午後七時にレピュブリック通りの珈琲店《カフェ》で待つようにコリンヌ・ミショーに伝えたようだ。コリンヌはサン・モールに自宅か勤務先があるのだろう。門前にたむろしている報道陣を避けるため執事のダランベールに頼んで、ミシェル・アンジュ・モリトールの地下鉄《メトロ》駅までダッソー家の車で送ってもらうことした。

ルルーシュに命じてサン・モールまで送らせようという執事の申し出に、カケルは無愛想に首を横に振った。日本人らしい細やかな心遣いから遠慮したのではない、他人の厚意を素直に受けようとしない偏屈で頑固な変人の習性からだ。どんな計算の結果なのかよくわからないが、地下鉄《メトロ》を乗り継いで目的の珈琲店《カフェ》に到着したのは午後七時ぴったりだった。

心地よく暖房された店内は仕事帰りの客で活気に溢れている。入口に近いカウンター席で本を読んでいた女が、店に入ってきた青年を見て軽く頷いた。約束の時刻ちょうどに着いた東洋人だから初対面でも間違えようはない。

ラメのショルダーバッグに鮮やかなオレンジ色の外套、少し茶色が入った金髪を眉のところで水平に切り揃えた女は三十歳すぎだろうか。美人で頭もよさそうだが化粧は少し濃すぎる、わざと蓮っ葉に見せているのかもしれない。

「マドモワゼル・ミショーですね、メルシュ氏の紹介で伺いました」カケルが声をかける。

「坐って」

上体をくねらせてコリンヌが壁際の席に躰を押しこんでいく。女が給仕にビールの二杯目を注文し、日本人はペリエ、わたしは珈琲を頼んだ。

面白がるように女がいう。「モガール警視の娘さんと日本人の私立探偵《プライベート・アイ》が、ルドリュの無実を晴らしてくれるんですって」

「どうしてヤブキさんのことを私立探偵だなんて」

「なにか知ってるだろうって朝から警視庁で絞られてたのよ。事情聴取そのものは小説の刑事ほど乱暴じゃなかったし、いい経験だったけどね。ようやく家に帰り着いたら昔の上司から電話で、ヤブキなら調査能力は保証できるって」

矢吹駆が三年で七件もの難事件を解決したことは関係者の数人しか知らないし、この事実を十月書房《エディション・オクトーブル》の編集長が摑んでいるとは考えられない。カケルを私立探偵と紹介したのは、協力せざるをえない立場に追いこまれた男の精いっぱいの皮肉ではないか。後ろ暗いことまで洗い出されたメルシュはシニカルで喰えない印象なのに、カケルの要求には従わざるをえない様子だった。

ルドリュ犯人説を疑っているというのは、わたしたちをコリンヌに紹介するためにでっちあげた口実に違いない。たしかにルドリュの愛人から情報を引き出すには、そう信じさせておいたほうが有利だろう。

テーブルに置かれたセバスチァン・ジャプリゾの小説を見て、わたしは問いかけた。「ミショーさん、探偵小説《ロマン・ポリシエ》がお好きなんですか」

「学生時代はセリ・ノワールの編集者に憧れてたのよ。志望とは違って、ちっぽけな左翼出版社に潜りこむことになったわけ」

翻訳家のマルセル・デュアメルが企画した、歴史のある犯罪小説叢書がセリ・ノワールだ。その編集を担当するには、版元のガリマール社に採用されなければならない。この国でもっとも権威ある出版社だから、学生が志望しても簡単には入社できそうにない。

「じゃ、愛読書はロマン・ノワールなんですね」

「小説だけじゃなくて男もね。傷だらけの古いジッポーの蓋を鳴らすのが、ルドリュの癖だった」真っ赤に塗られた唇が皮肉そうに曲げられた。

古いジッポーを手放さない男は誘拐犯として射殺された。セバスチァン・ルドリュは、たしかにロマン・ノワールの主人公を地でいったようにも見える。

「他にカルティエのライターも使っていませんでしたか」思い出して尋ねてみた。

女は軽く手を振る。「とんでもない、カルティエもデュポンもあの人の趣味じゃないから」

聖《サント》ジュヌヴィエーヴ学院の学院長室のデスクに置かれていたライターからは、ルドリュともう一人の指紋が検出された。第二の指紋は小ぶりで女性のものかもしれないという。カルティエのライターがルドリュの愛用品で、第二の指紋がコリンヌ・ミショーのものなら辻褄は合うが、事実は違うようだ。とするとカルティエのライターはどこから出てきたのか。

「それで『さらば友よ《アデュー・ラミ》』を読み返してるんですか」

この小説が刊行されてから十年もが経過している。本の表紙も色褪せているし、探偵小説《ロマン・ポリシエ》の読者なら初読ということはないだろう。ジャプリゾはコリンヌ好みのノワール派ではないし『さらば友よ《アデュー・ラミ》』

も意外な真相で読ませる探偵小説《ロマン・ポリシエ》だが、それでも二人の主人公は少しノワールっぽい。なにしろ友情に殉じる男たちの物語だから。

暑くなったのか席に着いたまま女が外套を脱いだ。「また読みたくなったのよ、ルドリュと同じセバスチァンが書いた、『さらば友よ《アデュー・ラミ》』を。わたしのためにルドリュが犯罪に走ったのじゃないとしても」

ルドリュもアルジェリア戦争世代だという。徴兵されたわけでもないのに、自分から大学を休学して戦場に行った。トロツキーを信奉する極左派《ゴーシスト》になったのは復員してからのことだという。

「でもルドリュは左翼じゃないわよ。『ホロコーストの神話《ミス》』のことで昔の仲間から非難されたけど、極右やネオナチとも違う」

「じゃ何者なんですか」

「教養派のメスリーヌってところかしら」ショルダーバッグから煙草のパッケージを出し、女が赤のロワイヤルに火を点ける。

ロマン・ノワールやフィルム・ノワールの主人公よりもノワールな実在人物が、ジャック・メスリーヌだ。命がけで戦ったアルジェリア戦争が無意味だったことに絶望し、メスリーヌは職業犯罪者の道を歩みはじめる。アメリカとフランスを股にかけて犯罪、逮捕、脱獄を繰り返し「怪盗」や「社会の敵の第一人者」という称号を得た男だが、二十年の刑で服役していたサンテ刑務所から半年ほど前に脱獄している。

わたしの鼻先に煙を吹きかけてコリンヌが続ける。「メスリーヌと同じでルドリュの父親も対独協力者《コラボ》だった。アルジェリア戦争に志願したのは汚名にまみれた父親の存在を否定するため。ド・ゴールの弾圧で無力にも自己崩壊した秘密軍事組織《OAS》と右翼勢力に絶望して今度は左翼、それも極左的な活動家になった。あの人が憎んでいたのは自己欺瞞的な戦後フランス社会なのね」

第二次大戦では軍隊が総崩れになってドイツに降伏し、しかもアメリカの力で解放されたフランス人は、直視できない恥辱の歴史を隠蔽し、おのれを免罪するために二つの神話を必要とした。肯定的にはレジスタンスの神話、否定的にはヴィシー政権の神話だ。ナチ協力もユダヤ人狩りもヴィシー政権の悪行とされ、一般のフランス人は免罪された。少年時代からレジスタンス神話の欺瞞性に気づいていたルドリュは、理念的な自己保身にまみれたフランス共和国に挑戦状を叩きつけることにした。『さらば友よ《アデュー・ラミ》』の主人公ディノと同じで、メスリーヌもルドリュもアルジェリア独立を阻止するために戦った青年だ。道義のない無意味な戦争で多くのフランス青年が死んだ。復員後のメスリーヌは職業的犯罪者の道を選んだが、ルドリュは極左派《ゴーシスト》に変身する。父親のわずかな遺産を注ぎこんで小さな出版社を興し左翼関係の本を出していたが、三年前に『ホロコーストの神話《ミス》』を刊行する。右翼から左翼へ、また右翼へ。無節操にしか見えない人生だとしても、戦後フランス社会の欺瞞性を憎んだ点では一貫している。

「少し大袈裟みたいだけどルドリュにもメスリーヌにも、戦後フランス社会という不条理への実存的反抗者みたいなところがある。でもシーシュポス的な悲劇の英雄というには薄汚れていた。満たされない自尊心に子供みたいに傷つき、虚栄に駆られ空しい名声を求めた点でも、ルドリュはメスリーヌにちょっと似ている」

エコール・ノルマルの試験に落ちたこと、博士号を取得できなかったことがルドリュという男には、永遠に疼き続ける深刻な心の傷だった。しかし高貴な反抗者と世間的評価を気に病むような俗物性は両立しうる。

「人間って複雑なのよ。あの人が教養派のメスリーヌからメスリーヌの同業者になってもちっとも驚かない。小さな法律違反とはいえない、どう見ても凶悪な犯罪以外ではない領域がある。決定的な線を踏み越えて犯罪者の領域に入ってしまいそうな危うさが、よくも悪くもルドリュの魅力だった」語り終えた女は黄色い三角形の灰皿に、まだ半分も吸っていない長い吸殻を投げこんだ。

女の話から、ある程度までセバスチァン・ルドリュの人物像が見えてきた。対独協力者《コラボ》の息子でアルジェリア帰還兵の屈折した人生になど警察は興味がないだろう。コリンヌ・ミショーの事情聴取はルドリュの経済状態をはじめ、もっと直接的な動機の問題に終始したに違いない。

「ルドリュが犯罪事件を起こすこと、ミショーさんは予想していたんですか」

「そのうち警察沙汰になるかもしれないと、心のどこかでは思っていた気もするわね。あなたたちがルドリュの無実を信じていようといまいと、わたしにはどうでもいいのよ。あの人はあの人の人生をまっとうしたんでしょうから」

二杯目のビールを飲みほしてコリンヌが不自然に瞬きした、涙をこらえているのかもしれない。世俗の塵にまみれた反抗者を、それでも愛していたのだろう。気丈そうに装っていてもルドリュの死が精神的な打撃でないわけはない。女の瞬きは見なかったことにして話を進める。

「では、ルドリュ氏は有罪だと」

「事件をめぐる報道からしても、誘拐のほうは否定できそうにないわね。『ホロコーストの神話《ミス》』の著者ほどの執拗さで、常識的には事実と信じざるをえないもろもろを疑ってかかるのなら話は別かもしれないけど、わたしにはそんな趣味も根気もない」

「誘拐事件の犯人はルドリュ氏に間違いないと」声を抑えて確認する。

「あの人が聖《サント》ジュヌヴィエーヴ学院の殺人にも関係していると、どうやら警察は疑ってる。ルドリュがエステルの額を拳銃で撃ち抜いたとしても、ちっとも驚かないけど」

「どうしてなんですか。ルドリュ氏に奥さんを殺害する理由はないはずだって、メルシュ編集長は」

コリンヌが新しい煙草に火を点ける。「お金が目的ならエステルを殺す必要なんかないでしょう。退社してから長いこと接触のなかったルドリュとたまたま再会し、つきあいはじめたのは二年前の春先のこと。最初は臆病なほどわたしとの関係を隠そうとしていた。でも急に変わったの、エステルに知られてもかまわないという態度に」

「それ、いつなんですか」

「二年前の晩秋かしら、わたしのアパルトマンに平気で泊まるようになったのは。とにかく行動が露骨だから、夫の情事なんて想像したこともないエステルもじきに気づいた。しばらく揉めていたようだけど、けっきょくはルドリュが家を出ることになる」

わたしは軽く唇を噛んだ。「別居しても離婚にはならないし、これまで通り経済的な支援も期待できると、メルシュさんには口にしていたとか」

「エステルが死ねばモンゴルフィエ家の遺産は自分のものだ、遺言状が書き換えられることはないと自信たっぷりだった」

「どうしてなんでしょう」

「想像はつくはずだけど」色っぽい仕草でコリンヌが髪を掻きあげる。

かつての部下と再会した男が、男女関係になった事実を妻に隠さなくなる。離婚を覚悟したからではない、財産家である妻の経済的支援がなければ男は事業を続けられないのだ。夫の浮気を知っても妻は離婚できず、これまでと同じように夫の出版社の赤字を穴埋めしなければならない。しかも遺言状が書き換えられることなどないと、男はたかを括っていた。こうした一連の事実を合理的に解釈できる仮説はひとつしかない。

わたしは低い声で応じる。「二年前の晩秋、ルドリュは妻の決定的な弱みを握った」

「でしょうね、そうとしか考えられない」

「とすると、わからないのは」

わたしの話をコリンヌが引きとる。「どんなわけでルドリュは身代金目的の誘拐なんかを企んだのか。数千万の札束で溢れた金庫の鍵を手にしたも同然だというのに、どうしてダッソー家から二百万フランを奪おうとしたのか」

妻のエステルが死ねば数千万フランの遺産が相続できる、だからルドリュは妻を殺害したのだろうか。しかし二百万の負債を返済するためならともかく、一桁上の資金を緊急に必要としていた様子はない。巨額の遺産を相続する目的で、たったいまエステルを殺害しなければならない理由などルドリュにはない。

事業を維持するための資金が目的で、財産家だが不細工な女と結婚した。高貴な反抗者としても自尊心過剰な俗物としても、金銭を無心してエステルの前に這いつくばるのは不愉快きわまりなかっただろう。どれほどの鬱屈と憤懣を男は抱えこんでいたものか。

「だからエステルを殺しても不思議じゃない、お金というよりもプライドの問題から。ルドリュは札束を餌にして自分を跪《ひざまず》かせた女を憎んでいた、妻の弱みを握って自由に浮気できるくらいでは癒されないほどに」

理解できないのは誘拐のほう。警察はルドリュの犯行と断定しているし、たぶんそうなんでしょう。でも、そんなことをした理由がわからない。二百万の身代金を奪うために、手間をかけて子供を二人も誘拐する必要なんてないのに」

ルドリュには金のために妻を殺害する理由がないと、部下のメルシュは語っていた。金のためでなく傷ついたプライドのために、ルドリュが妻に復讐しても不思議ではないと愛人の女はいう。それでも誘拐事件を惹き起こした理由はわからないと。

「ルドリュ氏に宝石蒐集の趣味は」

質問に女が苦笑して答える。「興味なんかないわよ、宝石にも工芸品や美術品にも。趣味で集めていたのは拳銃で、古いのや新しいの、大型や小型、輪胴式や自動式、なんだかんだで何十挺も専用の保管庫に仕舞いこんでいた」

「ワルサーP38とベビーブローニングもですか」

女が首を横に振る。「なんともいえないな、銃のことには詳しくないから」

当然ながら警察は誘拐犯のアパルトマンを家宅捜索している、蒐集品の拳銃も保管庫から発見したことだろう。この点の詳細をジャン＝ポールから訊き出すため、今夜にでも電話しなければ。

「どうしてルドリュが宝石に興味があったなんて」

「ちょっと思いついたので」わたしは口を濁した。

誘拐犯の要求に〈ニコレの涙〉が含まれていた事実は、まだ公表されていない。情報が伏せられているのはダッソーの意向からかもしれない。闇市場に出れば買い戻すこともできるが、盗品であることが周知されると犯人は処分に迷って、しばらくは手放さない可能性が増す。あるいは宝石の出所を承知したうえで、秘密のうちに取引してもいいという顧客を見つけるか。

ルドリュが宝石マニアであれば、大粒のブルーダイヤを奪う目的で誘拐を企んだとも考えられる。その場合は宝石が真の狙いであることを覚られないように、現金を一緒に要求したことになる。しかし愛人の証言によればルドリュは宝石蒐集家ではない。人質と引き換えにダイヤモンドを要求したのは、やはり換金が目的だったようだ。

モンゴルフィエ家も財産家のようだが、この国では有数の富豪であるダッソー家とは比較にならない。ルドリュという人物の原点は社会憎悪で、左翼や右翼のような政治的立場は恣意的な選択の結果だった。戦後フランス社会の顚覆を夢想する男にとって秩序の支柱であるブルジョワ階級は、その代表ともいえるダッソー社の経営者一族は許しがたい敵だろう。フランソワ・ダッソーを逆撫でするために、いわば階級闘争として一人娘の誘拐を企んだのかもしれない。

ダッソー家の令嬢が翌日の午後四時に、森屋敷の裏木戸から人気のない裏道に出てくる。そんな情報が協力者からルドリュに届いたとしよう。誘拐には絶好の機会だ。安定した社会秩序を憎悪する男は、ブルジョワや警察に敗北の屈辱を舐めさせるゲームとして、ダッソー家の一人娘ソフィーの誘拐を決断した。

本当に窮迫している者なら、賭博場のネオンサインに惑わされたりしない。夜も寝ないで借金のために駆け廻るだろう。賭博者は暮らしていく金のためでなくゲームそれ自体に没入するが、ルドリュも同じだったのではないか。問題は誘拐というゲームに勝利することで身代金はその証にすぎない、いわばルーレットのチップのようなものだ。

ブルジョワを罰するための誘拐は動機として非常識でも、ルドリュの人物像からすれば相応の説得力はあるように感じる。難点はダッソー家の少女を誘拐する前に、小学生のジュール・メルレを誘拐している事実だ。犯人にとって玉突き《ビヤール》誘拐は魅力的な企みだとしても、ソフィーの身柄を手に入れる前に、子供の誘拐という重大犯罪に踏みこんでしまうのは危険すぎないか。

予想とは違ってダッソー邸の裏木戸前に人目があったら、ソフィーの誘拐は延期すればいい。しかし、その場合にはジュールの誘拐が無意味になってしまう。計画通りにソフィーを拉致できるかどうかわからないのに、先走ってジュールを誘拐するのは賭博師の判断としてどうなのか。わたしならそんな危険は冒さない。

関心があるのかないのか、これまで話を黙って聴いていたカケルがようやく口を開いた。「この夏、ルドリュ氏になにか変わった様子は。とりわけ七月十日以降に」

「夏ねえ」三杯目のグラスを空けて女が呟いた。「そういえば革命祭《カトルズ・ジュイエ》から二、三日したころ、なんだか意味のわからないことを口にしていた」

「どんなことでしょうか」

「夜中の十二時すぎにわたしの家に転がりこんできたの。かなり酔っていて『障害をとっぱらうには避けられないことがある、決断せざるをえない』なんてぶつぶつ呟いていた」

「障害とは」青年が畳みかける。

「この社会の欺瞞を底の底から打ち破るための闘い、その障害ということだろうって思ったけど」

「フランス戦後社会の理念的な自己保身を逆撫でしようと、『ホロコーストの神話《ミス》』を刊行した。ルドリュ氏にしてみれば、これは避けられない闘争だったのでしょう。この闘争への障害という意味ではありませんか」

カケルが七月十日という日付を持ち出した理由なら想像できないでもない。それまで軟禁状態に置いていたナチ戦犯クラウス・ヴォルフの身柄を、ボリビア政府はフランス側の度重なる要求に屈して引き渡すことにしたのだが、その決定は七月十日になされたのだ。それから一週間ほどして、ルドリュは決断をめぐる謎めいた言葉を口にしている。

「そうかもしれない、本当のところはわからないけど」

「革命祭《カトルズ・ジュイエ》の前後、ルドリュ氏が特別の人物と会ったことは」

「妙なことをぶつぶつ呟いていたのは、『ホロコーストの神話《ミス》』の著者と会った夜だったようね」

わたしは息を呑んだ。『ホロコーストの神話《ミス》』の刊行を無駄にしないためには、なんらかの決断が必要だ、そう口にしたのはイリイチらしい男と会った夜のことだという。七月の中頃に、ルドリュがニコライ・イリイチと密かに接触していたとしよう。それが誘拐と殺人をめぐる決断であるなら、ルドリュの犯罪にイリイチが関与していた可能性は高い。

確信犯のヴォルフはパリで行われる裁判で、ユダヤ人問題の「最終的解決《ジェノシード》」をめぐる詳細を誇らしげに語るのではないか。ヴォルフの証言によってユダヤ人大量殺害否定論は大きな打撃を蒙る。アイヒマンの場合のように、その証言は拷問と脅迫の結果にすぎないと強弁することさえ困難なのだし。いや、アイヒマンもアルゼンチン潜伏中のインタビューでは、大量殺害《ジェノシード》を事実とした上で擁護している。インタビューを企画したのはネオナチの歴史偽造家で、インタビュイーにはガス室もユダヤ人の大量虐殺もデマにすぎないという発言を期待していた。アイヒマンの自己正当化の情熱によって、その期待は裏切られたことになる。エルサレムでは一転して小心な実務官僚を演じたアイヒマンだが、ヴォルフは裁判でも勝者に屈しない誇り高い敗者、英雄的な虐殺者として振る舞うだろう。

ヴォルフ裁判との関係で、なんらかの決断をしなければならない立場にルドリュは置かれていた。この決断にはおそらくニコライ・イリイチが関与している。誘拐事件の首謀者はウクライナ出身のブラジル人で、実行犯はイリイチの操り人形だったにすぎないのか。

「あの人の無実を晴らしてもらいたいなんて思ってない、誘拐に失敗して死ぬのは似合ってるような気もするし。それにルドリュのやつ、このところ女の匂いをさせていた。エステルともわたしとも違う第三の女、金髪でミルなんか使ってる厭味な女よ」

一筋の金髪は愛人の上着に付いていたようだ、ジャン・パトゥの香水の残り香も。コリンヌの勘ではルドリュには新しい愛人がいた。十月書房《エディシオン・オクトーブル》の編集長メルシュによれば、正体不明の男に監視されていた様子もある。ルドリュの身辺に見え隠れしていた謎の女と男の正体を突きとめるために、すでに警察は動きはじめたろう。

もう少しいるというコリンヌを店に残し、わたしたちは夜の街路に出た。地下鉄《メトロ》の駅のほうに歩きながら隣の青年に話しかける。

「魅力的な女性ね、コリンヌって」

美人には違いないが外見を評したわけではない。ルドリュという鬱屈して癖の強い男に惹かれながら、そんな自分を他人のように視ている態度に女性としての魅力を感じた。戦後フランス社会の良識を否定するためユダヤ人大量殺害否定論《ジェノシード》にのめり込んだ、精神的な屈折を抱えこんだ男。高潔だったハインリヒ・ヴェルナーやイヴォン・デュ・ラブナンとは違って卑俗だけれども、ルドリュもまた二十世紀的な行動的ニヒリストの一人だった。その歪んだ魅力にコリンヌは惹かれたのかもしれない。

暗い歩道を歩く青年は無言だった。女性の魅力について語るには不適当な人物であることに気づき、苦笑しながら日本人の腕をとる。まだ十一月なのに街路を吹きわたる夜風は木枯らしのように冷たい。

サン・モール駅で地下鉄《メトロ》に乗れば、カケルはサンティエで下車、わたしはサン・ラザールで乗り換えになる。もう少し一緒にいたいという気持ちを奥歯で嚙み潰した。友達より近いけれど、恋人よりは少し遠い微妙な距離を意識しながら、青年に身を寄せて歩き続ける。

第七章　六百万人の誘拐

〈11月24日午後4時20分〉

老眼鏡を外してモガール警視は視線を宙にさまよわせた。執務室のデスクに置かれた用紙には晩秋の光が薄ぼんやりと差している。

作文が書かれた用紙は、少し前にナンテール署のドワイヤン刑事が届けてきた。聖《サント》ジュヌヴィエーヴ学院の資料保管庫をひっくり返し、若い刑事は二年前の作文を掘り出すことに成功したようだ。題名は「エミールおじいさんのこと」、書き手はアデル・リジュー。中学《コレージュ》の一年生《シジエーム》だったアデルは、友達の祖父エミール・ダッソーの思い出話を作文に書いていた。父親がユダヤ系だったという少女にとって、エミール老人の運命は自身の問題でもあったろう。

戦争中にナチは六百万人のユダヤ人を誘拐して、アウシュヴィッツのような収容所で大量虐殺した。親切で優しいエミールおじいさんはポーランドのコフカ絶滅収容所から奇跡的に生還した一人だ。ゲシュタポに捕まえられて送られた収容所にはガス室があって、何万人ものユダヤ人が青酸ガスで殺された。仲間と一緒に屍体の山を焼却炉に運び、焼け残りの骨や灰を埋めるのが日課だった。戦争が終わる直前に四人の暴動が起こって森に逃げこんだおじいさんは、かろうじて生き延びることができた。ようやくパリに戻ってから知ったのは、マダム・ダッソーも二人の娘さんもアウシュヴィッツ収容所で殺されていた事実だった。

自分がエミールさんならゲシュタポやナチや、ヒトラーを支持したドイツ人を皆殺しにしてやりたいと思うだろう。でも、そんなふうに考えてはいけないとおじいさんはいう。もしも悔いているなら悪事に加担した人も赦さなければいけないが、どうしたら赦せるのか悩んできたのだと。もっと考えていろいろなことを話したかったのだけれど、おじいさんは邸の塔で死んでしまった。いまでも自分は、悪人なんか皆殺しになればいいと思っている……。

十一歳にしてはしっかりした文章で、いささか不穏当な結論かもしれないが子供らしい率直さは評価できる。貨物車に詰めこまれ運ばれてきた囚人を、ガス室まで先導したのは囚人頭《カポ》のエミール・ダッソーだった。この陰惨な事実までは、老人も子供に語ることができなかったようだ。

距離を置いて見れば異なるのが明瞭だとしても、歴史の現場で加害と被害は複雑に錯綜している。加害者が罪を認めて謝罪するなら赦さなければならない、しかしどうすれば赦せるのかわからないと小学生の少女に語ったとき、エミール・ダッソーは自身の罪を意識していたのではないか。囚人頭《カポ》として生き延びたエミールを非難できる人間は一人もいない、ガス室で殺された死者を別とすれば。そうした死者たちとの無言の対話を目的として、ダッソー邸の西塔には陰惨なパノラマが造られた。人工の地獄を模した光景のなかで命を絶つことが、エミール・ダッソーには最終的な選択となる。

モガールにはエミール・ダッソーの運命が他人ごとに思えない。昨日まで隣人だったユダヤ系市民が大量に拘束され東方に強制移送されていく事実を、モガール自身も含めて占領下のフランス人は連日のように目にしていた。絶滅収容所の実態までは知らなかったとしても、ユダヤ人迫害を黙視していた事実に変わりはない。

いや、噂程度ではあるにしても強制収容所の実像は多少とも知られていた。フランス人は知らないふりをしていたのだ。そしていまも、当時は知らなかったことにしている。もしも認めてしまえば、容易には正当化しがたい倫理的責任が生じるからだ。

少年時代のモガールが対独抵抗運動《レジスタンス》に参加したのは、占領下の屈辱に耐えられなかったからだ。迫害されるユダヤ系市民への同情も幾分かはあった。対独抵抗運動《レジスタンス》の末端で使い走りをしたことのある者であっても、しかしエミール・ダッソーには、ナチの占領体制に無言で屈従していたフランス人の同類に見えたろう。

対独抵抗運動《レジスタンス》の指導者としてゲシュタポに逮捕され、残虐な拷問にかけられ虐殺されたルヴェールのようなフランス人はどうなのか。少なくとも生き延びることのできたエミール・ダッソーは、反ナチ戦士であるルヴェールに敬意を表したろうか。モガールは重たい溜息をついた。

二年前に書かれた少女の作文は、元レジスタンス少年の胸中に穏やかならぬ自問を生じさせる。しかし歴史の責任をめぐる難問に、いまは頭を悩ませている余裕がない。エステル・モンゴルフィエの射殺犯を逮捕することが、司法警察官であるモガールには後廻しにできない当面の任務だから。

極右政党の国民戦線《FN》の最高幹部でユダヤ人大量殺害《ジェノシード》の歴史を否定していたフランソワ・デュプラが、自動車に仕掛けられた爆弾で暗殺されたのは最近のことだ。極右の内輪もめか極左のテロか、あるいはシオニストによる政治的暗殺なのか。いまも捜査は続いているが犯人の逮捕にはいたっていない。被害者がデュプラと同じような否定論者であろうと、エステル殺害犯を放置してはおけない。

『ホロコーストの神話《ミス》』を刊行したセバスチァン・ルドリュは大量殺害《ジェノシード》否定論者だった。ルドリュの妻エステルも同じような修正主義歴史観の持ち主という可能性は高い。エステルの父親には、かつて極右組織アクシォン・フランセーズで活動していた疑惑もあるようだ。

この作文を読んだエステルが女子生徒に書き直しを命じた。教育者だから否定論を露骨に語るわけにもいかない、おそらく極端な結論部分を非難したのではないか。しかし少女は穏当な方向での書き直しを拒否する。学院長と生徒のあいだに生じた軋轢が二年前の出来事を生じさせた。

更衣室の窓から裏庭に這い出したアデルは、学院長が大事にしていた花壇を踏み荒らし「ゲシュタポの糞野郎」と罵倒する。備品室から裏庭に出たエステルは少女を捕らえ、怒りにまかせて平手打ちを喰わした。学院を出たアデルは玄関前で待っていた同級生と夜道で別れ、そのまま永遠に姿を消してしまう。

ここまでが確認された事実、あるいは事実に支えられた推測だ。ダッソーの秘書オヴォラがアデルの父親であることは確認された。オヴォラが学院長の歪んだ歴史観と娘への体罰を知ったとしよう。それがきっかけでアデルが家出した可能性も否定できない。

家出しても行き場がなく、ルイと名乗っていたナンテール校のヒッピー学生の部屋に転がりこんだ少女が不幸な運命を辿った。その夜のうちにレイプに抵抗して殺害された、あるいは閉じこめられた末に殺害された。屍体は処分されいまだに発見されていない。これが捜査を担当した刑事の個人的見解だったようだが、具体的な証拠のない当て推量にすぎないから、上司は家出による失踪と結論して捜査を終わらせた。

しかしアデルが同級生に洩らしていたところでは、ドラッグを分けてくれるルイはゲイだったようだ。あるいはアデルは、いまでもどこかでルイと暮らしているのかもしれない。警察の見解がどうであれ、父親のオヴォラは娘の生存を信じようとしている。

オヴォラに学院長殺しの動機はあるだろうか。昨夜からバルベスはオヴォラ犯人説に傾きはじめている。ダッソー家をめぐる誘拐事件と学院長殺害事件の接点に位置する人物だから、たしかに疑わしいところがある。オヴォラとルドリュが殺人と誘拐の交換契約を結んだのだろうか。

いいや、やはり無理がある。娘の失踪に責任があるエステル・モンゴルフィエの死をオヴォラは望んでいた、だから学院長室でエステルを射殺した。これでは動機と犯行が一致して交換犯罪の仮説は不要になってしまう。

学院長殺しの不在証明《アリビ》がオヴォラにはない。去年の夏に娘のことで聖《サント》ジュヌヴィエーヴ学院を訪れ、今回の事件現場となる学院長室にも招き入れられているし、エステル殺害の重要容疑者には違いないとしても決め手がない。

それに、この程度のことでは動機としても不充分だろう。レイプ殺人の証拠を摑んだ父親がルイを見つけ出して、復讐のために殺害したというなら納得できるが、学院長はアデルを叱責し体罰を加えたにすぎない。これでは「目には目を、歯には歯を」の同害報復の論理からも外れてしまう。ヤブキの言葉でいえば暴力の不等価交換で、このように想定することの不自然性は否定しがたい。

ダッソー邸でカウフマンの事情聴取を終えたバルベスによれば、ルドリュの不在証明《アリビ》は疑いようがない。帰庁したバルベスだが今度はドワイヤンと二人で出かけていった。ナンテール署の刑事は、失踪少女の作文に加えて耳寄りな新情報をもたらした。

モガールも事情を聴いた管理人《コンシエルジュ》のディディエ・マタンが、聖《サント》ジュヌヴィエーヴ学院に採用されたのは二年ほど前のことで、先代の管理人《コンシエルジュ》の消息を尋ねても学院の事務長はわからないという。他の退職者と違って勤務記録や関係書類が見当たらないのだと。不審に感じたドワイヤンが昨夜から精力的に動きまわって、元管理人《コンシエルジュ》の現住所を洗い出すことに成功した。

これから郊外のモンテソンまで老人を訪ねるという刑事に、興味を示したバルベスが同行すると言い出した。アデル・リジューを最後に目撃したのは同級生の少女だ。最後から二番めの目撃者である老人は管理人《コンシエルジュ》という仕事柄、子供とは違う観察力でアデルを見ていたかもしれない。長年の相棒の勘をモガールは尊重している。モンテソンまで足を延ばせば、バルベスの望み通りに耳寄りな情報が得られるかもしれない。

午前中の事情聴取で確認されたように、午後三時三十分から六時四十分まで一人で車を走らせていたというオヴォラには、学院長殺しの不在証明《アリビ》がない。事情はダッソー邸の他の関係者も変わらないが、運転手のルルーシュを含めて使用人たちは、夕食の支度などで六時前後の不在証明《アリビ》を証言している。

ルルーシュには他の用件を命じていたので、フランソワ・ダッソーは私用のアルファロメオで五時二十分に邸を出た。海外出張するダッソー社の幹部社員に伝えなければならないことを思い出して、オルリー空港まで出向くことにしたのだという。道路の渋滞のため空港に到着するのが遅れ、空港で部下を見つけることはできなかった。帰宅したのは六時三十分。

オヴォラと前後して邸に戻ってきたヴェロニクにも、五時以降の不在証明《アリビ》はない。この時刻にトロカデロの友人宅を出たことは確認されたが、それから帰宅するまでの時間が長すぎる。途中で思いついてシャンゼリゼで車を停め、街路を散歩していたというのだが目撃者は発見されていない。通行人に注目されるのが厭で、サングラスにスカーフで顔を隠していたと本人はいうのだが。

ダッソー家の関係者で不在証明《アリビ》が確認されているのは、滞在客のハンナ・カウフマン一人だ。カウフマンがモンパルナスの珈琲店《カフェ》で顔を隠した客と会っていたことは、給仕が確認している。また煙草を吸うときにマフラーを外した男の顔が、写真のルドリュと同一人物であることはカウフマンが証言した。

オヴォラ、ダッソー、ヴェロニクによる説明には疑わしいところがある。六時前後に聖《サント》ジュヌヴィエーヴ学院でエステル・モンゴルフィエを射殺し、六時三十分あるいは四十分に帰宅することは三人とも時間的に可能だった。

凶器に使われたワルサーP38の出所も問題だ。ルドリュは拳銃の蒐集家だったから、凶器のワルサーもその一挺だったと考えられる。問題のワルサーP38からは、遊底を覆う金属板の裏側から指紋が検出された。分解しなければ露出しない箇所に付いた指紋は、銃把や引金の指紋とは違っていた。警察の記録にもない正体不明の指紋で、誰のものか突きとめれば拳銃の出所も判明するのではないか。

気分転換に窓を開いてみると、冷たい晩秋の大気で室内が満たされる。深呼吸してから窓を閉じデスクに戻った。ジュベール警視が届けてきた二枚の写真を手に取る。

〈ニコレの涙〉が接写された一枚は、ビヤンクールの書籍倉庫で撮影された模造品の写真ではない。引ったくり犯が自室に隠していた品で、正真正銘の〈ニコレの涙〉だった。二枚目は現行犯で逮捕された青年の顔写真だ。ヴィクトル・マンシェはトロワ出身の二十歳、地元のリセを中退してパリに出てきた。美少年ともいえる繊細で優しい顔だちだが、写真の印象があてにならないことをモガールはよく知っている。

二十区の貧しい屋根裏部屋をねぐらに、半端仕事を転々としていたマンシェは昨日の夕方、街路で老婆から鞄を奪おうとして逮捕された。被害者の悲鳴を耳にした巡回中の警官が、男のあとを追って取り押さえたという。けちな窃盗事件のためトロワで逮捕された前歴があるが、未成年だったので起訴はまぬがれている。

ジュベール警視が訊問している最中だが、マンシェは言を左右にして自供を拒んでいるようだ。部屋に〈ニコレの涙〉を隠していた事実からして、誘拐事件と無関係とは考えられない。ルドリュが落とした宝石を道で拾ったわけでもあるまい。誘拐事件の共犯者という線も無視はできない。幾日も黙秘し続けるような根性はなさそうだ、じきに落とせるだろうとジュベールは自信を見せていた。マンシェの自供で二重誘拐事件の全貌は解明できるだろうか。

ノックに応じると執務室のドアが開かれた。バルベスとドワイヤンに案内されて、頑丈そうな体格の老人が部屋に入ってくる。老人は黒いベレを頭に載せている。使い古した帽子と同じくらい年代物の型崩れした上着の下に毛糸のベスト。モンテソンはナンテールの近くで共産党の票田だ。昔気質の労働者らしい老人だから在職中は労働総同盟《CGT》に所属し、いまも共産党に投票しているのだろう。

「モガール警視、こちらがムッシュ・ルグランです。一昨年の十一月二十日まで聖《サント》ジュヌヴィエーヴ学院で管理人《コンシエルジュ》を務めていた」ドワイヤン刑事が紹介する。

デスク越しに握手して、モガールは老人に腰かけるよう勧めた。少し離れた椅子にバルベスが坐り、若い刑事は部屋の隅で壁に背をもたせている。十一月二十日といえばオヴォラの一人娘が家出した三日後のことだ。アデルの失踪とルグランの退職には関係があるのだろうか。

バルベスが声をかける。「そんなに緊張しなくていい、さっきと同じことをモガール警視に話してもらいたいんだ。一昨年十一月十七日の下校時のことから」

ひび割れた唇を舌先で湿して老人が語りはじめる。「あの日も夕方の六時に正面玄関の大扉を施錠した、それまでにほとんどの生徒は下校しますんで。ただし玄関扉の潜り戸は別だね、もっと遅くまで仕事をしている先生方もいるから」

大扉を施錠してから少しあと、正確なところは記憶にないが六時十分か十五分ごろのことだという。女子生徒が心残りな様子で、幾度も後ろを振り返りながら潜り戸を出ていった。遅くなって下校することの多い生徒の顔は自然と覚えてしまう。罰として居残りを命じられる子も、優秀だから教師に手伝いを頼まれる子も。しかし、その女子生徒は記憶になかった。入学したばかりの一年生《シジエーム》なのか。

六時十分か十五分に下校したのはパトリシア・ルルーに違いない。友達のアデルが学院長にどんな目に遭わされるものか、潜り戸から出るときも心配でならなかった。

ルグランが続ける。「それから十分か十五分して、別の女子生徒が奥から玄関ホールに出てきた。この子の顔は覚えてたね、遅く帰ることが幾度もあったから。優秀じゃなく居残り組のほうなのか、ふて腐れているように見えたな」

窓口の管理人《コンシエルジュ》を睨みつけるようにして潜り戸から出ていく少女は、左の頬が赤らんで少し腫れていた。まだ帰宅していないのはモンゴルフィエ学院長一人だ。よほどの悪さをして、学院長に平手打ちでも喰わされたのではないか。

「で、問題はその先だ」バルベスが老人を促す。

「今度は時刻がはっきりしてる。六時半を過ぎたので規則通り潜り戸も施錠しようとしたときだったな、顔を腫らした生徒が思いつめたような表情で玄関ホールに駆けこんできたのは。驚いて声をかけると『学院長に用があるの』と叫んで、靴音を響かせながら通路を走っていった」

ルグランの口から決定的な証言を引き出したバルベスは、得意そうな顔をしている。同級生のパトリシア・ルルーと夜道で別れたあとアデルは学校に戻っている。ルグラン老人は最後から二番目ではなく、アデルの最後の目撃者だった。学院長室にいたエステル・モンゴルフィエを別とすれば。

「何時に下校したのかな、その女子生徒は」

モガールの質問に老人が首を横に振る。「わからんね」

「というと」

「九時を過ぎても女子生徒は玄関ホールに姿を見せない。校舎を見廻ったついでに、学院長室に通じるドアをノックしてみたんだ。返事がないのでドアの隙間から秘書室を覗いたとき、凄い勢いで奥のドアが開かれた」

顔を出したモンゴルフィエ学院長は、無断で秘書室のドアを開くなと老人を叱りつけた。謝罪して大急ぎでドアを閉じる真際に、管理人《コンシエルジュ》は奇妙なものを目にしていた。

「秘書室には外套掛けが置かれているんだが、その枝に見馴れないトレンチが引っかけられていた。しかも男物だ」

モンゴルフィエ学院長が個人的な来客を、裏庭の通用口から校舎に入れることはときどきある。夜更けに男の客と話しこんでいた学院長は、秘書室のドアが開く音に驚いた。それで不注意な管理人《コンシエルジュ》を、厳しい言葉で叱りつけたのではないか。

「問題の少女は」警視が話を戻す。

「学院長が帰宅したのは深夜になってからだったな。玄関扉の潜り戸を開けるときに聞いた話では、六時半ごろ学校に戻ってきた女子生徒は通用口から帰宅させたとか」

生徒が帰ってから男は到着したのか、まだ学院長室にいるうちに訪ねてきたのか、詳しいことはわからないと老人はいう。見廻りのため管理人《コンシエルジュ》が窓口を離れたことはあるが、そのあいだも校舎の玄関扉は施錠されていた。訪問客が裏庭の通用口から学校に出入りしたことは間違いない。

「しかも翌日、あんたは学院長から退職の話を持ちかけられたんだな」バルベスが話を進めた。

「もっと前から退職の話は出ていたんだけどね。なんでも邸の使用人から親類の男の就職先を頼まれたとか。どうしても断りきれないので、急なことだが辞めてもらえないかといわれたよ」

故郷のアルザスで老後を過ごそうと思っていた老人は、規定の何倍もの退職金を積まれて退職の勧めに応じることにした。しかしルグランはいま、パリ郊外のモンテソンに住んでいる。

「帰郷するのはやめたのかね」

モガールに老人が答える。「一度はアルザスに戻ったんだが、兄の家族とうまくいかなくてね。今年になって、若いころから住み馴れたナンテールの近くに小さな家を買ったのさ。生まれ故郷で不自由なく暮らせるようにと、大金を出してくれた学院長に、約束を違えて舞い戻ってきたことは知られたくない。学院の関係者には新住所を知らせてないし、リュエイユ界隈にも近寄らないようにしてきたんだが」

アデル失踪事件を担当した刑事の報告書にも、ルグランを事情聴取した記録は残されていない。友達と夜道で別れてから、アデルが学院に戻った可能性など考えもしなかった刑事は、管理人《コンシエルジュ》から事情を聴取する手間を惜しんだ。仮に聴こうとしても管理人《コンシエルジュ》は交替していた、もうアルザスに帰郷していたかもしれない。

バルベスが横から口を出す。「もう一点、退職話が切り出されたときのことも」

「学院の裏庭には昔から楡の大木が植わっていた。どうしたわけかその樹が枯れはじめ、放っておくと腐って倒れかねない。学院長は枯れた樹を切り倒して、よく育った楡の樹を植え直すことにしたんだ。退職話が出る一週間ほど前から、学院長室に面した裏庭には業者が入っていたね」

巨木を根まで掘り出した大きな穴に、クレーンで吊りさげられた楡が植えこまれようとしているときのことだ、ルグランが学院長室に呼ばれたのは。楡の樹が植えられていく光景を窓越しに眺めながら、モンゴルフィエ学院長は退職の話を持ち出したという。

「この話を誰かにしたことは」モガールが尋ねた。

「今年の一月だったかな、兄の家まで訪ねてきたナンテール署の刑事に一度だけ」

立ったままのドワイヤン刑事にモガールが命じる。「あらためて連絡する、きみはルグランさんを家まで送ってくれ」

満足そうな表情の若い刑事が老人を先導して執務室を去った。棍棒のような太い腕を組み直したバルベスがにやついている。

「若造の手柄だね。ナンテール署に置いとくのはもったいない、上に具申してうちに引き抜きましょうや。ドワイヤンによると、この件でアルザスまで出かけた刑事などナンテール署にはいない。刑事と称して、爺さんから話を引き出した男がいるってわけだ」

バルベスが満足そうなのも当然で、ルグラン老人の証言がモンゴルフィエ事件の捜査に新局面を拓いた事実は疑いがたい。

「そういえばルドリュの車、行方不明だった黒のBMWがようやく見つかったとか」

モガールが尋ねる。「発見地点は」

「それがレ・フォントネルなんですな」レ・フォントネルならモンパルナスからリュエイユ・マルメゾンに行く途中の郊外町だ。「無届け駐車の多い空き地に事件の当日、十一月二十二日の朝には停められていたとか。この件はカケルさんに伝えなければね、調べろといわれたのは盗難車で放置車じゃないが」

「夕食のあとも、ヤブキとなにか話しこんでいたようだが」モガールが娘と夜道を歩きはじめたあとも、二人は料理店の前で立ち話を続けていた。

「書籍倉庫のことを聞かれましてね、日中に部外者が事務室に出入りできるかどうかと」

倉庫にはシャッターで開閉する正面入口の他に、外付け階段から事務室に入る鉄扉もあるが、通常は施錠されていて部外者が侵入することはできない。夏ならともかく、いまは窓も閉じられて鍵が掛けられている。事務室の換気扇は月はじめの掃除の際に取り外されたようだが、小学生ならともかく大人が出入りできる大きさではない。

ただしトラックやヴァンが倉庫に入ってきて、荷台に本の山を積んだり下ろしたりするときは事務室が無人になる。作業に専念している社員の目を盗んで、シャッターが開いた正面入口の隅から倉庫を入りこむことは容易だろう。

「まだあるんだね。昨日の晩飯のあとカケルさんは、聖《サント》ジュヌヴィエーヴ学院の裏庭にある楡の木を引っこ抜いてみたらどうかって。正直なところ、そのときはさっぱりわからなかったんだが、どうやら察しをつけていたらしい。オヴォラの娘は家出したのでなく、殺されて裏庭に埋められた可能性があるってことを」

たしかにバルベスの報告には、女子生徒の失踪と楡の植樹の件も含まれていた記憶がある。とはいえアデル失踪の直後に楡が植え替えられ、裏庭の大きな穴が埋められた事実までは聞いていない。どのような思考回路からヤブキは両者を結びつけたのか、バルベスが感嘆するように謎めいている。

花壇を踏み荒らした少女は学院長に平手打ちを喰わされて、悔しそうな表情で下校した。正面玄関前で待っていたパトリシアと夜道で別れたあと、しかしアデルは学院に戻ってきたのだ。少女は管理人《コンシエルジユ》の前を通過し、そして学院長室に入った。

学院長室でなにが起きたのか証言できる人間は見当たらない。アデルは失踪中で学院長は死亡したが、それでも推測はできる。アクション・フランセーズの前歴があるらしい父親に教育されたエステルは、夫のユダヤ人大量殺害否定論《ジエノシード》を信じこんでいた。「エミールおじいさんのこと」という作文を許しがたいと思って、生徒に書き直しを命じた。

エステル本人は教育上の注意をしたつもりかもしれないが、生徒は猛烈に反撥した。作文の書き直しを拒否し、学院長の花壇を踏み荒らして「ゲシュタポの糞野郎」と罵った。激怒した学院長が生徒に平手打ちを喰わせる。いったんは下校した生徒だが、怒りを我慢できないまま戻ってきて学院長と激しい言い争いをはじめる。

怒りに我を忘れたエステルが小癪な少女の首を絞めあげた、あるいは夢中で突き飛ばした。殺意の有無はともかく、結果として学院長は女子生徒を殺害してしまう。床に横たわる屍体を見下ろしてエステルは愕然とした。

「われに返って学院長はどうしたろう」モガールが自問するように呟く。

「助けを求めたでしょうな、おそらく亭主に」

自宅か出版社に電話して、エステルは夫を摑まえることができた。どこまで事情を話したものか、大急ぎで聖《サント》ジュヌヴィエーヴ学院に来るように頼みこんだ。これまでの捜査でセバスチァン・ルドリュの人物像はある程度まで把握できている。いささか下卑た、いかがわしいところもある冒険家タイプのようだ。

もしも時代と場所が異なれば、ルドリュにも別の人生があったかもしれない。いまや反時代的な冒険家は、ヒマラヤの高峰やF1サーキットで生と死の極限を追い求めるしかない。あるいはルドリュのように、非日常的な危険の感覚を求めて犯罪に走るか。

通用口から学院長室に入ったルドリュは、妻に殺害された少女の屍体を見ても冷静だったろう。むしろほくそえんだのではないか、これでエステルは永遠に自分の下僕だと考えて。

とはいえ妻を支配し財産を自由にするには、越えなければならない壁がある。部屋に横たわる屍体を適切に処分できなければ、エステルの弱みを握ることはできない。通用口から学院長室に入ったとき、男は裏庭に大きな穴が掘られていることに気づいた。確認すると植樹は翌日の予定だという。幸運にも目の前に墓穴が口を開いている、これなら人目を忍んで屍体を校外に運び出す必要もない。

トレンチを脱いで秘書室の外套掛けに引っかけ、身軽になった男は備品室に廻った。スコップを手に裏庭に出る。すでに掘られている穴の底を、さらに一メートルも掘り下げれば充分だろう。穴掘りの作業を終えると学院長室から裏庭に屍体を運んだ、窓から落としたのかもしれない。穴の底に屍体を横たえて土をかけていく。

翌日には植樹が行われる。まさか穴の底に屍体が埋められているとは、植木業者も思うまい。楡の樹が植えられた地面はしっかりと踏み固められ、エステル・モンゴルフィエの罪は永遠に大地の底に葬られる。

学院長室の真裏に聳える楡の樹は墓標なのだ。エステルは殺害した女子生徒の墓標を毎日のように眺め続けなければならないし、自分の呪われた行為を厭でも忘れられないだろう。怖ろしい秘密を夫に握られた以上、どのような要求であろうと拒絶も抵抗もできない……。

巨漢が続ける。「屍体は無事に処分できた。残るのは証人の処遇ってわけで、邪魔者の管理人《コンシエルジュ》はアルザスの田舎に追い払うことにした。失踪事件が表面化すれば、女子生徒が学院に戻ってきたことを喋りかねないから。誤算だったのは、兄夫婦とうまくやれなかったルグランがパリ近郊に舞い戻ってきたことだ。いや、計算違いともいえない、エステルが殺されたからこそ、警察もルグランを捜し出したのだから。もしも今回の事件が起きなければ、あの女の犯罪は埋もれたままだったかもしれないね」

バルベスの推測には否定できない根拠がある。聖《サント》ジュヌヴィエーヴ学院の裏庭にアデル・リジューの屍体が埋められた可能性は高い。十月書房《エディション・オクトーブル》の編集長メルシュから事情を聴いたときのことが、モガールの脳裏を過ぎった。

「二年前の晩秋からルドリュは、妻に浮気を知られてもかまわないような態度をとりはじめたとか」

「ルドリュにしてみれば当然のことだ。なにしろ殺人という秘密を握ってるんだから、女房なんかちっとも怖くない。これでオヴォラの動機もはっきりしましたな」娘を殺された父親が復讐を企んでも不思議ではないが、オヴォラはエステル・モンゴルフィエの犯罪をどのようにして知りえたのか。

「とにかく裏庭を掘り返さなければね。学院側がごちゃごちゃいうなら強制捜査だ。掘り返しの現場にはオヴォラを立ちあわせましょう。娘の白骨屍体を目にすれば、学院長殺しを自供するかもしれん」


〈11月25日午後2時45分〉


聖《サント》ジュヌヴィエーヴ学院の裏庭には、湿った土の匂いが立ちこめている。学院長室の窓の下に置かれた鋳鉄製の庭椅子に腰を据えて、モガール警視は工事が進むのを注視していた。同じように深緑色に塗られたベンチが更衣室の窓下にもあるが、そこからでは工事の様子がよく見えない。

楡の樹の下を三メートルは掘る必要がある。樹木の周囲には石畳が敷かれているし、職人の手仕事では今日一日で終わりそうにない。結論を急いでいるモガールは、小型重機の使用許可を学院側から取りつけることにした。

工事が開始されてから四時間ほどが経過している。工事の概略を説明された専門業者は、分厚い石塀の強度を確認した上で、道路側と庭側から二つの鉄製の橋を石塀に架けた。トラックで運ばれてきたショベルカーは、急傾斜の鉄板を道路側からじりじりと這いあがり、巧みなバランスで庭まで下った。

楡の樹はモンゴルフィエ学院長の希望で植えたのだから、切り倒すことなど絶対に許さないと言い張るラトゥール秘書には、発掘がすんだら元の状態に戻すと約束してある。できるだけ木の根を傷つけることなく、三メートルほど下に埋設されているものを掘り出したいという注文に、植木職人は難しい顔を見せた。とりあえず重機で西側に大きな穴を掘る、あとは人の手で根を避けながら掘り進めるしかないという。深く掘りすぎると樹木が傾くかもしれない。裏庭には八本の巨大な杭が打ちこまれ、太いロープで幹はしっかりと固定された。

新しい楡の樹を移植するため、二年前には巨大なクレーン車が使われたようだ。今回は他の場所に植え替えるわけではないから、クレーン車の必要はない。白骨屍体が一部でも露出したら学院側に文句はいわせない、屍体発掘のためにも楡の樹は切り倒されることになる。

モンゴルフィエ学院長の趣味で造園されていた裏庭は、もう見る影もない。敷石が剝がされ花壇は重機のキャタピラで踏み潰されて、掘り出された土が巨大な山をなしている。

学院側の立会人はラトゥール秘書と音楽教師のサンドラ・リーニュの二人。合唱団の練習のため土曜も出勤しなければならないサンドラを、秘書はもう一人の立会人として指名したようだ。モガール警視の指示で出動した鑑識員たちも、穴の縁で植木職人の作業を見守っている。重機で穴を掘るのは職人の仕事だが、一部でも屍体が露出すれば鑑識員の出番になる。

学院長室の窓から顔を突き出して、初老の女が甲高い声で叫んだ。「なんてことでしょう、エステルが大事にしていた楡の下を掘り返すなんて。花壇も芝生もめちゃめちゃだし、根をいじれば埋め戻しても枯れてしまうかもしれない」

「そういわないで」窓を見上げてドワイヤン刑事がなだめる。「モンゴルフィエ学院長の事件を解決するには、どうしても必要なことなんです。調査が終われば植木職人がちゃんと元通りにしますよ」

警視が苦笑する。午前中から幾度となく同じようなやりとりが繰り返されてきた。発掘の目的が少女の白骨屍体であることを、まだ秘書は知らない。問題の重大性を理解していないラトゥールは、ときどき我慢できない様子で非難の言葉を口にする。なだめ役は地元署の刑事ドワイヤンだ。

なにも出ないと少し面倒なことになる。女子生徒の屍体が埋められている可能性は少なくないと思うが、結果はどうだろう。いずれにしても長く待つ必要はなさそうだ。

「リーニュ先生、そろそろ練習をはじめたら。なにが起きたのかと校舎の窓に生徒たちが鈴なりですよ」警視の頭上で学院長室の窓がぴしゃりと閉じられた。

事件が起きた水曜に続いて、土曜の今日も合唱団の休日練習は行われるようだ。もしも警察が予期している通りに屍体が発掘されたら、創立記念祭は中止に追いこまれるだろう。そのことを若い音楽教師も合唱団の生徒たちもまだ知らない。

サンドラ・リーニュが肩を竦め、悪戯っ子のように微笑する。「わたし、そろそろ行かなければ。生徒たちが待っていますから」

「かまいませんよ、立会人はラトゥールさん一人で充分です」

土や敷石の山を避けながら、リーニュは備品室の扉のほうに向かった。音楽教師と交替するように、背広の男を引きつれてバルベス警部が裏庭に出てくる。工事の進捗状況を見はからってラ・デファンスのダッソー社に出向いていたバルベスが、フランソワ・ダッソーの個人秘書を伴って発掘現場まで戻ってきたようだ。

庭椅子から身を起こしたモガールに、オヴォラが不満を口にする。「どんな用件なんですか。詳しい説明もないまま警察車《ヴォワチュール・ピエジュ》に乗せられて、リュエイユまで連れてこられたんだが」

隣で巨漢がにやついている。ダッソー社の地下駐車場にオヴォラを呼び出して、強引に車に押しこんだのだろう。バルベスの思惑は理解できないでもない。容疑者の反応を観察するためにも、アデルをめぐる新情報は上司の目の前で伝えることにしよう……。

「われわれの厚意だよ、あんたに発掘現場を見せてやろうというのは」巨漢がオヴォラの顔を真正面から見る。

「発掘って、なにを掘ってるんですか」

バルベスと言葉をかわしているオヴォラの表情を、モガールは注意深く観察した。どうだろう、不審そうな男の表情に演技めいた不自然さはないような気もするが。

「あんたの娘が失踪した夜のことだ、アデルは同級生のパトリシア・ルルーと別れたあと学校に戻ってきた。玄関ホールから学院長室に向かった事実は、当時の管理人《コンシエルジュ》ルグランが証言している。しかもルグランは、女子生徒が正面玄関から学外に出るところを見ていない。裏庭の通用口から帰宅させたと学院長は口にしたようだが、本当かどうか」

父親が息を呑む。「アデルの姿を最後に見たのは、パトリシアではないと」

「そのあと管理人《コンシエルジュ》に目撃されてる。死人に証言させるわけにはいかんが、アデルと最後に会ったのはエステル・モンゴルフィエで間違いない」

「しかし学院長は、私にはなにも」茫然としてオヴォラが呟いた。

「女子生徒が学院長室に戻ってきた事実を、エステルは意図的に隠蔽した。失踪の翌日には目撃者の管理人《コンシエルジュ》に退職話を切り出し、居所がわからなくなるように関係書類も破棄している」

「学院長は娘の行方を知っていた可能性がある」硬い表情で男が裏庭の光景を見渡した。「としても、この騒ぎはなんですか」

巨漢が頬を歪める。「アデルが失踪した夜、この庭の中央には大きな穴が掘られていた。翌日には職人たちが新しい楡の樹を運んできて植える予定だったんだ。植樹が終わり、根本の周囲だけ円く残して地面は敷石で覆われた。われわれの寿命をはるかに超えて、楡は大きく育ち続けるだろう。死ぬ前に学院長が言い残せば、枯れて倒れるまで切られることはない」

「学院長がアデルを、まさか」オヴォラの声は震えていた。

「殺して埋めたかどうか結果はじきに出る。無駄足になる可能性もないとはいえんが、あんたも事情を知れば発掘に立ち合いたいと思ったろう」

男の表情を注意深く観察していたが、正確なところは判断できそうにない。聖《サント》ジュヌヴィエーヴ学院の裏庭に娘が埋められている可能性を、オヴォラは少しでも想像したことがあったのか。素人の演技とすればなかなかのものだが、役者の才能がある犯人も珍しくはない。

穴の底から職人の声が響いた。「あったぜ、どうやら靴のようだ」

「ちょっと待て、触るなよ」

とっさに叫び返した鑑識員が、伸ばした脚立で穴の底に下りていく。警視たちも深い穴の縁に近づいた。小さなシャベルと手袋の指で慎重に土をどけていた鑑識員が、しばらくしてモガールの顔を見上げた。

「女子用の靴ですね」

バルベスが低い声でいう。「穴に投げこまれたとき、足から脱げたんだろう」

靴をかざしている男に命じられ、職人たちが穴の底から地上に這い出してきた。入れ替わりに鑑識員たちが、カメラや発掘機材を抱えて地底に下りていく。縦横に伸びた大小の根を鋸で慎重に切断して、ゆっくりと掘り進めていく。

巨大な穴の縁に集まった全員が発掘の光景を見下ろしていた。濃密な土の匂いが鼻をつく。鑑識員の一人が立ちあがって、足下の円い白っぽいものを示した。

「人間の頭蓋骨です」

裏庭に悲鳴のような叫び声が響いた。モガールが振り返って見ると、学院長室の窓から初老の女が身を乗り出すようにしている。たまたま窓を開いていたラトゥール秘書が鑑識員の言葉を耳にしたらしい。

落ちついた口調でモガールは窓際の女に語りかける。「楡の樹は諦めてもらうしかないですね。枝を落とし根も切って、幹ごと真上に持ちあげなければならない。屍体が埋められた状態を可能な限り正確に再現する必要がある」

「そんな」秘書が両掌で口を押さえている。

「アデル、アデル」

オヴォラが絶叫した。血相を変えて穴に飛び降りようとする男を、バルベスが渾身の力で押さえつける。

「落ちつくんだ」

巨漢にはがいじめにされた男が、虚脱したように大きく息を吐く。「申し訳ありません。もう大丈夫、作業の邪魔はしませんから」

いまにも膝が折れてしまいそうな男を抱きかかえるようにして、警部が学院長室の前まで連れていく。庭椅子に凭れこんで顔を両掌で覆っている男に、モガールは静かに問いかけた。

「誘拐事件があった日の夕方、あなたはここ聖《サント》ジュヌヴィエーヴ学院に来たんじゃないですか」

虚ろな表情の男が、上着のポケットからクリーム色の紙箱を取り出した。セロファンで包まれた煙草のパッケージだが、外国煙草のようで見馴れないデザインだ。

「どうなんだ、オヴァラ」

陰気な曇り空を見上げるようにして、男が小さく頷く。「ええ、来てましたよ」

パッケージから振り出した一本を咥える。小刻みに震える手で点火し、胸一杯の煙を吐き出した直後のことだ、オヴァラの指から煙草が地面に落ちたのは。激痛に表情を歪めながら椅子の脚を踵で蹴るが、どうしても立ちあがれない。その場に頽れて、悲痛な声で呻きながら喉を掻きむしっている。

バルベスが男を抱き起こそうとする。

息を詰め顔を背けるようにして、敷石の上で燻っている煙草の尖端をモガールは慎重に踏み潰した。煙を吸った次の瞬間にオヴァラは倒れている、煙草に毒が仕込まれていたのかもしれない。開放された場所だから危険は少ないとしても、毒煙を流し続けるわけにはいかない。

「救急車を、急いで」窓辺で茫然としている女にモガールが鋭い声で命じた。


〈11月26日午後6時30分〉


難事件を抱えた捜査官に日曜日はない、逮捕された犯人も同じことだが。ジュベール警視による引ったくり犯の訊問に同席していたモガールは、取調室のドアを閉じて警視庁の通路を歩きはじめた。トロカデロ公園の屑入れに紙袋が棄てられていた。紙袋の中身は黒天鵞絨《ビロード》張りの細長い箱で、開くとダイヤモンドの首飾りが入っている。嵌めこまれた宝石も鎖の黄金も贋物に違いないが綺麗なので持ち帰ることにしたのだと、ヴィクトル・マンシェは姑息な弁明を繰り返した。

誘拐事件との関わりを青年は否認し続けている。そもそも〈ニコレの涙〉を拾ったのは五月のことで、翌月に一度だけ交際中の娘に見せたことがあるという。気を惹こうとしたのだが、模造品だと思いこんだ娘はイミテーションなんていらない、プレゼントなら胡麻粒ほどでいいから本物のダイヤにしてくれと、冗談まじりに応じたようだ。青年の言葉をジュベール警視はまったく信じていないが、同席したモガールは少し違う感触を得ていた。

公園で見つけたというのは口から出まかせにしても、手に入れたのが半年前だという話はまったくの嘘ではない可能性もある。事情確認のため問題の娘を早急に捜し出すよう、ジュベールには念を押した。

娘の証言でマンシェの供述が裏づけられたりすると、謎はさらに深まる。ひったくり犯の自宅で発見された首飾りのダイヤは、本物の〈ニコレの涙〉だった。四日前の誘拐事件の際にダッソーが身代金として用意したブルーダイヤは、はじめから贋物だったことになる。ビヤンクールの書籍倉庫で発見された模造品は、誘拐犯が本物と取り替えたわけではなく、ナディアが運んだ革鞄に最初から入っていた品だった。

どのみち模造品のダイヤだから、ダッソーは誘拐犯に渡してもかまわないと考えたのか。それなら誘拐事件が解決してからも、どうして事実を伏せているのだろう。本物の〈ニコレの涙〉は誘拐犯が贋物にすり替えたと、警察に信じさせたい理由でもあるのか。

マンシェの恋人に事実を確認するのが先決だ。仮説の上に仮説を築いても砂上の楼閣にすぎないから、ほんのわずかな衝撃で土台から倒壊してしまう。捜査官は確認された事実を丹念に積み重ねるしかない。

執務室に戻ると、相棒のバルベスが警視のデスクを占領していた。卓上スタンドの光で警察医や鑑識員から届いた報告書に目を通している。回転椅子から立ちあがった巨漢が、満足そうな顔で部屋の主に頷きかけた。

「聖《サント》ジュヌヴィエーヴ学院の白骨屍体は、二年前に失踪した女子生徒アデル・リジューで間違いありませんな」デスクの前の肘掛け椅子に巨漢が身を移す。

代わりに回転椅子に腰を下ろして、警視が部下の言葉に応じた。「失踪する寸前まで一緒だった女子生徒によれば、身長や毛髪、靴と衣類の残骸はアデルのものと一致する。歯科の主治医を見つけるのに少し手間どったが、歯形の鑑定結果も明日には出るだろう」

「例のペーパーナイフ、出所はわかりましたか」

「二年ほど前までエステル・モンゴルフィエが愛用していた品だという。新しいナイフを購入した学院長がどこかに仕舞いこんだのだろうと、秘書のラトゥールは思っていた」

楡の樹が根本から切り倒され、慎重に掘り起こされた根が切り株ごとクレーンで持ちあげられたのは、昨夜遅くになってからのことだ。掘り返され踏み荒らされた裏庭を、大型の投光器が煌々と照らし出す。ぼろ屑のような衣服をまとって、大地の底に横たわる白骨屍体の左胸には、なにか細長いものが突き立っていた。小さなナイフの柄で刀身は肋骨に挟まれている。

そのナイフが入ったビニール袋をデスクから摘まみあげ、バルベスがスタンドの光にかざした。

「刃渡り八センチってところか。心臓に鍔まで突き通せば、ペーパーナイフでも人は殺せる」

両刃の短剣を模したペーパーナイフは銀製、柄が四センチ、鍔は三センチほどで十字架の形をしている。実用的なナイフと違って刀身に鋼の刃はないが、尖端は鋭く尖っている。

「元管理人《コンシエルジュ》の爺さんの話では、退職話で学院長室に呼びだされたとき、エステルは右掌に包帯を巻いていた。防御創だったかもしれませんな」

先に卓上のペーパーナイフを手にしたのは、激昂した女子生徒のほうだったかもしれない。ナイフを取りあげようと揉みあっているうちに、学院長が生徒を刺してしまった。直後に通報すれば殺人罪での起訴はまぬがれた可能性もある。しかし事実が暴露されたら聖《サント》ジュヌヴィエーヴ学院は重大な打撃を蒙って、廃校にさえ追いこまれかねない。事件は闇に葬るしかない……。

掌の傷は事件と無関係で、逆上したエステルが女子生徒を刺殺した可能性もある。屍体の処分に協力したらしいルドリュを含め、関係者の全員がすでに死亡している。二年前の十一月十七日の夜、聖《サント》ジュヌヴィエーヴ学院の学院長室で起きた出来事は闇に葬られたといわざるをえない。

モガールの目の前で倒れたオヴォラの死因は青酸中毒だった。被害者が吸った煙草の葉から青酸が検出されている。青酸ガスが肺に入れば直後に昏倒しても不思議ではない。

今日、警視はバルベスと手分けして捜査に当たることにした。モガールの担当はアデルの、バルベスはオヴォラの事件。モガールは聖《サント》ジュヌヴィエーヴ学院で午後遅くまで捜査の指揮をとった。バルベスは午前中からダッソー邸やダッソー社で捜査を進めていた。

おもむろに手帳を開いて、巨漢が捜査の報告をはじめる。「見慣れないデザインのパッケージだと思ったが、被害者が愛用していたのは日本煙草でフィルター付きピース。東京時代に吸いはじめ、その辺じゃ手に入らないから、帰国したあとは大量にまとめ買いしていたとか。オヴォラの部屋には開封前のカートンが何本も積んでありましたよ」

パッケージに残されていた十三本のいずれからも青酸は検出されていない。吸いはじめて七本目に毒が仕込まれていたことになる。

「警視が直後に消しとめたので詳しいことが判明しました。煙草の葉を紙筒から一センチ分ほど指で軽く揉み出し、青酸ソーダの粉末を葉に混ぜて紙筒に戻し、上から押しこんだらしい。丁寧にやれば細工の痕跡はほとんど残りませんな」

昨日の朝のことだ、外出の支度をして二階から下りてきたオヴォラは新しい煙草の箱を開封した。サロンの窓際に置かれたソファで一本吸ってから、煙草はテーブルに残して食堂に移動する。朝食後にソファで二本目を吸ってからダッソー社に出勤した。

「オヴォラが出かけた直後に家政婦が灰皿を換えている。灰皿には開封したときのセロファンや銀紙の一部と二本の吸殻が残っていたとか」

「われわれの前で吸ったのも同じパッケージの煙草かな」起床してから午後二時半までに六本なら、愛煙家としては多くない部類だ。

「オヴォラは煙草を一日一箱、二十本に抑えていたようだ。私が駐車場に呼び出すまでは禁煙の会議室にいたというから、あれが七本目でも不自然じゃない。そういえば、警視」バルベスがにやりとした。「オヴォラのやつ、リュエイユに向かう車内で上着から煙草を出しかけた。けっきょく吸わないでポケットに戻したんだが、私も危ないところだった。風が冷たいんで車の窓は閉めきってたしね」

密閉された車内での、青酸煙草の副流煙被害は致命的だろうか。でないとしても意識が混濁して運転を誤った可能性は大だ。「問題はオヴォラが青酸煙草をパッケージに入れた時刻でしょうな」

ダッソー社に向かう途中か、会社に着いてから煙草に青酸を仕込んだのではないだろう。青酸煙草はいざというときのために、あらかじめ作られていたのではないかとバルベスはいう。

「むろん自殺のためだ。社内電話で私に呼びだされたとき、いよいよ逮捕の危険が迫ってきたのかと思って、あらかじめ用意していた青酸煙草をパッケージに入れたんですな。他人を巻き添えにする気はないので、吸いたくても車内では我慢したってわけだ」

もしもアデルの遺体が発掘されると、モンゴルフィエ学院長殺しの動機が露見してしまう。逮捕され取り調べられるのを待つまでもない。復讐を終えたオヴォラは青酸煙草に点火し、紫煙を胸一杯に吸いこんだ。

「自殺で事件の幕引きをはかる気だったとしよう。そうだとして屍体が発掘されるまで思いとどまっていた理由は」

上司の疑問にバルベスが応じる。「学院長に娘が殺されたことをオヴォラは確信していた。しかし第三者を納得させられるような証拠はない。エステル・モンゴルフィエの命を奪うだけでは充分じゃない、復讐のためには社会的制裁も必要だ。裏庭から屍体が発見され学院長の犯罪が暴露されることを確信して、オヴォラは逮捕される前にケリをつけたんじゃないですか」

ルドリュのアパルトマンから発見された拳銃のうち八挺は未登録だった。非合法に入手したワルサーP38が蒐集品に含まれていた可能性はある。

「学院長殺しに使われたのは、ルドリュが所持していたワルサーに違いない」バルベスが頷いて続ける。「十月書房《エディション・オクトーブル》の編集長メルシュにオヴォラの写真を見せたところ、この男に違いないと証言しましたよ。接触の機会を窺って、やつはルドリュを尾け廻していたんだね」

二人のあいだで犯罪計画が練られ、オヴォラは学院長を殺害し、ルドリュが二重誘拐を実行した。殺人と誘拐のために用いられたのは同じ拳銃だった。十一月二十二日の午後四時ごろ、ルドリュに拳銃で脅されサラは誘拐されている。三時半にオヴォラは退社し、五時三十分にルドリュは十月書房《エディション・オクトーブル》に到着した。ビヤンクールとモンパルナスのあいだの適当な地点、ミラボー橋あたりで二人が拳銃を受け渡すことは時間的に可能だった。

身代金の奪取に成功して十一時三十分ごろにビヤンクールの書籍倉庫まで戻ったとき、ルドリュは学院長殺しに使われたワルサーを手にしていた。ようするに第二の受け渡しが行われたことになる。ただしルドリュは六時四十分に出版社にいたし、同じ時刻にオヴォラはダッソー邸に戻っている。誘拐事件の進行中は邸を一歩も出ていないオヴォラから、六時ごろにエステル・モンゴルフィエ射殺のため使われた拳銃をルドリュが受けとることはできない。

警視は可能性を口にした。「拳銃を受け渡すのに二人がじかに接触する必要はない。どこかにオヴォラが隠しておいた拳銃を、あとから来たルドリュが回収したのではないか」

たとえばダッソー邸の裏木戸付近でもいい。写真と人質が着ていた服の片袖を郵便箱に入れるため、ルドリュは八時十五分より前に裏木戸まで来ている。

巨漢が掌を拳で叩いた。「そうだ、二度目の受け渡しは裏木戸で行われたんだろう。オヴォラが人目に付かない物陰に隠しといたのか、どうせ誰も見ないんだから郵便箱のなかでもかまわない。それにしても、どんなわけで面倒な受け渡しを二度もやったのか。他にも未登録の拳銃を隠し持っていたのに」

「本当に必要な受け渡しは二度目だろうな」

第一の受け渡しは時間的に可能だが、実際は行われなかったのではないか。誘拐されるときサラが目撃した拳銃は、エステルを殺害したワルサーとは異なっていた可能性がある。誘拐に利用したヴァンの車内からはベレッタが発見されている。車の貨物室に乗るようにサラを脅したときの拳銃は、ワルサーP38ではなくベレッタM950だったかもしれない。

エステル・モンゴルフィエの頭部を貫通した銃弾と、夫のセバスチァン・ルドリュの心臓を抉った銃弾は同じ拳銃から発射されている。前後の事情から実行されたことが疑いえないのは、あくまでも第二の受け渡しだ。

モガールは続ける。「第一の受け渡しは存在しなかった可能性があるとしても、第二の受け渡しは必須だった。二人が面倒なことをした理由は説明できなくもないな」

「どうしてなんですかね」

ルドリュは誘拐した子供を二人とも、最終的には殺害してしまう計画だった。子供の屍体から銃弾が発見されて、学院長殺しと同じ拳銃が使用されたと判明する。しかもエステル・モンゴルフィエ殺害事件にかんして、この人物の不在証明《アリビ》はハンナ・カウフマンが証言するように仕組まれていた。二つの事件が同一犯によるものと警察に信じさせれば、ルドリュは誘拐事件の犯人としても疑われることがない。

娘を殺された復讐としてオヴォラが学院長を殺害したとしよう。尾けまわされていたルドリュが、尾行者を摑まえて詰問したのかもしれない。いずれにしても二人はなんらかの形で接触した。

オヴォラの正体を知って、ルドリュの脳裏には巧妙な犯罪計画が浮かんでくる。邪魔な妻をオヴォラに殺害させると同時に、ダッソー家から大金を巻きあげる計画だ。どうやら学院長の妻が女子生徒を殺してしまったらしいと、ルドリュはアデルの父親に囁いた。警察に持ちこめるような証拠はないが、エステルが隠そうとしても夫の自分には真相が推察できると。

ルドリュはオヴォラからダッソー家の内部情報を得る。交換にオヴォラには、エステル・モンゴルフィエの習慣や聖《サント》ジュヌヴィエーヴ学院の内部情報を提供した。学院長殺しの計画それ自体がルドリュによるもので、オヴォラは計画を実行したにすぎないのかもしれない。

ダッソー家の令嬢を誘拐するという計画を、オヴォラが事前に知らされていたとは限らない。ソフィーが一人になる機会があれば教えろといわれたとき、誘拐が計画されている可能性を疑ったにしても、ルドリュが人質の殺害をもくろんでいるとまでは予想しなかったろう。娘を失う父親の悲しみを自身で体験しているのだから。あるいはすべて承知のうえで、復讐に狂ったオヴォラはルドリュの計画に乗ることにしたのか。二人とも死亡しているため、真相は藪のなかといわざるをえないが。

警視は唇を湿した。「十一月二十二日の午後三時半に退社したオヴォラは、車でリュエイユ・マルメゾンをめざした」適当なところに車を停め、変装のため修道服のようなマントを着込んで聖《サント》ジュヌヴィエーヴ学院の通用口に向かう。

「ルドリュが共犯なら、学院長の目を盗んで複製した通用口や備品室の鍵を渡していたかもしれませんな」

「それはないだろう。もしも合鍵を準備していたのなら、犯行後に学院長室を脱出するときも通用口を使ったはずだ」

「なるほど、そうだった」バルベスが大きく頷く。「だとすれば、裏庭の通用口や備品室の外扉を解錠したのは学院長自身になる。内密な話があるからとでも、夫が連絡してきたんだろう。裏庭の屍体のことを被害者の父親に嗅ぎつけられたとでもいわれたら、顔も見たくない別居中の夫の訪問であろうと、エステルは断るわけにはいかないからね」

解錠されていた通用口から裏庭に入り、備品室を通って学院長室に侵入したオヴォラは、拳銃を突きつけてアデル殺害の告白と謝罪を求めたかもしれない。午後六時の時鐘が鳴りはじめたのを機にエステルを射殺する。デスクを荒らし二種類の鍵を奪い、いったん裏庭に出て通用口を施錠した。

備品室の内ドアと外扉を施錠して鍵束を学院長室に戻し、合唱団の生徒たちが二階から下りてこないうちに、大急ぎで正面玄関に向かう。六時五分に管理人《コンシエルジュ》が目撃したマントの人物は背丈が一七〇センチから一七五センチ程度だから、オヴォラの身長と合致する。

車に戻った犯人は、いったんエステルの自宅に立ちよって寝室を荒らした。侵入に用いた鍵は学院長のバッグから奪ったものだ。

バルベスが顔を顰める。「かろうじて時間的には可能だろうが、どうしてそんな面倒なことをしたんだろう」

「ルドリュが立てた計画だとすれば説明はできる。もしも犯人が夫ならモンゴルフィエ家の鍵を奪う必要はないし、殺害した直後に妻の寝室を荒らす理由もない。エステル殺しの犯人は夫ではないと、われわれに思わせるための偽装だろう」

「確実な不在証明《アリビ》があるというのに、念入りなことだ」

「この擬装はオヴォラの役にも立つな」

「殺人の目的はエステルの所持品を奪うことで、復讐ではないと」

六時四十分にダッソー邸に戻ったオヴォラは、ルドリュに知らせておいた場所に凶器の拳銃を隠した。最初の脅迫電話は七時三十分だ。もしも知らなかったとすれば誘拐事件の発生にオヴォラは動転したろう。犯人はルドリュだと口にすれば自分の犯罪も露顕してしまうから、黙って事態を見守るしかなかった。

「誘拐計画はともかく、ルドリュの死亡は想像外だったでしょうな。ソフィーと間違えられて誘拐されたサラは無事だったし、身代金も発見された。オヴォラにとっては幸運ともいえる結末なのに、殺人の罪を秘匿して生き延びようとするほどの悪党じゃなかったわけだ」

失踪したアデルの父親である事実を警察に知られ、学院長殺しの犯人として疑われはじめたことが心理的な重圧となった。逮捕される日に備えて青酸煙草を用意していたのか、娘の復讐ができれば死んでもいいと最初から考えていたのか、いずれにしても辻褄は合う。

二重誘拐と学院長殺しは解決した、犯人は二人とも死亡したと報告すれば上司は満足するだろう。それでも引っかかるものをモガールは感じざるをえない。

「オヴォラの朝食のあいだ、煙草のパッケージは窓際のテーブルに置かれていたんだな。そのときサロンにいたのは」

「むろん確認しましたよ。ダッソーとヴェロニク、それにカウフマンの三人は煙草のパッケージを手に取ることができた。としても他の連中に知られることなく、青酸煙草を箱の奥に押しこむのは難しい。開封されていたとはいえ、その時点で煙草は一本しか吸われてないんだから、青酸煙草が奥になるようにするには五、六本振りだしてから箱に入れ直さなければならない。そこまで細かい作業をやれば、他の二人に気づかれますって」

パッケージから一本出して青酸煙草にすり替えることは可能だったろう。その場合は食後に吸った二本目でオヴォラは中毒した可能性が高い、そうでなくても三本目には。しかし実際には青酸煙草は七本目だった、オヴォラ本人が入れたとしか考えられない。

「自殺ですよ、あれは」巨漢が結論づけた。

ノックの音がして、ドアを開いたバルベスが大判封筒を受けとる。封筒を運んできた制服警官は、「速達なので、警視にはすぐ届けたほうがいいと思いまして」と口にしていた。

封筒の隅を摘んだバルベスが驚いた表情でデスクまで持ってきた。「なんと差出人はクリスチァン・オヴォラ、しかも扱いはブローニュの局だ」

「そんな馬鹿な」思わずモガールは呟いていた。

オヴォラが生前に出した速達であれば、今日の日中でも配達が遅すぎる。昨日の午前中に投函されたとすれば、遅くとも最終の配達で警視庁に届いていたろう。オヴォラの名前を騙って別人が送りつけてきたのだろうか。

抽斗から捜査用に使っている薄い手袋を出して両手に嵌め、モガールは大判封筒の封を開いた。

「ノートですね」警視の手許をバルベスが覗きこむ。

『アデルのために』と題されたノートには、焼き付けられた写真がネガと一緒に挟まれている。珈琲店《カフェ》のレシートらしい小さな紙片も。最初の頁は衝撃的な一行から書きはじめられていた。『娘は殺されたのではないか。十一月十七日の夜、学院長室でエステル・モンゴルフィエに』

「鑑定に廻せばわかるがオヴォラの筆跡のようだ、封筒の字もね」ダッソー家関係者の指紋や筆跡見本を入手しているバルベスが低い声でいう。

第八章　目的の違う誘拐

〈11月29日午後4時20分〉

珈琲店《カフェ》のテラス席からサン・ミシェル通りは見通せるから、褐色の中古ヴォルヴォが停まれば見逃すことはない。ソルボンヌ広場に面したテラス席はじきに透明なビニール布で覆われるだろうが、いまはまだ吹きさらしのままだ。晩秋の空は薄曇りで、かすかに湿り気を帯びた透明な大気が心地よい。

四十年前にスペイン帰りのイヴォン・デュ・ラブナンが、年長の友人シモーヌ・リュミエールと待ちあわせた書店も見える。学生たちが行きかう広場にカケルと二人でいると、通りすがりの友人に声をかけられそうだ。オデオン裏の珈琲店《カフェ》で日本語の個人授業を受けたあと、わざわざ坂道を上ってきたのには理由がある。ジャン＝ポールの車に拾ってもらうためだ。

昨日の夜、執事のダランベールがダッソー家の主人の代理として家に電話してきた。聖《サント》ジュヌヴィエーヴ学院では今月二十二日の学院長殺しに続いて、二十五日の午後には第二の事件が起きている。警察が裏庭を発掘して、二年前に失踪した少女アデル・リジューの白骨屍体を発見した直後に、父親のクリスチァン・オヴォラが青酸中毒で急死した。致死性の猛毒は煙草に仕込まれていたという。

ジャン＝ポールを摑まえることができたのは、オヴォラが中毒死した翌日の夕方だった。中毒死事件の捜査のためダッソー邸に出かけていて、警視庁に戻ったのは午後五時すぎだという。日曜日なのにシテまで行ってバルベス警部の帰庁を珈琲店《カフェ》で待ち、ようやく最新情報を訊き出すことができた。

前後の事情から判断して、オヴォラは自殺の可能性が高そうだとバルベス警部は洩らしていた。煙草に毒を入れることはダッソー、ヴェロニク、カウフマンのいずれにも可能だったようだが。

わたしがシテの珈琲店《カフェ》でジャン＝ポールと会った直後に、どうやら事態が急変したらしい。一昨日も昨日も警視庁に電話してみたが、バルベス警部はもちろんボーヌもマラストもダルテスも、顔見知りの刑事は残らず出払っていた。この三日ほどパパも多忙をきわめている。わたしが就眠した深夜に帰宅し、目覚めたときはもう出かけているのだ。

早朝から真夜中までモガール班は大車輪で活動している。相手がジャン＝ポールなら気楽だけれど、パパに詳しい事情を問い質すのは気が引ける。わたしが午前二時、三時まで起きていることは簡単だが、疲労困憊して未明に帰宅した父親を質問攻めにはできない。事件の謎をカケルに相談する場合を例外として、モガール警視は家族にも捜査情報を口にしないのがふつうだし。

猟犬の群れが獲物を発見し、全力で狩り立てはじめたことは疑いない。オヴォラが死亡した翌日に、事情聴取でダッソー邸を訪れたバルベス警部だが、その翌日も鑑識員の大群を引き連れて来訪したようだ。日が暮れるまで邸中を徹底的に捜索されたと、ダランベールは電話で嘆いていた。邸のいたるところが指紋の採取で銀粉だらけになったと。その夜は使用人が総出で全室を徹底的に掃除したという。

老執事が電話してきたのは、サラ誘拐事件の解決に尽力した関係者を晩餐会に招待したいという主人の意向を伝えるためだった。誘拐事件で中止された晩餐会はあらためてと、ダッソーは事件直後に口にしていた。それでも会食の日程が、招待の連絡の翌日というのは慌ただしすぎる。学生時代からの友人でもある秘書オヴォラの不慮の死から、わずか四日後のことでもあるし。

夕食の招待は口実で、捜査の進捗状況を知りたいというのが本音ではないのか。ダッソー邸を訪れてはいても、捜査中のバルベス警部に細かいことを問い質すのには抵抗がある。部下の刑事たちの手前もあるし警部も公式的なことしか喋らないだろう。晩餐会のような私的な場であれば、多少は詳しい話を訊き出せるかもしれない。

今夜、招待されているのはジャン＝ポールとカケルとわたしの三人。身代金を運んだ当人と、とっさの判断で運び役を追跡したバルベス警部はともかく、日本人の風来坊が誘拐事件の解決に貢献した事実はない。わたしが五キロもある重たい鞄を抱えて必死で駆けまわっているあいだ、サロンでカウフマンとお喋りしていたようだし。しかし文句はいわないでおこう、一週間前の晩餐会の主賓はカケルだったのだから。

多忙をきわめていた様子のジャン＝ポールは、仕事が一段落したのか、喰いしん坊だからご馳走の機会を逃すまいと思ったのか、ダッソーの招待には喜んで応じるという。森屋敷には三人一緒に着いたほうがいい。それで、十三区の出先から直行するというバルベス警部の車に拾ってもらうことにした。合流するなら裏道でなく大通りに面したところがわかりやすいから、ソルボンヌ広場の珈琲店《カフェ》で待っていると電話で伝えた。

あちこち擂れた革ブルゾンにジーンズという恰好の青年に尋ねてみた。「警察の動きが慌ただしい様子だけど、オヴォラの死は毒殺だったのかしら。あなたはどう思う」

「もちろん毒殺さ」カケルは平然とした顔で断定する。

「そういえる根拠は」

「事件の支点的現象の本質を直観し、そこから事件の疑問点を妥当に解釈すれば真実はおのずと明らかになる、オヴォラの死についても」

「事件の疑問点って、このあいだ説明してくれた七点かしら」

「あれはモンゴルフィエ学院長の殺害をめぐる疑問点だね。サラの誘拐事件にも疑問点はある」

「たとえば」この話を聞きたいと思っていたのだが、今日まで機会がなかった。

「第一は、事件当日のきみの服装を誘拐犯が知っていたこと」

誘拐犯か共犯者が森屋敷の正門付近に潜んでいて、来客を監視していたのではないか。わたしたちがダッソー邸に着いたのは四時四十分すぎ、ルドリュが出版社に顔を出したのは五時三十分。シトロエン・メアリが正門に入るのをルドリュが目にすることは時間的に可能だった。しかし別の可能性も否定はできない。

「アデルの父親の正体を知ったあと、ジャン＝ポールはダッソー邸に協力者が潜んでいた、たぶんオヴォラが情報を洩らしたんだろうって疑ってたけど」

しかし行方不明だったアデルの白骨屍体が発掘された現場で、父親のオヴォラは死亡している。事故死とは考えられない、青酸煙草による自殺か毒殺のどちらかに違いない。マントの頭巾で顔を隠したオヴォラが、モンゴルフィエ学院長を殺害したのだろうか。疑惑が向けられはじめたことを察し、娘の屍体が発掘されたのを機に自殺を決意したのなら辻褄は合うが。

「オヴォラがルドリュに、きみの服装を教えたのだとしても疑問は残る。その情報をどのようにして伝えたのか」

ヴェロニクと前後してオヴォラがダッソー邸に戻ったのは六時四十分ごろ。それ以降は、わたしを服装で運び役に指定した八時四十五分の脅迫電話まで外出していない。誘拐犯に連絡する場合は電話を使うしかないが、その時間帯に発信先に不審なところのある電話は、ダッソー邸からかけられていないのだ。オヴォラが共犯者だったとしても、わたしの服装をどんな仕方でルドリュに伝えたのかわからない。

「わかった、それで第二は」

「誘拐犯は身代金の二百万フランを、どうして使用ずみの古い札で要求しなかったのか」

この点は警察も疑問だったようだ。誘拐を描いた映画や小説の誘拐犯は、足がつきやすい新札でなく古い札で身代金を要求するのが常道だ。そのことをノワール趣味のルドリュが知らなかったわけはない。奪取に成功しても身代金はしばらく遣わないつもりだったのか、あるいは資金洗浄の当てでもあったのか。

わたしは指摘する。「誘拐犯の目的は現金じゃなくて、ダッソー家の家宝のブルーダイヤだったのでは」

「そこから第三の疑問点が生じてくる。どんな理由からルドリュは〈ニコレの涙〉を贋物とすり替えようとしたのか。そのための精巧な模造品を、どうやって作ることができたのか」

しかもダイヤの首飾りにかんしては奇妙な事実がある。ジャン＝ポールによれば、引ったくり犯の青年の部屋から本物の〈ニコレの涙〉が発見されている。ダイヤはルドリュから、その青年の手にどのようにして渡ったのだろう。

ユルスリーヌ街十二番地で奪取に成功した黒革の鞄を、ビヤンクールの書籍倉庫に持ち帰る途中で奪われてしまったのか。しかし鞄に札束は残っていたのだ。熟練した掏摸なら他人の鞄から宝石の入った小箱だけ選んで、掏り取ることができるのかもしれないが。

青年が続ける。「犯人が間違い誘拐に気づいたのは、一枚目のサラの写真を撮ったときだという。

文面をソフィーからサラに打ち直すことはできたのに、きみへの指示のメモを修正していない。他方、シャトレの珈琲店《カフェ》で待機しているメルレには脅迫の台詞を変更するよう指示している。間違い誘拐に気づいてもメモを修正しなかったこと、これが第四の疑問点だ」

　それはわたしも気になっていた。書籍倉庫に監禁していた少女が目的のソフィーでなく、別人のサラだと知ったのが七時二十分。その場でタイプを打ち直すことも、メルレに電話することも可能だった。しかし、どんな理由からか二枚のメモは事前に用意した文面のままだったし、メルレへの新しい指示の電話も七時四十一分までかけていない。

「間違い誘拐の対処を考えるのに二十分ほどが必要で、メルレに電話したら倉庫を出なければならない時刻だった。そんな具合には考えられないかしら」ルドリュは写真を投函するため、遅くとも八時十五分までにダッソー邸の裏木戸に来ている。「それはそれとして、次の疑問点は」

「第五は、ルドリュのＢＭＷがレ・フォントネルに乗り捨てられていたこと」

　事件の当日の朝には、ルドリュの車は空き地に停められていたようだ。高速郊外線《RER》の駅まで歩いたら大変だし、市内に戻るにはバスを利用したのだろうか。どうしてそんなところに駐車しておいたのか、理由はわからない。

　青年が続ける。「まだあるね。疑問点の第六はオヴォラがルドリュを尾け廻していたこと、第七は拳銃にかかわる。リュエイユ・マルメゾンでモンゴルフィエ学院長の殺害に使われたワルサーＰ38が、五時間後にはビヤンクールの書籍倉庫に移動していた。なぜワルサーは学院長殺害犯からルドリュの手に移ったのか、拳銃の移動はいつどこで行われたのか」

　しかも誘拐犯の手元にはベレッタがあったのに、どうしてか誘拐した二人を問題のワルサーで殺害しようとしていた。拳銃は二重の安全装置が解除され、引金さえ引けば弾が飛び出す状態だった。犯人は誘拐した子供たちを射殺する寸前だったようだ。

もしも二人の子供の屍体が発見されたら、エステル・モンゴルフィエ殺害と同じ拳銃が使われた事実を警察に知られることは避けがたい。殺人と誘拐の交換犯罪が露見してしまうのだから、犯人には致命的な結果になりかねない。学院長殺しに不在証明《アリビ》があるルドリュこそサラたちの殺害の、ひいては二件の誘拐事件の真犯人ではないかと警察は疑うに違いないから。

同じ拳銃が学院長殺害に使用され、さらに誘拐被害者の殺害にも使われようとした。それは事件の支点的現象である〈誘拐と殺人の交換犯罪〉から、直接に生じた謎だとカケルはいう。どんな理由からであれ、ワルサーは殺害犯から誘拐犯に渡されなければならなかった。では拳銃の移動はどのように行われたのか。これが第七の、そして最大の疑問点になる。

「……来たようだ」

細長い広場の入口に停止した褐色のヴォルヴォを見て、カケルが無駄のない動作で素早く身を起こした。話は途中だけれど、わたしもテラス席の椅子から立ちあがる。


〈11月29日午後5時45分〉


「この三日ほど大忙しだったようね」中古ヴォルヴォを運転するジャン゠ポールに、助手席のわたしが問いかける。

「たしかに」なんだか自慢そうな口振りだ。

「捜査が進展したの」

「あんたにも今夜中にはわかるよ、びっくり仰天するだろうさ」

もったいぶってバルベス警部は捜査情報を口にしようとはしない。同じことを二度も喋るのは面倒だ、話はダッソーと一緒に聞いてくれということなのか。後部席の日本人は興味などなさそうな顔で車に揺られている。

指定された時刻は午後六時だが、スウェーデン製の頑丈そうなセダンは渋滞を避けて快調に進み、ブローニュには少し早めに到着した。いつでもタクシー運転手に転職できるくらい、ジャン＝ポールはパリの裏道に詳しいのだ。

この夏に乗り替えたヴォルヴォは、前のイタリア車よりジャン＝ポールには似合っている。わたしは子供のころから、小説に出てくるグンヴァルト・ラーソンというスウェーデン人の刑事が大好きだった。出自や性格はともかくラーソンの外見はバルベス警部とよく似ている。綺麗な金髪と透明な青い眼、二メートル近い長身でごつい躰つき、犯罪者に容赦なく拳骨を見舞うところもそっくりだ。

ヴォルヴォなら乱暴そうな刑事が注意深く運転していても不自然ではない。雄牛めいた外見や偏屈な態度からは想像できないが、ラーソンという人物の心は繊細なのだ。こうした性格的な落差がわたしには魅力的だった。少し褒めておけば、この点でもバルベス警部は物語の刑事ラーソンを思わせる。

正門から石畳道に乗り入れると、ダッソー邸の庭園は夜の闇に沈んでいる。正面玄関前の車廻しで停めて、ジャン＝ポールが無造作に運転席のドアを開いた。後部席のドアは車外から執事のダランベールによって開かれる。わたしたち三人は邸の正面玄関に降り立った。今夜はヴォルヴォだが、来客が玄関前に乗りつけてきた車を駐車場に移すため、一週間前のメアリと同じようにルルーシュが来客からキイを受けとる。車を降りたジャン＝ポールは珍しく書類鞄を手にしていた。

普段着でと、ダランベールに重ねて念を押されたのでロングドレスはやめにした。日本人はジーンズにブルゾンで先週と同じ恰好だし、バルベス警部は格子縞の上着に派手なネクタイでマフィアの用心棒みたいだ。ただし黒光りする革外套を着てベルトを締めると、私服でも警官以外に見えなくなるのが不思議だが。

玄関ホールでジャン＝ポールが執事に声をかける。「あとから刑事が来る。連中が着いたら私のいるところまで案内してくれないか、ちょっと用事があるんだ」

「よろしゅうございます」

綺麗に手入れされた黒服の執事の案内で、大理石の正面階段を上っていく。途中の踊り場で階段の方向が反対になる。踊り場には頭上からシャンデリアの硝子の房が下がり、北面にはダイヤ形の巨大な硝子窓が造られている。

階段を上りきると、南側に矩形の大きな窓が三つならんだ二階ホールだ。ホールの手前から東西に二階の中央通路が延びている。ホールには絨毯が敷かれ、窓の付近にテーブルと四脚の安楽椅子が置かれていた。東翼の奥をめざして進むと通路の南側には三つ、北側には二つのドアがある。

東翼二階の通路の突きあたりが書斎だった。書斎のドアの左側に、昨年の事件のときルイス・ロンカルが閉じこめられていた東塔への階段がある。中央通路の反対側にある西翼の階段は薄闇に沈んで空気も湿っぽい。そこは正面階段や東塔への階段とは違って、床も壁も化粧仕上げされていない石材が粗い地膚を見せていたような記憶がある。あの階段の先にはコフカ収容所の陰惨な光景が開けているはずだが、父親が設計したパノラマを見せてもらう息子との約束は果たされていない。

書斎はL字形の広い部屋で、Lの縦棒の側に胡桃材の立派なデスクが置かれ、庭園に面した横棒の側にはテーブルや大小の椅子が適度な距離で配置されている。本棚や書類棚の類が少ないのは、ほとんどが奥の資料室に入っているからだろう。大きな部屋のなかに資料室として小さな部屋を造った、だから書斎はL字形をしている。

肘掛け椅子からダッソーが身を起こし、親しげに微笑しながら警官に手を差し出した。「お忙しいところ、わざわざ来ていただいて」

勧められたソファに腰を据え、手にしていた書類鞄をテーブルの下に押しこんでから巨漢が愛想よく応じる。「仕事で毎日のように迷惑をかけているのに、晩飯の招待とはありがたい。鑑識が邸内に立ち入って、奥さんにも申し訳ありませんでした。人が不自然な死に方をした以上、警察にはやらなくちゃならんことがあるんでね」

この警官には似合わない非礼を詫びる挨拶に、窓際の椅子に凭れたヴェロニクは煙草をくゆらせながら無愛想に頷いた。自室を含めて邸内のいたるところを刑事や鑑識員に掻き廻され、女主人は機嫌がよくない様子だ。わたしとカケルはジャン＝ポールの向かい側に腰を下ろした。

カーテンが開いているので窓から庭園が眺められる。正面玄関横の車庫や駐車場のあたりは水銀灯で照らされているが、大小の花壇がある庭園や、その先の森は夜の闇に沈んでいる。邸の住人が就寝するころには庭の水銀灯も消され、森屋敷は漆黒の闇に包まれるだろう。

書斎の全員に注文の飲み物が配られ、あらたまった口調でダッソーが切り出した。「一週間前の夕食会は予期しない誘拐事件の発生のため、やむなく中止としました。それで身代金を運んでくれたマドモワゼル・モガール、極秘のうちにモガールさんを警護したバルベス警部、前回の主賓だったムッシュ・ヤブキを招待し、あらためて夕食会を開きたいと」

「カウフマンさんも出席されるんですよね」わたしが確認する。

「もちろんですよ、今夜はルルーシュとサラも同じ食卓に着きます。ダッソー家の使用人でなく、誘拐事件に巻きこまれた被害者の一人としてね。夕食の支度ができるまで警部に少し時間をいただけますか」

晩餐会は口実で、わたしたちを招いたダッソーの目的は別にあるのでは。前回とは違ってサロンでなく二階の書斎に通されたとき、わたしの疑念は確信に変わった。使用人や子供の前では不適切な話題だから、邸の主人は座談の場として書斎を選んだのだ。

ジャン＝ポールが不審そうに応じる。「なんですかね、私に話っていうのは」

「故郷のヴァランスでオヴォラの葬儀が明後日に予定されている。私も参列する予定ですが、葬儀のあと老いた両親に息子の死の真相を説明しなければ。警察は学院長殺しの犯人としてオヴォラを疑っているようだが」

裏庭の白骨屍体は聖《サント》ジュヌヴィエーヴ学院の女子生徒だったアデル・リジュー。その父親が発掘現場で青酸中毒死したクリスチァン・オヴォラであることは、すでに警察が公表している。二年前に生徒を殺害した学院長が、夫の協力で屍体を裏庭に埋めた。アデル殺しの犯人に復讐を果たしたオヴォラが、娘の屍体を目にして自殺したのではないかという「関係者」の憶測も、新聞やテレヴィでは流れている。

妹が記者に付きまとわれて困っていると、大学でマルグリットは洩らしていた。憶測を口にした「関係者」にはアデルの数少ない友達だった聖《サント》ジュヌヴィエーヴ学院の生徒に加えて、退職した管理人《コンシエルジュ》や十月書房《エディション・オクトーブル》の編集長も含まれているようだ。

気どった蝶ネクタイのメルシュはテレヴィ記者のインタビューに応えて、二年前の十一月十七日の夕方にルドリュが妻からの電話で会社を飛び出していった、妙に緊張した様子だったと喋っていた。新刊書の見本刷りが届いた日のことで、手帳のメモから正式な日付が確認できると。

その日を境として夫婦の力関係が急変した事実を、メルシュは敏感に察知したのだろう。オヴォラの娘の屍体までが発見された以上、捜査に協力したほうが会社の将来には有利だと判断を変えたに違いない。まったく喰えない男だ。

「まだ公式に発表できる段階ではないが、その可能性は高いでしょうな」

わたしには自殺に違いないという口振りだったのに、関係者を前にしているためかバルベス警部は慎重な態度だ。

「あなたの信頼できる友人だというから、邸に部屋まで提供したのよ」夫の不見識を責めるように妻が早口で捲したてる。「サラの誘拐は当家が被害者だから、まだいいとしましょう。でも去年のロンカル事件に続いて今度はオヴォラの事件。邸から屍体が出たり犯人が出たりして、これではパパラッチに狙われて買い物も散歩もできないわ」

「いいかね、ヴェロニク。きみは憶測記事を鵜呑みにしているようだが私は信じない。たとえ娘の復讐のためとはいえ、オヴォラがモンゴルフィエ学院長を射殺したなんてことは。彼の人柄はよく知ってるんだ」

ジャン＝ポールが横から口を出す。「友達を庇《かば》いたいダッソーさんの気持ちはわかるが、オヴォラには学院長を殺害する動機があるし、時間的にも犯行は可能だった」

「しかし、犯人は聖《サント》ジュヌヴィエーヴ学院の内部事情に詳しい人物なのでは」

「たしかに」警官が重々しく頷いた。「六時に時鐘が鳴りはじめ、数分後には学院長室前の通路が生徒たちで溢れる。銃声を時鐘に紛らわせた犯行の直後に殺人現場から脱出するといった段取りは、あの学校の事情に詳しい者でなければ思いつきようがない」

重ねてダッソーが確認する。「聖《サント》ジュヌヴィエーヴ学院の内部事情に、オヴォラが精通していた証拠でもあるんですか。娘のアデルが通学していた二年前は、日本に長期滞在中だったんですよ、保護者として学内に立ち入る機会があったとも思えない」

「昨年のことだが、アデル失踪の件でエステル・モンゴルフィエに面会を求め、学院長室に通されてはいる。しかし、それだけで内部事情に詳しいとまではね」

「でも、人に知られないように調べることはできるわね。オヴォラは弁護士だから、仕事を頼める調査員の心当たりもあったでしょう」

神経質な口調のヴェロニクに警官が応じた。「先週の水曜日にエステルは夕方まで学院長室にいる、合唱の練習が終わるのは六時を少しすぎてからだという程度のことならね。しかし、それだけでは不充分ですな」

「なにか、まだ他にも」美しい女が眉を顰めた。

「修道服めいたマントで変装したオヴォラは、通用口がある袋小路の入口付近で六時前に目撃されてる。裏庭から校舎内に侵入したことは間違いなさそうだ。事前に通用口などの鍵を用意していたか、でなければ学院長が内側から解錠するように仕向けたか。いずれにしても調査員を使った事前の調べという範囲を超えてる」

「だったらどうやって」

「オヴォラはエステルの夫を尾けまわしていた、それがきっかけで二人は接触しはじめたのかもしれん」

尾行されているのではないかとルドリュが警戒していたことは、十月書房《エディション・オクトーブル》の編集長も口にしていた。メルシュはその男の顔を見たことがあるとも。ジャン＝ポールが断定するのだから、警察はオヴォラの写真を編集長に見せて、謎の尾行者に相違ないという証言を得たに違いない。

ダッソー夫人が皮肉そうに唇を曲げる。「オヴォラは誘拐事件にも関係していたわけね」

「なんともいえん、ルドリュもオヴォラも死んでるんだから。ただし二人が聖《サント》ジュヌヴィエーヴ学院と、ダッソー家の内部情報を交換しあった可能性は否定できん。十一月二十二日の午後四時に、ソフィーが裏木戸から外に出ることをルドリュは知っていた。誘拐には絶好の機会が訪れることをね」

ルドリュがオヴォラに協力していたなら、学院長殺しの計画に必要な情報を入手することはもちろん、通用口の鍵を開けさせることも容易だったろう。ルドリュは合鍵を犯人に渡したのではなく、適当な口実で妻に内側から解錠させた可能性が高い。裏庭はエステル専用の秘密の花園のようなもので、許可なく第三者が立ち入ることなど許さなかったようだ。校舎から裏庭に出入りしなければならない場合には、秘書でさえ学院長から鍵を借りることにしていた。

それは庭に屍体を埋める以前からのことで、激怒のあまりアデルに平手打ちを喰わせたのも、大切にしていた花壇を踏み潰されたからかもしれない。作文の内容をめぐる問題はあったとしても、学院長室に引き返してきた女子生徒の胸にペーパナイフを突き立てる結果になったのは、花壇を踏み荒らされたことが原因ではないか。

ダッソーが肩を落とす。「オヴォラがモンゴルフィエ学院長を殺したのかもしれない、なにしろ娘のことがあるんだから。しかし自分の復讐のために、ルドリュの誘拐計画に加担したとはどうしても思えない。自分の娘のように可愛がっていたソフィーを危険にさらすなんて、あの男にできることではないから」

「あなたも認めなければね、事実は事実として」どことなくヴェロニクは満足そうだ。

沈黙している日本人の横顔をわたしはちらりと見た。警察によるオヴォラ犯人説は、カケルの本質直観による推理と一致するのだろうか。

サラ誘拐事件とモンゴルフィエ学院長殺しを一体のものとして捉える場合、事件の本質は誘拐と殺人、この二つの行為の二重化とずれにある。二重誘拐の裏には玉突き《ビヤール》誘拐が、サラ誘拐の裏にはソフィー誘拐の計画が、そして誘拐事件の裏には学院長殺しが隠されていた。ここからカケルは誘拐と殺人の交換犯罪という着想を得たようだが、推理の結果はどうなのか。

交換契約によってルドリュが誘拐を、オヴァラが殺人を分担したとはいえない。そもそも誘拐と殺人では等価交換にならない。双方の合意の上で不等価交換が行われたとしても、交換犯罪が成立したわけではない。オヴァラが二百万フランや〈ニコレの涙〉を、どうしても必要としていた証拠はないようだし。父親が娘の復讐という動機から学院長を殺害したとすれば、動機と犯行は直結し自己完結している。ここでは犯罪の交換など行われていない。

ルドリュの場合はもっと奇妙で、誘拐にも殺人にも切迫した動機が見当たらない。オヴァラが妻殺しを代行してくれるなら、ルドリュに拒否する理由はない。とはいえエステル抹殺の必要が切迫していたとはいえない。妻の決定的な弱みを握ってモンゴルフィエ家の財産を自由にできる立場の男が、どうして二百万の身代金のために営利誘拐という重罪を犯すだろう。

〈ニコレの涙〉に魅了された宝石蒐集狂であれば理解できないでもないが、誘拐犯は拳銃ならともかく宝石になど興味がないという。それなのにルドリュは事実として誘拐計画を実行している。最後の最後に計算違いが生じなければ誘拐は成功し、犯人は身代金を手に入れていたろう。

娘の復讐のためオヴァラが学院長を殺害したのであれば、殺人と誘拐の交換犯罪は存在しなかった。もしも交換がなされたとすれば情報の交換だったかもしれない。犯罪それ自体が交換されたのではなく、そのために有益な情報だけが交換された。ルドリュは聖《サント》ジュヌヴィエーヴ学院の内部情報と交換に、オヴァラからダッソー邸の内部情報を得たとしよう。しかし、そこにカケルが指摘する二重化やずれは認められるだろうか。いろいろ考えてみても割りきれない気分が残ってしまう。

情報の交換など行われなかったのかもしれない。自分自身のためにオヴォラは殺人を計画した。オヴォラが妻のエステルを殺してくれるなら、ルドリュが妻殺しのために必要な情報を提供したとしても不自然ではない。しかしオヴォラにはソフィー誘拐のための情報をルドリュに与える理由がない。自分の復讐のために少女を誘拐の危険に追いやるというのは、オヴォラの性格や人物像からも不自然に感じられる。二人のあいだで情報と情報が交換されたと想定するのには無理がある。

「ところでマダム・ダッソー」窓際のヴェロニクにジャン＝ポールが声をかける。「ついでのようで申し訳ないんだが、ちょうどいい機会だからね」

「なんでしょう」異様なまでに整った顔には、不審そうな表情が浮かんでいる。

「オヴォラだけでなく、奥さんもルドリュのことを知ってたんじゃないですか」どういうことだろう、この警官はなにを暗示しようとしているのか。

「わたしが誘拐犯と、まさか」

ダッソーが眉根をよせる。「バルベス警部、なにか根拠のある話なんですか」

「こんな写真が手に入りましてね。どこで撮影されたんだろうか」巨漢が太い指で書類鞄を開き、大きな写真を取りだしながらいう。

額縁に入れて飾れそうなサイズまで拡大されたカラー写真で、鮮明とはいえないが、石造建築の玄関扉から出てきた男女の顔は見分けられる。親しそうに顔をよせた二人の上には青い番地札が写っていた。写真の隅には撮影日と時刻を示す数字が浮かんでいる。今年の九月二十一日、午後三時二十一分。

目の前に置かれた写真をわたしは黙って見つめた。ダッソー夫妻がそれぞれの椅子から身を起こしてテーブルの写真を覗きこむ。

「これは……」夫が茫然として呟いた。

「男はルドリュ。サングラスとスカーフで顔を隠している女はダッソー夫人、あんたに違いない」表情を強ばらせている女に、いったん言葉を切った警官が無愛想に続ける。「番地札が写ってるから場所は簡単に割り出せた。あんたの友人ミレーユ・ジャメは、トロカデロ広場から歩いて三、四分のところに豪勢なアパルトマンを所有している。こいつはアパルトマンが入っている建物の正面玄関前で撮られた写真だ」

ジャメ所有の家具付き高級アパルトマンには、昨年までパリに長期滞在する外国企業の幹部社員が住んでいた。空き家になって一年以上だが、ジャメ家の家政婦が週に一度は掃除に通っていていつでも使える状態に保たれているようだ。

「説明してもらえるね、どういうことなのか」

夫に詰問され渋々ながらヴェロニクが口を開く。「ミレーユに誘われたことがあるの、たまには気分を変えて空き家になってるトロカデロのアパルトマンで会いましょうってね」

「新しい証拠が出たんで、あらためてジャメから事情を聴取してみた。はじめは頑固な顔つきで黙りこんでいたが、ちょっと締めたら白状したよ」ジャン＝ポールが薄笑いを浮かべる。「あんたに頼まれてアパルトマンの合鍵を渡していた、ときどき寝室が使われている様子だったが、立ち入ったことは聞いていないと。親しい女同士、以心伝心で詳しいことは説明するまでもないってわけだ」

男を連れこむためヴェロニクは友人からアパルトマンの鍵を借りていた。顔を知られているからホテルは使いたくない。空き家になっている高級アパルトマンなら秘密の情事の場として最適だ。

「あんたと一緒に建物から出てきた、渋い二枚目って感じの中年男は何者なのか。誘拐事件の犯人として新聞やテレヴィで顔写真が流されてるから、誰にだって一目でわかる。もちろんセバスチァン・ルドリュだ。この写真で着ているのと同じ服が自宅で発見されているし、ルドリュ本人に間違いない」

「そんな男は知らないし女のほうも他人の空似でしょ」思いがけない証拠写真を突きつけられてダッソー夫人は動揺している。

言い逃れは許さないという厳しい口調で警官は断定した。「九月二十一日にジャメは自宅にいたと証言している。翌日に掃除に入った家政婦によれば、灰皿は汚れていたしベッドのシーツも乱れていた。鍵を開けてアパルトマンに入ったのはダッソー夫人、あんたなんだよ」

ヴェロニクはしばらく無言で乾いた唇を舌先で舐めていた。「わかりました、正直にいうわ。アパルトマンの鍵をミレーユに借りていたのは事実。この写真の日のことはよく覚えてませんけど、眠くなって昼寝でもしたんでしょう。写真の男は同じエレベータに乗りあわせたか、エントランスで一緒になった人だと思う。あの建物にアパルトマンが何室あると思うの、ルドリュとかいう男は他の住人を訪問していたに決まってる」

「ジャメから証言を得たあと、そのアパルトマンを家宅捜索したんだ。サイドボードに入っていたスコッチの酒瓶からルドリュの指紋が検出されたよ。使ったグラスは洗っただろう。二人が会っていた証拠を残すまいと、あんたはルドリュが触れたかもしれない壁や扉や家具などを拭いた、使ったグラスも。しかしスコッチの瓶のことは忘れてたんだな」

この三日ほどモンゴルフィエ事件の担当班は、不眠不休のような状態で捜査に邁進していた。完全に裏が取れて疑惑は事実であることが確認されたから、バルベス警部はヴェロニクの前でカードを開くことにした。わからないのは警視庁の取調室でなく、それがダッソー邸の書斎で行われていることだ。しかも誘拐事件の関係者ではあるが、わたしたち学院長殺しとは無関係な第三者の前で。

「調査員でも使ってあなたが撮らせた写真なのね、汚らしいやり口だわ」

筋違いな妻の非難にダッソーが顔を顰める。「どうやら夫婦の微妙な問題のようだ。この先はわたしたちで話しあうことにしたいんだが」

「奥さんがルドリュと浮気していただけなら、たしかに夫婦の問題にすぎん。横から他人があれこれいうのは野暮ってもんだ。だが忘れてもらっちゃ困る、この男はソフィーと間違えてサラを誘拐した犯人だということを」

テーブルから離れ、窓際の肘掛け椅子に身を沈めて女が弱々しく呟く。「信じて、あなた。その日も一人になりたくてミレーユのアパルトマンに行ったのよ。ルドリュなんて男、本当に知らない」

「あの部屋に男を引っ張りこんだのは、九月二十一日が最初じゃない」拳骨で警官がテーブルを叩いた。

女の肩がびくりと震える。「別の証拠写真があるとでも」

「証言がある、六日前に引ったくりで逮捕された若い男の証言がな。やせっぽちの青二才だが、ブルジョワの尻軽女が咥えこみたくなるような顔をしてる」

たまたま幾度か言葉をかわしたことのある青年から、酒場のカウンターで仕事を頼まれたと、引ったくり犯のヴィクトル・マンシェは供述した。カメラマンを志望している青年の仕事は撮影の機材運びなどの雑用だった。……翌日も仕事が入っているのだが急用でどうしても撮影現場には行けそうにない。カメラマンの指示に従って重たいものを運ぶだけだし、ギャラはここで前払いする。頼むから一日だけ仕事を代わってもらえないか。

定職のないマンシェは翌日、指定された場所に出向いた。大きな衣装鞄を車まで運んで一日の最後の仕事を終えたとき、写真を撮影されていた元女優から同乗するように誘われたという。そのままトロカデロの豪華なアパルトマンにマンシェは連れていかれた。

情事のあと女はまどろんでいた。車に載せたままの衣装鞄とは別に、寝室まで持ちこんできたバッグがある。バッグには撮影で使われたブルーダイヤの首飾りが入っている。首飾りを盗んだ若者は、黙ってアパルトマンから姿を消すことにした。

酒場で知りあった青年に伝えたのは偽の名前と出鱈目な経歴で、本当の住所も教えていない。田舎の出身で職もない事実を虚栄から隠そうとしたのだ。あの酒場に二度と出入りしなければ窃盗犯として捕まることはない、何百万とも何千万ともしれない大粒のダイヤは自分のものになる。

知りあった娘の気を惹こうと、一度だけダイヤを見せたことがある。イミテーションだと小馬鹿にされたが、それ以来ダイヤの入った箱は屋根裏部屋の片隅で埃を被っていた。マンシェには高価な宝石を換金する方法がない。撮影現場で小耳に挟んだところでは、〈ニコレの涙〉という名称の由緒あるダイヤモンドらしい。宝石商に持ちこんだりすれば、その場で警察に通報されかねない。

バルベス警部がダッソーに頷きかけた。「引ったくり犯の部屋から、たまたま〈ニコレの涙〉が発見されたんですな。同僚が三日続きで締めあげてダイヤの出所を吐かせた、むろん自供の裏は取りましたよ」

機材運びの青年にマンシェの写真を見せると、一度だけ仕事を頼んだことのある若い男に違いないという。撮影の翌日、カメラマンにヴェロニク・ローランから電話があったことも確認された。元女優に頼まれてカメラマンは助手に問い質してみた。臨時に雇った機材運びの代理で、正体はよくわからないというのが助手の返答だった。

「居間や寝室の配置や各室の家具や壁紙にいたるまで、マンシェの証言は正確だった。トロカデロのアパルトマンをあんたは情事の場所に使っていた、〈ニコレの涙〉が立派な証拠だな。そのとき撮影した首飾りの精密な接写写真を、何枚もあんたに渡したと問題のカメラマンが証言している。その写真を宝飾職人に渡して、当座のごまかしのため〈ニコレの涙〉の模造品を作らせたんだろう。素人なら騙せるかもしれんが、ダッソー氏がじっくり眺めれば贋物だと見抜いてしまう」

邸の主人は信じられないという表情だ。「〈ニコレの涙〉の本物が発見されたんですか」

「専門家に鑑定させました、本物に間違いありませんな。捜査が終わったらダッソー家に返却するので、もう少し待っていただきたい」

わたしは茫然としていた。人質を監禁している書籍倉庫まで戻る途中に、ルドリュがダイヤをすり替えた理由は謎だった。しかし誘拐犯が本物を贋物にすり替えたのではない。わたしがユルスリーヌ街十二番地の受け渡し地点まで運んだ〈ニコレの涙〉は、はじめから贋物だった。二百万フランの札束と一緒に、ダッソー邸のサロンで革鞄に入れられる前から。

オヴォラとルドリュを引きあわせたのは、ヴェロニクだったかもしれない。ルドリュは愛人だしオヴォラは夫の秘書だから、ダッソー夫人は二人を仲介できる立場だ。ルドリュがエステルへの復讐を望んでいると知ったヴェロニクは、二人のあいだで情報交換することを思いついた。

いや、もっと簡潔に考えた方がいい。共犯者のヴェロニクはダッソー夫人だから、ソフィーの行動予定も含めてダッソー邸の内部情報をルドリュに教えることができる。ヴェロニクは交換条件なしに、共犯者から得た聖《サント》ジュヌヴィエーヴ学院の内部情報をオヴォラに伝えたのかもしれない。

ジャン＝ポールが語気を強めた。「五月から九月まで、いいや、今月まであんたが複数の男をアパルトマンに引っ張りこんでいたとしても、警察にはどうでもいいことだ。三年前の法律改正で浮気も不貞も違法じゃなくなったから、やりたければ好きにやればいい」法律改正の前からフランス人の大半は好きにしていたわけだが。「問題にしているのはルドリュ一人なんだが、さて奥さん、そろそろ本当のところを話してもらえないかね」

証拠と証言で逃げ場を封じられた女は、蒼白の顔を強ばらせている。助けを求めるように視線が不安定に揺れ動いた。夫から厳しいまなざしを浴びせられて、ヴェロニクは呻くように言葉を絞り出す。

「……ルドリュと最初に会ったのはまだ新人で、『狼のように』に主演したばかりのころ。わたしの前にインタビュアーとしてあらわれたのよ。それからずっと会ってなかった、嘘じゃないわ」

ルドリュがエステルと結婚する以前、出版社を支えるために半端仕事をこなしていたころのことだろう。二十歳そこそこのヴェロニクにとって年上のルドリュという男は魅力的だった、一度だけ二人でホテルに入る程度には。

「この九月に再会したというんだな」

警官の言葉に頷いて、女が切なそうに夫に語りかける。「あなたに昔のことを告げ口すると脅されたの、あと一度だけ躰を許せば今後はつきまとわないと約束するからって。わたし、どうすることもできなかった。許してくださるわね」

過ちを告白し切々と訴えるヴェロニクの言葉と態度は、見る者の同情を否応なく誘う。許さなければ夫のほうが不人情に思えてしまいそうだ。さすがに女優の演技というしかない。しかし、それではヴィクトル・マンシェとの情事はどうなるのか。

硬い表情で沈黙しているダッソーに代わって、おもむろに巨漢が口を開いた。「この一年で何人の男をベッドに引っぱりこんだのか調べりゃわかるが、あんたの火遊びには興味がない。私らが知りたいのはその先のことなのさ。

ルドリュという人物のことを警察は徹底的に調べあげた。かなりの遣り手で、頼りがいのある男だと思った女も少なくないようだ。追いつめられていたあんたは寝物語に相談してみる気になった。ダッソー家の家宝〈ニコレの涙〉を盗まれてしまったが、どんなことがあろうと夫に知られるわけにはいかないと」

以前から妻の殺害を夢想していたルドリュは、十数年ぶりに再会したヴェロニクからダッソー家の家宝をめぐる相談を持ちかけられ、かつてない巧妙な犯罪計画を思いついた。

「素直に喋る気がないなら仕方ない、こっちから話すことにしようか。誘拐事件の翌日のことだった、同僚がミレーユ・ジャメから最初に事情聴取したのは」

トロカデロのアパルトマンでミレーユは、友人のヴェロニクと会うことがときどきあることを証言した。サラ誘拐事件と学院長殺しが起きた十一月二十二日は午後四時ごろにアパルトマンを訪れて、一時間ほどしてから帰宅したという。

「午後四時半ごろアパルトマンに電話があったそうだな。ジャメによれば、あんたは自分で電話に出て一言二言喋ってから受話器を置いた。さて、誰からの電話だったんだろうか」

ヴェロニクがダッソー邸に戻ったのは六時四十分、まっすぐに帰宅すればトロカデロから三十分もかからない。一時間四十分ものあいだ、ダッソー夫人はどこでなにをしていたのか。

ヴェロニクがトロカデロを午後五時に出発したとすれば、六時になる前にリュエイユ・マルメゾンに到着できる。オヴォラと前後して帰宅したのは六時四十分のことだ。六時すぎに学院長を射殺しても三十分あればブローニュの邸まで戻れる。

「ルドリュの筋書きで、あんたがエステル・モンゴルフィエを射殺したんだ」もの凄い形相で巨漢が吠える。

「……そんな」

　ダッソーが茫然として呟いた。思いがけないジャン＝ポールの告発に、わたしも衝撃を受けていた。

「あんたはトロカデロからリュエイユ・マルメゾンをめざした。途中のレ・フォントネルの人気ない空き地で車を黒のＢＭＷに乗り換え、五時五十分には聖《サント》ジュヌヴィエーヴ学院付近に到着した。ＢＭＷはルドリュが事前に運んでおいたんだ、派手な新型アルピーヌで犯行現場に乗りつけると目立ちすぎるからな。人気のない裏道に車を停めて修道服で変装し、六時に通用口から学内に入った。六時の時鐘が鳴りはじめるのを待って、学院長室のエステル・モンゴルフィエを射殺した」

　デスクの抽斗《ひきだし》を荒らしてハンドバッグからモンゴルフィエ家の鍵を奪い、犯行を終えて正面玄関から脱出した。背丈が一七〇センチのヴェロニクなら、マントの人物の身長をめぐる管理人《コンシエルジュ》の証言とも矛盾しない。

「どうして、どうしてわたしがモンゴルフィエなんていう女を殺さなければならないの。まったくの他人で、話したこともなければ顔を見たこともないのに」悲痛な声で女が叫ぶ。

「本当の交換犯罪はルドリュとあんたがやったんだ」ジャン＝ポールがカケルに頷きかけた。「エステルとは一面識もないダッソー夫人に殺人の動機など皆無だから、捜査が身辺に及ぶことなどありえない」

　ヴェロニクがエステル・モンゴルフィエを殺害し、ルドリュはソフィー・ダッソーを誘拐しダイヤを要求する。ソフィーを誘拐する目的は二百万フランの現金でも〈ニコレの涙〉でもない。いや、たしかに〈ニコレの涙〉は誘拐の真の動機ではある。

　あらかじめ贋物であることを知った上で、ルドリュは〈ニコレの涙〉を要求した。浮気がらみで家宝のダイヤを盗まれた事実だけは、絶対に夫に知られてはならない。だからこそ誘拐事件は仕組まれた。ダイヤの本物は誘拐犯に奪われたと夫が信じれば、ヴェロニクがダッソー家から追放される事態はまぬがれうる。

誘拐の真の目的が〈ニコレの涙〉にあることを隠すため、身代金の二百万フランは要求された。ただし交換犯罪者のルドリュにしてみれば、ヴェロニクに約束した〈ニコレの涙〉に加えて二百万の現金が奪えるなら、それに越したことはなかったろう。

誘拐事件の当夜、犯人から〈ニコレの涙〉が要求されたときヴェロニクは、家宝のブルーダイヤを手放すことに口を極めて反対していた。妻が異論を唱えたところでダッソーの意志は変わらないことまで計算していたのだろう。ヴェロニクが反対すればするほど夫の意志は強固になるに違いない。

夫にとって〈ニコレの涙〉は、アウシュヴィッツで死んだ母の形見だ。だからこそ、ユダヤ人少女の生命を救うため捧げられなければならない。ダイヤに執着して少女を見殺しにしたら、ユダヤ人として殺された母は欲深い息子を赦さないだろう……。

最小限の危険でソフィーを誘拐できるチャンスが到来し、殺人と誘拐の交換犯罪を実行することが二人のあいだで合意される。殺人と誘拐の交換契約はオヴォラとルドリュではなく、ヴェロニクとルドリュのあいだで交わされたのだ。ルドリュの誤算はソフィーと間違えてサラを誘拐したことだった。しかし計画は動きだしている。間違い誘拐に気づいたときヴェロニクはすでにエステルを射殺していた。もう引き返すことはできない、ルドリュは要求を押し通すことにした。

「ソフィーが裏木戸から出ることを、きみがルドリュに教えたのか」ダッソーの口調には静かな怒りが滲んでいた。

「わたしが、わたしが教えたわけないでしょう。あの男と会ったのは九月のこと。まだソフィーはアンドレに新しいドレスを見せる約束なんかしてないのよ」

「再会してトロカデロのアパルトマンに連れこんでからも、あんたはルドリュと密会を続けたんだ」

警官の断定に女が必死で反論する。「違う、あのとき一度きりよ。二枚めの証拠写真でもあるっていうの」

「二度とトロカデロでは会わないことにした。交換犯罪を成功させるには二人の関係を秘匿し続けなければならん、たとえ親友が所有するアパルトマンでも、ルドリュと会うのは危険すぎる。のちのちのことを考えて、あんたはアパルトマンに残った愛人の指紋をせっせと拭き消した」

巧妙に仕組まれた誘拐計画をルドリュは着々と実行した。まずジュール少年を誘拐し、父親のメルレを手先に使えるようにする。書籍倉庫でサラの写真を撮影してダッソー邸の裏木戸に投函する。二枚めの写真を撮影して書籍倉庫を出発し、オデオン広場でロマの少女にメモを渡した。サン・ミシェル河岸通りの古本屋台《ブキニスト》に第二のメモを残し、ユルスリーヌ街十二番地に急いだ。ダストシュートに写真入りの封筒を貼りつけ、地下室で身代金の鞄を回収する。メルレが逮捕された騒ぎに乗じて現場を脱出し、付近に駐車していたヴァンでビヤンクールに戻った。ルドリュにとって最大の誤算は、誘拐した少女に拳銃を奪われたことだろう。サラが夢中で引金を引いて弾丸は誘拐犯の心臓を貫いた。

「この偶発事が生じなければ、ルドリュとあんたの計画は成功していたかもしれんな。ダッソー家をめぐる誘拐事件と、エステル・モンゴルフィエ殺害事件は一見したところ無関係なんだから」

監禁場所からサラが救出され誘拐犯の正体が判明する。ルドリュが誘拐事件を惹き起こして死亡したのと同じ日に妻のエステルが射殺された。夫婦それぞれの死がまったく無関係だったといえるだろうか。当然のことながら警察は二つの事件の関連を疑いはじめた。しかも二人の殺害には同じ拳銃が使われていたのだ。

女が必死で反論する。「あなたの話は邪推と憶測の塊だわ。わたしが聖《サント》ジュヌヴィエーヴ学院に行った証拠でもあるの、学院長を殺したという証拠は。あるというなら出してちょうだい。あなたの話は最初から間違ってる。どうしてわたしがルドリュのために人を殺さなければならないんですか」

たとえ〈ニコレの涙〉が盗まれた事実や、その原因がちょっとした火遊びだったことを夫に知られかねないとしても、人殺しをするほどのことではない。最悪の場合でもダッソー家を追いだされる程度だろう。妻の不貞行為による婚姻関係の破綻が原因であれば、離婚を申し出たのが夫の場合でも財産分与は期待できそうにない。

ヴェロニクが失うのはダッソー夫人という立場にすぎないが、わずかな金銭のために殺人者になる人間は無数にいる。まして賭金は巨富なのだ。ダッソー家の資産の権利を失いかねない事実は殺人の動機として充分といえる。

それでも疑問は残ってしまう。女優時代の稼ぎもあったろうし、ヴェロニク自身がある程度以上の資産を所有しているはずだ。たとえダッソーと離婚しても無一文の境遇になるわけではない。人間の欲には限りがないとして、遺産を奪うためヴェロニクが夫を殺したのなら理解はできる。夫婦のあいだには第三者の窺い知れない感情的な軋轢も生じうるだろうし。

しかし〈ニコレの涙〉をめぐる一件のため、ヴェロニクが見も知らないエステル・モンゴルフィエを殺害する気になるだろうか。ルドリュの場合は理解できなくもない、妻を殺させる代償に他人の子供を誘拐するのは割に合う取引ともいえる。

「たしかに〈ニコレの涙〉をめぐる問題はあった。火遊びのために盗まれた事実は、なんとしても夫に隠し通さなければならん。だがルドリュとの取引はそれだけではなかった。たまたま家政婦が口にした憶測を刑事が耳にしたんだが、あんたは妊娠しているようだ。調べりゃわかることだが、産婦人科を受診したのは先月の末か今月のはじめだろう。浮気の際は避妊していたとすれば、ダッソー氏の子に間違いない。あんたの浮気を知ったダッソー氏が自分の子かどうか疑っても、血液型鑑定で親子関係は証明できるから問題ない」血液型二七システムを用いた鑑定では、九九パーセント以上の確率で本当の父かどうかの証明が可能だという。

妊娠を知ったヴェロニクはルドリュの計画に乗ることを決めた。自分の子にダッソー家を嗣がせること、そのために邪魔なのは……。

「まさか」ダッソーが低い声で呻いた。

「そのまさかに違いないんですな」

先妻が産んだソフィーさえ消えてしまえば、ダッソー家それ自体がヴェロニクのものになる。離婚の口実を与えないことに加え、先妻の子を抹殺してしまうこと。ソフィーの殺害が交換条件なら、エステル殺しも納得できる取引ではないか。

隣のわたしにしか聴きとれない低い声で、カケルが呟いた。「玉突き誘拐《ビヤール》の結果は間違い誘拐だった。誘拐の目的は現金でなく〈ニコレの涙〉で、しかもダイヤを奪うことではなく、すでにダイヤが失われている事実を隠滅するところにあった。……ずいぶんと入り組んでいる」

それだけではない。最終的に判明したのは誘拐が誘拐ではなく、誘拐に見せかけた殺人の計画だったことだ。もしもサラが必死で抵抗しなければ、誘拐された子供は二人とも殺された可能性が高い。誘拐犯が保身のために犯した殺人だと思わせて、じつはソフィーの殺害を目的として誘拐事件は仕組まれていた。

ルドリュが構想した交換犯罪では、誘拐によって殺人が、殺人によって誘拐が隠蔽される。ダイヤが贋物であることを隠す目的で誘拐は行われたように見えるが、その裏にはさらに怖ろしい真相が潜んでいた。

もしもソフィーが不自然な死に方をすれば、疑惑はヴェロニクに向けられかねない。妊娠が事実なら最大の受益者なのだから。しかし誘拐事件の結果としてソフィーが死亡したのなら、ダッソー夫人は誰からも疑われることがない。むしろ被害者として同情されるだろう。

学院長殺しの受益者が捜査圏外に逃れるため、誘拐は実行された。殺人を隠蔽する目的で誘拐が惹き起こされたともいえる。しかも誘拐は別の殺人を隠蔽するためにも計画されたのだ。誘拐に見せかけてソフィーを殺害し、受益者であるヴェロニクを捜査圏外に置くために。

ジャン＝ポールは満足そうな顔つきだ。「カケルさん、あんたのいう通りだったよ。際限なく横ずれし続けた難事件だが、これでようやく終点ってわけだ」

警官の讃辞にも表情を変えようとしない日本人は、なにかを考えこむときの癖で、長い前髪を少し摘まんでは引っぱっている。警察の捜査で事件は解決したようなのに、カケルはどんな謎を新たに見出したのだろう。

「違う、違うわ」椅子から立ちあがり女が必死の形相で叫んだ。「新聞に書いてある、学院長殺しの犯人はオヴォラだろうって。ルドリュと交換犯罪を計画したのはオヴォラなんだわ」

「警察はオヴォラの周辺を徹底的に調査した。この邸の自室はむろんダッソー社のデスクまで。思わぬところから出てきたのがこいつなんだ」

ジャン＝ポールが透明なビニール袋をテーブルに置いた。袋には小さな紙片が入っている、どうやら珈琲店《カフェ》のレシートのようだ。

レシートに刷られた店名を見て、わたしは呟いた。「これって」

「そう、珈琲店《カフェ》〈アルベール〉のレシートだ。品目と料金の他に日時が打たれている」

事件の翌日にルルー姉妹と待ちあわせた、聖《サント》ジュヌヴィエーヴ学院の正面玄関向かいにある珈琲店《カフェ》だった。若い給仕から話を引き出そうと、学生の財布には高価すぎるキャビアを注文した店。

「レシートに打たれている日時は十一月二十二日の十七時五十四分、注文は珈琲《エクスプレス》。給仕に確認したところ、医療用マスクで顔を隠していた男に出したレシートだという」

六時五分に男が大急ぎで席を立とうとしたのは、聖《サント》ジュヌヴィエーヴ学院の正面玄関からマントの頭巾で顔を隠した人物が出てきたからだ。わたしは思わず口にしていた。

「それならオヴォラには不在証明《アリビ》がある、学院長殺しの犯人ではない証拠が」

巨漢がこちらに頷きかける。「そうだね、嬢ちゃん。モンゴルフィエ学院長が射殺されたのは時鐘が鳴り響いている最中で、六時から六時三分までのことだ。五時五十分から六時五分まで珈琲店《カフェ》にいた男には、学院長を殺害することができない」

男の来店は五時五十分ごろだと給仕は証言していたが、注文を受けてレシートを発行するまでの時間差を計算に入れると、この証言には信憑性がある。注文品とレシートがテーブルに届いた四、五分前には、オヴォラは店に着いて注文を終えていたろう。

ダッソーがテーブルから顔を上げる。「この紙片が身辺から発見されたからといって、珈琲店《カフェ》の男がオヴォラとは限らないと思うが」

「レシートは料金と一緒に店のテーブルに残しておくのがふつうだが、しかし男は持ち去った。インクのため汚れた指先で紙片に触れてしまったからだ」

テーブルの上でジャン＝ポールがビニールの袋を裏返した。紙片の裏にはインクの青い汚れがある。場合によるだろうが紙類から鮮明な指紋は検出されにくい、しかしインクが付着した指先で触れたなら話は別だ。

「インクの指紋はクリスチァン・オヴォラの右手親指だった。店内に入ってきた男は席に着いた直後にノートを出して、なにか万年筆で書きこんでいたという。オヴォラはインクが付着した紙片を、店に残さないことにしたんだな」

ヴェロニクが唇を歪める。「後ろ暗いところがあるから、レシートを店に残さないようにしたんでしょう。学院長を殺したのでないとしても、オヴォラが犯行に関係していたのはたしかね。わざとらしく顔を隠していたんだし」

とすれば直後に紙片は破棄したはずで、意図的に保存していた理由がわからなくなる。このレシートを警察はどこで発見したのか。車の隅にでも落ちていたとすれば納得できないでもない、誤って車内に落とし見失ったとすれば。

ジャン＝ポールが続ける。「聖《サント》ジュヌヴィエーヴ学院の通用口がある袋小路の入口で、マント姿の人物を六時少し前に近所の住人が目撃している。六時五分に正面玄関から出てくる同じ扮装の人物に気づいてオヴォラは珈琲店《カフェ》を出た。マントの頭巾で顔を隠していたのはあんた、ヴェロニク・ダッソーだ」

「嘘よ、そんなこと。オヴォラが問題の珈琲店《カフェ》にいたのは事実かもしれない。でもわたしが聖《サント》ジュヌヴィエーヴ学院に入ったとか出てきたとか、なんの証拠もないことだわ」

「六時前後に学院付近の裏道で、通行人が黒いセダンを目撃している。間違いない、あんたがエステル・モンゴルフィエを殺したんだ。六時前に通用口から裏庭に入って学院長室でエステルを射殺した。デスクを荒らし赤革のハンドバッグから自宅の鍵を奪って、六時五分に正面玄関から逃走したんだろう」

「違うわ」ヴェロニクの声は悲鳴に似ていた。

冷たい表情でダッソーが妻を見る。「バルベス警部の話は事実ではないと」

「なにからなにまで出鱈目よ、わたしを陥れるための」

ジャン＝ポールが突き放すようにいう。「オヴォラは学院長が射殺される現場を目撃したわけじゃないが、それ以外のもろもろは裏が取れてる。ダッソー夫人がルドリュと接触していたこと、交換犯罪を企む理由があったこと、十一月二十二日の午後六時前後に聖《サント》ジュヌヴィエーヴ学院付近に車を停めたことまで。あんたでないとすれば誰が学院長を殺せたというんだね」

どれもこれもはじめて耳にする新情報だ。オヴォラは学院長殺しの当日にヴェロニクを尾行していたことになるが、そうした事実を警察はどこで摑んだのか。青酸煙草で急死する直前まで、オヴォラはパパやジャン＝ポールと一緒にいた。女子生徒の白骨屍体が発掘された裏庭で、それらの証言はなされたと考えるしかないが。

窓際の席に戻っていた女が身を起こし、目を吊りあげて夫を見据える。「あなたにも学院長は殺せたわ、なにしろ不在証明《アリビ》がないんだから」

五時二十分にブローニュの邸を出発してリュエイユ・マルメゾンの聖《サント》ジュヌヴィエーヴ学院をめざしたとすれば、途中で車を替えたとしても、ダッソーは学院長室でエステルを射殺することができた。しかし六時五分に学院を出て六時三十分に帰宅するのは厳しい、実験してみないと正確なことはいえないが。

「本気なのか」理不尽な妻の告発にダッソーが哀れむように応じる。

「学生時代からの親友なんでしょう。あなたに命じられたらオヴォラはなんでもやる。計画に支障が生じた場合に備えて、共犯者のオヴォラは学院前の珈琲店《カフェ》で待機していた」

「無理だね、ダッソー氏が犯人だというのは」警官はうんざりしたような表情だ。「管理人《コンシエルジユ》によればマントで変装した人物の身長は一七〇センチから一七五センチ程度。ダッソー氏は一八二センチあるから、靴底の厚みを計算に入れたら一八五センチにもなる。近距離での目撃証言で、対象者の背丈が実際と一〇センチも違うことはまずない。一七三センチのオヴォラなら条件を満たすにしても、学院長殺しの犯人ではありえない。なにしろ犯行時刻に珈琲店《カフエ》にいたんだから」

ぎらぎらした目で考えこんでいた女が勝ち誇ったように叫ぶ。「わかったわ、真犯人が」

「私でなければ、今度は誰に罪を押しつけようというんだね」

「あなたは親友の復讐に協力することにした。犯人はオヴォラで、共犯者のあなたが学院前の珈琲店《カフエ》にいたの。モンゴルフィエ学院長を射殺して現場を脱出するまでの、オヴォラの不在証明《アリビ》を擬装するために。あとからレシートを渡されたオヴォラは、自分の指紋を付けて保存したのよ」背丈からしてダッソーはマントの人物ではありえない、しかしマスクで顔を隠して珈琲店《カフエ》に出入りすることはできた。

重ねて無罪を主張する女に、警官が自信たっぷりに応じる。「駄目だね、奥さん。ダッソー氏の不在証明《アリビ》は成立した、オルリー空港の出国ロビーで偶然に見かけた人物がいるんだ。午後六時前に空港で目撃されたダッソー氏が、学院長の殺害時刻に聖《サント》ジュヌヴィエーヴ学院にいることはできない。オヴォラもダッソー氏もエステル・モンゴルフィエを殺してはいない、ルドリュと共謀してあんたがやったんだ」

「……見ず知らずの女をわたしが殺したなんて、なんの証拠もないこと」

「あんたが人殺しだという証拠はある、誰にも否定できない明白な物証がな」窓際の小テーブルの吸い殻で溢れた灰皿の横から、バルベス警部はヴェロニクのライターをハンカチで摘まみあげた。「こいつの指紋を学院長室で発見されたライターの指紋と照合してみれば、あんたが殺人現場にいたことは証明できる。ライターの指紋は二種類で、ひとつはルドリュのものだが、問題はもうひとつのほうだ」

これから証明するなんて嘘だ、本人には知られないように警察はヴェロニクの指紋を採取したに違いない。その指紋と犯行現場に置かれていたライターの指紋は照合され、同じ人物のものであることも確認された。だからジャン＝ポールは自信満々なのだ。

ヴェロニクが学院長室にも備品室にも指紋を残していないのは、校舎に侵入したとき手袋を嵌めていたからだ。凶器のワルサーP38の銃把や引金からはルドリュとサラの指紋しか検出されていない。そんなヴェロニクがどうして、自分の指紋が付いたライターを学院長のデスクに置き忘れたのか。エステルを射殺したあと手袋を外して一服しようとしたのか、まさかそんなことはあるまい。

ライターをテーブルに戻してから、巨漢はルドリュとヴェロニクの写真を指で叩いた。「おまけにこんな証拠写真まで出てきたってわけだ」

誘拐犯がルドリュであることを警察に摑まれてヴェロニクは追いつめられた。捜査陣は二つの事件に関係する人物を必死で洗いだそうとしている、もしもルドリュとの関係を突きとめられたら身の破滅だ。警察はアデルの父親がダッソーの秘書だと知って、オヴォラを疑いはじめている。とはいえオヴォラが学院長殺しの犯人として逮捕され、起訴されることまでは期待できそうにない。もしも死んでしまえば、逮捕を怖れた犯人が自殺したと思わせることができそうだ……。

「知恵袋のルドリュを失ったからか、毒殺計画は素人じみて稚拙だったな。あんただよ、オヴォラを殺したのは」

「しかし、それは難しい」ダッソーが顔を顰める。

休日出勤のオヴォラは二階からサロンに下りてきて、窓辺の椅子で煙草のパッケージを開封し一本を吸った。朝食の支度ができたといわれ、煙草をテーブルに残して食堂に向かう。そのときサロンにはダッソー夫妻とカウフマンの三人がいた。空模様を見るためにヴェロニクは窓辺に立ったが、テーブルの前にいたのは数秒のことにすぎない、パッケージから煙草を抜きだして毒薬を入れるような時間はなかった。

ジャン＝ポールが反論する。「その場で煙草に青酸を仕込む必要はないんですな、前もって青酸煙草を用意しておけばいい」

「オヴォラが死亡したのは午後になってからですね。青酸煙草はパッケージのかなり奥に入っていたとか。煙草が十九本残っている箱から何本も出して、奥のほうに入れるのにも時間はかかる。ほんの数秒では無理ですよ」

「簡単なことだね、犯人は同じ銘柄のパッケージを用意していた。七本目あたりに青酸煙草を入れてから新品同然の状態に戻した箱をね。オヴォラが一本吸ったことを確認して用意した箱から一本抜く。この作業は窓際でやる必要がない、隠しもった十九本入りのパッケージをテーブルのそれとすり替えるだけなら一瞬ですむ」

どうしてパッケージの奥のほうに青酸煙草を入れたのだろう。被害者が目の前で倒れるのを見るのが厭だったのか。あるいはオヴォラが車の運転中に、毒入り煙草に点火することを期待したのか。

「交通事故で屍体が損傷すれば、青酸中毒がばれないですむと思ったのかもしれんが、素人考えにすぎん。事故での屍体も解剖に廻されるし、薬物での中毒死が見逃されることはない」

「嘘よ、わたしがオヴォラを殺したなんて」ヴェロニクが立ちあがる。

「あんたの部屋の絨毯からシアン化アルカリ化合物が検出された、微量だが煙草の葉も。オヴォラが愛用していた日本煙草の葉だ。あんたが青酸煙草を作ってオヴォラに吸わせたんだよ」

書斎の窓を斜めに光が過ぎる。窓越しに戸外を見下ろしたバルベス警部が、満足そうに頷きながらヴェロニクを見た。

「どうやら部下たちも着いたようだ。あんたの部屋で誰か別人が青酸煙草を作った、自分は罠にかけられたんだとでも言い張りたいなら、その話は警視庁で聴くことにしようか」

窓を横切って消えた光は警察車《ヴォワチュール・ピエジュ》のヘッドライトだった。女は譫言のように呟き続ける。

「警察に行くなんて厭よ、絶対に厭」

「同行を拒否するならこの場で逮捕する、容疑はクリスチァン・オヴォラの殺害だ。ダッソー夫人が逮捕されたとなれば、マスコミは大騒ぎだろう。無実を主張するなら警察での事情聴取に応じたほうがいいのでは。……違いますかね、ダッソーさん」

しばらく黙りこんでいたダッソーが静かに頷いた。「バルベス警部の勧めに従うべきだろう。今夜中に弁護士は手配する。本来ならオヴォラの仕事だが、なんとも皮肉な結末だ」

青酸煙草事件には明白な物証がある、だから警察はオヴォラ殺しの容疑で身柄を拘束することにした。わからないのは黙ってヴェロニクを連行しなかった理由で、警察の常識的な行動とはいえない。どうしてジャン＝ポールは学院長殺しにかんしてまで熱弁を振るったのか。警視庁の取調室で追いつめるほうが自供は引きだしやすいはずなのに。

鄭重なノックの音が聞こえる。執事のダランベールが刑事たちを案内してきたのだろう。ヴェロニクの綺麗な形をした肩が小刻みに震えていた。

〈11月29日午後7時20分〉

ヴォルヴォが森屋敷の正門を出た。フロントガラスには警察車《ヴォワチュール・ピエジュ》の尾灯が映っている。先行車の運転はダルテスで、後部席にはボーヌとマラストに挟まれてダッソー夫人が坐らされている。

運転席の巨漢に問いかけた。「どうしてヴェロニクをいきなり連行しなかったの。あの場に同席できたのは幸運だったけど」

「あんたのパパと相談した結果だよ。ダッソー夫妻は明日、オヴォラの葬儀のためパリを出発する予定だった。容疑者を警視庁の管轄外に出したくない、できれば今夜中に身柄を確保したかったのさ」

フランソワ・ダッソーは有力な財界人で内務省の長官とも親しい仲だ。まずダッソーに納得させないとヴェロニクを連行するのは難しい。強引に進めると厄介な事態も生じかねない。

「たまたまダッソー邸に招待された。ちょうどいい機会だから夫の面前で妻の罪状を暴いてやろう。もくろみ通り、最後はダッソーもヴェロニクの連行に納得していた。これで問題なしってわけだ」

ジャン＝ポールの説明で一応のところ疑問は解けたが、それでも不可解な点は残っている。ヴェロニクをめぐるオヴォラの証言は、いつどこでどんなふうになされたのか。

手際よくステアリングを操作しながら、巨漢が語りはじめる。「オヴォラが死亡した翌日の夕方のことだ、モガール警視宛に速達が届いたのさ」

中身はオヴォラが書いたノートで『アデルのために《プール》』と題されていた。自筆であることは間違いない。浮気写真やレシートはノートに挟まれていた。ジャン＝ポールがダッソーの書斎で喋った新情報は、いずれもオヴォラのノートに書き記されていたことだという。

「自分の身が安全でないことも、オヴォラは承知していたようだ。先妻の娘を殺させる代わりに、なんの恨みもない他人を殺すような女だ。誰かに真相を嗅ぎつけられたら躊躇なく襲いかかってくるかもしれん、だから保険をかけてたんだな。オヴォラの死後にノートが入った封筒は投函されている。もしも自分が不審死をとげたら警察に送るように頼んで、封筒を知人に預けておいたってわけだ」

ようやくわかった、ジャン＝ポールの手品の種が。そんな秘密情報があれば誰だって真相は見抜ける、あとは警察の組織力で裏づけ捜査を進めればいい。

ジャン＝ポールが続ける。「ここ数日で警察が洗い出したもろもろを、一年がかりの調査でオヴォラも摑んでいたんだ」

アデルの失踪にモンゴルフィエ学院長が関係していることは疑いない。娘を殺害し屍体を処分した可能性も否定できない。しかも失踪事件の直後から、学院長夫婦の力関係は大きく変わったようだ。秘密を握られた妻は夫の要求に抵抗できないのではないか。

学院長室で女子生徒を殺害してしまったエステルが、屍体の処分を夫に頼んだ可能性は高い。学院長は運転免許を所持していない、ルドリュが殺害現場から屍体を運び出して郊外の森にでも埋めたのではないか。この疑惑は否定できないが、警察に持ちこめるような証拠が皆無であることを法律家のオヴォラは熟知していた。確実な証拠を摑もうとルドリュを監視しているうちに、思いがけない事態に出くわす。

九月二十一日の午後、たまたまルドリュを尾行していたときのことだ。男がトロカデロにある建物に入った。気づかれる可能性があるので建物内までは追跡できない。目立たないように停めた車から二時間ほど建物の正面玄関を監視していると、連れだって出てきた男女は……。

「あの写真、オヴァラが撮ったのね」

「そういうことだ」

帰宅したオヴァラは小間使いの娘から話を引き出した。奥さまは友人のアパルトマンを訪問していたに違いないとエレーヌはいう、マダム・ジャメと会うときはミルの匂いをさせているから香水でわかると。女優時代から親友だったヴェロニクに頼まれて、ジャメ夫人が情事のためのベッドを提供しているようだ。しかも浮気の相手は、娘の屍体を埋めた可能性が高いセバスチァン・ルドリュに違いない。

「この事実をダッソーに知らせるべきかどうか迷ったようだが、もう少し事態を見守ることにした。それからもオヴァラは週に一度ほど、時間を捻出してはルドリュを尾行してみたが、ヴェロニクはトロカデロのアパルトマンに行っていないようだ。火遊びは一度きりだったのか、監視していないときに二人は密会を続けているのか」

九月二十一日にヴェロニクと会ってから、ルドリュは交換犯罪の計画を思いついたのだろう。そのため二度とトロカデロのアパルトマンでは会わないことにした。ときどき見知らぬ男に尾けられていることを察知したルドリュは、交換犯罪者との接触地点を変更した。あとから警察が調べても絶対に露顕しない、しかもヴェロニクには都合のいい場所に。

ヴェロニクがジャメ夫人所有のアパルトマンを午後四時に訪れる。この予定をオヴァラは十一月二十二日の朝に知った。たまたま女主人が朝食のとき口にした予定を、小間使いのエレーヌが教えてくれたのだ。またルドリュとの密会なのか。

通常の退社時刻より一時間半も早く、三時三十分にオヴァラはラ・デファンスのダッソー社を出た。毎日のように社に出てはいたが、法律顧問を兼ねた個人秘書だから勤務時間は自由だ。私的な用件で早退するが、晩餐の夕食までにはブローニュの邸に戻るとダッソーには伝えた。

トロカデロの裏道に車を停めて監視をはじめる。四時少し前にヴェロニクは建物に入ったがルドリュは姿を見せない。五時を廻るころにヴェロニクが建物から出てきた。今回は本当にジャメ夫人と会っていたようだ。

青のルノー・アルピーヌを追って車を走らせているうちに不審を感じた。ヴェロニクが運転する車は、トロカデロから南でなく北をめざして走り続ける。エトワール広場を通過して今度は西に向った。セーヌ川を渡ったアルピーヌはレ・フォントネルの空き地に乗り入れる。じきに地味な印象のBMWが出てきた、ヴェロニクは車を交換したようだ。

しばらくリュエイユ・マルメゾンの市街地を走って、BMWは人気の少ない裏道に停車する。車から降りたヴェロニクは、人目を避けるようにして修道服のようなマントを手早く着込み頭巾で顔を隠した。少し離れたところに車を停めて、オヴォラはマント姿の女を尾行しはじめる。振り向いても気づかれないように、車のグローブボックスに入れていた医療用マスクで顔を覆った。風邪気味になるとマスクをする日本人の習慣に影響されていたのだ。

裏道から出て左、広い通りに出て右、しばらく進んで右。ヴェロニクは地味な裏道に入っていく。近所の住人らしい婦人をやり過ごしてから、オヴォラは狭い道を覗きこんだ。先のほうが行き止まりになった袋小路のようだ。ヴェロニクは石塀の鉄扉を開いたところだが、鍵を使った様子はない。

袋小路に入ってオヴォラも鉄扉のノブを廻してみた。ほんの少し開いてみるが、扉の隙間からはよく手入れされた庭園の光景が見えるばかりだ。建物の二階からは合唱の声が聞こえてくる。建物に入ったのかヴェロニクの姿は庭から消えている、これ以上の追跡は難しそうだ。

オヴォラは袋小路を出て街路を右に折れてみた。建物の前に出ると正面玄関には「聖《サント》ジュヌヴィエーヴ・リュエイユ・マルメゾン」と金色で彫りこまれている。そうか、この私立校なら失踪した娘のことで訪問したことがあった。ＢＭＷを尾行して以前とは違う方向から来たために、正面に廻るまで気づかなかった。あるいは通用口から見える裏庭に面した部屋が、かつて通されたことのある学院長室ではないか。

通りを挟んで学校の向かいに珈琲店《カフェ》がある。窓際の席なら袋小路の入口を見渡せそうだ。オヴォラは珈琲店《カフェ》でヴェロニクが戻ってくるのを待つことにした。

席に着いた直後に珈琲《エクスプレス》を注文する。ノートを出し「ヴェロニク、聖《サント》ジュヌヴィエーヴ学院の通用口、五時五十四分」と走り書きした。誤って万年筆の先に触れた指先がインクで汚れる。注文の品とレシートがテーブルに届いた。やがて正面玄関から修道服を着た人物が街路に姿を見せる。通用口から校内に入ったヴェロニクが、どうしてか正面玄関から出てきた。

無意識に摘まみあげたレシートにインクで指紋が付いていた。テーブルに料金を残し、小さな紙片をノートに挟んで席を立った。聖《サント》ジュヌヴィエーヴ学院の周辺で目撃した事実を、のちに証言する必要が生じるかもしれない。レシートは十一月二十二日の夕方にオヴォラが学院前にいたことを証明する。自分の証言を裏づける証拠としても紙片は保存することにした。

どうしてヴェロニクはリュエイユ・マルメゾンの私立校を訪れたのか、しかも修道服のようなマントを着用し頭巾で顔を隠して。外出時に顔を見られたくない場合でも、ふつうはサングラスにスカーフしか使わない女なのに。裏の通用口から入って正面玄関から出てきたのも妙だし、どことなく様子が不自然に見えた。必要以上に俯いて小走りに歩いていた。

「五時五十四分から六時五分まで、ヴェロニクは十分以上も学内にいたわけね」

わたしの質問にジャン＝ポールが応じる。「六時に時鐘が鳴りはじめるまで拳銃を撃つことはできない。はじめの五、六分は備品室にでも隠れてたんだな」
六時に学院長室に侵入して被害者を射殺する。しかし、それから五分近くも犯行現場に居残ってい
た理由がわからない。モンゴルフィエ家の鍵を見つけるためだろうか。謎は他にもある、管理人《コンシエルジュ》の
前を通って正面玄関から外に出たことだ。ヴェロニクが入ったときのまま備品室の扉も通用口も施錠
されていなければ、侵入口から脱出できる。そうしていれば管理人《コンシエルジュ》に目撃されることもなく現場か
ら離れられたのに。
学院長殺しの急報で駆けつけた警官たちは直後に校内を捜索した。そのときには備品室の内ドアと
外扉、通用口の鉄扉はどれも施錠されていた。これらが施錠されていたからヴェロニクは、やむなく
正面玄関から脱出したのだろうか。としたら、何者がどんな理由で三つの鍵を閉めたのか。
帰路も車で尾行したオヴォラは、レ・フォントネルで車を交換したヴェロニクが、邸といえる規模
の家に入るのを目撃する。むろんモンゴルフィエ邸だった。十分ほどして邸を出てきた女は、今度は
セーヌの河岸で車を停めて丸めた布を川に放りこむ。変装に使ったマントを処分したのではないか。
ダッソー邸の正門に入ったアルピーヌを追って、少しの時間差でオヴォラも邸に戻った。
黒のBMWはレ・フォントネルの空き地で発見された。ヴェロニクが聖《サント》ジュヌヴィエーヴ学院の往
復に使ったあと車は回収される予定だったが、ルドリュが死亡してBMWは空き地に放置状態にな
る。誘拐事件のあとダッソー家の関係者は警察に監視されているかもしれないし、ヴェロニクが車の
回収に出向くわけにはいかなかった。
警視庁に郵送されてきたノートには、十一月二十二日のヴェロニクの行動をめぐる詳細な記録を含
め、アデル失踪にかんしての調査結果が日付順に記録されていた。少女失踪事件を捜査しているナン
テール署の刑事を装って、アルザスに聖《サント》ジュヌヴィエーヴ学院の元管理人《コンシエルジュ》ルグランを訪ねた日から

ノートは書き出されている。一昨年の十一月十七日の夜、アデルが学院長室に戻ったことを知って、父親は娘が殺害された可能性を疑いはじめた。

二人の関係を知っていたオヴォラは、ヴェロニクとルドリュによる交換犯罪の真相を見抜くことができた。ソフィーの誘拐が誘拐に見せかけた殺人であれば、まさに交換殺人だが。ルドリュがサラに射殺されたのは自業自得だし、ヴェロニクがエステルを殺害したのだとしても問題にする気はない。正式に告発できるような証拠は存在しないが、エステル・モンゴルフィエが娘を殺し、セバスチァン・ルドリュが屍体を処分したことは確実だから。

それでも殺人者のヴェロニクを放置はしておけない。ダッソー夫人の真の目的は先妻の娘を消してしまうことにある。誘拐に見せかけた殺人計画は失敗しても、また同じようなことを企みかねない。事故を装ったソフィーの殺害を許すわけにはいかない。

離婚を考えはじめたダッソーだが、まだ決断にはいたらないようだ。弁護士を兼ねた個人秘書としては、離婚問題の紛糾を避けたいところでもある。夫の側から切り出せば、ヴェロニクが離婚に同意しても財産分与は巨額になる。

ヴェロニクとルドリュが一緒に写った写真は手許にあるが、情事の証拠としては弱いし離婚問題がスキャンダルになることは避けたい。一年半前に起きたルイス・ロンカル事件のため、フランソワの名誉とダッソーの家名は傷ついている。友人の弁護士として、同じようなことを繰り返す気にはなれない。最善の策はヴェロニクの側から離婚を切り出させることだ。黙って離婚届にサインし、自分の荷物だけ持って邸から出ていくように仕向けること……。

まったくの出鱈目をオヴォラがノートに書き残したとは思えない、当日の六時ごろに聖《サント》ジュヌヴィエーヴ学院の付近にいた証拠もあるのだし。ルドリュの交換犯罪者がヴェロニクだったことは疑いない。とはいえオヴァラのノートも、ダッソー夫人が学院長を射殺した確実な証拠にはならない。オヴァラが目撃したのは、五時五十四分に通用口から聖《サント》ジュヌヴィエーヴ学院に入ったヴェロニクが、六時五分に正面玄関から出てきた事実にすぎない。

残されている最大の謎は、ルドリュとヴェロニクが急な受け渡しをしてまで、同じワルサーP38を誘拐と殺人に使った理由だ。サラを誘拐するときルドリュが脅しに使った拳銃は、ヴァンから発見されたベレッタだった可能性もある。ヴェロニクは学院長殺しに使ったワルサーを、どんなわけで犯行当夜のうちに共犯者の手に渡さなければならなかったのか。人質の殺害に使うためなら、ルドリュの手元にはベレッタがあるというのに。

ルドリュたちの真の犯罪計画は、誘拐に見せかけてソフィーを殺害することだった。護身用の小型拳銃ベレッタM950は、殺人の道具としては適当でないからか。いや、近距離で急所を撃ち抜けば、護身用のベレッタでも人は殺せる。ルドリュは自宅に大小の拳銃を何十挺も置いていたという。ベレッタで不足なら、そこから適当な拳銃を選んで携行すればいい。ヴェロニクが使ったワルサーをわざわざ取り戻すような必要はない。

「ワルサーの受け渡しには、ダッソー邸の裏木戸の郵便箱を使ったのかしら」裏木戸の鍵の複製はあらかじめヴェロニクが共犯者に渡しておいたのだろう。

「そうかもしれん」巨漢がヴォルヴォのステアリングを切る。

学院長を殺害したのち六時四十分に帰宅したヴェロニクは、わたしたちに挨拶してから休息のために二階の自室に上がった。ソフィーが自室から車庫に向かったのは七時二十分、ヴェロニクがサロンに下りてきたのは七時三十分の脅迫電話の少し前だった。日は暮れていても庭園は水銀灯の光で煌々と照らされている。前庭を横切って車庫のほうに向かうソフィーの姿は、自室の窓からよく見えたことだろう。

間違い誘拐に気づいたヴェロニクは学院長殺害に使った拳銃と、「誘拐したのはソフィーではない、運転手の娘のサラだ」とでも走り書きした紙片を手に、濃霧に紛れて非常用階段から裏木戸に急いだ。最初の脅迫電話が掛かってくるころ、ルドリュはポラロイド写真を裏木戸の郵便箱まで届けにくる。そのときにワルサーも受け渡す計画だった。

メモを拳銃と一緒に郵便箱に入れておくというのは、ソフィーの姿を見て動転したヴェロニクの窮余の策だった。しかしその必要はなかった。第一の写真を撮影した七時二十分の時点で、ルドリュは間違い誘拐に気づいていたからだ。

闇に沈んだリュクサンブール公園の前をヴォルヴォが通過する。通りを下ればじきに警視庁だ。民間人は取り調べに同席できないから、警視庁までジャン＝ポールに同行してもすることがない。サン・ミシェル広場で降ろしてもらって、急展開した事件についてカケルと話すことにしようか。珈琲店《カフェ》に入るのではなく、モンマルトル街の安ホテルまで夜の散歩をするのでもいい。

なにを思っているのか、カケルは後部席で黙りこんでいる。わたしは前方を走る警察車《ヴォワチュール・ピエジュ》の尾灯をじっと見つめていた。これで事件は本当に解決したのだろうか。そのとき白衣の少女が闇を横切って消えたような気がした。白衣の背中には黄色の六芒星が浮かんでいる。

第九章 裏返される誘拐

〈12月2日午後2時45分〉

大昔からある国鉄《SNCF》の駅とは違って、高速郊外線《RER》のリュエイユ・マルメゾン駅は真新しいしデザインも現代的だ。しかしコンクリート製の建物と同じことで、少し古びると汚れが目立ち、いかにも安っぽく見えてしまうのではないか。

七百年もシテ島に聳えてきたノートルダム寺院のように、サン・ラザール駅やリヨン駅の石造建築は数百年の歳月に耐えるだろうが、コンクリート建築の寿命は長くて一世紀だ。ル・コルビュジエの責任とはいわないけれど、一世紀ともたない建物を造り続ける文明とはなんだろう。そう考えることもときどきある。

このところ急に冷えこんできて吹きぬける風が頬を凍らせる。昨日から十二月で、もう冬だ。花束を抱えたわたしは日本人の青年と連れだって、聖《サント》ジュヌヴィエーヴ学院をめざし郊外町の街路を歩きはじめた。

スニーカーにジーンズにブルゾンと、わたしも隣の青年と似たような軽装だ。教科書やノートを入れるために使っているショルダーバッグには、今日は少し違う種類のものが押しこんである。ちょっとした実験に必要な品々だ。

警視庁に連行されたあと、ヴェロニクはクリスチァン・オヴォラ殺害の容疑で逮捕された。妻の逮捕という予期しない出来事のため、ダッソーは親友の葬儀に参列することを断念したようだ。有名女優だったヴェロニク・ローラン逮捕のニュースは話題を呼んで、昨日からダッソー邸は報道陣に十重二十重に囲まれている。

「オヴォラが食堂に行った隙にサロンで煙草をすり替えたことは、もうヴェロニクも認めたようだわ」歩きながらカケルに事情を説明する。

ルドリュとの交換犯罪とモンゴルフィエ学院長殺しの疑惑を突きつけられ、オヴォラに決死の逆襲を仕掛けるしかない崖っぷちにヴェロニクは立たされた。いわれた通り離婚に応じても夫の秘密を握り続ける、離婚は問題の解決にならない。

事件の前日、気づかれないように未開封の煙草を盗んでから、女は秘書の部屋を出た。自室で煙草のパッケージから八本を振り出し、青酸を仕込んだ一本と残り七本を戻す。これで開封されたばかりのパッケージができた。

オヴォラは煙草を一日一箱と決めていた。朝食前に新しいパッケージを開封して一本吸う。食事の支度が遅れて二本、三本と続けて喫煙することも稀にあるが、そのときはすり替える煙草の残り本数を調節すればいい。青酸煙草を奥のほうに入れたのは警察が推測した通りで、被害者が運転中に喫煙し交通事故が起きることを期待したからだ。

青酸を用意したのはルドリュだという。学院長殺しの計画では毒殺が最初に検討され、最終的には射殺に決定された。

ヴィクトル・マンシェに〈ニコレの涙〉を盗まれたヴェロニクは、警察に届けることもできないまま密かに首飾りの贋物を作らせた。精密な接写写真を参考に模造品を製作した専門業者も判明したという。

オヴォラの毒殺は認めたヴェロニクも、誘拐に見せかけたソフィー殺害の意図は否認している。ルドリュにソフィー誘拐を依頼したのは、〈ニコレの涙〉盗難の事実を消し去ることが目的で、人質の殺害など望んだわけはないと。

取り調べの進行状況をジャン＝ポールから訊き出して、わたしは考えこんだ。ヴェロニクが否認しているのは、交換犯罪計画にソフィー殺害が含まれていたという点だけではない。追及に屈してオヴォラの毒殺と交換犯罪計画の存在は認めたヴェロニクだが、モンゴルフィエ学院長の殺害は否認し続けている。計画はあっても実行にはいたらなかったという主張のようだ。

自室で青酸煙草を作った物証がある以上、オヴォラの殺害を認めないわけにはいかない。警察に首飾りの盗難事件を知られたからには交換犯罪計画についても。しかし、言い逃れのできない確実な証拠が存在していない学院長殺しについては、否認し続けるほうが有利だとでも考えているのだろうか。

殺したのは一人か二人か、この違いは殺人者にとって決定的だ。夫の弁護士に浮気写真を突きつけられ離婚を強要された妻の立場を強調すれば、判決に際して情状を酌量される余地はある。とはいえ交換殺人でルドリュの妻を殺害した罪が加われば、判決は死刑かもしれない。次の大統領選挙で社会党政権が誕生すれば、死刑制度は廃止されることになりそうだが、それでも刑務所からは死ぬまで出られない。

わたしの話にカケルが興味を示したようだ。「二人のあいだでは最初に毒殺が検討された」

「ヴェロニクの自供ではね」

学院長室に客が来ればエステルは飲み物を勧める。客が所望すれば珈琲ではなく酒を。夜更けまで仕事をするときのためか、秘書室にはコニャックやスコッチやバーボンが常備されていた。子供のときに観た西部劇を真似ているのか、エステルはバーボンのショットグラスを一口で空けることが多い。

バーボンを所望してテーブルのグラスに酒が注がれたあと、さらに水も頼むことにする。学院長が秘書室に戻って小型冷蔵庫から鉱泉水を出している隙に、先方のグラスに毒物を投入する。青酸は舌を刺激するが、酒場のカウボーイのようにグラスを一気に空ければ味などわからない。胃液と接触しガス化した青酸によって呼吸中枢が麻痺し、数秒で被害者は昏倒する。

ルドリュが青酸を調達したあとになって、計画はより確実性の高い射殺に変更された。こうしてヴェロニクの手許に残った青酸がオヴォラ殺害に使われることになる。裏社会とも縁があった様子のルドリュだから、無許可の拳銃と同じことで毒薬を入手することも容易だった。

トロカデロのアパルトマンで会うのは危険すぎるという判断から、ヴェロニクがダッソー邸の裏木戸の合鍵をルドリュに渡し、二人は深夜に庭園の四阿で密会することにした。十一月の半ばを過ぎたころには、実行日を残して交換犯罪の計画は細部まで煮つめられていた。翌日の午後四時に裏木戸を出るというソフィーの予定を知って、ヴェロニクは外出先からルドリュに電話した。邸が寝静まったのち、二人は四阿で最後の打ち合わせを終えた。

ルドリュが十一月二十二日の午後四時にソフィーを誘拐し、〈ニコレの涙〉と二百万フランを要求する。誘拐計画が進行している最中の六時に、ヴェロニクは聖《サント》ジュヌヴィエーヴ学院でエステルを射殺しなければならない。それが二人の交換契約だった。

二十二日は水曜だが二階の音楽室で合唱団の休日練習が行われている。時鐘は六時から三分間。これまでの例から練習が終わって解散になるのは六時すぎ、たぶん六時五分ごろだろう。時鐘が鳴り出した直後に学院長を射殺すれば、確実に現場から脱出できる。可能性は低いが六時ちょうどに練習が終わって、直後に音楽教師が秘書室のドアをノックしても問題はない。入った時点で秘書室のドアは室内側から施錠しておき、もしもノックの音が聞こえたら学院長室の窓から裏庭に飛び降りる。裏庭を横切って通用口から校外に出てしまえばいい。

「用件があるから六時に学院に行く、前もって通用口の鉄扉を解錠しておくように。そうルドリュは電話で妻に指示したようね。秘密を握られているエステルは夫に逆らえない。几帳面な性格の学院長はいつものように少し早めに、五時五十分には通用口や備品室を解錠したはず」

ヴェロニクが待機していたトロカデロのアパルトマンに、事前の確認通りルドリュから四時三十分に電話があった。電話線の向こうで男は一言だけ、あるイニシャルを口にする。デザイナーのイニシャルはドレスの内側に刺繍されていて、服を外から見てもわからない。確認通りにルドリュはドレスの少女を誘拐した、でなければ電話口でデザイナーのイニシャルを正確にいえるわけがない。危険な橋を渡りはじめた共犯者との約束を果たすため、ヴェロニクは友人のアパルトマンを出た。

途中でアルピーヌをBMWに乗り換え、あらかじめルドリュが選んでおいた人目の少ない裏道に駐車して時間を確認する。聖《サント》ジュヌヴィエーヴ学院に早く到着しすぎると、通用口の鍵を開けにきた被害者と裏庭で鉢合わせしかねない。車を降りて五時五十五分に通用口に着いたヴェロニクは、薄い手袋を嵌めた手でノブを廻した。鉄扉の隙間から裏庭を見渡してみるが通用口付近に人影はない。立木の向こう側に窓明かりが見える、鉄扉を解錠した学院長はもう自室に戻っているようだ。

あと一ヵ月ほどで冬至になる十一月下旬のことだから、午後六時前とはいえ裏庭は闇に沈んでいる し窓からの視線を遮る立木もある。これなら学院長室から侵入者に気づくのは難しいだろうが、エステルが通用口に目を凝らしていても問題ない。全身を覆う頭巾付きのマントを着込んでいるから、ルドリュ以外の人物だと疑われる心配はない。

「ここまではオヴォラのノートに記録された通りね」

　学院長室の窓明かりを頼りに小道を辿って、足音を立てないように備品室の外扉をめざした。この扉も解錠されている。真っ暗な備品室に身を潜めて時鐘が鳴りはじめるのを待った。六時前に学院長室に侵入すると訪問者の正体を知ったエステルが騒ぎかねないし、時鐘の前に発砲すれば管理人《コンシエルジュ》に銃声を聞かれてしまう。

　六時の時鐘が鳴り出した直後に備品室を出て、人気ない通路から秘書室に入った。ノックすることもなく学院長室のドアを開いた女は、装弾し安全装置を解除した拳銃を手にしていた。フィルム・ノワールの女優だったヴェロニクは銃撃場面の演技のため、監督の助言で射撃場に通った経験がある。至近距離で的を外すことはない。

「秘書室のドアを施錠して学院長室のドアを開いたとき、ヴェロニクの目に飛びこんできたのは……」

　そこで言葉を切ると、横を歩く青年が何気ない口調で続けた。「エステル・モンゴルフィエの射殺屍体だった」

「どうして知ってるの」わたしは驚いた。

「しかもヴェロニクがルドリュに渡されていたのは、ワルサーではない」ジャン＝ポールから聞いたのか。

「供述では小型のブローニングだったとか」

　額を撃ち抜かれている学院長を目にしてヴェロニクは茫然とした。回転椅子に凭れて力なく天井を見上げているエステルの表情に生気はない、絶命しているのだ。まだ時鐘の音は鳴り響いている。秘書室のドアは施錠したから、屍体のある学院長室には音楽教師も生徒たちも入れない。

計画を思い出したヴェロニクは室内を夢中で見渡した。デスクの横にあるはずのハンドバッグが見当たらない。デスクの下やソファの下、戸棚などを捜してみるがどこにもない。荒い息で室内を見渡した女は、デスクの抽斗に思い当たった。屍体に触れないようにしてデスクを荒らしはじめる。いちばん下の抽斗からバッグを発見し学院長の自宅の鍵を手に入れたときだった、時鐘が鳴りやんだのは。もう六時三分だ、急がなければ。

秘書室のドアを細めに開けて通路を窺った。がらんとした空間を電灯が薄暗く照らしているばかりで人の姿はない。学院長室の窓から裏庭に飛び降りる必要はないようだ。

小走りに進んで西階段の下に飛びこみ、備品室のドアを開こうとする。しかし開かない、押しても引いても微動さえしない。この三分のあいだに鍵を掛けた者がいるのだ。

女は恐慌状態に陥った。自分のあとを追って通用口から校内に侵入した者が、備品室を施錠したのだろうか。しかし外扉はともかく内ドアは室内からでも鍵がないと施錠できない。備品室の鍵はルドリュにも複製を作るのが困難だった。

鍵の持ち主である学院長が、備品室のドアを通路側から施錠するのは不可能だ。六時にヴェロニクが備品室を出たときドアは解錠されていた。ヴェロニクと通路ですれ違わなければ、学院長室にいたエステル・モンゴルフィエが備品室のドアを施錠することはできない。そうした事実はないし、そもそも学院長はそのときすでに射殺されていた。備品室の内ドアには予備の鍵があるらしいが、それは事務長室で保管されている。予備の鍵を使える者が施錠したのか。

時鐘の放送を終えた管理人《コンシエルジュ》は、もう玄関ホールの窓口に戻ったろう。ヴェロニクは正面玄関からは脱出できない。学院長室に戻って鍵を捜さなければ。床にぶち撒けた抽斗の中身に、備品室や通用口の鍵も紛れこんでいるはずだ。

備品室の前から通路に出ようとしたとき、東階段の上から複数の足音が重なりあうように聞こえはじめて、ヴェロニクは身を強ばらせた。西階段の陰から覗くと真っ先に降りてきた生徒の姿が見える。

もう学院長室には戻れない、備品室の鍵を手に入れることはむろん学院長室の窓から裏庭に出ることも。同じ通路に面した会議室と応接室のドアは休日のため施錠されている。更衣室のドアは鍵がかけられていないとルドリュから聞いているが、階段を下りてくる生徒たちの目に触れないで室内に入ることはできない。

進退に窮しているうちに、学院長室の前の通路は生徒たちでいっぱいになった。じきに西階段のほうまで溢れてきそうだ。備品室前に隠れていても、このままでは見つけられてしまう。備品室の扉がある階段の下から西通路に出てしまえば、生徒たちの目に入ることはない。ただし十秒後、二十秒後に行動を起こすのでは遅すぎる。一瞬で決断したヴェロニクは玄関ホールをめざした。

受付窓口では管理人《コンシエルジュ》が目を光らせているが、事件の発生はまだ知られていない。修道服のようなマントを用意するようにと、ルドリュから事前に指示されていた。それなら頭巾で顔を隠していても校舎内で不自然に見えないと。

学院長と面談していた教会の関係者だと管理人《コンシエルジュ》は思うだろう、それに期待するしかない。呼びとめられても無視すること。大急ぎで正面玄関を出て、車を停めた裏道に逃げこんだ。

人気ない場所でマントさえ脱いでしまえば、管理人《コンシエルジュ》に追いつかれても大丈夫だ。学院から逃走した人物かどうか判断がつかないから。できれば顔を見られたくないが、非常事態だからやむをえない。ヴェロニク・ローランだと気づかれても言い逃れることはできる。

時鐘は六時から六時三分まで。音楽教師のリーニュが学院長の屍体を発見したのは六時五分。ほとんど同時刻にヴェロニクは正面玄関から逃走した。これは管理人《コンシエルジユ》や珈琲店《カフエ》の給仕の証言と一致する、オヴォラのノートの記述とも。そのあとヴェロニクは予定通りにモンゴルフィエ邸を荒し、途中で車を乗り換え、変装用の衣裳を処分してから帰宅した。

わたしの推測だが、帰宅したダッソー夫人は着替えを口実に自室で電話を待ったのではないか。十月書房《エディション・オクトーブル》を出て書籍倉庫に向かう途中、ルドリュが七時に連絡してくる。目的は交換犯罪者が約束を果たしたかどうかの確認だ。この電話でヴェロニクはモンゴルフィエ学院長の死を共犯者に伝えたが、狡猾にも詳細は伏せることにした。もしも謎の第三者が学院長を射殺したと知ったら、進行中の誘拐計画をルドリュは途中で放棄してしまうかもしれない。ヴェロニクが妻を射殺したと信じたまま、ルドリュは自分の拳銃で撃たれて息絶えたことになる。

わたしの服装を伝えたのもこの電話だったろう。深夜の四阿で行われた最後の密談の際、犯行当日にダッソー邸に招待されている客を、身代金の運搬役に指名することが決められた。モガール警視の娘なら受け渡し場所に警官を引き連れてくるはずだ。ルドリュが計画通りに脱出するには、餌として用意したメルレが逮捕されなければならない。

ナディア・モガールと名前で指名すれば、ダッソー家に共犯者が潜んでいることを疑われてしまう。服装での指名なら、誘拐犯が邸を監視下に置いているという脅しにも信憑性が増す。

自動車の往来がないことを確認し、わたしたちは広い道を渡った。「ヴェロニクによる学院長室での目撃証言の真偽ね、問題は……」

「六時五分に正面玄関から出てきた人物の正体が判明しても、学院長を殺したという直接の証拠はないから、犯人がヴェロニクとは断定できない」

青年の言葉に頷いた。「でも警察は、ヴェロニク以外に犯人は存在しえないと考えている」

時鐘が鳴りやむ直前に学院長室に侵入した事実を、逮捕されたヴェロニクは認めている。これでは警察でなくても、エステル・モンゴルフィエを殺していないというのは嘘だろうと思う。ルドリュと交換殺人の契約を結んだ女には、学院長殺害の動機も機会もあった。でなければ、ヴェロニク以外の誰が学院長を射殺したというのか。その人物はどのようにして殺人現場から脱出しえたのか。

ヴェロニク以外に学院長殺しの真犯人がいたと仮定してみよう。エステルが殺されたのは時鐘が鳴っているあいだ、六時から六時三分までのことだ。六時三分に定位置に戻った管理人《コンシエルジュ》は、六時五分にマント姿の人物を見るまで、正面玄関から外に出た者は一人もいないと証言している。真犯人が別にいるとすれば、そして正面玄関から脱出したとすれば、それ以前かそれ以降ということになる。

管理人《コンシエルジュ》が受付窓口を離れて放送室に移動したのは五時五十五分。音楽教師に呼ばれて持ち場を離れたのは六時五分すぎで、ヴェロニクを目撃した直後のことだ。六時十分には管理人室から警察に通報し、警官が到着するまで窓口から正面玄関を見張っていた。六時二十三分に巡回車《ヴオワチユール・ド・パトルイユ》が着くまでのあいだ、校舎から出たのは帰宅を命じられた生徒たちだけ。

子供の列に大人が紛れこもうとしても管理人《コンシエルジュ》に気づかれてしまう。真犯人が大人の男なら不可能だし、ヴェロニクが中学生を装うのにも無理がある。二十二歳のわたしだって中学生に見せかけるのは難しい。この学校には身長一七〇センチ以上の中学生もいるだろうが、顔つきや体つきが違うから女子生徒を見なれた管理人《コンシエルジュ》の目は欺けそうにない。

音楽教師に呼ばれた管理人《コンシエルジュ》は学院長の死亡を確認したのち、通報のため管理人室に急いだ。ヴェロニク以外に真犯人がいたとしても、正面玄関から脱出できたのは六時五分すぎから二、三分のことにすぎない。

六時五分を過ぎるころには、学院長室前の通路は生徒たちでいっぱいになっていた。音楽室に通じる東階段はむろんのこと、階段下の更衣室から出てくる人物がいれば生徒たちの目についたに違いない。ただし備品室に通じる西階段の下に真犯人が隠れていたなら、生徒に見られないで玄関ホールに出ることはできたろう、ヴェロニクがそうしたように。しかし射殺犯にそれは不可能なのだ。

消音器は使用されていないと警察は判断したようだが、ヴェロニクが学院長室に入る六時以前に、真犯人が消音器装着の拳銃でエステルを射殺した可能性もゼロではない。それについても検討してみよう。

真犯人が通用口から学内に入ったとすれば五時五十分以降だ。正面玄関からなら五時五十五分以降になるが、珈琲店《カフェ》で五時五十分ごろから監視していたオヴォラによれば、六時十分まで正面玄関を出入りした者はいない。エステルが通用口などを解錠した直後に裏庭から校舎内に侵入した真犯人が、学院長室に直行しエステルを射殺したとしよう。

犯行のあと秘書室を出て右に行けば、東階段から二階の音楽室に行き着く。こちらには逃げ場がないため左に進むしかない。六時三分まで管理人《コンシエルジユ》は放送室にいたが、正面玄関にはオヴォラの監視の目があった。真犯人が六時前に学院長を射殺したとしても学外には脱出できそうにない。

少なくとも六時を過ぎるまで、真犯人は学内に留まっていた。ヴェロニクが六時に備品室を出て秘書室に入ったあと、備品室の内ドアの鍵を閉めているからだ。備品室の鍵を含む鍵束を、どうやって学院長室に戻せたのかはともかくとして。

管理人《コンシエルジユ》が放送室から管理人室に戻ってくる六時三分までなら、真犯人は正面玄関から脱出できた。それでもオヴォラの監視の目は逃れることはできない。結論として真犯人は正面玄関から校外に出ていない。

六時以降は学内に潜伏していたと想定するしかない。隠れたとすれば西階段の下か備品室の前だろう。事前に鍵を用意していて応接室や会議室に逃げこめたとしても、窓から裏庭に出たとは考えられない。東階段下の更衣室でも事情は同じだ。事件直後の警察の調査ではいずれの窓も室内から施錠されていた。

応接室や会議室に隠れたとしても、逃げることはできない。屍体が発見された六時五分から警察が到着するまで、学院長室前の通路は音楽教師によって監視されていた。その目を避けて応接室や会議室に隠れていても、急行してきた警察の捜索で見つけられてしまう。

学院長を射殺した真犯人は、とりあえず西階段の下に逃げこんだとしよう。ただし、六時ちょうどにヴェロニクが備品室から出てきている。備品室の外扉が開く音を耳にして身の危険を感じた真犯人は別の逃げ場所を探した。逃げられるのは玄関ホールに通じる西通路か、東階段に通じる東通路しかない。西通路から玄関ホールに出ると管理人《コンシエルジユ》に目撃される。南通路に逃げても直後にヴェロニクに背中を見られてしまう。音楽室で生徒たちが練習中のため、東階段から二階に上がることもできない。

東階段も踊り場まで上れば通路からは見えなくなるが、生徒たちはじきに降りてくる。東階段には逃げられない、西階段の途中に隠れるしかない。西階段の踊り場で真犯人はヴェロニクをやりすごしたとしよう。

としても、管理人《コンシエルジユ》が持ち場を離れる六時五分すぎまでは身動きできない。管理人《コンシエルジユ》が学院長室に入ってからなら脱出できるだろうか。駄目だ、西階段から降りてきた真犯人は、学院長室前から西階段付近まで通路を埋めていた生徒たちに姿を見られてしまう。

西階段を上って二階に隠れてもけっきょくは同じことだ。唯一の脱出口である正面玄関は管理人《コンシエルジュ》の監視下にあり、到着した警察は二階も三階も建物全体を徹底的に捜索した。階上に隠れていたなら発見されたろう。

六時五分に管理人《コンシエルジュ》が目撃したマント姿のヴェロニク以外の人物が、学院長を射殺して正面玄関から脱出できた可能性はない。ヴェロニクは言い逃れをしているにすぎないのだろうか。しかしヴェロニクが犯人だと結論する前に、検討しなければならない問題が残っている。たしかに真犯人は正面玄関からは逃走していない。しかし殺人現場にはもうひとつ脱出口が存在する、裏庭の通用口だ。真犯人は通用口から校外に脱出したのではないか。

西階段の踊り場に隠れた真犯人は、ヴェロニクが学院長室にいた三分のうちに備品室から裏庭に出られた。通用口から校外に脱出することもできた。

備品室に入って通路に通じるドアを鍵で施錠する。次に裏庭に通じる扉を出て外から鍵を掛ける。通用口の鉄扉は内からも外からも鍵で施錠し解錠する仕組みだ。警察が調べたとき通用口には鍵が掛けられていたのだから、真犯人は道に出て外側から扉を施錠したと考えるしかない。

ただし通用口の鍵を含む鍵束は学院長室で発見されているから、真犯人が鍵を奪って通用口から脱出した可能性は否定される。学院長室に鍵を戻してしまえば三つの扉を施錠できなくなる、もちろん鉄扉の鍵を外側から掛けることも。

その供述に反して、ヴェロニク以外に学院長を殺害できた人物は存在しない。ヴェロニクの証言は無罪を主張するための虚偽だとする、警察の理屈はこんなところだろう。この論理を破らない限り、ヴェロニクが学院長を殺害した疑惑は覆しようがない。

通りの向こうに聖《サント》ジュヌヴィエーヴ学院の塔が見えてきた。昔は鐘楼だったという矩形の石塔が、寒々しい灰色の空を背景にして聳えている。わたしたちは建物の正面玄関でなく、通りから横に入る学院裏の袋小路をめざした。

カケルが口を開く。「本人の証言では、ヴェロニクは三分ほども殺人現場にいたことになる。別人に射殺された屍体を発見したのなら、被害者の死亡を確認した直後に学院長室を離れるのがふつうじゃないか」

「学院長室で被害者の自宅の鍵を奪うよう、ルドリュにいわれていたのね。ヴェロニクがモンゴルフィエ家を荒らすのは計画の重要な一部だった。ルドリュなら妻から鍵を奪う必要なんかない、鍵を奪う目的で犯人が学院長を殺害した。そう警察に思わせればルドリュにとって好都合だから」

通用口から校内に侵入したヴェロニクは、同じところから校外に脱出する計画だった。鉄扉を学院長が解錠したとわかれば、通用口から招かれそうな親しい人物が疑われる。この疑惑をルドリュはまぬがれたいと思ったのだろう。モンパルナスでの不在証明《アリビ》を持ち出すのは最後の最後で、犯人は被害者と親しい人物だとしても夫ではないと警察に信じさせること。自宅の鍵を奪うため犯人が学院長を襲ったと見せかければ、ルドリュに疑惑が向かうことはない。

侵入から脱出まで学院長室でやらなければならないことを、ヴェロニクは計画通りに幾度となく思い描いた。手順をいちいち考えなくても最後まで素早く実行できるように。

エステルの屍体を目にした女は、夢中で被害者のハンドバッグを捜しはじめた。屍体を確認したら次はバッグだというイメージトレーニングが裏目に出たともいえる。バッグを見つけたら次は鍵を奪わなければならない。冷静に考えればモンゴルフィエ家の鍵は、かならずしも計画に必要不可欠ではない。すでにルドリュは完璧な不在証明《アリビ》を用意しているのだから。それでも女は自動人形さながらに動き続けた。われに返ったのは車内でマントを脱ぎ、ＢＭＷのエンジンを始動してからだったという。

「ところであなた、ジャン＝ポールがヴェロニクの妊娠を暴露したあと考えこんでいた。なにを考えていたの」

少しの沈黙のあと青年は口を開いた。「バルベス警部がもたらした新情報によって、事件の支点的現象が変更されたから」

「変更って、どんなふうに」わたしは驚いて尋ねた。

「〈誘拐と殺人の交換犯罪〉から殺人と殺人の交換犯罪、すなわち〈遺産相続をめぐる交換殺人〉に。ヴェロニクの妊娠によって誘拐事件の意味は決定的に変化した。情事の際にダイヤを盗まれた事実の隠滅が誘拐の動機ではなく、真の目的はソフィーの抹殺にあった」

「でも、それははじめからわかっていたことだわ。ルドリュは誘拐した子供二人を書籍倉庫の監禁場所で殺そうとしたのだから」だからワルサーの安全装置を解除して、いますぐにも発砲できる状態にしていた。

「被害者の殺害は誘拐行為にとって本質的でも必然的でもないし、犯人による人質殺害の意図にしても前後の状況から推定されたにすぎない。そうではない可能性も検討すべきだね」

わたしたちが聖《サント》ジュヌヴィエーヴ学院裏に着いて、カケルとの会話は中断された。ルドリュが子供たちを殺そうとしていたことに疑いはないし、支点的現象の変化についてはあとから考えることにしよう。どちらにしても大勢に影響はなさそうだし。

休日で生徒が登校していないからなのか、袋小路の片側に続く石塀の向こう側はひっそりと静まり返っている。住宅ではなく倉庫にでも使われているのか、道の反対側の建物には窓がない。これなら聖《サント》ジュヌヴィエーヴ学院の通用口を使う者以外には、誰も立ち入りそうにない。

錆びついた鉄扉の横に背をもたせているのはナンテール署の若い刑事で、十日ほど前に顔を合わせたことのあるドワイヤンだった。同行の日本人を刑事に紹介する。

「ムッシュ・ヤブキよ、パパやバルベス警部とも親しい人」

「はじめまして」若い刑事が愛想よく手を差し出す。

「待たせたかしら」

「いいや、約束の時刻ぴったりですよ」

昨夜のことだが、アデルの遺体が埋められていた裏庭に花を供えたいとジャン＝ポールに頼んでみた。バルベス警部は仕事が早い。折り返しかかってきた電話で、翌日の午後三時に学院裏の通用口に行けという。ナンテール署の刑事が裏庭に入れてくれるからと。

今日は少し早めに家を出ることにした。モンマルトル街の屋根裏部屋からカケルを誘い出し、二人で聖《サント》ジュヌヴィエーヴ学院を訪問するために。青年を誘ったのにはむろん理由がある。ダッソー夫人が連行された翌日、まったく新しい発想が閃いたのだ。わたしは二日のあいだひたすら考え続けた。犯人は信じがたい人物だが、殺人現場から脱出した方法も解明できたと思う。あとは実験してみるだけだ。

誘拐と殺人が複雑に絡んだ事件の翌日から、わたしの心中には黄色の六芒星を背中に描いた白衣の少女が棲みついていた。窓から洩れる光にぼんやり浮かんでいるのをパティが見たという、アデル・リジューの幽霊だ。楡の樹の下に二年前から埋められていた少女の幽霊が、学院の裏庭に彷徨いだしたのだろうか。

若い刑事がポケットから鍵束を取り出した。鍵は三本とも飾り気のない金属環に通されている。エステル・モンゴルフィエ殺害事件の証拠品として警察が押収した鍵束を、ドワイヤンがバルベス警部から借り出してきたようだ。

塗装が剝げかけて赤錆が浮いている古びた鉄扉だが、蝶番には油が差されている。軋み音もなく滑らかに開かれた扉の向こうに、工事現場さながらの荒れはてた光景が広がる。裏庭の中央に聳えていた楡の樹は切り倒され、根まで掘り出されて跡形もない。綺麗に整えられていた花壇は無数の靴で踏み荒らされ、巨大な土の山に覆われている。

鉄扉を閉じた刑事がいう。「学院長殺しに加えアデル・リジューの遺体まで発見されて、この学校は大騒ぎですよ。裏庭の復旧工事どころではない。かろうじて授業は続けているが動揺する教師も多く、退学希望の生徒も続出しているとか。経営権をモンゴルフィエ家から移して再出発できるのか、このまま廃校の道を辿るのか。いずれにしても事件の最大の被害者は生徒たちですよね」

庭の中央には大人の身長よりも深い大きな穴がある。学院長の反ユダヤ主義と歴史偽造に抗議して殺された少女アデルは、二年ものあいだ父親にも友達にも知られることなくここに埋まっていた。大地の底に花束を投げこんで、わたしは黙禱した。

「学院長室に入れますか」

「いいですよ」

刑事が先に立って泥に汚れた石畳道を進み、備品室の外扉を開く。折り畳み椅子の山や大小の箱、庭仕事の道具類などが詰めこまれた埃っぽい部屋を抜けて、人気のない通路に出る。階段の下から南通路を進むと、じきに立入禁止と表示されたドアがある。ドワイヤンが秘書室のドアを開き、わたしたちは奥の学院長室に入った。室内は以前と変わらないが窓硝子の穴はボール紙で塞がれている。

「このボール紙、外してもいいですか。すぐ元通りにしますから」

ドワイヤンは思案顔だったが、重ねて頼みこむと渋々ながら応じた。「まあいいでしょう。お嬢さんには可能な範囲で協力するようにと、バルベス警部からいわれてるし」

慎重な手つきでガムテープを剝がし、刑事がボール紙を外していく。じきに大人の拳ほどある窓硝子の穴が露出した。学院長の大きな回転椅子は窓を背にして置かれている。革張りの背凭れを上部で支える湾曲した横棒にわたしは注目した。背凭れと横棒のあいだは、いちばん広い中央部分でも小指の幅ほどしかない。

本棚から重たそうな本を五冊ほど引っぱりだして、回転椅子の坐面に重ねる。被害者の体重ほどではないが、重しとしては充分だろう。ショルダーバッグから丈夫な糸の束を取り出した。オーブンで鶏を焼くときなどに使う極太の木綿糸だ。カケルは無言で、ドワイヤンは興味津々という表情でこちらを眺めている。ほどいた木綿糸を椅子の横棒に通し、全体を丸めて窓の穴から庭に投げ落とした。

「これでいいわ、裏庭に出ましょう」

学院長室の下で木綿糸の塊を拾う。昨日のうちに糸には、滑りをよくするため蠟を塗っておいた。通用口のところで拾った小石に、糸の両端を結びつけて塀の外に放り投げる。鉄扉から街路に出て、小石を拾ったあと糸を両端とも外す。

また刑事に頼んだ。「少しのあいだ鍵を貸してもらえないかしら」

「なるほどね、こういう手があったのか」ドワイヤンが低い声で呟く。「うまくいくかどうか、私が登りましょうか」

トリックが解明される最後の最後まで自分の頭ではなにも考えないで、名探偵の手腕にびっくり仰天するのが探偵小説の警官の役廻りだが、いくらなんでも実際の刑事はそれほどまで頭が悪くはない。この実験の意味をドワイヤンは、すでに半ば以上も察した様子だ。

「いいえ、わたしが」そのために身軽な服装にしてきた。

用意した木綿糸は少し長すぎるようだ。不必要な分をカッターで適当に切って、鍵束の金属環に糸の一端を通す。さらにもう一度潜らせてから他の一端と結んだ。これで学院長の椅子とわたしの手のあいだに、幅の狭い長大な輪が張り渡されたことになる。

鍵束を胸のポケットに入れて街路樹を登りはじめた。幹を腿で締めつけ、腕を巻きつけるようにしてじりじりとよじ登っていく。糸が小枝に引っかからないよう注意しながら、幹が大きく分かれているところまで躰を押しあげた。

二股の幹に跨ると胸の位置が石塀より高くなる。硝子窓越しに学院長室の室内を覗くと、カケルが関心もなさそうな顔でこちらを見ていた。窓の下には緑色に塗られた鋳鉄製の庭椅子が置かれている。ドワイヤンが通用口から裏庭に戻ってこちらを斜めに見上げる。

二本あるうち右側の糸を引いていくと、左側に通されている鍵が静かに空中を移動しはじめた。鍵の重さで左側の糸がたわんだが、それでも鍵束は学院長室の窓に達する。ただし糸のたわみで三本の鍵は硝子の穴の下、木製の窓枠のあたりにぶら下がっている。

備品室の扉から建物に入ったドワイヤン刑事が、じきに学院長室に姿を見せる。回転椅子には手を触れないようにして、窓越しに鍵束の動きを注視している。

右側の木綿糸を引く力を、慎重に増していかなければならない、鍵が硝子にぶつかって音をたてたりしないように。窓硝子に接触しながら鍵がじりじりと引きあげられていき、じきに穴の縁まで達した。硝子の穴に引っかかりそうだった金属の環がなんとか縁を越える、続いて三本の鍵も。鍵束が回転椅子の横棒の少し下まで達する。

丈夫な糸だから指や歯では簡単に切れない。ブルゾンのポケットからカッターナイフを取り出した。木綿糸を切断して右端を引きはじめると、わずかな抵抗を感じる。椅子の背とそれを支える横棒の隙間は小指の先ほどもないから、金属環に繋がれた三本の鍵は通ることができない。指先に感じる糸の抵抗は、鍵束が狭い隙間に引っかかったからだ。

さらに力を加える。鍵束は糸で結ばれているわけではない、輪になるようにした糸に吊り下げられているだけだ。抵抗がなければ二重に通した糸の位置のまま前方に移動していく。しかし通れない場所に引っかかれば鍵はそのままで、糸だけが手許に引きよせられる。

一度に力いっぱい引っぱると、金属環に巻かれた糸が締まって動かなくなるかもしれない。少し引いて力を弱め、また引くと蠟を塗られた糸が滑らかに動きはじめた。成功したようだ。

樹上の作業を黙って見ていた青年に声をかけ、二人で学院長室に戻る。回転椅子の横でドワイヤンが絨毯に膝を突いていた。刑事の肩越しに、わたしも床に落ちている鍵束を覗きこんだ。

「たいしたものだ、こんなこと誰も思いつきませんでしたよ。糸を引きはじめてから鍵を戻し終えるまで三分ほどでしたね」

三分かかっても問題はない。音楽教師が学院長室に立ち入って屍体を発見する六時五分までに、鍵を室内の床に落とす作業が終わればいいのだから。

「丈夫でも麻紐は使えない、抵抗が大きすぎるから。しなやかさという点では絹を撚った糸が最適でしょうけど、料理用の木綿糸でもいちおうは成功ね」もう子供ではないから、警官の前で自画自賛するような気はない。

「このこと、バルベス警部は知ってるんですか」

「まだよ、話すのは実験が成功してからにしようと思って」

しばらく考えこんでいたドワイヤンが顔を顰めるようにしていう。「デスクの抽斗から鍵束を奪った人物は備品室の内ドアと外扉、それに通用口の鉄扉を施錠してから学院長室に戻すことができた。

……ということは」

〈12月2日午後4時5分〉


ドワイヤンが窓硝子の穴を元通りに塞いでいる。窓から見える裏庭には薄闇が漂いはじめ、休日のため暖房が切られているのか学院長室はかなり冷えこんでいる。ブルゾンを着たままのわたしに、若い刑事が語りかけてくる。

「どうやら、お嬢さんは警察と意見が違うらしい」

「自信はないんだけど」わたしは口を濁した。

ドワイヤンに勧められてソファに腰を下ろす。カケルは立ったまま秘書室に通じるドアに寄りかかっている。

「学院長室に侵入したときエステルは射殺屍体だった、このヴェロニクの証言は本当なんでしょうか」

刑事に応じる。「バルベス警部は自信満々だけど、ヴェロニクによる学院長殺害をパパは確信しきれていないようね」

「状況証拠は充分でも物証がないから」

殺人事件の最大の物証は凶器だろう。モンゴルフィエ学院長の額を撃ち抜いた拳銃は発見されているが、証拠の拳銃が新たな謎を生んでしまう。この謎を持てあました捜査陣は、学院長殺害容疑でヴェロニクを逮捕することは躊躇した。

わたしは続ける。「エステルとルドリュは同じワルサーP38で射殺された。午後六時にエステルを殺害した犯人の手から、拳銃は十一時半までにルドリュの手に渡ったことになる。これは疑いない事実だけど、でもね……」

「ワルサーの移動経路は確認しえていない」ドワイヤンは苦々しい表情だ。

リュエイユ・マルメゾンからブローニュに戻る途中で、ヴェロニクがルドリュに拳銃を手渡したのではないか。はじめはジャン＝ポールたちもそう考えた。しかしオヴォラのノートがそれを否定している。またヴェロニクが車の窓から拳銃を投げ棄てたとも、ノートには記されていない。

じかに手渡す必要はない。どこか場所を決めておけば、先にヴェロニクが隠しておいた拳銃をあとからルドリュが回収することは可能だ。しかしオヴォラによれば、聖《サント》ジュヌヴィエーヴ学院からの帰路にヴェロニクは三度しか車を降りていない、黒のBMWを青いアルピーヌに乗り換えたとき、それにモンゴルフィエ家の付近とセーヌ川縁だ。変装用のマントと一緒に川に投棄したら、ワルサーはルドリュの手に渡らない。あるいはエステルの自邸が拳銃の受け渡し地点だったのだろうか。

聖《サント》ジュヌヴィエーヴ学院から急行した刑事が、七時三十分にはモンゴルフィエ家を監視下に置いている。六時四十分にモンパルナスを出たルドリュは、七時二十分にビヤンクールの書籍倉庫でサラの写真を撮影した。前後四十分の時間では、郊外のモンゴルフィエ家まで行って拳銃を回収している余裕はない。

受け渡し地点として最後に残る可能性がダッソー邸の裏木戸付近だ。サラの写真が入った封筒をルドリュは八時十五分までに届けている。帰宅したヴェロニクが裏木戸のあたりに拳銃を隠しておけば回収は可能だし、隠し場所は木戸の郵便箱でもかまわない。

「で、お嬢さんの考えは」

「すでに学院長は殺されていたというヴェロニクの言葉を、嘘ではないと仮定してみる。五時五十五分に通用口から聖《サント》ジュヌヴィエーヴ学院に入って、六時五分に正面玄関から出てきたマント姿の人物はヴェロニクだった。この事実はオヴォラがノートに記録しているし、ヴェロニク本人も認めているわ」

「マントの人物以外に真犯人が存在するってことですか」

興味津々という表情の刑事に頷きかける。「そうよ」

「そうだとすると、どこからどうやって学院長室に侵入したんでしょうね」

「可能性は二つあると思う。第一に、犯人はヴェロニクよりも前に通用口から裏庭に入った。六時に学院長室に行くと夫にいわれたエステルは、これまでの例からして五時五十分には裏木戸や備品室を解錠したと考えられる。真犯人はヴェロニクより早く通用口から裏庭に入ったのかもしれない」

第二の可能性は正面玄関からだ。管理人《コンシエルジュ》は五時五十五分に放送室に移動し、時鐘の放送を終えて受付窓口に戻ったのが六時三分。この八分のあいだ玄関ホールは無監視状態だった。しかも正面玄関の扉はすでに開かれていて、管理人《コンシエルジュ》に目撃されることなく犯人は学院内に入ることができた。もちろん六時前に学院長室に侵入することも。

わたしは結論づける。「第二の可能性のほうが正解だと思う。真犯人がルドリュとヴェロニクの犯罪計画を知らなければ、六時前に通用口が解錠されることも予測できない。仮に計画を知りうる立場だったとしても、袋小路でヴェロニクと鉢合わせしないように正面玄関から侵入するほうが確実だし」

ある程度まで聖《サント》ジュヌヴィエーヴ学院の内部事情を把握している人物であれば、五時五十五分から六時三分までの八分のあいだに、誰にも見られることなく校舎に立ち入ることができた。

「しかし、その時間帯に正面玄関を監視していたオヴォラは、不審人物が校内に入ったとはノートに書いていませんよ」

「その疑問にはあとから答えるわ」

刑事は思案顔だ。「それはそれとして六時前に学院長室に侵入した真犯人は、拳銃でエステルを脅しながら時刻が来るのを待ち、六時の時鐘が鳴りはじめた直後に被害者を射殺した……」

「立っている犯人が、椅子に坐った学院長の額を見下ろす姿勢で撃つと、頭蓋骨を貫通した弾丸は窓下の壁にめり込んでしまう。犯人は回転椅子からゆっくり立ち上がるように学院長に命じたんだと思う」

額の位置が硝子窓まで達したところで引金を絞る。床と平行に飛んだ弾丸は被害者の額をまっすぐ撃ち抜き、硝子を破って戸外に飛び出した。

「窓硝子の適当な位置に穴を開けるためですね」若い刑事は呑みこみが早い、すでに可能性を検討していたのかもしれない。

袋小路から学院長室に鍵を戻すトリックの準備は、六時前には終えていた。エステルから通用口などの鍵の束を奪って、糸は椅子の背に通しておく。被害者の額を貫通した弾丸がもしも窓硝子に穴を開けなければ、第二弾で確実に硝子を割ればいい。一発目が被害者からそれて窓硝子に当たったので、犯人は二発目を撃ったと警察は考えるだろう。実際には期待した通りの位置に穴が開き、そこから真犯人は糸玉を裏庭に投げた。

「時鐘がはじまると同時に、ヴェロニクは行動を開始したとします。備品室から南通路に出て秘書室に入るまで、その間わずか二十秒か三十秒ほど。通路を歩いてくるヴェロニクに気づかれることなく、真犯人はどうやって学院長室を脱出できたんですか」このドワイヤンの疑問はもっともだ。

「糸玉を裏庭に投げた直後に、秘書室のデスクの下にでも隠れたんだと思う。ヴェロニクが学院長室に来ることをあらかじめ知っていたからか、あるいは通路で人の気配がしたからか」

マントの人物が秘書室を通って学院長室に入る。奥の部屋のドアが閉じられた隙に、真犯人は秘書室から南通路に忍び出た。備品室に入って内側から施錠する。裏庭に出て備品室の外扉も。通用口から袋小路に脱出して、塀の外から鉄扉に鍵を掛けた。あとは実験で確認した通りだ。

「どうして入ったときと同じように、真犯人は正面玄関から校外に出なかったんでしょうか。六時三分まで玄関ホールは無監視状態だったのに」

わたしはゆっくりと頷いた。「逃げ場のない場所にヴェロニクを閉じこめるためよ。真犯人は事前に、ヴェロニクの犯行計画を察知していたのかどうか。これまではどちらとも決めかねていた。でも、これで明らかでしょう。真犯人が備品室を通って裏庭に出た理由は」

ドワイヤンが頷く。「通路から備品室にヴェロニクが入れないようにするためですね」

「他に説得的な理由があるかしら」

どうして備品室の内ドアを通路側から施錠し、正面玄関から逃走することにしなかったのか。六時三分には管理人《コンシエルジュ》が窓口に戻ってくる。時間的余裕は少ないし、わざわざ玄関ホールを通って目撃される危険を冒す必要はない。手許には通用口の鍵があるのだ。

「学院長のハンドバッグをデスクの抽斗に隠したのも真犯人の仕業だと思う。あと何分か、ヴェロニクには学院長室にいてもらわなければならないから」

時鐘が鳴り終えた直後に学院長室から飛び出したヴェロニクは、どうしたわけか備品室の扉が開かないことを知る。そのまま唯一の脱出口である正面玄関に向かえば、六時三分より前に聖《サント》ジュヌヴィエーヴ学院から脱出できるかもしれない。しかし、それでは真犯人にとって具合が悪い。

ヴェロニクを学院長殺しの犯人に仕立てあげる計画は、結果として二重の意味で失敗した。管理人《コンシエルジュ》が不審人物を摑まえるだろうという期待は外れてしまう。その場で取り逃がしても、不審人物は有名な女優に似ていたことを警察に伝えるだろう。しかし、ヴェロニクたちの犯罪計画は細部まで考えぬかれていた。修道士に似たマントを着て顔は頭巾で隠すように、ルドリュは実行犯に前もって指示していた。

ドワイヤン刑事は納得した様子だ。「秘書室のデスクに隠れていた真犯人は、ヴェロニクの姿を見なかったんでしょうね。仮にマント姿を目にしても計画を変えるわけにはいかなかった」

ヴェロニクが逮捕されるだろうという真犯人の期待は、予想とは違う形で実現された。ヴェロニクはオヴォラに尾行されていた。青酸煙草で危険な目撃者の抹殺を謀ったが、そんな場合に備えてオヴォラは保険を掛けていた。真相を記したノートは警視庁に郵送されてしまう。

「真犯人はエステル・モンゴルフィエを殺害し、ヴェロニク・ローランを殺人犯に仕立てあげようとした。エステルの抹殺のみが目的だったら黙って見ていればいい。放っておいてもヴェロニクが殺してくれるんだから。

ヴェロニクを陥れるのが目的だったとしても、自分の手を汚す必要はないと思う。オヴォラのように尾行して、学院長殺しの証拠写真を撮影することもできる。ヴェロニクの犯行を事前に察知していれば、告発するための証拠はいくらでも用意できたでしょう。なんなら殺人現場から脱出してきたヴェロニクを摑まえて、大声で叫んでもいい。ここに殺人犯がいるって」

刑事が椅子を立ってデスクのスタンドを点灯する。「この部屋に最初に立ち入ったときも、いまと同じような状態でしたよ。明かりはスタンドだけで外はまっ暗だし、窓硝子の穴に木綿糸が通っていてもヴェロニクは気づかなかったでしょう。音楽教師のリーニュや管理人《コンシエルジュ》のマタンにしても同じことだ」

席に戻ってドワイヤンが続ける。「真犯人は自分の手で学院長を殺害したいと望んでいた。殺人の罪を被せる犠牲者として、ヴェロニクは利用されたにすぎないんですかね」

「ヴェロニクは利用されたにすぎないのか、真犯人はヴェロニクに悪意や害意を抱いていたのか、まだどちらともいえないけど。ところで学院の女子生徒から訊き出した貴重な情報がある。ちゃんと教えてあげたのに、バルベス警部は忘れている興味深い話が」

「なんですか、いったい」

ドアに寄りかかっていた青年が、ようやく口を開いた。「十一月十七日の幽霊事件だね」

もしかしてカケルも同じことを考えているのかもしれない。アデル・リジューが殺された二年後の同月同日に、聖《サント》ジュヌヴィエーヴ学院の裏庭で正体不明の少女が目撃されている。楡の樹の下の少女は、背中にダビデの星を黄色く描いた合唱団用の白衣を着ていた。

「パティの見間違いか思いこみという可能性はある、でもそうでないとしたら」

「アデルの幽霊が出た……」青年は冗談をいっているように見えない。

「まさかね」わたしは一蹴した。「アデルの幽霊を演じた人間がいたのよ」

「モンゴルフィエ学院長を脅すためですか」刑事が尋ねる。

「それは結果で、真の目的は別にあったと思う」

「どんな目的ですか」

「袋小路から通用口の鍵を学院長室に戻せるかどうか、事前に実験してみること」

十一月十七日の夕方にその人物は正面玄関から学内に入った。用意していたのは木綿や絹などの丈夫な糸と鍵束の代わりになる適当な重量物だ。鍵束と同じ程度の重さで、糸を通せる穴が空いていればなんでもいい。更衣室で合唱団の白衣に着替えて、窓から裏庭に出る。学院長室の真下に置かれている、鋳鉄製の椅子の背凭れの隙間に糸を通し、糸の両端に重量物を結んで石塀越しに袋小路に放り出した。

作業を終えてから楡の樹の下に立って、学院長室の窓に小石でも軽く投げる。自分の姿を学院長が目にしたことを確認し、大急ぎで更衣室に戻った。二階から駆け下りてきたパティと、階段の下か通路ですれ違った可能性もある。白衣は脱いだので気づかれる心配はない。

正面玄関から出て袋小路に廻った。道に落ちていた糸の端を持って街路樹によじ登る。問題の人物は身軽で木登りが得意なのだ。鍵束の代わりにした重量物は学院長室の下に残ってしまうが、幽霊騒ぎに紛れて注目されることはないだろう。学院長の回転椅子と窓の下に置かれた庭椅子では地面からの高さが違うが、実験には充分だった。張り渡された糸の角度が少し違っても、鍵束は計画通り学院長室に戻せるだろう。こうして実験は無事に終わった。

感心して話を聞いている刑事でなく、カケルの顔を見て語りかける。「これで真犯人の範囲は決定的に狭められる。事件の関係者には裏庭の花壇をアデルが踏み荒らしたとか、合唱団がどんな衣装を使うかとか、そうした情報を得ることのできた関係者は複数いたわね。けれどもそのうちの誰一人として、更衣室の窓から裏庭に出ることができない」

しかし二年前のアデルには可能だった。アデルと年齢は同じでも、今年の九月で中学《コレージュ》の三年生《トロワズイエム》になったパティには難しかった。男女を問わず胸郭が充分に発達していると更衣室の窓は通れない。真犯人はモンゴルフィエ学院長に殺意を抱き、犯人としてヴェロニクが逮捕されることを望んだ。この動機と、犯人であるための身体的条件を満たす人物が事件の周辺に一人だけ存在している。

カケルの顔を見つめながら言葉を押し出した。「ソフィー・ダッソーよ」

「まさか」刑事が不意を突かれたように呟く。

「誘拐の被害者になろうとしていた少女のことは、誰も疑わなかった。しかしソフィーもまた事件関係者の一人に違いない」

小柄なソフィーなら犯人の身体的条件に合致する。年齢にしては背丈があるけれど、サラもやせっぽちで胸郭の発達も充分ではなさそうだから、更衣室の窓を出入りできるかもしれない。しかし真犯人の範囲からは明確に除外される。サラにはルドリュやオヴォラやダッソーと同等か、それ以上に確実な不在証明《アリビ》があるから。エステル・モンゴルフィエが聖《サント》ジュヌヴィエーヴ学院で射殺された午後六時すぎ、あの少女はビヤンクールの書籍倉庫に閉じこめられ椅子に縛りつけられていた。

「ソフィーには動機もあるわね」わたしは続ける。

いずれもユダヤ系であるアデルとサラとソフィーは小学生時代に仲よしだった。アデルがリュエイユ・マルメゾンに引っ越して、聖《サント》ジュヌヴィエーヴ学院に入学してからも三人の交友は続いていた。アデルが友達に最後に電話してきたとき、学院長に作文の書き直しを命じられていることを話したのではないか。もう日本に行くのだから退学になってもかまわない、「ゲシュタポの糞野郎」を逆撫でするために、裏庭の花壇を踏み荒らしてやるつもりだとも。

そしてアデルは失踪した。家出してナンテール校の学生ルイと一緒に姿を消した、あるいはルイに殺害された可能性もあると警察は推測したようだが、パティの証言に出てきた学生の正体は最後まで不明だった。

アデルの失踪にかんして、ソフィーとサラにはモンゴルフィエ学院長を疑うだけの充分な理由があった。父親のオヴォラと同様に二人の少女もまた、学院長がアデルを殺害し、どこかに屍体を埋めたのだろうと疑っていた。

「しかもソフィーには不在証明《アリビ》がない」青年が低い声で応じる。

「そうね。わたしたちがダッソー邸に到着したとき、ソフィーは庭から玄関ホールに入ってきた」

それが四時四十七分のことで以降は自室にいたというから、非常階段を使って屋外に、さらに森屋敷の外に出ることは可能だった。運転手に連れられてサロンに姿を見せたのは最初の脅迫電話の直後、七時三十分すぎのことで、その少し前に車庫の二階までサラを捜しにきている。警察がルルーシュに確認したところ、七時二十分ごろのことだったという。四時四十七分から七時二十分まで自室に、あるいはサラを捜すために庭園にいた少女の姿は誰も目にしていない。

六時前後にソフィーは、聖《サント》ジュヌヴィエーヴ学院に出入りすることができたろうか。中学生は自動車を運転できないから、ブローニュとリュエイユ・マルメゾンの往復には公共の交通手段を利用するしかない。だからカケルは公共交通機関まで含めて、関係する各地点間の所要時間を確認するようジャン゠ポールに勧めた。

ダッソー邸から最寄り駅のポルト・ドートゥイユまで歩いて十五分、そこから地下鉄と高速郊外線《RER》でリュエイユ・マルメゾンまで四十分、リュエイユ・マルメゾン駅から聖《サント》ジュヌヴィエーヴ学院まで歩いて十分、合計で六十五分ほどになる。四時四十七分にダッソー邸を出発すれば、五時五十二分には聖《サント》ジュヌヴィエーヴ学院に到着できたろう。

ふつうに歩くのでなく道を走ったなら、時間はさらに短縮できた。自宅から地下鉄《メトロ》の駅までは自転車を使うという手もある。六時にソフィーがモンゴルフィエ学院長の前に立つことは時間的に可能だった、犯行を終えて七時二十分までに帰宅することも。

エステル・モンゴルフィエ射殺犯の身長は、靴の高さも含めて一六八センチから一七八センチのあいだと推定されている。身長一五〇センチのソフィーは、変装の必要もあって踵の高い靴を履いていた。聖《サント》ジュヌヴィエーヴ学院の向かいにある珈琲店《カフェ》〈アルベール〉の給仕は、午後五時五十四分に若い女が正面玄関前に立っていたと証言している。女は膝下までの外套にハイヒールで、黒っぽい髪を一本に編んで背中に垂らしていた。この女がソフィーの変装なら髪は鬘だったことになる。

珈琲店《カフェ》〈アルベール〉の窓際に坐ったオヴォラが見逃さないように注意していたのは、正面玄関から出てくる人物であって、これから学内に入ろうとする人物ではない。また監視していたのはマント姿のヴェロニクで、見知らぬ黒髪の女でもない。オヴォラが変装したサラの存在を無視したのは当然だった。

管理人《コンシエルジュ》が窓口から消えるのを待って少女は校内に侵入した。六時の時鐘が鳴りはじめた直後にエステル・モンゴルフィエを射殺し、裏庭の通用口から脱出する。学院裏の袋小路にある街路樹に登って、鍵束を学院長室に戻してから帰路についた。事件関係者の証言を整理して、推定されるソフィーの行動を重ねてみよう。

午後五時五〇分　管理人《コンシエルジュ》、正面玄関の扉を解錠する
午後五時五四分　変装したソフィーが目撃される、この時点から六時少し前までに正面玄関に入る
午後五時五五分　管理人《コンシエルジュ》、受付窓口から放送室に移動する
　　　　　　　　ヴェロニク、通用口から裏庭に侵入する（近所の住人の証言では「六時少し前」とのことで正確な時刻は不明だが、すでに学院長は備品室と通用口を解錠していた）
午後六時〇〇分　管理人《コンシエルジュ》、時鐘の放送を開始する

ヴェロニクが備品室を出て学院長室に向かう
ソフィーは学院長を射殺し、秘書室に隠れる
わずかの時間差でヴェロニクが学院長室の屍体を発見、モンゴルフィエ邸の鍵を奪うためハンドバッグを捜しはじめる
その隙にソフィーは秘書室を脱出、備品室と通用口を施錠して袋小路に出る、窓硝子の穴から鍵束を学院長室に戻したのち駅をめざした

午後六時〇三分
管理人《コンシエルジュ》、時鐘の放送を終えて受付窓口に戻る
学院長室を出たヴェロニクは施錠された備品室の前で進退に窮する

午後六時〇五分
音楽教師と生徒たちが練習を終えて音楽室を出る
追いつめられたヴェロニクは正面玄関からの脱出を決意する
管理人《コンシエルジュ》、正面玄関から学校を出るヴェロニクを目撃する
音楽教師が学院長室に入り、屍体を発見する
管理人《コンシエルジュ》、学院長室で屍体を確認する

午後六時一〇分
音楽教師、事情を伏せたまま生徒に帰宅を命じる

午後六時一七分
最後の生徒が下校する

午後六時二三分
付近を警戒中の巡回車《ヴォワチュール・ド・パトルイユ》が現場に到着する

当然のことだが、それぞれの証言者は秒単位まで時刻を確認していたわけではない。午後六時あるいは六時五分の時刻に含まれる項目は複数あるが、とはいってもそれらの前後関係は疑いない。六時五分でいえば、まず生徒たちが階段を降りはじめ、ヴェロニクが正面玄関から逃走、直後に学院長室

で音楽教師が屍体を発見して管理人《コンシエルジユ》を呼んだ。

トリックで鍵束を戻したのは、屍体を確認した管理人《コンシエルジユ》が部屋を出てからだろう。以降、学院長室は警察が到着するまで無人だった。窓硝子の穴を通って鍵束が室内に運ばれてきても、気づく者は一人もいない。この作業に何分か費やしたあとでもソフィーには、ブローニュの邸に戻るのに充分以上の時間が残されていた。

刑事が口を挟む。「少なくとも犯人は、通用口から侵入したヴェロニクが六時まで行動を起こさないこと、ハンドバッグを捜して数分は現場に留まることを事前に予測できた。でなければ学院長を射殺した直後に秘書室に隠れたり、備品室を施錠してヴェロニクの逃げ場を奪うという計画は不可能ですからね」

「ええ、それも犯人の条件ね。確実なことはいえないけど、たぶんソフィーは真夜中にヴェロニクが非常階段から戸外に出るところを目撃し、あとを尾けてルドリュとの密談を盗み聴いたんじゃないかしら。まっ暗な庭園だから、四阿の壁の真下に隠れていても二人には気づかれない」

「とすればソフィーは学院長殺しだけでなく、誘拐の計画も知っていた可能性が高い。十一月二十二日の午後四時に裏木戸から邸外に出るという話も、自分からヴェロニクに持ち出したのかもしれませんね」

「誘拐に見せかけて自分を殺そうとしている女なんだから、殺人犯に仕立ててあげたいと思っても不思議はないわね」

「そちらはいいとしても、人質を殺害してしまう計画だと知りながらサラを自分の身代わりに誘拐させたというのは、どんなものでしょうか」

「たとえアデルの復讐のためであろうと、あの子が親友のサラを危険にさらしてまで、殺人を計画し実行したなんて信じられないってわけね」

学院長殺しをめぐる七点の疑問についてカケルは指摘していた。第一は午後六時前後に聖《サント》ジュヌヴィエーヴ学院付近で目撃された三人の正体、第二はマントの人物が通用口ではなく正面玄関から脱出したこと、第三は備品室が施錠されて鍵が学院長室に戻されていたこと、第四は赤革のハンドバッグが抽斗に仕舞われていたこと、第五はデスクの左側に拳銃が落ちていたこと、第六はルドリュの指紋のあるライターが学院長室に置かれていたこと、第七は被害者が中腰の姿勢で射殺されていたこと。

第一点の顔を隠した三人の人物のうち、珈琲店《カフェ》の男はオヴォラだったことが本人のノートで確認されている。この点以外の六つの疑問は、警察の捜査でもいまだに明らかにされていない。

わたしの推理は七つの疑問に合理的な解答をもたらしうる。事件当時、現場付近で目撃されたマントの人物はヴェロニク、医療用マスクの男はオヴォラ、そして最後まで謎だった黒髪の女の正体はソフィーだ。備品室を施錠してヴェロニクが正面玄関から逃げるしかないように仕向けたのも。

ヴェロニクを陥れる偽の証拠として利用するために、ソフィーが盗んだライターには、たまたまルドリュの指紋も付着していた。そのライターを学院長のデスクに残しハンドバッグは抽斗に隠した。窓硝子の適当な位置に穴を開けるため、ソフィーは被害者に中腰の姿勢を取らせた上で発砲したのだが、その穴から鍵を学院長室に戻した。

護身用のベビーブローニングが、学院長の左側に落ちていたのが偶然だったとすれば、すべての謎は解かれたといえる。事件の支点や、その本質に導かれた推理とはいえないにしても。

警察のヴェロニク犯人説は、カケルが列挙した数々の疑問点に答えていない。それよりも引っかかったのは、カケルの疑問には含まれていない謎のひとつがそのまま残っていることだった。アデルが失踪してから二年後の夜に、聖《サント》ジュヌヴィエーヴ学院の裏庭にあらわれた幽霊はパティの錯覚か妄想にすぎないのか。

カケルの疑問点は、エステル・モンゴルフィエが射殺された日の出来事に焦点が絞られていた。その関心からは外れてしまうのだが、背中に黄色の六芒星、ダビデの星を描いた白衣の幽霊こそ、事件をめぐる最大の謎ではないだろうか。学院長殺しをめぐるわたしの推理は、ユダヤ人のシンボルをまとった幽霊の謎から出発している。

ドアの前から離れた青年がゆっくりと部屋を横切る。学院長の回転椅子に腰を下ろしデスクに両肘を突いた。円い布製のシェードを通して淡い光がカケルの横顔を照らしている。窓の外はもう完全な闇だ。

「……人間はどんなことでもやりかねない、たとえ中学生の少女だろうとね。友達の復讐のため別の友達を危険に晒してもいいと、もしかしてソフィーは考えたのかもしれない。ナディアの仮説は一応のところ首尾一貫しているけれど、残念なことに本質直観に導かれてはいない。その結果として微細な齟齬や不自然が少なからず生じている」

「わたしの推理に欠陥があるというなら指摘してね」

できるだけ穏やかな口調を心がけた。わたしの推理を否定する青年に喰ってかかった十九歳のころと比較すれば、われながら大人になったものだと思う。

学院長殺しに直接間接の動機があり、犯行が可能だった関係者のうち、更衣室の窓を出入りできたのはソフィー一人だ。この事実を疑うことはできない。しかし、あの少女がサラの身を危険に晒してまで、本当にエステル・モンゴルフィエを殺害したのだろうか。この唯一ともいえる結論を、自分でもまだ充分には信じきれていない気がする。

ルドリュが誘拐に成功しなければ、ヴェロニクは殺人計画を見送るに違いない。とすれば、自分の身代わりに誰か誘拐される必要がある。アデルの復讐のためソフィーはサラが誘拐されるように仕組んだ。新しいドレスを見せれば、サラは自分が先に着てみたいというに違いない。新しいドレスを着れば外を歩きたくなる、そのためには裏木戸を使うしかない。時計で時刻を確認しながら、ソフィーはサラが四時ころに裏木戸を出るように仕向けた。

真実はわからないがあれこれと想像はできる。たとえば保護者然と振る舞うサラのことをソフィーは内心で嫌っていたとか。心理的に不自然と感じられても、疑いがたい論理的結論には従わなければならない。エステル・モンゴルフィエを殺害する動機と手段があるのは、どう考えてもソフィー・ダッソー一人なのだから。

青年が感情を窺わせない低い声でいう。「同日とはいえ違う場所、違う時刻にエステルとルドリュの夫婦を殺害した拳銃について、きみの仮説には納得できる説明がない。それでは警察のヴェロニク犯人説と変わらないな」

学院長殺しとサラ誘拐を一連の事件とした場合、支点的現象は〈誘拐と殺人の交換犯罪〉、その本質は誘拐と殺人の二重化とずれだとカケルは語っていた。ヴェロニクの妊娠という新事実から、それは〈遺産相続をめぐる交換殺人〉に変更されたようだが。凶器の拳銃をめぐる疑問は残されたままだから、いずれにしても日本人の指摘を認めないわけにはいかない。

午後六時に学院長を殺害した拳銃は、十一時半ごろまでに誘拐犯の手に渡っている。森屋敷の裏木戸付近に拳銃を隠すことが、ソフィーには可能だったとしても、それをどうやってルドリュに伝えたのか。そもそもルドリュに凶器のワルサーを渡さなければならない、どんな理由がソフィーにはあったのか。

「ルドリュとソフィーが共謀していたという結論が、きみの仮説からは導かれてしまうね」わたしは唇を噛んだ、あまりに不自然すぎてそこまで主張する気にはなれない。

青年は淡々と続ける。「ソフィー犯人説には他の弱点もある、あの少女には拳銃が撃てそうにないことだ。小柄で華奢な躰つきでは、軍用にも使われたワルサーP38を扱うのは難しい。さらに決定的なのは心理的な拒否反応で、幼いときに母親の拳銃自殺を目にしてしまったソフィーは映画の銃撃場面さえ見ることができないという」

ヴィデオ化された主演映画をヴェロニクは自室で鑑賞していた。ドアのあいだから銃撃場面を覗き見たソフィーは、神経性の発作で倒れ救急車で病院に運ばれたという。そんな少女が学院長を九ミリ拳銃で射殺できるだろうか。

「詐病の可能性も否定はできないと思うけど」苦し紛れに呟いてみたが、自分でも説得力が薄いと感じざるをえない。

「犯人の身長の問題もある。きみの仮説だとソフィーは、踵が一八センチもある靴を履いていたことになる。そんな高い靴を履いた不安定な状態で拳銃を構え、立ち上がろうとした学院長の額を正確に撃ち抜いたというのは、不可能ではないにしても不自然な想定ではある」

二人の会話を興味深そうに聴いていたドワイヤンが、遠慮がちに口を出した。「ソフィーが拳銃恐怖症だったとは知らなかった。事実かどうか確認しましょう、医者が守秘義務を振りかざしても。

……それはそれとして、この部屋を最初に調べたのは私なんです」

「バルベス警部から聞いてるわ」

「私が見たとき、デスクの抽斗から放りだされた書類や小物の山の上に問題の鍵束は見当たらなかった。鑑識員が小物を整理していって、いちばん下のほうから掘り出されたんです」

申し訳なさそうな顔で、若い刑事が衝撃的な事実を口にする。いちばん上の抽斗に鍵束は仕舞われていた、赤革のハンドバッグが入っていたのは四番目でいちばん下だ。上から順に抽斗をひっくり返していけば、鍵束は雑多な小物の山に埋もれてしまう。

「お嬢さんの実験は成功しました。しかしどんな方法でソフィーは、書類や小物の山の下に鍵束を押しこむことができたのか」

思わず舌打ちしていた、鍵束は他の小物と一緒にデスク付近に落ちていたとしか聞いていない。手つかずの状態で撮影された現場写真を見ているジャン＝ポールだが、鍵束が発見された状態までは注意しなかったようだ。

「……ちょっと二人だけにしてもらえないかしら」わたしの声は少し掠れていた。

ヴェロニクがデスクの抽斗をひっくり返す前に、鍵束は袋小路から学院長室まで張り渡された糸を伝って送られたのだろうか。いや、それは無理だ。秘書室を出て備品室に入り、裏庭を横切って通用口から外に出る、街路樹によじ登る。それから細工をはじめたのではとても間にあわない。回転椅子の脚部に糸を通したとしても、小物の山の下に鍵束を押しこむわけにはいかない。

この刑事の意地悪さには腹がたつ。いまから思えば、糸を使って鍵束を学院長室に戻すトリックもすでに検討していたふしがある。だったら街路樹をよじ登ろうとするわたしに、無駄だからと一言いってくれてもいいではないか。

「かまいませんよ。西階段の下にでもいるので、話がすんだら声をかけてください」愛想よくドワイヤンが応じ秘書室のドアは閉じられた。

通路を遠ざかる足音を聞きながら、わたしは大きな溜息をついた。注意不足による失敗だったとしかいえない。学院長のデスクの抽斗は全部で四段あって、鍵束は上段に入っていた。ハンドバッグが仕舞われていたのは下段だ。バッグは大きいから上段や二つある中段には入らない。いちばん広い下段に押しこむしかなかった。

デスクの横には抽斗に入っていた小物が山をなしていた。この事実はジャン＝ポールから聞いている。赤革のハンドバッグも、バッグに入っていた手帳や化粧用品や身分証明書《カルト・デイダンテイテ》も小物の山のいちばん上にあった。時間に追われていた犯人は、抽斗を上から下に順に引っぱり出し、裏返しにして収納物を床に落としたことになる。だとしたら抽斗の最上段に入っていた鍵束は、小山の下に埋もれていて当然だ。どうして、こんな簡単なことに気づかないでいたのか。

気落ちしたわたしは、やむなく口を開いた。「真犯人が鍵束を糸で学院長室に戻していないとすれば、その実験のため更衣室の窓から裏庭に出た可能性も消えてしまう。パティが見たという幽霊の正体はソフィーではなかったことになる。あの刑事、わたしのことをきっと馬鹿にしてるわ」鍵束が発見された状態を、どうして木に登る前に確認しておかなかったのか。

「そうともいえないよ。ドワイヤンは本気で感心していたと思う、鍵束のトリックはともかくソフィー犯人説には。この話を聞いたバルベス警部が、ヴィデオ事件のあとソフィーが通った精神医か分析家を捕まえて守秘義務違反を強要しなければいいんだが」。

慎重だった自分にあらためて感謝した。推理が外れてカケルにからかわれても、それほどは精神的に傷つかない。

「あなたはどんなふうに考えてるの、警察と同じでヴェロニク犯人説なのかしら」

「いいや」青年はかぶりを振る。

「じゃ、誰が学院長を殺したっていうの」

質問には答えないでカケルは話を変えた。「十月書房《エディション・オクトーブル》の書籍倉庫に立ち入りたいと編集長のメルシュにいったら、日曜ならかまわないと。明日の正午に行ってみるつもりだ」

誘拐されたサラとジュールが閉じこめられていたビヤンクールの倉庫に、どんな用事があるというのだろう。新しい証拠など見つけられるわけがない、事件の直後に警察が徹底的に捜索しているのだから。

「わたしも行く」当然のようにいうと、カケルは無表情に頷いた。

学院長室のドアが叩かれる。「お嬢さん、そろそろいいですか。これから私は仕事なんです」

青年がデスクの回転椅子から立ちあがる。暖房のない部屋で長いこと話しこんでいて躰が芯まで冷えこんでいた。高速郊外線《RER》と地下鉄《メトロ》を乗り継いで、これからモンマルトルまで帰らなければならない。その前にマルグリットと待ちあわせた珈琲店《カフェ》〈アルベール〉で、舌が灼けるほど熱いココアでも頼むことにしよう。


〈12月3日午後1時20分〉


日曜だから市内の道は空いているだろう。そう思ってモンマルトルからビヤンクールまで環状高速《ペリフェリック》は使わないことにしたら、不運にも途中で事故渋滞に巻きこまれてしまった。オープン車で走るには、もう風が冷たすぎる季節だ。シトロエン・メアリは幌を掛けても隙間風が吹きこむから、冬に乗るときは着膨れして雪だるまさながらの恰好になる。まだ十二月初旬で重ね着も真冬ほどではないが。

なにか調査したいことでもあるのか、十月書房《エディション・オクトーブル》の書籍倉庫に出向くというカケルと現地で待ちあわせることにした。しかし事故渋滞のため約束の時刻に大幅に遅れている。

ビヤンクールの工場街で番地札を確認し、褪せた赤煉瓦の倉庫前でメアリを停めた。倉庫の正面には、全開すればトラックも入る大きなシャッターがある。ただし日曜でシャッターは閉じられているし、倉庫内から作業の物音も聞こえてこない。

倉庫と隣の石造建築の隙間のような狭い路地には、使用ずみの木箱などが雑然と重ねられている。大小の木箱を避けながら奥に進んで非常階段を上った。踊り場で方向を変えてさらに上ると、三階の高さの外付け通路に出る。通路には建物に入る鉄扉を挟んで右側に鉄格子のある窓、左側の上部に換気扇がある。

わたしの足音を耳にしたのか、ノックするまでもなく鉄扉が開かれた。革ブルゾンにジーンズ、長髪の日本人青年に無言で室内に招じ入れられる。

「ごめんなさい、遅れてしまって」

「かまいませんよ、先にはじめてましたから」事務室の中央にあるテーブルの前の椅子から老婦人が応じる。

わたしは少し驚いた。どういうことだろう、ここにハンナ・カウフマンがいるのは。サラたちが監禁されていた場所に興味でもあるのか。

「わたしが来たのは、ヤブキさんが先日の約束を果たしてくれるというから」

「そうでしたか」

事件の真相を語るという約束に違いない。そのためにカケルはビヤンクールの書籍倉庫までカウフマンを招いたようだ。しかしどうしてだろう、ここでないと真相を明らかにできない事情でもあるのか。わたしは室内を見渡してみた。

事務机や書類棚や複写機などが並んだ事務室にはドアが三つある。北側に外付け通路の鉄扉、他に西側と東側にも。西側と比較して東側のドアは小さい。ジャン＝ポールの話では、北側と西側のドアは外からは鍵が必要だが、室内からは錠の突起を操作することで施錠も解錠もできる。立入禁止の黄色いテープで封鎖された東側にある灰色の金属ドアには、ノブと閂式の錠しかない。警察の規制など尊重する気のない青年が一足先に立ち入ったようで、ドアは少し開いていた。

わたしもテープの下をくぐって奥の小部屋に入った。物置として使われていた小部屋に窓はなく、床も壁も剝き出しで蛍光灯の光で白々と照らされている。室内側にもノブはあるが、外側から施錠されてしまえば開くことができない。ドアの右側には薄茶色の張り布が擂り切れかけた肘掛け椅子、その隣には台に載せられた旧型テレヴィ。椅子に拘束されたサラ・ルルーシュは、ここでテレヴィ画面と一緒に写真を撮られたようだ。

事務室に通じるドアの反対側に収納庫の開き戸らしいものがある。鉄製の開き戸の下側は床から一メートル二〇センチほど、収納庫は一メートル四方ほどの空間で内側には鉄板が張られている。狭苦しくて息苦しそうな密閉空間に閉じこめられて、七歳のジュール・メルレはどれほど心細かったろう。物置部屋の状態を確認してから、わたしは事務室に戻った。

「ヤブキさんからナディアの推理を聞き終えたところよ」老婦人の口許には、からかうような微笑の皺がある。「学院長の鍵束が他の小物に埋もれていなければ、ソフィー犯人説が成立したようね。あなたには残念な結果でしょうけど、わたしは一安心。あの娘が人を殺したなんて信じられることではないし、犯人は別にいるに違いない」

わたしは青年を軽く睨んだ。見当違いだった推理を、わざわざカウフマンに伝えるまでもないのに。

老婦人が続ける。「二つの事件の支点的現象と本質をめぐるヤブキさんの議論は、なかなか興味深いものでしたよ。概念として一般化できない固有の出来事に本質があるのかどうか、現象学的には難しいところだとしても、そこから事件をめぐるもろもろの謎が解かれるわけね。ソフィー犯人説は間違いだったとして、そろそろ誘拐と殺人事件の真相を聞いてみたいものね」

老婦人に促されて日本人が口を開いた。「サラ・ルルーシュの誘拐とエステル・モンゴルフィエ学院長の殺害は、交換犯罪による一繋がりの事件でした。そのうち誘拐事件をめぐる疑問点の過半は、オヴォラのノートと警察の捜査で解明されている。残るのは間違い誘拐に気づいたあとも、身代金の運び役へのメモを打ち直していないなど犯人の対応が遅れた点。それと学院長殺害の凶器の拳銃にかんする点、この二つですね。拳銃の受け渡しにはダッソー邸の裏木戸の郵便箱が使われたとしても、わざわざそんなことまでした理由は謎です」

ここまでカケルは事件の支点的現象とその本質から、検討しなければならない疑問点の数々について老婦人に語っていたようだ。話が核心に入る前に、なんとか間にあったことになる。安心して、わたしも老婦人の向かいの椅子に腰を下ろした。

サラの誘拐事件と学院長殺害事件のそれぞれに、カケルは七点の疑問を挙げていた。そこには警察の捜査ですでに判明した謎も含まれている。誘拐事件をめぐる疑問点は第一に、わたしの服装をルドリュが知っていたこと、第二に身代金を古い札で要求しなかったこと、第三に〈ニコレの涙〉を贋物とすり替えようとしたこと、第四に間違い誘拐への対処が不自然に遅かったこと、第五に自家用のBMWが郊外に乗り棄てられていたこと、第六にルドリュが監視されていたこと。第七として、なぜ二つの犯行に同じ拳銃が使われたのか、拳銃はいつどこでルドリュの手に移ったのか。

オヴォラのノートから犯行当日のヴェロニクの行動が判明して、すでに第四と第七以外の謎は解けている。ヴェロニクの犯行目的は、ブルーダイヤが情事の際に盗まれた事実を隠滅することだった。

書籍倉庫で発見された〈ニコレの涙〉は本物が贋物にすり替えられたわけではなく、もともとヴェロニクが作らせた模造品だった。誘拐の目的がダイヤであると気づかれないように現金も要求したが、当面は遣うつもりがないから足の付きやすい新札でもかまわなかった。

ルドリュを監視していたのはオヴォラだし、ヴェロニクが間違い誘拐を知らせるメモを郵便箱に置いたとすれば、そこにわたしの服装も走り書きできたろう。警察の見立て通りにヴェロニクが学院長殺害の犯人なら、メモと一緒に拳銃も裏木戸の郵便箱に入れたことになる。

ヴェロニクのアルピーヌは目立ちすぎるから、共犯者のルドリュが自分の車を使えるように、ダッソー邸と聖《サント》ジュヌヴィエーヴ学院の中間地点に停めておいた。ルドリュの死亡のため回収されることなく放置された車は、のちに警察が空き地で発見する。

これらはオヴォラのノートを警察が入手できたから判明したことで、そうでなければ謎のままだったろう。七点のうち五点の疑問までが解明された誘拐関連と違って、学院長殺しをめぐる疑問点のほとんどは未解明のままだ。例外は疑問点の第一で、午後六時前後に聖《サント》ジュヌヴィエーヴ学院付近で目撃された三人のうちマントの人物はヴェロニク、医療用マスクの男はオヴォラだった点は確認された。ソフィーの変装だというわたしの説が間違っていた以上、黒髪の女の正体は謎のままといわざるをえない。

学院長を殺害したワルサーP38は、サラを監禁していた物置部屋で発見された。そこから最初に導かれたのは、誘拐犯のルドリュが妻殺しの犯人ではないかという仮説だった。しかし、カウフマンが証言した不在証明《アリビ》のためルドリュ犯人説は覆される。

「支点的現象の本質に照合してみれば、その二点にも妥当な解釈が導かれるわけね」

カケルは老婦人に頷いた。「ただし支点的現象は変更されました、〈誘拐と殺人の交換犯罪〉から殺人と殺人の交換犯罪、すなわち〈遺産相続をめぐる交換殺人〉に。新たな、核心的な情報が得られた結果です」

支点的現象の中途変更の意味について、あれから考えてみたけれど結論は出なかった。〈交換犯罪〉から〈交換殺人〉に変わっても、そこから推理が大きく組み替えられるとは思えない。しかしカケルを問いつめても得られる回答は想像できる。偏屈な日本人は、それ以上のことを語る時期ではまだないと応じるに違いない。

「なんだったの、ヤブキさんが言及した核心的な情報とは」

「ヴェロニクが妊娠していた事実です。この事実が明らかになることで、誘拐事件の意味するところが根本的に変わった」

その日限りの情事のため撮影現場で拾ったアルバイト青年に、ヴェロニクは家宝のブルーダイヤを盗まれてしまう。ダッソー夫人という地位を奪われかねない重大な過失は、どんなことがあろうと隠滅しなければならない。これこそ誘拐が仕組まれた理由だと最初は思われた。誘拐した子供たちの殺害は、犯人の自己保身から企まれたのだろうと。

「しかし新たな事実によって示されたのは、ダイヤをめぐる動機は副次的でソフィーの殺害こそ真の目的だったことです。われわれの前に提示されたのは、殺人の意図を隠蔽するための誘拐、要約すれば誘拐のような殺人でした」

だから事件の支点的現象は、〈誘拐と殺人の交換犯罪〉から〈遺産相続をめぐる交換殺人〉に組み替えられた。ヴェロニクはダッソー家の、ルドリュはモンゴルフィエ家の遺産を相続するために交換殺人を計画したことになる。

カケルがわたしを見る。「支点的現象が変化したことで僕は困惑した。交換現象の本質は二重化とずれにある。交換の対象が物でも行為でも、たとえ殺人であろうと本質は変わらない。この事件の場合、二人の犯人が交換によって二重化した行為は、しかし殺人と誘拐という異なる犯罪のためにずれている。ここにも二重化とずれという交換現象の本質が認められると僕は考えた。しかし殺人と殺人の等価交換では、行為と行為の二重化はなされてもずれが生じることはない。そこに交換が存在する限り、消えてしまったずれは別の形で再発見されなければならない」

医師の守秘義務をどんな具合に突破して入手した情報なのか、ヴェロニクの妊娠という事実をジャン＝ポールが関係者の前で暴露したあと、カケルは考えこんでいるように見えた。支点的現象の変更から生じた、新たなずれの行方を検討していたようだ。

「そこで、殺人の交換と直結する拳銃の交換について再考してみた。この疑問に納得できる答えが見出せるなら、殺人の等価交換にも新たなずれが発見され、これまで不可視だった裏面が露出してくるに違いない」

同じワルサーP38が同じ日に二つの事件で使用された。ここには拳銃の二重化がある。最初の時点で得られた捜査情報からは、ルドリュが誘拐と殺人をいずれも実行した疑惑が濃厚だった。しかし、ここには無視できないずれがある。拳銃の所持者ルドリュは誘拐事件の犯人ではあるけれども、同じ夜に妻の命を奪ったのと同じ拳銃で、誘拐された少女サラに射殺されている。妻のエステルを射殺した犯人が、誘拐した子供たちも同じ凶器で殺害していたならそこにずれは生じない。同じ拳銃が二度にわたって、殺人の凶器として用いられたというにすぎない。

二重化とずれは交換の、したがって誘拐の、正確にいえば身代金目的の営利誘拐の本質でもある。そこでは人質と貨幣の交換が、第一に身代金の支払いに応じる被害者家族の観念の裡でなされ、第二の人質と身代金の交換が被害者家族と誘拐犯のあいだで現実になされる。ここでは二重化した交換が二重の不等価交換にずれこんでいる。

　青年は続けた。「不等価交換がなされ二重化とずれが生じたのは、凶器のワルサー拳銃だけではない。犯人はソフィーと間違えてサラを誘拐した、ようするにソフィーとサラは交換された。身代金目的の誘拐犯にとってこの交換は不等価交換だね。ソフィーは富豪の令嬢でもサラは運転手の娘にすぎないから。

　もう一点、現象としての誘拐事件には重要な不等価交換が含まれていた。〈ニコレの涙〉の交換。しかも本物と贋物の不等価交換で、ここにも二重化とずれは認められた」

　二重化とずれは事件のいたるところで見られた。ジュールの誘拐とサラの誘拐は誘拐の二重化だが、前者は後者の手段にすぎないことが判明して、両者の等価性は失われる。犯人にとって真の目的だった第二の誘拐は、誘拐する対象を間違えたことで最初からずれていた。

「エステルとソフィーを標的とした、遺産をめぐる交換殺人が計画されたとしよう。交換殺人が成功する絶対的な条件はなんだろう」

「ある事件と別の事件が、この場合は学院長殺しとダッソー家の誘拐事件が無関係に見えることね。もちろん犯人同士の関係も絶対に知られてはならない」

「それなのに犯人たちは同じ凶器を使った、あるいは使おうとした。学院長の屍体とソフィーの屍体から同じ線条痕の銃弾が発見されたら、警察はかならず二つの事件の関連を疑う。これでは交換殺人の意味がない」

　それはソフィー犯人説の無視できない陥穽だったし、いまでも不可解な謎のままだ。どうして交換殺人者は同じ凶器を使うことにしたのか。誘拐のような殺人が計画通り終点まで行き着いて、ソフィーたちの射殺屍体が発見されたとしよう。モンゴルフィエ学院長の生命を奪ったのと同じ拳銃で、ソフィーたちも殺害された事実が判明する。それでは交換殺人の意味がなくなってしまう。

話を聞いていた老婦人が意見を口にした。「ルドリュには学院長殺しに確実な不在証明《アリビ》がある、わたしと会っていたんだから。二つの殺人の凶器が同じ拳銃だから犯人も同じに違いないと、もしも警察が思いこむとしたら、それはルドリュの利益になるのでは」

「としても交換殺人の等価性は決定的に失われてしまいます」

ルドリュとヴェロニクの犯罪計画は、常識的な意味での交換殺人ではない。二つの事件は完全に無関係であると警察に思わせるのが交換殺人だから。

「学院長を射殺したワルサーとは違う拳銃で、ルドリュは誘拐した子供たちを殺そうとしていたのかもしれないわよ」

「学院長殺しの犯人からルドリュの手にワルサーは移っています。この事実がカウフマンさんの解釈では妥当に説明できません。動機のある者は不在証明《アリビ》で守られるという交換殺人の意味を、問題のワルサーは無効化してしまう」

たとえ人質が運転手の娘でも要求は変えない、こう誘拐犯は脅迫した。間違いによってソフィーからサラに転移した被害者は、犯人の要求で強引に二重化される。人質のサラはソフィーと同一化され、そのようにしてずれは解消される。ずれの同一化といえばわかりにくいが、経験的な事実として不可解とはいえない。たとえ運転手の娘のためでも要求された身代金は支払うと、ダッソーが寛大な決断を下したにすぎない。

しかしカケルの語るところでは、それは二重化とずれという誘拐の本質に反している。常識的には間違い誘拐による脅迫は不合理だろう。しかしこの日本人の奇妙な理屈によれば、間違い誘拐での人質と身代金の交換は、不等価だから合理的だということになる。

わたしは疑問を口にした。「ルドリュとヴェロニクの交換殺人では殺人と殺人、エステルの死とソフィーの死が等価交換される計画だった。しかし間違い誘拐では、ずれの再二重化も不等価の等価化も不可能になる。ソフィーと誤認して誘拐したサラをルドリュが殺しても、ヴェロニクは遺産を相続できないから」

捜査の進展で学院長殺しをめぐるルドリュの不在証明《アリビ》は確認された。誘拐犯と殺人犯は別人だった。まったく無関係な二人がまったく無関係に、誘拐と殺人をたまたま同日に企てたとは想定しがたい。だからこそジャン＝ポールは、誘拐と殺人の交換犯罪というカケルの仮説に飛びついたのだ。

誘拐と殺人の二重化には最初からずれが内在している。どちらも重罪だが、それでも殺人は営利誘拐よりも罪が重いから両者は不均衡だ。オヴォラが学院長殺しの容疑者として浮かんできて、このずれは消失したかに見えた。たがいの犯罪のため二人が必要な情報を交換したにすぎないとしたら。しかしカケルの観点では、物と物や行為と行為のように情報と情報の等価交換もまた交換犯罪の本質に反するから、この可能性は排除される。

捜査が進行して、ルドリュとヴェロニクの交換殺人計画が明らかになった。ここでようやく誘拐と殺人の交換をめぐるずれは解消される。ヴェロニクによる学院長殺しの代償としてルドリュはソフィーの殺害を計画していた。誘拐と殺人の交換という外見に隠されていたのは殺人と殺人の交換だった。誘拐に見せかけてソフィーを殺害すること、ようするに誘拐のような殺人。

二つの殺人とその二重化。しかし進行した事態は、またしても新たなずれを生じさせる。ソフィーの殺害を計画していたルドリュが、間違えて誘拐したサラの手で射殺されたからだ。学院長を殺害した拳銃とソフィーを殺害する拳銃。この二つの拳銃が同じワルサーP38として二重化する。しかしソフィーではなく誘拐犯のルドリュが射殺されたことで、事態は決定的にずれてしまう。

このようにして生じた凶器の拳銃をめぐる二重化とずれは、〈遺産相続をめぐる交換殺人〉に直結する核心的な疑問点だとカケルはいう。どうして交換殺人者は、それぞれの殺人に同じ凶器を用いるような無意味な危険をあえて冒そうとしたのか。そんなことをすれば、交換殺人の原理から逸脱する結果になってしまうというのに。

青年が老婦人の顔を見る。「あらためて事件の全体を検討してみました。二重化されえない決定的なずれ、もろもろの不等価交換とは異なる水準のずれを見逃してきたのではないかと。間違い誘拐によるソフィーとサラの不等価交換は、誘拐犯の強引な要求と、その要求に従うというダッソーの態度によって等価化された。事件の全体を通して最後まで回収されないずれは拳銃にかかわるそれで、間違った誘拐に対比すれば間違った殺人ということになります」

カウフマンが確認する。「誰がどんなふうに間違えたの」

「誰がはともかく、どう間違えられたのかは明白ですね。計画ではソフィーとジュールの生命を奪うはずだった拳銃が、間違えてルドリュの殺害に用いられた。計画に反してソフィーではなくルドリュが射殺された、この最終的なずれの意味するところを了解しうる論理は存在しないだろうか」もちろん存在するといいたいのだ。

「それで」

「ダッソー自身の意図とは無関係に、やはり身代金はソフィーのために支払われたのではないのか」

カケルが理解困難なことをいう。

「ルドリュが誘拐したのはサラだし警察に救出されたのもサラ。ソフィーは誘拐されていないし、ソフィーのために身代金が必要だったのでもない。事実として誘拐されていないソフィーが、じつは誘拐されていたという仮説は成立しませんよ」

「整合的に解釈することは可能です」

「どんな具合に」

「誘拐されていないソフィーは同時に誘拐されていた。少なくとも監禁されていた、あるいは監禁されているように見えた」

なにを語ろうとしているのかわたしには理解できない。誘拐されたのはサラだが、監禁されていたのはソフィーだとでもいいたいのだろうか。

「この事件には見えない不等価交換が他にもある。ある人物による衣服の交換、ここにも二重化とずれは明瞭に認められますね」

わたしは口を出した。「わかるように説明して。犯罪現象が展開を終え、事件が終局に達した時点で真相を語るというのは三年前からの約束よ。それとも事件はまだ終わっていないというの」

「ルドリュが射殺された時点で事件は完了し、交換殺人をめぐる犯罪現象の生成は終局に達したよ」

青年が当然のようにいう。

「だったらオヴォラの毒殺事件は」

「常識的な意味では因果関係が認められるにしても、オヴォラ殺害は別系列の現象だ。十一月二十二日に起きた二つの事件とは異なる支点、そして本質がある。こちらのほうは警察が解決したし、とくに付け加えることはない。学院長殺しにかんしては、警察のヴェロニク犯人説よりナディアの仮説のほうが真相に近い、矢は命中したが的を射抜いてはいないというところかな」

老婦人が不審そうにいう。「どういうことかしら」

「いいんです、それは」見当違いの推理を話題にされたくないので、青年に求めることにした。「謎を解いたのならさっさと説明して。凶器の拳銃が学院長殺害犯からルドリュの手に渡って、サラたちの殺害に使われようとした理由を」

　午後六時すぎと十一時三十七分前に、同じワルサーP38で女と男が射殺されている。女を射殺した犯人の手から男の手に、どんな具合に拳銃は渡されたのか。どうして交換殺人計画に反することをルドリュは行おうとしたのか。その夜、誘拐犯はもう一挺の拳銃を用意していた。ヴァンの車内に置かれていたベレッタを使えば問題ないのに、ルドリュは問題のワルサーの安全装置を解除してサラを殺害する寸前だった。

「拳銃の所有者が途中で替わったと思うから、推理は袋小路に迷いこんでしまう。はじめから終わりまで、拳銃は同じ人物の手許にあったとすれば謎は生じない」

　カケルの理解困難な言葉に反論する。「でもルドリュには学院長殺しの不在証明《アリビ》があるのよ。リュエイユ・マルメゾンでエステルが射殺されたときには、モンパルナスでカウフマンさんと会っていたんだから」

「間違いありませんよ」老婦人が深々と頷いた。

「ルドリュはワルサーを凶器とする第二の事件の被害者であって加害者ではない。ビヤンクールでワルサーを発砲した人物が、それ以前にリュエイユ・マルメゾンで同じ拳銃を使っていた。問題のワルサーはこの人物の手から一度も離れたことはない。こう想定してみることに、なにか根本的な不都合があるだろうか」

　身を守るためとはいえ二度目に拳銃を発射したのはサラだ。一度目もサラが引金を引いたとでもカケルはいいたいのか。ありえないことだ、絶対に。

「午後四時十分すぎから警察に助けを求める十一時三十七分まで、サラは誘拐犯によってビヤンクールの書籍倉庫に監禁されていた。それについては本人の話だけでなく、ジュールという子供の証言もある。午後六時に聖《サント》ジュヌヴィエーヴ学院の学院長室で、あの少女が同じ拳銃を撃つことは不可能ですよ」

カケルがカウフマンに応じる。「二重化とずれという直観された本質に従うなら、誘拐されていないソフィーは誘拐されていた、少なくとも監禁されているように見えた。収納庫に閉じこめられていたジュールは、小さな鍵穴から物置部屋を覗いていたにすぎません」

誘拐犯が少女を部屋に連れてきて、肘掛け椅子に縛りつけてから出ていく。猿ぐつわを嚙まされている少女は、小刻みに体重を移動して肘掛け椅子を揺らし続け、収納庫が見える方向に向きを変えていった。ジュールに横顔が見えるところまで方向を変えたところで、椅子を揺らしすぎて床に倒れてしまう。それは物置部屋に監禁されてから一時間ほどあとのことだったという。警官に保護されたとき、床に打ちつけたときの傷がサラの頬には残っていた。

カケルが淡々と続ける。「ルドリュに監禁された少女がサラだったことは間違いない。ソフィーの服を着ていたし、ジュールが鍵穴から横顔を確認しています。ただし椅子ごと横倒しになったあと、サラの姿はジュールの視界から消えていた。もちろんその部屋から消えたわけではない。なんとか猿ぐつわをずらした少女はジュールに励ましの言葉をかけ続けた」

少年が二度目にサラの顔を見たのは、ある程度の時間が経過してからだ。男が部屋に入ってきて、椅子ごと床に倒れている少女を引き起こしテレヴィの横に移した。ドレスの袖を引きちぎってポラロイド写真を撮影し、また部屋を出ていく。

テレヴィの横に置かれた椅子は収納庫の正面に当たる。このあと解放されるまで、ジュールは鍵穴からサラの顔を眺めることができた。猿ぐつわは元に戻されていたが、最初に横顔が見えた少女に違いない。

「本質直観に従って推論を進めるならサラとソフィーは入れ替わっていたと結論せざるをえない、ある時間帯のことだとしても。誘拐された時点に続いて、またしても二人は交換された、しかも今回は自分たちの意志で。この交換もまた不等価で二重化とずれが無視できません」

　思考を集中しているのだろう、老婦人は額に縦皺を刻んでいる。わたしは茫然としていた。カケルが提示した仮説はかならずしも成立不可能ではない。そのようなことも起こりえたという程度にしても、しかし説得力はある。事件の本質は交換の二重化とずれにあると、前もって告げられていた者にとっては。

　わたしを含めて誰一人もサラの不在証明《アリビ》を疑おうとはしなかった。なにしろ誘拐被害者だから、学院長殺しの不在証明《アリビ》の有無など考えるまでもないと思いこんでいた。

　十一月二十二日の誘拐事件と殺人事件が表裏一体である以上、一方の被害者が他方の加害者であるわけがないというのは、まさに臆断《ドクサ》だろう。このようにして誘拐被害者の少女はモンゴルフィエ学院長殺しの容疑圏外に、ほとんど自動的に置かれてしまう。常識を裏返すような途方もない仮説だが、成立可能かどうか前提にまで遡って厳密に検証してみなければならない。

　カウフマンが額に縦皺を寄せる。「とても信じられないわね。四時に誘拐されたサラが監禁場所に連れてこられたのは、ルドリュが寄り道しなかったとすれば四時十分ごろになる。椅子を横に向けるまで揺らしすぎて倒れてしまうまで、どれくらいの時間があったのかはよくわからない。小学生は腕時計なんか持っていないわけだし」

　ただしサラによれば、椅子が倒れたのは監禁されてから一時間ほど経過してからだった。視界から消えていたサラの顔を少年が次に確認できたのは、脅迫用に一枚目の写真が撮影された七時二十分のことだ。

青年が自問するようにいう。「四時十分すぎに監禁されてから椅子が倒れる五時十五分ごろまで、問題の少女がサラだったことに疑問の余地はない。さらに七時二十分以降も。しかし二つの時刻に挟まれた二時間ほどはどうだろう。そのあいだ、椅子ごと床に倒れたサラはジュールの視界から消えていた」

「それでも声は聞こえていた」

老婦人にカケルが頷きかける。「口が動くように猿ぐつわをずらしても、ふだんのようには話せません。救出される寸前にサラと話したときも、鍵穴の視界外から聞こえた声とは違うことにジュールは気づかなかったでしょう。最初から最後まで部屋にはたしかに少女がいた、しかし同じ少女だったとは限りません。ジュールという証人の前でソフィーがサラを演じていた時間帯も、ある程度までは限定できそうです」

事件の日の午後、ソフィーはダッソー邸に到着したわたしたちに玄関ホールで挨拶している。四時四十七分ごろのことだが、この時刻まで入れ替わりはなされていない。十月書房《エディション・オクトーブル》の書籍倉庫にソフィーが来るのには、どれくらいの時間が必要だったろう。

雰囲気がまるで違うブローニュの住宅街とビヤンクールの工場街だが、地理的には隣接している。ジャン＝ポールの調査によればダッソー邸から書籍倉庫まで最短距離で三キロほどで、徒歩なら急いでも三十分以上はかかる。ソフィーは自転車を使ったのかもしれない。地下鉄は途中で乗り換えがあるし、それぞれの最寄り駅までも多少の距離がある。邸から倉庫まで自転車なら十五分で充分だろう。

道路の混雑状況にもよるが自動車なら十分以下、深夜なら五分程度でも行けそうだ。しかしソフィーは車の運転ができないし、早く着きすぎるのにも問題がある。五時半にモンパルナスの十月書房《エディション・オクトーブル》に到着するためルドリュは、この書籍倉庫を五時には出たろう。五時以前にここに着いてしまうと、ソフィーはルドリュと鉢合わせする危険がある。ソフィーが自転車で目的地に着いたのは五時を過ぎてから、五時五分ごろではないだろうか。

　七時二十分にソフィーは車庫二階のドアをノックし、十分後にはルルーシュに連れられてサロンにあらわれている。逆算してみよう、遅くとも七時五分には書籍倉庫を自転車で出発したことになる。五時五分ごろから七時五分ごろまで二時間ほど、ソフィーはサラと入れ替わっていることができた。サラが戻るまでのあいだソフィーは、収納庫に閉じこめられた少年にくぐもり声で言葉をかけ続けた。

　これは他の事実とも符合する。六時四十分にモンパルナスを出発したルドリュは、七時十分には書籍倉庫に到着していたろう。第一の写真撮影が七時二十分だから、どこかに寄り道して到着時刻はもっと遅かったかもしれないが。ルドリュが直行したとすれば、七時十分より前にソフィーは監禁場所を出ていなければならない。

　カウフマンが隣室に通じる灰色の金属ドアを示していう。「あのドアをルドリュは施錠して出かけたはずね、誘拐した人質を二人も閉じこめていたのだから。どうやってソフィーは物置部屋に入れたのか」

　カケルは無表情に突き放した。「二人が入れ替わったとするなら、ソフィーは入れたんです。そのための具体的な方法は想定できますが、瑣末な問題にすぎない」

「なんだか誤魔化されているようだけど」老婦人の表情は少し強ばっている。「五時五分ごろにサラとソフィーが入れ替わったとしましょう。あなたの仮説では、そのあとサラはリュエイユ・マルメゾンに向かったことになる」

書籍倉庫の最寄り駅は九号線のポン・ド・セーヴルだ。途中で六号線に乗り換え、さらに地下鉄《メトロ》を高速郊外線《RER》に乗り換えなければならない。加えて書籍倉庫からポン・ド・セーヴル駅まで、リュエイユ・マルメゾン駅から聖《サント》ジュヌヴィエーヴ学院までの歩行時間がある。それぞれ十分とすれば所要時間は一時間を超えてしまう。

わたしは付け加えた。「収納庫に閉じこめられたジュールに気づかれないように、サラの縄を解くための時間も必要ね。六時に学院長室に着くのは厳しいと思うけど」

「ソフィーが監禁場所に入れたように、六時にサラはエステル・モンゴルフィエの前に立つことができた。地下鉄や高速郊外線《RER》に乗ったのでなければ、個人的な移動手段を使ったんだ」またカケルは言い逃れめいたことをいう。

「でも、中学生のサラには自動車が運転できないわ」

「それは確認された事実だろうか」

思わず絶句する。無免許で車を乗り廻す未成年者は珍しくない。中学生でも大柄なほうだから、成人のように装ったサラが車を運転していても見咎められることはないだろう。暗くなってからのことでもあるし。

「移動に自動車が使われたと断定する気はないよ。時間内にリュエイユ・マルメゾンに到着できて、しかも特定の衣服や外見が不自然に見えない個人的な移動手段が使われた。ここまではある程度以上の蓋然性がある」

「特定の外見って」

「身動きしやすくて、顔を隠していても不自然でない恰好かな」

「わかった、サラはオートバイを使ったのね」

フルフェイスのヘルメットにライダー用のスーツなら、カケルが挙げた条件にぴったり合う。誘拐されたときのサラはソフィーの新しいドレスを着ていた。とすればヘルメットやライダースーツはソフィーが運んできたことになる。空にして丸めれば小さくなり広げればヘルメットなども入る、しかも背負って自転車に乗ることができる丈夫な袋。たとえばナップザックなどが使われたのかもしれない。

「ソフィーが運んできたのはライダースーツやヘルメットやスニーカーだけではない。女物の外套に鬘、ハイヒール、バッグなども」縄を解かれたサラはソフィーが持ちこんできたライダースーツを着込んだ。

カウフマンが確認する。「それが、あなたのいう衣服の不等価交換なの」

「さして本質的でない一例ですね、その後も交換は幾度かなされたし。事件の謎にとって核心的な交換は、もう少し先になって行われました」

事前にサラは、おそらく盗んでおいたのだろうオートバイを書籍倉庫の付近に停めておく。バイクなら車と同じ三十分ほどで聖《サント》ジュヌヴィエーヴ学院に到着できたろう。ライダー用のスーツを着てヘルメットを装着していれば、誰も女子中学生とは思わない。

サラは人気のない路地の物陰でライダースーツを脱いで、女物の外套にハイヒールや鬘を手早く身につけた。外套のポケットにはワルサーP38を突っこんだ。五時五十五分に管理人《コンシエルジュ》が窓口を離れた直後に正面玄関から校舎に入る。給仕が見たという黒髪の女はサラだった。

その恰好なら、もしもヴェロニクに見られても正体が気づかれることはない。学院長室に侵入してエステルを拳銃で脅し、赤革のハンドバッグをデスクのいちばん下の抽斗に仕舞わせる。直後に到着してモンゴルフィエ家の鍵を捜すだろう人物から、一分か二分でも貴重な時間を奪うためだ。六時の時鐘と同時に被害者を射殺、すばやく秘書室の物陰に隠れた。

サラはルドリュたちの交換殺人計画を正確に把握していたことになる。ヴェロニクが六時の時鐘と同時に備品室から出てくることまで。でなければヴェロニクが学院長室に入った隙に、気づかれないように秘書室から通路に出ることが不可能になる。

カケルが補足する。「六時までの数分、サラは秘書室の内錠を下ろしていたでしょう。予定の時刻よりも早くヴェロニクが学院長室に来ようとしたときに備えて。そのときは計画を変更し、学院長室の窓から裏庭に出て通用口から校外に脱出する。それでも計画の半分は達成できる」

サラたちの計画の半分は、アデルの復讐としてモンゴルフィエ学院長に死の制裁を加えることだ。もう半分は、継母ヴェロニクによるソフィー抹殺の計画を阻止すること。

サラの行動をめぐるカケルの説明を深刻な表情で聞いていた老婦人が、気を取り直した様子で確認する。「学院長殺害をめぐる七点の疑問のうち、第一の黒髪の女の正体、それに第四のハンドバッグの件はそれで説明できるわけね。では、いちばん重要な第二点は」

七点の疑問の第一は、事件前後に現場付近で目撃された三人の人物の正体だ。そのうちの二人はヴェロニクとオヴォラだとしても、三人目の黒髪の女は正体は不明だった。カケルの推論では、鬘と外套とハイヒールで変装したサラが謎の女の正体だったことになる。

修道服のようなマントを着こみ頭巾で顔を隠したヴェロニクは、訪問してくる予定の夫のためエステルが解錠しておいた通用口から校内に入った。どうして同じ通用口から校外に脱出しなかったのか。これが第二の疑問点だが、ヴェロニクの自供で判明した事実がある。備品室の内ドアは施錠されていたのだ。

備品室の内ドアを施錠するには学院長が保管していた鍵がいる。その鍵は備品室の外扉の鍵、通用口の鉄扉の鍵と三本一緒に金属環でまとめられていた。しかも学院長の屍体が発見されたとき、問題の鍵束はデスクの横に落ちていたのだ。赤革のハンドバッグをはじめ抽斗から撒き散らされた小物の山に埋もれて。

備品室の内ドアを施錠した人物はヴェロニクと入れ替わりに学院長室に入って、小物の山の下に鍵束を押しこんだことになる。しかし、それは不可能なのだ。鍵を学院長室に戻した以上、謎の人物は裏庭から通用口を通って校外に出ることができない。しかも唯一の出口である正面玄関では、マント姿のヴェロニク以外の人物は目撃されていない。謎の人物は中空に消え失せたことになる、これが第三の疑問点だ。

その日に限ってハンドバッグが、わざわざデスクの抽斗に仕舞われていたことが第四の疑問点。デスクの左側に落ちていた護身用の小型ブローニング拳銃が第五、デスクの隅に置かれていたカルティエのライターが第六、被害者が射殺されたときの中腰の姿勢が第七の疑問点になる。

ここまでカケルの本質直観による推理を聞かされたら、第二の疑問への解答も推測できないことはない。エステルを射殺したサラは、ヴェロニクを秘書室の机の下でやりすごした。ヴェロニクが学院長の屍体を発見して茫然としている隙に通路に出て、備品室の内ドアと外扉を施錠して裏庭に走り出た。さらに通用口の鉄扉も施錠する。

老婦人が当然の疑問を口にする。「そのあと備品室と通用口の鍵はどうしたの」

「もちろん窓硝子の穴から室内に戻しました。そのため被害者に中腰でいることを要求し、時鐘と同時に額を撃ち抜いた。これで第七の疑問点は解けます」

「鍵束は硝子の穴から戻したのね」それならわたしの推理と同じではないか。

青年がこちらを見る。「通用口を施錠したあと、サラは窓越しに学院長室を覗きこんだ」

室内ではヴェロニクが夢中でハンドバッグを捜しているが、デスクの抽斗はまだ引き抜かれていない。ヴェロニクが後ろを向いている隙に、庭椅子に上がって窓硝子の穴から鍵束を斜めに投げ落とした。まっすぐだと回転椅子の後ろに落ちてしまうからだ。分厚い絨毯に吸収されてほとんど物音はしない。

カケルが想定した少女の行動に必要だった時間は、わたしの仮説と比較して数分は短そうだ。サラは三つの鍵を掛けたあと、すぐに鍵束を硝子の穴から室内に投げこめばいい。わたしの仮説では、通用口から校外に出て街路樹に登ったソフィーは、紐をゆっくりと引いて鍵を室内に戻さなければならない。

二人の行動に必要な時間の差が、発見されたときの鍵の位置に関係してくる。サラが窓硝子の穴から鍵を室内に投げ戻したのは、まだヴェロニクが抽斗の小物を床にぶち撒ける前のことだった。だから鍵束は小物の山のいちばん下に埋もれていた。わたしの実験には三分の時間が必要だったから、鍵束を室内に戻せたとしても、音楽教師が学院長室に入る直前のことだろう。それでは小物類の小山の上に落ちてしまう。

「赤革のハンドバッグを抽斗に隠したのは、ヴェロニクにモンゴルフィエ邸の鍵を捜させるためでした。エステルの屍体を発見し動転したヴェロニクが、直後にハンドバッグを抱えて学院長室から逃げ出したりすると、計画のもう半分は未遂に終わってしまう。六時三分までは無監視状態だった正面玄関から校外に逃走できるから」

「計画のもう半分とは」老婦人は硬い表情だ。

「カウフマンさんも気づいているでしょう、ヴェロニクを学院長殺しの犯人として逮捕させることです。サラたちはエステル・モンゴルフィエとセバスチァン・ルドリュを殺害し、ヴェロニク・ダッソーをエステル殺しの犯人に仕立てあげようとした。実行犯の不在証明《アリビ》を偽装するために少女たちは入れ替わった」

六時の時鐘と同時に学院長室に入ったヴェロニクには、二階の音楽室から教師と生徒たちが東階段を下りてくるまで数分は部屋にいてもらわなければならない。そうなれば進退に窮したヴェロニクは身柄を取り押さえられ、エステル殺しの犯人として警察に引き渡される。しかし、この仮説には空隙が無視できない。

「通用口を施錠したあと鍵束を学院長室に投げこんだら、サラは裏庭に閉じこめられてしまうのでは。鍵がなければ裏庭から備品室に戻ることもできませんよ」

「学院長室に入る前に更衣室に立ちよったんですね。裏庭に面した窓をぎりぎりまで開いてから通路に出て、サラは学院長室に侵入した」

鍵束を窓硝子の穴から室内に投げこんだ少女は、庭用の椅子を足台にして、あらかじめ開いておいた窓から更衣室に入る。なんとか部屋に潜りこんだサラは、室内から窓を閉めて錠も下ろす。

「時間的に無理よ」わたしは反論する。

カケルの推論では、時鐘が鳴り終えて管理人《コンシエルジュ》が窓口に戻ってくる六時三分よりも前に、サラは誰にも見られることなく正面玄関から脱出したことになる。学院長を射殺し裏庭に出て通用口の鍵を掛ける、ヴェロニクに気づかれないように鍵束を学院長室に投げこむ、地上から見て高い場所にある狭苦しい窓の隙間から更衣室に這いこんで、さらに玄関ホールに出る。これだけの作業や行動がたった三分ですんだとは考えられない。

しかも六時三分を過ぎた時点では、学院長室から出てきたヴェロニクが備品室の前にいた。受付窓口には管理人《コンシエルジュ》が戻っている。二人とも謎の女が目の前を通ったとは証言していない。ヴェロニクが脱出したあと、音楽教師に呼ばれて管理人《コンシエルジユ》が持ち場を離れてからの数分、たしかに正面玄関は無監視状態だった。しかしそのときにはもう、南通路は合唱の練習を終えた生徒たちで溢れていた。更衣室から出てきた正体不明の女が、生徒たちの人垣を掻きわけて玄関ホールに向かった事実はない。

青年が頷いた。「裏庭から通用口を施錠する前にサラは、ハイヒールも含めて黒髪の女に変装する衣装は脱いで袋小路に出しておいた。袋小路のため人通りのない道だし、路上は街路樹の落葉で覆われている。道の隅に置いて枯葉でもかけておけば、誰かに荷物を盗られてしまうことはまずない。

更衣室から通路に出たとき、サラは合唱用の白い衣装を着て生徒用の靴を履いていた。靴は更衣室に置かれていたものを適当に履いたのだろう。書籍倉庫で着替えたときに最初に白い衣装を、その上にライダースーツを着たんだね。黒髪の女に扮していたときも、外套の下には合唱団の白い衣装を着込んでいた。この日にサラは着衣を六回も替えているが、これが事件の謎にとって核心的な衣服の交換だった」

白い衣装の群れにごく自然にサラは紛れこんだ。合唱団の女子生徒は学年も学級も違うし、一年生《シジエーム》は入学したばかりだ。舞台衣裳のスカーフを着けた生徒たちの注意は、学院長室から出てドアの前に佇立した音楽教師に向けられていた。顔をうつむけて隅のほうにいれば、部外者と気づかれることはない。

音楽教師に呼ばれた管理人《コンシエルジユ》が学院長室に入る。その隙に人垣から離れたサラはさりげなく玄関ホールに向かった。六時十分には帰宅が命じられ、家が学校に近い生徒たちは舞台衣装のまま帰宅しはじめる。珈琲店《カフエ》の給仕をはじめ、同じ恰好のサラに注目した者は一人もいない。音楽教師が帰宅の指示を出さない場合は、白い衣装のまま正面玄関を出てしまえばいい。管理人《コンシエルジユ》も生徒全員の顔を覚えているわけではないし、もしも見られても建物から出ることを阻止はされないだろう。

正面玄関を出たサラは、校舎の建物を廻りこんで袋小路に向った。女物の外套やハイヒールや鬘を回収し、目立たない場所に停めておいたバイクのところで合唱団の白い衣装の上にライダー用のスーツを着込んだ。音楽教師に指示されて校舎を出たのが六時十分、聖《サント》ジュヌヴィエーヴ学院からビヤンクールの書籍倉庫までは三十分ほどだから、校舎裏の袋小路に廻ったりライダースーツに着替えたりする時間を加えても、倉庫には四十分ほどで戻れたろう。

カケルが続ける。「不在証明《アリビ》の確保のためにルドリュは、五時三十分から一時間ほどはモンパルナスから移動できない。モンパルナスからビヤンクールの倉庫まで三十分はかかるから、ルドリュが戻ってくるのは七時十分ごろになる。珈琲店《カフェ》〈セレクト〉を出て六時四十分に編集室に顔を出したルドリュが、倉庫の監禁場所に戻ってきたのは実際には七時二十分だったが、いずれにしても七時までにサラがソフィーと交代してしまえば問題ない」

「あなたの話では、ルドリュの行動計画をサラは知っていたようだけど」

老婦人にカケルが応じる。「そういうことになりますね。どのようにして知ったのか、想像はできますが」

十一月二十一日に十六区でバイクが盗まれている。盗難被害にあった青年は煙草を買うため珈琲店《カフェ》に入った、わずかな時間なので乗っていた中型バイクのキイは差したままだった。盗まれたバイクは放置された状態で二十三日にビヤンクールの倉庫街で発見された。

「少年による悪戯半分の犯行だろうと地元の警察は判断したようです。盗難バイクも戻ったことだし、それ以上の捜査は行われていない。バイクはサラが盗んで十月書房《エディシオン・オクトーブル》の倉庫付近に隠しておいたのでしょう」ジャン＝ポールに頼んでいた盗難車輛の捜査結果に違いない。

聖《サント》ジュヌヴィエーヴ学院を出発したサラは、バイクを目的地から離れた場所に放置して少し歩き、七時には書籍倉庫に到着する。外付け階段から事務室に入ってライダースーツと舞台衣装を脱ぎソフィーのドレスに着替える。奥の物置部屋に忍びこんで、ジュールには知られないようにソフィーと交替する。

サラの荷物が入った大きなザックを背負って、ソフィーは自転車でダッソー邸をめざした。背中の荷物を途中で処分し、自転車を裏木戸付近の道具小屋に戻してから、七時二十分に車庫二階のドアを叩いた。

「この説明も、もろもろの観察された事実を矛盾がないように繋ぎあわせた解釈のひとつにすぎません。警察のヴェロニク犯人説やナディアのソフィー犯人説と比較して齟齬や矛盾が比較的少ない解釈だとしても。しかし合理的な解釈は他にも存在しえます。

整合的な解釈だからといって真実性が保証されるわけではない。辻褄があっているだけで真実から遠い、むしろ真実を隠蔽するような推論はいくらでも組み立てうるから。この解釈を真実だと確言できるのは、最初から最後まで事件の支点的現象の本質に忠実だからです。

間違い誘拐によるソフィーとサラの不等価交換が、ルドリュの要求やダッソーの決断で等価化されて終われば二重化とずれという本質に反してしまう。それは事件の支点的現象の本質として、あらゆる場面で貫徹されなければなりません。この点の等価交換はサラとソフィーの本人たち自身による入れ替わり、不等価交換へとずれこんでいく」

その日のうちにサラは六回も服装を替えている。普段着からソフィーのドレスに、ドレスからライダースーツに、ライダースーツから女物の外套に、外套から白い舞台衣装に、舞台衣装からライダースーツに、そしてまたソフィーのドレスに。

なかでも重要なのは第一に黒髪の女の衣装、第二に白い舞台衣装だった。同じ人間が着るのだから二つの衣服は二重化されているが、意味するところには決定的なずれがある。学院長室に入る目的で黒髪の女の衣装は用意され、白い舞台衣装は殺人現場から出るために必要とされた。

大人では通路の生徒たちに紛れこむことができない。同じ衣装を着ていれば、ごく自然に生徒たちの一人になりうること。そのためには同年齢の少女であることが、モンゴルフィエ学院長を殺害した犯人の決定的な条件をなしている。

「第三の疑問点が解消されるのは、犯人が特定の体型と外見の人物の場合のみです。この結論は誘拐事件をめぐる情報なしでも、学院長殺害の現場を観察するだけで導きうる。成人男性のルドリュ、オヴォラ、ダッソーは問題にならない。ヴェロニクでも無理でしょう」

「学院長殺害の現場からは、犯人がソフィーかサラか、あるいはまったく別の少女なのか、いずれとも決定できないわけね」

わたしの質問に青年が答える。「そう、この段階では少女と特定することはできない。少年かもしれないし成人でも条件を満たす者はいるかもしれない。その先は誘拐事件を含めての推論になるが、学院長殺害と誘拐事件の接点はなんだろう」

いうまでもない、二つの犯行に同じ拳銃が使われた事実で、それが誘拐事件をめぐる第七の疑問点だった。いつどこで拳銃はルドリュの手に渡ったのかも。

エステル・モンゴルフィエを殺害した拳銃で、夫のセバスチァン・ルドリュも射殺されている。同じ拳銃で二人を射殺したと思われる人物には、二人を殺害する明白な動機がある。オヴォラと同じように、ソフィーとサラも学院長がアデルを殺したと信じていた。屍体の処分に夫のルドリュが協力したろうことも。しかし、ソフィーがルドリュに凶器のワルサーを渡したと想定しうる根拠はない。

「この夫婦は同罪でいずれも死に値する。そう思いこんだ一人の人物が、同じ日に同じ拳銃で夫婦に復讐した」カケルは老婦人の顔を正面から見据える。「それが可能だったのはソフィーでなくサラです。サラも密談を盗み聴いて、ルドリュとヴェロニクの交換犯罪計画を知ることができたでしょう。この計画を逆手にとって復讐すること。他方にはダッソー家の資産を奪うため、誘拐に見せかけてソフィーを殺害しようと企てるヴェロニクがいた。この女に罪を着せなければならない。

事件の全体を俯瞰してみると、それまで不可視だった真相が浮かんできます。ルドリュとヴェロニクが計画したエステルとソフィーの交換殺人の裏には、ルドリュを殺害しヴェロニクを殺人者に仕立てあげる少女たちの復讐計画が隠されていた」

老婦人の声は悲鳴に似ていた。「生き延びるための必死の抵抗のためでなく、サラは意図してルドリュを射殺したというの」

「ルドリュの死はソフィーの協力を得てサラが実行した、周到きわまりない殺人でした。ルドリュは誘拐したと見せかけてソフィーを殺害しようとした。この計画を逆用したサラは、間違えて誘拐されたと見せかけながらルドリュを射殺したんですね。誘拐のような殺人もまた二重化し決定的にずれていた。計画通りに交換殺人が実行されてエステルの死とソフィーの死が等価交換されていたら、事件はわれわれが見たような形で起きたわけがない」

ルドリュがヴェロニクと殺人の標的を交換する。サラがソフィーと身柄を交換して誘拐され、ソフィーがサラの身代わりに監禁される。二つの交換が均衡し二重化したようだったが、しかし違う。エステルはヴェロニクでなくサラに殺され、ソフィーを殺すはずのルドリュはサラに殺された。ルドリュとヴェロニクの交換殺人と、ソフィーとサラの身柄交換は二重化しながら決定的にずれていく。等価交換が二重の不等価交換に帰結するところの、誘拐を起点とした交換殺人計画は、ここで最終的な二重化とずれに帰結した。

「ヘルメットやライダースーツや舞台衣装はソフィーが書籍倉庫から運び出したが、学院長の射殺に使われた拳銃は別でした。この部屋に戻ってソフィーと役柄を交換したサラは、正面からは見えないように拳銃を腰と椅子のあいだにでも押しこんでいたんでしょう」

午後十一時三十分ごろにルドリュは書籍倉庫に戻った。収納庫を開くと、死んだようにぐったりした子供が転げだしてくる。男は続いてサラの縄を解いた。立ちあがりながら腰の下の拳銃を摑んで発砲する、銃弾は男の左胸を貫通した。サラはテレヴィを押し倒して床に転がる。

十二時間もの拘禁で意識が朦朧としたジュールには、正確な証言はできそうにない。テレヴィの上に置かれていた拳銃がたまたま手に触れ、無我夢中で発砲したというサラの証言を警察は疑わないだろう。ジュールを事務室のソファに寝かせたあと、奥の物置部屋で拳銃にルドリュの指紋を付着させる。いったん綺麗に拭いてからルドリュに握らせ、その上に自分の指紋を付けたのかもしれない。

銃把や引金にはルドリュの指紋があった。しかし弾倉の残弾は綺麗に拭かれていて指紋も検出されていない。弾丸を出して薬莢にルドリュの指紋を付ける余裕はなかったようだ。

カケルが冷静な口調で畳みかける。「誘拐事件の疑問点のうち、オヴォラのノートや警察の捜査でも明らかにされていないのは第四と第七です。なぜ二つの犯行に同じ拳銃が使われたのか、拳銃はいつどこでルドリュの手に移ったのか。これが第七の、そして最大の疑問点でしたが、すでに謎は解けました。サラの誘拐にワルサーは使われていない、サラを脅した拳銃はベレッタだった。エステル・モンゴルフィエとセバスチァン・ルドリュが同じワルサーで射殺されたのは、犯人が同一人物だからだ。ワルサーは最初から最後まで犯人の手にあった」

「疑問点の第四はどうなの」身代金の受け渡し地点を指示するメモで、誘拐被害者の名前がサラでなくソフィーだった謎だ。

青年がこちらを見る。「きみの推論の半分は正解だった。自室の窓からソフィーの姿を見たヴェロニクは、間違い誘拐の事実を交換殺人者に伝えようと裏木戸の郵便箱にメモを忍ばせた。こちらから書籍倉庫に電話すれば電話局に記録が残ってしまう、迂遠でもそうするしかなかった。最初の脅迫電話がダッソー邸にかかるころ、ポラロイド写真を届けるために裏木戸まで来たルドリュは、郵便箱のメモを読んで愕然としたろう」

「そのときまでルドリュは、間違い誘拐に気づいていなかったの」第一の写真が撮影されたのは午後七時二十分、最初の脅迫電話は七時三十分のことだ。

「もしもサラの証言が事実でなくても、この事務室のタイプでルドリュはメモを打ち直すことができた。珈琲店《カフェ》〈ヴィクトリア〉に連絡して、メルレに最初の脅迫電話から文言を変えるように命じることも。電話で写真のことをダッソー家の関係者に伝えるのは第三の脅迫電話だから、裏木戸に写真を届ける時刻が何分か遅れても問題はない。そうしなかったのは、七時二十分の時点では間違い誘拐にまだ気づいていなかったからだ」

「サラの証言は嘘だったと」写真撮影のために猿ぐつわを外されたとき、サラは自分が何者かを犯人に告げたという。

「サラは誘拐犯に自分のことを、最後までソフィーだと思わせておくつもりだった。もしも間違い誘拐に気づかれると交換殺人が不可能になるわけだから、ルドリュは計画を中止するか、あるいは大幅に変更してしまうかもしれない。そうなると交換殺人計画を逆手に取ったサラの計画にも狂いが生じかねない」

しかし事実を知っても、ルドリュは計画を続行することにした。誘拐に見せかけたソフィー殺害計画は破綻したが、すでにヴェロニクはエステルを射殺している。誘拐に使った車や監禁場所をめぐる情報から、警察の捜査がルドリュにまで延びてくるのは時間の問題だから、サラを生きたまま解放するわけにはいかない。動き出した犯罪計画は途中でやめることができなかった。

「学院長室に入ったときにはエステルが死んでいたことを、ヴェロニクはルドリュ宛のメモに書かなかったのかしらね」

カケルがカウフマンに応じる。「問題のメモは失われているし、ルドリュとの交換殺人計画についてヴェロニクは否認している。推測するしかないのですが、交換殺人者に自分は契約を果たしたと思わせるため、エステルが死んでいた事実は伏せたのでは」

交換殺人の契約によるエステル殺害をヴェロニクが実行した以上、ルドリュにはソフィー殺害の義務が残る。契約を果たすためにルドリュは、違う機会にソフィーを狙うことになったろう。

わたしは話を戻した。「とすると、二つの事件に使われたワルサーP38はサラが調達したことになるけど」

「エステル・モンゴルフィエの射殺に使われたワルサーは、なんらかの方法でサラが手に入れたんだ。学院長室ではブローニングが発見されている。女性でも扱いやすそうな拳銃をルドリュが蒐集品から選んでヴェロニクに渡したんだろう」たとえ護身用の小型拳銃でも、至近距離から標的の額を撃ち抜けば致命傷を与えられる。「ところが侵入した学院長室ですでにエステルは死亡していた。屍体を目にして仰天したヴェロニクは、手にしていたブローニングを思わず取り落としてしまう。拳銃は屍体の左横まで転がった。そのあとは被害者のハンドバッグを捜すのに夢中で、秘書室から通路に出るときも拳銃のことは忘れていた」

殺人現場から発見されたブローニングは、訪問してくる夫を警戒した学院長が護身のために隠し持っていたのではない。エステル殺害をもくろんでいたヴェロニクが凶器として持ちこみ、現場に落としていった拳銃だった。これで第五の疑問は解消される。

「第六の疑問点だったカルティエのライターも、ヴェロニクが置き忘れたのかしら」

「あのライターは真犯人が撒いた餌だった。予想したより警察の動きが鈍いからサラたちも呆れていたんじゃないか」

事前に少女たちは、ルドリュとヴェロニクの指紋が付着したライターを手に入れていた。あるいはダッソー邸の四阿でルドリュと密談したときに、ヴェロニクが置き忘れたのかもしれない。ジッポーを忘れたのかオイルが切れていたのか、その夜はルドリュも愛人のライターを使ったのだろう。

サラたちの復讐計画の対象は、アデルを殺害したモンゴルフィエ学院長と夫のルドリュには限らない。ダッソー家の財産を独占するため、誘拐に見せかけてソフィーを抹殺しようとしているヴェロニクを罰し、邸から追放しなければならない。そのためにエステル殺害の犯人に見せかけること。ルドリュとヴェロニクの犯罪計画を細部まで知ったサラは、ヴェロニクにほんの少しの時間先んじてエステルへの復讐を果たし、殺人現場を立ち去る前にヴェロニクを犯人に仕立ててあげるための偽装を試みた。

「偽装工作は二つ」

「ひとつは赤革のハンドバッグを隠したことね」

モンゴルフィエ邸の鍵が入ったバッグを捜しているうちに、合唱の練習を終えた生徒たちで秘書室前の通路がいっぱいになれば、ヴェロニクは屍体と一緒に学院長室に閉じこめられてしまう。しかし真犯人が想定したよりも練習は延び、かろうじてヴェロニクは学院長室から逃れ出ることができた。そんな場合に備えてサラは第二の手を打っていた、ライターという偽装された証拠を意図的に残したのだ。

わたしは続ける。「ダッソー夫人のライター紛失を警察が把握すれば、証拠品の第二の指紋が誰のものか突きとめるのは時間の問題だった。ところが夫人に口止めされた小間使いが、ライターのことで沈黙を守ったからなのか、この事実を警察が洗い出せないまま時間は過ぎた。ルドリュと密談したとき、ライターを四阿に置き忘れたらしいが、どうしても見つからない。紛失したことを隠すために、ヴェロニクはまったく同じカルティエのライターを手に入れて使っていたのね」

どうしても警察が動かなければ、問題のライターのことをそれとなく知らせようとサラは考えていたろう。オヴォラのノートがパパのところに届いて、警察に情報を洩らすような作為は必要なくなったわけだが。

「支点的現象の本質に反しないとしても、カケルの推理には隙間が多すぎるわ。ソフィーはどうやって監禁場所に入れたのか、サラは本当にバイクに乗れたのか。決定的なのは凶器の拳銃ね、中学生が簡単に入手できたとは思えないし」

青年が軽く肩を竦める。「事件の翌日の夜、モガール警視やバルベス警部と話したね。料理店で警部に調査を頼んだことが幾点かある」

「知ってる。事件に関係する複数の地点を公共交通機関で移動するのに必要な時間でしょう、ジャン＝ポールに調べさせたのは」

サラが地下鉄や高速郊外線《RER》で六時前に聖《サント》ジュヌヴィエーヴ学院まで行けたのか、この点をカケルは確認したかったのだ。それが難しい場合に備えてオートバイの盗難をめぐる調査も。その結果として、ライダースーツと合唱団の衣装が交換されたという着想も浮かんだ。

「他にもあった、バルベス警部に頼んだ調査は。事務室の窓には鉄格子が嵌められているし、誘拐した子供たちを残して出かけるときルドリュはドアの鍵を閉めていた。サラがソフィーと入れ替わるためには物置部屋に入らなければならないが、いったいどこから入れたのか。バルベス警部によれば、この事務室の換気扇は掃除のために最近外されたことがあるという。監禁に使われたのは物置部屋だし、大人が通れるほどの大きさでもないから捜査陣の注意は惹かなかったようだ」

「換気扇が」わたしは呟いた。

「トラックが倉庫に入ってきて荷台に本の山を積んだり下ろしたりするあいだ、事務室は無人になる。作業に専念している社員の目を盗んで、サラが倉庫に出入りすることは可能だった」

わたしは反論する。「事件の当日はルドリュが臨時の休日にしたから、倉庫では作業なんて行われていないわ」

「前日でも前々日でもいい、荷物運びの作業に紛れて事務室に入りこんだサラは、換気扇の捻子《ねじ》を外しておいた。社員が気づかないように、短く切った代わりの捻子を穴に嵌めて接着剤で留めたかもしれない」換気扇は建物の外側からも捻子で固定されているから、室内側の捻子を外しても落ちることはない。

「ちょっと待って」

窓際の事務机の上に三十センチ四方ほどの換気口がある。たしかに綺麗で人が出入りしたような跡はない。その下のスイッチを入れると、三段のプラスティック板で閉じられていた換気口が開いて換気扇が回りはじめる。

鉄扉から通路に出て確認してみた。換気口の枠は外側からも捻子で固定されている。侵入者が通路側の捻子を外しても、まだ内側の捻子があるから事務室には入れない。

倉庫と隣の建物のあいだには梱包用の木箱などが雑然と積まれている。ダッソー邸から自転車で書籍倉庫に着いたソフィーは、そのひとつを外付け階段の上まで運んだ。換気扇の真下に置いた木箱に乗って、捻子を外し換気扇を抜きとる。小柄で身軽なソフィーだから、換気扇の穴から室内に這いこむことはできたろう。

窓際には机が並んでいる。机の上から床に降りて奥の物置部屋に向かった。ドアの錠は事務室側から開くことができる。収納庫の鍵穴からは見えないような低い姿勢で室内に入ったソフィーは、わずかの物音も立てることなくサラの縄を解いた。

「サラも換気口を通ったのかしら」

同年齢でもソフィーより大柄なサラには、聖《サント》ジュヌヴィエーヴ学院の更衣室の窓はともかく、換気口を抜けるのは難しかったのではないか。

「いいや、サラが出入りしたのは金属製の外付け通路に通じる扉だ。このドアは鍵と錠が連動しているタイプだから、鍵がなくても室内から施錠も解錠もできる」

とにかく計画を優先しなければならない。換気扇はそのままにしてサラは書籍倉庫を出発した。換気扇を換気口に嵌めこんで外側の捻子を締めたのは、倉庫に戻ってきてからだろう。室内側の捻子も締め直しておけば人が出入りしたようには見えない。

「どこからソフィーは脱出したの、換気口がもう使えないとしたら」

「外付け通路に面した鉄扉から事務室を出て、非常階段で地上に降りた。このときに踏み台に使った木箱も片づけた」

「でも、それでは鉄扉が解錠されたままよ」

「警察が到着する前に、サラが室内から錠を下ろしたのさ」

身代金を奪取して倉庫の事務室に戻ってきたルドリュは、外付け通路側の扉の施錠状態になど注意を向けることなく、物置部屋に入ってジュールを収納庫から引っぱり出した。椅子に縛りつけておいたサラの縄も解きはじめる。

カケルがカウフマンに問いかけた。「サラの伯父さんはオートバイ好きで、小さなときから姪を男の子のように育てたそうですが」

「そう聞いている、わたしも」

「夏休みでサラが長期滞在する機会に、伯父はバイクの乗り方を教えた。それに射撃も」

第二次大戦末期にドイツ本国まで進攻したというルルーシュの兄は、戦利品のワルサーP38を未登録のまま所持していたのではないか。よくある話で非現実的な想定とはいえない、伯父の死後に拳銃がサラの手に渡ったことも。

「サラが犯人だという説を含めて、あなたの推論に決定的な証拠はあるのかしら」

カケルが老婦人に応じる。「警察のヴェロニク犯人説や、ナディアのソフィー犯人説と同じことですよ」

「それならヤブキさんの説も間違っているかもしれない、真相は別にあるのかもしれないわね」

カケルが軽く頷いた。「提供されたもろもろの情報を整合的に組みあわせてみても、しょせん解釈にすぎません。もしも新事実が発見されたら、それを組みこんだ新しい解釈が求められる。ヴェロニクの妊娠という新事実のために、支点的現象が交換犯罪から交換殺人に変更されたように」

「ある解釈、ある推理が真であるための、最終的な審級は存在しないということかしら」

「オヴォラ殺しにかんしては、部屋で採取された煙草の葉と微量の青酸が、ヴェロニク犯人説の決定的な証拠だと警察は結論しました。しかし本当に決定的といえるのか。たとえばオヴォラの指紋が付いたレシートという証拠がある。この証拠はオヴォラが事件当日のある時間帯に問題の珈琲店《カフェ》にいたこと、したがってモンゴルフィエ学院長の殺害は不可能だった事実を示すものだ。しかしヴェロニクが苦し紛れに思いついたように、レシートが偽造された証拠だという可能性は排除できません。

もしもダッソーを空港で見かけたという知人の証言がなかったら、ヴェロニクが口にした解釈は覆しがたい。さらには、ダッソーを目撃したという証言さえ偽証ではないかとも疑いうる。それでもダッソーがオヴォラの復讐に協力して、偽の証拠を作ったという解釈は不適切に思えます」

「モンゴルフィエ学院長の事件だけを取り出せば整合的に見えそうな仮説でも、それに反する証拠が少なくないからね。たとえばオヴォラのノートの記述は、当日の行動にかんするヴェロニクの供述と矛盾しない。ヴェロニクはルドリュと交換殺人を計画していた。

あなたの推論では犯人になるサラを、オヴォラに置き換えてみましょう。ヴェロニクたちの犯罪計画を逆用してオヴォラは学院長への復讐を企んだ。としてもオヴォラに犯行は不可能ね、体格の関係で窓から更衣室には入れないんだから」

カケルのサラ犯人説にも決定的な物証は存在しない、したがって証拠の真偽を問題にする必要も生じない。証拠のない推理は恣意的で信じるに値しないと、常識的な警察官なら一蹴するだろう。本質直観という篩にかけられて一義化された事実を組みあわせ、そこから整合的な解釈体系が導かれえたなら、それこそ「真実」だとカケルは主張するのだが。

しかしこの「真実」はとりあえずの真実、さしあたりの真実にすぎない。新たな事実が提示された瞬間、解釈体系は再構成される必要がある。小さな変更で充分な場合もあるが、犯人が変わってしまうほどの根本的な再構成がなされることも。

「換気扇もバイクもワルサー拳銃の件も蓋然性の高い憶測にすぎません、警察の捜査によっても、これらの憶測を否定する事実は発見されなかったというだけの。いずれにしても瑣末な問題です。ソフィーとサラは二度にわたって入れ替わった。この結論さえ確定的であれば、ソフィーが書籍倉庫に入った方法など容易に想像できますから。サラが使った交通手段や拳銃の入手先も」

サラ犯人説はカケルの本質直観から導かれている。もろもろの証拠の多義性は本質直観という篩《ふるい》にかけられる。そして篩に残った証拠や証言やもろもろの事実の意味が、整合的な解釈体系を構成すべき選ばれた要素となる。

真犯人が自己保身のため、容疑を他人に向けるために証拠を偽造するのはよくあることだ。得られた証拠の真偽を、捜査する者は慎重に検討しなければならない。ルドリュとヴェロニクは接触していた、したがって交換犯罪計画は存在しえた。その物証として男の指紋が付いたスコッチの酒瓶が発見された。しかし二人を陥れる目的で、酒瓶がトロカデロのアパルトマンに置かれたのかもしれない。ヴェロニクの部屋で採取された煙草の葉や微量の青酸も、作為された偽の証拠という可能性がないとはいえない。

しかも、証拠を偽造したかもしれない容疑者には事欠かないのだ。ヴェロニクをダッソー家から追い出すため、弁護士を兼ねた秘書としてオヴォラが自殺の直前に細工した。同じ理由でダッソーが仕組んだかもしれない。殺人の脅威に晒されていたソフィーの反撃だった、親友のためにサラがやった、などなど。

まだわからないことがある。ルドリュとヴェロニクによる犯罪計画の詳細な時刻表を、どのようにしてサラは知りえたのか。十一月二十二日の午後四時に誘拐事件が起きるように仕向けて、事件を起動させることはできたろう。しかし、それ以外はどうなのか。人質の監禁に書籍倉庫が使われることをはじめ、不在証明《アリビ》を確保する目的でルドリュが午後五時ごろから七時すぎにかけて倉庫を離れる予定まで知っていなければ、サラとソフィーの入れ替わり計画は立てられない。

二つの事件で観察された諸事実を誘拐という現象の本質から再構成し、カケルは交換犯罪の計画に辿りついた。ルドリュとヴェロニクが秘密の裡に手を組んでいた事実には、酒瓶の指紋のような証拠からではなく、事件の本質に導かれて達することができた。二つの事件全体を俯瞰した場合には、同じことが交換殺人にかんしてもいえる。

四阿での密談を盗み聴きした少女たちは、ルドリュとヴェロニクによる交換殺人の計画を細部まで把握していた。必要な時間を稼ぐため赤革のハンドバッグを抽斗に隠したとすれば、事件直後にヴェロニクがモンゴルフィエ家に侵入することも摑んでいたはずだ。なかでも決定的なのは、六時前に通用口から校内に入ったヴェロニクが備品室に潜んで、六時の時鐘が鳴るときまで行動を起こさないことだ。サラが学院長を射殺し、その罪をヴェロニクに着せる計画が成功するかどうかは、この一点にかかっている。

ヴェロニクが六時前に通路から入れないように秘書室の内錠を下ろしてしまうことはできるし、おそらくサラはそうしたろう。としてもヴェロニクが行動を早めたら、ドアの内錠を下ろしていても、学院長室の窓から内庭に出て通用口から脱出するしかなくなる。それではヴェロニクに罪を着せる計画は破綻してしまう。

わたしのソフィー犯人説にも同じ問題があるけれど、どのようにしてルドリュたちの計画をそこまで詳細にサラは知りえたのか。二人の密談を四阿で盗み聴いた程度で、必要な情報を残らず入手することができたのだろうか。

ルドリュの場合、五時三十分にモンパルナスの出版社に着くことを予定していたとすれば、遅くとも五時には書籍倉庫を出なければならない。ソフィーが五時前に到着していた場合には、倉庫の非常階段に潜んでルドリュが出かけるまで待機する。五時から一時間あれば、ソフィーと入れ替わったサラはビヤンクールからリュエイユ・マルメゾンに行くことができた。成人の女に変装して、聖《サント》ジュヌヴィエーヴ学院の学院長室でエステル・モンゴルフィエを射殺することも。

問題は、ルドリュが写真撮影のため監禁場所に七時二十分に戻るという予定だ。ルドリュに必要なのは六時の時点の不在証明《アリビ》だから、六時三十分にビヤンクールの倉庫に戻ってきてしまうかもしれない。聖《サント》ジュヌヴィエーヴ学院から書籍倉庫までは、バイクでも三十分はかかるから、そうなればサラがソフィーと役割を交換する計画は失効してしまう。

事前に決められた時刻表に忠実にヴェロニクやルドリュが行動すると、どうしてサラは確信できたのか。相手の行動の時間的な正確さに依存した犯行計画は「累卵の危うき」にあるから、わたしなら実行を躊躇う。「累卵の危うき」というのは、カケルによれば司馬遷の『史記』が出典の言い廻しで、比喩として視覚的イメージが印象的で記憶に残っている。

こうした疑問の数々をカケルに問い質しても無駄だろう。必要な情報をサラは得た、どんな具合に入手したのかは瑣末な問題にすぎない。ヴェロニクやルドリュは時間に正確に行動すると確信したから、サラは交換殺人を裏返してしまう計画を立案し実行した、こう答えるに違いないから。しかし、それでも確認しておきたいことがある。

「友達と入れ替わることでソフィーはサラの学院長殺しに協力した、少なくとも結果的には。自分を身代わりに残して出かけたサラがなにをしようとしていたのか、ソフィーは知っていたのかしら」二人は共犯だったのか、ソフィーはサラに利用されたにすぎないのか。

青年が肩を竦める。「推論の範囲を超えているね。ソフィーが自発的に入れ替わって、サラが書籍倉庫を一歩も出ていないように見せかけたことは確実だとしても、それ以上のことはなにもいえない」

本質直観による推論にも限界があるというわけだ。バイクや拳銃の入手法は瑣末だとしても、ソフィーが犯人の一人なのかどうかは無視できない問題だと思うけれど。

終章　森屋敷の少女

聖《サント》ジュヌヴィエーヴ学院の学院長室で、カケルと事件のことを話してから一週間が過ぎた。もう本格的な冬で、空には黒灰色の雲が暗鬱に垂れこめている。街路樹の葉もあらかた落ちてしまった。

最初に晩餐会に招待され、この道をカケルと二人で歩いてから半月以上が過ぎている。このときはサラの誘拐のため、二度目はヴェロニクが警察に連行されてダッソー家の晩餐会は二回とも流れた。三度めの招待は期待できそうにない。

ヴェロニクが娘の誘拐と交換にモンゴルフィエ学院長を射殺し、真相を察知した秘書のオヴォラを毒殺した。しかも妻は誘拐に見せかけてソフィーの殺害さえもくろんでいた。神経性の発作のため十二月のはじめにソフィーは入院したという。

事件の真相に打ちのめされたのか、会社の経営を重役たちに委ねたダッソーは、妻が逮捕された夜から森屋敷に閉じこもっているらしい。辣腕で知られた事業家も、しばらくは精神的な危機から立ち直れないだろう。このまま引退することも考えているようだと、ハンナ・カウフマンは電話で洩らしていた。

母と姉たちはナチに惨殺された。ユダヤ人絶滅の記憶に呪われて父と最初の妻は自殺した。第二の妻は警察、一人娘は病院、親友でもあった秘書は死亡。使用人を別とすれば、広大な森屋敷の住人はいまやフランソワ・ダッソー一人で、世に知られたユダヤ系の名家は崩壊の瀬戸際にあると。

少し痩せたように見える青年にわたしは語りかけた。「オヴォラの殺害、サラ誘拐の共犯者としてヴェロニクは起訴されるらしい」

ジャン＝ポールはヴェロニクがモンゴルフィエ学院長殺しの犯人だと決めつけているけれど、パパは違うようだ。学院長室に侵入したとき、エステルはすでに死亡していたという供述をヴェロニクは翻していないし、凶器の拳銃を受け渡した経緯も謎のままだ。

事件現場に出没したマント姿や医療用マスクの人物はともかく、珈琲店《カフェ》の給仕が目撃した黒髪の女の正体はいまだに判明していない。この女が事件の鍵を握っていると見て警察は捜索を続けているが、捜しているのが大人の女では目標まで辿り着けそうにない。捜査責任者はヴェロニク犯人説に慎重だが、検察官は学院長殺しの件でもヴェロニクを起訴するのではないか。

聖《サント》ジュヌヴィエーヴ学院での失敗に終わった謎解きのあと、リュエイユ・マルメゾンの駅まで警察車《ヴォワチュール・ピエジュ》で送ってくれたドワイヤン刑事には、書類や小物の山の下にトリックで鍵束を押しこむ方法は思いあたらないと素直に白状した。したがってソフィー犯人説も成立しえないと。わたしの見当違いな推理は忘れてもらいたいと釘を刺したせいか、この件でジャン＝ポールにはまだ冷やかされていない。あのときは意地の悪い警官だと思ったけれども、意外と好青年なのかもしれない。

サラ犯人説はパパにもジャン＝ポールにも伝えていないが、黙っているようにカケルにいわれたからではない。犯罪現象が生成を終えた時点でカケルは自分の推理を語る。真相を警察に伝えるも伝えないもわたしの判断に委ねるというのが、ラルース家事件のときからの約束だった。

物的証拠が存在しない推論の山を持ちこまれても、学院長殺害をめぐるヴェロニク犯人説さえ立証できないでいる警察は困惑するばかりだろう。とはいえ、カケルの推理をわたしが疑っているわけではない。この一週間のうちに、まだ説明されていない点をひとつ見つけたが、それでも他の仮説と比較してカケルの推理がもっとも整合的といえそうだ。とりあえずの解釈にすぎないと本人はいうけれど、これが真相に違いないと思える。

そうだとして、二人の少女の行為にはどう対するべきなのか、警察に判断を預けてしまえば市民としての義務を果たしたことになるのか。主犯のサラはもちろん、従犯のソフィーでさえわたしには裁くことなどできそうにない。とはいっても、たとえ未成年であろうと殺人者を見逃していいのだろうか。

二人に刑事罰が科せられることはない、サラは中学生だからなんらかの矯正措置がとられるとしても。親友を殺害し、その事実を隠蔽した夫婦に私的な制裁を加えるという発想と行動はたしかに反社会的だ。反社会的人格は未成年のうちに矯正しなければならないと法的理性は判断する。

ミシェル・ダジールの読者でもあるわたしは、こうした常識に無条件には従えないとも感じる。ソフィーが犯人かもしれないと疑ったときも、居丈高に非難する気はなかった。ではどうするつもりだったのかと尋ねられても、答えようはないのだが。

「誘拐事件が被疑者死亡で終わるのは警察にとって幸運ね、ルドリュが犯人だとしても未解明の謎が残っているんだから。ダストシュートに落とした身代金の鞄を、どうやって犯人は回収できたのか。わたしの推理は的外れだったから、いまだに真相はわからないまま」

カケルが薄く微笑する。「ナディアの推理は方向として妥当だった、もう一歩進めてみればよかったんだ」

「どういうこと」

「ダストシュートに落とした鞄は地下室に届いていない、途中で消えたから」

「途中で消えた……」わたしは呟いた。

「狭い縦穴を落下する革鞄を途中で消さなければならない、きみならどうする」

このように問われたら解答はひとつしかない。「途中の階で受けとめる」

「受けとめるには」

こんなふうに考えてみたらどうだろう。途中の階のダストシュートを開いて、釣り用の網を差しこんで待つ。大きな魚を釣ったとき水中から掬うための、円い枠も網自体も丈夫で五キロの重量でも受けとめられる網だ。長すぎると持ち運びに不便だから柄は短く切っておく。

落下する物体に勢いがつくと受けとめるのが大変だから、すぐ下の階で待ちかまえていた可能性が高い。そういえばダストシュートの奥にかすかな光が差していた記憶がある。網を差しこむために、下の階のダストシュートが開かれていたのかもしれない。

「ルドリュは落ちてきた鞄を網で受けとめたのね。柄が短ければ網は外套の下にも隠せる。書籍倉庫に戻る途中で使った網は処分した」

身代金を手に入れて階段の途中に隠れたルドリュは、玄関広間で騒ぎが起きて住人が集まってきた隙に建物から脱出する。

カケルが頷いた。「そんなところだろうね、ルドリュが鞄を垂直の穴の途中で消した方法は。重要なのは消すための具体的な方法ではない。ダストシュートに落とされた鞄なのに地下室には達していない、犯人が途中で消したからだ。このように推論すれば、消した方法などいくらでも浮かんでくる」

思わず舌打ちしていた、こんな簡単なことがどうしてわからなかったのか。あと一歩先まで考えていればわたしが謎を解けた。この日本人に先を越されるのは、今回がはじめてではないけれども。

わたしが探偵小説読者《ロマン・ポリシエ》の平均よりも知能が低いとまでは思わないが、アフガン戦争帰りの医者や、いるのかいないのかわからないほど影の薄いマンハッタンの弁護士と似たようなものらしい。少し癪だけれど、気になっていた謎がひとつ解けたことで満足しよう。

「パリの虐殺者」クラウス・ヴォルフの裁判は行われないだろう。ヴォルフの死亡が報道されたのは三日前のことで、軟禁されていた別荘の火災で焼死したらしい。これでボリビア政府はヴォルフの身柄をフランスに引き渡すことができないし、被告が死亡した以上は裁判も実施されえない。

シオニスト過激派による放火の可能性も囁かれているが、イスラエル政府は「パリの虐殺者」の死による裁判の中止に遺憾の意を表している。ヴォルフは公的に裁かれ処罰されるべきだったと。いずれにしても「パリの虐殺者」は被告席に着くことなく、生者には手の届かない彼方に姿を消してしまった。

森屋敷の門前は閑散としている。ヴェロニクが逮捕されてから十日が経過し、記者やカメラマンは新たに発生した事件の取材に奔走しているのだろう。新聞やテレヴィのニュースで半月前のサラ・ルルーシュ誘拐事件が取りあげられることも、いまではもう稀になっている。

正門を入って石畳道を進み、冬枯れの庭園に足を踏み入れる。分厚い外套で身を包んだ老婦人が四阿で煙草をくゆらせている。わたしたちの姿を見て、ハンナ・カウフマンは吸殻をテーブルの灰皿に投げこんだ。

「わざわざ来てくれたのね、ありがとう」

「アメリカに帰られるとか」老婦人の向かいにわたしも腰を下ろす。

「ヴォルフは死んだから三日後には帰国するわ」

ヴォルフ裁判の傍聴許可を得るためカウフマンはフランスに滞在していた。しかし被告は死亡し裁判は中止された、老婦人にはパリに留まる理由がもうない。

「フランソワは意気消沈してるけど、わたしにできることはなにもない。同じ歳でエミールが舐めた辛酸と比較すれば息子のほうが少しはましよ、一人娘はちゃんと生きているんだし」

「ソフィーはどうなんですか」

「前にも話したでしょう、同じような症状で入院したことがあるのよ。小さなころの精神的な傷はそう簡単には癒えない。期待するしかないわね、専門の医者がなんとかしてくれることを」カウフマンが新しい煙草に火を点ける。「ずいぶんいろいろと話したけど、ヤブキさんとの議論も今日で終わりね」

老婦人の斜め前に腰を下ろし、青年は黙って森屋敷の東塔を眺めている。わたしたちと最後に会う場所として、カウフマンは最初のときと同じダッソー邸の庭の四阿を選んだ。哲学の師であり、学生時代には恋人でもあったというマルティン・ハルバッハを偲ぶためなのか。

「あれからサラとは」

「なにをどんなふうに話したらいいのか整理がつかない。ヤブキさんの推論には説得力があるとしても、まだ信じられなくて。あなたたちは警察にサラのことを話したのかしら」無表情にかぶりを振るカケルを見て、カウフマンは困惑の表情で続ける。「心が弱って自室に引きこもっているフランソワにはとても相談できない。サラのことを父親のルルーシュには伝えるべきでも、その前に本人の話から訊かなければならないし」

青年が口を開いた。「推論では不確定なままの疑問点をサラには問い質さなければならない。電話しておいたから、じきにここに来るでしょう」

日本語の個人教授のあと、これからダッソー家を訪れるとカケルが口にした。まもなく帰国するカウフマンに別れの挨拶をしたいのだろう。そう思って一緒に来たのだが、訪問の目的にはサラから話を聴くことも含まれていたようだ。

陰気な冬空の下、冷たい風に吹かれながら遊歩道を歩いてくる少女がいる。赤いセーター姿でブルゾンも外套も着ていないし、いかにも寒そうだ。車庫の二階からは四阿が見える。たぶんサラはわたしたちの到着を待っていたのだろう。老婦人に黙礼してから、少女は六角形をした木製ベンチの片隅に浅く腰かけた。

「こんにちは。ヤブキさん、モガールさんも」

「そんな恰好で寒くないの」

活発な性格で気丈なはずの少女が、なんだか力なく頼りなさそうに見える。「いいんです、大丈夫です。……ヤブキさんの電話の話ですけど」

カケルが無表情に頷いた。「指紋の話は嘘じゃない。聖《サント》ジュヌヴィエーヴ学院の学院長エステル・モンゴルフィエと、十月書房《エディション・オクトーブル》の社主セバスチァン・ルドリュは同じ拳銃から発射された弾丸で死亡している。凶器のワルサーP38には分解しないと露出しない箇所から指紋が検出された。まだ警察は摑んでいないが誰の指紋なのか僕は知っている。オートバイで事故死したきみの伯父さんのものだ」

知らないうちに血が滲むほどきつく唇を噛んでいた。これこそサラ犯人説の決定的な物証ではないか。サラの伯父が戦利品として隠していたワルサーで、学院長とルドリュが射殺されたのだとすれば、凶器の拳銃とルルーシュ親子は必然的に繫がる。

犯人が身代金を奪ったときダッソー邸にいたルルーシュは誘拐犯ではありえない。学院長殺しにかんしても不在証明《アリビ》がある。であれば事件にルルーシュの兄の拳銃を持ちこめた人物はサラ以外に存在しない。またカケルは嘘をついていた、物証は皆無だなんて。必要な瞬間に使おうとして、決定的な切り札を掌に隠していたのだ。

「きみに射撃を練習させた伯父さんのジルも、分解掃除のやり方までは教えなかったんだね」

「それで、どうすればいいの、わたしは」ベンチで膝を抱えた少女が呟くようにいう。

サラは賢い娘だ。拳銃の指紋が特定された瞬間に、完璧だった復讐計画が土台から崩れてしまうことを自覚している。

「指紋のことを警察にいう気はないよ、僕の質問に答えてくれさえしたら。ドルビニーという男を知っているね、モルチャノフと名乗っていたかもしれない」

小さく頷いて、俯いたままサラが語り始める。「……ソフィーと一緒に下校する途中でした、アデルのパパの友人だという人に呼びとめられたのは。大柄だけど頬がこけて顔色が鉛色の、どこか薄気味悪い感じの男の人で名前はドルビニー。その人にカセットテープを渡されて」

〈ヴァンピール〉事件のとき目にした男の不気味な顔が思い出される。カケルが疑っていたように、外見の特徴からしてドルビニーの正体はニコライ・イリイチ・モルチャノフに違いない。美貌だったという青年の顔はオイディプス症候群《シンドローム》のため無残に病み崩れていた。

サラとソフィーがテープを再生してみると、録音されていたのは男と女の会話だった。どうやら女がアデル・リジューを殺し男が屍体を処分したらしい。女の名前はエステル、前後の会話から判断して聖《サント》ジュヌヴィエーヴ学院の学院長エステル・モンゴルフィエだろう。男のほうはエステルの夫のようだ。

「録音テープを聴いて驚いたろうね」

青年の言葉にかぼそい声でサラが答える。「日本で父親と暮らしていると思っていたから、アデルが殺されたなんて信じられない。ドルビニーという人の捏造じゃないかって、ソフィーは」

「で、きみは」

「もしかしてって思った。ゲシュタポだと罵られた学院長がアデルを殺したんだし、二人の会話からも汚らしい反ユダヤ主義者の夫婦だってことはわかった。ナチの同類ならユダヤ人の子供を殺しても、どこかに埋めてしまっても不思議じゃないでしょう」

「それで、どうしようと思った」

「連絡を取ろうとしても、アデルの両親はどちらも外国だし連絡先もわからない。録音テープを警察に届けても、子供の悪戯だと思われて突き返されることはわかっていた。そんなときなの、また同じ男に呼びとめられたのは」

アデルの屍体を埋めた男とヴェロニクが、ダッソー邸の四阿で真夜中に密会する。もしも気になっているならダッソー夫人の行動を見張るがいい、こう男は囁きかけてきた。

「どうしてそんなことまで男が知っているのか、きみは疑問に思わなかったのかい」

「思いました。でも尋ねる間もなくドルビニーさんは立ち去ってしまった」

半信半疑ながら夜中まで起きていたサラは、四阿の外の闇に身を潜めて二人の密談を盗み聴いた。女のほうはヴェロニクに違いない。男の声はテープに録音されていたものと同じで名前はセバスチァン。暗闇で囁きかわされる言葉からも二人の犯罪計画は推察できた。一度目には二度目の、二度目には三度目の密談が約束されていた。四阿の壁の下で二度目の密会を盗み聴いてからサラは悩みはじめた。

ヴェロニクが学院長を殺害し、ルドリュはソフィーを誘拐して殺そうとしている。こんな計画が進行していることをソフィーに打ち明けるわけにはいかない。もともと神経が細い少女だから、また頭が変になってしまう。

義理の娘の抹殺を目的として継母が誘拐を企んでいると訴えても、父親のダッソーが信じるとはとても思えない。オヴォラの正体を知っていれば相談したろうが、ダッソーに忠実な秘書だろうと二人は思いこんでいた。大人たちに相談してみても無駄だろう。サラの行動を知ったヴェロニクは交換犯罪計画を一時延期して、ルルーシュ父娘をダッソー邸から追い出しにかかる。サラがいなくなれば犯罪者の思うままになってしまう。

また一人で歩いているときにドルビニーから声をかけられた。どうするべきなのか迷っているサラに行動への決断を促しながら、男は封筒を手渡してきた。「これは提案だ、実行するかどうかは自分で決めればいい。読んだら焼き捨てること、でなければきみの前には二度とあらわれない」

封筒の用箋にタイプで打たれていたのは、サラとソフィーの行動予定だった。計画の第一歩は、十一月二十二日の午後四時に裏木戸から外に出ると、それとなくソフィーがヴェロニクに伝えること。三回めの密談も盗み聴いていたサラは、ルドリュとヴェロニクの交換殺人計画が完成したことを知っていた。定まっていないのは決行日だけで、ボーイフレンドに新しいドレスを見せるつもりだとソフィーが口にすれば、誘拐と殺人の計画は動きはじめるに違いない。

十一月十七日の夕方に聖《サント》ジュヌヴィエーヴ学院に忍びこんだのは、更衣室の窓から裏庭に出られることを事前に確認しておくためだ。ただしアデルを装って学院長を脅したのはサラの発案で、ドルビニーから渡された計画書には含まれていない。たしかに幽霊騒ぎは中学生が思いつきそうなことだ。

そのときに、友達から教えられたことのある位置のロッカーを半開きにしておいた。幽霊があらわれたことを暗示すると同時に、アデルの復讐が迫っていることを宣言するために。

「ドルビニーが立てた途方もない計画を、どうして実行する気になんかなったの」わたしは真剣に問いかけた。「学院長夫婦の殺害計画なのよ」

「親友を殺した二人なのに、正体は暴かれていないし罰せられてもいない。警察が真剣に捜査しなかったのは、アデルがユダヤ人の子だったから」

殺人を失踪として処理した警察の不手際は非難されてしかるべきだ。しかし被害者がユダヤ人少女だったから捜査の手を抜いたわけではない。反ユダヤ主義者や人種差別主義者《ラシスト》も司法警察には少なからず紛れこんでいるが、そうした警官が偏見から失踪少女の捜査を中途で打ち切ったとは思えない。

とはいえ大人には頼れないと思いつめた少女が、復讐を夢想しはじめても不思議ではない。ふつうなら実行されない願望を抱いた子供に、実現可能な計画をちらつかせて誘惑したのは、ドルビニーと名乗ってサラの前にあらわれたニコライ・イリイチだ。この男に操られて犯罪の道に踏みこんでしまった男女を何人も知っている。イリイチの巧妙な言葉に誘惑されて背中を押された少女には、抵抗することなど不可能だったかもしれない。

わたしは嘆息した。「二人を許せない気持ちはわかるけど、私的制裁は犯罪よ。どんな悪人であろうと、その人を殺してしまえばあなたも殺人者になってしまう。警察に動いてもらうための努力もしないで、復讐に走るなんて」

「エステルは一人の少女を殺したんじゃない、ユダヤ人の子供をユダヤ人だという理由で殺したのよ」非難の言葉なのに、どうしてか感情は希薄な気がする。「ユダヤ人の敵とは闘わなければならないの。生きるか死ぬか、殺すか殺されるかの闘いよ。闘いから逃げようとすれば殺されるだけ」

老婦人が静かに問いかける。「それは伯父さんから、ジルから教えられたことなのね」大量殺害《ジェノシード》を生き延びた修正派シオニストであれば、そうした教訓をユダヤ人の子供に叩きこもうとするだろう。

「いつもジル伯父さんはいってた、二度と大量殺害《ジェノシード》の無力な犠牲者にならないためならユダヤ人はなんでもする、その大義のためには許されないことなんかなにもないって」

青年が感情を窺わせない口調で問う。「それについてドルビニーは」

「誰もが認めているように、ソフィーのお祖母さんを殺したアウシュヴィッツは絶対的な悪、赦しも和解も不可能な悪だったって」

極限的で絶対的な悪との闘いに敗れないためには、常識的な善悪の基準など超えていいし超えなければならない。醜悪な嘘を重ねてガス室と大量殺害《ジェノシード》の存在を否定するルドリュたちは、新しいアウシュヴィッツを造ろうとする極悪人たちの一員で、ソフィーを抹殺する計画はその第一歩だ。大量殺害《ジェノシード》の無力な犠牲者になることを拒絶するなら、あの二人と闘って打ち倒さなければならない……。

カケルが低い声で呟いた。「怪物と戦う者は自身が怪物にならないよう心せよ、ひたすら深淵を凝視するとき深淵もまた汝を凝視している」

「で、あなたはドルビニーの計画書通りに行動したのね」わたしの質問に少女は淡々と答える、自棄的というのとも違う魂が抜けたように虚ろな表情だった。

推理の穴を埋めるカケルの想像は盗んだオートバイをサラが使ったことや、書籍倉庫に侵入した方法までほとんどが正確だっていた。

「モガール警視宛に封筒を送ったのは、きみかい」

「ソフィーがオヴォラさんに頼まれてたみたい、もしも自分の身に変事が起きたら投函してくれって。このことを知ったのは、ソフィーが封筒を送ってしまったあとのこと」

サラの父親ルルーシュを含めて使用人に依頼しても、オヴォラが不自然な死に方をした場合にはダッソー家の主人に封筒を渡してしまう可能性がある。フランソワ・ダッソーがノートを読んだら、ヴェロニクの秘密を個人的に処理しようとするかもしれない。親しい子供に封筒を預けておいたほうがいい。二人だけの秘密の約束だと念を押しておけば、ソフィーは警視庁宛の封筒を確実に投函する。ヴェロニクを犯人に仕立てあげるサラの計画は、いったんは失敗に終わる。警察がオヴォラのノートを入手することでヴェロニク犯人説が急浮上したのだが、この結果を少女は予期していたのだろうか。

なにしろ内容が内容だ。保険という目的からしても、オヴォラが糊付けされていない封筒にノートを入れてソフィーに手渡したとは考えがたい。蒸気に晒そうと糊を溶かす薬剤を使おうと、いったん接着された封筒を開いたりすれば痕跡が残る。それを警視庁の鑑識員が見逃すことはない。工作の跡が封筒に残っていないとすれば、ソフィーはノートを読んでいない。

もしも封筒を預けられたのがソフィーでなくサラだったら、おそらく中身を確認したろう。なにをオヴォラが警察に知らせようとしているのか気にならないわけがないし、本人が毒殺されたあとならなおさらだ。しかし封筒を預けられたソフィーは、誰にも知られてはならないというオヴォラの言葉に忠実に、サラにも黙って封筒を投函した。

「ソフィーはどこまで知っていたの」わたしは確認してみた。

「なにも知らない、あの子は。二十二日の夕方に自転車で書籍倉庫まで来て、わたしと入れ替わることを頼んだの、ちょっとした悪戯だからって」

「もしもソフィーが指示通りにしなかったら」

「小学生のころからソフィーを守ってきたのはわたし。口うるさい継母のヴェロニクはもちろん、父親のダッソーさんよりもわたしのいうことに従うわ」

ソフィーが共犯でないという告白は本当だろうか、親友を庇っているのではないか。サラより性格的に弱いソフィーは、学院長夫婦への復讐行為のため精神的に押し潰されてしまったのでは。

「それからドルビニーとは」

「また声をかけてくるはずなのに、そのあとはなにも」

サラの表情を凝視していた青年がいう。「もういいよ、家に戻って」

「わたし、警察に捕まるの」

カケルが首を横に振る。「僕は警察の人間じゃない」

じきに冬至になる。さして遅い時刻ではないのにダッソー邸の石造建築は薄闇に沈みはじめている。重たい足取りで家に帰っていく少女を見送って、老婦人が複雑な表情でいう。

「あなたも皮肉屋ね。さんざんナチに持ちあげられた哲学者の言葉を、あの文脈で引用するなんて」

青年が無表情に応じる。「アウシュヴィッツの語に体現された絶対悪の無力な犠牲者には、もう二度とならない、そのためにはなんでもする。このジル・ルルーシュの言葉には語られていない続きがあります」

「……たとえナチと同じような存在になろうとも、かしら。あなたの皮肉はいささか通俗的ね。イスラエルはパレスチナ人に、かつてナチがユダヤ人にしたのと同じようなことをしているという類の非難は、低劣な反ユダヤ主義言説にすぎないと一蹴されますよ。ドイツではもちろんフランスやアメリカでも。

追放と大量殺害《ジェノシード》を混同してはならない。イスラエルによるパレスチナ人の追放はパレスチナ人への犯罪だとしても、ナチによるユダヤ人の大量殺害《ジェノシード》は人類にたいする犯罪だから」

「シオニズムとイスラエル国家について、そのうちに議論するという約束でした。お会いするのも今日が最後でしょうから、その約束を果たしたいと思いますが」

老婦人は少し疲れた表情で答えた。「いいわよ、あなたの意見を聞きましょう」

短い沈黙のあとカケルが語りはじめた。「その前に、あの箴言を引用した理由について説明します。大量殺害《ジェノシード》と絶対悪や、シオニズムとパレスチナ国家をめぐる問題の入口としても適当だと思うので。

アウシュヴィッツという深淵を覗きこみすぎたジルが、最後にはナチと同じ貌をした怪物になってしまった。これではカウフマンさんがいうように、たしかに凡庸な逆説を弄しているにすぎませんね。あの言葉はニーチェ批判として引用したつもりです」

「どういうことかしら」

「ニーチェとニーチェを利用したナチは存在する位相が違うから、両者を混同してはならない。としてもニーチェは利用されるかもしれない危険に無自覚だった。あの箴言からは二重の意味が引き出せます」

「二重の意味とは」

老婦人の疑問に直接には答えないで、カケルは話を続ける。「ナチによるユダヤ人絶滅という事件の唯一性と絶対性を主張するのは、『アウシュヴィッツのあとで詩を書くことは野蛮だ』と語った哲学者からカウフマンさんまで、倫理的であろうとするヨーロッパ知識人の共通見解のようです。

そうした立場からは広島と長崎への原爆投下も、いくらか大規模で犠牲者数の多い戦争被害にすぎないことになる。ところが第二次大戦後の日本では、『唯一の被爆国』という言葉がいたるところで語られてきた。『唯一の被爆国』には他の諸国よりも平和を訴える権利があるといわんばかりに」

「アウシュヴィッツにヒロシマを対立させるのは作為的ね。わたしもヒロシマの惨禍を軽んじる気はありませんよ」

青年が一語一語はっきりという。「いいや。アウシュヴィッツという絶対悪の前では原爆投下など平凡で相対的な悪にすぎないと明確に語るべきですね。カウフマンさんによれば、古代から戦争はしばしば起きてきたし、それに巻きこまれて膨大な数の犠牲者が出たことも珍しくはない。広島や長崎の戦災死者も同じことで、ガス室で計画的に殺害されたアウシュヴィッツの死者の絶対的な特異性に類比することなどできない。これがあなたの立場ではないですか」

こうした語調の青年を見るのはシモーヌ・リュミエールを追いつめたとき以来ではないか。どうやらカケルは、本気でカウフマンに論戦を仕掛ける気らしい。

「それで」話の先を促した老婦人は、眉間に縦皺を刻んでいる。

「小学生のときから、日本では『唯一の被爆国』という言葉を飽きるほど聞かされます。『唯一の被爆国として世界に平和を訴えなければならない』といった具合に。しかし僕は納得できませんでした。日本はアメリカと戦争をはじめて、あげくの果てに原爆を落とされた。この事実を持ち出すことで、反戦や平和をめぐる日本人の発言には特別な重さが与えられるというのは、どこかしら歪んだ発想ではないか」

被爆して生き延びた広島市民や長崎市民が「唯一の被爆市民」というのなら、まだわからないでもない。しかし原爆被災者でもない、その他大勢の日本人が自身の蒙った被害でもあるかのように「唯一の被爆国」の国民と称するのは僭越といわざるをえない。そんなふうに思ったというのだから、この日本人は理屈っぽくて変わった小学生だったようだ。

「あなたがいうのはナショナリズムの問題ね。人が家族や隣人に感情移入するのは自然でも、同じ国籍というだけで見も知らない人たちに自己同一化するのは不自然きわまりない。この不自然を可能にしたのが国民国家のナショナリズムで、同質的な国民を前提とするナショナリズムは必然的に反ユダヤ主義を生んだ。内部の異物を排除することでのみ国民の同質性は強固なものとなるから」

「いいえ」青年はかぶりを振った。「ナショナリズムの欺瞞に反撥したというよりも、『唯一の被爆国』という言葉に被害者のルサンチマンを感じたからです。被爆市民への加害者は明確ですね。ハーグ陸戦条約など戦時国際法を蹂躙する戦略爆撃の先例は、ドイツ軍のゲルニカ爆撃や日本軍の重慶爆撃ですが、原爆投下によってそれを極大化したのはアメリカだった。占領下の日本では戦勝国の加害性や犯罪性を批判し告発することが禁じられていたため、アメリカによる外的な禁止は内面化され、その後も長く日本人自身を精神的に拘束し続けました。無意識化された拘束はきわめて強力で、今日にいたるまで戦後日本人は日本の占領が継続している事実、日本がアメリカの属国にすぎない事実を否認し続けることになる」

蒙った被害を加害者への同害で均衡化できないときに、ルサンチマンが生じるとカケルはいう。地上では主人に跪き続けるしかない奴隷の怨恨こそが、天上での救済の観念と禁欲主義的理想をもたらした。同じことで敵国に無条件降伏した国民の解消されえない集団的怨恨が、平和主義的理想を声高に語らせることになる。

原爆被災を含めて被害の事実からは二つの態度が生じてくる。際限ない被害感情への耽溺が第一だ。失われた均衡を同害報復や、その置き換えとしての賠償によって回復しえない無力感から、被害の客観的な事実は主観的なルサンチマンの鬱積に帰結する。

「キリスト教の禁欲主義的理想も戦後日本の平和主義的理想も、崩れた均衡を回復できないことから生じた倒錯的で病的な観念です。補足しておきたいのは、無力性が無力のままでは終わらないこと、倒錯的観念を経由することで暴力化しうることです。

被害者を摑んだ観念的暴力は、加害者への限定された暴力という同害報復の倫理的拘束など無視して、無制約的で無方向的な大爆発を惹き起こしかねません。奴隷の宗教だったキリスト教も帝国の宗教としての権力を獲得するや、オリュンポスの神々を信仰する異教徒を迫害しはじめ、アレクサンドリアの図書館や文化遺産は容赦なく破壊されました。古代の異教徒迫害から中世末期の魔女狩りや異端派の弾圧にいたるまで、キリスト教が発揮してきた残忍な暴力の源泉は奴隷のルサンチマンにある」

「そこにはユダヤ人が異教徒として迫害され、追放され、虐殺されてきた無数の事例が含まれるわね。だとして『唯一の被爆国』を語ることも第一の態度なの」

青年が頷いた。「その通りです、いささか不徹底ですが」

「不徹底とは」

「当事者にとって原爆の被害は言語に絶するし、かろうじて生き延びた被爆者も深刻な後遺症に悩まされてきた。それが悲惨であればあるほど、その他大勢の日本国民は被害者性を外に向けて発信できる。日本の侵略戦争はアジアと太平洋で二千万人ともいわれる膨大な犠牲者を出しています。日本人は一九三七年から一九四五年までに二千万のアジアと太平洋の人々を殺害した」

「唯一の被爆国」として諸外国に平和を訴えることは、自国の加害性を人類初の原爆被害という特異な被害性で中和する心理的効果がある。もちろんアジアと太平洋の侵略被害者は、そんな欺瞞的作為など拒否するだろう。事実、日本に原爆が落とされたことに快哉を叫んだアジア民衆は多かった。とはいえ「唯一の被爆国」をめぐる観念は、戦争加害をめぐる自責感を軽減させ忘却させる心理的装置として、戦後日本人にはきわめて有効に機能してきた。

いったん言葉を切ってからカケルは続ける。「偽造された歴史を吹聴するルドリュやエステルのような歴史修正主義者は日本にも存在し、真珠湾攻撃はルーズヴェルトが仕組んだ謀略だとか南京虐殺は捏造だといった虚偽と妄想を撒き散らしています。この種の自覚的な歴史修正主義者ではないとしても、大多数の日本人もまた自身の加害性について無感覚的かつ無思考的で、そうした態度を続けるために『唯一の被爆国』なる言葉が役立ってきた事実は否定できない」

原爆投下による被害の現実的な解決は、戦時国際法に違反した残虐行為の謝罪あるいは補償をアメリカ国家に要求するところにある。しかし第二次大戦後の日本人は、明白な加害者の存在から顔を背けて被害感情に耽溺し続けることを選んだ。子供のときに感じたのは、この言葉が漂わせる自己欺瞞の臭気だったのではないかとカケルは語る。

「アウシュヴィッツにヒロシマを対置することに興味はありません、どちらが絶対悪なのかを競うような気も。むしろ考えざるをえないのは両者の共通性です。『唯一の被爆国』をめぐる問題と同型的な欺瞞と倒錯が、アウシュヴィッツにかんしても認められるのではないか。

中東戦争の戦場で、あるいは大厄災《ナクバ》の嵐のなかでジル・ルルーシュがどのような暴力を行使したか、想像することはできます。ジルは怪物と戦おうとして怪物になった男なのかもしれない。そして姪のサラもまた。ルルーシュ家の伯父と姪にかんしてなら、あの言葉は的を突いているともいえます。しかし真に自他破壊的な欺瞞と倒錯は、それと違うところにあるのでは」

老婦人が背筋を伸ばして問う。「観念的に暴力化したキリスト教徒と、パレスチナ人の追放を企てた修正派シオニストを同列に論じるわけにはいきませんよ。しかし反論はあとにしましょう。被害体験から生じる第二の態度とはなになのか、その説明を聞いてしまいたいから」

「第二の態度は、被害体験をめぐる当事者の二重性とも関係します。原爆被災を生き延びた広島や長崎の被爆者が被害感情に耽溺しても、その他大勢の日本人が同じようにすることとは意味が違う。たとえば日本政府が『唯一の被爆国』の立場から語ろうとするとき、そこにあるのは原爆犠牲者や被災者の存在を政治的な資産として有効活用し、戦争の加害責任を薄めようとする作為です。この作為は、その他大勢の日本人が加害責任の免責と自己慰撫のために、広島と長崎の死者を欺瞞的に活用する心理的詐術を超えて、被害の事実の狡猾な政治利用に他なりません」

怪物と戦う者は自身が怪物にならないように自戒しなければならない。このように語ったニーチェには見えていなかった事態がある。絶対に倒さなければならない怪物と、必死で戦っているうちに同じ存在になってしまうのは悲劇だ。しかし注視しなければならないのは、被害者の悲惨を、悲惨のあまり観念的倒錯に陥った者の悲劇を、狡猾に利用しようとする者たちの存在ではないか。

もしも日本政府が外交の場で、「唯一の被爆国」を政治的資産として利用とするなら第二の態度の事例となるだろう。ただし対米従属的な保守勢力が政権を独占してきた日本は、「唯一の被爆国」を積極的に政治利用することがない。そうすればアメリカの加害責任を問題化する結果になるからだ。ただしアジア諸国による日本の侵略責任の追及と補償要求にたいしては、「唯一の被爆国」などの被害者意識に染められた国内世論を政治的な楯として活用できた。

同じ第二次大戦の敗戦国でも、この点で日本とドイツは大きく異なっている。東プロイセンなど旧東方領土から追放されたドイツ系住民は、移動の過程で二百万もの病死者、餓死者、凍死者、報復暴力による犠牲者を出した。しかし戦後ドイツ国家は東西とも、こうした自国民の被害を積極的に語ることはない。対外的にはむろんのことドイツ国内でも。アウシュヴィッツという絶対悪を前にしては、どれほど悲惨なドイツ民間人の戦争被害も、語るに値しない些末な問題にすぎないとされたからだ。

カケルが話の方向を変える。「シオニズム運動で修正派の主張が勝利し、パレスチナ人の排除によるイスラエル国家の建設という方向が決められたのは、どの時点だったといえますか」

「一九四四年にアメリカのシオニストが、アトランティックシティで開催された年次総会の場で、ユダヤ人国家創設を決議したのが転換点でしょうね」老婦人は唇を曲げる。「世界シオニスト機構の最大支部は修正派の主張を受け入れ、その四年後にはイスラエルが建国された」

青年は淡々という。「ヨーロッパのユダヤ人がアウシュヴィッツで大量殺害《ジェノシード》されている、まさにそのときのことですね。ナチの暴力から守られていたアメリカのユダヤ人がイスラエル建国を決定したのは。この決議を四年後に実行したのはパレスチナに入植していたユダヤ人ですが、この人々もナチによる暴力と加害が直接にはおよばない場所にいた。

ユダヤ人国家建設を決議した人々も、それを現地で実現した人々も第二次大戦中はアメリカやパレスチナなど安全な地に身を置けた幸運なユダヤ人で、大量殺害《ジェノシード》の直接の被害者とはいえません。イスラエルの初代首相ベン＝グリオンも、あるいはリクードのベギンも。しかも一九四四年の決議の時点では、ナチによるユダヤ人大量殺害《ジェノシード》の全体像はまだ世界に知られてはいなかった」

パレスチナの村々を破壊し抵抗する人々を虐殺し、多数のパレスチナ人を国外追放して建設されたイスラエル国家は、誕生のために行使した暴力をナチによるユダヤ人の大量殺害《ジェノシード》の被害によって国際的に正当化した。しかし、これが事実に反していることは明らかだろう。アウシュヴィッツの実情が暴露される以前に、シオニストはユダヤ人国家の建設を決定していたのだから。

しかしイスラエルの主張は日本政府による『唯一の被爆国』とは違って、多大の説得力と国際的な政治力を獲得していく。国際社会は新国家イスラエルを、その創成の暴力ともども競って肯定し承認するにいたる。ユダヤ人への同情からというよりも、連合国もそれぞれに反ユダヤ主義を抱えてきた後ろめたさと、六百万のユダヤ人を見殺しにしたことへの疚しさから。

アウシュヴィッツからの生還者ではない、安全な場所で生き延びることのできたその他大勢が、同じユダヤ人としてアウシュヴィッツの犠牲者の立場を共有していると称する。不吉な誘惑の言葉を囁かれて殺人を犯したサラと、被害の事実や被害感情を観念的暴力に方向づけたニコライ・イリイチ。前者は被害感情を抱えこんで鬱屈したユダヤ人被害者に、後者はイスラエル建国を主導したシオニストと同じ位相にある。

「ここには二つの倒錯がありますね。被害感情に耽溺する心情的倒錯と、それを狡猾に利用する政治的倒錯。あの箴言は第一の悪しか捉えていないから、ニーチェ自身がナチに政治的に利用される結果にもなった」

老婦人が応じる。「あなたのシオニズム批判は一面的ね。一民族の絶滅という絶対悪のおぞましさは、被害者の精神に健全とはいえない硬直化をもたらした点にもある。ユダヤ人入植者を迫害し襲撃するパレスチナ人への憎しみは、いわばアウシュヴィッツから到来したんです。われわれアウシュヴィッツの犠牲者には父祖の地を、神の約束の地を回復する権利がある。どうしてパレスチナ人はそのことを理解することなく、われわれに敵対し暴力的に振る舞うのか。こうした憤懣が入植者たちの敵意と憎悪を育んできた。わたしはそれを肯定も正当化もしませんよ。しかし、ね……」

青年がカウフマンの発言に割りこむ。「アウシュヴィッツの産物として被害感情の絶対化があるなら、本来それはナチとナチを支持したドイツ国民に向けられるべきですね。解消されることのない被害感情の鬱積は、癒やされることのない憎悪をもたらします。やむをえないところがあるとしても、これもまた倒錯ですね。

この憎悪や攻撃性の標的をドイツ人から、アウシュヴィッツとは無関係であるパレスチナ人に詐欺的な仕方で振り向けようとした勢力が存在する。いうまでもありません、シオニストとイスラエル国家の指導者たちです。そうしたのはシオニストの利益のためですが、それによってユダヤ人による報復を回避しえたドイツは、イスラエルのいかなる要求も拒みえない立場に立たされた。どれほどの一方的な暴力と加害をイスラエルがパレスチナ人に加えようと、それを批判するなど問題外で、残虐な暴力行為をひたすら容認し支持し続けるしかない」

イスラエルの容赦ない暴力的攻撃性は、蒙った絶対悪への同害報復が未遂であること、正義が回復されていないことの結果だとカケルはいう。そのためにパレスチナ人に行使される暴力は第一の悪で、イスラエル国家によるその政治的利用は第二の悪だと。

また「過ぎ去らない過去」をめぐる戦後ドイツ人の疚しい良心は、イスラエルへの無条件的で全面的な支持に帰結せざるをえない。本来は自身が蒙るべきユダヤ人の報復的暴力が第三者に向けられている。その結果として全面的報復を回避しえた戦後ドイツ人は、パレスチナ人へのシオニストの暴力を肯定し礼讃し続けるしかない。とはいえ、このような不条理は永続しえない。戦後ドイツの解消されえない罪障感が反転し逆流しはじめ、またしてもユダヤ人を標的とした暴力的爆発を惹き起こす事態も将来は生じうる。

いったん言葉をとぎらせたカケルが、正面から老婦人の顔を見る。「被害の事実を政治的な力として活用する作為は、どこまで意識的かはともかく、カウフマンさんも無縁でないように感じます」

老婦人は決然と反論する。「あなたの非難は的外れよ。わたしは修正派シオニストを批判し続けてきたし、あのような形でのイスラエル建国も支持したことはない」

「もう少し違うことです、僕がいいたいのは」

女や奴隷などの他者を暴力的に支配し、私的領域に閉じこめ、労働と生産を強制することで家長は生命維持という動物的必然性の重荷から解放される。そのようにして家長たちは、生殖の血と苦役の闇が淀んだ家《オイコス》の閉所から光に満ちた自由の政治空間であるポリスに、市民として参入するための条件を確保しえた。このような古代民主制を肯定し評価するカウフマンの議論の背景には、ユダヤ人が蒙ってきた差別と抑圧と虐殺の歴史があるのではないか。

第二次大戦後の良識的知識人は人権の観点から、奴隷の暴力的抑圧を前提とした古代民主制を手放しでは礼讃できない。後ろめたさから、それは時代的限界だとか改善されるべき欠陥だとか、さまざまに弁解しながら相対的に評価するのが限度だろう。

カケルが続ける。「こうした点での人権派のおよび腰は、自身が奴隷か奴隷に類する被抑圧者ではないことの結果です。けれどもカウフマンさんは違う。たとえ女や奴隷たちの犠牲の上にであろうと、言論によって卓越性が競われる場、自由な政治空間が存在したことを全面肯定し、あらゆる留保なしに礼讃します。どちらかといえば抑圧者の側にいる疚しさの意識から、良識的な知識人は女や奴隷への抑圧を見ないような発言はなしえない。どうしてカウフマンさんにはそれが可能だったのか」

老婦人が顰め面で青年を見る。「なんとも底意地の悪い心理学者ね。わたしが二千五百年前の奴隷に遠慮しないのは被差別民《パーリア》の女だから。不当に排除され追放され虐殺されてきたパーリアは、家に閉じこめられ労働を強制された女や奴隷と同じ側にいるからだ、そうあなたはいいたいわけね」

青年が頷いた。「カウフマンさんの言葉には、欧米男性知識人の良識派や人権派を黙らせる力がある。しかし批判者が黒人奴隷やアメリカ先住民だったらどうでしょう。古代アテネの民主制と同じように、アメリカ革命による自由の創設を最大限に評価するカウフマンさんですが、前者が家《オイコス》の女と奴隷たちを排除していたように、後者は黒人奴隷と先住民を排除していた。つねに被害者だったと称するユダヤ人が横からなんといおうと、黒人奴隷や先住民は自分たちを排除することなしには存立しえない政治制度など、小指の先ほども肯定しないのでは」

「ある程度の時間が必要だったとはいえ市民の範囲はしだいに拡大されてきたし、いまのアメリカには女性にも黒人にも参政権がある。また合衆国が建国された当時でも、住むことのできる小屋《キャビン》が与えられていたアンクル・トムは、アウシュヴィッツの囚人よりも恵まれていたのではないかしら。世界に必要のない存在だと決めつけられ、ガス室で絶滅される運命のユダヤ人とは違って、奴隷には少なくとも存在する意味が認められていたのだから」

「親子が無理矢理に引き離され、物として売買され、合法的にレイプされ、鞭打たれながら労働する存在としての意味ですか」青年が突き放すようにいう。「ユダヤ人の大量殺害《ジェノシード》は起きてはならないことだった、というときのカウフマンさんの語調が気になります。それ以前、それ以外の虐殺、たとえばヨーロッパ人によるアメリカ先住民の大虐殺をはじめとする陰惨な出来事は、どれも起こりうること、起きてもやむをえないことだったように聞こえますが」

カウフマンが強い語調で反論する。「起きてはならないとは、それ以前の基準では理解できないということよ。ユダヤ人を犠牲者とするポグロムの事例を含め数多の歴史上の巨大暴力や虐殺について、わたしたちは長いあいだ思考してきた。そうした努力の成果として人権の概念は確立され、しだいに共有されるようになる。しかしナチによるユダヤ人の大量殺害《ジェノシード》、アウシュヴィッツに象徴された衝撃的な事実には、従来からの議論を無効化してしまう戦慄的なものがあった」

ガス室での集団毒殺はたしかに戦慄的だが、それは取り替え可能な一手段にすぎないとカウフマンはいう。民族皆殺しのための大量殺害《ジェノシード》がかつて存在したことのない最大の犯罪、絶対的な悪だというのは、ユダヤ人は存在する価値がないと一方的に決定し、世界から一人残らず消し去ろうとしたからだ。

無数の他者と世界を分かちあうところに人間の人間性がある。他者と他者が隣りあわせれば争いが起こるだろうし、平和的な解決が見出せないまま暴力的な対決になることも稀ではない。しかし利害対立から他者に行使する暴力と、他者の存在そのものを根絶する暴力はまったく異なる。前者を相対的な暴力とすれば、後者こそ絶対的な暴力、だからこそ絶対に許してはならない暴力なのだ。

言い換えれば、大量殺害《ジェノシード》はユダヤ人への罪であるだけでなく人類すべてにたいする最悪の罪だ。しかもナチは絶滅を完遂したあと、ユダヤ人が存在した事実さえも完全に消去することを計画していた。ユダヤ人を忘却の穴に埋めて、その痕跡さえも抹消してしまうこと。

カウフマンが結論的にいう。「いたるところで何千何万の、あるいはそれ以上の大量虐殺がしばしば起きていたことは歴史に記されている。しかし、それは領土争いなどの利害対立が昂じ、鬱積した憎悪に加速されて起きたことね。記録的な大量殺戮者だったらしいアッチラやジンギスカンも、それと比較すれば小物だったピサロやコルテスも、あるいはシャイアン族を無差別虐殺したカスターもそれぞれの利害から敵を大量殺戮したにすぎない。

領土争いの勝者は、獲得した土地から敗者を追放しようとする。土地をめぐる利害対立から生じる虐殺は極端化された追放だから、それをナチによるユダヤ人の大量殺害《ジェノシード》と同列に捉えるわけにはいきません」

「だからアウシュヴィッツは、他に類例を見ない絶対的な悪だとあなたは強調する。絶対的な出来事の前では、その他の出来事は相対化されますね。かつてなされた無数の虐殺をカウフマンさんは無視あるいは軽視する気はないといいますが、ユダヤ人の大量殺害《ジェノシード》を絶対化するとき、他の虐殺事件と犠牲者の存在は相対化されてしまう。相対化とはようするに些末化、陳腐化、類型化です」

たとえアウシュヴィッツであろうと絶対化することは許されない。それは歴史的な大量虐殺の累積の上に、量的にも質的にも新たに重ねられた特異な出来事として捉えるべきだとカケルは語った。過去との連続と過去からの断絶の両面から、ユダヤ人の大量殺害《ジェノシード》は理解されるべきではないのか。

「断絶のみを強調するカウフマンさんの議論は一面的です。ナチもはじめからユダヤ人の絶滅を企てたのではない。追放ではなく絶滅が決定されたのは対ソ戦が開始されてからのことで、このように追放と絶滅には連続性がある。カウフマンさんのように追放と絶滅を切断し対立させることはできません。われわれはアウシュヴィッツについて思考することで、重ねられてきた虐殺の歴史の意味するところを再思考するのでなければならない」

「アウシュヴィッツの理解しがたさは認めるのね」

青年がカウフマンに頷いた。「ええ、もちろん。存在する価値がある者とない者とを振り分けて、後者を処分、抹消、絶滅するという原理を自覚的に可視化した点でなら」

「無自覚的、不可視的には以前から存在していた原理を、ナチはあからさまにしたにすぎないと」

「たまたまクレタの孤島で幾日か一緒だった哲学者によれば、専制君主や絶対王権などの死の権力、臣下に生殺与奪の権を振るう権力にたいして生の権力《ビオ・プヴオワール》ともいうべきものがある。羊飼いと羊の群れの関係にも類比的な生の権力《ビオ・プヴオワール》とは、人を生きさせると同時に死のなかに廃棄する権力です」カケルが引きあいに出したのは、ミシェル・ダジールのことに違いない。

「よくわからないわね、死のなかに廃棄するとは」

「もともと司牧権力から導かれた発想なので、工業化された養鶏場を例にして説明しましょう」

何万羽という鶏が身動きできない狭い仕切りに押しこまれ、ベルトコンベアで流れてくる餌を食べて、ひたすら卵を産むように仕向けられている。これが生きさせる権力のモデルだ。養鶏工場で伝染病が発生すると、他の工場の鶏が伝染しないように、何万何十万という大量の鶏がいっせいに殺処分される。多数の鶏を生きさせるために少数の鶏を処分する。殺害というよりもシステマティックな処分だが、これが死のなかへの廃棄の意味するところだ。

青年が続ける。「存在していい人間と存在してはならない人間の分割は、まさに生の権力《ビオ・プヴオワール》の発動そのものです。ナチによるユダヤ人の絶滅は、生の権力《ビオ・プヴォワール》の極限的な形態の具現化でした。とはいえ生の権力《ビオ・プヴォワール》が体系的に展開されはじめるのは十六世紀からのことで、アウシュヴィッツの特異性は近代世界の形成史を通観しなければ正確に把握できません。

　カウフマンさんは政治的な反ユダヤ主義を国民国家の形成と関連づけ、中世以来の土俗的なユダヤ人嫌悪や憎悪とは違うと主張する。さらに十九世紀の政治的反ユダヤ主義の到達点として一八九四年のドレフュス事件を位置づけますね」

「結論だけ、簡単にいえば」老婦人が教師のような無表情で頷いた。

「近代的な国民国家は国土、常備軍、官僚組織などの点で十六世紀以来の絶対主義国家を引き継いでいる。フランスが典型ですが、主権者が君主から人民に置き換えられても国家の枠組は継承された。絶対主義の王権国家と民主主義的な国民国家の共通項は主権の存在で、両者はいずれも主権国家ですね。とすれば国民国家の反ユダヤ主義に対応する、絶対主義国家の反ユダヤ主義も存在したに違いない」

　たとえばアラゴン王フェルナンド二世とカスティーリャ女王イサベル一世のカトリック両王が一四九二年に公布した、イベリア半島からのユダヤ教徒追放令がある。一二九〇年のイギリス追放令、一三九四年のフランス追放令など、それ以前にもキリスト教徒の王たちは国内からユダヤ人を追放する法令を公布していたが、一四九二年の追放令は規模として最大で、かつてない苛酷さで実行された点でも類例を見ない。

　その背景には一四九二年のグラナダ攻略がある。イスラム勢力の最後の拠点グラナダ王国への勝利は、キリスト教勢力による十三世紀以来のイベリア半島再征服《レコンキスタ》の完成だった。フェルナンドとイサベルは一四六九年に婚姻し、アラゴンは実質的にカスティーリャに統合されて単一のスペイン王国の礎石が築かれる。レコンキスタを戦い抜いた両王の王権は強大で、スペインは絶対主義国家形成という点でも先端的だった。

老婦人が疑問を呈する。「一四九二年のユダヤ人追放令は、主権的な絶対主義国家によるユダヤ人迫害という点で画期的だった。あなたがいいたいのはそのことなの」

「それ以外にもう一点、無視できない事実がありますね。一四九二年一月にグラナダが陥落し、三月にユダヤ教徒追放令が公布され、そして八月にはコロンブス艦隊が大西洋に船出している。コロンブスがサン・サルバドルに上陸し、侵略者として最初の掠奪を敢行したのは同年十月のこと。

イベリア半島からユダヤ人が追放された一四九二年を画期として、南北アメリカ大陸の先住民にも未曾有の大厄災が到来します。推定ですが、コロンブス来航以前には五千五百万人を算えた南北アメリカ先住民が、百年ほどで一千万人まで減少したといわれます」

「先住民の死者四千五百万人がスペイン人による強制労働や虐殺の結果だというのは間違いね、ほとんどは伝染病で死亡したのだから」

「ペストや天然痘の病原体を持ちこんだのはヨーロッパ人です」

「わたしがいいたいのは殺人と事故は違うということ。意図しない事故の責任まで殺人者に負わせるわけにはいきませんよ」

「ヨーロッパによるアメリカ侵略にともなう先住民の被害を、カウフマンさんは過小評価しようとする。それはそれとして、初期的な絶対主義国家スペインが国内ではユダヤ人を追放し虐殺し、大西洋の彼方では先住民を奴隷化し虐殺したのは歴史的事実で、その画期が一四九二年だった。宗教がそれを正当化した点でも、大西洋の東と西での蛮行には共通点がある。ユダヤ人もアメリカ先住民もキリスト教徒ではない、異教徒だという理由で迫害されたのですから」

虐待によって先住民の奴隷労働力が枯渇し、十七世紀以降は西アフリカからアメリカに黒人奴隷が大量移送されるようになる。大西洋三角貿易による超過利潤と膨大な資本蓄積から産業革命が開始され、十九世紀にはイギリスの産業資本主義が世界を制覇するにいたった。これが近代世界の基本的な構造だとすれば、その二本の脚が反ユダヤ主義と植民地主義だった。

「アメリカの黒人問題とは植民地主義の遺産に他なりません。とすればユダヤ人の解放は黒人の解放と切り離せない。二本の脚はいずれも血の海に浸っている。そこから脱出するには、絶対主義を引き継いだ主権国家体制の解体と近代世界の総体的変革が不可避です。しかし、カウフマンさんはアメリカ社会の宿痾《しゅくあ》としての黒人差別には関心が薄いようだし、白人による教育差別を正当化していると批判されているとか。

それとももう一点、アウシュヴィッツの特異性を考えるには近代世界の形成史に加えて、二十世紀という固有の時代性も考えなければ。ガス室の無残な屍体の山には、ほんの二十年前に先例があります」

「先例とは」カウフマンが短く問う。

「第一次大戦で廃棄物さながらに塹壕を埋めた膨大な屍体です。英雄的な愛国者、勇敢な兵士と自他ともに認めて戦場に赴いた青年たちは、砲弾で無数の肉片に粉砕され毒ガスに苦悶しながら大量死を遂げて、人間的な意味が剝落しつくした産業廃棄物の山と化した」

この屍体の山を腐植土として成長し、第二次大戦でヨーロッパ全域を呑みつくしたのがボリシェヴィズムとナチズムだった。第一次大戦の数百万の戦死者から生じた二つの全体主義国家が、第二次大戦では数千万という犠牲者を量産する。アウシュヴィッツのガス室は、二十世紀の世界戦争という大波の波頭として捉えるべきではないのか。

「アイヒマンの陳腐な凡人性を描いたカウフマンさんの著作は、残忍な虐殺者の肖像を期待していた読者から非難を浴びた。しかし加害者が凡庸であるとしたら、被害者もまた凡庸だったのでは」

「その被害者とは、絶滅収容所で虐殺されたユダヤ人のことなの」老婦人が眉を顰める。

「絶滅の被害者が凡庸だといわれたら、カウフマンさんは抵抗を覚えるでしょう。しかし名前でなく数字で扱われ、同じ粗末な囚人服を着せられた強制収容所の収容者からは、個性も人格も奪われていた。ガス室で裸の屍体に変えられた人々の死もまた、二十数年前の塹壕での死と同じように無個性で凡庸だったのではないのか。アイヒマンを一員とする凡庸な加害者の反対側には、ガス室で窒息死させられた凡庸な被害者の大群が存在したのでは」

　第一次大戦の塹壕戦の死者たちは、たしかに十九世紀的な固有の内面と表情を持った人格を破壊され無名の肉塊に変貌させられた。第二次大戦を惹き起こした全体主義は、二十世紀的に凡庸な死者と同型的な凡庸な生者、カウフマンによれば大衆的人間《マッセンメンシュ》に担われていた。しかし大衆的人間《マッセンメンシュ》と化していたのはナチ側の加害者だけではない。殺人工場で絶滅させられた犠牲者もまた世界戦争の時代の生者として、凡庸な大衆的人間《マッセンメンシュ》だったのではないか。とすれば大量殺害《ジェノシード》されたユダヤ人はガス室に送り込まれて凡庸な死者になったのではなく、はじめから加害者側と同じ凡庸な生者だったのではないのか。

　カウフマンが話を戻す。「イギリスなどの植民地大国に頼って、イスラエル建国を達成しようとした修正派シオニストにわたしは批判的でした。非抑圧民族のユダヤ人は他の非抑圧民族と連帯することでしか、安住の地を得ることはできないはずだから」

「イギリスがイスラエル建国を後援し、その安全保障にアメリカが協力しているのは第二次大戦後の世界を支配するためですね。もしも反ユダヤ主義への闘争と植民地主義への闘争が合流するようなことになれば、ヨーロッパによる世界支配としての近代世界は土台から崩壊しかねないから」

反ユダヤ主義と植民地主義への二つの解放闘争を分断することが、ヨーロッパによる十六世紀以来の世界支配の最新版であるパクス・アメリカーナには不可欠だった。だからアラブ世界という旧植民地の中心部に、存続するにはアメリカに全面的に依存するしかない人工国家を埋めこむことにした。

世界最大の油田地帯を支配下に置くためにも、アメリカに保護された人工国家イスラエルには多大の利用価値がある。パレスチナやアラブ諸国がイスラエルと敵対し、双方が憎悪を募らせ続ける限りアメリカによる世界支配は安泰だ。

社会主義的な労働シオニズムの系統から出てきたベン＝グリオンは、パレスチナ人追放によるイスラエル建国という修正派路線に妥協して初代首相に就任した。このように労働シオニズムは修正派が暴力的に重ね続ける既成事実を、けっきょくは事後承認してきた。建国後は第一党の労働党が第二党のリクードに引きずられ続け、ついには政権を明け渡す結果となる。

「カウフマンさんの修正派シオニスト批判やイスラエル国家への留保も、僕にはベン＝グリオンと労働シオニストの無力性やご都合主義と変わらないように見えます。ユダヤ人国家としてイスラエルを暴力的に建国したところから、奇襲戦による六日戦争の勝利まで、イスラエルの排外的ナショナリズムが惹き起こしたもろもろを、結果としてカウフマンさんも事後追認し続けてきたのでは」

老婦人は疲れたように大きく息を吐いた。「そうね、六日戦争のときに思ったわ。もしもイスラエルが地図から消えるようなことがあれば、もう生きていけないほどの精神的打撃と喪失感を覚えるだろうと。エジプトやシリアの軍隊がイスラエルに侵攻すれば、間違いなく占領地の住民に被害がおよぶ。わたしの友人や知人が虐殺されるかもしれない。でも、それだけが喪失感の理由ではない。どれほどの誤りを重ねてきたとしても、あの国は二千年の離散ののち、ようやくユダヤ人が回復することのできたユダヤ人の国ですから」

「ドイツの敗戦と塹壕の屍体の山という圧倒的な無意味性が、全体主義の暴力とユダヤ人の絶滅をめぐる倒錯した観念を不可避に喚んだように、癒やされえない絶対悪の観念こそが新たな絶対的暴力を生じさせます。ナチによる大量殺害《ジェノシード》の起点にはユダヤ人の追放と難民化が存在したように、イスラエルによるパレスチナ人の追放と難民化は、ユダヤ人を加害者とする新たな虐殺と絶滅の未来を予示しているのでは」

「イスラエルが将来、地上からパレスチナ人を一掃するための絶滅収容所やガス室を造るとでも」老婦人の口調には怒りが滲んでいた。

「そうでないとしても、同じような結果になる可能性は否定できませんね。パレスチナ人の難民キャンプに第二次大戦中のユダヤ人ゲットーを重ねる想像力さえ、すでに失っているユダヤ人がイスラエルには多いのだとすれば」

「残念だけど、あなたの議論のほとんどに賛成できない。反論はわたしの本に書いてあるから関心があるなら読んで」疲れた口調で老婦人が議論の打ち切りを告げる。

「カウフマンさんを説得できるとは思っていません。サラの犯罪にたいする僕の態度はすでに述べた通りです。あなたがどうするか黙って見ていますよ、それが僕への応答になるだろうから」

「サラの運命をわたしに決めろというのね。なんだか罠に嵌められたみたい、孫みたいな歳の小癪な小僧に」言葉は冗談めいていても表情は深刻そうだ。「こうなるように、あなたが仕組んだのかしら」

「いいえ。カウフマンさんが現象学的推理に興味を持たなければ、事件の真相を知ることはなかった。悪意ある男に操られたシオニスト少女の犯罪にどう対処すべきか、苦慮するようなことも」

「こうなったのは、わたしの無責任な好奇心のせいとでも」

老婦人の自嘲的な言葉には応えることなく、カケルが言葉少なに別れを告げる。四阿に無言で考えこんでいる様子のカウフマンを残して、わたしたちは薄闇に沈んだ並木道を黙って歩いた。

カウフマンはサラの犯罪を警察に伝えるだろうか、あるいは殺人者を見逃してしまうのか。シオニズム批判が本心であれば前者を選択しなければならない。もしも後者ならシオニストの観念的暴力を事後的に承認してしまうことになる。どうするか見ているというカケルの言葉には、こうした含意があるのだろう。

わたしは尋ねてみた。「イリイチがサラを操っていたのね、ラルース家事件の犯人たちと同じように」

「最初に操られたのはルドリュだろう。イリイチが用意した餌はクラウス・ヴォルフの手記だったと思う」

そういえば十月書房《エディション・オクトーブル》の編集長メルシュは洩らしていた、どうやらルドリュは起死回生の特別企画を考えているようだったと。パリで行われる裁判の最中に、もしも「パリの虐殺者」の手記が刊行されるなら注目されることは確実だ。各国語に翻訳されて世界的なベストセラーとなるに違いない。原稿を買い取るのに必要な金額は莫大だったが、モンゴルフィエ家の財産からすればその一部でしかない。こうしてルドリュは妻殺しを決断した。

ルドリュとイリイチが接触したのは七月半ば、その二ヵ月後にはヴェロニクと再会して交換犯罪を計画しはじめている。女子生徒の殺害と屍体の隠蔽をめぐる夫婦の会話を、妻への脅迫に使うため夫は録音していた。この録音テープがイリイチの手に渡ったのだろう。

交換殺人の計画をルドリュに提供したのもイリイチだったかもしれない。ルドリュは犯行計画の進行をイリイチに伝えていた、ヴェロニクとダッソー邸の四阿で待ちあわせ密談する予定も。だから録音テープをサラに渡すことや、最初の密会の日時を教えることがイリイチにはできた。完全犯罪の計画を囁きかけることも。

「でもルドリュがサラに殺されてしまえば、イリイチは手記を売ることができなくなる。どうしてルドリュに妻殺しを持ちかけながら、他方で本人が殺されるように仕組んだりしたの」

「綺麗は汚い、不自然は自然と嘯くような男だ、これまでの行動を思い返せば納得できないことじゃない。ヴォルフが軟禁されていた別荘に放火したのはイリイチだと思う。現地の手先かもしれないが。はじめからやつはヴォルフを暗殺する気だった。ヴォルフが被告席に立つことを望まない何者かに依頼されたのか、あるいは自分自身のためだったのか」

イリイチは絶滅収容所の看守イリヤ・モルチャノフの息子で、この父子はドイツの敗戦後に収容所長フーデンベルグに同行して南米に逃亡した。親衛隊《エスエス》の高級将校でフーデンベルグの同僚だったヴォルフの手記を、イリイチが入手していても不思議ではない。二人に接触があったとすれば、法廷でのヴォルフ発言を警戒したのはイリイチ本人かもしれない。

青年が感情を窺わせない口調でいう。「右手でルドリュ、左手でサラを二重に操ってみるのは、あの男にとっては刺激的な遊戯だったろう」

西側当局はニコライ・イリイチ・モルチャノフを国際テロリスト、KGBと契約した暗殺者にすぎないと考えている。ラルース家の事件から七件、今回を含めれば八件の事件を裏側まで含めて観察してきた者には、しかしイリイチがそれほど単純な人物とは思えない。たんなる東側の工作員とは違う、もっと異様な動機でイリイチは行動しているのではないか。この男の正体はよくわからないが、悪や犯罪に通じる人間性の弱さを露呈させることそれ自体に、病的な関心があるような気もする。

吹きすぎる風が膚に冷たい。邸の正門を出たところで後ろを振り返ってみた。並木道の奥に蹲る石造建築の窓にはほとんど光が点っていない。闇に沈んだダッソー邸にわたしは黙って別れを告げた。

森屋敷を再訪することはもうないだろう。

参考・引用文献

ハンナ・アーレント……『イェルサレムのアイヒマン』（大久保和郎訳）みすず書房、1969年
ハナ・アーレント……『全体主義の起原1、2、3』（大久保和郎・大島かおり、他訳）みすず書房、1972年〜1974年
ハンナ・アレント……『革命について』（志水速雄訳）中央公論社、1975年
ハンナ・アレント……『パーリアとしてのユダヤ人』（寺島俊穂・藤原隆裕宜訳）未來社、1989年
ハンナ・アレント……『人間の条件』（志水速雄訳）ちくま学芸文庫、1994年
ハンナ・アーレント……『暴力について』（山田正行訳）みすず書房、2000年
ハンナ・アレント……『暗い時代の人々』（阿部齊訳）ちくま学芸文庫、2005年
ハンナ・アレント……『責任と判断』（中山元訳）筑摩書房、2007年
マーティン・ジェイ……『永遠の亡命者たち』（今村仁司、他訳）新曜社、1989年
エルジビェータ・エティンガー……『アーレントとハイデガー』（大島かおり訳）みすず書房、1996年
エリザベス・ヤング＝ブルーエル……『ハンナ・アーレント伝』（荒川幾男、他訳）晶文社、1999年
デーナ・リチャード・ヴィラ……『アレントとハイデガー』（青木隆嘉訳）法政大学出版局、2004年
マルティーヌ・レイボヴィッチ……『ユダヤ女　ハンナ・アーレント』（合田正人訳）法政大学出版局、2008年
川崎修・萩原能久・出岡直也編著……『アーレントと二〇世紀の経験』慶應義塾大学出版会、2017年

百木漠……『嘘と政治』青土社、2021年
キャスリン・T・ガインズ……『アーレントと黒人問題』（百木漠、他訳）人文書院、2024年
望田幸男……『ナチス追及』講談社現代新書、1990年
ティル・バスティアン……『アウシュヴィッツと〈アウシュヴィッツの嘘〉』（石田勇治、他編訳）白水社、1995年
P・ヴィダル＝ナケ……『記憶の暗殺者たち』（石田靖夫訳）人文書院、1995年
ラウル・ヒルバーグ……『ヨーロッパ・ユダヤ人の絶滅（上、下）』（望田幸男、他訳）柏書房、1997年
芝健介……『ホロコースト』中公新書、2008年
ジュディス・バトラー……『分かれ道』（大橋洋一・岸まどか訳）青土社、2019年
武井彩佳……『歴史修正主義』中公新書、2021年
ヤコヴ・ラブキン……『イスラエルとパレスチナ』（鵜飼哲訳）岩波ブックレット、2024年
重信房子……『パレスチナ解放闘争史』作品社、2024年
J-P・サルトル……『弁証法的理性批判II』（平井啓之、他訳）人文書院、1965年
長崎浩……『叛乱論／結社と技術　増補改訂新版』船思社、2024年

＊飯城勇三氏、稲葉由紀子氏、中村大介氏のご教示に感謝します。

本書は「メフィスト」２０１０年ｖｏｌ・１〜ｖｏｌ・３に掲載された作品に大幅加筆、訂正を加えたものです。

この物語はフィクションであり、実在するいかなる場所、団体、個人等とも一切関係ありません。

笠井潔（かさい・きよし）

１９４８年、東京都生まれ。１９７９年『バイバイ、エンジェル』で角川小説賞を受賞し、デビュー。２００３年『オイディプス症候群』（東京創元社）と『探偵小説論序説』（光文社）で第３回本格ミステリ大賞小説部門と評論・研究部門を同時受賞。２０１２年にも『探偵小説と叙述トリック ミネルヴァの梟は黄昏に飛びたつか？』（東京創元社）で第12回本格ミステリ大賞評論・研究部門を受賞する。現象学を駆使する矢吹駆が登場する『サマー・アポカリプス』『哲学者の密室』（いずれも東京創元社）やSF伝奇「ヴァンパイヤー戦争《ウォーズ》」（講談社）シリーズなど著作多数。『増補新版 テロルの現象学』（作品社）、『探偵小説論序説、Ⅰ、Ⅱ、Ⅲ』（光文社、東京創元社）など評論においても旺盛な執筆活動を続ける。

著者………笠《かさ》井《い》潔《きよし》

発行者………篠木和久

発行所………株式会社講談社

〒112-8001 東京都文京区音羽2-12-21
電話
出版　03-5395-3506
販売　03-5395-5817
業務　03-5395-3615

本文データ制作………講談社デジタル製作
印刷所………株式会社KPSプロダクツ
製本所………株式会社若林製本工場

夜《よる》と霧《きり》の誘《ゆう》拐《かい》

2025年４月14日　第１刷発行

ISBN 978-4-06-530905-6
N.D.C.913 670p 20cm

KODANSHA

Nuit et brouillard Enlèvement